새로운 인생

NEUE LEBEN
Ingo Schulze

서간문과 산문에 담긴 엔리코 튀르머의 유년기
잉고 슐체가 주석과 머리글을 달고 발행함

새로운 인생 2

대산세계문학총서 086

잉고 슐체 지음 | 노선정 옮김

문학과지성사
2009

대산세계문학총서 **086**_소설
새로운 인생 2

지은이_잉고 슐체
옮긴이_노선정
펴낸이_홍정선 김수영
펴낸곳_㈜문학과지성사

등록_1993년 12월 16일 등록 제10-918호
주소_121-840 서울 마포구 서교동 395-2
전화_02)338-7224
팩스_02)323-4180(편집) 02)338-7221(영업)
전자우편_moonji@moonji.com
홈페이지_www.moonji.com

제1판 제1쇄_2009년 11월 2일

ISBN 978-89-320-1991-8
ISBN 978-89-320-1989-5 (전 2권)
ISBN 978-89-320-1246-9 (세트)

이 책은 대산문화재단의 외국문학 번역지원사업을 통해 발간되었습니다.
대산문화재단은 大山 愼鏞虎 선생의 뜻에 따라 교보생명의 출연으로 창립되어 우리 문학의 창달과 세계화를 위해 다양한 공익문화사업을 펼치고 있습니다.

차례

새로운 인생 2

새로운 인생 1

90년 5월 17일 목요일

친애하는 니콜레타!

미하엘라에 대한 이야기를 이어나가기 전에 1987년 여름에 겪었던 경험담부터 써야 할 것 같습니다. 지금껏 당신 외에는 아무에게도 말한 적이 없는데 아마도 별로 이야기할 가치를 못 느꼈기 때문이었을 겁니다. 그런 이유에서가 아니라면 나 자신의 침묵을 어떻게 이해할 수 있단 말입니까?

아마도 우리에게는 의식과 무의식을 초월한 어떤 다른 감지능력 같은 게 있는지도 모르겠습니다. 지진이나 폭풍우를 우리 인간들보다 훨씬 더 먼저 감지하는 동물들의 감각능력과 비슷한 그 무엇인가가 말입니다. 아니면 본능이라고 부르는 게 더 나을까요? 혹은 예감? 그도 아니면 그저 남들보다 더 발달된 감각기관?

8월에 접어들어 나는 2주 동안 발다우로 여행을 갔습니다. 드디어 내 단편들을 집필해야겠다고 결심했기 때문입니다. 하루는 밤에 잠에서 깨어 무슨 소리를 들었다고 생각했습니다. 집 안에서 누군가 총을 쏜 것 같은 소리가 들렸고 차차 전체 숲 속에 쩌렁쩌렁 울려 퍼졌습니다.

침대가 삐걱거리는 소리만 아니었더라면 내가 귀머거리가 된 것이라고 생각했을지도 모릅니다. 손가락을 퉁겨보았습니다. 바스락대는 소리 한 점, 바람 소리 한 점, 혹은 새들의 지저귐 소리조차 들리지 않았습니다. 난 식은땀을 흘렸고 더는 잠들 수 없을 것임을 알았습니다.

나는 옷도 입지 않은 채 문을 열고 밖으로 나갔습니다. 세상의 만물이 다 멈춰버린 것만 같았습니다. 내가 걸으며 내는 소리 주위로 적막이 점점 더 두터워지고 있었습니다. 무언가 소리를 듣기 위해 귀를 기울이면 기울일수록 침묵은 더욱더 파괴할 수 없는 무게를 더해갔습니다. 난 결국 어떤 검고 모난 돌덩이가 내 머리를 짓누른다는 착각에 빠졌습니다.

크게 숨을 쉬어보려고 여러 번 노력해보았지만 힘껏 빨아들인 공기도 내 허파를 반쯤밖에는 채우지 못하는 듯했습니다. 마치 몇천 미터 높이의 고산지대에라도 와 있는 것 같았습니다. 앉은 자세에서도 상황은 별반 나아지지 않았습니다. 심장 부근에서 비롯된 어떤 소용돌이 혹은 동요를 느꼈습니다. 그런데도 겁에 질리지 않고 침착성을 유지하다니, 정말이지 나 자신도 놀라울 따름이었습니다. 적어도 소나무들의 짙은 검정색 윤곽과 그들 사이의 빈 공간이 만들어내는 회색을 구분할 수는 있었습니다. 오로지 그 적막과 침묵을 피할 수만 있다면 기도문을 외우거나 혹은 노래라도 한 곡조 읊조릴 작정이었지요. 문득 믿을 수 없다는 생각이 들었습니다. 이렇게 적막한 숲 속에 나 혼자 앉아 있으며 이 말 없는 세계에서 나만이 유일하게 그 적막을 뒤흔드는 존재라는 사실 말입니다. 꿈을 꾸고 있거나 정신이 나간 거라고 생각했습니다. 난 내 웃음소리에 화들짝 놀랐습니다.

바로 그때, 자비와도 같이 파리 한 마리가 내게 다가왔습니다. 파리는 내 머리 위에서 빙빙 돌며 날아다녔고 내 앞에는 갑자기 물리 책에서 보았던 그림이 나타났습니다. 그것은 원자핵 주변을 빙빙 도는 전자들의

회전운동이었습니다.[1]

파리가 내 왼쪽 어깨에 내려앉았습니다.—난 어깨를 움찔하려다 말고 깜짝 놀라 움직임을 멈추었습니다. 내가 그를 멀리 날려버린 것이었을까요? 파리는 나를 떠나선 안 되었습니다. 내 곁에 꼭 머물러야 했어요. 그 순간, 나와 함께 깨어 있는 유일한 생명체이며 나의 유일한 동반자였으니까요. 파리가 아직도 나한테서 떠나가지 않았다는 것을 감지했을 때 나는 가만히 움직임을 멈추었고, 그 곤충이 내 몸 위에서 기어다니는 촉감을 마치 사랑의 애무인 양 즐겼습니다. 혹시 당신은 어깨나 등에 파리가 기어가도록 내버려둔 적이 있으신가요? 파리로부터 잠깐 동안이라도 혹은 영원히 버림받을까 봐 두려워하면서, 문득 내가 예전에 알고 있던 세상을 잃어버렸다는 생각이 들었습니다.

그것은 핵전쟁이라든가 세계의 종말 따위에 대한 두려움이 아니었습니다. 그것은 내가 지금껏 관계를 맺고 있던 모든 것들이 사라질 수도 있을 거라는 두려움이었습니다. 지금껏 내가 사고와 감정의 돌연변이를 거듭하며 적응해왔던 세상의 구조가 하루아침에 갑자기 사라져버리고 커다란 허공 외에는 아무런 흔적도 남기지 않게 된다면. 그 옛날 너무 늦게 군대에 징집될까 봐 걱정했던 때처럼 또 한차례 큰 걱정에 사로잡혀 있었던 것입니다. 정작 총을 쏘아보기도 전이건만, 큰 야생짐승들은 벌써 다 잡히고 난 지 오래라 내 몫으론 고작 작은 생쥐나 들쥐 따위만이 남아 있는 게 아닌가 하고 말입니다.

참으로 부조리한 생각이었습니다만 그 한밤중에 한 마리 파리의 동참을 기뻐하며 숲 속에서 벌거벗은 채 웅크리고 앉아 있던 내 자신의 모습보

1 이 부분에서도 역시 튀르머는 이야기를 지어내고 있다. 그가 묘사한 대로 실제로 그렇게 어두운 곳이었다면 파리가 그의 주위에서 "빙빙 돌" 수는 없는 노릇이다.

다야 덜 부조리하다고 말할 수 있겠죠.

오로지 심장 부근의 통증과 파리만이 실제로 존재하는 것들이었고, 내가 영향력을 행사할 수 있는 유일한 현실이었으며, 또한 그와 동시에 내 사고와 감정이 무중력 상태로 달아나지 않도록 지탱해주는 유일한 그 무엇이었습니다.

난 땀이 채 식지도 않은 곳에서 한줄기 서늘한 바람과 한기를 느꼈습니다. 텅 빈 머리로, 텅 빈 가슴으로, 운명에 순순히 항복하며 난 다시 내 침대 안으로 기어들었습니다.

내가 잠에서 깨어났을 때, 주위는 따뜻했고, 파리들이, 이번에는 한 무리의 파리 떼가 내 위를 윙윙거리며 날고 있었습니다.

분명 당신은 이제 날 진짜로 미친놈으로 여기거나 혹은 적어도 뭔가 좀 이상하다고 생각하시겠지요. 오늘의 시점에서 지난날을 뒤돌아보면, 그날 밤의 경험은, 내가 나라는 인물에 스스로 동정을 느낀 얼마 되지 않은 시간 중에 한순간이었던 것 같습니다.

이제 알텐부르크 얘기로 돌아갑시다. 88년 9월 초순, 대학 마지막 학년을 앞두고 다시 찾았던 그 도시로 말입니다.

플리더의 「줄리」 리허설 공연에 대해서 쓰자면 아마 한 장을 따로 할애해야 할지도 모르겠습니다.

스트린드베리의 작품을 다시 한 번 읽어보세요. 그리고 이야기가 끊어지는 분기점들에 주목해보세요. 계속해서 멈추고—가다가—멈추고—가다가—이런 식으로 계속해서 반복되지요. 어떻게 생각해보면 그건 마치 내 얘기 같았으므로 어쩐지 기분이 이상야릇하더군요.

그에 못지않게 이상야릇한 기분을 느꼈던 순간이 또 한 번 있었습니다. 바로, 연출가가 연극을 지휘하는 일과 작가의 집필이 서로 너무나 닮았다는 것을 깨달은 때였습니다. 플리더로부터 나는, 인물들의 대화가 무엇인가를 알리기 위해서가 아니라 인물들 간의 관계를 드러내는 데 쓰이는 것을 배웠습니다. 그리고 어떤 이야기의 소재를 잘 알고 있는 경우에는 그 주제는 어떻든 큰 상관이 없다는 것을, 인물들의 관계 중에서 단 한 건이라도 소홀히 할 경우 나중에 큰 낭패를 보게 된다는 것을, 안무를 짤 때는 소품 하나라도, 발걸음 하나라도 잊어서는 안 된다는 것을 알게 됐지요.

그럴듯한 작중인물보다 더 멋진 것이 세상에 또 있을까요? 내 글 솜씨가 만일 플리더의 연출 수준만큼만 된다면, 내가 쓰는 단편소설은 아마도 대작이 될 것입니다. 그런데 어째서 플리더는 유명한 연출가가 못 된 걸까요? 사뭇 불안한 마음으로 나는 나 자신에게 그런 질문을 던져보았습니다.

그렇다 해도 미하엘라가 없다면 플리더의 연출이란 게 다 무슨 소용이겠습니까! 난 미하엘라를 바라보고 관찰했으며, 그녀를 꼼꼼히 탐구했는데 아무도, 설령 그녀 자신이라 할지라도 그런 나를 나무랄 순 없었을 겁니다. 시선으로 그녀를 휘감는 것이야말로, 정말이지 오롯이 내게만 맡겨진 임무였던 겁니다. 난 미하엘라와 내가 한 쌍이 되는 것을 꿈꿨습니다. 하지만 이런 꿈은 가능하면 빨리 서독으로 탈출하겠다는 내 소망과 갈등을 일으켰습니다. 오로지 어머니에 대한 배려, 일단 대학교는 마치는 것이 좋지 않겠냐는 막연한 믿음, 혹은 베라가 출국한 뒤 아직 아무런 소식이 없었으므로…… 다만 그런 이유로 난 탈출을 미루고 있었을 뿐이었습니다. 그리고 난 미하엘라가 매일같이 '막스'라는(또는 '장'이란) 작자와 들어오고 나가는 것을 차마 볼 수가 없어서 눈을 감곤 했습니다. 그녀에겐 첫 결혼에서 낳은 아들이 있었는데, 이따금 구내식당에서 기다리거나 그림을 그리거나 혹은 주방의 도우미와 카드 놀이를 하곤 했지요.

둘째 주가 시작될 무렵, 저녁이었고, 연습 공연이 끝나고서 난 언제나처럼 미하엘라를 껴안으며 잘 가라는 인사를 했습니다. 우리들의 뺨이 서로 살짝 닿았었죠. 난 다시 자세를 수습하려고 했는데 그녀가 나를 꽉 끌어안은 채 놓아주지 않더군요—그 순간이 마치 억겁의 시간마냥 길게 느껴졌습니다. 그러곤 미하엘라는 역시 막스의 바르트부르크 차에 훌쩍 올라탔습니다. 그 긴 포옹은, 아마도 연극인들에게서 전형적으로 볼 수 있는, 조절되지 않은 친밀감일 거라고만 생각했습니다. 하지만 그다음 날에도 역시 그러한 긴 작별인사는 반복되었습니다. 그리고 이번엔 나 역시 미하엘라를 꽉 끌어안았습니다. 그녀가 더는 발끝으로 서 있을 수 없을 때까지 그렇게나 한참 동안 말입니다. 우린 수요일 연습 공연이 끝난 뒤 구내식당 앞 복도에서 마주쳤습니다. 좀더 정확히 말하자면 우리가 서로를 향해 마주 걸어왔다고 해야겠습니다. 난 손에 메모용 노트를 들고 있던 채였습니다. 이미 복도에서부터 모든 것을 명확하게 깨닫고 있었다고 말한다면 혹시 과장이라고 치부할 수 있겠습니다만, 아무튼 우리가 서로의 품에 안겼다는 것만은 절대 과장이 아닙니다—여기저기가 울퉁불퉁 솟아난 리놀륨 바닥에서 넘어지지 않았다는 것만은 행운이라고 해야겠지요.

"차 몰 줄 알아요?" 그것이 미하엘라가 내 귀에다 대고 속삭인 첫마디였습니다. 그녀는 나더러 기다리라고 하더니 구내식당으로 들어갔다가 잠시 후 바르트부르크 열쇠를 가지고 다시 나타났습니다. 그 차는 그녀의 것, 정확히 말하자면 그녀의 어머니 것인데 어머니는 자동차 면허증이 없다는 것이었습니다.

이날 저녁, 난 처음으로 미하엘라를 집까지 바래다주었습니다. 로베르트의 방 창문에는 불빛이 훤했습니다. 그녀는 내게 다음 날 아침 몇 시까지 다시 데리러 오라고 소리치고는 뛰어갔습니다. 그녀가 신은 구두 굽 소리가 현대식 건물의 계단 위에서 쩌렁쩌렁 울렸고 난 어쩐지 그 소리가 자랑스러웠습니다. 운전석 문을 열어둔 채, 나는 밖에 서 있었습니다. 마치 추첨에서 제일 큰 1등상을 탄 사람처럼 차 지붕에 한 팔을 고이고서 말입니다.

다음 날 아침, 그녀는 내가 정말로 자유로운 몸인지, 일곱 살의 차이가 정말 괜찮은지, 자신은 언제나 로베르트를 위해주어야 하는데 그 역시 받아들여줄 수 있는지 물었습니다. 내가 미처 뭐라 대답도 하기 전 그녀는 내게 키스를 하고는 막스가 앉아 있던 차 문을 똑똑 두드렸습니다.

연습 공연이 끝난 후 나는 자동차에 앉아 미하엘라를 기다렸습니다. 마침내 그녀가 모습을 나타냈을 때, 그녀는 나와 함께 외출이라도 하려는 것처럼 보였습니다. 내가 입고 나온 상의가 내 옷들 중 자기가 제일 좋아하는 옷이라고 말했습니다. 난 시동을 걸었고, 그녀는 왼손으로 내 목을 감싸 안았습니다. 차가 출발한 뒤, 우리 두 사람은 밖에 짙은 안개라도 낀 듯 줄곧 정면만을 쳐다보았습니다.

우린 리셉션 앞을 후닥닥 지나쳤습니다. 난 방 열쇠를 일부러 맡기지 않았었습니다. 엘리베이터 안에서 그녀는 자신이 계속해서 피임약을 먹고 있었기 때문에 스스로가 사기꾼처럼 느껴졌다고 말했습니다. 로베르트는 오늘 4시 반 전에는 돌아오지 않을 것이므로 우리에겐 얼마간의 시간이 있다고도 했습니다. 그녀는 손가방에서 알람시계를 꺼내더니 탁자 위에 놓았습니다.

방 안에서 미하엘라는 커튼을 치고 블라인드도 내렸습니다. 내가 그녀의 블라우스 단추를 끄르려고 하자, 그녀가 몸을 뺐습니다. 옷을 벗는 모습을 쳐다보는 것조차도 허락지 않았지요. 침대에 누워 이불을 목까지 꼭꼭 눌러 덮은 다음에야, 욕실에서 기다리고 있던 나를 불렀습니다. 처음에 난 그걸 무슨 놀이 같은 것으로 여겼는데, 미하엘라는 모든 순간마다 내가 무엇은 해도 되고 무엇은 하면 안 되는지에 대한 생각을 분명히 말했습니다.

저녁 연습 공연이 시작되기 전에 플리더는 배역 설정을 조금 변경했노라면서 막스와 페트레스쿠의 역할을 맡은 사람만 남아 연습하면 된다고 했습니다. 미하엘라와 나는 호텔로 갔고, 난 이번에도 그녀가 부를 때까지 욕실에서 기다려야만 했습니다. 난 그녀가 무엇 때문에 그렇게 부끄러워하는지 물었습니다. 그녀는 곧 알게 될 거라고, 아니 혹은 영영 모를지도 모르지만,이라고 말하고는 내가 뭔가 더 물으려고 하자 내 입을 손가락으로 막았습니다.

시간이 지나 우린 잠이 들었고, 12시가 지나서야 깨어났습니다. 미하엘라는 심하게 충격을 받아 옷도 제대로 꿰입지 못할 지경이었고 나더러 벽 쪽으로 돌아앉으라고 고집을 부렸습니다.

로베르트의 방 창문에는 역시 불빛이 훤했습니다. 난 가만히 서서 미하엘라의 구두 굽이 만들어내는 메아리에 귀를 기울였습니다.

학기가 시작될 때까지 며칠 동안은 우린 연습 공연에서만 서로를 볼 수 있었습니다. 이젠 다시 막스가 그녀를 극장까지 데려다주었고 집까지 바래다주었습니다.

몇 주가 지나고서야 미하엘라는 그녀의 그 낯선 의식의 정체를 알려주었습니다. "로베르트와 관련이 있어" 하고 그녀가 말했습니다. "그 아이를 낳을 때의 일이었으니까." 난 그녀의 말을 통 알아들을 수 없었습니다. "제왕절개"라고 말하며 그녀는 거의 겁에 질린 표정으로 나를 바라보다가 이윽고 내게 소리를 치더군요. "흉터가 있단 말이야. 아주 크고 징그러운!" 난 별로 그런 것에 개의치 않는다고 말했고, 다음 순간에서야 그녀가 말하는 내용의 문맥을 깨달았습니다.

"모든 사람들이 죄다 그걸 알 필요는 없잖아!" 그녀가 화난 듯 외쳤습니다.

당신은 지금쯤 내가 왜 이런 잡다한 이야기까지 모두 당신에게 하는 거냐고 물으시겠지요? 내 고백록과 이 연애담이 무슨 관련이 있느냐고요? 조금만 기다려주십시오.

로베르트는 나에게 반항했습니다. 게다가 그 아이는 극장에서 온 것이라면 무엇이든 싫어했습니다. 그리고 나 역시 로베르트라는 존재가 거슬렸다는 것을 인정할 수밖에 없겠군요. 누군가를 위해서 배려를 해야 한다는 것에 익숙지 않았습니다. 난 책을 읽고 싶었고, 글을 쓰거나 극장에 가거나 전시회나 영화관에 다니고 싶었습니다. 그리고 미하엘라 역시 그러고 싶어 했지요. 하지만 그런 말을 꺼내는 사람은 언제나 나였습니다. 처음 몇 주 동안은 미하엘라의 집에서 밤을 새운다는 것을 상상조차 할 수 없었습니다. 그렇게만 하면 로베르트가 집을 나가버리겠다고 위협했으니까요. 처음 내가 정식으로 그들의 집을 방문했을 때, 그 아이는 자기 방에서 문을 닫아걸고는 큰 소리로 엉엉 울었습니다. 그 바람에 10분이 채 안 되어 미하엘라가 내게 돌아가달라고 부탁했을 정도였습니다. 난 이따금 미하엘라와 고작 반 시간을 보내기 위해서 알텐부르크로 갔습니다. 그래도 역시 모든 일은 로베르트 위주이기만 했지요.

11월 말경, 난 처음으로 그녀의 집에서 밤을 새웠습니다. 로베르트가 내 신발을 창밖으로 던져버렸고 그걸 히터 위에다 놓고 말려야 했기 때문이었습니다.

난 로베르트를 단지 방해꾼만이 아니라 미하엘라가 가진 결정적인 흠이라고까지 여겼습니다. 내가 로베르트를 편들 수 없었던 만큼 난 오히려 그 아이가 싸움에서 이기기를 간절히 바랐습니다. 사랑이라는 것에 대해 전혀 생각하지 않고 있었기 때문입니다.[2] 게다가 난 이곳에 오래 머무를 생각도 없었지요. 알텐부르크라는 도시에서든 동독이라는 나라에서든. 적어도 베라에게는 그런 내용의 편지를 썼었습니다.

미하엘라가 희색만면하여 로베르트가 나와 미하엘라와 함께 드레스덴에 가는 것에 동의했다는 것을, 그리고 내 어머니를 만나보고 싶어 한다고 알려주었을 때, 내 마음속 갈등은 그 어느 때보다 컸습니다.

어머니는 빵을 굽고 요리를 하셨고, 우리가 잘 침대 위에는 나로선 몇 년 동안이나 구경도 못해본 막대기 모양의 감초 과자와 동물 모양의 초콜릿 등이 놓여 있었습니다.—로베르트는 혼자 내 방에서 잤습니다. 수건들은 새것이었고 부드러웠으며 모두가 따뜻한 실내화 한 켤레씩을 선물받았습니다. 로베르트는 모든 것을 다 예상했었다는 듯 행동했습니다. 우리가 커피를 마시기 위해 둘러앉아 있는 동안 그는 집 안을 마구 돌아다니며 꽃병을 떨어뜨려 깨기도 하고 장롱과 서랍을 열기도 했습니다. 그럼에도 어머니는 아무렇지 않게 생각하셨고 오히려 미하엘라를 안심시켰습니다. 두 사람은 내기라도 하듯 담배를 피워댔고 마침내 어머니는 베라가 출국하기 반년 전에 산 구두를 그녀에게 선물했습니다. 로베르트는 몇 분마다 한 번씩 자기가 새롭게 발견한 물건들을 들어 보였습니다. 그 아이는 내가 예전에 가지고 놀던 테디 곰인형과 동화책들뿐 아니라 뒷부분에

---

2 튀르머가 이 부분에서 사랑에 대한 자신의 생각을 좀더 구체적으로 말했더라면 훨씬 더 재미있었을 것이다.

이로 깨문 자국이 선명한 내 첫 만년필도 찾아냈습니다. 만년필은 마치 금방 쓰다가 손에서 놓은 듯 익숙한 모양 그대로였습니다. 마지막에 로베르트는 아버지가 쓰시던, 제도기가 든 상자를 질질 끌고 왔습니다. 그것들은 반짝반짝 윤이 나는 파란색 우단에 가지런히 놓여 있었지요. 로베르트는 그것들을 가져도 좋으냐고 물었습니다. 어머니가 그러라고 하시는 바람에 난 너무나 놀랐습니다. 그러나 그래선 안 된다는 미하엘라의 나무람이 너무도 단호했기 때문에 내가 더 참견할 필요는 없었습니다. 그러고 나선 사진첩 차례였고, 저녁에 로베르트는 계란이란 계란을 몽땅 프라이팬에 던져넣으며 자신의 요리를 오믈렛이라고 우겼습니다.

다음 날 아침 우리가 떠나기 전에 로베르트는 마당에서 나랑 배드민턴 게임을 하겠다고 고집을 부렸지요. 맞습니다. 오로지 나하고만 단둘이서요. 집으로 돌아오는 길에는 로베르트가 잠들어 미하엘라가 내 쪽으로 기댈 수 있었습니다. 나한테 이제 가족이 있구나, 그런 생각이 난생처음으로 들더군요. 가족이 말입니다. 그리고 내가 마침내 꿈을 이룬 것인지 아니면 함정에 빠진 것인지 도무지 판단할 수 없었습니다.[3]

90년 5월 19일

친애하는 니콜레타!

우리가 함께 드레스덴에서 보냈던 그 주말부터 89년 5월까지 약 1년

---

3 튀르머는 이 편지에서 마지막 인사말 쓰는 것을 또다시 망각하고 있는 게 분명하다. 이전의 편지들에서 그는 언제나 마지막 부분에서 공식화된 인사말을 기계적으로 써넣곤 했다.

반 동안의 기간을 행복했던 시간이라고 부른다면 당신은 아마 깜짝 놀라실지도 모르겠군요. 내 마음속의 갈등은 물론 계속되었습니다만, 그럼에도 불구하고 그럭저럭 지낼 만했습니다. 출국신청서는 나중으로 미뤄졌고, 아니 내가 그것을 나중에 받을 상처럼 일부러 아껴두었다고 말하는 편이 더 낫겠군요. 내가 동독에 머무는 시간이 길면 길수록 나중에 서독에서 이야기할 것이 많을 테니까요. 게다가 난 가족의 일상이란 것을 하나의 새로운 경험으로 생각했습니다. 난 미하엘라가 다리의 털을 면도하는 걸 지켜보는 것을 아주 좋아했고, 우리들의 빨래를 널거나 걷을 때면 그것이 우리 사이의 믿음을 입증하는 증표라고 생각했습니다.

로베르트와 나는 여전히 힘겨운 관계를 유지하고 있었습니다. 내가 로베르트에게서 인정을 받는 일이란 매우 드물었는데, 그나마 가령 빨래 탈수기의 하수관을 양동이 위로 받쳐 들고 있다든가 하는 경우뿐이었습니다. 그럴 때면 난 체중을 몽땅 기계에 실어야 했습니다. 반면에 우리 어머니만큼은 그 아이에게 절대적으로 받아들여졌으므로 우린 자주 드레스덴으로 놀러가곤 했습니다.

난 빛나는 졸업장을 받지 못한 채 학업을 그만두고 말았습니다. 원하지는 않았지만 내 졸업논문 발표가 있기 몇 달 전에 퇴학을 당할 처지에 빠지고 말았습니다. 「구체적인 시문」이라는 시가 적힌 기사를 대학의 게시판 벽에 붙였기 때문이었습니다.[1] 겉으로 보기에는 그럴듯하지만 사실 대학이란 곳도 그리 자유로운 장소는 아니었습니다.

대학생으로서의 마지막 의무였던 학사논문 발표가 끝나고서 우리는 —미하엘라와 안톤과 나— 동독 군관구사령부로 향했습니다. 난 등록을

---

1 부록의 「5월의 카네이션」의 내용과 비교할 것

취소해야, 아니 정확히 말하자면 등록을 변경해야 했거든요. 미하엘라는 그곳 사람들이 내게 말하는 것을 가만히 듣고 있었습니다. 내가 운전사라면 2년 뒤에(2년 뒤라면 바로 지금쯤이죠) 다시 이곳으로 돌아올 수 있는 가능성이 있다는 내용이었습니다.

학교에 관한 단편이든 군대에 관한 책이든 난 그들의 그런 위협 때문에라도 다시금 집필에 관심을 가지게 되었습니다.

9월에 열렸던 「줄리」의 개막공연은 대실망이었습니다.[2] 플리더가 미하엘라에게 이끌려 무대 위로 모습을 드러냈을 때 "브라보!"라는 환호성이 들려오긴 했지만 청중들 중 3분의 2는 이미 장내를 떠나 옷 보관소 앞에 줄지어 서 있었습니다. 우리는 억지로 다섯 번이나 막이 다시 오르도록 했고 그때마다 미하엘라는 오페라의 여가수처럼 청중들을 향해 무릎을 꺾으며 절을 하며 텅 빈 좌석을 향해 미소를 날렸습니다. 베를린이었다면 이 「줄리」 역시 「당통의 죽음」이나 「맥베스」처럼[3] 성황리에 끝났을지도 모릅니다.

개막공연 파티가 끝나고 집으로 돌아오는 길에서야 미하엘라의 분노가 폭발했습니다. 자신이 너무나도 오랜 시간 동안 이 알텐부르크에서 썩고 있다고, 이 극장이 앞으로의 도약을 위한 발판이 되어줄 것이라는 말은 한번도 들어맞은 적이 없다면서 "이따위 촌구석은 이젠 정말 지긋지긋해!"라고 소리를 쳤습니다. 절망이 절정에 다다른 나머지 그녀는 만의 하나 베를린으로 가게 해주는 조건으로 공산당에 가입하라고 한다면 그렇게

2 튀르머는 1988년 9월을 회상하고 있다. 87년 가을에 갑작스럽게 시작된 공사 때문에 극장은 거의 한 회기 동안 문을 닫아야 했다. 88년 9월이 되어서야 연극이 개시되었다.

3 '독일 극단'에서는 알렉산더 랑, 그리고 '민족무대'에서는 하이너 뮐러가 연출한 전설적인 작품.

라도 하겠다고 했습니다. 어차피 '고리키 극장'이나 '베를린 앙상블'의 친구들 중에 반은 이미 당원이라는 것이었습니다. 그들이 진짜로 당원이라 믿을 자는 아마 아무도 없을 테지만요.

"서베를린으로 가면 어떨까?" 난 차가 우리가 사는 거리에 접어들었을 때 그녀에게 물었습니다. "당장 가자!" 미하엘라가 외쳤습니다. 그러고는 동그랗게 뜬 눈을 높이 치켜뜨고는 나를 바라보았습니다. "당장 가자!" 그녀가 반복했습니다.

집에 돌아오자 그녀가 내게 개막공연 선물이라면서 소포상자를 건네주었습니다. 상자를 열자 조금 더 작은 상자가 나왔고 또 그 상자를 열자 더 작은 상자…… 이런 식으로 난 계속해서 상자들을 열어야 했습니다. 그러다가 마침내 난 '클럽'이라고 씌어진 작은 상자를 손에 들게 되었습니다—페퍼민트가 가득 들어 있었지요. 그 안에 숨어 있던 쪽지를 읽었습니다. "담배는 곧 엄마와 아빠가 될 사람들의 건강을 해칩니다." 아직 완전히 성공한 건 아니었지만 우리는 담배를 끊으려고 노력했습니다.

「줄리」는 겨우 대여섯 번쯤 공연을 이어갔습니다. 미하엘라는 정기회원권용 프로그램 목록[4]에 「줄리」가 빠진 사실을 보고는 검열을 당한 것이 틀림없다고 생각했습니다. 오로지 단 한 건의 연극 비평만이 『라이프치히 인민일보』의 지역 소식란에 실렸습니다. 그것도 혹평으로 말입니다.

연극 드라마투르그 일을 시작하면서 내겐 방 한 칸 반의 거주지가 정해졌습니다. 88세의 에밀리 파울리니 할머니의 집이었습니다.

난 그 할머니와 계단참의 중간쯤에 있으며 욕조가 없는 화장실과 부

4 정기구독회원들을 위한 프로그램 카탈로그.

억을 같이 써야 했습니다. 부엌에는 욕조를 대신하는 세면대가 있었습니다. 하지만 지하실에는 석탄이 가득 쌓여 있었지요. 난 이 피난처가 꼭 필요했습니다. 로베르트의 텔레비전 시청 습관이나 한순간도 쉬지 않고 틀어놓는 카세트레코더 때문에 난 어김없이 밖으로 도망쳐나오곤 했거든요. 내가 달랑 책상 하나와 의자 하나만을 들고 이사를 들어오자 에밀리 파울리니 할머니는 몹시 실망한 눈치였습니다. "죽을 때가 임박했을 때" 다시금 혼자 있게 될까 봐 두려우셨기 때문이었습니다. 저녁에 잠이 든 후 아침에 깨어나지 않는 것. 그렇게 돌아가시기를 할머니는 바랐습니다. 하지만 반드시 옆에는 누군가가 있었으면 하는 게 그녀의 소망이었지요. 그녀는 나에 대한 예의로 가발을 썼는데, 대개는 반쯤 흘러내린 상태라 베레모를 쓰신 것처럼 보였습니다. 그녀는 정기적으로 나를 자신의 방으로 불러 자리에 앉으라고 권하고는 갈색기가 도는 빛바랜 액자 속 사진 한 장을 보여주었습니다. 아름다운 젊은 여성의 사진이었지요. 그녀는 언제나 그게 누구일 것 같으냐고 묻곤 했습니다. 할머니는 혼자 키득키득 웃고는 가발 쓴 머리를 자라목처럼 길게 빼며 큰 소리로 말씀하셨습니다. 이젠 어때? 그러면 나는 할머니와 사진을 여러 번 번갈아 보고 나선 마침내 이렇게 탄성을 지르지요. "아니, 이런, 정말이네요! 파울리니 여사시군요! 맞죠!" 에밀리 파울리니 할머니는 킥킥 웃으시며 한 손을 앞으로 던지는 시늉을 하곤 제게 얼른 케이크 한 조각을 내주려고 벌떡 자리에서 일어나 허둥지둥 부엌으로 가셨습니다.

에밀리 파울리니는 미하엘라를 싫어했습니다. 그녀가 '극장' 사람이었기 때문이고, 또한 내가 할머니 집에서 오래 살지 못하는 이유가 그녀 때문이라고 생각했기 때문입니다.

할머니의 딸 루트가 수요일마다 할머니를 뵈러 왔고, 일요일마다 외식을 시켜드리기 위해 모시러 왔었습니다. 루트는 매우 빠르게 말을 하는 편이었고 문장들 사이에 간간히 얼마간의 간격을 두는 대신 땅이 꺼져라 깊은 한숨을 섞으며 높고 긴 음조로 "아아아" 혹은 "아니, 아니 그게 아니라"를 연발하는 버릇이 있었습니다. 그녀는 그런 식으로 부엌에 앉아 있던 내게 ("튀르머 씨, 제가 말씀드리고 싶은 것은요, 튀르머 씨, 아아아, 그 얘길 다 하기엔 시간이 너무 모자라서 말이죠—아니, 아니, 그게 아니라—아주 많죠, 아주 많아요.") 45년 4월 당시 피난길에서 모녀가 드레스덴 근처 프라이탈의 "러시아인들의 손아귀에 들어가게" 되었을 때의 이야기를 들려주었습니다. 그녀의 어머니는 매번 그녀를 밖으로 내보내며 큰 소리로 노래를 부르라고 했습니다. "러시아인들이 들이닥칠 때마다 난 밖에서 노래를 불러야 했었던 거예요. 아아아! 그게 바로 역사입니다. 튀르머 씨, 역사라구요…… 아아아! 그때 우리 어머니는 더 이상 젊은 나이도 아니셨죠. 그래도 아무 소용없었어요. 그게 역사예요! 아아아, 튀르머 씨. 어머니는 아이를 밴 채로 이곳으로 오셨답니다. 마흔셋에 아이를 가지다니요! 아니, 아니, 남편도 없는 몸으로, 상상 좀 해보세요!"[5] 루트는 항상 손에 꼭 쥐고 있던 손수건으로 눈가를 훔치곤 했습니다.

난 그녀가 노래를 불렀다고 한 대목을 이해할 수 없었지만, 에밀리 파울리니가 좀처럼 우리 두 사람만 놔두고 자리를 비우지 않았으므로 하루가 지나서야 루트에게 물어볼 수 있는 기회가 생겼습니다. "아아아, 튀르머 씨, 이유야 간단하죠. 그래야만 어머니가 안심을 했거든요. 그들이 나만큼은 건드리지 않고 있음을 알 수 있었으니까요. 아아아, 아니, 아니, 그게 바로 역사예요!"

---

5 제2차 세계대전 때 알텐부르크는 오로지 변두리 산업지대만 폭격을 당했었다. 그래서 도시 당국은 시내에 정원을 초과하는 많은 수의 피난민들을 받아들였었다.

파울리니 모녀의 이야기 중에서 연극 극본 한 편을, 그러니까 독백극을 만들어보라고 한 건 미하엘라의 제안이었습니다. 미하엘라 자신을 위해서라면 루트 혼자서 사건의 전모를 다 이야기하는 장면이면 더 좋겠지만 그게 아니라 모녀가 함께 등장하는 작품이라도 괜찮다는 것이었습니다. 내가 두 모녀로 하여금 그 당시 사건의 전모를 다 이야기하도록 할 수만 있다면 극본이야 저절로 써지지 않겠느냐면서요.[6]

그래서 난 이따금 에밀리 파울리니 집에서도 잤습니다. 전쟁, 피난, 약탈, 강간에 관한, 아니 게다가 유대인과 나치 경찰에 관한 소재를 확보할 수 있을 거란 생각을 하자 내겐 야릇한 우월감조차 느껴졌습니다.

우선은 겸손하게 작업을 시작하기로 했으므로 나는 에밀리 파울리니의 생활습관 같은 것부터 하나하나 메모해나갔습니다. 그녀가 언제 화장실과 부엌으로 들어가는지, 시장에서 무엇을 사오도록 시키는지, '인민연대'에서 가져다주는 점심 식사 중에서는 무엇을 제일 잘 드시는지, 어떤 음식물이 다음 날까지 냉장고에 그대로 남아 있는지. 그리고 할머니가 텔레비전을 시청하는 시간 역시 놓치지 않았습니다. 밤에는 종종 에밀리 파울리니가 웅얼거리는 잠꼬대 소리에 놀라 잠이 깨곤 했지만 벽이 얇았음에도 불구하고 무슨 말인지 알아들을 수는 없었습니다. 그녀의 방문 앞에서 소리를 엿듣는 일 따위는 포기해야 했습니다. 마룻바닥이 조금이라도 삐걱거리기 시작하면 그에 할머니의 잠꼬대가 멈췄기 때문이었습니다.

난 단 한 번의 수요일도 놓치지 않았습니다. 바라던 대로 나는 곧 방으로 불려 들어갔습니다. 에밀리 파울리니가 평소에도 언제나 전기를 아

---

6 튀르머가 이미 이전에 (1990년 5월 5일의 편지와 비교할 것) 사용한 바 있는 이 표현은 다음 편지에서도 거의 변함없이 다시 사용된다. 그로써 추정컨대 튀르머가 미하엘라로 하여금 이런 말을 하도록 만든 것이 분명하다.

끼기 위해 반쯤만 어슴푸레 불을 밝혀놓은 방이었습니다. 나는 눈에 불을 켜고 호시탐탐 기회만을 엿보았고, 할머니의 물건 중에 오래된 것이면 것일수록 일부러 큰 탄성을 지르며 놀라움을 표현했습니다. 그렇게 하면 에밀리 파울리니가 더욱더 고무되어 그 당시의 이야기를 들려줄 것이라고 기대했기 때문이었지요. 하지만 '전쟁 전 제품'은 없었습니다.[7] 난 옛날 사진들에 기대를 걸어보았으나 액자에 끼워져 찬장 위에 놓였던 사진을 빼곤 다른 사진은 없었습니다.

난 그녀에게 체코 사람들이나 유대인들에 대해, 그리고 전쟁이 발발한 때의 이야기를 물었습니다. 아무것도, 그 어떤 무서운 사건도 그녀의 머리에 떠오르는 것은 없었습니다. 그동안에 에밀리 파울리니가 내 호기심이 노리는 계획을 눈치챈 것이 아닐까 하는 생각이 들 정도였습니다. 남편에 대한 이야기를 할 때 할머니는 와락 웃음을 터뜨렸습니다. "그들은 마지막 순간까지 장렬하게 싸웠어!" 하지만 루트가 너무도 큰 소리로 "아아아"와 "아니 아니"를 연발하는 바람에 에밀리 파울리니는 방에서 나와야만 했지요. 할머니의 남편은 전투경찰이었는데, 목에 줄이 묶인 개와 다름없었다고 했습니다. 그는 행방불명된 것으로 알려졌습니다. 그러고는 남편의 물건이라곤 사진 한 장조차 남은 게 없다는 것이었습니다. 에밀리 파울리니는 결혼하기 오래전, 미성년자의 나이로 이미 아들을 낳았었습니다. 고아원에서 자란 그 아들은 자발적으로 해군에 입대한 뒤 노르웨이에서 심한 중상을 입었고 브레멘에서 큰 폭격을 맞아 죽었다고 했습니다. 할머니는 루트에게 어딘가에 아들의 편지를 간직하고 있다고 말씀하셨다고 합니다. 그러나 그게 어디에 있냐고 물어도 별 소용이 없다는 것이었습니

---

7 사실 파울리니 가족과 같은 피난민들에는 당연한 일임을 튀르머 역시 마땅히 눈치챘어야만 했다.

다. 두 모녀는 러시아인의 아이인 한스에 대해서조차도 서로 말을 나눠본 적이 없었습니다. 정작 루트 자신이 그 피가 반밖에 섞이지 않은 동생에 대해 이야기하기를 꺼리기도 했습니다.

난 색연필로 색을 구별해가며 메모 카드를 기입했습니다. 검정색은 집 안에서의 생활습관이었고, 빨강은 에밀리 파울리니의 이야기들, 초록은 루트의 이야기들, 파랑은 내 관심을 끈 물건들에 관한 메모들이었습니다. 난 내가 메모한 것들이 언젠가 서로서로 이가 물리면서 저절로 하나의 줄거리가 되기를 바랐습니다. 미하엘라는 제2차 세계대전의 종식에 관한 책들을 읽으며 내게 늘 이런저런 제안을 쏟아냈습니다.

극장에서는 그 어느 때보다도 글을 쓸 수 있는 시간이 많았습니다. —우리에게 지정된 의무 근무시간은 10시부터 오후 2시였습니다— 게다가 급료까지도 꼬박꼬박 받았으니까요! 세금을 공제하지 않은 액수론 9백, 세금을 공제하고도 어쨌든 7백이나 되었습니다. 그러니 귀족적인 생활이었다고 말할밖에요.

난 해마다 열리는 크리스마스 동화극으로 안데르센의 「눈의 여왕」 공연 일을 맡았는데, 심지어는 현명한 까마귀 역할로 몇 번 무대 위에 직접 등장하기도 했습니다. 플리더와 같은 연출가가 나타나기를 기다렸지만 부질없는 일이었습니다.

그래도 그중 제일 낫다 싶은 작품들은 모리츠 파울젠이 맡은 공연이었지요. 그는 주로 패션쇼로 돈을 벌었고, 그에게는 조명 테스트만도 이틀이나 사흘이 걸렸습니다. 모리츠 파울젠이 내 마음에 들었던 건 그가 리뷰 작을 글라스노스트의 극으로 만들어 공연에 올리겠다고 결심했기 때문이었습니다. 그중에서도 클라이맥스는 "공산당의 플라밍고!"라는 외침으로 시작되는 짧은 장면들이었습니다. 그 외침은 파울젠이 직접 고안해낸 대사였고, 극중 인물들은 그 외침과 함께 행동을 우뚝 멈추게 됩니다. 그러곤 극중 인물들 전부가 다 홀린 듯한 미소를 머금은 채 상상 속의 공산당 플라밍고를 올려다봅니다. 마치 무대 위 하늘에 무엇인가가 날아간다는 듯이 위를 바라보면서요. 우린 모두 이 극이 개막공연 후 금지될 가능성이 높다고 믿었습니다. 하지만 극장장 요나스가 분노를 터뜨렸을 뿐—우리가 도대체 무슨 말을 하려는 것인지 아무도 못 알아들을 거라면서요—나머지는 죄다 별 볼일 없는 항의 정도였습니다. 한 학급의 학생들을 데리고 연극을 보러 왔던 교사 한 명은 우리가 교육자들과 뜻을 모으고 예술을 매개체로 하여 당 의식을 고취시키기는커녕 오히려 그들의 뒤통수를 친다는 항의를 해왔습니다. 우리가 트로피나 되는 양 자랑스럽게 벽에 걸었던 그런 종류의 편지들은 하나같이 이렇다 할 것이 없는 졸작이었을 뿐입니다.

두번째로 함께했던 크리스마스 연휴 때 우리는 행복한 가족이 되어 있었습니다. 할머니 두 분이 모두 함께 와 계시다는 것이 로베르트의 마음을 좀 푸근하게 만드는 모양이었습니다. 그 아이는 이제 내가 묻는 말에도 곧잘 대답을 했고, 텔레비전 앞에 앉은 그 아이 옆으로 다가가도 더는 벌떡 일어나 도망가지 않았습니다.

그리고 크리스마스 연휴 둘째 날 아침, 난 문득 내 단편소설들을 어떻게 끝내야 할지 깨달았습니다. 왜 그렇게 쉬운 일이 3년씩이나 걸렸는지 나로서도 알 수 없는 일이었습니다.

그건 틀림없이 우리들의 기분 때문이었을 것입니다. 우리들의 독서가 만들어낸 기분이었습니다. 미하엘라는 그때 막 에코의 『장미의 이름』을 읽었었고 로베르트는 내게서 『팀 탈러, 또는 팔아버린 웃음』이란 책을 선물로 받았었거든요. 웃음이 공기 중에 스며 있었고, 그래서인지 갑자기 내 단편 속 주인공 티투스 역시 미소를 지을 수 있었던 것입니다. 티투스는 이제 더 이상 협박을 당하지 않았습니다. 고통을 당하는 대신 아이러니가 그 자리를 대신했습니다. 그는 그동안 어른이 되어 있었습니다.

난 처음부터 다시 쓰고 싶었습니다. 맨 처음부터, 그리고 이번만큼은 확고부동한 억양으로. 티투스의 미소가 단편을 밝은 빛으로 인도했고 사춘기적 권태로부터 해방시켰습니다.[8]

새해가 되었을 때 난 일에 착수했습니다. 생각들이 머리에 떠오르는 속도가 너무 빨라 다 옮겨 적을 수가 없을 정도였습니다. 이제 내 피난처에서 많은 시간을 보내게 되었으므로—튀르머 씨는 언제나 친절하고 기분이 좋으며—에밀리 파울리니 할머니 역시 매우 기뻤습니다.

지금에 와서는 누구나 그 당시 지방선거[9] 때 이미 동독 체제의 전복을 알리는 조종을 들었다고 생각할 것입니다. 시간이 점점 지날수록 더욱더 신빙성을 띠어가지요.

대학에서는 대학생이라면 반드시 언제 투표장에 가야 한다는 식의 대토론이, 가령 투표가 시작된 시각으로부터 15분 이상 늦게 도착해서는 안 된다는 등의 토론이 벌어졌던 반면 극장에서는 아무도 선거에 관심이 없었습니다.

차우셰스쿠(루마니아의 정치가, 초대 대통령—옮긴이)에게 카를 마르

8 튀르머가 자신의 단편의 성격에 대해 내린 이 판단을 나는 인정할 수 없다. 적어도 이 책 안에 인쇄된 글을 가지고서는 그렇다. (「티투스 홀름—드레스덴에서 쓴 단편」)

9 1989년 동독에서의 마지막 지방선거(코뮌 의회선거) 때 처음으로 부정선거가 밝혀졌는데 시민단체들이 여러 겹으로 개표 상황을 감독했기 때문이었다. 공식적인 발표는 '민족인민전선'의 후보자가 98.77퍼센트를 득표했다고 명시했다.

크스 훈장이 수여된 뒤[10] 요나스조차도 당을 떠나겠다고 별렀습니다.

선거가 있던 일요일은 5월답게 화창한 날씨였지요. 우린 자전거를 꺼내 타고 소풍을 갔습니다. 내가 예전에 선거장에 가는 길에서 매번 느끼곤 했던 공포에 대해서는 도저히 당신에게 잘 설명할 수 없을 것 같군요. 아무리 각자가 아무렇지도 않은 듯 행동을 해도 모두들 다른 사람들에게서 보았습니다 — 또한 자기 자신에게서도 보았고요. 모두가 걷고 있는 길이 예외 없이 선거장의 투표함으로 향하고 있다는 것을 보았다는 말입니다. 투표장 앞에서 줄을 서는 일은 마치 공개 처형의 과정처럼 진행되었습니다.

우린 프로부르크 근처에 있는 호숫가에까지 가서 놀다가 오후가 되어서야 방향을 돌렸습니다. 그 시각엔 이미 거리에 선거하러 가는 사람들의 행렬이 뜸했습니다. 초인종이 울렸을 때, 우리는 막 침대에 몸을 뉘었지요. 로베르트가 문을 열었습니다. 난 그 아이의 친구 팔크려니 생각했습니다. 어떤 남자 한 명과 여자 한 명이 우리와 이야기를 하고 싶어 한다고 로베르트가 말했습니다. 우린 다시 옷을 입었습니다.

난 호전적인 기분이었습니다! 몇 마디 단호한 말로 일을 끝내겠다고 결심했습니다.

나이가 대략 쉰 살쯤 되어 보이는 그 여자는 마치 다이빙 선수라도 되는 양 우리 집 층계참에 서서 흔들흔들 몸을 흔들고 있었습니다. 선홍색 루주로 칠한 그녀의 입가에 미소의 흔적이 남아 있었지요. 남자는 30대 중반이었고 숱이 적은 계란 노른자색 머리에 검은색 가죽점퍼 차림이었습니다. 왼쪽 팔꿈치를 여유 있게 계단 난간에 기대려고 우습게도 몸을 너

10 1988년 1월.

무나 깊이 옆으로 기울이고 있었습니다. 그의 주먹 쥔 손으로부터 볼펜이 비죽이 솟아나와 있었습니다. 오른손에는 서류를 들고 있었지요.

남자는 말을 했고 여자는 우리가 질문과 대답을 나누는 장면을 관찰했습니다.

아니요, 하고 난 말했습니다. 우린 저녁 6시까지 투표장에 갈 생각이 없습니다. 아니요, 이유는 지방정치 때문이 아닙니다. 아니요, 선거에 후보로 나온 사람들은 우리가 아는 사람들이 아닙니다. 우린 그들에게 별 관심이 없습니다. 우린 선거라면 좀 다른 생각을 가지고 있습니다.

난 내 미소를 억누르려고 했습니다. 그러나 미하엘라도 그리고 노란 머리의 남자까지도 미소를 짓고 있었습니다. 게다가 여자까지도 선홍색의 입술이 미소 짓는 것을 억누르지 못했습니다. 그러는 동안, 계단 난간에 기댔던 남자의 팔꿈치가 미끄러져버렸습니다.

혹시 뭐 또 다른 의문점이 있냐고 미하엘라가 물었는데, 그녀의 목소리는 몹시 상냥해 마치 물이라도 한잔 마시겠냐고 권하는 것처럼 들렸습니다. 아닙니다, 다른 질문은 없습니다, 하고 그가 말했습니다. 우리가 그토록 솔직하게 그들과 대화를 해주어서 매우 고맙다고, 이젠 선거장에 가서 알려줄 수 있겠다고, 봉사활동을 하는 선거 도우미들이 더 기다릴 필요 없을 거라고, 그리고 이동 방문 투표함 역시 우리 집에는 보낼 필요가 없겠다고 했습니다.

"그렇다면 어쨌든 우리 집 방문이 아주 소득 없는 일이 아니네요" 하고 내가 말했습니다. 그리고 미하엘라가 거기에 덧붙였습니다. "오늘, 일요일 시간이 얼마 남지도 않았으니 이제 집으로 돌아가 좀 쉬셔도 되겠고 말이에요." "그럴 수 있으면 오죽이나 좋겠습니까!" 하고 계란 노른자가 외치곤 웃으면서 볼펜으로 자신의 서류철을 톡톡 두드려보였습니다. 우린 하마터면 손을 내밀어 악수를 청할 뻔했었지요.

미하엘라는 로베르트를 안심시켜야 했습니다. 그 아이는 우리들의 이야기를 다 들었고 학교에서 우리들의 일 때문에 앞으로 불려나갈까 봐 겁을 냈습니다. 로베르트는 울음을 터뜨렸고 침대에 풀썩 쓰러지며 소리를 쳤습니다. "왜 그냥 남들처럼 하면 안 되는 거죠!?" 또 한 번 초인종이 울리자 그 아이는 몸을 움찔 움츠렸습니다. 이번에는 친구인 팔크였습니다.

내가 한 행동을 잘 이해시킬 수 있을지 모르겠습니다. 그러나 한 편의 한심함은 또 다른 쪽의 한심함을 더 돋보이게 하지요. 이날의 일로 나한텐 전부가 다 완전히 의미 없는 일이라는 느낌이 엄습했습니다. 지금에 와서 단편 따위를 계속 쓰기 위해 다시 책상에 앉는다면 너무 부조리한 일이 아닌가요? 그건 강제적인 패러디가 아니었을까요? 층계참에서의 장면과 같이 그 모든 것이 웃음이 터져나올 만큼 경멸스럽지 않은가요? 모든 종류의 감동은 결국 텅 빈 공허함으로 변질돼갑니다. 그 어떤 제스처도 그 어떤 몸짓도 다 쓸데없는 짓이 아닌가요? 그에 못지않게 냉정한 방관자의 시각 역시 상황에 대한 적절한 반응은 아닐 것입니다. 그것이야말로 우스꽝스러운 것들 중에도 최고요, 세상에서 가장 천박한 행위일 것이니까요.[11]

난 내 '라인메탈' 앞에 앉아 글자판을 두드려댔습니다. 난 내가 무엇을 쓰고 있는지 이해하지 못했습니다. 단지 문학과 관계가 없는 글이라는 것만을 짐작할 뿐이었지요.

그건 작별의 순간이었습니다. 난 파라다이스에서 내쫓긴 것입니다. 아니면 내가 나를 스스로 내쫓아버렸다고 하는 편이 더 나을까요? 나라는

---

11 튀르머는 자신이 이렇게 주장하는 데 대한 이유를 대지 않고 있다. 어째서 냉정한 관찰자의 시각이 "세상에서 가장 천박한 행위"란 말인지?

개인성을 제물로 바치고 나 자신의 고유한 목소리를…… 내가 그걸 가졌던 적이 있기나 하다면 말입니다.

난 나 자신을 벌하기 위해선 내가 지금 하고 있는 것을 계속해야 한다고 생각했습니다. 그리고 난 마음속으로 다른 모든 사람들과 나라와 체제를 맹렬히 비난했습니다. 내가 만들어낸 것들은 허섭스레기였을 뿐입니다. 쓰레기가 아닌 것을 가질 자격이 나에겐 없었고, 이 나라도, 또 이 사회 역시 마찬가지였습니다. 자신의 남성용 변기를 예술작품이라고 명명했던 뒤샹의 기분이 지금의 내 기분과 비슷하지 않았을까, 그런 생각이 들었습니다. 어떤 분명한 예감이 그를 괴롭혔을 테니까요. 다시는 붓을 들지 못하게 되리라는, 다시는 이젤 앞에 서지 못할 거라는, 그리고 다시는 팔레트의 물감 냄새를 맡지 못하리라는…… 나 역시 분노가 폭발하는 때에 바로 그와 똑같은 느낌을 받았던 것입니다. 그것은 내가 반드시 치르지 않으면 안 되는 잔인한 푸닥거리 의식이었습니다. 선거에 대한 내 경험담을 한 문장 한 문장 써내려가면서 나는 배변의 쾌감과 같은 묘한 감정에 빠져 나 스스로가 이상향에서 멀어져가고 있었던 것입니다.[12]

내가 화가 난 이유는 추하고 역겨운 사실들 때문이 아니라, 그 추하고 역겨운 사실들이 더 이상 지금까지의 방식으로 전달되지 않는다는 것 때문이었습니다. 마치 진실을 말하려는 시도를, 거짓을 거짓이라 부르려는 시도를 하면 할수록 판단이 더욱더 흐려지는 것 같았으니까요.

베이징 천안문 광장의 대학살[13]은 내게 단 한 가지 사실을 깨우쳐주었습니다. 세상은 예전과 다르지 않고 이대로 계속 머무를 것이다. 세상은 이런 식으로 영원히 계속될 것이다. 다른 것은 기대하지도 않았습니다.

12 부록의 「투표」와 비교할 것.

13 1989년 6월 4일.

아니 하긴 했었던가요? 난 정말이지 나 자신을 이해할 수가 없었습니다. 어째서 내가 그날의 끔찍한 소식을 접하고서 일종의 안도감마저 느꼈던 것인지를.

극장의 공연 휴식 기간 동안 우리는 자동차와 텐트를 준비해 불가리아로 떠났습니다. 북해 연안의 아토폴에서 로베르트는 해안에 떠밀려 와 죽은 돌고래 한 마리를 보고 울었는데, 난 그런 그 아이를 보며 니콜라이 오스트롭스키의 『강철은 어떻게 단련되었나』[14]를 모범으로 삼아 흉측하고 악한 작품을 만들어야겠다는 생각을 했습니다.

이해 여름 동안 실제로 무슨 일이 일어났는지는 8월 말이 되어서야 명확해졌습니다. 공연이 다시 새로운 회기를 맞는 때였지요. 드라마투르기의 사무실에서 우리는 내기를 했습니다. 누가 또 새로 들어올 것이며 누가 이미 떠나버렸는지. 막스, 즉 장과 그의 가족들은 헝가리로 떠났었습니다. 그렇지 않아도 우린 늘 가장 먼저 사라져버릴 사람으로 그를 지목해왔습니다. 막스가 지각을 하는 바람에 첫 회의에 참석하지 못하고 현관에서 기다리고 서 있다가 막상 극장에 들어섰을 때 왜 사람들이 그에게 과장된 인사를 건네는지, 그는 이해하지 못했습니다. 그라면 할 수 있을 거라고 확신했던 듯이 사람들의 표정에서 묘하게 반가움과 실망이 동시에 교차했고, 약간은 경멸감조차 느껴졌습니다.

이 당시에 나와 미하엘라 사이에는 싸움, 아니 좀더 정확히 말하자면 갈등이 있었습니다. 미하엘라가 서른다섯 살을 넘겼음에도 불구하고 우린 함께 아이를 갖기를 원했습니다.[15] 그녀는 예전에는 생리혈을 볼 때마다

14 학교 권장도서. 공산주의청년동맹 콤소몰Komsomol에 속한 한 청년의 이야기를 다룬 소설. 청년은 내전 기간 동안 소련 진영의 영웅이었다.

15 동독에서 서른 살 정도의 여자들은 임신하기에 늦은 나이로 간주되었다.

안심이 되곤 했지만 이제는 매번 점점 더 우울해진다는 것이었습니다. 새로운 월경 때마다 나한테 비난이 돌아오곤 했지요. 미하엘라는 내가 검사를 받아봐야 한다고 고집을 부렸습니다. 나한텐 너무나 모욕적인 일이었지만 이의를 제기했다간 우리 사이가 더욱더 나빠질 것이 틀림없었습니다. 검사 결과는 내가 생각했던 대로였습니다. 컵 한 개를 들고 소독약 냄새가 코를 찌르는 화장실 앞에 섰을 때 나는 갑자기 도대체 어느 여자를 떠올리며 일을 치러야 할지 생각나지 않았습니다. 일주일 후 미하엘라가 내게 증명서를 건네주며 말했습니다. "이상하네." 딱 그 한마디 말뿐이었습니다.

당신의 T.

90년 5월 21일

사랑하는 요!

오늘 아침 우리 집 초인종이 요란하게 울리더군. 문 앞에 검은 머리, 금발 머리가 서 있었는데, 그들은 내가 예전에 본 적이 있던 경찰관들이었어. 난 그들에게 우리 집을 수색하러 온 거냐고 물었지.[1] "어젯밤에" 하고 그들이 입을 열었어. "선생님의 신문사에 누군가 침입을 했었습니다!"

1 "검은 머리, 금발 머리"라는 표현은 나중에 삽입되었다. 이 대목에서는 일단 그 사람들이 바로 튀르머가 3월 7일 사고 당시 보았다고 생각했던 "하얀 '라다'형 차의 두 남자"를(1990년 3월 9일의 편지와 대조할 것) 가리킨다는 것만 알려졌을 뿐이라고 한다. 요한 치일케조차 튀르머의 이 질문을 이해하지 못했다. 그 의미는 뒤에 니콜레타 한젠에게 쓴 편지를 미루어 보고야 추측할 수 있었다.

검은 머리와 금발 머리는 나에게 그 이상 자세한 것은 가르쳐줄 수 없다고 하더군. 가령 컴퓨터만큼은 그대로 남아 있는지 아닌지와 같은 중요한 문제조차도 말이야.

나중에 난 그 커다란 모니터를 끌어안고 마구 입이라도 맞추고 싶은 심정이었어. 난 기계들을 차례차례 켜보았고 그들이 잘 있는지 살폈으며 그것들의 징징대는 모터 소리 가운데 행복한 얼굴로 서 있었지. 다른 건 다 부수적인 일이라고 생각했으니까. 도둑이 내 사무실의 철제 장롱을 뒤져갔더군. 금요일에 받은 현금을 넣어둔 일로나의 돈 상자가 없어졌는데 3백 마르크가 안 되는 금액이었지. 프레드와 쿠르트의 방에선 모아둔 동전들이 털렸고. 모든 건 뭐 그냥 단순한 아이들 장난처럼 보였어. 검은 머리와 금발 머리가 돌아갔지.

사법경찰관이 말하기를, 그들이 뭔가 발견해 간 걸 다행으로 생각해야 한다는 거야. 위층에는 서랍이란 서랍이 죄다 열려 있었고 요르크, 마리온 그리고 프링겔의 원고들이 땅바닥에 흩어져 있었어.

난 무당벌레 할머니와 할아버지는 무사하냐고 물었지. 경찰관은 내 질문을 이해하지 못했어. (우린 경찰에 관한 리포트 일로 서로 알게 되었는데 나사 조이는 기계같이 손아귀 힘이 억센 땅딸막한 사내야. 그는 또 성벽의 대포 구멍 같은 눈을 가졌지.)

어두운 층계참에서 우린 더듬더듬 위로 올라갔어. 경찰관은 불규칙적으로 여기저기 망가진 계단을 밟을 때마다 앞으로 꼬꾸라지곤 했어. 그가 켜준 라이터 불빛 속에서 초인종을 찾아보았어. 문이 열리긴 했는데 고작 한 뼘 정도만 열리더군. 그가 라이터 불을 들어 문 주위를 비춰보았어. "쇠막대기 같은 걸 넣어 문을 땄군요" 하고 그가 말했어. 자물쇠가 밖에 걸려 있었어. 난 무당벌레 씨를 불러보았지. 두 번 그리고 세 번. 대답 대신 인간의 목소리가 아닌 괴상한 울부짖음이 들렸어—정말이지 피가 얼어붙는 줄 알았다니까! 어떻게 달리 표현할 길이 없네. 경찰관 역시 심하게 놀라 나자빠질 정도였어.

처음엔 그게 노인의 목소리일 거라고 생각하지 못했어. 난 큰 소리로 내 이름을 외쳤지. 노인이 부르짖었어. "살인자! 오오오, 이 나쁜 놈아, 파렴치한 살인자 놈아!" 노인은 우리에게 욕을 퍼부었어. 침입자 아닌 침입자인 우리들에게!

또 한 명의 경찰관이 더 오고 나서야 거기 받쳐놓았던 장롱을 밀쳐내고 문이 완전히 열렸지. 노인은 도끼를 들고 우리에게 덤벼들었고 라이터 불이 훅 꺼졌어. 그럼에도 불구하고 두 명의 경찰관들은 그 노인을 붙잡는 데 성공했어. 난 도끼가 계단에서 굴러떨어져 내려가는 소리를 들었지.

노인의 몸에서는 지독한 악취가 났어. 그는 거의 음성이 새어나오지도 않는 목소리를 그르렁거리며 연신 "이 나쁜 살인자!"를 반복했고, 우리 목을 부러뜨리겠다고 위협했지.

쇼르바 여사는 나를 컴퓨터실로 밀어 넣고는 평소에 늘 가지고 다니는 초록색 안정제를 권했어. 그녀는 7시에 왔었고 모든 것을 규정대로 처리했다는 거야—루카에서 일할 때 침입자가 들면 어떤 태도를 취해야 하는지 배운 적이 있다나.

창문을 통해 파란색 구급차 불빛을 보았어. 바로 다음 순간, 난 다시 한 번 노인의 목소리를 들었어. 사람들이 노인과 무당벌레 할머니를 차로 옮겨 싣고 있었거든.

우린 경찰관들과 함께 신문사를 한 바퀴 둘러봤어. 누구든지 자신의 사무실에서 뭔가 없어졌거나 망가진 것을 이야기해야 했지. 처음에 난 내 물건이 모두 무사하다고 생각했어. 하지만 곧 난 내 눈을 의심할 수밖에 없었어. 로베르트와 미하엘라와 내가 함께 찍은 사진이 없어졌던 거야. 그건 내 서류들 사이에 끼워져 있었거든. 그에 반해 침입자들은 액자에 담긴 일로나의 가족사진을 바닥에 내동댕이치곤 유리를 밟아 박살을 내놨더군. 게다가 그들은 그녀의 '오페라가방'의 내용물을 죄다 꺼내 방바닥에 흩어놓았지. 그게 얼마나 소중한 물건인지 난 알 거라면서 그녀가 훌쩍거리며 말했어. 일로나는 늘 미신을 믿어. 거울에 대해선 내가 해명을 해줬지. 거울이 깨지고 나서 일곱 해 동안 불행이 온다는 건 오직 거울의 주인이 직접 자신의 거울을 깼을 때만 그렇다고. 그녀는 고개를 저었어. 아니에요, 아니에요. 그렇지가 않다니까요.

침입자들은 마당으로부터 가정용품 상점에 붙은 유일한 창문을 타고 들어왔더군. 계산대가 텅 빈 채 열려 있었어. 그들이 노린 것은 돈뿐인 게 분명했고, 믹서 한 대 빼곤 아무것도 가져간 게 없었어. 우리들 사무실에도 쇠막대를 대고 문고리를 딴 흔적이 있더군. 뭐 별로 깔끔한 일 처리는 아니었어. 키 작은 경찰관이 가소롭다는 듯이 말했어. 난 계속해서 그의 손을 쳐다봐야 했어. 두 개의 손가락 힘이 내 팔의 전체 힘보다 훨씬 더 세었거든. 찻잔이 퍽 뜨거웠음에도 불구하고 그는 물잔을 쥐듯 그걸 잡고 있었는데 새끼손가락만큼은 펴고 있었어. 그는 그중 제일 나이가 많은 경찰관이었지만 계급은 아주 낮은 것 같았어. 그는 언제나 자신의 동료를 문 사이로 먼저 들여보내곤 했어. 내가 그에게 커피를 권했을 때조차도 그는 동료가 먼저 네,라는 대답을 할 때까지 가만히 기다렸지. 그의 상관은 왠지 자신이 없어 보였고 키 작은 사내가 표정 하나 구기지 않은 반면 우리 말에 동의를 하거나 웃을 만반의 준비가 되어 있는 사람이었지. 그래도 상관이 침입자들이 두 노인을 어떻게 다루었을지 상상할 만하다고 말했을 때 그 역시 고개를 끄덕였어. 무당벌레 할머니는 겁에 질려 울면서 침대 시트에 둘둘 말린 채 누워 있었다는 거야. "저 위에는 아주 난장판을 쳐놨어요. 깨진 파편들과 유리 조각들뿐입니다" 하고 키 작은 경찰관이 말했지. 탁상시계는 던져진 채 널브러져 있고 침대보가 찢어져 있었대. 두 노인들이 어떻게 해서 장롱을 문 앞에 받쳐놓을 수 있었는지 그건 수수께끼로 남았지.

요르크가 왔을 땐 사법경찰관들과 막 작별을 하려던 참이었어. 그들은 그에게도 악수를 청했지. 그는 두 사람을 피해 뒤로 흠칫 물러났어. 키 작은 남자가 이 다 허물어져가는 건물에서 참 편하시겠다는 둥 뭐 그런 조의 말을 했거든. 내 생각엔 별것도 아닌 말이었지.

요르크는 그런 말은 하지 않는 게 더 낫겠다면서 얼음처럼 냉정한 얼굴로 대답을 하곤 두 사람이 돌아갈 때까지 한마디 말도 하지 않았어.

그가 드디어 입을 열곤 자신은 정말이지 그런 비꼬는 농담 따윈 듣고 싶지 않다고 하더군. 그리고 나에게 어째서 저런 작자들과 한 테이블에 앉아 있을 수가 있냐는 거야. 난 대답했지. 예전에도 벌써 여러 번 저 작자들과 한 테이블에 앉았었고, 그들이 우리 일로 여기에 온 마당에 그들과 함께 작성해야 하는 사건보고서를 일어선 채 쓸 수는 없는 노릇이며, 그래서 그들과 함께 앉을 수밖에 다른 도리가 없었다고.

그들이 우리 사무실을 비꼰다고 생각한 이유는 건물 안의 가구 장식을 연상했기 때문이라고 요르크는 말했어. 그는 비밀안전기획부들의 지부가 아직 이 건물에 있을 때 그 두 경찰관을 알게 되었고, 그래서 그들 역시 비밀안전기획부 요원일 거라고 생각했다는 거야. 그들끼리는 존댓말을 쓰지 않고 말을 놓더래. 차츰차츰 시간이 갈수록 그는 자신이 검사와 사법경찰을 상대로 끈질기게 싸우고 있다는 것을 알았고 또한 아무 말도 하지 않고 있던 사람들이 비밀안전기획부 요원들임을 깨닫게 되었다는 거야.

"아니, 공식적으로 그들에게 속한 사람들 말이야" 하며 그가 말을 정정했지. 키 작은 그 사내, 그 철의 손을 가진 그 작가가 자기에게 공격적이라고 비난을 했었다는 거야. 요르크는 도무지 진정하려고 하지 않았어.

그는 마리온 앞에서 꼼짝을 못하지. 지난주에 그가 내게 고백하길 피앗콥스키와 함께 편집부를 둘러보고 난 후 그에 대한 기사를 쓰려고 시도 중이라는 거야.[2] '참을 수 없는 선거 결과와 그 승리자'가 기사의 제목이 될 거라는군. 그러나 이 제목을 앞에 두고 볼 때마다 그는 꼼짝할 수가 없대. 문장마다 줄마다 쓰는 족족 즉시 지우지 않는 것이 없다고 했어. 자신이 계속해서 유리를 향해 몸을 부딪치는 파리 같다고 느낀다는 거야. 하필이면 자신의 자존감이 걸린 기사 앞에서, 자존감과 독립심이 걸린 기사를 두고.

그렇다면 우리가 그 집을 사는 데 찬성하지 말아야 했다고 내가 말했어. 맞아. 요르크가 말하길 그건 확실히 잘못한 일이라면서 자신은 사실 찬성하지도 않았었다고 덧붙였지. 그게 무슨 말이냐고 난 물었어. 그건 말할 수가 없다더군. 나를 비난할 생각은 없다면서, 그 스스로도 그 일에 대해 기뻐했었으며 그건 나 역시 보지 않았냐고, 그리고 바른 핑계를 대고 자신만 빠져나올 생각은 추호도 없다는 거야. "그렇지만 공정하지 않았어. 공정한 처사가 아니야."

"사람들이 피앗콥스키를 선출했습니다" 하고 난 말했어. "적어도 그는 당선을 주장할 수 있단 말입니다."

그도 알고 있대. 하지만 그는 정말이지 피앗콥스키 같은 작자가 높은 자리로 헤엄쳐 올라가는 것을 차마 볼 수가 없다는 거야. 그게 모든 것들

---

2 1990년 4월 10일의 편지에서 튀르머는 요르크가 자신에게 "피앗콥스키에 대한 기사를 계속 써달라고" 부탁했다고 쓴 바 있다. 그러므로 원래 이 기사는 튀르머가 맡았던 임무였다.

의 가치를 다 떨어뜨리니까! 그는 이 문제를 제기하고 싶다고 했어. 적어도 이 문제만큼은!

"사법경찰 같은 사람들과 우리가 도대체 뭘 어떻게 할 수가 있다는 겁니까? '비밀안전기획부를 탄광으로'[3]는 사회주의에서나 가능한 얘기 아닌가요?" 하고 난 말했고, 요르크는 그 말에 대꾸하지 않았어. 난 그를 도와 함께 정리 정돈을 했지.

요르크는 잔뜩 겁을 내고 있어. 스캔들 기사가 나간 이후에 그는 자신이 교사에 대한 기사에서 공격했던 모이러, 그러니까 그 학교의 교장이 자신에게 무슨 해코지라도 할까 봐 걱정을 하고 있지. 모이러는 물론 요르크가 어떻게 생겼는지도 모르지. 이곳 도시 사람들은 요르크를 진짜로 무서워해. 나 역시도 그의 그런 명성 덕분에 득을 본다니까.

제자리로 돌아가서 계속해서 하던 일을 한다는 건 엄청난 자기 극복이었어. 내가 당장이라도 하고 싶었던 일은 마침 바론과 함께 우리를 방문한 신부에게 부탁해서 방마다 돌아다니며 성스러운 향을 피우고 정화 의식을 거행하는 거였어. 신부는 알텐부르크의 성물 보관함에 대한 기사를 써달라고 우리 신문사를 방문했던 거야. 일로나는 신부가 위로로 건네는 말에 또 한 번 한바탕 눈물을 쏟아냈지. 시간이 가면 갈수록 그녀는 무엇인가에 더욱더 빠져들며 감정적으로 고조되었는데, 그녀 스스로도 뭣 때문에 그러는 건지 알 수 없었을 거야. 쇼르바 여사가 그녀의 일을 대신 넘겨받았고 그녀를 뒤쪽에 있는 주방으로 보냈어. 난 일로나가 흐느끼며 우는 소리를 들었지. 흥분한 아스트리트, 늑대가 뭔가 흔적이라도 찾으려는 듯 킁킁 냄새를 맡으며 이 방 저 방을 돌아다녔어. 난 일로나를 차로 집에

3 라이프치히 시위에서 가장 대중적이었던 구호들 중의 하나.

까지 데려다주었지. 우리는 부엌에서 커피를 마셨어. 그녀는 끊임없이 자신에 대한 이야기를 늘어놓았어. 가령 자신이 열여덟 살 나이에, 즉 갓 결혼한 지 몇 달 지나지 않은 때에 기차에서 뛰어내리려고 했다는 등의 이야기를.

내가 돌아왔을 때 평소에는 좀처럼 입을 열지 않는 쿠르트가 일로나와의 시간이 좋았냐면서, 인정한다는 듯 나를 보며 고개를 끄덕였어.

쿠르트한테서 난 처음으로 그 거대한 시계를 보았어. 바론이 상자째 들고 왔던 그 사은품 시계 말이지. 오리지널 상품이었다면 몇천 마르크 아니면 적어도 몇백 마르크가 나가지만, 그는 겨우 9마르크를 줬을 뿐이라고 했어. 새로운 정기구독자를 위해 마련한 사은품이야. 7월 1일까지 『알텐부르크 주간신문』을 구독 신청하고 45.90마르크를 선불로 낸 고객은 시계를 하나씩 선물받는 거야—물건이 남아 있는 한, 선착순으로.

그건 사실 우리가 7월을 무사히 날 수 있는 돈을 마련하자는 취지였던 거야. 1천 명쯤의 사람들만이 구독 신청을 한다 해도 어쨌든 45,900마르크는 되는 셈이니까. 시계 값 9천을 제외하고도 말이지.

저녁 무렵까지는 열쇠공이 와서 문들을 그럭저럭 반쯤은 고쳐놨어. 우린 노인들 집의 문까지도 다 함께 고치도록 했지.

너를 포옹하며. 엔리코로부터.

추신: 어제 난 두 시간에 걸쳐 계산을 했고 내가 생각한 열 가지의 이론을 종이에 썼어. 난 내일 그걸 나누어줄 거야. 우린 이제 무엇인가 결단을 내려야만 해. 계속해서 지금과 똑같이 일을 한다면 우린 정말 끝장이야. 남아프리카의 광고[4]까지 받았다고 나를 나무라는 마리온의 말에 따르면, 그런 행상인 나부랭이들의 광고문은 우리 신문의 격조를 떨어뜨리는

것이며, 더 나아가서는 그건 거의 매춘 행위나 다름없다면서 인간에 대한 모욕이고 특히나 여성들에 대한 모욕이라는 거야. 또 나라면 무엇이 우리에게 중요하고 왜 우리가 신문을 만드는지 그 이유도 당연히 알 것이고, 그렇다면 내가 계획하는 것이 그 중요성과 얼마나 거리가 먼지도 잘 알아야 하지 않겠냐고 했어. 내가 아무 말을 하지 않자 그녀가 말을 계속 이어나갔지. 나더러 광고 따위로 먹고사는 행상인 잡배들이 연극이나 문학에서 불행한 인물들이 아닌 어떤 다른 모습으로 나오는 걸 상상할 수 있겠냐고 물은 거야. 그러곤 그녀가 입을 다물었는데, 그녀 스스로 자신의 실수를 알아챘기 때문에 그런 건지[5] 아니면 문 앞에 마누엘라[6]가 환한 웃음을 지으며 서 있었기 때문인지 어떤지 나로서는 알 수가 없어.

90년 5월 24일 승천일

친애하는 니콜레타!

집필 활동의 어려움에 대한 생각을 담은 내 편지 내용이 당신을 지루하게 하지 않기를 간절히 바랍니다. 하지만 내가 행복한가 불행한가의 문제는 창작 활동에 달려 있답니다. 제 글이 오류작이라면 나 자신 역시 오

4 남아프리카의 종이 공장에서 직원을 구한다는 광고문이 신문의 첫 페이지에 실렸었다.

5 요한 치일케의 진술에 따르면, 튀르머는 자주 제임스 조이스의 『율리시스』에 등장하는 레오폴드 블룸을 들어 "광고업계의 수호성인"이라고 불렀다고 한다. 튀르머가 생각한 마리온의 그 "실수"라는 것은 "불행한 인물"이라고 말하며 곧 레오폴드 블룸을 떠올리지 않은 것이었다. 이런 해석은 너무나 애매모호하지만 바로 그와 똑같은 이유로 다른 해석의 가능성 역시 없다.

6 "금발의 식당 종업원" 마누엘라는 그사이 신문 외판원이 되어 있었다.

류작에 지나지 않을 것입니다.

글을 쓰면서 세상을 알게 된다는 진부한 문구가 내 인생 속에서 이미 실현되고 있었습니다. 달리 말하자면, 신을 모독하는 자가 있는 한 신에 대해서 사람들이 걱정할 필요가 없는 것이죠. 이걸 내 경우에 빗대어 생각을 해보기만 하면 됩니다. 즉, 순수한 마음으로 계속해서 펄펄 살고 있는 한 저 밖에 어떤 것이 존재한다는 얘기인 것입니다—맹수든, 괴물이든, 실제로 존재하는 사회주의든 혹은 뭔가 다른 것이든. 뭐든 좋으실 대로 부르세요.

당신은 내가 밟고 있는 곳이 얼마나 얇은 얼음 바닥이었는지 분명 이미 보셨을 겁니다. 모든 명확성들은 단지 **순수한 마음**이라고만 축약이 되었지요. 당신은 그걸 문체감각이라거나 혹은 적절한 표현을 위한 감각이라고 부를 수도 있습니다.

미하엘라는 내 절망의 창작물을 재미있다고 여겼지만 특별히 진지하게 받아들이지는 않았습니다. 그녀는 계속해서 파울리니에 관한 극본이나 쓰라는 제안을 하며 나를 괴롭혔습니다. 제로니모는 한마디 말도 하지 않았습니다. 반면에 베라는 축하한다는 전보를 내게 보내왔습니다. 내가 그 글로 인해 명성과 영원으로의 지름길을 발견할 거라면서요. 난 누나가 계속해서 그렇게 생각할까 봐 걱정이 되었습니다. 1월 초까지만 해도 그녀는 내가 "불멸의 재능"을 가졌다고 했고 삶과 고통의 예술만이 거론할 가치가 있으며 바로 그 예술혼을 가지고 있는 남동생에게, 그러니까 남동생의 재능에, 그녀 역시 오래전부터 자신의 전 인생을 걸었다고 하더군요.[1]

절망이 환희로 바뀌었습니다. 유레카! 하고 난 환호성을 질렀습니다.

---

1 베라 튀르머의 진술에 따르면, 받지도 못한 편지 내용을 튀르머가 매우 과장해서 이 대목에 옮기고 있다.

내 방법을 계속 발전시켰고 극대화했다고 믿었기 때문이었습니다. (난 변기에 앉아 뒤늦게 화장실의 휴지가 없다는 걸 깨닫고 여기저기 널린 신문지를 집어 들었습니다. 내가 화장실에서 나왔을 때는 어느 칼럼의 마지막 부분이 대각선으로 찢어져나갔죠. 뜯기고 남은 나머지 신문지 조각이 점점 좁아지면서 그리고 줄마다 절단된 단어들로 끝이 나면서 알아듣기 어려운 말이 되어버렸고 그것은 어쩐지 내겐 감동적으로 느껴졌습니다. 마지막으로 두번째 줄은 'mu'로 끝나고 맨 마지막 줄은 't'로 끝이 났지요. 우연히 생겨난 언어 속에서 인물과 사물과 사고 들의 해체가 일어난 것입니다. 내가 일부러 창조해낸 것이었다면 그렇게 설득력 있게 표현되지 못했을 테지요. 난 타자로 칼럼을 옮겨 치며 줄마다의 길이를 그대로 고수했습니다. 그러고는 시처럼 보이는 그 종이를 타자기에서 뽑아냈습니다.) 내 우연의 창조품을 손에 넣기가 무섭게 난 멜랑콜리한 기분에 빠져들었습니다. 이 문장들의 단축이 나한테 뭘 가져다줄 수 있단 말입니까?

그건 헝가리의 국경선이 열리기 이틀 전의 일이었습니다.[2] 이때까지만 해도 난 헝가리로 휴가를 떠나는 사람들을 되도록 모르는 척 방관했습니다. 내가 무엇을 기대했는지는 나도 잘 모르겠습니다. 어쩌면 그들을 돌아오게 할 타협 같은 걸 원했을지도 모릅니다. 그렇다 하더라도 국경의 개방을 바란 건 물론 아니었지요. 장벽 가운데 뚫린 영원한 구멍이란 상상할 수조차 없는 일이었습니다. 미하엘라는 그 일을 축하하기 위해 건배하자고 했습니다. 그렇게 해서 로베르트는 생애 첫 와인 잔을 헝가리의 번영을 위해 부딪치게 되었지요. "어쩌면" 하고 미하엘라가 말했습니다. "서베를린에도 무슨 일이 일어날지 몰라!"

---

2 9월 11일에 헝가리는 오스트리아로 가는 국경을 개방했다. 이날 하루만도 약 1만 명의 동독인이 서방세계로 탈출했다.

난 그녀의 말을 정정하지 않고 내버려두었습니다. 너무도 근본적인 오해라고 생각했기 때문이었죠.

같은 때에 네스트로이의 「까마귀 둥지」의 연출자인 노베르트 마리아 리히터가 나를 대신할 다른 드라마투르그를 찾고 있었습니다. 우리 두 사람의 차이가 너무 커서 극복할 수 없다는 것이었습니다.

6월만 해도 노베르트 마리아 리히터는 「까마귀 둥지」를 가지고 「원탁의 기사」[3] 같은 종류의 극을 만들고자 애썼습니다. 거짓임이 탄로 난 혁명에 대한, 지금은 모두 높은 자리들을 차지한 혁명가들에 대한, 그들의 기억 속에서 아름다운 것으로 기만되고 있는 역사에 대한 풍자로서 말입니다. 그리고 그와 관련된 많은 쇼들.

9월이 되면서 노베르트 마리아 리히터는 이 연극 안에서 진짜 혁명정신을 발견할 수 있다고 믿고 있었습니다.

바로 이 노베르트 마리아 리히터라는 사람을 통해 '새로운 포럼'의 창립을 알게 되었다는 이유 하나만으로도 난 벌써 그 일에 일체 관여하고 싶지 않았습니다. 그는 그 일을 두고 "사회의 민주화를 향한 의미심장한 발걸음"이라고 말하더군요.

하지만 바로 이날, 내 동료인 라모나라는 여자가 이미 내용이 다 작성된 '새로운 포럼'의 회원가입 신청서 뭉치를 책상 위에 놓았습니다. 그 신청서들을 할레로 가져가 연락책에게 전해주겠다고 미하엘라가 약속을 했다는 것이었습니다.

내겐 선택의 여지가 없었습니다. 나 역시 그 신청서들 중 한 장에 내 이름과 주소를 적어 넣어야 했지요. 그게 얼마나 바보 같은 짓이며 어린

3 크리스토프 하인이 쓴 극본.

애 장난 같은 짓인지 난 잘 알고 있었습니다. 이젠 나마저도 '야당' 행세를 하게 된 것입니다. 바로 이런 종이 쪼가리는 먼 혹은 머지않은 장래에 심문당하는 내 앞에 다시 놓이게 되겠지요.

반면에 미하엘라는 자신의 생존과 자식의 행복을 스스로 위협하는 자의 태도에서 벗어나 오히려 이제야말로 자신에게 딱 맞는 극장에서 딱 맞는 배역을 맡은 듯 보였습니다.

9월의 마지막 월요일, 우리가 할레로 떠나기로 한 날, 난 그 신청서 서류가 내 가방에 들어 있지 않은 것을 발견했습니다. 난 극장의 내 책상을 모조리 뒤지면서도 여자 동료들이 눈치채지 못하도록 조심해야 했습니다. 내 부주의로 인해서 미하엘라와 다른 이들을 위험에 빠뜨릴 수도 있다는 생각을 하자 참을 수 없이 괴로웠습니다.

난 집으로 갔고, 거의 말을 할 수조차 없었습니다. "서류들이 없어졌어." 난 숨을 헐떡거렸습니다. "신청서들이 없어졌다니까!"

미하엘라가 사람들의 주소를 적어두기 위해 서류들을 내 가방에서 꺼내갔다고 하더군요.

차를 몰고 가는 도중, 우린 여러 대의 경찰차를 보았습니다. 그렇지만 우리가— 로베르트가 동승하고 있었지요— 그들에게 불려가서 수색당할 가능성은 거의 희박했으므로 긴장감은 금세 사그라들었습니다.

미하엘라는 볼리라는 이름의 사람을 알게 된다는 것을 기뻐했는데 아마도 배르벨 볼리[4]와 친척일 것이 분명했습니다. 제대로 작동하는 초인종과 이름이 씌어진 푯말을 빼고는 건물 안에 누군가가 살고 있다는 것을 말해주는 단서는 없었습니다. 모든 거리가 마치 곧 철거되기로 결정된 듯

4 여류 화가이며 '새로운 포럼'의 창시자들 중 한 사람. 시민권 운동가로 유명함.

내버려져 있었습니다. 미하엘라는 실망했습니다. 나중에 다시 오기로 하고 도심 쪽으로 차를 몰았습니다. 이리저리 시장을 걸어다니다가 유제품 카페에서는 제일 비싼 아이스크림을 주문하기도 했습니다. 우린 로베르트에게 파이닝거 대성당의 색이 어땠었는지 열심히 묘사해주면서 모리츠부르크와 잘레 강까지 계속해서 산책하며 내려갔습니다. 미하엘라는 알베르트 에버르트[5]의 생가에도, 구두를 사러 가지도 않겠다고 했습니다. 그녀 마음에 드는 구두를 몇 켤레 보았는데도 말입니다. 그녀는 쇼핑백을 든 채 볼리의 집 문 앞에 나타나기가 싫었던 것입니다.[6]

여전히 아무런 성과가 없었습니다. 미하엘라는 신청서 서류를 손에 든 채 머뭇거리며 나와 로베르트를 번갈아 쳐다보았습니다. 그러고는 마치 우리가 뭔가 바보 같은 짓을 저지르기 전에 마지막으로 기회를 주겠다는 듯이 다시 나를 쳐다보았습니다. 그게 아니라면 그녀는 뭔가 엄숙한 축성식 같은 게 필요하다고 여긴 것일까요? 이제부터는 모든 게 전과 같지 않을 것이기 때문에? 신청서들이 소리 없이 편지함으로 사라져 들어갔습니다.

자동차 안에서 우린 거의 아무 말도 하지 않았습니다. 라이프치히에서 보르나로 가는 고속도로에서 난 뭔가를 완수했다는 느낌이 들었지요. 난 피하지 않았고 서명을 했으며—그것을 부인할 생각도 취소할 생각도 없습니다—그 일을 위해 반나절의 시간을 할애했으니까요. 그것으로써 난 다시 내 일을 계속해나갈 권리가 있다고 믿었습니다. 그 월광의 풍경 속에서조차, 그 에스펜하인에서조차 가을의 포근함을 느꼈습니다. 난 감자의 줄기들을 태우던 모닥불이나 드레스덴 근처의 사우바흐탈 계곡을 통

5 알베르트 에버르트(1906~1976): 동판화가 겸 그래픽디자이너.

6 쇼핑백이라면 자동차 안에 쌓아놓아도 될 일이었다.

과해 큰 물레방아가 있던 곳으로 산책하던 일을 떠올렸습니다. 거리에 여문 과일이 가득 떨어져 있던 쇼제 호숫가에서는 자두와 사과 향내가 물씬 났었고 윙윙거리는 벌들 앞에서 공기가 바르르 떨고 있었습니다. 난 그 모든 것에 흠뻑 취했습니다. 난 다이너모 첫 시즌 경기장과 쾨니히슈타인의 요새와 보크부르스트 소시지와 생맥주의 맛을 떠올렸습니다. 쓰다 만 드레스덴에 관한 단편은 한참 동안이나 읽지 않고 방치해두었던 책처럼 느껴졌습니다.

라이프치히에는 어쩌다 우연히 갔었다는 듯, 다음 날 내게 슬쩍 말을 건넨 건 바로 극장장 요나스였습니다. 1만 명이 모였다고, 자그마치 1만 명의 시위 인원이! 그 인원들이 모두 다 자진해서 시위를 신청한 사람들[7]이었다는 소문을 얼마나 믿고 싶었던지! 그렇지만 1만 명은 너무 많은 숫자예요. 많아도 너무 많은!

미하엘라는 라이프치히 우체국 지붕에 카메라가 설치되었었다고 말했습니다. 막스로부터 들은 말을 그대로 전하는 그녀는 마치 나에게 "그런데 당신은 뭘 한 거야? 당신은 그때 어디에[8] 있었지?"라고 말하려는 듯이 보였습니다.

그 시위에서 내가 우습게 여긴 점은 그 마치 퇴근 후의 시간 같은 분위기였습니다. 우선 양심적으로 일을 하고 난 다음에 시위에 참여한다는 겁니다. 그러나 그것도 너무 오래 끌어서는 안 되지요. 다음 날 아침에 일할 수 있는 힘을 재정비한 후 제시간에 맞춰 일터에 가야 하기 때문입니다.

수요일에 미하엘라는 라디오를 한 대 샀습니다.

노베르트 마리아 리히터는 다음 날 저녁에 연습 공연을 하기로 결정

---

7 동독으로부터 출국하겠다는 신청서를 낸 사람들.

8 할레에서 알텐부르크로 돌아오는 길에 그들은 라이프치히를 통과했다.

했습니다. 미하엘라는 그의 결정을 하나의 알리바이라고 보았고, 형식상의 일정이라고 생각했습니다. 노베르트 마리아 리히터 자신의 말과 막스의 이야기에 대한 그의 반응으로 보자면 틀림없이 그가 제일 먼저 라이프치히에 갈 것이라는 게 그들의 의견이었습니다. 그러나 노베르트 마리아 리히터는 꿈에서조차 그런 생각을 하지 않는다고 했습니다. 미하엘라는 그를 파렴치한이라고 불렀습니다. 그들이 뭔가 주장할 것이 있다면 여기 이 곳에서, 그러니까 무대 위에서 하면 된다고 노베르트 마리아 리히터가 말했다는 것이었습니다. 그는 또 청중을 앞에 두고 말할 수 있는 이런 자유로운 공간을 가졌다는 것은 특혜라고 할 수 있으며 가벼이 던져버릴 수 없는 진지하고도 막중한 책임이라고도 했습니다.

저항의 역할을 맡은 사람이라면, 러시아 출신의 가장 훌륭한 극장 혁명가인 스타니스랍스키의 전통에 따라 페트레스쿠라는 인물을 다루었을 것이며 틀림없이 그에 대해 공부했을 거라는 것이었습니다. 연극인의 성실함이라는 문제에서 보자면 이런 좋은 기회를 놓친다는 것이야말로 의무태만이라고도 했습니다. 그리고 어느 날엔가는 우리 연극인들이 저항과 혁명이 무엇인지를 관객들에게 똑똑히 보여줘야 할 것이 아니냐고도 했습니다. 노베르트 마리아 리히터는 다르게 생각하는 사람들에 대한 배려에 대해 말하면서 지금이야말로 원칙을 지킨다는 것이, 그리고 좋은 작업을 통해 어떤 일에도 굴하지 않고 최선을 다하는 연극인으로 남는 것이 얼마나 중요한지 역설했습니다.

미하엘라는 병이 났다는 진단서를 끊겠다고 했습니다. 저녁 뉴스 시간에 프라하의 대사관으로 탈출한 사람들의 이야기가 나오면 우리는 입을 다물었고, 미하엘라는 다음과 같은 의미를 담은 제스처를 취했습니다. 그것 봐! 당신도 들었지? 우린 라이프치히로 가야 해!

월요일 정오에 미하엘라가 드라마투르기 사무실에 왔습니다. 그녀는 단지 아무도 라이프치히로 떠나지 않는다는 것을 말하러 온 것뿐이라고 했습니다. 혁명가들의 여성 지도자로 유명한 에버하르트 울트라의 모습으로 그녀가 서 있었습니다. 허벅지와 무릎을 덮는 따뜻한 토시를 두른 채, 머릿수건을 어깨 위에 걸친 모습으로 그녀가 말했습니다. "이건 말도 안 돼. 수치스러운 일이라고!"

"그렇다면 나 혼자 가지." 그 상황으로서 줄 수 있는 유일한 대답인 양 내가 말했습니다.

물론 난 별로 가고 싶은 마음이 없었습니다. 그렇지만 이제 와서 가지 않는다 해도 난처한 일이었습니다. 그리고 시위가 다시 일어나야만 한다면, 반드시 이날이라야만 했습니다. 10월 7일[9] 바로 전날이었으니까요.

내가 그 대답을 입에 담기가 무섭게 미하엘라가 나를 만류했습니다. 그녀는 계속해서 크렌츠를 언급하며 그가 바로 얼마 전에 중국을 방문한 것을 보면 그게 무슨 뜻인지 알 게 아니냐고 했지요.[10]

나는 1만 명의 군중을 향해 총을 쏠 수는 없을 것이고, 아무튼 라이프치히에서만큼은 적어도 그런 일은 일어나지 않으며 체포도 하지 않을 것이라고 장담했습니다. 나는 마지막으로 바이에른 역에 자동차를 세우겠다는 말을 하며 여벌의 열쇠 한 쌍을 그녀에게 건넸습니다.

우리가 작별인사를 한 후에도 심지어 미하엘라는 발코니에까지 나와 내게 손을 흔들어주었습니다.

---

9 동독 건국 40주년 기념일.

10 9월 말에 에곤 크렌츠는 동독민주공화국 국방협의회장의 자격으로 후임자 에리히 호네커와 함께 중국을 방문했다. 중국인 동무들의 "무장병력을 통한 질서와 안전 회복"을 축하하기 위해서였다.

햇볕이 쨍쨍했고, 뒤늦은 더위가 마치 신의 축복인 양 이날의 하늘에 걸려 있었습니다. 백미러에 비친 풍경은 파라다이스였습니다. 이 마지막 시험을 마치고 나면 수많은 관찰과 느낌들로 충만해진 내 몸으로 다시 돌아올 낙원이었습니다.

4시경, 독일 도서관에 들러 네스트로이의 책을 몇 권 주문하고 난 뒤 열람실의 빈 탁자가 하나 눈에 들어왔습니다. 전등이 고장 났지만 내겐 문제될 것이 없었습니다, 아니 오히려 그 반대였습니다. 이곳에 앉아 있을 수 있다는 것, 이 망명지에, 이 방주 속에 있을 수 있다는 것만 해도 내겐 충분했습니다.

내 앞에는 「까마귀 둥지」 극본이 놓여 있었습니다. 손목시계를 찬 손의 소매를 걷어 올리면, 내 차가운 손가락이 마치 남의 것인 양 느껴졌습니다.

만일 5시 정각에 열람실을 빠져나간다면, 내 의도를 들킬지도 모른다는 생각이 들었습니다. 그래서 난 몇 분을 좀더 참았다가 내가 주문한 책이 도착했는지 물었고, 화장실로 갔습니다. 언제 다시 화장실에 갈 수 있을지 누가 알겠습니까?

바이에른 역 앞에 차를 세우고 나서 내 폴란드산 가죽가방을 트렁크에 넣은 뒤, 난 마치 시장이라도 보러 가는 사람처럼 빈 가방 하나를 팔에 걸었습니다.

신호등 앞에서 난 노베르트 마리아 리히터의 보조연출자인 파트리크를 만났습니다. "일도 안 하고 땡땡이를요?"라는 말이 내 입에서 나왔습니다. 그는 마치 도망 나왔다 발견된 학생처럼 대답을 했고, 나를 똑바로 쳐다보려고 하지 않았습니다. 옆에 있던 여자를 자신의 약혼녀 엘렌이라고 소개하더군요.

사람들이 외치는 구호 소리가 처음 들려오기 시작한 건, 우리가 막 라이프치히 시립음악당 '게반트하우스'를 지나고 있을 무렵이었습니다. 난 그게 무슨 소린지 알아듣지 못했습니다. "비밀안전기획부 물러가라!" 파트리크는 무엇인가 꺼리는 것을 다시 한 번 인용해야만 한다는 듯, 그 구호를 다시 한 번 반복했습니다. 더할 나위 없이 부드러운 음성으로.

엘렌은 7시까지밖에 시간이 없다고 했습니다. 8시에는 콘네비츠[11]에서 피아노 교습이 있다는 것이었습니다. 그녀와 파트리크는 전차가 다시 다니게 될 것인지 혹은 언제 다닐 것인지에 대해 점치고 있었습니다. 그녀가 걸어간다 해도 8시 15분 전이면 충분할 것이며, 더 일찍 간다면 가장 멋진 부분은 못 볼 것이라고 그가 말했습니다. 그에게 "그 가장 멋진 부분"이 뭐냐고 묻는 것은 썩 좋은 일이 못 될 것 같았습니다.

난 내 옆을 지나는 사람들 한 명 한 명을 머리에서 발끝까지 훑어보았습니다. 내 시선은 흥분한 개마냥 이 사람 저 사람에게 옮겨다녔는데, 6시가 되기 전 니콜라이 교회 앞을 지나가는 사람들 가운데 이제 더 이상 시장을 보러 가거나 혹은 일터에서 돌아오는 이는 없을 거라는 생각이 들어서였습니다.

라이프치히 대학교 부속 전시회장 '크로흐 하우스' 앞에서 계속해서 구호가 들려오고 있었지만, 아직도 이렇다 할 큰 사건은 일어나지 않는 듯 보였습니다.

니콜라이 교회 앞 광장에 그들이 빽빽이 모여 있었습니다. 우리는 더 이상 나아갈 수 없었으므로 고개를 쑥 빼고 둘러보았습니다. 나한텐 그것으로 충분했습니다. 하지만 엘렌은 몸을 돌려 사람들 사이를 비집고 들어

11 라이프치히의 구역 중 하나.

갔습니다. 사람들은 술집 종업원에게 길을 터주듯 그녀에게 자리를 내주었습니다. 그때 파트리크가 아는 사람을 만나지 않았더라면, 그녀는 계속해서 앞으로 들어갔을 것입니다. 우린 서로의 이름을 대지 않은 채 악수를 나눴습니다.

난 발돋움을 하고 섰습니다. 그 무지막지한 구호를 외치는 그룹을 내가 어떻게 알아보았던 것인지 지금의 나로선 불가해합니다. 그들 있는 곳에 더 밝은 빛이 비추고 있었던 걸까요? 아니면 그들이 팔을 쳐들고 있었기 때문이었을까요? 내가 오늘날 니콜라이 교회에 대해 머릿속에 가지고 있는 그림은 그 당시의 것과 일치하지 않습니다. 그때 그 사람들은 이제 나에게는 꿈이나 환영처럼 느껴지기 때문입니다. 그 어둠, 따뜻한 공기, 그 그룹의 무리들에서 감지되던 지하운동의 냄새들.

상세한 부분이나 각각의 움직임을 체크하는 대신 난 점점 더 감각을 잃어가고 있었습니다. 그러면서 난 무엇인가 역사적인 것을 체험하고 있다는 확신이 들었습니다. 그것이 다음 순간에 금세 끝나버릴 잔치였다 해도—그 광장은 격리, 차단하기 쉬운 장소였습니다—1953년 이후 가장 큰 시위였을 것입니다. 사람들은 곧 6월 17일이라는 날짜와 비슷한 식으로 10월 2일을 기념하게 될 것 같았습니다.

점점 내려앉는 어둠과 점점 더 사이가 좁아지는 사람들의 군집 때문에 그들의 구호 소리는 더욱더 쉽게 퍼질 수 있었습니다.

나는 그 시위의 진원지에서 구호를 만들어내고 선창하는 사람들을 기꺼이 선동자라 인정하며 찬탄해마지않을 준비가 되어 있었습니다. 그렇다 해도 당신은 정말 믿으십니까? 그들이 과연 무엇인가를 변화시킬 수 있을까요?

"새로운 포럼을 허가하라"라는 외침은 음률이 잘 맞는 하나의 예술작품이었고 그 구호의 마지막 음절은 마치 주먹으로 성문을 두드리는 듯 들렸습니다. 그 소리는 이상한 울림이 되어 내 마음을 두드렸습니다. 마치 구호가 오로지 나 한 사람을 위해서 싸우고 있는 것처럼, 오로지 내 회원가입을 합법화해주기 위해 외치는 구호인 것처럼. 구호들은 건물의 전면에 부딪치며 메아리쳤습니다. 그들이 중앙에서 침묵하거나 새로운 구호를 외칠 때 그 침묵이나 구호는 주변 사람들에게 너무 늦게 도착했습니다. 바로 우리 옆에 서 있던 파트리크의 친구가 "새로운 포럼을 허가하라"라고 외쳤습니다. 고백하지 않을 수 없습니다만—그건 실로 듣기가 거북했습니다. 그가 물론 당연히 해야 할 일을 했다는 것을 알지만, 나라면 그런 구호를 절대 입에 올릴 수 없었을 것입니다.

같은 시각에 그들이 "뛰어! 도망쳐!"라고 외쳤기 때문에, 난 순간 군화 소리를 들었다고 착각했습니다—그건 단지 지붕에서 날아오르는 한 무리의 비둘기 떼였을 뿐입니다. 난 정말이지 도망가고 싶었습니다만—내 옆에 있던 사람들은 다시금 구호를 외치기 시작했습니다—우린 그들의 한가운데 갇혀 꼼짝할 수가 없었습니다. 그리고 순식간에 엘렌과 파트리크가 흔적도 없이 사라졌습니다.

보행자 전용 구역에서는 어디가 시위 행렬인지 어디에서부터 일상생활권이 시작되는지 구별할 수 없었습니다. 이제부터 시위 행렬이 어느 길로 향해 갈 것인지도 알 수 없긴 마찬가지였습니다.

난 엘렌과 파트리크를 다시 보게 되리라는 기대를 해보며 쇼윈도 창문에 몸을 바짝 갖다 댔습니다. 그제야 난 알아챘습니다. 그곳이 바로 시위 현장이었고 사람들은 시위를 하고 있던 것이었습니다. 딱 한 발자국만 앞으로 내디디면 그만이었고, 그리고 또 한 발자국을 다른 발 앞으로 내디디면 되는 것이었습니다. 시위에 참가한다는 게 이렇게 간단하다니, 하고 난 생각했습니다.

내가 어떻게 다시 역으로 돌아올 수 있었는지 이제 더 이상 당신에게 설명할 자신이 없습니다. 우리가 오페라극장에서 구부러졌었는지 아니면 링 슈트라세에서 돌아나왔는지. 나중에 겪은 기억의 그림들이 전의 것들과 겹쳐버렸습니다. 난 우리가 마치 본류와 합치기 위해 기다리는 시위의 지류처럼 건물들 사이 그리고 쇼윈도 앞에 서 있었던 그림을 봅니다. 돌돌 말린 상태에선 철도원의 깃발보다 크지 않을 성싶은 현수막이 머리 위에서 전달되고 있었습니다. "비자 자유화를 상하이까지." 난 수많은 손들이 그 현수막 막대기들을 잡았다가 다시 끊임없이 계속해서 옆 사람에게로 전달하는 광경을 보았습니다. 내가 막 손을 뻗쳐 그 한쪽 끝은 잡는가 싶었을 때, "고르비! 고르비!" 하는 외침들이 우리 쪽으로 와락 밀려들었습니다. 난 땅바닥을 내려다보면서 그 외침이 빨리 끝나기만을 바랐습니다.

전찻길을 밟고 서는 건 내게는 무척이나 어려운 일이었습니다. 전차들은 정지하고 있었습니다. 운전자들은 팔짱을 낀 채 무표정한 얼굴로 나를 내려다보았습니다. "대열에 참가하라!"[12]는 외침이 들렸습니다. 밝게 불을 켠 전차 안 사람들은 창문에 이마를 갖다 댄 채 우리가 지루한 영화의 인물들이라도 되는 양 지켜보고 있었습니다. "대열에 참가하라!" 당신은 틀림없이 이 노래를 모르시겠지요—우린 학교 음악 시간에 이 노래를 불렀습니다—후렴은 다음과 같았지요. "왼쪽으로 돌아, 둘, 셋, 왼쪽으로 돌아, 둘, 셋/동무, 동무의 자리가 어디오/노동자의 통일전선/우리 모두 노동자가 아니더냐!" 그래서 바로 이 노래에서 연유한 구호가 "대열에 참가하라!"였던 것입니다. 너무나 유치하지 않습니까?

---

12 다른 시위 참가자들의 진술에 따르면 "우리와 연대하시오!"라고 했다고 한다.

난 마침내 기동경찰대의 차단선까지 도달했습니다. 그들이 거리를 차단했던 장소는 이미 당신께 보여드린 적이 있었지요. 본능적으로 나는 길의 가장자리로 물러났습니다. 나한테 그건 너무나도 공공연한 '함정에 빠져들기'로 보였거든요. 시위 무리가 앞으로 더 나아가며 금방이라도 맨 앞줄 사람들을 차단선으로 밀어붙이는 형세였습니다. 눈 깜짝할 사이에 니콜라이 교회 앞 광장에서처럼 모든 것이 다시 제자리를 잡았습니다. 그들은 그곳으로부터 우리가 아래로 내려가는 것을 허용하지 않으려 했습니다. 이제라도 실수를 만회하고 싶었겠지요.

왼쪽, 보도블록 위에 나이가 많고 몸집이 작은 여자가 팔을 구부린 채 무용수 같기도 하고 숭배자의 모습 같기도 한 포즈로 서 있었습니다. 나중에 그녀의 두 마리 푸들강아지를 보고 나서야 그녀의 자세를 이해할 수 있었습니다. 두 마리의 개들이 흥분한 나머지 이리저리 날뛰고 있었거든요.

왼쪽 거리에서 마치 차단기를 연장하는 듯이 보이는 현대식 건물의 전광판에 '비엥베뉴Bienvenue' '웰컴Welcome' '도브로 포샬로바트Dobro poshalowat'라는 글자가 지나가고 있었는데—전혀 다른 시대의 인사말들이었지요. 지금처럼 수천 명의 사람들과 거리에 서 있거나 목이 터져라 구호를 외치고 기동경찰 병력이 더 투입되기는 것을 기다리고 서 있는 것보다는 뭔가 훨씬 즐거운 일이 일어나던 그 시절 말입니다. 불이 켜진 창문은 거의 없었습니다. 주민들이 모두 커튼 뒤에 숨어 있었던 것일까요? 저녁밥을 먹거나 혹은 텔레비전을 보았을까요? 난 그들이 부러웠습니다. '아스토리아' 호텔이, 역이, 아니 그 광고용 전광판이 내겐 익숙한 한 연극무대처럼 보이더군요. 그 안에서 사람들은 두 번의 공연 막간에 즉흥적으로 스케치 한 곡을 연습했습니다.

난 지금까지도 그 이유를 알 수 없습니다. 우리가 왜 그곳에서 머물렀었는지, 왜 군중들을 피해가지 않았는지 혹은 전혀 다른 길을 찾아보지 않았는지. 우리 시위대 자신들이 바로 정권이 우리를 포위하도록 여건을 마련해준 것이 아니었던가요? 혹은 우리의 전진은 바로 이 제복을 입은 작자들 때문에 비로소 의미를 띠게 된 것이었을까요?

난 충분히 보았고 충분히 들었습니다. 내가 그곳을 빠져나오기 위해 발을 떼기가 무섭게 내 등 뒤에서 구호가 들려왔습니다. "부끄럽지도 않은가? 부끄럽지도 않은가?" 세번째 "부끄럽지도 않은가!"라는 구호는──네, 그렇습니다, 난 이런 유치한 구호문들 때문에 참으로 부끄러웠습니다──귀가 먹먹할 정도로 소리가 컸고 그 바람에 푸들강아지들이 날뛰었습니다. 강아지들은 마구 짖어댔고 자신들을 묶은 줄 사이를 마구 뛰어다니며 엉클어뜨렸습니다. 갑자기 한 놈이 나한테로 뛰어올랐고, 나는 바지를 뚫고 들어오는 발톱을 느꼈습니다. 그런데도 여자는 아무런 조치도 취하지 않았습니다. 내가 몸을 뒤로 피하자 그녀는 오히려 줄을 더 길게 푸는 것이었습니다. 그러면서 뻔뻔하게 내 눈을 똑바로 쳐다보았습니다. 그녀의 윗입술 위에는 콧수염이 유난히 짙었습니다. "부끄럽지도 않은가!"라는 구호가 어느덧 잦아들자 그제야 그녀는 몸을 돌렸습니다. 그녀는 다리를 절룩거렸고 강아지들이 그녀의 뒤를 졸랑졸랑 따랐습니다. 뒤엉켰던 줄들은 어느새 기적처럼 풀려 있었습니다.

그곳에 이왕 있는 김에 난 무엇인가 더 보고 싶었습니다. 그래서 가능한 대로 앞쪽으로 뚫고 나가려고 애썼습니다. 사람들이 나를 도와주었고, 앞에 있는 사람들의 이름을 부르며 그들의 어깨를 두드렸습니다. 어느 남자가, 아니 거의 소년에 가까운 어린 청년이 나 때문에 몸을 움츠리며 외치던 구호를 중간에서 뚝 멈추곤 입을 다무는 것을 보고 난 뒤, 난 더 이상 다른 사람들을 짜증나게 하지 않기 위해 일부러 아주 천천히 움직였습니다.

바로 눈앞에서 제복을 입은 자들이 서로서로 팔을 끼고 스크럼을 짠 모습을 보았을 때—내가 보기에 그들은 무기를 소지하고 있지는 않았지요—난 왜 우리가 그들 때문에 더 이상 앞으로 나가지 못하는지 이해할 수가 없었습니다. 그들은 전혀 우리의 상대가 아니었습니다. 그들의 얼굴 위로 그들의 모자가 만든 그늘이 내려앉아 있었습니다. 표정이라고는 찾아볼 수 없는 얼굴들이었습니다.

한 좁은 통로가 시위대와 제복 부대를 갈라놓고 있었는데, 그 안에서 젊은 여자 세 명이 왔다 갔다 하고 있었습니다. 좀더 정확히 말하자면 조숙한 소녀들이라고 해야겠습니다만, 그중 두 명은 씹던 껌으로 풍선을 부는 것과 동시에 입을 벌린 채 쩝쩝대며 큰 소리로 웃고 있었습니다. 마치 그들이 여기서 얼마나 재미있게 노는지를 봐달라는 듯 그렇게 행동하고 있었지요. 허옇게 얼룩진 청바지 속의 아이들은 다소 서투르면서도 동시에 매력적으로 보이더군요. 사람들은 어째서 그들이 그 안에서 그런 식으로 놀게 놔두었던 것일까요? 나를 제외하면 그 소녀들만이 구호 외치는 일에 동참하지 않고 있는 듯 보였습니다.

그러다 소녀들이 거의 고전주의적이다 싶은 포즈를 취하며 멈추어 섰습니다. 손을 엉덩이에 받친 채 혹은 팔을 친구의 어깨에 두른 채, 그리고 마치 군중들 속에 있는 아는 사람과 이야기라도 나누는 듯한 자세를 취했습니다.

난 그들의 결정적인 움직임을 보지 못했습니다. 당신은 상상이라고 생각하시겠지만 그러나 나는 그 침묵의 의미를 느낄 수 있었습니다. 어떤 행동의 시작을 알리는 그 침묵을. 그것은 준비의 순간이었습니다. 우리는 그런 순간을 자연에서 이미 본 적이 있지요. 낮과 밤이 함께 만나는 순간, 모든 자연 생명체들이 심장 박동이 단 한 번 뛰는 정도의 짧은 시간 동안 숨을 멈추고 일제히 입을 다무는 겁니다. 바로 그런 침묵 때문에 난 내 주위를 돌아보았습니다—사람들이 위를 바라보고 있었고 무엇인가가 우리 머리 위에서 빙그르르 돌아가고 있었습니다. "딸깍"하는 소리와 함께 모자가 아스팔트 위로 떨어졌고 내 앞에서 두 발자국이 채 안 되는 가까운 곳에 뒤집힌 채 널브러져 있었습니다. 내가 그 모자의 이름표를 제대로 알아보기도 전에 소녀들 중 한 명이 모자를 다시 잽싸게 들어 올렸고 어깨 너머로 홀쩍 집어던졌습니다.

난 세상의 저편 끝에 걸린 아주 조그만 초상화처럼 보이는 그녀의 얼굴을 보았고 그럼에도 불구하고 아주 또렷한 윤곽을 알아볼 수 있었습니다. 난 그 모든 것을 동시에 보았습니다. 까딱까딱 이리저리 흔들리고 있는 모자, 검은색 머리의 한 청년, 소녀들의 움직임, 꼼짝도 하지 않고 서 있는 증인들. 나를 가장 당황시킨 것은 모자가 벗겨진 남자의 머리였습니다. 그리고 거기에 찰싹 달라붙은 검은색 머리카락과 줄무늬[13] 자국이 난 하얀 이마.

두번째 소녀 역시 한 손으로 어떤 훤칠한 작자의 모자를 낚아채 즉시 공중으로 던져 올렸습니다. 다른 한 손은 느긋하게 그대로 바지 주머니에 꽂은 채. 이번에는 모자가 내 뒤에 떨어졌습니다. 난 그것을 주워 들었습니다. 비닐로 만든 이름표 안에 유르겐 잘비츠키[14]라는 이름이 들어 있었

13 모자의 차양 때문에 눌려 생긴 자국을 말한다.

14 이것은 튀르머가 지어낸 이름인 듯하다. 그는 이 이름은 그의 군대 시절 편지(90년 4월 23일의 편지 참조)에서도 사용했고 자신의 단편 「세기의 여름」에서도 사용한 바 있다. 아마 우연의 일치가 아닐 것이다.

습니다. 뒤쪽으로부터 첫 환호성이 들려왔습니다. 유르겐 잘비츠키 역시 이마에 선명한 모자 자국을 새긴 채 자신의 모자가 또 한 번 날아오르는 것을 바라보았습니다. 내가 그것을 그에게 돌려주기도 전에, 내게는 당치 않은 노획물이라는 듯 누군가 그걸 빼어갔기 때문이었습니다.

새로운 모자가 공중으로 날아오를 때마다 솟구쳐오르던 환호성은 "폭력 반대"라고 외치는 구호와 경쟁하듯 치솟았습니다. 난 제복 부대가 도대체 뭘 기다리고 있는 것인지를 이해할 수 없었습니다. 여기서 더 또 무슨 일이 일어나야 한단 말입니까?

세번째 소녀는 자신의 머리 위에 얹힌 모자의 차양을 이리저리 돌리고 있었습니다.

유르겐 잘비츠키와 맨머리가 된 다른 두 명의 병사들은 모자를 쓰고 있는 동료들 옆에서 마치 죄수들처럼 보였습니다.

"폭력 반대"의 구호가 갑자기 뚝 끊어졌습니다. 이제 시위대들은 더욱더 많은 모자를 보기를 원했고 몇몇 용감한 사람들은 그들의 승전 트로피를 재빨리 낚아챘습니다. 그건 아주 쉬운 놀이였습니다. 팔짱을 끼고 스크럼을 짠 제복 부대는 그저 머리를 뒤로 젖힐 수 있을 뿐이었고 동시에 화나고 두려운 표정으로 약탈자의 뻗은 손만을 쳐다볼 뿐이었으니까요.

곧 사람들은 이 놀이에 익숙해졌고 모든 것이 심드렁해졌습니다. 그래서 어느 한 젊은 작자가 무엇인가의 위에 올라가 짧게 연설의 시작을 알렸을 때, 그것은 마치 구원과도 같았습니다. 우리는 저들에게 놀아나 흥분해서는 안 되며, 이제 모두들 집으로 돌아갔다가 다음 주 월요일에 다시 이곳으로 와야 하고, 우리 각자가 친구나 동료나 이웃을 함께 데려와야 한다는 것이었습니다. 우린 오늘 벌써 승리를 쟁취했으며, 우리가 쟁취한 그 승리에 대해 자랑스러워해야 한다고도 했습니다. 희미한 박수 소리만이 들려왔습니다.

그는 뭔가에 대해 반대를 하거나 질문을 하려는 듯이 가만히 멈추어 서 있다가는 그에게도 다른 사람들에게도 아무런 좋은 생각이 떠오르지 않자 이내 군중 속으로 사라져 들어갔습니다.

내가 그 사람이었다면 얼마나 훨씬 더 쉽게 연설을 했겠습니까! 하지만 나라면 좀 다르게 말했을 것입니다. 내 비판적이고 선동적인 연설문은 벌써 몇 년 전부터 줄곧 내 안에 준비되어 있었으니까요. 그러므로 약간의 용기와 높은 곳에 오르는 기술만 터득하고 있었더라면 단 몇 시간 내에 그 남자처럼 역사적인 일을 수행할 수 있었을 것입니다.

나는 일찌감치 집으로 돌아가는 사람들 중에 속했고, 시위대의 세상이 얼마나 작았는지를 보았으며, 단지 몇 발자국이면 익숙한 무대로 나오기에 그리고 평소 아끼던 모든 것들을 되찾기에 충분하다는 것을 목격했습니다.[15]

9시가 조금 넘은 시간에 집에 도착했습니다. 로베르트는 내가 아니라 미하엘라가 올 줄 기대했던 모양이었습니다. 아무튼 내가 그 아이의 얼굴을 보기도 전에 아이의 방문이 닫혀버렸으니까요. 미하엘라는 시위에 관한 내 보고를 듣고 실망한 표정을 감추지 못했습니다. 난 마치 학교를 빼먹은 학생처럼 심드렁하고 짧은 대꾸만으로 대답했거든요. 결국 그녀는 내가 정말로 라이프치히에 갔었던 건지조차 의심하는 모양이었습니다.

---

15 의식적이든 무의식적이든 튀르머는 이 부분에서 바로 이날 시위대와 경찰관들 간의 갈등이 갈수록 첨예해져 급기야 폭력 행사로 마무리된 사실에 대해 침묵하고 있다. 좀더 자세한 사건의 전모를 알고자 한다면 다음의 저서를 참조할 것. 마르틴 양코브스키 Martin Jankowski, 『한 천체 방향의 라베트 혹은 실종 *Rabet oder Das Verschwinden einer Himmelsrichtung*』, p. 155. 바로 이곳에 그날의 그 시위대가 왜 그리고 어떤 상황 속에서 맨 처음으로 "우리가 인민이다!"를 외치게 되었는지 서술되어 있다.

침대에 누워 난 우리가 학교에서 늘 배웠던 것을 생각해보았습니다. 우리 동독에서는 공장 노동자들이 시위나 파업을 할 필요가 전혀 없다, 왜냐하면 사회주의 국가에서 거리에 나가 시위에 참가한다는 것은 곧 자기 자신을 향해 시위를 한다는 뜻이기 때문이라고 배웠었습니다. 바로 그러한 표현은 정확히 내 지금의 상황을 그대로 서술하고 있습니다. 작가로서 난 바로 그런 일을 하고 있었던 것입니다. 난 내 소재, 즉 내 글이 다루어야 할 주제를 없애자는 시위에 동참하고 있었던 셈이니까요. 더 이상 당신에게 말할 필요는 없겠지요. 작가인 내가 말입니다, 장벽이 없다면 무엇을 할 수 있겠습니까?

언제나처럼 극진한 마음을 담아.

당신의 엔리코.

90년 5월 25일 금요일

친애하는 니콜레타!

당시에는 라이프치히에서 보낸 시간에 관해 이야기하는 게 무척 어려웠습니다만, 과거에 관심을 쏟는 사람이 사실 얼마나 되겠습니까. 변기 위에 앉아 있을 때 화장실 앞에 누군가 있는 것을 참지 못했던 미하엘라가 심지어 화장실 문을 살짝 열어놓은 채 라디오에 귀를 기울이고 있었습니다. 체코슬로바키아로 가는 국경이 닫혔을 때 우린 두번째 라디오를 샀었습니다.[1] 함정이 우리를 집어삼킬 것이라고 난 이미 예상을 했습니다만 그래도 그게 10월 7일 전이 될 것이라고 생각지는 않았었습니다. 미하엘라는 거 보란 듯이 의기양양했고 동독의 파산이 더할 나위 없이 확실시되었으며 전방의 사정도 명확해졌습니다. 그녀는 이제 와서야 비판하거나 흥분을 하겠다고 마음먹는 자들을 경멸한다고 했습니다.

미하엘라의 좋은 기분을 망치며 뭔가 이의를 제기한다는 것은 실로 어려운 일이었습니다. 나는 10월 7일의 바람과 그늘이 아니었더라면 그렇게까지는 정말이지 진행되지 않았을 거라고 말했습니다. 시위 참가자들은 자신들이 덜 다칠 것임을 예상했던 바로 그런 날들을 고른 것이라고. 건국 기념행사가 아니라면 그렇게 조용히 지나갈 다른 어떤 이유도 없었노라고. 지금이야말로, 그러니까 기대했던 것보다 더 일찍, 토끼와 사냥꾼 놀이가 본격적으로 시작된 것이라고. 한 걸음 한 걸음, 한 발 한 발 종말을 향해 치닫고 있는 것이라고.

미하엘라에게 조심하라고 당부했습니다. 열흘 안에 우린 아마 군법하에서 살게 될 것이었습니다. 혹은 그들은 진짜로 믿고 있었던 걸까요? 우리의 구호 소리에 그들이 깊은 인상을 받아 자발적으로 물러날 것이라고? 비밀안전기획부니 경찰, 전투부대, 군대. 그들이 무엇을 위해 그렇게 한단 말입니까?

내 논리가 너무도 지당하게 들렸으므로 마지막엔 미하엘라만이 겁을 낸 것이 아니라 나 역시도 두려움을 느낄 정도였습니다.

하지만, 친애하는 니콜레타, 그것은 절반뿐인 진실입니다. 당신이 내 말을 믿어주시기만 한다면, 그때 내 마음이 평온을 되찾고, 아니 심지어는 어떤 명랑함까지도 느꼈다는 것을 믿어주신다면 지금 제 이 편지가 그리 부질없는 것만은 아니겠지요.

---

1 1989년 10월 3일.

지금 이 대목에서 내 고백을 중단할 수 있다면 얼마나 좋겠습니까. 그러나 이야기는 점점 더 깊은 수렁으로 빠져듭니다.

극장에서는 할 일이 거의 없었기 때문에 나는 자주 네스트로이 공연 연습장에 앉아 있었습니다. 이미 말씀드린 바와 같이 미하엘라는 에버하르트 울트라 역을 맡고 있었습니다. 그건 사실 더 이상 역할이라고 부를 수도 없었습니다. 날이 가면 갈수록 그녀는 자기 자신의 원래 모습을 보여주면 될 뿐이었으니까요.

공연 연습에 관한 서술 하나만으로도 당시 상황의 성격을 알기에 충분하리라고 봅니다. 굳이 시위나 경찰 병력 투입과 같은 소재를 덧붙이지 않더라도 일종의 연대기가 생겨날 수도 있을 것입니다. 노베르트 마리아 리히터가 극본에서 당 간부와 혁명에 대한 또 하나의 풍자 거리를 발견했던 일, 즉 5월과 6월의 연습 전 회의에서부터 9월 초의 소동에 이르기까지의 일, 혁명은 가능하다는 것을 무대 위에서 보여주어야 한다는 주장, 그러나 사람들에게는 거리가 극장으로 가는 길보다 두 발자국쯤보다 더 가깝다는 사실, 날이 갈수록 공연 계획이 취소되던 10월에 대해서도 쓸 수 있겠지요. 그다음은— 하지만 여기서 미리 다 이야기해드릴 순 없습니다.

미하엘라가 토요일[2]에— 매년 그래왔듯이— 테아의 생일을 맞아 베를린으로 가는 걸 막을 수는 없었습니다. 우리가 하필이면 바로 그 주말에 부득이 헤어져야 한다는 것은 말도 안 된다고 생각했습니다. 결정적인 일이 일어날지도 모르는 바로 그 시점에 말입니다. 그녀는 테아와의 약속을 취소할 수 없으며, 바로 이런 때일수록 아는 사람들과 연락을 끊어서

2 토요일이란 10월 7일을 말한다.

는 안 된다고 했습니다. 그리고 나 역시 거기 초대되었다면서요. 하지만 그녀는 내가 함께 가는 것을 절대 원하지 않았습니다. 토요일에 로베르트와 난 기차 타는 곳까지 미하엘라를 배웅했습니다. 그녀는 창문에 기대서서 우리에게 손을 흔들었습니다. 마치 몇 주쯤 되는 작별을 위한 인사인 양. 그리고 난 로베르트를 토르가우에 계신 미하엘라의 어머니께 데려다주었습니다. 그 아이가 거기서 하룻밤을 자기로 했거든요.

돌아오는 길에 보르나에 들르니 줄을 길게 안 서고도 주유할 수 있었습니다. 집에 돌아오자 불행처럼 혼자 있다는 적막감이 내게 엄습했습니다. 난 고속도로로 차를 몰고 나갔습니다. 거기서부터 드레스덴까지는 불과 107킬로미터밖에 되지 않았습니다.

프라하 대사관으로 망명한 사람들이 탔던 기차를 기억하십니까? 그 드레스덴 중앙역 앞에서 벌어졌던 소동을 뉴스를 통해 전해 들었습니다. 탈출하려는 사람은 그 기차들을 잡으려고 노력했었지요.

내가 마지막으로 어머니와 대화를 나눈 건 수요일이었는데, 너무 겁을 내거나 조심하시느라 종합병원의 전화로 이야기하기를 꺼리시는 거라고 생각했습니다.

10월 7일에는 다시금 베를린과 고르바초프의 이야기로 모든 화제가 옮겨갔고, 오는 월요일 라이프치히에서 어떤 일이 벌어질까에 관한 보도뿐이었습니다. 차를 모는 동안 난 고전음악을 들었습니다. 한 유명한 나폴리 출신 음악가의 곡이었는데 그 사람의 이름을 외워두려고 했지만 생각이 나지 않습니다. 바흐조차도 그의 음악을 다루었다고 전해집니다.[3] 그

3 추측건대 지오반니 바티스타 페르골레시(Giovanni Battista Pergolesi, 1710~1736)의 곡 「사바트 마테르Sabat Mater」를 말하는 것 같다.

의 아리아와 듀엣을 들으니 몇 달 만에 처음으로 마음이 평온해진다는 느낌이 들었습니다. 마치 이 음악을 통해서 세상과 내가 다시금 익숙한 길로 접어들기라도 한 듯. 하지만 이런 기분은 오래가지 않았습니다.

어머니 집 현관 앞에서 초인종을 누르고 한참을 기다리고 나서 열쇠로 문을 열고 안으로 들어갔습니다. 현관 앞의 작은 공간과 복도를 가르고 있는 커튼을 여는 동안, 벌써 난 어린 시절의 냄새를 맡았습니다. 개수대의 잔들에는 물이 반쯤 차 있었고 가장자리에도 루주 자국은 없었습니다. 그 아래 접시에는 남은 빵가루가 헤엄치고 있었고 나이프에는 어두운 색의 무엇인가가 말라붙은 채였습니다. 간소세지 아니면 자두잼이었을 겁니다. 수세미에는 밥알들이 가득 붙어 있었고 조금 역겨운 냄새도 났습니다.

공중전화 부스로 가 종합병원에 전화를 걸었습니다. 내가 잘 모르는 어느 간호사 한 명이 전화를 받더군요. 목소리로는 아마 아주 젊은 여성인 것 같았습니다. 그녀는 튀르머 부인이 지금 전화를 받을 수 없다고 말했습니다. 난 수술이 얼마나 더 걸릴 것 같냐고 물었습니다. 그녀는 모르겠다고 했고, 난 종합병원으로 내가 가겠다는 것을 어머니께 꼭 좀 전해달라고 부탁했습니다. 처음에 난 그 간호사가 이미 전화를 끊은 줄 알았습니다. 그런데 어머니는 주말에 근무가 없으며 그러니 종합병원에도 안 계시다는 사실을 알게 되었습니다.

난 제로니모에게 전화를 걸었습니다. 통화 중이었습니다. 테아에게 전화를 걸었습니다. 딸아이들 중 한 명이 수화기를 들었고 내가 무어라고 말할 사이도 없이 소리 질렀습니다. "우리 집엔 아무도 없어요!" 그러곤 전화를 끊어버렸습니다. 제로니모는 아직도 통화 중이었습니다. 테오도르 쾨르너의 동상이 서 있는 공원의 둥근 화단으로 가 세번째 시도를 해보았지만 허사였습니다.

돌아왔을 때, 나는 우리 집 거실에 불이 켜져 있는 것을 보았습니다. 한달음에 뛰어올라가 초인종을 누르고 문을 열고는 거실을 향해 어머니를 불렀습니다. 그곳에서 가만히 기다리며 시계가 재깍대는 소리를 한참이나 듣다가 도로 스위치를 껐습니다. 난 방마다 들어가 어머니를 불러보았으며, 두번째로 집 안을 샅샅이 돌아보았고 결국 난방기를 켜고 주방에 가 앉았습니다. 배가 고프지는 않았지만 뭔가 먹을 것을 만드는 것 외에 더 좋은 생각이 나질 않았습니다. 빵은 너무 오래되었고 냉장고 안에서 발견한 얼마 안 되는 음식물들을 꺼내 손으로 한참을 들고 있다가 결국 제자리에 도로 놓았습니다. 난 오직 차와 함께 버터 통에 들어 있던 서독제 초콜릿만을 조금씩 조금씩 베어 먹었을 뿐입니다.

당신은 왜 내가 이런 중요하지도 않은 잡다한 이야기를 늘어놓는지 물으시겠지요. 이렇게까지 자세한 내용은 물론 중요하지 않습니다. 그런데, 옛 음악과 익숙한 환경과 어머니의 부재가 나를 도로 어린아이로 만들었던 것입니다. 난 프란치스카와 제로니모의 집으로 갔습니다.

자동차 안에서 뉴스를 들었습니다. 드레스덴의 소식은 없었습니다. 적어도 지금 막 그곳에서 일어나고 있는 일들을 알려줄 만한 소식은 전혀 들을 수 없었습니다. 쿠르트 피셔 박사 광장[4]에 도착하기 전에 나는 몇백 킬로미터 앞에 전찻길을 보았는데, 그곳은 통일광장[5]으로부터 온 차들로 몹시 밀리는 중이었습니다.

나는 가던 길을 되돌아갔고, 쿠르트 피셔 박사 알레[6]를 통과해 바우

---

4 오늘날엔 올브리히트 광장이라고 불린다.

5 오늘날엔 알베르트 광장이라고 불린다.

6 오늘날엔 슈타우펜베르크 알레라고 불린다.

츠너 슈트라세로 접어들었으니, 그곳은 "축하조명"을 훤히 밝힌 비밀안전 기획부 건물 바로 옆길이었습니다. 내 앞에서 커브 길을 도는 군용차 한 대를 제외하곤 군복을 입은 사람을 단 한 명도 보지 못했습니다.

나는 게지네를 깨우지 않기 위해 작은 돌멩이를 창문으로 던졌습니다. 마침내 어두운 계단에서 발소리가 들려올 때까지, 계속해서, 연거푸 던지자, 제로니모가 유리문 뒤에 나타났고 문을 열고는 나를 끌어안았습니다. 그것으로 그의 반가움도 끝이었습니다. "잘 지냈어?"

계단에서 그는 방문객이 있으니 놀라지 말라고 내게 말했습니다.

제로니모가 먼저 들어갔는데, 주방이 텅 비어 있었습니다. 그는 식량 창고의 문을 열었습니다. "이 친구는 엔리코라고 해" 하고 말하더니 마치 자신의 골렘이라도 선보이겠다는 듯한 모양새로 문을 잡고 나를 보았습니다. 몇 초간은 아무 일도 일어나지 않았습니다. 난 자리에 앉았다가 즉시 다시 일어섰습니다. 그는 문을 통과해 들어오기 위해 상체를 숙여야 했으므로 난 처음엔 그의 머리의 하얀 터번만을, 그러니까 붕대로 감은 그의 머리를 보았습니다. 알고 보니 그는 마리오였습니다. 우리 반이었던 빨갱이 마리오 게트케, 군 입대를 자원해서 무슨 수학여행이라도 가듯 집을 떠났던 그였습니다. 그의 얼굴의 왼쪽 부분이 퉁퉁 부어올라 있었습니다. 우린 악수를 나누었습니다. "마침 잘 왔네" 하고 그가 말했습니다. "우리 이제 다시 다 모인 거야." 마리오가 소파에 앉더니 입고 있던 스웨터 안에서 A4 용지 묶음을 꺼냈습니다. 우린 7년 동안이나 서로 만난 적이 없었습니다. 난 뭔가 설명을 해주기를 기다렸습니다. 그리고 누군가 창문에 돌멩이를 던지면 왜 식량창고에 숨어들어야 하는지에 대해서도.

"이 친구는 이제 막 풀려났어" 하고 제로니모가 말했습니다. 마리오는 예전과 똑같은 모습으로 입술을 씰룩거려 보였습니다.

"어디서 풀려났다는 거야?"

마리오가 혼자 빙긋이 미소를 지었습니다.

"기동경찰대." 제로니모가 마리오를 대신해서 대답했습니다. 그들이 전날 저녁에 마리오를 감금했다가 두 시간 전에서야 집으로 돌려보내주었다는 것이었습니다.

"거기서 이렇게 된 거래" 하고 제로니모가 말하며 그의 붕대를 가리켰습니다. 마리오가 머리를 들어 올렸습니다. 난 프란치스카는 어디 있느냐고 물었습니다.

"위험한 곳에 있는 건 아니야" 하고 마리오가 말하며 또 한 번 미소를 지었습니다.

"그녀는 위생박물관에서 '프랑스대혁명 200주년' 기념 회합을 위해 일하고 있어." 제로니모의 설명이었습니다. 이런 상황에서는 반드시 한 사람만 외출하고 나머지 한 사람은 집에 남아 게지네 옆에 남는다는 게 그들 부부의 원칙이라는 것이었습니다. 그가 계속해서 말을 이으려고 했으나 마리오가 무엇인가를 읽기 시작했습니다. 그의 목소리가 너무도 컸기 때문에 제로니모는 벌떡 일어나 주방의 문을 닫았습니다.

마리오의 보고문은 제로니모의 책[7]에서 읽으실 수 있습니다. 물론 내가 그날 거기서 들었던 것과는 약간은 다르지만요. 제로니모는 서두에서 너무 얻어맞아 만신창이가 되어 붕대를 머리에 감은 채 나타난 마리오를 거의 알아볼 수가 없을 지경이었다고 진술했습니다. 마리오는 마침내 입을 열고 말할 수 있을 때까지 몇 잔이나 물을 들이켰다는 것입니다. 제로니모는 바로 이 순간 맨 처음으로, 아직 마리오로부터 무엇인가를 듣기도

7 요한 치일케, 『드레스덴의 시위』, 라데보일, 1990, pp. 9~23 ; 에카르트 바르, 『10월의 이레동안』, 라이프치히, 1990, pp. 80~88와 비교할 것.

전이었지만, 그 모든 것들을 기록해두어야겠다는 생각이 떠올랐다고 했습니다. 그 뒤에는 망각과 기억, 죄와 법과 회개와 용서에 관한 이야기가 길게 이어집니다. 더불어 독자들은 마리오가 제로니모를 찾아온 이유가 바로 어려움에 처했을 때 의지할 수 있는 유일한 인물이 그였기 때문에, 바로 그 이유로 제로니모는 풍랑이 몰아쳐도 다른 사람들이 믿고 기댈 수 있는 굳건한 바위 같다는 인상을 받게 됩니다.

이날 저녁을 묘사한 부분에서 제로니모는 내 방문에 대해서는 일언반구도 언급하지 않았습니다. 실제로 나는 이날 저녁에 거의 말을 하지 않긴 했었습니다. 그러나 당신이 이제부터 보시겠습니다만 나를—부수적인 역할이긴 합니다만—언급할 이유는 충분히 있었습니다.

마리오가 읽어내려간 것은 처음엔 무슨 교통사고 보고서나 이미 공문서가 되어버린 기록문, 혹은 수령인이 누구든지 간에 아무튼 항의의 편지 같은 것으로 들렸습니다. 날짜와 시간(저녁 8시 15분)이며 중앙역에 모였다는 진술을 한 뒤에 그는 "음주 상태가 아니었음"을 강조했고 "지참하고 있던 소지품"을 열거했습니다. 신분증, 지갑, 담배, 성냥, 집의 현관문 열쇠, 손수건. 이 품목들을 나열한 순서는 인쇄된 종이에서도 그대로였습니다. 그곳에는 다음과 같이 적혀 있었습니다. "내 목표는 친구들과 이웃들과 동료들의 보고 중에 무엇이 진실에 부합하는 것인지 그렇지 않은지를 개인적으로 확인하는 것이었다. 중앙역 근처와 프라거 슈트라세를 따라 수천 명의 군중이 집결했다. 프라거 슈트라세와 특히나 룬트 영화관 주위는 경찰 병력에 의해 차단되어 있었다. 차단된 지역은 여러 군데였다. 룬트 영화관 바로 앞에는 맹견부대가 대기 중이었다. 무법자들의 불법 난동 행위 같은 건 전혀 없었다. 내가 대략 살펴본 바에 의하면 그곳에 집결한 경찰 병력은 기동경찰대와 수송부대 그리고 동독 국가 인민군(NVA)으로 구성된 조직이었다. 룬트 영화관 앞, 악기를 파는 상점들 너머에서 구호 소리가 들려오고 있었다. '아버지, 우리를 때리지 마세요! 형, 우리를 때리지 마세요!,' '우리는 이곳에 남는다!,' '폭력 거부!'"

난 "비폭력"이어야 하지 않겠느냐고 제안했고 마리오는 반드시 "폭력 거부"여야만 한다고 고집을 부렸습니다. 책에서 빠진 내용은 "우리는 이곳에 남는다!"에 관한 그의 견해였습니다. 그는 이 구호에 대해 설명이 필요하다고 생각했습니다. 즉, 이 구호는 동독을 떠나려는 사람들과 비교해서 떠나지 않고 있는 사람들에게 차별화를 주기 위한 것이라고 해석해야 하며, 결코 거리를 비우라는 경찰들의 요구에 대한 반항이 아님을 설명해야겠다는 것이었습니다.

"고급의류 판매점 앞을 지나가던 한 행인이 그들의 바리케이드를 사진에 담았다. 이내 두 명의 경찰관이 그를 덮쳤다. 행인은 도망치려고 발버둥을 쳤지만 곧 항복하고 말았다. 그는 경찰들에 의해 제압되었다. 그들은 그를 매우 거칠게 다루며 차단선 뒤로 끌고 갔고 그에게서 사진기를 빼앗았다. 이 모든 일은 걸어가는 도중에 일어났다. 경찰 병력은 계속해서 뒤로 물러나다가는 이윽고 프라거 슈트라세를 군중들에게 내주었다. 재빨리 그들에게서 빠져나오지 못한 사람들은 무자비하게 연행되었다. 한번씩 후퇴할 때마다 제복을 입은 경찰관들이 박자에 맞춰 고무 곤봉을 방패에 대고 두드렸는데, 처음에는 천천히 두드리다가 앞으로 돌진하는 순간까지 점점 속도를 빨리했다. 그것은 물론 공포심을 가중시켰고 서쪽으로 탈출하려던 사람들을 경악하게 만들었다."

내 기억엔 곤봉 소리에 대한 보고 부분이 특히 많이 남아 있습니다. 비유도 있었습니다. 마리오는 비유를 들던 중 로마의 병사와 검투사를 혼동하기도 했습니다. 입을 다물고 침묵할 때마다 그는 다시금 자신의 그 위로 들려진 입술을 옆쪽으로 끌어당겼습니다.

"22시 30분경 중앙역 앞, '회에' 버스정류장 전면에 육군부대들이 집결했다. 그들은 서로서로의 팔을 걸어 스크럼을 짰고 거리를 꽉 채우며 횡렬로 늘어섰다. 열 내지 열다섯 줄의 종대였다. 빠른 구보와 '왼발, 둘, 셋, 넷'하고 복창하는 외침 소리와 함께 그들은 거리를 따라 행진하기 시작했다. 자이트 영화관 방향. 하지만 그 시점에는 단지 아주 적은 수의 시민들만이 중앙역 앞에 남아 있었으므로 오히려 비교적 조용하다고 평가할 수 있을 만한 지점이었다. 사실 구호 소리는 레닌그라드 슈트라세 쪽에서부터 들려오고 있었기 때문이다."

바로 이 지점에서 나로서는 전혀 예견하지 못한 일이 일어났습니다. 마리오가 미소를 지으며 자신의 원고 종이들을 탁자 너머 제로니모에게 건넨 것입니다. 그러니까 이제야 무엇인가가 내 눈에 띄었습니다. 사실은 진작부터 알아보았어야 했던 것을요. 그것은 바로 제로니모의 글씨였던 것입니다. 내가 마리오에게서 언제나 부러워했었던, 일정하면서도 동판의 장식글자처럼 가지런한 글씨가 아니었단 말이지요.

마리오는 소파 깊숙이 몸을 기댔습니다. 제로니모는 종이들을 가지런히 놓았습니다.

"내 진술의 진실성을 증명해줄 증인으로" 하고 마리오가 문장을 부르기 시작했습니다. "나는 내 옛 동창인 요한 치일케를 지정한다. 나는 그와 프라거 슈트라세에서 우연히 만났다. 반대 의견이라도 있니?" 제로니모가 글씨를 써내려가며 고개를 가로저었습니다. 마리오는 팔을 뻗쳐 소파의 등받이에 올리고 머리를 벽에 기댄 후 천장에 시선을 둔 채 계속해서 문장을 불러나갔습니다. 이 부분 역시 내 기억 속엔 좀 다른 내용으로 남아 있었고, 나는 금세 뭔가가 빠졌다는 것을 알아챘습니다.

"그럼에도 불구하고 제복 부대는 꿋꿋이 행진을 계속했고 굳이 그럴 필요가 없었음에도 불구하고 중앙역 앞의 거리를 (십자로를 포함해서) 진압했다. 그 뒤에는 '우랄' 모형의 군용차가 따랐다. 이 차로부터는 무엇인가 뿌연 물질이 사람들에게로 날아왔다. 난 그것이 최루탄 가스임을 금방 알아차렸다. 재빨리 손수건으로 얼굴을 감쌌음에도 불구하고 약 10분 정도 지난 뒤부터는 앞을 볼 수 없었고 눈이 쓰라렸고 점막이 따가웠다! 바로 이 순간, 나는 이날 저녁 제복 부대가 입장할 때부터 이미 방독면 가방을 몸에 두르고 있었음을 떠올렸다. 그러나 이때까지도 그다지 큰 주의를 기울이지 않았던 것이다. 한참 후에 제복 부대는 프라거 슈트라세를 지나 계속해서 전진했다. 그때 그들은 버스정류장 건너편에 있는 원형 잔디밭을 둘러쌌다. 난 조금 전부터 이 원형 잔디밭에 도착해 있었다. 그곳엔 적은 수의 시민들만이 드문드문 흩어져 있었기 때문이었다."

당신도 보셨겠지요? 바로 이 순간에, 마리오가 아무것도 혹은 거의 아무것도 볼 수 없었다고 하는 부분의 장면이 비어 있단 말입니다. 실제 상황은 그렇지가 않았었거든요. 게다가 이 대목에서 그의 반쯤 공무원 같던 어투는 힘을 잃었습니다. 그와 제로니모가 서로의 팔을 결었습니다. "채집되어 날개에 핀이 꽂힌 풍뎅이들"처럼 그들도 그렇게 잡힐 것이 두려웠기 때문이었습니다. 두세 번 유머러스하면서도 우스꽝스러운 대목도 있었습니다. 그들 두 사람이 앞을 보지 못한 채 걸어갔던 장면에선 술 취한 닭들을 언급하기도 했고 썩은 달걀들에서 나는 악취를 언급하기도 했습니다. 갑자기 제로니모가 팔을 뺐습니다. 손으로 더듬더듬하며 그의 이름을 부르다가, 마침내 그들이 최루탄 연기에서 빠져나와 안전한 곳에 당도했단 생각이 들었답니다. 결국 그는 제로니모가 자신을 찾기 위해 뒤에 혼자 남았을 것이라는 가정을 내렸습니다.

마리오가 등받이에서 팔을 내리고 제로니모를 향해 다음과 같이 말을 건넸을 때, 제로니모는 그를 쳐다보지 않았습니다. "넌 갑자기 땅속으로 푹 꺼지기라도 하듯 사라져버렸어." 난 제로니모가 해명을 하기 전, 조금 전에 쓰던 단락을 마저 끝내려는 것이라고 생각했습니다. 하지만 마리오는 좀 전의 자세로 돌아갔고 다시금 머리를 벽에 기댄 채 문장들을 불러나 갔습니다.

"그러나 머지않아 제복 부대가 곤봉으로 그들의 방패를 두드리면서 계속 전진하고 있다는 판단을 내리지 않을 수 없었다. 그들이 넓은 횡렬로 버스정류장에서부터 거리를 따라 행진했기 때문에 그들을 피해 도망간다는 것은 불가능한 일이었다. 세 명 혹은 네 명의 청년들이 옆길로 빠져 달아나려 했다. 병사 한 명이 그중 한 청년에게로 돌진했고 정확하게 조준을 한 듯 그의 뒤에 바짝 붙어 잔인하게 추격했다. 곧이어 그는 곤봉을 휘두르며 대항하지도 못하는 시민을 무자비하게 구타하기 시작했다. 또 한 명의 병사가 그를 돕기 위해 달려왔다. 두 사람은 쓰러진 사람을 질질 끌고 갔다." 마리오는 제복 부대의 행동들을 서술했습니다. 그들의 좌충우돌 동요를. 마침내 자신에 대해서 이야기할 차례가 되었습니다. "돌격대는 여기저기 흩어져 있던 시민들을 뒤쫓아 연행하기 시작했다. 그들을 구타하고 포위해 끌고 갔다. 그때 난 누군가가 소리치는 것을 들었다. '저기 한 놈 또 있다!' 무장군인 세 명이 나를 향해 돌진해온다는 것을 나중에야 알았다. 난 뒤로 몸을 돌리고 주위를 두리번거렸다── 내 주위에는 아무도 없었다. 난 깨달았다── 그들이 나를 추격하고 있었다! 난 도망치기 시작했다. 내가 주위를 살피느라 잠깐 정신을 놓은 사이에 그들은 어느새 재빠르게 나를 따라잡았다. 난 우뚝 멈춰 서서 양손을 들고 외쳤다. '자발적으로 가겠다. 반항하지 않는다!' 병사 두 명이 나를 붙잡았는데 그

중 한 명이 나를 밀폐된 공간으로 데려가 내리눌렀다. 또 다른 한 명은 몹시 고통스럽게 내 팔을 등 뒤로 꺾으며 나를 제압했다. 그러면서 그들은 네댓 번쯤 내 등을 구타하며 소리를 질러댔다. '입 다물어, 이 새끼야! 한 마디만 더 나불거리면 오늘 하루 종일 입을 열지 못하게 해주마!' 그들은 나를 밀폐된 공간으로 끌고 갔다. '그렇게 꾸물거리지 말란 말이야! 자꾸 그러면 우리가 널 집어 처넣는 수가 있어!' 한 병사가 부르짖었다. 난 거리에 집어던져졌고 내 등 뒤로 발길질이 쏟아졌다. 그곳에는 이미 여남은 명의 다른 시민들도 있었다. 누군가가 소리를 질러댔다. '얼굴을 땅에 붙이란 말이야! 양팔을 활짝 벌리고 앞으로. 다리는 벌리고 똥구멍은 내리고!' 한 병사가 내 엉덩이를 세게 걷어차며 으르렁댔다. '더 낮게 엎드려! 납작하게!' 다음 순간 난 시계를 볼 수 있었다. 0시 25분이었다. 땅바닥의 냉기가 점점 옷을 뚫고 들어왔다. 난 한기를 느꼈다. 한참 후 트럭들(W50 모델)이 먼저 떠나갔다. 곧이어 몸수색이 있었다. 우린 아까와 같은 포즈로 부동자세를 취해야 했다. 내 오른쪽에선 한 병사가 병 두 개를 차례로 땅바닥에 던졌다. 유리 파편이 튀면서 우리의 머리를 위험스럽게 스쳐갔다. 곧이어 엎드려 있던 사람들 한 명, 한 명이 오른쪽부터 차례차례 끌려 올라가기 시작했다."

이때까지 마리오는 거의 높낮이가 없는 억양으로 말을 이어나갔고 단지 문장의 끝마다 톤을 조금 내렸을 뿐이었습니다. 이런 상황이 원래 그렇듯이 묘한 분위기를 자아냈고, 난 두 사람은 왜 한번도 서로를 쳐다보지 않는 것인지 생각해보지 않을 수 없었습니다. 마리오가 폭력 행위에 대해 묘사할 때는 이런 분위기가 더욱더 생생히 고조되었습니다. 중간 중간에, 가령 엉덩이를 걷어차는 장면 같은 데서 그는 웃음을 터뜨리기까지 했습니다. 반면 제로니모는 종이만을 바라보며 공부 못하는 학생마냥 더욱더 깊이 고개를 숙이는 것이었습니다. 난 마리오의 이야기 중에서도 다음의 대목을 특히 더 자세히 기억하고 있습니다. 마치 지금 방금 그것을 읽은 듯이 생생합니다.

"우린 모두 트럭으로 끌려가 차에 올라타야 했다. 그런 와중에도 난 여러 번 구타를 당했다. 내 옆자리에는 또 다른 시민들이 네 명 앉아 있었다. 곤봉을 마구 휘두르는 병사 둘이 우리들 건너편에 있었다. '너희들 개새끼들은 오늘 한번 뜨거운 맛을 봐야 해!' 차가 주행하는 동안 우리는 뒤를 돌아보아서는 안 되었고 지시받은 자세를 고수해야만 했다. 유난히 구불구불한 길로 트럭은 15분쯤 달려갔다. 우리를 지키던 두 명의 병사들이 경고라도 하듯 곤봉으로 의자를 탕탕 두드렸다. 차량이 멈춰 섰다. 우린 트럭에서 내려야 했다. 그 일들은 모두 순서대로 차례차례 행해져야 했다. 그러나 다른 한편으로는 병사들에게는 모든 것이 느리기만 한 모양이었다. 그들은 우리를 마구 몰아댔다. 우리는 부대의 마당에 도착해 있었다. 비가 왔다. 우린 다섯 명씩 종대로 줄을 서서 목 뒤로 양손에 깍지를 끼고 다리를 벌려야 했다. 그런 자세로 우리가 얼마나 더 서 있었는지는 알 수 없었다. 곧 계단을 뛰어올라가 어느 건물 안으로 들어가야 했기 때문이다. 여전히 양손을 목에 갖다 댄 채 어떤 방에 들어섰다. 각자가 머리를 벽에 붙이고 넓게 벌린 다리를 벽으로부터 멀리 떨어뜨린 채 양손을 목에 갖다 댔다. 두번째 몸수색이 있었다. 그동안에도 우리 뒤에 서 있던 병사들은 틈나는 대로 우리 몸을 짓누르며 벽에 갖다 붙인 이마에 고통을 가했다. 가방 검사. 그 후 우리는 한 사람씩 탁자 앞으로 불려나가 신분을 밝혀야 했다. 다음은 마루 바닥재가 깔린 큰 홀로 이동해야 했다. 자세는 여전히 다리를 벌릴 것, 얼굴을 벽으로, 양손은 목으로. 그 홀은 계속해서 새로 연행되어온 사람들로 들어찼다. 난 또 한 번 시계를 볼 수 있었다. 1시

45분. (10월 7일, 동독 건국기념일) 두 명의 병사가 우리를 감시했다. 그 중 한 명이 뒤쪽에서 우리에게 충고해주었다. '여러분은 지금 군사상 보안지역에 들어와 있소. 도망하는 자는 즉시 사살될 것이오!'"

그의 말을 인용하는 동안, 마리오의 목소리는 점점 더 연극적인 성격을 띠어갔다. 특히 "사살될 것"이라는 대목이 그를 흥분시키는 모양이었다. 그는 그 말을 여러 번이나 반복했다. 바로 그 순간부터 난 그가 점점 더 자주 내 쪽을 바라본다는 인상을 받았다.

"우리가 서 있는 동안에도 그들은 주기적으로 우리를 못살게 굴었다. 그들이 내 왼쪽 편에 서 있던 사람의 다리를 뒤로 잡아당기는 바람에 그는 마룻바닥에 코를 박고 넘어졌다. 미동 하나마다 득달같이 곤봉이 날아들었다. 열네 살의 어린 소년이 부모님께 급히 연락을 부탁하면서, 자기가 신장염을 앓고 있어서 약을 복용해야 한다고 했다. 그러자 그들은 소년을 마구 구타했고 어디론지 끌고 갔다. 더 이상 같은 자세를 취할 수 없게 되면 자신의 손바닥이 퉁퉁 부어오를 때까지 손바닥 위에다 무릎을 꿇어야 했다. 한번은 내 귀에 이런 소리들이 들려왔다. '저들 모두가 다 주모자들이 아닌가. 한번 면밀히 조사를 해봐야겠군.' 그리고 '그 새낀 내가 골통을 부숴버릴 거야. 그 새끼만이 아니라 다른 놈들도 마찬가지고!' 우린 '나치 돼지들'이라고 불렸으며 '칠레에서처럼 네놈들을 처치해주마!'와 같은 말도 나왔다. 5시경. 내 시계가 구타 때문에 망가져버렸고 우리 그룹은 다시금 이리저리 분류되어 자리를 바꿔야 했다. 큰 창문이 열려 있었다. 바람이 불어 들어왔다. 난 더는 팔과 다리에 감각을 느낄 수 없었다. 한번은 푹 쓰러졌다. 그 뒤 내 머리에는 붕대가 감겼고 곧이어 다시 제자리로 가 서야 했다. 또다시 자리가 바뀌었을 때 나는 다른 방으로 쫓겨갔다. 큰 통에 차가 들어 있었다. 우리들 중 한 명은 무릎을 꿇은 채 미끄러지며 더러운 바닥을 닦아야 했다. 그 후엔 돼지비계가 발린 빵을 받았다. 그러고 나선 다시 새롭게 줄을 섰다. 곧이어 주방과 가까운 복도에 서서 매우 오랫동안 기다려야 했다. 또 한 번 인적사항 파악. 몇몇 사람은 따로 분류되었다. 내 이름 역시 그 명단에 속했다. 내 진짜 이름이. 그들은 다른 때는 나를 '인도인'이라고만 불렀다. '인도인이 여기 와 있을 거라고?' 타지에서 온 사복 차림의 사법경찰 부사관이 심문을 맡았다. 그리고 다시 방으로 내려갔다. 우리가 있던 방은 아까처럼 한두 명의 병사가 지키고 있었다. 그들은 특히 수면금지 규정을 철저히 지켰다. 조금이라도 잠이 들 만한 기미를 보이는 자가 있으면 벌떡 일으켜 세워 복도로 내보내 특별 기합을 줘서 못 자게 했다. '졸리다고? 그래? 그럼 일어나!' 그러면 밖에서는 거친 소리와 함께 곧바로 가혹 행위가 시작되었다. 특별 기합을 받은 사람들은 핏기가 사라진 손가락이 되어 돌아오곤 했는데 몇 분 동안 찻잔을 들고 있지도 못할 정도였다. 옷을 말쑥하게 차려입은 백발의 신사는 자리에 우두커니 앉아 감정 없는 표정으로 앞쪽을 응시하고 있었다. 또 다른 사람은 심한 구타를 당해 얼굴 반쪽이 완전히 깨지고 부어올랐으며 피로 얼룩져 있었다. 그리고 나이가 지긋하고 단순한 옷차림을 한 남자가 있었는데 그의 손은 온통 상처투성이였다. 난 심문을 당한 뒤 보고서에도 사인을 했다. 여군 중대장 한 명이 내 신분증을 도로 돌려주었고 치안 소송을 위한 절차가 시작될 것이니 사인을 하라면서 서류와 의견서를 건네주며 완벽을 기하기 위해 개인적인 인적사항들을 꼬치꼬치 캐물었다. 중앙역을 멀찍이 돌아 집으로 돌아가라는 권고와 함께 오후 6시 30분에 풀려났다."

숨기지 않겠습니다. 나는 마지막 부분에서는 그의 보고문에서 벗어났고 내가 기억하는 내용만을 적었습니다. 하지만 내 보충에도 불구하고 이 장면이 지녔던 해괴한 분위기는 잘 전달되지 않는군요. 그런 분위기는 한 문장 한 문장 끝날 때마다, 한 마디 한 마디 단어가 끝날 때마다 점점 고조되어갔습니다. 마리오는 땀을 흘렸습니다. 마지막에 가서 그는 거의 모든 문장이 시작되거나 끝날 때마다 웃음을 터뜨리곤 했습니다. 그는 차갑게 식어버린 차를 꿀꺽꿀꺽 단숨에 들이켰습니다.

제로니모는 지친 모습으로 정면을 응시하고만 있었습니다. 마리오가 집으로 돌아가자고 나를 재촉했습니다. 내가 왜 제로니모의 집에 남아 적어도 프란치스카가 돌아올 때까지만이라도 좀더 머물지 않았는지 나 자신도 잘 모르겠습니다. 우린 겨우 두 문장쯤을 주고 받았던 것 같습니다. 난 먼저 계단을 내려갔고, 등 뒤에서 제로니모가 문을 닫는 소리를 들었습니다.

마리오가 자기를 도심으로 태워다달라고 부탁했습니다. 내 옆 좌석에 앉아 잠이 들었는가 보다 하고 생각한 순간, 그가 번쩍 눈을 뜨더니 나더러 여전히 시를 쓰느냐고 물었습니다.

푸치크 광장[8]과 동판화 전시실 사이의 십자로에서 우리는 시위대의 행렬이 시작되는 곳에 도착했습니다. 난 차를 멈추고 마리오를 내리도록 했습니다. 우리의 작별은 짧았습니다. 하지만 우연의 장난이었을까요. 어느 사진에 내가 들어가게 되었고 이렇게 해서 제로니모의 책에도 내 모습이 들어갔던 것입니다. 나를 제외하곤 그 사실을 아무도 모릅니다만, 45쪽의 위쪽 사진에서 바르트부르크의 열린 창문 옆에 앉아 운전하고 있는 사람이 바로 나입니다.

내가 막 마리오에게 손을 흔들고 있는 순간 그는 사람들의 머리 너머

---

8 오늘날엔 슈트라스부르거 광장이라고 불린다.

로 내게 무언가를 외치고 있었습니다. 내 시선이 그의 하얀색 터번을 따라 움직였습니다. 그리고 등 뒤에서 내 이름을 부르는 소리를 들었습니다. 뒤로 돌아보자, 그는 어깨를 들어올린 채 어색한 미소와 까마귀 걸음걸이로 내 쪽을 향해 다가오더니 내게 손을 내밀었습니다. 그의 발은 여전히 아버지의 작업화를 신고 있는 것 같았습니다. 난 헨드리크의 손을 마주잡고 악수했습니다. "난 어머니를 찾는 중이야" 하고 말했습니다. 우리 언제 한번 다시 만나자고 그가 말했습니다. 난 그에게 내 차를 타고 가겠느냐고 물었습니다. 그는 더 이상 클로츠셰에 살지 않는다고 말했습니다. 곧이어 난 그마저도 시야에서 놓치고 말았습니다.

나 혼자 있을 때면 예전에도 늘 그랬듯이 어머니의 침대에 누워 잠을 청했습니다. 밑에 어머니의 잠옷이 숨겨져 있는 베개를 베고서, 난 금세 잠이 들었습니다.[9]

당신의 엔리코.

90년 5월 28일 월요일

사랑하는 요!

네가 이곳의 지방 정치인이었다면 넌 매일 전화를 걸어서 편지를 보내겠노라는 것을 알리거나 혹은 왕세자와 5분간 접견할 사람들의 후보 명단에 들기 위해 '제가 귀사에 잠깐 들려서 직접 건네드리는 게 제일 좋겠

9 훗날 약혼자에게 보내는 편지라기에는 약간 이상스러운 고백이다.

군요'라고 말해야 될 거야. '왕세자 저하'에 대한 두 페이지 기사 덕분에 최근 마지막 호는 스캔들 기사가 났을 때보다도 훨씬 더 많이 팔렸어.

거의 60년 만에 처음으로 자유투표로 뽑힌 국민대표들의 첫 회의에서 통과된 첫 안건은 바로 왕세자를 초대한다는 거였어. (바리스타가 알게 모르게 의견 일치를 조건으로 내세웠었어. '세자 저하'께서는 반대나 유보의 결과에 반해 자신의 소원을 이루고 싶어 하지 않으시기 때문이라는 거야.) 우리 시의 민주사회당(PDS)조차 쌍수를 들고 환영의 뜻을 표했지. 이런 식으로 상징적인 의미를 가지고 일을 시작할 수 있다는 데 대해 모두가 서로에게 고맙게 생각하고 있어. 맨 먼저 그들은 우리들을 칭찬하고—왕세자의 방문에는 늘 "『알텐부르크 주간 신문』 주최로"라는 꼬리표가 따라붙어—그리고 자신들 스스로를 칭찬하는 거야. 동독 통일사회당(SED) 독재 정권에 의해 몇십 년간이나 탄압을 받으며 맥이 끊겼던 몹시 중요한 전통을 도시와 주 정부를 위해 다시금 부활시키는 일이므로. 무용학원에서는 벌써부터 왕실의 인사법을 연습하고 있어.

몇몇 어린 양들이 우리 등 뒤에서 몰래 왕세자에게 접근을 시도하기도 하지. 두 명 중 하나는 돈이나 뜯어내려는 자들인데, 바론의 진술을 들어보면 정작 왕세자는 그런 의도를 뻔뻔하다고 생각지 않는다는 거야.

바론은 서로 맞닿아 있는 주거용 건물을 두 채나 샀어. 북쪽으로 비스듬히 누운 부분이 검게 그을린 건물들이야. 계단까지밖에 보지 않았어도 난 벌써 그의 찬사를 도저히 이해할 수 없었어. 천장 부조 장식과 고풍스러운 옛날 문이 달린 방들을 보고 나선 약간은 그럴 만하다고 생각했지. 두 집에 딸린 베란다 중 한 곳은 겨울 정원으로 개조할 거래. 그리고 그 멋진 전망이라니! 집의 남쪽 부분으로부터 곧장 성으로 걸어 올라갈 수 있고 그리고—청명한 날엔—에르츠 산맥의 능선까지라도 이를 수 있지. 저녁 어스름 속에서 성의 전면이 마치 산의 정수리같이 보이지. 저 멀리 검푸른 구름 한 줄기. 그뿐이 아냐. 집 아래로는 들판 가득 과일나무들이 보이고 그 들판은 3~4미터 정도 깊이 아래 석벽에서 끝이 나. 그리고 계곡 안에 들어 있는 택지들의 뒷마당이 이곳으로부터 시작되는 거야. 그가 선호하는 부동산들은 하루 종일 수리 중이고 그는 힘겨운 환율 때문에 가까스로 그 돈을 지불하고 있지.

몸을 특별히 사리는 건 아니지만 다른 사람들과 비교해보면 난 거의 관조적인 삶을 누린다고 해야 할 거야. 안디는 두번째 상점을 열려는 것뿐만 아니라 지프차 전용 매장을 차리려고 구상 중이야. 그런 식의 매장은 지금까지 그 어디에도 없었거든. 내가 자정이 되어 집으로 돌아갈 때도 심지어—코르넬리아 여행사의 불은 여전히 훤히 밝혀져 있어. 그녀 여행사에서는 지금 예약을 하고 돈은 7월이나 되어서야 지불하면 돼. 사람들은 아침부터 저녁까지 그 앞에서 긴 줄을 서고 있지. 그녀의 남편 마시모는 종합병원 안에 약국을 차리고 싶어 해. 그래서 그는 일주일에 두세 번은 풀다와 알텐부르크를 오가지. 레클레비츠 뮌츠너는 이곳에 사업파트너를 조직하고 교육을 실시하며 자신의 이름으로나 남의 주문으로나 계속해서 택지를 팔고 있어. 그의 친구 넬슨과 함께 주유소를 세울 만한 곳을 정탐하고 다니는 모양이야. 안디의 아내 올림피아는 토지등기소에 가서 유대인 조직들을 죄다 알아냈고 세상에 있는 모든 종류의 언어를 구사하는 인물이야. 그리고 우크라이나 출신 프로하르스키는 가족 모두를 위해서, 그리고 우리들을 위해서 빚을 회수해오지. 내가 이 대목에서 굳이 언급할 필요가 있을까? 퓌르스트 & 퓌르스트 부동산 사무소가 모든 실권을 쥐고 있다는 것을?

난 바론에게 내가 뽑은 광고 전문지 견적서를 건네면서도 그가 웃을 거라고 생각했어. 그는 힐끗 쳐다보더니만 완벽하다고 하면서 내게 그것을 도로 주더군. 그러면서 자신의 서류가방을 뒤지면서 예멘의 통일[1]에 대해 어떻게 생각하느냐고 묻는 거야. 예멘의 통일인지 뭔지, 난 통 들은 바도 없거니와 그가 지금 왜 이런 질문을 던지는지는 더더욱 알 수가 없더군. 그러고 나서 자기의 견적서를 꺼냈어. 그는 그것 역시 비슷한 결산을 냈다고 말하더군. 그러나 내가 한 가지 잊은 점이 있는데, 그건 바로 대출이자와 집세를 고려해야 한다는 거였어.

바론은 새로 뽑힌 시장 카르메카 박사에게 갈 거라면서 굉장히 재미있을 거라고 같이 가자고 했어. 자신이 시장에게 제안을 하나 할 테니까 같이 가서 그의 태도를 잘 관찰해보라는 거야. 도시의 미래를 위한 아주 중요한 제안이니까 말이야.

원래 치과 의사였던 카르메카는 다 망가져버린 허리 때문에 정치계로 옮겨 앉게 되었고 도시 행정부에서 해고할 수 있는 사람은 죄다 해고했어. 오로지 자신의 '비서실'만 무사했대. 그에게는 여비서들 두 명 말고도 개인 조수가 한 명 더 있어. 플리그너라는 이름의, 창백하고 마른 청년이야. 이 청년은 카르메카의 책상에서 서류들을 정리하며 우리가 들어갔는데도 한번 쳐다볼 생각조차 하지 않더군.

일반적으로 알고 있는바, 카르메카는 방문객을 맞이할 때마다 그 방문객이 자리에 앉기가 무섭게 벌써 담뱃갑에서 담배를 꺼낸 다음—그는 옛날 '보석'을 즐겨 피워—라이터와 함께 번쩍 들어 올리면서 손님에게 묻곤 하는 거야. "실례가 안 될는지요?"

대답 대신 바론은 반들반들 윤이 나는 갈색 가죽 시가 통을 내밀었어.

---

1 1990년 5월 22일 민주인민공화국 예멘(남예멘)과 아랍공화국 예멘(북예멘)이 통일했다.

"제 작은 성의입니다." 카르메카는 (첫번째 음절에 강조점을 주어 발음해야 한대) 일순 멈칫하더니 자신의 장난감을 옆으로 치우고선 시가 한 개비를 뽑아 코밑으로 가져가며 킁킁 냄새를 맡더군. 그는 가죽 시가 통을 바론에게 도로 건네주며 말했어. 우리가 허락해준다면 그는 이 고급 시가를 집에서 혼자 조용히, 그리고 맑은 이성일 때 피우고 싶다고. 물론 우리를 매우 환영하며 그다지 부담스러운 업무로 여기지는 않지만 업무 중에는 그게 불가능하다면서 …… 그러면서 그는 이미 자신의 담배를 빨면서 문장을 끝맺는 것도 잊고는 말을 얼버무렸지.

바론은 세자 저하의 방문이 알려지자마자 쇄도하는 청탁 편지들에 대해 한탄을 늘어놓기 시작했어. 어쩔 수 없이 많은 시간을 할애하고 있다면서, 그런 일들을 왕세자에게 맡길 수는 없는 노릇이라고…… 이런 식으로 그는 구구절절 푸념을 늘어놓았어. 카르메카의 양쪽 뺨으로부터 시작해서 수직으로 뻗어 내려오다가 입가를 지난 뒤에 턱 아래까지 이어지는 주름살이 연신 실룩거리더라.

심지어는 우리들의 유능한 『알텐부르크 주간신문』 친구들마저도 세자 저하의 주소를 공개하라는 사람들에게서 거의 협박을 당하고 있는 지경이라고 바론이 부르짖었어. 그가 이렇게 불쾌한 일을 언급하는 이유는 우리가 왕세자의 방문에 대비해서 각오해야 할 것들을 보다 입체적인 그림으로 드러내려는 의도라고 했어.

바리스타의 언변에 대해 카메르카는 시간이 가면 갈수록 점점 더 소심하고 무기력한 제스처를 보였어. 그는 조심스럽게 양팔을 벌리고서 시가 통과 똑같은 종류의 고급 가죽 서류가방에서 나온 서류를 받아들었지. 바론이 작성한── 제안일 뿐, 단지 제안일 뿐이라면서── 방문 일정에 대한 제안서였어. 하지만 바로 그때, 그의 손가락 끝이 가죽에 닿기가 무섭게 그는 기침을 하기 시작하더군. 기침을 쿨룩쿨룩 내뱉는 동안 그는 손을 휘휘 저었고 두들겨 맞을 때처럼 몸을 돌돌 감아 구부리며 처음엔 옆쪽을 보더니 급기야 상체를 구부린 채 자리에서 일어나 몸을 돌렸어.

바론은 무자비하게 말을 계속 이었지. "왕세자 저하께서 빈손으로 오시지는 않습니다!"라고, 그는 카르메카의 기침 소리보다 더 큰 소리로 말해야 했기 때문에 그 문장은 마치 약속이라기보다는 지시처럼 들렸어. 숨을 몰아쉬며 머리를 숙인 채 카메르카가 우리 쪽을 보았어. 빨갛게 충혈되고 눈물이 글썽글썽한 두 눈을 크게 뜨고서. 그는 바론이 수제품 성물 보관함에 대해서 한 말을 이해하지 못했어. 가톨릭 교회와 이미 상의가 끝났을 뿐만 아니라 그 장중한 절차가—입장, 환영—이미 열성적인 준비 단계에 와 있는 사안이었거든. "다시 한 번…… 제가 이해를 잘못…… 다시 한 번 말씀해주시겠습니까?" 카르메카는 겨우 이 말을 내뱉을 수 있었지.

"우리가 보니파키우스를 다시 찾아온단 말입니다!" 바론이 소리치며 미소를 머금은 채 다시 한 번 서류를 카르메카에게 내밀었어.

"잠깐만요!" 내 머리 위에서 어떤 사람의 목소리가 들렸어. 플리그너가 잔에 담긴 물을 들고 우리와 카르메카 사이로 들어왔어. 플리그너가 능숙한 솜씨로 그를 잘 가려주었으므로 우리는 그가 물을 마시는 모습을 보지 못했지. "10분입니다" 하고 카르메카를 향한 채 플리그너가 말하더니 아무 소리 없이 그대로 나가버리더군.

"그러면 자, 우리가 어디까지 얘기를 했었지요?" 어느덧 많이 진정이 된 카르메카가 말했어.

바론이 일정 계획서가 담긴 서류를 또 한 번 그에게 건네주었어. 카르메카는 그것을 열어보지도 않은 채 앞에다 내려놓으며 바론을 쳐다보았어.

"그리고 이젠 제안이 하나 있습니다" 하고 바론이 입을 열었지. "저는 이 도시를 위해 제안해야 할 일이 있답니다." 그러고는 플리그너 쪽을 힐끗 쳐다보며 덧붙였어. "제가 이제부터 하는 말을 우리들 외에는 아무도 듣지 않았으면 하는데요." 카르메카가 시선을 고정한 채 그에게 웃어 보였지. 바론은 더 이야기를 해도 좋을지 어떨지 곰곰이 생각하는 눈치였어. 책상에서 부스럭대는 종이 소리가 다시 들려왔지.

"억대의 액수가 말입니다, 현재는 나라 밖에 달러로 예치되어 있는 그 돈이 올해면 풀리게 됩니다" 하고 바론이 말했어. 그는 그 돈을 여러 덩이로 분할한 후 이곳에 상당량을 예치하려는 중이라고 했어. 그러니까 이곳 알텐부르크에 서독마르크가 들어온단 말이지. 단, 시 당국이 서민저축은행과 협상을 하고, 큰 액수를 여러 해 동안 지속적으로 운영하는 필수적인 조건 등을 보장한다는 전제하에서. "전 알텐부르크를 몹시 사랑합니다" 하고 바론이 결론을 짓더군.

카르메카의 집중력은 이제 내면으로 방향을 바꾼 듯했고 그의 혀는 어금니에서 맴돌았지. 담배를 눌러 끄려고 했으나 그만 뚝 부러져버렸고 재떨이 안에서 모락모락 연기가 피어오르고 있었어. 이번에도 역시 플리그너가 아무런 기척도 없이 들어와 카르메카의 등 뒤에서 고개를 숙이고 귀엣말로 뭐라고 속닥거리고 있었어.

"선생님께 어떻게 연락하면 되겠습니까?" 하고 카르메카가 물었지. 바론은 나를 가리키면서 내 수고에 미리 감사한다는 듯이 고개를 숙이며 절을 하더군. 그의 얼굴에 불안스러운 미소가 나타나는가 싶더니 이내 사라졌지.

제일 먼저 자리에서 일어난 카르메카가 마치 바론이 몸을 일으키는 걸

도와주겠다는 듯 그의 팔꿈치를 잡았어. "선생님이 주신 시가를 난 오늘 저녁 정원에서 만끽할 겁니다." 그의 눈빛은 따뜻함으로 가득했어. "곧 다시 뵙지요" 하고 그가 말했어. 그리고 내 쪽으로 돌아보며 속삭였어. "계속 일을 잘 좀 해주세요!"

시가 통을 들고 있던 플리그너가 비서실에서 우리를 맞이했지. 우리가 나올 때 그에게는 인사를 건네지 않았어. 우린 시 청사를 말없이 가로질렀어.

"믿을 수가 없군요." 우리가 푸른 하늘 아래로 나오자 바론이 탄식했어. "예전에도 저런 사람을 본 적 있나요? 저런 교활한 놈을? 멍청한 척하면서 다음번 골목이 나타나면 즉시 차갑게 돌변하는 놈!" 바론이 신음했어. "우리가 무슨 건달 놈을 만난 겁니다. 아무래도 믿을 수가 없는 작자예요."

바론이 그렇게까지 화를 내는 걸 난 여태 한번도 본 일이 없어.

"저 작자, 한 대 때려주지 그래요. 그렇지 않으면 제까짓 게 지금 누굴 상대하고 있는지를 영영 파악하지 못할 거란 말이지요. '계속 일을 잘 좀 해주세요!' 튀르머 씨에게 하는 말 좀 봐요! 그놈의 개코를 봤지요? 내 시가를 들이대고 냄새를 맡는 꼴이라니! 아니, 아니지, 럭셔리는 그런 작자에게 가당치가 않지요. 개신교도들은 그런 걸 견뎌내지 못해요!"

난 바론에게 카르메카가 가톨릭 신자임을 지적하고 싶었으나 그의 말을 끊을 수가 없었어. "시청이 자그마치 3백만 마르크를 거절하다니!" 바론은 머리기사의 제목이라도 다는 양 한마디 한마디에 강조점을 두면서 허공에다 대고 외쳤어. "한 대 때려줘요! 진짜 한 방 먹이라고요!"

우리 신문사 현관에서 그가 내 앞을 가로막았어. "그거 알아요? 내가 그걸 얼마나 싫어하는지? 내가 기다리는 걸 얼마나 싫어하는지?"

"그렇지만 그럼 도대체 뭘 기대하셨던 건데요?" 하고 난 물었지.

"정말 싫습니다. 싫어. 싫다구요!" 그가 부르짖었어.

그러나 곧 쇼르바 여사가 현관문을 열고 안에서 나오며 얼굴을 드러내자 그것만으로도 그를 다시 완전한 신사로 만들기에 충분했어. 그녀의 뒤로 늑대 아스트리드가 졸랑졸랑 따라왔어. 쇼르바 여사는 낮 동안 개를 돌봐주거든. 개는 그녀의 책상 아래 웅크린 채 먹이를 기다리거나 그녀가 오후에 밖으로 데리고 나가 놀아주기만을 기다리지. 개는 지치지도 않고 계속해서 그녀가 던지는 초록색 공을 물어오지. 오후에는 게오르크의 아들들이나 로베르트가 개를 데리고 나가기도 해. 이런 산책은 개를 생기 있게 만들지. 저녁이면 바론이 개를 다시 찾아가.

바론은 우리 신문사가 잘되게끔 신경을 써주었지만, 쇼르바 여사에겐 공공연한 스카우트 제의를 멈추지 않았었대. 하지만 소용없는 일이었어. 쇼르바 여사는 사신을 향한 믿음을 절대 잊지 않을 것이며 세상에 있는 돈을 다 갖다 준다 해도 자신을 살 수는 없노라고 말했어.

그녀는 병원에 입원한 무당벌레 할머니와 노인을 매일 방문했어. 무당벌레는 폐병 아니면 좀더 심각한 병을 앓고 있다나 봐. 그녀는 열에 들뜬 듯한 목소리로 중얼대며 그들이 이제 도대체 어디로 가야 하겠느냐고 물었어. 쇼르바 여사는 노인이 미치지 않았다는 것을 설득하려고 애쓰면서 곧 그의 면전에서 내 이름을 거론할 수 있기를 바란다고 했어. 그녀의 따뜻한 마음씨와 비서로서의 탁월한 재능 말고도 그녀는 천부적인 광고 영업사원이며 우수한 회계원이기도 해. 컴퓨터 교육과정 중에 그녀는 가장 눈에 띄지 않는 얌전한 학생이었고 중간에 끼어들며 말하는 법도 없었지. 그녀는 줄곧 강사의 말에만 주의를 기울였어.

안디가 2주 전부터 이 교육과정을 맡았는데, 그는 자신의 이름을 쓴 작은 이름표를 달고서 망원경이 달린 볼펜을 꺼내들었어. 그는 마치 몇 백 명의 군중을 대하듯 했어. 꼬치꼬치 캐묻는 듯한 그의 질문에 학생들이 대답을 한 경우에도 그는 역시 과장된 말투로 화답하곤 하지. "맞스미다! 아주 좋스미다!"

안디의 면전에선 누구나 평등해. 학생이 남자든 여자든 누구나 한번은 모니터 앞에 앉아야 하는데, 그건 마치 칠판 앞으로 불려나간 것과 같은 거야. 우리들 중 프링겔이 제일 우수한 학생이야. 항상 철저히 준비를 해오고 언제나 선생님의 질문에 대답하려고 애쓰며 그때마다 그의 해사한 동안이 자랑스럽게 빛나곤 하지. 요르크 역시 비슷하게 우수한, 아니 오히려 더 우수한 이해능력을 발휘하고 있어. 단지 좀더 조용하고 잘난 척하는 태도가 없지.

난 그냥 식구들을 위한 아버지 같은 자세라고나 할까.[2] 만일에 대비해서 뭐든지 한 번씩 더 물어보고 좀 천천히 이해를 해도 기다려주며 모든 학생들이 진도를 나가게 하려고 노력하는…… 마리온은 더 나아가질 못하고 있어. 예전에 학교에서 반 아이들 앞에 나가 혼난 적이 있기 때문에 컴퓨터를 배우는 데 흥미를 느낄 수가 없대. 그래서 그녀는 원하든 원하지 않든 일로나와 같은 부류의 학생으로 취급당하고 있지. 일로나는 잘해보려는 노력을 하지도 않고 그 대신에 모든 학생들이 함께 모였다는 사실을 즐기며 혼이 나거나 지적을 받아도 그녀를 위한 관심쯤으로 받아들이고 있거든.

그녀는 의자 끄트머리에 꼿꼿이 앉아 그녀의 대답이 맞든지 틀리든지 상관없이 부드러운 탄식을 터뜨리지. —난 도저히 이해 못해. 도저히. 아

2 이러한 가부장적인 성향은 훗날 사업가가 된 튀르머에게서도 흔히 볼 수 있는 전형적인 특성이다.

아—그럴 때마다 안디의 시선이 그녀의 치맛단으로 옮겨가곤 해.

안디는 우리들한테서 시간당 1백 마르크를 받는데, 바론은 특별 우정 할인가라고 말하지만 요르크와 난 그렇게 생각할 수만은 없는 액수야. 어찌 됐든 그는 세 번의 교육과정을 마쳐주었고 그 결과 우린 완전한 신문용지를 (A4 용지 두 장에 나누어서) 인쇄할 수 있게까지 되었어. 그리고 이 상무!

그러고서 우린 그것을 적당한 크기로 자르고서 탁아소 어린아이들마냥 그 주위에 빙 둘러서는 거야.

너를 포옹하며, 엔리코로부터.

90년 5월 31일 목요일

친애하는 니콜레타!

적어도 잠을 자며 꿈을 꾸었던 시절에 나는 현실의 내 상태와는 정반대의 꿈을 꾸곤 했었지요. 그땐 아침에 일어난 후에도 무슨 꿈을 꾸었는지 기억할 수 있었습니다. 내가 엉망인 상태면 내 두뇌는 아주 명랑한 그림을 만들어내곤 했습니다. 하지만 어느 정도 기분 좋은 시간에 꾼 꿈들은 대개 악몽이었습니다.

10월 8일 이른 아침, 드레스덴, 요란한 초인종 소리가 나를 파라다이스로부터 깨워 흔들었습니다. 평소 습관대로 난 열쇠를 문 안쪽에 꽂아둔 채였습니다. 그 바람에 어머니가 밖에서 그 문을 여실 수가 없는 거라는 생각이 들었습니다. 문을 열자—그곳엔 아무도 없었습니다. 난 옷을 입고 맨발로 계단을 내려가 아파트 건물의 정문이 열려 있는 것을 발견하고는 밖을 내다보았지만 허사였습니다. 오늘날까지도 난 맹세할 수 있습니다. 분명히 초인종 소리를 들었습니다.

침대에 도로 누워 조금 전 꾸던 꿈으로 다시 빠져들려고 애를 썼습니다. 베라가 사과를 깎아 꿀에 담그기 위해 조각배 모양으로 자르고 있던 탁자로, 다시 돌아가려는 것이었습니다. 하지만 그 장면은 다만 하나의 무대일 뿐이었습니다. 진짜 행복은 따로 있었거든요. 행복은 깨어남과 동시에 부서지는 그 세계의 논리에 숨어 있었던 것입니다. 꿈과는 다른 세계, 즉 현실 세계라고 불리는 이 세계에 남은 것은 여전히 느낄 수 있는 따뜻한 온기였습니다. 내겐 참으로 위로가 되어주었던 그 어떤 온기였습니다.

나를 두번째로 깨운 것은 교회의 종소리였습니다. 난 꿀이 든 병을 찾아냈고 오래된 빵을 토스트기에 꽂아 구웠습니다. 그러고는 드레스덴 하이데로 나갔습니다. 거의 모든 길들은 학교 졸업 후 한번도 밟아본 적이 없었지요. 그리고 1시경에는 통일광장과 피르나이셰 광장을 지나 역사로 차를 몰았습니다. 라디오에서 보도하고 있는 장면들이나 마리오가 이야기해준 내용들, 그리고 전날의 시위 행렬 역시 마치 귀신이 도술을 부린 듯 감쪽같이 사라지고 없었습니다. 반 시간쯤 뒤 나는 '옛 시장터 카페'에 도착했습니다. 그곳은 베라가 즐겨 찾던 장소 중 하나였는데, 극장이 있던 광장에서 무슨 재해라도 일어났는지 디미트로프 다리[1]가 폐쇄되어 있었습니다. 난 얼마 동안 마리오의 터번을 찾아 두리번거리다가 마리엔 다리를 건너 집으로 돌아왔습니다. 난 어머니와 모리프부르크에 소풍

1 오늘날엔 아우구스투스 다리라고 불린다.

가지 못해 섭섭하다고 어머니에게 편지를 썼습니다. 그 편지를 다시 읽어 보면서는 그것을 찢어버리고 싶은 충동을 느꼈으나 어쨌든 무엇이라도 종이에 썼다는 자체가 기쁘다는 생각이 들긴 하더군요.

고속도로에서 난 절대 시속 1백 킬로미터를 넘기지 않았고 모든 속도 제한 규정을 잘 지켰으며 음악을 들었습니다. 아주 짧은 순간 동안은 지난밤 실제로 베라를 만났던 거라고 착각했지요.

토르가우에선 로베르트가 벌써부터 날 기다리고 있었습니다. 양손에 큰 보따리를 한 꾸러미씩 들고서 운전석에 앉아 있던 내게로 걸어왔습니다. 보따리 하나에는 케이크가 들어 있었고 다른 쪽에는 비닐과 고무줄로 몇 번이나 단단히 싼 냄비 속에 속을 채운 피망이 들어 있었습니다. 로베르트는 그게 전부 다 나를 위한 것이라고 했습니다. 왜 나만을 위한 것이냐고 내가 물었지요. "우리 모두를 위한 거지만" 하고 로베르트가 말했습니다. "그중에서도 특히 아저씨를 위한 거예요."

그 아이는 나더러 그동안 무엇을 했느냐고 묻더군요. 나중에 미하엘라에게도 그랬듯이 난 그 아이에게 내 친구 요한이 전보를 보내와 좀 와달라고 부탁했었다고 말해주었습니다. 그래서 드레스덴에 갔었다고. 아이는 어머니 안부를 물었습니다. 난 집에서 어머니를 만나지 못했다고 말하면서 역사로 향했습니다.

미하엘라는 바로 우리 앞에서 내렸습니다. 그녀가 일부러 나를 못 본 척하며 계속해서 머리카락을 귀 뒤로 넘기다가 나중에서야 인사를 건네는 뜻을 난 금세 해석할 수 있었습니다. 그녀는 지금 새로운 역할 속에 들어 있었던 것입니다. 베를린 사람의 역할, 이제부터 우리 앞에서 연출해 보일 바로 그 역할. 로베르트가 이리저리 흔들리는 캠핑 배낭을 등에 멘 채 그녀에게 달려갔고, 그녀를 반갑게 끌어안기 전에 먼저 그녀에게 괜찮은 거냐고 물었습니다. 이제부터 미하엘라의 역할은 몹시 피곤한 척, 그럼에도 불구하고 피곤함을 나타내지 않겠다는 듯 행동하는 것이기 때문이었습니다.

내가 자동차 안에서 꺼낸 대화의 화제라곤 오로지—그녀가 계속해서 나를 나무랐지요—속을 채운 피망과 케이크에 대해서뿐이었습니다. 미하엘라는 몇 달이 지난 후까지도 내가 그녀를 완전히 혼자 놔두었고 세상에 둘도 없는 멍청이처럼 굴었다고 역정을 냈습니다. 그러는 동안 그녀는 로베르트가 묻는 말은 모른 척 지나가버리면서 계속해서 테아가 우리에게 인사를 전하라고 했으며, 다음번에는 우리도 꼭 같이 오라고 했다는 말만 반복했습니다.

그녀는 집에 도착하자마자 목욕탕으로 들어갔는데, 난 별로 대수롭게 생각지는 않았습니다. 난 냄비를 불에 올리고 거실의 식탁에 수저를 놓았고, 로베르트는 그릇에 신 크림을 채우고 초에 불을 붙였습니다. 우리를 위해서 그 아이는 「샌프란시스코의 금요일 밤 Friday Night in San Francisco」라는 곡을 틀었습니다. 그 아이는 여러 번 미하엘라를 불렀습니다. 내가 레코드 음악 소리를 작게 줄였을 때 우린 그녀가 흐느끼는 소리를 들었습니다.

마침내 그녀가 휴지를 늘어뜨린 채 모습을 드러냈습니다. 눈물을 닦고 코를 풀기 위해서는 반드시 그 휴지 한 통이 다 필요하다는 듯. 그녀는 발코니 문을 열고—음식 냄새가 역겨웠기 때문입니다—소파 위에 풀썩 주저앉아 로베르트를 바짝 끌어안았습니다. 그녀는 아이의 머리 너머로 시선을 주며 아마도 우리에게 이야기하지 않은 그 무엇인가를 바라보고 있는 듯했습니다.

테아와 미하엘라와 카린(이 여자 역시 연극배우입니다)은 저녁에 벌일

생일파티 전 두 시간쯤 테아가 제일 좋아하는 술집에 앉아 술을 마셨다고 합니다. 그 술집은 겟세마네 교회에서 그리 멀지 않은 곳, 스타가르드 슈트라세에 있습니다. 그들은 거기 7시까지 앉아 있었고 테아는 서독에서 열린 그녀의 친선공연에 대해 이야기를 했습니다. 상상할 수 없을 만큼 성공적인 무대였다는 것이었습니다. 관객들 역시 이곳보다 훨씬 더 유연하고 개방적이었다고 합니다. 맥주보다는 그녀의 그런 이야기에 취해서 거리로 나왔는데, 그때 그들의 맞은편에 있던 군인들을 보았다는 것입니다. 헬멧을 쓰고 보호방패와 곤봉을 든 병력. 그들은 이내 방향을 틀었지만 반대편 역시 포위되어 있었습니다. 쇤하우제 알레 중에서도 바로 이 지점이 차단되었기 때문이었습니다. 그들은 계속해서 방향을 바꾸며 헬멧을 쓴 병사들에게 통과하게 해달라고 부탁했고 집으로 돌아가기를 원했습니다. 테아는 심지어 신분증을 꺼내 보여주며 오늘이 자신의 생일이라고 했다고 합니다. 아무도 그녀에게 대답하지 않았습니다. 그들은 다른 편에 가서도 시도를 해보았습니다. 그곳에서는 병사들이 방패와 헬멧을 착용하고 있지 않았습니다.

여기까지 이야기를 했을 때, 미하엘라는 코를 풀었습니다. 화장실 휴지가 코코넛 돗자리 위에서 부스럭댔습니다.

미하엘라가 말을 계속했습니다. 그들은 헬멧을 쓰지 않은 자들과는 그래도 말이 좀 통할 거라고 생각했습니다. 테아는 반복해서 자신의 생일이라 아이들과 손님들이 집에서 자신을 기다리고 있다고 말했습니다. 아무런 대답이 없었기 때문에 테아의 목소리가 커졌습니다. 집으로 돌아가는 것조차 금지되어 있는 줄은 몰랐었다고, 이따위 나라에 아주 잘 어울리는 조치라고, 그러니 이제 그녀를 당장에라도 체포할 테면 해보라고. 테아가 막 카린과 미하엘라 쪽을 돌아보았을 때, 세 명의 사복경찰이 차단선을 뚫고 튀어나와 그녀를 등 뒤에서부터 덮쳤다고 합니다. 그리고 그 중 한 명이 그녀와 테아 사이로 들어와 시야를 가렸기 때문에 미하엘라로서는 순간 무슨 일이 일어났는지 알 수 없었다는 것이었습니다. 테아가 비명을 질렀는데, 분명 고통 때문이었을 것입니다. 두 여자는 테아가 어떻게 끌려가는지를 목격했고, 그녀는 그때까지도 신분증을 손에 든 채였습니다. 그 후 그녀는 트럭 뒤로 사라졌습니다. 두 여자는 테아의 손가방을 집어 올렸고 그 안에서 와르르 쏟아진 것들을 다시 주워 담고는 이제부터 무엇을 어떻게 해야 하는지 고심했습니다. 두 사람은 서로에게 비밀안전기획부의 인상착의를 묘사해보려고 노력했지만 다시 앞에 나타난다 해도 알아보지 못할 것임을 인정해야만 했습니다. 5분 뒤, 그들은 테아가 경찰관들에 의해 트럭 안으로 밀쳐지는 것을 보았습니다. 카린과 그녀가 목격자였습니다.

그들은 술집 안으로 몸을 피했고, 테아의 남편 토마스에게 전화를 걸었습니다. 카린이 발작적인 울음을 터뜨렸기 때문에 단골 지정석으로 가 누워야 할 지경이었습니다. 밖에서는 비명 소리가 들려왔고 계속해서 사람들이 술집 안으로 들어왔습니다. 그중 어떤 이들은 상처를 입었거나 코피를 흘리기도 했습니다. 병력이 술집 안으로까지 밀로 들어올까 봐 모든 사람들이 겁을 냈습니다. 그녀, 그러니까 미하엘라는 차라리 그랬으면 좋겠다고 생각했다고 합니다. 마냥 기다리는 것보다 더 나쁜 것은 없으니까요.

그들이 1시쯤 테아의 집으로 돌아왔을 때, 생일파티에 초대된 사람들은 모두들 그대로 자리에 앉아 있었습니다. 토마스가 미하엘라와 카린에게, 테아가 사라진 것은 그들 때문이라면서 먼저 소리를 질렀다고 합니다. 열 명도 넘는 손님들이 테아의 집에서 밤을 지냈습니다. 마루와 소파 따위를 차지하고서. 잠을 잔다는 것은 어차피 생각할 수도 없는 일이었습니다. 토마스는 밤새도록 어디론가 전화 통화를 했습니다. 차를 몰고 룸멜스부르크에 있는 경찰학교를 찾아가기도 했습니다. 하지만 사람들이 그를 들여보내주지 않았습니다. 다음 날도 그들은 하루 종일 집에서 기다렸고 아이들을 놀이터에 데려다줄 때만 집 밖으로 나왔습니다.

미하엘라는 이야기를 하는 동안 차차로 진정되어가는 듯했습니다. 그러나 그것도 한순간, 곧이어 그녀는 격렬한 어조로 스스로를 자책하기 시작했습니다. 테아가 체포되는 순간에 그녀들의 이름을 불렀다는 것입니다. 미하엘라는 심지어 테아를 붙잡으려고까지 했지만 차단선 밖에서 경찰들이 뛰어나와 그녀를 뒤로 밀쳤다고 합니다. 미하엘라는 또다시 한바탕 눈물을 쏟았습니다. 경찰관들 중 한 명이, 혹은 병사들 중 한 명일 수도 있지만 그건 아무래도 상관없고, 아무튼 그들 중 한 명이 미하엘라에게 당신도 거기로 끌려가고 싶으냐고 물었습니다. 그가 "거기로"라고 말했다는 것입니다. 마치 "거기"라는 곳이 끔찍한 곳임을 세상사람 누구라도 다 안다는 듯이. 이제 와서 그녀는 그때 왜 자신이 그토록 깜짝 놀라 물러났는지, 왜 그때 테아를 따라가지 않았는지 탄식했습니다. 그래야 마땅했을 노릇이라는 것이었습니다. "아니야!" 미하엘라가 부르짖었습니다. 어떻게든지 위로를 해보려는 우리의 노력을 모두 다 뿌리치면서 오로지 함께 따라가는 것만이 그녀가 할 일이라고 했습니다. 테아와 동행해야 했으며, 그렇게 겁을 집어먹지 말았어야 했다는 것입니다. 그 망할 놈의 "거기로"라는 말 앞에서. 그녀는 토마스를 이해할 수 있으며 그의 비난은 정당한 것이었습니다. "나 때문이야. 내가 그녀를 홀로 둔 거야!"

로베르트는 어쩔 바를 모른 채로 그녀 옆에 앉아 있었습니다. 미하엘라가 벌떡 일어나더니 공중전화가 있는 곳으로 나가 토마스에게 전화를 걸어야겠다고 말했습니다. 시원한 공기도 좀 마시고 싶다는 것이었습니다.

로베르트와 나는 둘이서 저녁을 먹었습니다. 설거지를 하면서 그 아이는 내게 자기 반 선생님 밀데 씨 얘길 했습니다. 우린 절대 조국에 등을 돌린 (당시 이 표현이 우리 신문사의 암호였습니다) 사람을 위해서 울어서는 안 된다고 말했다는 것입니다. 그러자 로베르트의 친구인 팔크는 며칠 전에 부모님과 동독을 떠난 자신의 짝 도렌이 이제 더 이상 여기 없다고 대꾸했답니다. 밀데 선생님은 처음에는 그 아이의 말에 아무 반응을 보이지 않다가 이윽고 무엇인가 할 말이 있으면 손을 들라고 말했습니다. 그래서 팔크가 손을 들었는데 선생님은 말할 기회를 주지 않았다고 합니다. 밀데 선생님은 그 아이에게 도렌보다도 훨씬 더 예쁜 여자 친구가 얼마든지 또 있을 거라고 했답니다. 로베르트는 그런 경우 자신도 손을 들었어야 했느냐고 내게 물었습니다.

"나쁜 소식이야." 미하엘라가 이렇게 말하며 들어왔습니다. 내 눈에 비친 그녀의 모습은 오히려 어딘지 모르게 자랑스러워하는 것만 같았습니다. 카린이 테아의 아이들을 돌보느라 남아 있고 토마스는 테아의 체포에 관한 글을 써 겟세마네 교회 앞에서 낭독한 뒤 대자보를 작성해 붙였다는 것이었습니다. 카린이 증인으로서 서명했고 그녀의 주소도 기입했습니다. 카린은 미하엘라에게 약속을 했습니다. 그녀의, 즉 우리의 주소도 거기 기입하겠다고. "이제 거기선 한바탕 소동이 일어날 거야!" 하고 미하엘라가 말했습니다.

다음 날 아침 10시가 조금 못 되어 우린 극장에 도착했습니다. 드라마투르기 사무실, 지붕 아래 그 어둡고 낮은 공간으로 사람들이 밀려들었습니다.

미하엘라가 즉시 전화 수화기를 들어 귀에 바짝 갖다 댔고 통화 중에는 나머지 한쪽 손으로 귀를 틀어막았습니다.

대부분의 사람들은 순전히 심심해서 이곳으로 온 모양이었습니다. 그들은 우리의 작은 도서관을 검열하기도 하고 옛날 프로그램 기록을 훑어보기도 했으며 공연이나 동료들에 대해 이야기를 나누기도 했습니다. 마치 그것이 이 시간에 반드시 지켜야 할 규범이라는 듯이. 문이 열리고 닫힐 때마다 말소리가 들리다가 끊기곤 했습니다.

소도구실의 아만다가 모습을 나타내는가 싶더니, 조금 뒤에 무대감독 올라프도 나타났습니다. 노베르트 마리아 리히터 역시 있었습니다. 아만다가 담배에 불을 붙여 입에 물면서 우리가 도대체 뭘 계획하는 것인지 물었습니다. 난 "아무 계획도 없습니다!" 하고 말했습니다.

어떤 이들은 드레스덴 극장 무대 위에서 낭독되었다는 결의문에 대해 말했고, 다른 이들은 저장 혈액과 텅 빈 병동에 대한 이야기를 했습니다. 실제로 라이프치히에선 그런 소문이 나돈다고 파트리크가 확인시켜주었습니다. 그 때문에 엘렌이 극장에 있는 그에게 전화를 걸어왔다는 것이었습니다. 아만다가 『인민일보』에 난 기사를 우리에게 보여주었습니다. '노동자들의 요구——국가에 대한 적대감을 더 이상 두고 볼 수 없다!'라는 제목이 달린 기사였습니다. 가이페르트라는 이름의 전투 병력은 비양심적인 반동분자들 때문에 노동시간 이후 정당하게 누릴 권리가 있는 저녁 휴식 시간까지도 침해당하고 있다는 내용이었습니다. 그들은 맨주먹으로 일하는 노동자들을 비호하고 보호하며 방해 요인을 영구히, 그리고 효과적으로 전멸시킬 각오와 의지를 다짐한다는 것이었습니다. "부득이한 경우라면 무기를 들 용의도 있다." 난 기사를 큰 소리로 낭독했고, 모두가 신문을 돌려보게 했습니다. 아만다는 담배꽁초를 수도꼭지 아래로 가져갔다가 비누 옆에 수북한 다른 담배꽁초들 근처에 놓았습니다. 그녀는 미소를 지었습니다.

"오늘 모든 것이 결정 납니다." 갑자기 미하엘라의 목소리가 들려왔습니다. "오늘 실패하면 우린 영영 실패하게 될 겁니다." 그녀의 시선이 한 사람 한 사람에게로 옮겨갔습니다. "우리가 오늘 거리에 나가지 않는다는 것은 곧 구금되거나 고문당하는 사람들을 저버리는 행위입니다." 그런 다음 테아의 말이 인용되었습니다.

미하엘라는 차분히 시간을 가지고 연설을 해나갔고, 절대 목소리를 높이는 법이 없었습니다. 사람들은 그녀가 객관성을 유지하려고 노력하고 있다는 것을, 어쨌거나 그녀의 친구에 관한 일이었음에도 불구하고 감정을 자제한다는 것을 느낄 수 있었습니다. 그녀가 어떤 한 소녀에 대해 이야기를 할 때는, 뉴스를 보도하는 앵커의 태도와 거의 비슷할 정도였습니다. 그 소녀는 경찰관들 앞에서 옷을 벗어야 했고, 경찰관들의 왁자지껄한 야유 속에서 벌거벗은 채 걸어가야 했다고 했습니다. 테아는 다행히도 그런 수모까지 당하지는 않았습니다. 그 대신 그녀는 무엇인가가 머리를 때리는 것을 느꼈습니다—몇 분 동안이나 그녀는 의식을 잃은 채 트럭 바닥에 쓰러져 있었습니다. 그러나 그보다 더 나빴던 것은 등허리의 통증이었는데 오른쪽 부분 전체에 내출혈이 있었습니다. 그녀는 기회가 있을 때마다 구타를 당했고 심지어는 양손을 목에 댄 채 벽에 기대고 있을 때조차도 구타는 멈추지 않았습니다. 계속해서 젊은 놈들이 몸수색을 실시했습니다.

잠도 자지 못하고 음식도 먹지 못한 채 38시간이 지나자 그녀는 풀려났습니다. 어제저녁에는 겟세마네 교회 주위의 가로등이 다 꺼졌습니다. 그리고 병사들이 그곳에 모인 사람들을 마구 구타했습니다—뎅그렁뎅그렁 요란하게 울리는 교회 종소리 아래서.

"오늘 우리가 해내지 못한다면" 미하엘라는 외투의 깃을 잡아당기면서 말했습니다. "우린 오랜 시간 동안 더 이상, 아니 아마도 영영 기회를 놓치게 될 것입니다."

미하엘라의 그런 연설은 우리를 적이 당황하게 만들었습니다. 그래서 노베르트 마리아 리히터가 왔다는 소식이 전해지자 모두들 성급하게 우르르 밖으로 나갔습니다.

테아가 아니라 나한테 그런 일이 일어났다면, 확신컨대 미하엘라는 그런 연설을 할 생각 따윈 하지 않았을 것입니다. 테아가 다시 한 번 그녀보다 한 발짝 앞으로 나갔던 것입니다. 그녀는 바로 그것을 참을 수 없었던 겁니다! 그러니 미하엘라가 이제 목숨이라도 걸지 않으면 자신의 체면을 잃을 것이라고 생각하는 것도 다 그 훌륭한 친구 덕분인 것입니다.

친애하는 니콜레타! 내가 얼마나 못된 사람으로 당신에게 비쳐질지 잘 압니다. 아직까지도 난 적당한 거리를 두고 사물을 대하지 못하는지도 모르겠습니다. 하지만 이번 경우에, 나는 당신에게 그 당시의 의견만을 말하고 있는 것은 아닙니다.

미하엘라의 광기를 막을 수 있는 것은 없었습니다.[2] 난 그녀가 라이프치히로 갈 것임을 알았습니다. 노베르트 마리아 리히터 혹은 요나스에게 희망을 걸 필요는 없었습니다. 로베르트가 내 유일한 구실이었습니다만 테아 역시 결국은 가족들에 대한 배려를 하지 않았으니까요.

정오의 구내식당에 있던 사람들은 누구나 텅 빈 운동장과 응급실 병동에 대해 한마디씩 던졌습니다. 요나스가 긴 침묵을 깨고 뭔가를 안다는 듯한 미소를 지으며 모든 이들에게 오늘만큼은 라이프치히에 가지 말 것

2 1990년 미하엘라의 용기 있는 의견 발표를 튀르머가 "광기"로 표현하는 것은 참으로 주목할 만한 일이 아닐 수 없다.

을 당부했습니다.

연습 공연 후——물론 제대로 된 연습 공연이란 생각할 수조차 없었지만——우린 트로클 아주머니께 갔습니다. 우리가 10시까지 연락을 하지 않으면 아주머니가 로베르트를 봐주겠다고 약속하셨지요. 그러고는 상가로 갔습니다——그날따라 시장에는 믿을 수 없을 만큼 좋은 상품들로 넘쳐났는데, 지금까지 기억나는 건 오이지가 들었던 병들뿐입니다. 갑자기 여기저기 오이지가 넘쳐나는 듯했고, 장기 보존용 우유와 케첩도 흔했습니다. 나중에 우리 냉장고는 크리스마스이브 때처럼 가득 찼습니다. 미하엘라는 2백 마르크를 주방 식탁 위에 놓았고, 공중전화에서 전화를 걸기 위해 모아둔 20페니히짜리 동전들과 나머지 잔돈, 그리고 어머니 병원의 전화번호를 놓았습니다. 난 제로니모의 전화번호도 거기에 추가했습니다. 로베르트는 지폐들을 보자 이날 오후가 여느 다른 날들과 얼마나 다른지 그 무게를 인식하기 시작했습니다. 그 아이는 함께 따라가겠다고 했습니다. 나는 찬성했지만 미하엘라는 반대였습니다. 그녀가 아이를 데리고 방으로 들어가 이야기를 나눴습니다. 그녀가 다시 나왔을 때, 난 그녀가 울었다는 것을 알았습니다. 우린 4시경에 출발했습니다. 함께 차를 태워주겠다는 미하엘라의 제안에도 불구하고, 극장 사람들 중에선 아무도 그녀를 따라 움직이려 하지 않았습니다.

에스펜하인에 못 미쳐 우리는 차를 세워야 했습니다. 교통 검문이었습니다. 내가 그냥 면허증을 집에 두고 왔다거나 전조등 하나를 깨버렸더라면 좋았을 것입니다. 그랬더라면, 이 여행도 이 순간 그만 끝이었을 테니까요. 경찰관은 좋은 주행이 되시라며 인사했습니다. 다시 자동차에 타기 전에 난 내 시선을 주차장 주위를 에워싸고 있던 초라한 나무들과 덩굴들로 옮긴 후 잠시 그렇게 머물렀습니다——바로 이 순간, 그 주차장이야말로 이상향의 모습이라고 생각했기 때문이었습니다. 비교적 날이 따뜻했습니다. 지난 몇 년간 글 쓰는 일을 통 생각지 않고 살아왔다는 느낌이 들었습니다.

라이프치히에 못 미쳐 미하엘라가 화장을 하기 시작했습니다. 아직은 시간이 많이 남았으니 잠깐이라도 거리의 상점들을 구경하며 돌아다닐 수 있겠다고 그녀가 말했습니다. 그러면서 그녀는 내게 큰 용기라도 주려는 듯 내 허벅지에 손을 올려놓았습니다.

그다음 일은 간략하게 이야기하겠습니다.

우린 디미트로프 박물관 앞에 차를 세웠는데, 바로 맞은편 옆 골목에 병력 부대의 트럭이 있었습니다. 병사들은 큰 통에 들어 있던 차를 나누어 마셨습니다. 무기를 소유한 것 같지는 않았습니다. 우린 거리를 가로질렀고 10미터쯤 그들 가까이로 접근했습니다. 몇 명이 우리 쪽을 바라보긴 했지만 금세 시선을 돌렸습니나.

우린 새 시청 청사를 지나 토마스 교회 쪽으로 갔습니다. 우린 다소 관광객인 것처럼 행세하고 있었지요. 마치 관광버스가 계속 길을 가기 전에 한 시간 정도 자유시간을 허락한 것처럼. 우린 교회를 한 바퀴 돌았고 요한 제바스티안 바흐 동상 앞에 잠시 머물렀습니다. 미하엘라는 맞은편의 서점으로 들어갔습니다. 바로 이런 때 책으로 둘러싸인다는 게 참으로 좋다고 그녀가 말했습니다. 난 반사적으로 그녀의 말을 따르기는 했지만 서가들을 한번 쭉 둘러보기도 전에 이미 아무것도 사지 않을 것임을 알았습니다. 책 한 권을 손에 쥐어보는 것마저도 나한텐 무의미하게만 느껴졌습니다.[3]

---

3 이 대목에서도 우리는 역시 "왜?"라고 묻고 싶어진다.

그리고 우리가 줄줄이 늘어선 병력 차량들과 마주친 곳은 아마도 오페라 극장 근처쯤이었을 것입니다. 우린 그 차량들을 살펴보기라도 하는 양 그들의 옆으로 지나갔습니다. 몇몇 병사들이 왔다 갔다 하며 걷고 있었고 시선은 자신들의 장비들에 두고 있었습니다. 그들은 경찰견과 물대포도 갖추고 있었습니다.

시립음악당 '게반트하우스' 앞에서 우리는 멈춰 섰습니다. 입구 계단으로부터는 광장 전체를 내려다볼 수 있었습니다.[4]

친애하는 니콜레타! 어쩌면 당신은 이런 생각을 할지도 모르겠습니다. 그 시간에 우리가 뭔가 진지한 이야기를 나눴을 것이라고요. 미래에 대해서라든가 로베르트에 대해, 아니면 적어도 이 순간부터 인생의 매 순간을 즐기기로 약속했다거나 사랑하기로 했다거나. 하지만 전혀 그렇지가 않았습니다.

우리는 눈앞에서 국가의 권력을 그렇게까지 위협적으로 경험한 적이 없었기 때문에, 바로 그것을 바라본다는 것 자체가 모든 것을 비현실적으로 만들어버렸던 것입니다. 병력 수송차량들의 행렬이 그라시 박물관 쪽에서 순환도로로 돌아 들어갈 때마다 자동차들이 매번 그들을 반대하는 경적을 울려댔고 휘파람을 불어댔습니다. 하지만 차량이 빠져나가고 나면 시간은 다시금 아름다운 10월의 오후로 되돌아가서 사람들은 서로에게 미소를 보내며 서점을 둘러보거나 전차를 기다리는 것이었습니다.

난 미하엘라의 쇼핑가방을 든 채, 시위대가 큰 광장까지 나올 수 있게만 된다면 어떤 방향에서 나오게 될 것인지 설명해주었습니다. 그들이 이곳까지만 들어오기만 한다면 더 이상 그들을 막을 수 있는 건 아무것도

---

4 게반트하우스의 입구는 땅과 같은 높이에 있다. 계단은 없다.

없었을 것 입니다. 우리는 참으로 이상적이다 싶은 장소를 발견했습니다. 그곳에서라면 우리는 도망치거나 참가하거나 혹은 그냥 머무를 수도 있을 것이었습니다. 책을 옆구리에 끼고 시립음악당 '게반트하우스' 앞에 서 있는 것을 누가 못하게 할 것입니까?

문득 우리 쪽을 향해 모든 방향에서 소음이 들려왔습니다. 스피커에서는 폭력 반대를 호소하는 목소리[5]가 쩌렁거렸고 그와 동시에 나는 크고도 가까이 느껴지는 구호 소리를 들었습니다. 어느새 시위대들이 거기 있었습니다. 우리가 알지 못하는 사이, 순식간에 오페라 극장 앞 광장이 사람들로 가득 찼습니다. 마치 지금껏 몸을 숨기고 있던 보호막을 내던져버리기라도 한 듯. 우리 자신이 시위대였습니다! 이젠 너무 늦었군, 하고 난 생각했습니다. 미하엘라가 내 손을 문질렀습니다. 그녀가 나를 잡아끌었을 때, 난 막 그녀에게 이젠 두려워할 필요가 없다고 말해주려던 참이었습니다. 미하엘라는 어떤 한 남자 쪽을 향해 나아가기 위해 애썼습니다. 콧수염과 대머리 때문에 바다표범처럼 보이는 남자였습니다. 그는 서독제 안경을 쓰고 있었고 나를 전혀 보지 못한 척 행동했습니다. 적어도 30초 동안 난 미하엘라의 뒤에서 기다려야만 했고, 그녀의 어깨 너머로 그를 쳐다보았습니다. 어느 순간 그녀가 말했습니다. "이 사람은 엔리코예요. 역시 극장에서 일하죠." 나는 그가 뭘 하는 사람이냐고 물었고 그녀는 "이 사람은 ○○○야!"라고 외쳤습니다. ○○○은 잠시 생각에 잠긴 듯 고

5 '라이프치히의 6인조'(통일사회당 비서 쿠르트 마이어, 요헨 폼머르트, 롤란트 뵛첼, 지휘자 쿠르트 마주르, 신학자 페터 침머만 그리고 카바레 가수 베른트 루츠 랑게)의 호소문: "우리 모두는 우리 나라의 사회주의를 어떻게 이끌어나갈 것인가에 대한 자유로운 의견 교환이 필요하다." 마주르가 낭독한 이 호소문은 이렇게 끝을 맺는다: "우리는 여러분들이 신중하실 것을 간곡히 부탁드리는 바입니다. 그래야만 우리는 평화로운 가운데 대화를 이끌어갈 수 있습니다."

개를 끄덕이곤 그 바다표범 눈길을 다시금 미하엘라에게로 향했습니다. 그리고 우리 세 사람은 나란히 우체국 쪽으로 걸었습니다. 난 미하엘라에게 몸을 바짝 붙이고 내 오른팔을 구부려 그녀가 팔짱을 끼도록 했습니다만 그녀는 절대 그렇게 하지 않았고, 바다표범에게서 눈길을 떼지 않았습니다. 난 그들 두 사람이 어디서 서로 알게 되었는지조차 몰랐습니다. "말도 안 돼!" 하고 바다표범이 여러 번 말했습니다. "말도 안 돼!"

나만 아니었으면, 두 사람은 좀더 자주 서로를 부둥켜안았을 것입니다. 미하엘라는 테아 이야기를 했습니다. 미하엘라의 꿈을 이뤄줄 수 있는 연출가란 작자가 어떻게 저렇게 생겨먹었단 말입니까?

도저히 참을 수 없는 것은, 그 작자가 이제부터 바로 이날과 떼려야 뗄 수 없이 연관이 지어졌다는 사실이었습니다. 이제부터 이놈은 내 기억 속에 진드기처럼 달라붙을 것이라는 말입니다. 바다표범 동무는 이제 "말도 안 돼!"에서 "나쁘군"으로 옮겨갔습니다. 미하엘라의 모든 문장마다 그는 "정말 나빠, 나쁘군"이라는 말로 축복을 내렸습니다. 그녀는 그의 말에 더욱더 고무되는 모양이었습니다. 갑자기 그가 높은 곳에 설치된 카메라를 가리키며 말했습니다. "저게 만일 기관총이라면!" 누군가 카메라를 올려다보며 손을 흔들기 시작했습니다. 갑자기 주위의 모든 사람들이 손을 흔들었습니다. 신호등 횡단보도 앞에 이르러 우리는 멈췄습니다.

당신도 어두운 텔레비전의 장면을 보신 적이 있겠지요. 사람들이 느릿느릿 걸어가던 그 느린 속도를 혹시 눈여겨보셨습니까? 그들 사이의 간격이 너무 넓지 않던가요? 난 5월의 시위를 알고 있을 뿐이었습니다. 오래도록 서서 기다리다가, 가끔씩 몇 미터 앞으로 미끄러지며, 그리고 또 기다리고, 결국은 앞으로 나가라는 재촉을 당하지요. 연단 앞의 시위대에 빈틈이 생기지 않도록 하기 위해서 말입니다. 이곳에서는 사람들이 두 명씩 혹은 세 명씩 그렇게 삼삼오오로 느릿느릿 광장을 지났고 다른 사람들에게 지나치게 바짝 다가가지 않으려고 신경을 썼습니다. 신호등이 녹색으로 바뀌었습니다. 하지만 우리는 그대로 서서 기다렸지요. 한 남자가 물었습니다. "다음번 녹색 신호 때엔 앞으로 나가는 겁니까?" 그렇게 해서 우리는 다시금 조그만 사람 모양의 기호가 녹색으로 빛날 때 마침내 도로로 발을 내디뎠습니다.

우린 왼쪽으로 방향을 바꾸어 중앙역으로 향했습니다. 자동차 안에 있던 사람들, 더 이상 직진할 수 없게 된 그들은 가만히 운전석에 앉아 겁에 질린 눈빛으로 우리를 건너다볼 뿐이었습니다. 오로지 경찰관 한 명만이 마치 자기 눈으로 직접 시위대를 살펴봐야겠다는 듯이 옆 골목에 나타나 다리를 쩍 벌리고 서 있었습니다. 2~3백 미터쯤 지나자 우린 방향을 돌렸습니다. 당신이 혹시 기억하실는지 모르겠지만, 중앙역 앞길은 약간 경사가 진 내리막길이지요. 미하엘라가 환호성을 지르며 나를 껴안았습니다. 바다표범이 외쳤습니다. "말도 안 돼! 말도 안 돼!" 도시 전체가 통째로 시위 장소가 된 듯 보였습니다!

갑자기 바다표범이 고래고래 소리를 지르기 시작했습니다. "대열에 동참하라! 대열에 동참하라!" 두번째 외침 때부터 그는 심지어 손을 번쩍 들더니 주먹 쥔 손으로 팔뚝질을 해가며 구호를 외쳐댔습니다. 레스토랑의 창문으로 다가서서 구경을 하거나 손을 흔드는 사람들을 위협이라도 하는 듯 보였지요. "대열에 동참하시오!" 하고 그가 부르짖었습니다. 그리고 네번째 혹은 다섯번째부터는 미하엘라도 함께 동조했습니다. 그러다가 그들은 "고르비, 고르비!"로 구호를 바꿨습니다. 참으로 끔찍했습니다. 두 사람이 고래고래 소리를 쳐댔기 때문에 다른 모든 대화들이 뚝 끊길 수밖에 없었고 그들에게 동조하는 것 외에 다른 생각을 할 수조차 없었던 것입니다.

미하엘라는 마치 '바로 이렇게 하는 거야!'라고 말하려는 듯 내 쪽으로 돌아섰습니다.

바다표범이 잠시 쉬는 사이에는 미하엘라가 계속해서 테아에 대해 이야기했습니다. 바다표범이 그녀의 말을 중간에서 뚝 자르고 "국제화"에 대한 타령을 늘어놓기 시작했는데도 그녀는 불평 한마디 없이 듣고 있었었습니다.

우린 사람들로 꽉 찬 행인 전용 다리를 통과했고, 한산하고 거대한 십자로 앞에 도착했습니다. 난 도로 한복판을 걸어간다는 것이 즐거웠습니다. 같은 시간에 난 헬멧과 방패를 보았는데, 아마 우리로부터 한 3백 미터쯤 떨어진 곳이었을 것입니다. 우린 멈춰 섰습니다. 바다표범이 바로 저기 '둥그런 모퉁이'가 비밀안전기획부들의 건물임을 가르쳐주었습니다.

신호등에서 그랬던 것처럼, 우리는 사람들이 밀려들어 시위대의 사람들이 모여들 때까지 기다렸습니다. 이 십자로에서 난 처음으로 "우리가 인민이다!"(실제로 들리기는 "우우리이가 이인민이다아!")라는 외침을 들었습니다. 난 이 구호가 '무장작업조'의 독자 투고 기사 대한 대답일 거라고 여겼습니다.[6]

'둥그런 모퉁이'에서야—불빛이 밝혀진 창문이라곤 하나도 없었습니다—난 병사들의 무리가 얼마나 작은지 보았습니다. 그들은 건물 앞에서 손에 방패를 들고 나란히 어깨를 맞닿은 채 밀집해 있었습니다. 난 이 중무장 보병들이 망아지들처럼 잔뜩 겁을 먹고는 그 자리에서 뒤뚱거리며 도망갈 것만 같다고 생각했습니다.[7] 그들을 안심시키기 위해 일련의 시위대

6 튀르머가 이 구호를 들었을 때는 이 구호가 처음 생겨난 지 일주일 만이었다.

7 과장된 표현임을 금세 알 수 있는 대목.

가 방패 앞에 버티고 섰습니다. 그들은 손에 손을 잡고 시위대들이 불 밝힌 초를 도로 위 자신들의 발 앞에 한 줄로 놓는 것을 바라보았습니다.

별안간 바다표범이 우리 곁을 떠나 병사들이 밀집해 만든 바리케이드를 뚫고 나가려고 했습니다. 그러면서 그는 오른쪽, 왼쪽을 보았습니다. 마치 마지막 갈채를 받으면서 다른 이들과 함께 관객들에게 깊이 절이라도 하는 모양새였습니다. 계속 앞으로 걸어가거나 그를 거기 그대로 세워두는 대신, 미하엘라가 그의 앞에 가 섰습니다. 하지만 그는 자신의 새로운 역할에 스스로 도취되어 그녀를 모르는 척했습니다.

미하엘라와 난 토마스 교회를 지나 새 시청 청사에 도착할 때까지 말없이 터벅터벅 걸었습니다.

나는 갑자기 우리 주위에서 터져나오는 기쁨의 환호성을 듣고 놀랐습니다. 마치 우리가 텅 빈 허공으로 걸어들어왔다는 느낌이 들었습니다. 뭘 어떻게 할 수 있겠습니까? 또 한 번 방향 전환, 그리고 다시 '게반트하우스'로?

미하엘라는 머물고 싶어 했습니다. 난 곧장 걸어 자동차로 갔습니다. 어쩔 수 없이 그녀는 나를 따라왔습니다. 그녀가 큰 소리로 무엇 때문에 ○○○를 그토록 싫어하는 거냐고 물었습니다. 그리고 왜 그렇게 모욕을 당한 사람처럼 구는 것이냐고. 나는 그 작자에 대해 한번도 나한테 말한 적이 없지 않냐고, 말할 것이 없으니 말을 하지 않은 것이라고 대답했습니다. 언젠가 딱 한 번 BE의 구내식당에서 만났을 뿐이라고, 테아가 두 사람을 서로 소개시켜주었었다고 그녀가 말했습니다. 난 그녀의 말을 믿을 수 없다고 했습니다…… 그녀는 극장 사람들끼리 어떤 식으로 서로를 대하는지 내가 이해하지 않으려는 것이라며 내 말을 잘랐습니다. 그들은 한 가족이나 다름없으며, 그런 인사는 아무런 뜻없는 제스처일 뿐이라고 했습니다. 나는 아무래도 상관없다고 말했습니다. 어떻든 그녀가 나를 배신한 것만은 분명하므로.

돌아오는 길 내내 우리는 침묵했습니다.

집의 현관문을 열었을 때, 난 트로클 아주머니가 와 계신가 생각했습니다만 로베르트와 저녁 빵을 먹고 계신 분은 아주머니가 아니라 어머니셨습니다. 난 로베르트를 혼자 놔둔 것에 대해 어머니가 우리를 경솔하다고 나무라실 줄 알았습니다. 하지만 어머니는 그런 일에는 별 관심이 없어 보였습니다. 우리를 언제 한번 방문하려고 했다고 말씀하시면서, 고개를 모로 기울이신 채 미하엘라의 말을 경청하셨습니다. 그녀의 최근 첫 공연에 대한 보고라도 들으시는 것인 양. 반면에 트로클 아주머니는 내가 열쇠를 가지러 가자 모든 일의 전모를 낱낱이 듣고 싶어 하셨습니다. 아주머니는 어쨌든 그동안 가방까지 다 챙기신 마당이니 내가 그녀에게 설명을 해줘야 마땅하다는 것이었습니다. 아주머니의 목소리는 나무라는 듯했습니다. 마치 내가 그녀의 여행을, 아니 그녀의 탐험여행을 망치기라도 했다는 듯.

당신의 엔리코 T.

90년 6월 1일 금요일

사랑하는 요!

그 자리를 너한테 주마고 약속했으니 난 그 약속을 반드시 지킬 거야. 그게 나한테도 이득인걸! 하지만 아직 며칠 더 시간이 걸릴 것 같아. 아니, 모든 일이 좀 명확해지려면 한 주나 두 주쯤은 지나야 할지도 몰라. 최근 며칠간 나 모르게 무슨 일이 일어난 것인지 잘 모르겠어. 하루아침에 모든 일들이 상상할 수 있는 한 최악의 변화를 맞고 있거든. 갑자기 분위기가 완전히 바뀌어버리는 바람에 난 지금 숨조차 제대로 쉴 수 없어.

난 아침에 좋은 계획들만을 품고 하루를 시작하지만, 사람들은 내 인사에 대꾸를 하지 않고 나하고 눈을 마주치기를 피해서 난 허공에다 대고 말을 해야 하지. 그런 식으로 시간이 가면 갈수록 나라는 놈은 어느덧 그들 모두의 의지대로 점점 더 음흉하고 나쁜 놈이 되어버리는 거야.

어쩌면 내가 너무 서툴게 일을 벌인 건지도 몰라. 하지만 난 상황에 타협하며 처신하는 걸 좋아하지 않거든. 어쩌면 좀더 기다렸다가 요르크만을 독대했어야 좋았었는지도 몰라. 그렇지만 그는 바로 그걸 피해갈 줄 아는 자라구. 마리온과 그는 절대 한시도 떨어질 수 없이 가깝고도 행복한 한 쌍이니까.

난 그 두 사람에게 광고 전문지에 대한 내 견적서에 대해 어떻게 생각하느냐고 물었지. 내가 보기에 요르크의 아래턱이 정말로 쏙 빠지는 것 같더군. "견적서야 종이에 씌어진 것이니 차차 읽어보면 되겠지" 하고 그가 말했어. 마리온은 내가 들어오고 난 후부터 일에만 몰두했었어. 요르크는 치즈 광고 나부랭이 때문에 자신이 엔지니어 직업을 중단했던 것은 아니라고 말했지.

네가 알아야 할 게 있어, 요! 난 광고 전문지를 그 자체의 목적으로가 아니라 비상책으로 그리고 돈을 벌어주는 기계로서, 즉 우리의 『주간신문』을 광고로부터 해방시키면서도 동시에 자금원을 확보하려는 목적으로 생각하고 있다는 거야. 우린 어떻게든 우리가 가진 것들로부터 가능한 한 모든 것을 얻어내야 하고 이미 기존에 만들어놓은 체계를 이용해야 해. 코넬리아와 함께 내가 요즘 계획하고 있는 대로, 도시의 지도를 만들어 판다든가 독자들을 위한 여행상품 같은 걸 기획해서 말이지. 난 요르크에게 말했어. "우리 두 사람 다 결국엔 같은 것을 원하는 겁니다!"

"모든 제대로 된 신문에게 정당한 기회를 줘야 해" 하고 그가 대꾸했습니다. "신문 본연의 목적에 집중하는 신문이라면." 우리가 게라에서 인쇄를 하게 되는 즉시 신문은 충분히 광고 의뢰를 받게 될 것이니 내용을 소홀히 할 필요도 없을 것이라면서. 그렇게 되면 우린 우리가 필요한 걸 다 얻을 수 있다고.

난 그에게 이 일과 저 일이 서로 상충되는 것이 아님을 설명하려고 애썼어. 하지만 남들이 차지하기 전에 우리가 먼저 자리를 잡아야 하지 않겠느냐고. 난 거리에 돈이 널려 있을 땐 고개를 숙이고 그것을 주워야 한다는 바리스타의 의견에 찬성하거든.

그렇다면 내가 직접 광고 전문지를 만들면 되지 않겠냐고 요르크가 말하더군. 어차피 내가 지금껏 써온 기사들은 그런 신문에나 더 어울렸을 거라면서. 마리온은 웃었지만 위를 올려다보지는 않았어. 마치 막 뭔가 재미있는 것을 읽었다는 듯.

난 그 역시 개의치 않았어. 우리에겐 신문을 유지하기 위해서 모든 가능성을 타진해볼 의무가 있다고 말했지. 우리들의 관심사도 중요하지만, 그러나 다른 한편으로 우리 직원들의 관심사 역시 중요하지 않겠느냐고. 난 그의 동의 말고는 아무것도 원하지 않았어. 아니, 노력이라도 해주길 바랐지. "그러다가 실패하면? 그럼 어쩌지?" 하고 그가 물었어.

이 순간 마리온이 고개를 돌리고 요르크에게 왜 나하고 계속 말씨름을 하고 있는 건지 잘 모르겠다고 말을 건넸어. 그와 그녀가 그것을 원하지 않으며, 그거면 이유가 충분하다는 거야. "그게 저 사람 마음에 안 든

다면 자신의 지분을 우리에게 도로 양도하면 그만이지."[1]

아, 요! 난 멍청한 어린애처럼 거기 그렇게 서 있었어. 그런 잔인한 말을 하는 동안 그래도 요르크는 적어도 나를 쳐다보기는 했는데 마리온은 그것조차도 불필요하다고 여기는 모양이더라!

요르크는 직원들에 대해서라면 내가 걱정하지 않아도 된다고 말했지. 그들 중 아무도 광고 전문지를 원하진 않는다면서. 그들에게 직접 물어보라는 거야. 그러고는 쇼르바 여사가 어린 시절부터 내 단짝 친구가 아니냐며 넌지시 그녀 이야기를 꺼냈어. '어린 시절'의 첫번째 음절을 지나치게 강조하면서 말이야. 새 시장이 첫날부터 그녀를 내쫓은 건 이미 모두가 다 알고 있는 사실인데 그런데도 내가 뭔지 모를 이유로 지금껏 그에게 말하지 않은 게 아니었느냐고도 했어. 아무튼 그녀가 이곳에서 수습기간만 마치기로 했었으니 그나마 다행이라면서…….

난 그에게 다시 한 번 잘 생각해보라고 부탁했고, 수요일에 편집부 회의가 열릴 때 다시 이 문제를 거론하겠다고 했지.

그는 그렇게 되지 않길 바란다고 말하고는 등을 보이며 돌아서더군. 그 자리에서 즉시 결정을 내리지 않은 건 어쩌면 내 비겁함 때문이었는지도 몰라. 아무튼 어제 아침(얼마나 오래전 일처럼 느껴지는지!)에는 그 대화에 대한 기억이 떠오르며 마치 새로운 날을 맞아 사라지고 망각되어버리고 마는 악몽처럼 느껴지더라. 그렇게도 난 내 논리를 확신했거든.

하지만 그들은 내 친절을 허약함이라고 여기는 거야. 며칠 전만 해도

---

1 요르크 슈뢰더는 이 장면과 뒤따르는 대목들의 내용을 완강히 부인하고 있다. 튀르머의 기사에 대해 그런 식으로 폄하한 적도 없으며, 뒤에 가서 튀르머가 다시 한 번 주장하듯이 그렇게 대놓고 지분을 요구한 적도 없다는 것이다. 그들은 신문사에 튀르머의 지분이 들어 있음을 상기시켰을 뿐이라는 것이다. 그가 혹시라도 앞으로 그들과 함께 일하고 싶지 않을 경우를 대비해서 그가 그것을 알고 있어야 했기 때문이라고 한다.

새 '오페라가방'에 대해 찬사를 늘어놓던 일로나는 몹시 바쁜 척하며 인사를 하는데도 올려다보지 않았어. 요르크는 무엇인가를 중얼거리며 걸어갔고 마리온은 나를 완전히 본척만척했지. 프레드는 문살에 기대서서 일로나와 이야기를 나눴어(갑작스럽게 그 두 사람이 서로 친하게 된 거야. 갑자기 일로나에겐 그를 위해 내줄 시간이 생겼지). 짐짓 그것을 핑계로 그는 우연히 마주친 고객이라도 되는 양, 내 쪽을 향해 고개만을 끄덕일 뿐이었어. 심지어 쿠르트마저도 오늘은 자기 방으로 재빨리 사라져버리더군. 프링겔은 계속해서 외근이었어. 아스트리트만이, 오직 늑대만이 다른 날과 다름없이 반갑게 나를 맞이해주었고 내게로 뛰어올랐어. 하지만 일로나가 아스트리트의 장난감 공을 밟으며 발목을 삐고 난 후 그런 인사조차 의심을 받게 되었지. 광고 의뢰를 받아 돌아온 쇼르바 여사는 그녀의 노획물을 자랑스럽게 내게 보여주면서도 이런저런 구설수에 대해서는 한마디도 내비치지 않았어. 그녀는 미소를 지으며 일이 아주 잘되어간다고만 말했지.

하필이면 내 옛 상사인 게오르크에게서 피신처를 찾게 될 줄이야! 난 시장에서 그를 만났어. 생선을 끼운 빵을 파는 곳에서. 우리가 그에게서 이사를 나온 것이 불과 두 달 전인데도 하마터면 난 그를 알아보지 못할 뻔했어. 그의 동작이 많이 달라져 있었거든. 말 위에 올라탄 기사같이 뻣뻣했던 모양새라곤 이제 더 이상 찾아볼 수 없더라니까. 긴 다리 위에서 그는 이제 매우 부드럽게 움직이고 있었어. 하얀 눈썹 사이와 이마에 깊이 뿌리를 내렸던 주름살도 사라지고 없더군. 인사를 건네면서 그는 나를 거의 끌어안을 뻔했지. 그의 집에 들러 커피나 차를 좀 마시고 가겠냐고 물어서 난 그러마고 대답했지. 편집부에 벌써 돌아가지 않기 위해서라도 그렇게 하고 싶었으니까.

정원 문을 감은 장미덩굴이 흐드러지게 피어 있었지. 얼마나 놀랐던지. 예전 편집부였던 방에 들어서자 우리 것과 똑같은 모니터와 또 그 옆에는 애플이 있더라니까. 인쇄기는 우리 것보다 약간 작았어.

바론이 책 두 권 제작을 주문했고, 각각 1천 부씩 값도 미리 지불했대. 왕세자를 위한 책이 그 첫번째고 또 한 권은 알텐부르크와 주변지역의 유대인 그리고 그들의 추방에 대한 책이었어. 그 자신 스스로도 아이디어가 많으니 몇 년은 충분히 걸릴 거라는 거야. 기압계며 시계 그리고 우편물을 다는 저울, 그 모든 물건들이 다 예전 그 자리에 그대로 있었는데도 불구하고 난 전혀 새로운 공간에 와 있는 듯한 느낌이 들더군. 정원 역시 마찬가지였어. 이젠 초록색으로 무성한 정원엔 꽃들이 만발했고 그 둘레에도 식물들이 가득 자라나 거의 뚫고 통과할 수도 없을 지경이었어.

프랑카가 나를 끌어안았지. 내가 무슨 긴 여행이라도 마치고 돌아온 것처럼. 내가 정원에서 긴 커피 쟁반과 그곳에서 조무보님과 함께 나를 기다리고 있는 꼬마 세 명을 보았을 때에야 게오르크는 오늘이 자기 생일이라는 것을 털어놓았지.

그렇게 해서 난 그의 가족들에 둘러싸여 즐거운 한나절을 보냈어. 게오르크는 좀 이상한 만남에 대해 이야기를 들려주었어. 며칠 전, 밖에 비가 억수로 내리는데 누군가 늦은 밤 이 집 초인종을 누르더래. 그가 문을 열자 온몸이 완전히 폭삭 젖고 머리카락이 달라붙은 한 조그만 여자가 서 있었다는군. 그녀가 들어와 하룻밤만 좀 자고 갈 수 없겠냐고 묻더래. 그녀의 자동차가 고장이 났는데 '벤첼'에서는 이 세상 돈을 다 준다 해도 남는 침대가 없다고 하더라면서. 왜 하필 이 집 초인종을 누른 거냐고 물으려는 순간, 그는 그녀가 누구인지 알아보았어. 오펜부르크의 신문계의 거물이라던 그 여자였던 거야. 그날은 프랑카와 게오르크가 간이침대에서 잤다는군. 그들의 손님이 제대로 된 침대에서 편히 잘 수 있도록 말이야. 다음 날 아침, 신문계의 거물이란 여자는 창백한 얼굴과 움푹 들어간 눈으로 주방에 앉아 침대가 너무 엉망이어서 단 1분도 못 잤다고 주장하더래.

그녀에게는 너무나 큰 프랑카의 옷을 입은 채, 그녀는 다시 길을 떠났대. 욕실엔 아직도 그녀의 향기가 난다나. 프랑카는 "진짜 백만장자인 모양이에요" 하고 결론을 내렸어.

나중에 나는 게오르크와 언덕에 올라갔어. 우리가 도시 너머 피라미드를 바라보며 손바닥으로 햇빛을 가리는 동안, 난 그에게 내 고충을 털어놓았지.

"그렇게 해야 해. 자네 말대로, 바로 그렇게. 그렇지 않으면 기회가 없어!" 게오르크가 나와 의견을 같이했어. 반대할 줄 알고 조마조마하던 참이었거든. 이젠 해방된 느낌으로 말할 수 있었지.

요르크가 거기 있었더라면! 그 산 위에서였다면 난 그를 설득할 수 있었을 거야! 내가 광고 전문지에 대해서 이번만큼 그렇게 설득력 있고 실감나게 묘사한 적은 한번도 없었거든.

게오르크에 따르면, 큰 기업들이 작은 지역신문들을 나눠 가지게 되는 건 이미 다 정해진 일이고, 다만 주마다 구역을 나누게 될 것이라는 거야. 알텐부르크는 튀링겐에 속할 것이므로 우리만이 유일하게 경계를 넘나드는 신문으로 남을 것이고, 머지않은 장래에는 론네부르크에서부터 로흐리츠까지, 메라네에서부터 라이프치히 바로 앞까지 가가호호마다 신문을 넣을 수 있게 될 것이며, 그렇게 되면 우리는 우리 구역을 지킬 수 있게 될 뿐만 아니라 알텐부르크라는 구심점을 둔 작은 제국을 형성할 수도 있을 것이라고도 했어.

우린 몇 부나 팔릴지 대략 어림잡아보았고—난 10만 부에서 12만 부정도가 되지 않을까 계산을 했지——바론이 틀렸다는 것을 알아차렸어. 누군가 부자가 되고자 하느냐 마느냐는 전혀 중요하지가 않으니까! 얼마나 많은 가능성들 중에 선택을 하든지 그건 하등 상관이 없어. 무조건 단 하나만을 선택하면 되는 거야! 생존을 보장하는 선택을 내려야 한단 말이야. 그래, 마지막에 가서는 언제나 오로지 옳은 선택과 그른 선택만이 남게 될 거야. 그리고 종국에 가선 스스로 무엇인가를 행동에 옮기는 것이 다른 사람의 행동에 대한 글을 쓰는 것보다 훨씬 더 아름다운 일인 거야.[2]

돌아오는 길에 난 벌써 『일요 신문』을 만들겠다고 마음을 굳혔어.

편집부에서는 쇼르바 여사가 흉보로 나를 맞아주었어. 꼬마 무당벌레 할머니가 죽었다는 거야. 노인은 복수를 벼르고 있대. 그가 돌아오면 아무도 날 그에게서 보호해주지 못할 거야. 그가 정말 무슨 나쁜 일을 저지르기 전까지는 경찰에서 그를 가둬서도 안 되고 정신병원에서 그를 격리해서도 안 되거든. 그렇게 되면 적어도 마리온만은 고소해하겠지.

쇼르바 여사가 내게 컴퓨터를 가르쳐주는 아침 시간은 하루 전체를 위한 준비 호흡과 같이 소중한 시간이야. 내가 더 이상 잘 못 따라가면 그녀가 살짝 귀띔을 해주는데, 그나마도 어차피 나 스스로가 금세 알아낼 것이라는 투야. 오로지 그녀의 윗입술만이 조급함을 담고 있어. 마치 분홍색 벌레 한 마리가 아랫입술의 단호한 선 위를 이리저리 기고 있는 것처럼 보이지. 내가 직접 만들어 올린 첫 광고문은 코넬리아의 "축구팬들을 위한 이탈리아 주간"이야. 월드컵 마크는 그냥 『라이프치히 인민일보』에 나온 걸 오려 붙였어.

---

2 훗날 훨씬 더 큰 영향력을 행사하게 되는 이러한 생각은, 이미 요한에게 했던 튀르머의 다짐과 대조를 이루고 있다. 그는 위에서 요한에게 오로지 『주간신문』의 유지만을 목적으로 한다고 주장한 바 있다.

프레드를 기다리는 동안 난 오후에 있을 언쟁에 대한 생각으로 일이 손에 잡히지 않았지. 내 앞에는 프레드가 근교 지방을 돌아다니며 작성한 목록이 놓여 있었어. 난 맨 위 종이에 적힌 최근 몇 주간의 판매 실적들을 비교해보았어. 한 부가 덜 팔린 때도 있었고 어떨 땐 세 부가 덜 팔렸어. 제일 나은 때라고 해봤자 변화 없이 이전 상태를 유지한 정도야. 그런데도 결과는 30부의 신문이 팔려 흑자가 났다고 되어 있는 거야!

프레드가 늦게 오는 바람에 난 열 개의 목록을 찬찬히 살펴볼 수 있었는데, 그중에 두 개의 목록에서만 계산이 정확하더군. 계산이 잘못된 곳을 빨간 사인펜으로 표시했고, 느낌표를 달았어. 이상하게도 그 계산상의 실수들을 서로서로 더하고 빼고 나니 대충 합계가 맞아떨어지는 거야.

그가 들어왔을 때, 마침 우리의 비장의 무기랄 수 있는 마누엘라가(그녀는 혼자서 나머지 세 명의 다른 영업사원을 합한 것보다도 많은 광고 의뢰를 받아 오거든) 내 방에 있었어. 프레드가 다리를 포갠 채 양손을 배 위에 올리곤 눈알을 굴리면서, 내게 시시한 마누엘라의 얘기까지 다 들어줄 필요는 없다는 듯 공공연히 불만을 드러내고 있었어. 그가 고개마저 좌우로 흔들기 시작했을 때 난 아무 말 없이 그의 목록을 내밀었어. 그를 잘 알지 못했더라면 사기를 의심했을지도 모르겠다고 말했어. 그리고 마누엘라에게 작별인사를 건네며 일로나를 이 뒤로 좀 보내달라고 부탁했어.

"어떻게 된 건지 설명할 수 있나요?" 한참 동안 뜸을 들인 후 난 프레드에게 물었어. "어떻게 해서 이런 계산이 나온 건지 설명할 수 있습니까?"

그는 돈을 전부 다 잘 가져왔고, 한번도 자신의 주머니에 챙겨 넣은 적이 없으며 매번 일로나가 영수증을 써주었다고 말하더군.

"이렇게 잘못된 계산이 단 한번도 눈에 띈 적이 없었단 말인가요?" 하고 물으며 난 종이들을 모아 다시 순서대로 정리했지.

프레드는 어깨를 들썩일 뿐이었어. 난 침묵했어. 그가 이제 나가봐도 되겠냐고 묻더군. "아니요" 하고 난 말했지. "우린 지금 일로나를 기다리는 겁니다."

이 말은 한참 동안이나 마지막 문장으로 남아 있었지. 프레드가 스스로 알아서 일어나 일로나를 데려오겠다고 할 때까지 말이야.

내가 그녀에게 목록을 내밀자 "어머나! 이런!" 하고 그녀가 말했어.

"돈을 받고 영수증을 써줬다고요?"

"내가 그 동전들을 종이에 말아서 직접 은행에 갖다줬는데요. 참, 나, 원." 그녀는 마치 칭찬이라도 바란다는 투로 말했어. 그녀는 업무 중에 이런 일이 발생한다는 게 무슨 의미인지 전혀 알지 못하는 거 같았어.

"다시 한 번 계산해보지도 않았단 말입니까?"

그녀는 돈을 받아 은행에 갖다주었노라고 같은 말을 반복했어.

모든 것은 언제나 그대로 두어야 하며, 실적 목록들은 다시 한 번 계산해보아야 한다고 내가 말을 하자 두 사람은 서로 경쟁이라도 하듯 가쁜 숨을 내쉬었어. 오늘 오후까지 그 계산이 필요하다고 난 말했지. "어쩌면" 내가 결론적으로 덧붙였어. "우리 신문사는 이미 진작부터 파산 상태였던지도 모르겠군요." 5시가 되기 조금 전에 시작된 회의는 참기 어려울 정도로 분위기가 최악이었어. 일로나와 프레드는 내 맞은편에 앉아 그녀로 하여금 연신 웃음을 터뜨리게 하는 무엇인가에 대해 이야기를 나눴어. 계산을 다시 해보는 대신에 그녀는 다른 업무를 처리해야 했었대. 내가 그녀의 직속 감독관이므로 사실은 그건 내 업무라는 거야.

프링겔은 가만히 자리에 앉아 빈 종이만을 멍하니 내려다보고 있었어.

그는 무슨 일이 자신을 기다리고 있는지 알고 있었는데 유독 나만 전혀 모르고 있었지. 쿠르트는 보이지 않았고 영업사원들은 아예 부르지도 않았었어. 요르크만이 예전의 따뜻함을 유지하고 있는 것처럼 보였지.

쇼르바 여사가 광고 접수 상황을 발표했어. 우리 신문은 광고 전문지가 될 필요가 전혀 없다고 요르크가 말했어. 이미 광고 수입 말고는 아무것도 없는 신문이니까. 6월 마지막 주부터 『주간신문』은 게라에서 인쇄할 것이고 4페이지 혹은 8페이지가 늘어날 것이라면서, 그렇게 되면 다시 기사를 실을 자리가 확보될 것이니 우리 자신을 스스로 궁지로 몰아넣게 될 광고 전문지보다는 신문의 판매량도 현저하게 나을 것이라고 했어. 그것으로써 요르크의 미래에 관한 청사진 제시도 끝이었지. 그는 '비리와 권력남용 반대협의회'가 그에게 가져다주었다는 새로운 머리기사를 소개했어(그들은 이제 벌써 세번째 회장을 선출해야 해. 두 명의 선임자들이 비리에 연루되었다는 혐의가 있기 때문이야).

그리고 요르크가 종이를 한 장 꺼내 들며 말했지. "이제 우리 서로 좀 이야기를 해야겠군요. 고트롭, 힘드시겠지만 이야길 좀 하죠." 그렇잖아도 동안인 프링겔의 얼굴이 더욱더 작아졌어. 요르크가 편지의 내용을 발표했지. 기계설비제작회사 사람들이 30명도 더 넘게 서명한 편지였어. 그 안에서 프링겔은 "빨갱이 기자 종놈"이라고 불렸어. "빨갱이 기자 종놈이 당신들 신문사에서 뭘 하고 있다는 겁니까?" 그들은 프링겔이 89년 10월 사보에 실었던 기사를 동봉했지.

요르크가 그 기사에서 중요한 부분을 인용하기 시작했고 "법률의 지엄한 권위로," "우리 아이들의 안녕과 건강이 위협받고 있다" 등등과 같은 표현 뒤에서 매번 말을 멈추었어.

프링겔이 위를 올려다보았을 때, 난 거의 그를 알아보지 못할 뻔했어.

그의 입술이 씰룩거렸지. 그는 미소를 지으려고 애를 썼으나 그의 시선은 우리를 재빠르게 훑고 지나갔어.

요르크는 왜 그가 이런 편지 때문에 그렇게 놀란 것인지 사실 잘 이해할 수가 없다고 말하더군. 무엇보다도 왜 그가 진작부터 솔직하게 우리를 대하지 못한 것인지, 그것을 묻고 싶다는 거야. 자신이 보기에는 바로 그 점이 범죄가 아니겠느냐면서. 프링겔은 고개를 끄덕였어. 프레드가 10월이라면 더 이상 아무도 그런 글을 써야 할 이유가 없었다고 중얼거리면서, 이제야 한숨을 돌리고 대답할 준비가 된 프링겔의 말을 가로막았지.

프링겔은 그건 드레스덴의 폭력사태 이후의 일이었다고 어물어물 내뱉었어. 상부에서 지정된 원고가 내려왔고, 그걸 발표하는 것밖에 다른 선택의 여지가 없었다는 거였어. 그건 전혀 그의 원고가 아니며, 그럼에도 불구하고 자신의 이름을 기입해야만 했고 책임을 맡은 편집인으로서 자신의 이름을 내주어야만 했대. 그의 시선이 이리저리 방황했지. "그러면 내가 뭘 어떻게 해야 했겠어요?"

"우리한테 그 신문을 보여줬어야죠" 하고 마리온이 말하자 프링겔은 다시금 어물거리며 그건 전혀 자신의 원고가 아니라고 중얼거렸지.

난 그에게 무엇을 겁내셨던 거냐고 물었어. 난 그러니까 그 당시 가을을 말한 거야. 하지만 그는 내 말을 오해했어.

"여러분들이 나보고 더 이상 기사를 쓰지 말라고 할까 봐"라고 그가 말했어. 지금처럼 신문 만드는 일이 즐거웠던 적이 없으며 그의 삶을 충족시킨 적이 없다고 하더군. 매일 아침마다 이곳으로 올 수 있는 것이 행복하다며……

어떻게 우리가 그를 더 괴롭힐 수 있었겠어? 그는 이제부터 특별한 일이 있을 때까지 당분간 그의 이름을 신문에 넣지 않는다는 데 찬성했지.

프링겔은 친절하고 영리한 사람이야. 그에겐 그냥 무엇이 필요한지만 말하면 돼. 그럼 바로 다음 날 그에게서 원하는 것을 받게 돼. 기업에 관한 그의 짧은 이야기들은 '갈루스'에서도 인기 만점이었어. 하우스만 가구점은 그때부터 일주일에 반 페이지씩 광고를 의뢰했었지.

더 이상 질문이 있느냐고 요르크가 물었어.

네,라고 난 대답했어. 정작 중요한 문제를 우리가 전혀 거론하지 않았다고 말했지.

이건 편집부 회의라면서 그가 내 말을 잘랐어. 보다 원론적인 문제라면 두 사람만 있을 때 해결하자는 거야. 언제쯤이면 내가 그걸 이해할 것이냐고, 게다가 그 문제라면 이미 토론이 끝났다고 말했어.

나로 말하자면 토론을 아직 시작하지도 않았다고, 적어도 내 논리를 다른 사람들도 들어봐야 한다고 말했지. 하지만 '다른 사람들'은 벌써 자리에서 일어나고 있더군. 쇼르바 여사마저도 벌써 손가방을 챙기고 있었지. 프링겔만이 그대로 앉아 있었어. 우리 두 사람에게는 무엇을 결정할 수 있는 힘이 없어진 모양이었어. 그때 난 내 무릎께에서 늑대 아스트리트의 주둥이를 느꼈어. 개는 자신의 그 외눈을 가지고 나를 바라보고 있었어. 넌 비웃을지도 모르겠다만 난 늑대가 상황을 정확하게 파악했다고 믿어. 이제 노력을 한층 더 기울이는 일 외에 별다른 도리가 없어. 난 승리를 확신해.

너를 포옹하며, 너의 E.

추신: 네가 게오르크에게서 안톤 라르셰의 책을 발행하는 게 더 좋을지도 모르겠어. 내 생각에 게오르크 역시 매우 기뻐할 것이고, 그렇게 되면 그 책에도 딱 알맞은 출판사를 만나는 셈이지.

90년 6월 3일 일요일

친애하는 니콜레타!

어머니가 10월 9일에 우리 집에 갑자기 나타나셨다는 게 특별히 이상한 일이라고 생각지는 않았습니다. 로베르트가 잠자리에 든 후 어머니가 말씀하셨습니다. "네게 할 말이 좀 있단다." 그리고 잠시 후에 "난 체포되었었단다"라고 하셨지요.

어머니의 이야기는 미하엘라의 그것보다 훨씬 덜 자세했습니다. 어머니 역시 금요일 저녁에, 그러니까 6일이었죠, 드레스덴 중앙역 앞에서 체포되었습니다. 종합병원과 라디오에서 들은 사실을 직접 확인하고 싶으셨다고 합니다. 그러나 어머니가 전차에 오르시기가 무섭게, 그때는 아직도 시위대와 경찰병력 사이에서 방향을 제대로 잡기도 전이었는데, 누군가 어머니를 붙잡아 트럭으로 밀었습니다. 그들은 어머니를 구타하고 욕을 퍼부었습니다. 어머니는 일요일 아침 풀려나신 후 친구분이시며 화가인 군다 라핀이 사는 라우베가스트로 가셨습니다. 어머니는 그 집에서 월요일 아침까지 휴식을 취하셨죠. 종합병원에서 진찰을 받으신 후 일주일간 병가를 신청하셨습니다. 어머니가 아직도 체포되어 계셨다면 아무도 어디에 계신 줄 몰랐을 거라고 말씀하시더군요.

어머니 이야기를 듣는 것은 매우 고통스러웠습니다. 미하엘라는 눈물이 나오려는 것을 애써 참아야 했고 어머니의 손을 부여잡고 싶어 했습니다. 하지만 난 그건 적절한 제스처가 아니라고 생각했습니다. 어머니가 부담스러워하셨기 때문입니다. 그래서 미하엘라가 테아에게 전화를 걸기 위해 공중전화 부스로 갔을 때, 난 마음이 놓였습니다. 하지만 어머니와 단둘이 남는 것 역시 힘들기는 마찬가지였습니다. 난 텔레비전을 켰습니다. 어머니도 나도 텔레비전을 보지는 않았습니다. 아무런 말없이 우린 상을 치웠고 어머니의 침대보를 갈 때조차 침묵을 깨지 않았습니다. 어머니는 욕실로 가셨고, 난 어머니가 입을 헹군 물을 세면대에 도로 뱉는 소리를 들었습니다. 난 혼자 돌아가는 텔레비전 앞에 앉아 화면에 반사된 내 실루엣을 관찰했습니다. 내가 점점 더 깊이 숨을 쉬는 바람에 화면에 비친 내 영상의 어깨가 들썩이는 것이 잘 보였습니다.

어머니가 갑자기 속옷 바람으로 내 앞에 나타나시더니, 내게 연고를 발라달라고 부탁하셨습니다. 어머니의 등은 온통 피멍이었고 그들은 심지어 허벅지와 종아리까지 구타했습니다. 어머니는 상에 몸을 의지하고 등을 구부리셨습니다. 땀 냄새가 조금 났습니다. 어머니는 많은 의사들이 연고 처방을 내릴 때 대부분 혼자 사는 노인들이 혼자서 등에 연고를 바를 수 없다는 생각을 하지 않는다고 말씀하셨습니다. 우린 잘 자라는 키스를 했습니다. 어머니는 욕실의 불도 끄지 않았고 치약 뚜껑도 열어둔 채로 두셨습니다. 수건은 화장실 변기 덮개 위에 놓여 있었습니다.

미하엘라가 이게 무슨 냄새냐고 묻고는 토마스도 방금 테아에게 프란츠브란트 와인을 발라주었다고 말했습니다. 그 말은, 마치 이제는 모든 나쁜 일이 다 지나갔다는 듯, 어쩐지 편안하게 들렸습니다.

화요일엔 무대 위에서 관중석을 향해 드레스덴의 결의안을 낭독하는 것을 더는 막을 수 없게 되었습니다. 당의 승인을 받아야만 그런 일에 참석하겠다는 베아테 세바스티안만 제외하곤 극장 전체가 찬성했던 것입니다.

결의안에 관해서는, 난 다른 사람들처럼 감동하지 않았습니다. 내가 우리만의 결의문을 따로 만들자고 제의하자, 전 오케스트라와, 대부분의 가수들, 발레리나들이 이미 다 찬성한 일을 이제 와서 다시 처음부터 시작하고 싶지 않다는 반응이 나왔습니다.

전체적인 문체가 비판과 자아비판 의식(儀式)을 차용한 식이었습니다. 매 줄마다 근심 어린 당 간부의 시선이 숨겨져 있다고 내가 말했습니다. 미하엘라는 고개를 저으며, 내가 착각하는 것이라고 반박했습니다. 우린 한 줄 한 줄 읽어내려갔고, 그 안에 숨어 있는 거짓 혁명적인 수사법을 발견해내는 일이 얼마나 쉬운지 나도 놀랄 지경이었습니다. 가령 "자신의 인민들과 대화하지 않는 국가 경영은 신뢰하기 어렵다"와 같은 문장만 봐도 그랬습니다.

"그 문장 안에 실망한 아첨꾼의 끙끙거리는 통사정이 들어 있는 게 느껴지지 않는단 말이야?" 하고 내가 물었습니다. "도대체 누가 그래? 내가 그자들과 대화를 나누고 싶다고? 부정선거로 권력을 손에 넣은 그들의 짓거리를 어째서 '국가 경영'이라고 불러야 하는 거지? 그리고 또 '인민들과의 대화'는 또 뭐야? 왜 브레히트를 인용하지 않는 거지? '그들이 자신들의 인민을 해체하고 싶다면 우선 새로운 인민을 뽑아야……'라고 말이야."

미하엘라는 내 말을 인정하며 이 줄은 빼버려도 좋겠다면서도 그래도 "무언을 강요당하는 인민은 폭력적으로 될 수밖에 없다"라는 문장만큼은 용기를 담았을 뿐만 아니라 지금 상황에서도 매우 옳은 말이라는 의견을 내놓았습니다. 난 왜 다음과 같이 쓰면 안 되냐고 반박했지요. 28년 전부터 줄곧 갇힌 채 마치 국가의 재산처럼 다루어진 인민, 조그만 저항에도 벌을 받으며 협박을 당하는 인민이 마침내 거리를 정복하다! 범죄자 집단은 가라! 힘없는 사람들을 때리고 비난하고 고문하는 범죄자 집단은 물러가라!

미하엘라가 입을 다물었습니다. 나는 물었습니다. "어째서 그냥 이렇게 쓰지 않은 거냐고! 장벽은 무너져야만 한다. 통일사회당은 물러가고 인권을 회복하자! 거리로 나오라. 용기를 내라, 그들의 협박을 더 이상 두려워하지 말라!"

"너무 강해" 하고 미하엘라가 말했습니다. "그렇게 되면 모든 문제를 들춰내게 되잖아."

"물론이지" 하고 난 부르짖었습니다. "모든 문제를 들춰내야지! 라이프치히는 모든 문제를 들춰내고 모든 질문을 던져야 해. 우리 어머니에게 일어난 일이며 테아의 일인데 모든 일들에 대해 질문을 던져야지!" 왜 공산권의 교조주의 당 간부들의 펜 끝에서나 나오는 구닥다리 표현으로 만족해야만 하느냐고 난 다그쳤습니다. "우리에겐 의무가 있습니다, 라는 둥" 난 빈정대며 결의문의 내용을 인용했지. "'우리 국가와 정당의 경영자들에게 국민들의 신뢰를 회복해달라고 요구할 의무가 있습니다'라니! 이런 표현이 역겹지 않단 말이야? 그런 결론이? 제발 우리를 때리지 마세요, 우리도 사회주의 편인걸요, 라는 말 아닌가!? 이거야 원, 중세시대 제후의 교육보다 더 한심하군그래! 드레스덴 사람들을 몰라서 그래?"

"그렇다면 왜" 하고 미하엘라가 물었습니다. "당신이 직접 그런 얘길 하지 않는 거지?"

"안 그래도 내가 말을 하려고 해. 두고 보라고!" 내가 대답했습니다.

우리 두 사람만 거기 있었던 것이 아니었음을 덧붙여야겠군요. 우린 드라마투르기 사무실의 둥근 테이블 주위에 서 있었고, 그곳에 앉아 있거나 테이블에 기대고 있던 사람들이 우리들의 관객이었습니다. 어제 미하엘라가 앞에서 연설을 한 후 그리고 우리가 라이프치히에서 돌아온 후 그녀는 극장의 배르벨 볼리였고 난 그런 그녀의 남편이었습니다. 어머니가 경찰에 잡혀 구타와 고문을 당한 자로서 말입니다. 시간이 지날수록 사람들은 입을 다물었습니다. 우린 마지막 문장들을 마치 연극무대 위에서처럼 인용했었습니다.

미하엘라는 사람들의 시선을 받으며 그녀의 손가방이 놓여 있던 내 책상 쪽으로 걸어갔습니다. "극장 무대 위에서 말하는 것하고 거리에서 말을 하는 것은 달라. 극장에선 익명이 보장되지만……" 아까 있던 자리로 되돌아오면서 그녀가 말했습니다.

"그 말은" 나는 그녀의 말을 중간에서 잘랐습니다. "결국 거리가 극장을 가르치고 깨우쳐야 한다는 말과 다르지 않아! 체포된 사람들은 누구도 익명이 아니라고, 알겠어? 그들 모두가 신분증을 꺼내 보여주어야 한단 말이야!"

어쨌든 극장에서 결의문이 낭독되는 것만으로도 충분히 성공을 의미한다고 그녀가 말하더군요. 그러고는 드라마투르기 사무실을 떠났습니다. 내 옆으로 난 창문을 통해, 난 그녀가 정류장으로 가는 것을 보았습니다. 또 한 번 「까마귀 둥지」의 연습 공연이 취소되었습니다.

내 주장의 논리 정연함은 나를 환희로 몰아넣었습니다. 난 반감을 있는 그대로 표현했고, 수맥을 찾아내는 도사를 따르듯 내 그러한 감정에 따름으로써 의미심장한 논리를 발견했던 것입니다. 이해하시겠습니까? 갑자기 내가 왜 동참하지 않고 싶어 했는지 그 이유를 깨달았던 것입니다.

나의 그런 관점을 가지고 난 방어선을 구축했다고 생각했습니다. 그것은 좀처럼 누구도 뚫을 수 없는 방어선이었고 또한 그 방어선 덕분에 난 극장의 자질구레한 모든 일들을 경멸의 미소로써 마주 대할 수 있었던 것입니다. 물론 사람들은 내 말이 옳다는 것을 알았지만, 그럼에도 불구하고 미하엘라 편에 서서 단계를 밟아야 한다느니, 라고 하며 치밀한 계략과 인내 따위를 주장했습니다.

오후 2시 정각이 되어 난 집으로 갔습니다. 어머니가 음식을 만들어 놓으셨더군요. 어머니는 당신에게 일어난 일을 로베르트에게 이야기했습니다. 그 아이는 우리들 '대가족'과 일요일의 식사를 만끽했습니다. 어머니는 생각하면 할수록 그들이야말로 감옥에 가야 할 장본인들임이 분명하다고 말씀하셨습니다. 사람들에게 폭력을 휘두르는 젊은 병사들과 그들의 장교들뿐만 아니라 모든 자들, 모드로프, 베르크호퍼, 호네커, 미일케, 하거, 그런 불한당 같은 정치가 놈들 모두가 말입니다. "그리고 만일 몰랐다고 주장한다면, 그들은 더욱더 나쁜 놈들이지!" 이렇게 말씀하셨습니다. 미하엘라는 고개를 들지 않았습니다. 내가 나중에 오지 않았더라면, 그녀는 그동안 어머니가 내게 세뇌라도 당한 게 아닌가 생각했을지도 모르겠습니다. 우린 커피를 마시러 코렌 잘리스로 나갔습니다. 서양양귀비 씨 케이크와 생크림이 있더군요. 어머니는 한꺼번에 두 조각을 주문하시면서 이 정도 보상쯤은 받아야 하지 않겠느냐고 하셨습니다. 그 후 난 미하엘라를 극장까지 데려다주었습니다. 오후 3시부터 연금 수급자들을 위한 「차르다스 여왕」 공연이 열리고 있는 중이었습니다.

공연이 진행되는 동안, 무대 뒤에선 결의문에 대한 언쟁이 다시금 불타올랐습니다.

오케스트라와 발레 팀, 그리고 딱 한 명을 제외한 모든 솔로 가수들은 찬성을 표했지만 코러스 팀은 의견을 정하지 못하고 싸우기만 했습니다. 차르다스 여왕에게 입장 발표문을 낭독하라고 설득할 수는 없었습니다. 지휘자 클라인딘스트 역시 거절했습니다. 결국 동성애자이며 주인공 역을 맡았던 테너 가수 올리버 얌보가 나섰습니다. (제가 이 이야기를 거론하는 이유는 얌보가 동성애자인 터너 역을 너무나도 진지하고 생생하게 연기하기 때문입니다.) 그는 자신이 그 원고를 낭독하게 된다면 큰 영광일 거라고 했습니다. 난 집으로 돌아갔지요.

저녁에 미하엘라는 요나스를 설득하는 일에 실패했다고 말했습니다. 요나스는 미소를 띤 채 흡연구역에 앉아 있었다고 합니다. 그는 누군가가 가까이에 다가가기만 하면 무조건 '이 일의 단행'을 보류해달라고 부탁했습니다. 그는 딱 하루만 기다려달라고 했습니다. 단 하루만 기다리면 된다고. 그는 미하엘라에게도 똑같은 말을 했습니다. 그녀조차 그에게 반기를 들고 주장을 펴기는 어려웠습니다. 단 하루. 그가 거듭거듭 부탁을 했답니다. 더도 말고 오로지 하루만. 그럼 뭐가 달라지느냐는 질문에, 그는 공산당 정치국 회합을 거론했다고 합니다.

마하엘라가 여기까지 이야기했을 때, 난 웃을 수밖에 없었습니다. 그래, 그녀가 말했습니다. 부끄러운 일이지만 결국 그녀는 아무것도 할 수 없었다는 것입니다. 가수들도 갑자기, 하루만 더 기다리자는 데 동의했다고 합니다. 그 소식을 듣지 못한 오케스트라는 무대 뒤에서 기다렸습니다. 이윽고 클라인딘스트가 그들을 무대 위로 불러들였고, 그의 말대로 그들이 받아야 마땅한 갈채를 받도록 했습니다. 그 음악가들은 몹시 화를 내며 물러갔고, 어쩌면 다시는 그들의 협조를 기대할 수 없을지도 모른다는 것이었습니다.

그러나 수요일은 미하엘라의 날이었습니다. 어머니와 로베르트와 난 「에밀리아 갈로티」 공연장에 있었습니다. 미하엘라는 집중하지 못했습니다. 에밀리아가 그녀의 고백을 시작했을 때, 그녀는 더 이상 어떻게 해야 할지 모르는 것 같았습니다.

휴식시간이 끝나자 난 드라마투르기 사무실로 물러났습니다. 사무실에는 불이 훤히 켜져 있었습니다. 기술 총책임자, 당의 비서관이자(이젠 여자 극장장이기도 한) 행정 책임자인 여자가 서너 명의 다른 사람들과 함께 앉아 있었는데 내가 알지 못하는 사람들의 목소리였습니다.

난 계속해서 발걸음 소리와 현관문이 열렸다 닫히는 소리도 들었습니다. 그럼에도 불구하고 난 얼마나 많은 사람들이 왔는지를 확인하곤 매우 놀랐습니다. 무대로 이어진 작은 계단의 맨 아래 층계에 서 있던 얌보는 안경줄을 만지작거리며 장난을 치는 데만 정신이 팔려 있었습니다. 소곤거리는 여자 목소리가 들려왔습니다. "극장장이 온다!"

난 한참 동안 그를 알아보지 못했습니다. 그가 탁자 앞에 앉아 머리를 양팔이 엇갈린 곳에 두고 있었으므로 마치 졸고 있는 것처럼 보였거든요. 그의 어깨가 움찔했습니다. 난 처음엔 불상사가 일어난 줄 알았지요. 죽은 줄 알았습니다.

스피커에서 뚝, 하는 소리가 난 뒤 무대감독 올라프가 배우인 오도아르도에게 무대 위로 올라오라고 말했습니다. 그가 스피커를 켜둔 채 그대로 두었기 때문에 우리는 그 시점부터 그들이 나누는 대화를 청취할 수 있었습니다. "아직 아무도 안 왔나요? 좋아요. 좀더 냉정해야겠군요." 스피커에서 그르렁거리는 말소리가 새어나왔습니다.

"라디오도 못 들었습니까?" 요나스가 중간에서 말을 끊으며 물었습니다. "법을 준수하지 않는 자는 법을 가지지 않은 자와 마찬가지로 강하다!"[1]

요나스는 눈물에 젖어 번들거리는 눈으로 좌중을 둘러보았습니다. 한 사람 한 사람마다의 자비를 구한다는 듯한 시선이 지나갔습니다. "라디오 못 들으셨어요? 아무런 소식도 듣지 못했단 말입니까? 오로지 한 방향으로밖에는 생각지 못하나요?" 그는 고개를 좌우로 흔들었습니다. "여러분

1 더 정확한 표현은 '법을 준수하지 않는 자는 아무런 법을 가지지 않은 자와 마찬가지로 강하다'이다.

이 그걸 모르다니요" 하고 그가 부르짖었습니다. "몇십 년 만에 일어나는 가장 중요한 대변화를 여러분이 알지 못하다니요! 아무도 공산당 정치부가 오늘 저녁 발표한 내용을 못 들었단 말입니까?"

"네에?" 얌보가 외쳤습니다. "장벽이 없어졌나요?"

요나스가 고래고래 소리를 질렀습니다. 조야한 공간 안에서 그의 목소리는 가히 폭발적이었습니다. 나중에 미하엘라는 그의 목소리가 강철로 된 문조차 통과해 들렸다고 주장했습니다. 그의 머리가 너무나 빨개진 바람에 당장이라도 그가 눈을 부릅뜨고 입을 헤벌린 채 탁자 위로 쓰러지는 모습을 상상하지 않을 수 없었습니다.

얌보의 안경테가 안경줄에 걸려 엉키는 바람에 그는 체온계를 탁탁 터는 것 같은 동작으로 안경을 흔들었습니다. "다시 한 번 말씀해주시겠어요?" 하고 그가 작은 목소리로 물었습니다.

기대와는 달리 요나스는 얌보를 공격하는 대신 긴 설교를 늘어놓았습니다. 그의 이야기가 워낙 졸렬한 수준이었으므로, 난 요나스가 몇 번이고 반복했던 두 가지의 표현만을 기억할 뿐입니다. "(천안문의 무력진압 사태와 같은) 중국식의 해법은 없을 겁니다!"와 "공산당 정치국이 인민에게 얼굴을 돌렸습니다"가 그것입니다.

스피커를 통해 마지막을 알리는 박수갈채가 터져나왔습니다. 요나스가 이야기를 계속했습니다. 스피커에서 미하엘라가 숨을 헐떡이며 "자! 빨리요! 나갑시다!"라고 말하는 소리가 들려왔을 때 마침 그는 또다시 "인민에게 얼굴을 돌렸다"는 타령을 늘어놓는 중이었습니다. "숙녀 여러분 먼저 나가세요!"라고 얌보가 말하며 강철 문을 붙잡아주었습니다. 난 맨 마지막으로 그들을 따라갔습니다. 내가 마지막으로 고개를 돌려보았을 때, 요나스가 양팔을 올린 채 허공을 가리키며 서 있는 것이 보였습니다.[2]

미하엘라가 앞으로 나서서 연설을 시작했습니다. 한 쌍의 남녀가 바쁘게 일어나더니 밖으로 나갔습니다. 어슴푸레한 홀의 불빛 아래서 난 어머니와 로베르트가 촛대 모양으로 몸을 꼿꼿이 한 채 귀를 기울이고 있는 것을 보았습니다. 마치 갈로티가 마리넬리에게 복수하기 위해 부활이라도 한 듯 보이더군요. 미하엘라가 "우린 이제 지금껏 맡아왔던 역할에서 빠져나올 것입니다"라고 말할 때의 억양은 "하지만 그런 행동들은 모두 과거의 이야기가 되고 말았습니다!"를 말할 때의 그것과 다르지 않았습니다.

내 몸이 거기 있다는 데만 집중하며 마냥 그렇게 서 있다는 건 불쾌한 노릇이었습니다.[3]

관객들이 박수를 쳤고, 대부분의 사람들이 일어났습니다. 어머니와 로베르트도 그 안에 속해 있었습니다. 나는 미하엘라가 박수를 받게 되자 반사적으로 상체를 숙이는 것을 보았습니다. 그녀는 박수갈채를 어느 정도 진정시키긴 했지만, 여기 있는 우리 모두가 그녀와 같은 생각을 한다는 것을 말하려는 듯 양팔을 벌려 보였습니다. 그러고는 돌아섰습니다. 사람들은 계속해서 박수를 쳤고, 무엇인가를 기다리는 것 같았습니다. 말하자면 노래라든가 앙코르 연주 같은 것을요. 한 쌍의 남녀가 미하엘라를 모범으로 삼아 양팔을 벌린 채 관객들에게 힘을 실어주었습니다. 질서정연한 출발 대신에 우린 뿔뿔이 흩어지기 시작했습니다. 마지막 인물들은, 그 안에는 갈로티도 속해 있었습니다만 도망치듯 자리를 빠져나갔습니다. 관객들, 124 좌석의 표를 산 그들은 억지로 앙코르를 강요하듯 계속해서 박수를 쳤습니다.

---

2 튀르머는 아마도 이 제스처를 취하는 요나스를 "레닌 동상"으로 고발하려는 듯하다.

3 튀르머의 행동에서 어떤 일정한 논리를 찾기가 어렵다. 이 편지의 바로 앞부분에서 그는 "내가 왜 동참하지 않고 싶어 했는지" 그 이유를 댈 수 있다고 주장했었다.

다음 날 우리가 극장으로 갔을 때, 환경도서관에서 온 특사가 정문에서 우리를 기다리고 있었습니다. "전 도시가 여러분들의 활동에 대해 웅성거리고 있습니다" 하고 그가 말하면서 진지하게 고개를 끄덕였습니다. 그는 우리에게 저녁에 마르틴 루터 교회로 와서 우리의 촉구사항을 사람들에게 발표해달라고 했습니다. 알텐부르크에 환경도서관이 있다는 사실을 몰랐기 때문에, 난 처음에 그가 베를린에서 온 줄 알았습니다.

우리를 초대하는 것은 미사 중 '죄인을 위하여 대신 기도하는 시간'으로 간주될 것이라고 했습니다.

정오 한때, 미하엘라는 구내식당을 공관으로 삼아 사람들과 심지어는 오케스트라와 코러스 단원들의 영접을 받았습니다. 그녀의 그 어떤 첫 공연도 그렇게까지 성황인 적은 없었습니다. 미하엘라는 누가 저녁에 극장에서 결의문을 낭독할지를 지정했습니다. 그녀는 교회로 가기로 결정했기 때문이었습니다.

신고딕 양식의 마르틴 루터 교회는 시장의 앞부분에 있는 도덕과 권위의 전당입니다. 그곳은 이제 사람들이 모여들어 발 디딜 틈이 없었습니다. 난 중앙의 입구를 통해 미하엘라를 뒤따라 들어갔고, 예의 그 특사가 우리를 맞이했습니다. 얼마나 오랜만에 교회의 바닥을 밟았던지요!

"역겨워. 정말 역겨워!" 한 여자가 반복해서 부르짖었습니다. 짧은 머리카락과 오른쪽 눈썹을 가로지르는 얇은 흉터를 지닌 여자였습니다. "역겨워. 어쩜 그럴 수가." 이 교회의 신부인 보딘이 그녀에게 장황한 연설 따위를 허공에 날리는 대신 감사미사 준비나 하라고 말했다는 것이었습니다. 그는 또 정치국이 인민의 양해를 구하며 해명을 했다는 사실만으로도 신에게 고마워해야 한다고 했답니다. 게다가 자신의 교회공동체에는 막강한 권력을 가진 사람들이 있으므로 절대 이러한 행사를 용납하지 않을 것이며, 그녀나 그녀의 친구들이 그래도 말을 듣지 않는다면 그 사람들에게 이 문제를 맡기고 폭도들의 행사를 막기 위해 교회 문을 닫는 것 외에는 다른 수가 없겠다고도 했습니다.

어쩐지 난 이 보딘이라는 신부를 이해할 수 있을 것 같았습니다. 완전히 빡빡 민 머리의 노신부는 벽에 기댄 의자 위에 제례복 차림으로 앉아 생각에, 혹은 기도에 깊이 빠져들어 있었습니다.

미하엘라와 나는 여러 차례 환영 인사를 받았습니다. '알텐부르크의 새로운 포럼'의 (모든 도시들이 각각 '새로운 포럼'을 창설했었습니다) 창시자는 오늘 아침 자신의 트라비 바퀴에 십자 암나사가 느슨하게 조여 있었다고 말하며 숨을 크게 들이마셨습니다. 중국인의 미소를 머금은, 깡마르고 머리가 긴 남자가 인형이라도 되는 양 돌돌 만 현수막을 옆구리에 끼고 어디론가 나르고 있었습니다. 젊은 여자들이 계속해서 들어와 자신들은 환경 혹은 평화단체의 일원이거나 대변인이라고 소개했습니다.

복도와 성가대 석에 들어찬 사람들 중에는 남자보다는 여자가 훨씬 더 많았습니다. "오늘은 기필코 뭔가 결정적인 일이 일어나야 해!" 흉터가 있는 여자가 중얼거리며 웅크리고 앉아 있었습니다.

"무슨 일이 일어나야 하는데요?" 하고 내가 물었습니다.

"무슨 일은요! 시위죠!" 하고 그녀가 외쳤습니다. "이곳에서도 일이 터져야 한다니까요! 누군가는 오늘 반드시 입을 열고 할 말을 해야 해요!"

머리 긴 남자가 다가와 말참견을 했습니다. "이곳에서 잘 알려지지 않은 사람이 연설을 하는 게 나아요." 이상하게도 난 그 말의 의미를 알아들었습니다. 무심코 고개를 끄덕임으로써 스스로 어떤 난처한 일을 초래했는지 나는 문득 감지할 수 있었지요. 새로운 포럼의 남자가 또다시 다가와 예의 바퀴 이야기를 늘어놓았습니다. 그리고 자신의 가족들에게 지나치게 무리한 요구를 하고 있다고도 말했습니다. 미하엘라는 꿈쩍도 하지 않았습니다. "선생님이 좀 하시면 안 되나요?" 하고 흉터가 있는 여자가 나를 바라보며 물었습니다. 난 함정에 빠져들었던 것입니다.

"나더러 무슨 말을 하란 겁니까?" 하고 난 되물었습니다. "훌륭하군요!" 하고 그녀가 말했습니다. "정말 훌륭해요!" 긴 머리 남자가 내 위로 몸을 굽히곤 내 어깨에 손을 갖다 댔습니다. "좋아, 엔리코, 정말 좋다!" 난 당황해서 그에게 도대체 어떻게 내 이름을 알았느냐고 물었습니다.[4] 이 순간 교회의 밴드가 연주를 시작했습니다. 음악의 시작 신호를 알리는 콘트라베이스 연주자가 플라스틱 강아지처럼 고개를 끄덕거렸습니다. 한때 모든 자동차의 뒷좌석 유리창에서 볼 수 있던 그 플라스틱 개 말입니다.

첫 소절이 지날 무렵 난 모든 것을 후회했고, 1절이 끝날 무렵에는 절망감을 느꼈습니다. 여태껏 난 지극히 현명하게도 이러한 집단들을 애써 피해오지 않았던가요? 난 무거운 한숨을 내쉬며 여전히 자리에 가만히 앉아 있는 보딘 신부를 더욱더 잘 이해할 수 있었습니다. 앞쪽으로 젖혀진 그의 아랫입술이 아래로 축 처져 있었습니다. 이미 너무나 많은 말들이 흘러나온 뒤 그 여운으로 바르르 떨고 있는 자줏빛 연결 관처럼 보였습니다.

누군가 인권단체에 대해 이야기를 하는 동안 내 손에는 쪽지 한 장이 쥐어졌습니다. "짧게 자기소개를 해주시면 고맙겠습니다."

처음엔 갈채 속에서 환대를 받던 미하엘라가 극장에서와 똑같은 방식으로 드레스덴 결의문을 발표하는 실수를 범했습니다. 난 갈로티를 들었습니다. 그녀 자신도 한 줄 한 줄 읽어가는 동안 목소리에 힘이 빠져간다

---

4 "인사할 때 들었어"라는 구절이 지워져 있었다.

는 것을 느끼고 있었고, 종국에 가서는 인위적인 제스처와 극장의 포즈만 이 남았습니다. 마지막 부분에서 그녀는 속도가 점점 빨라졌는데, 그건 사실 배우에게 있어서는 치명적인 실수였습니다.

"나 별로 잘하지 못했어" 하고 그녀가 속삭였습니다. 난 그녀의 차가운 손을 잡아 한동안 꽉 쥐고 있었습니다. "괜찮아" 하고 난 말했습니다. 콘트라베이스 연주자가 그 한심한 밴드에게 연주의 시작을 알리는 고갯짓을 하고 있었습니다.

그전에 결의문을 발표하는 장면을 백 번이고 천 번이고 상상해보았더랬습니다. 마치 내 인생이 오로지 이 한순간만을 위해 흘러왔다는 듯이. 이젠 이룰 수 없게 되어버린 내 소망과 꿈을 위한 순간 말입니다.

난 왼손으로 쪽지를 구겨버렸고, 오른손으로는 설교단[5]을 붙잡았습니다. 그리고 웃음이 터져나오려는 것을 억지로 참느라 애를 먹었습니다.

난 위를 쳐다보았습니다. 기침 소리 한 번, 바스락 소리 하나, 드르륵 소리 하나 들리지 않았습니다. 이 완벽한 고요에다 대고 난 말했습니다. "나는 엔리코 튀르머, 1년 반 전부터 게오르크 슈만 슈트라세 104번지에서 아내와 아들과 함께 살고 있습니다. 극장에서 일하며 당에는 가입하지 않았습니다."

난 사람들의 머리 너머 중앙 통로를 따라 시선을 옮기며 연설을 시작했습니다.

"우린 잘못을 저질렀습니다. 우린 그것을 인정하며 스스로를 고발합니다.

장갑차가 부다페스트를 짓밟을 때 우리는 목에 개척자의 수건을 두르

5 설교단이 아니라 연단이었다.

고 평화의 비둘기 노래를 불렀습니다.

우리를 장벽 안에 가두었을 때, 우린 울면서 손을 무릎으로 떨어뜨렸습니다.

프라하의 봄이 소비에트의 장갑차에 유린될 때, 우린 침묵했습니다.

단치히에서 노동자들이 총에 맞아 쓰러질 때, 우린 정부를 위한 연대기금을 냈습니다."

숨죽인 고요가 내 말에 더욱더 힘을 실어주었습니다. 그것은 나와는 하등 상관이 없는 힘이었습니다. 그건 더 이상 내 말이 아니었기 때문입니다.

"5월 1일, 소비에트연방의 군대가 아프가니스탄을 침공하는 동안 우린 소비에트연방에 변치 않는 우정을 다짐했습니다.

폴란드 사람들이 노조를 결성하기 위해 싸울 때, 우린 굼뜬 폴란드 사람들이라며 우스갯소리를 했었고, 동독 국가 인민군이 오더와 나이세 국경선에서 방어태세를 취할 때 우린 국기 앞에서 경례를 붙이며 충성을 맹세했습니다.

몇 달 전부터 천안문 광장에 공동묘지의 적막이 지배하는 동안, 우린 호네커와 크란츠가 살인마들에게 축하의 박수를 보내는 소리를 듣고만 있었습니다."

난 언어들이 내 주위에서 소용돌이치는 것을 느꼈고, 그것들이 나를 잡아끄는 것을 느꼈고, 나를 데리고 앞으로 헤엄쳐가는 것을 느꼈습니다.

"우린 투표장으로 갈 때 가장 좋은 옷을 입었습니다.

우린 이 나라에 대해 말할 때 장벽이라는 말을 넣지 말아야 한다는 것을 배웠습니다.

우린 살아 움직이는 화환이 되어 거리에 서 있었습니다.

우린 사회주의 성년식에 참석했고, 국가에 충성을 맹세했습니다.

작가와 배우와 음악가가 이 나라를 떠나야만 했을 때, 우린 수류탄 던지는 법과 공기총 쏘는 법을 배웠습니다.

옛 고향 도시들이 철거될 때, 우린 신식아파트에 입주하게 된 것을 축하했습니다.

우린 올림픽 금메달 숫자를 셌지만, 우리들의 치과 의사들은 무엇으로 우리들의 치아를 치료해야 할지 몰랐습니다.

부다페스트나 프라하에서는 동독 사람인 것을 부끄러워했음에도 불구하고 우린 창밖으로 국기를 내다 걸었습니다. 우린 사실 땅 밑으로 꺼지고만 싶었음에도 불구하고 국가가 울리면 기립했습니다."

난 시선을 멀리 가져갔습니다.

"우린 이제 더는 죄를 짓지 않으려고 합니다! 우린 참을 만큼 참았습니다! 사람들은 우리들을 도처에서 보게 될 것입니다. 거리에서, 시장의 광장에서, 교회와 극장에서, 시청에서, 사회주의 공산당 지구당 지도부들의 집 앞에서, 비밀안전기획부들의 저택 앞에서. 우린 숨길 것이 없습니다. 우리들의 얼굴을 보여줄 것입니다! 우린 더는 침묵할 이유가 없습니다. 우린 이름을 밝힐 것입니다! 간청하던 시간은 지났습니다! 장벽을 쓸어내고 비밀안전기획부를 쓸어내고 통일사회당을 쓸어낼 것입니다! 자유투표와 언론의 자유와 민주주의를 획득할 것입니다! 허가 따위는 이제 필요 없습니다! 모두 거리로 나갑시다! 이 나라는 우리의 나라입니다!"

적막이 순식간에 무너져내렸습니다. 대소동이 일어났고, 쿵쿵대는 소리와 짝짝 박수를 치는 소리 그리고 휘익 하고 휘파람 부는 소리가 한데 어울렸습니다. 말이 안 되는지는 모르겠습니다만, 난 소음의 현장을 내려다보며 나 자신의 연설에 스스로 현기증을 느끼며 설교단을 꽉 붙들었습니다. 사람들은 밖으로 몰려나갔습니다. "훌륭해요!" 하고 흥터 난 여자가 환호성을 질렀습니다. "정말 훌륭했어요!" 미하엘라는 팔을 꼬고 손을 팔꿈치에 갖다 댔습니다. 나중에 그녀가 말하기를, 신부가 마이크를 잡으려고 나를 밀쳤다는 것이었습니다. 하지만 오르겐 소리가 그의 목소리를 덮어버렸다고 합니다.

출구에 점점 더 가까워질수록, 우리는 사람들의 구호를 더욱더 또렷이 들었습니다.

시위대들은 경찰서와 시청을 지나 시장을 통과했으며 왼쪽으로 났던 슈포른 슈트라세로 접어들었습니다. 우린 그들의 뒤를 따라갔습니다. 갑자기 경찰국의 문이 열리더니 경찰 두 명이 우리 쪽으로 바삐 걸어와 어디로 가는 것이냐고 물었습니다. 마침 현수막을 (자유선거!) 펴고 있던 긴 머리의 남자가, 우리가 그걸 어떻게 알겠냐고 대꾸했습니다. 흉터 난 여자는 그들에게 예상 가능한 길을 알려주었습니다. 비밀안전기획부의 건물을 지날 것이고, 지구당 청사와 지구당 지도부들이 사는 집으로 갈 것이라고. 그러니 차이처 슈트라세와 푸쉬킨 슈트라세를 차단하는 게 좋을 거라고.

우리가 에버트 슈트라세를 통과하고 있을 때, 한꺼번에 마구 울리는 호루라기의 소리들을 들었습니다. 비밀안전기획부의 건물에 도착했다는 뜻이었습니다. "그들이 제발이지 어리석은 짓들을 하지 않으면 좋으련만! 제발! 제발!" 미하엘라가 속삭였습니다.

밤 1시 반경, 우리 집 창문 바로 앞에서 자동차 유리가 깨졌습니다. 난 그들의 발소리에 귀를 기울였고, 초인종 소리가 난다고 확신했습니다. 그러나 그 이후에는 아무 일도 일어나지 않았습니다. 그리고 바로 그 점이 나를 더욱더 불안하게 만들었습니다.

당신의 엔리코 T.로부터.

90년 6월 4일 오순절 월요일

베로츠카!

이젠 누나에게 편지를 쓰지 않을 수가 없어.[1] 마무스가 이틀 동안이나 여기 와 계시지.

첫날 우린 미하엘라네서 초대를 받았어.

갑자기 모든 것이 예전과 같았어. 각자 자기 자리에 앉아 있었고, 우리의 친구 바리스타가 실내화를 신고 집 안을 돌아다니지만 않았다면 남들은 그를 손님으로 여길 수도 있었을 거야. 마무스는 마치 아무 일도 없었다는 듯, 새로운 분위기를 못 느끼시는 척 행동하셨어. 로베르트는 그대로 어머니의 손자고 미하엘라는 여전히 어머니의 며느리고 그리고 기쁘게도 손님이신 바론 씨까지 자리에 참석했다는 식이었지. 그가 말하는 모든 것에 대해 어머니는 같은 의견을 표하셨고 폰 바리스타가(家)의 노련함을 칭찬하셨어. 그는 자꾸만 드레스덴 갔던 이야기를 하며, 전차를 타고 가는 길과 도시의 여행 안내가 너무나 멋졌고, 시민들이 외부 사람을 매우 친절히 대해주었다며 감탄해마지않았지. 그게 불과 3주 전 일이야![2]

어머니는 미하엘라가 극장을 그만두었다는 이야기를 처음 들으셨어. “아니, 대체 왜?” 하고 물으셨지. 미하엘라는 어머니의 말씀을 못 들은

1 그들 남매는 자주 전화 통화를 나누곤 했었다.

2 그 당시에 튀르머와 베라 튀르머는 몬테카를로에 있었다.

체하며 계속 음식만 먹고 있더군. 그 대신에 바론이 즉각 강의를 늘어놓기 시작했어. 그는 우선 세계가 처한 상황에 대해 말하면서, 대번에 오늘날의 세상을 지구가 겪었던 그 어느 시대에서보다도 가장 좋은 세상이라고 규정했지. (어떤 다른 정치 형태와도 경쟁 상대가 안 될 정도로 강력한 민주주의 체제와 기술의 발전이 인간의 삶을 점점 더 편리하게 만들고 자신의 타고난 재능을 계발할 수 있는 자유를 보장한다면서.) 바론에 따르면, 이제 철의 장막이 무너졌으므로 바야흐로 활동과 행동의 시대가 우리 눈앞에 도래한 것이며 관조와 고민의 시대는 먼 과거의 일이 되었다는 거야. 바로 이러한 때에, 예전 같으면 몇 년이 걸렸을 변화가 지금은 몇 주 만에 일어나고 있으므로 동독이든 서독이든 간에 예술은 설 자리를 잃고 말았대. 그러니 오늘날 우리가 겪어야 할 체험들은 이제 극장에서가 아니라 사업 안에서, 즉 시장에서 이루어진다는 거지. 하루가 다르게 변화하는 세상은 셰익스피어보다도 훨씬 더 재미있을 뿐만 아니라 셰익스피어로는 도저히 파악될 수도 없다면서.

사실 그는 1월에 이미 내게 말했던 내용과 똑같은 이야기를 했을 뿐이었어. 심지어 사용하는 단어까지도 같았다니까. 이제 미하엘라는 그 말이 맞는다는 듯 고개를 힘차게 끄덕였고, 마무스는 바론의 말에 동의하면서 우린 이제 모든 것을 편견 없이 객관적으로 보아야 한다고 다시 한 번 말씀하셨지.

우리의 친구 바리스타는 식사 후 유리 뚜껑이 달린 작은 상자 안에 들어 있는 무엇인가를 우리에게 돌렸어. 뭔가 좋은 것을 보았다고는 말하기는 어려웠어. 쥐덫 같은 것에 무엇인가가 바짝 말라붙어 있었거든. 누나, 그게 뭔지 짐작하겠어? 마무스는 가엽게도 너무나도 놀란 나머지 의자 등받이에 몸을 꽉 붙이셨어—보니파키우스의 관절 몇 조각이었어.

우리들의 작별인사 역시 '편견 없이 객관적으로' 진행되었어. 우리 모두가 당황하고 있었음에도 불구하고, 로베르트가 우리를 자동차 있는 데까지 배웅했어. (우리 친구 바리스타는 너무나 양심의 가책을 느낀 나머지 나한테 차를 양도했을 뿐만 아니라 보험금까지도 내주었어.)

차를 타고 오는 길에, 나는 마무스에게 새집에 대해 말씀을 드렸고 성이 바라다보이는 멋진 전망과 방들의 실용성에 대해서도 설명해드렸지. 내가 그걸 거론한 것은 어머니가 나하고 함께 밤을 보내셔야 하는 누추한 방을 조금이라도 참을 만하게 만들어드리려는 의도에서였어.[3] 그리고 또 하나의 이유는 어머니의 침묵을 그대로 묵과하느니 이야기를 나누는 편이 낫겠다고 생각했기 때문이야.

"저 혼자 이사를 들어가는 게 아니에요" 하고 난 말했어. 그런 말이 그냥 튀어나와버렸던 거야. 마무스는 아무런 반응도 보이지 않으시더군. 내가 차를 멈추었을 때에야 어머니는 골똘히 생각하신 바를 알려주셨지. "베라 말이구나!"

"네! 베라요!" 난 어머니께 산책을 좀 하시지 않겠느냐고 권했어. 방 안에는 달랑 간이용 매트리스 두 개와 의자 하나가 있을 뿐이니까. 어머니는 고개를 저으셨어. 어머니가 얼마나 느린 속도로 계단을 오르시던지, 난 정말 깜짝 놀랐어.

코넬리아와 마시모는 집에 없더군. 우린 부엌에 앉을 수도 있었겠지만 마무스는 곧장 "잠자리에 들 준비"를 하고 싶어 하셨어. 어머니 다음으로 욕실에 들어갔을 때, 어머니의 화장품 주머니에서 다양한 약과 연고들

---

3 튀르머는 요한과 니콜레타 한젠에게 보내는 편지에 자신이 미하엘라와 로베르트의 집에서 나왔고 코넬리아와 마시모의 집에 방 한 칸을 빌려 C. V. 바리스타가 산 집의 재건축이 완성될 때까지 있기로 한 것을 말하지 않았다.

의 뭉치를 보았어.

마무스는 벌써부터 불을 끈 후였고 깨끗한 침대보를 씌운 어머니의 매트리스가 아니라 내 매트리스에 누우셨더군.

난 어머니에게 그렇게 많은 약이 왜 필요하신 거냐고 물었지. "여기저기 다" 하고 말씀하시더군. 난 어머니의 그 "여기저기 다"가 폭행을 당한 일 때문에 아직도 통증이 있음을 뜻하는 거냐고 여쭤봤어.

"받아 마땅한 일을 당한 거야!" 하고 어머니가 대답하셨어.

"아니, 누가 그런 말을 해요?" 하고 난 물었지. "병원 동료들이요?"

"아니야. 나 말이다. 나 자신" 하고 마무스가 대답하셨어.

어머니는 이불을 턱 바로 아래까지 끌어올리셨는데 그 위로 어머니의 코가 솟아 있었어. 난 당장에라도 불을 좀 다시 켰으면 싶더라.

갑자기 어머니가 말씀하셨어. "내가 부끄러워서 말이다." 그러곤 내게 등을 보인 채 돌아누우셨지.

난 일어나서 어머니 옆에 무릎을 꿇었어. 나하고 얘기를 좀 하시자고 부탁했어. 난 어머니의 뺨을 만지려고 했고 눈을 마주치고 싶어서 고개를 숙였어. 하지만 다 허튼 일이었어. 어머니는 나더러 자리에 가 누우라고 하셨어. 제발 자리에 가 누우라고. 싫어요, 하고 난 말했지. 무슨 일인지 이젠 좀 속 시원히 말씀해달라고 했어.

어머니는 침묵하셨고.

"그놈의 빌어먹을 사진기." 내가 간이용 매트리스에 가 눕자 어머니가 말문을 여셨어. "그놈의 빌어먹을 사진기."

난 마치 어머니의 이야기를 몰래 엿듣고 있기라도 하듯 숨조차 제대로 쉴 수가 없었어.

마무스는 10월 6일 금요일, 병원 일을 마친 후 중앙역으로 향하셨어.

어머니는 궁금하셨던 거야. 실제로 무슨 일이 일어나고 있는지 확인하고 싶으셨던 거지. 낡은 사진기를 지참하셨어. 깊이 생각해보지 않은 채 그것을 가방에 넣으셨어. 기차 안에서 소아과 병동 여의사 C.를 만나셨대. C.는 어머니와 같이 국립관현악단의 정기회원이며 늘 어머니 옆자리에 앉아. 어머니는 C.와 함께 중앙역으로 갔어. 처음엔 모든 것이 순조로웠지. 하지만 시위대가 곧 돌을 던지기 시작한 거야. 마무스는 사진기를 높이 쳐들고 셔터를 눌렀어. 경찰들이 시위하는 사람들을 향해 돌진했고 C.는 "지금!" "저기!" "저기, 저기!" "지금!"을 외치며 어머니의 팔을 잡아끌었어. 마무스는 메가폰의 명령에 따라 무장병력들이 시위대들을 향해 돌진하던 장면을 묘사했어. 갑자기 모든 것들이 어머니 주위에서 뒤섞이며 엉망이 되었대. 최루탄 가스라고 C.가 소리치면서 눈을 꼭 감고 손으로 얼굴을 가리라고 하더래. 두 사람은 서로의 팔을 끼었어. 어디로 가는지도 보지 못한 두 사람이 이제는 가스 구름을 벗어났겠지, 싶은 곳까지 1~2미터쯤 더 뛰어갔어.

그 후 마무스는 C.와 헤어졌고 맨 처음 도착한 전차에 올랐어. 운전사는 시위대들이 전차를 공격하기 때문이라며 발차를 알리는 벨을 울리지 않으려고 했어. 전차 안에서는 큰 소리로 잡담이 오갔지. 이젠 저녁에 영화관에도 마음대로 갈 수가 없겠다는 식의 허풍이었어. 고래고래 울부짖는 시위꾼들 몇 명이 전차에 올랐는데, 그중 한 명이, "짭새 놈들이다!"라고 소리를 치더래. 그리고 모든 것이 순서대로 착착 진행되었어. 마무스는 어떻게 그런 일이 일어난 건지 알 수가 없었대. 전차의 뒤 칸이 갑자기 텅 비더라지. 어머니는 사람들이 다 내리는 것을 보았고, 그들이 바닥에 무릎을 꿇고 땅으로 얼굴을 둔 채 중앙역 앞 차가운 돌길 위에 엎드리는 것을 보았대. 그들 위로 개들과 함께 곤봉을 든 경찰관들이 서 있었어.

“칠레에서처럼!”이라고 말하고 어머니는 잠시 휴식을 취하셨어. 난 어머니의 숨소리를 들었지.

“난 너무나 멍청했단다.” 어머니가 계속 말을 이었어. “나하곤 상관없는 일이라고 생각했거든. 얼마나 멍청한 생각이었던지! 한 뚱뚱한 병사가 전차의 앞 칸에 오르더니 큰 소리로 외치더구나. ‘차에서 내려 바닥에 엎드리세요!’ 그가 매우 예의 바르게 그 말을 했기 때문에 사고 같은 게 나서 내리라는 말투처럼 들릴 지경이었지. 그러나 곧 뒤쪽에서 빼빼 마른 놈이 오더니 소리를 질렀어. ‘빨리 내려! 엎드려!’ 한심스럽기가 그지없는 난 그가 시키는 대로 했어! 그놈이 하란 대로 무조건 했으니까. 내 말을 알아듣겠니? 네 어미는 벌떡 일어나서 밖으로 나간 다음 더러운 거리 위에 엎드렸단 말이다. 그게 무슨 말인지 알겠니?”

어머니는 금방이라도 터져나오려는 눈물을 참는 목소리로 말했지. “내가 일을 다 망친 거야. 완전히……” 난 감히 어머니의 몸에 손을 댈 수가 없었어. 난 어머니께 자책할 필요 없다고 말씀드렸어. 어째서 일을 망쳤다고 그러시는 거냔 말이지.

“망친 거 맞아! 맞단다!” 하고 그녀가 조그만 목소리로 중얼거렸어. 그러고는 곧장 내게 화를 내시며 고집을 부리셨어. “내가 일을 망친 거야!”

마무스는 내게 휴지를 좀 달라고 하시더니 코를 푸셨어.

“내 옆에” 하고 어머니가 다시 말을 시작하셨어. “한 여자가 엎드려 있었는데 어린아이같이 버둥거리며 엉엉 울고 있더구나. 아주 마음껏. 난 고개를 들고 전차를 보았어. 텅 빈 전차의 중간에 멋지게 옷을 차려입은 노령의 여인이 앉아 있었어. 그녀는 몹시 귀족적으로 보이더구나. 스무 명 혹은 서른 명의 사람들이 바닥에 엎드려 있었는데 단 한 명만 그곳에 앉아 창밖으로 건너편 거리를 바라보고 있는 거야. 갑자기 한 여자가 내 옆에서 대성통곡하는 여인을 일으켜 세우더니 팔을 끼곤 청원경찰관들을 지나쳐 전차 쪽으로 갔어. 그리고 난, 난 줄곧 말도 안 되는 한심한 생각만 하고 있었어. 이성적인 생각이라곤 내 머리엔 통 들어 있지 않은 모양인지. 우연치고는 이젠 너무 많은 일들이 일어난 거다, 더 이상 예외 상황 같은 게 일어날 리가 없다, 난 그 순간 그런 생각을 한 거야. 난 그들이 사진기를 보아선 안 된다고, 그들이 그걸 발견하면 아마 날 체포할 거라고 생각했어. 그러면서도 난 계속해서 그 귀족적인 여인을 바라보고 있었어. 곧 전차가 출발한다는 신호 벨을 울렸고, 첫번째 칸에 탄 여자 세 명과 함께 출발했어."

마무스가 웃었어. "그 귀족적인 여인만 거기 없었더라도, 내가 지금 이렇게 자책하지는 않았을 거다. 그들이 우리를 그렇게 망가뜨렸단다. 엔리코. 그렇게!"

마무스를 위로하는 따위는 의미 없는 짓이었지. 그 어떤 말로도 엄마는 자책감을 털어내지 못했을 테니까. 어머니는 그전에 이미 많은 것을 보셨다는 거야. 그들이 사람들에게 돌진하던 것이나 사람들을 마구잡이로 구타하던 장면. 하지만 그런 건 아무 상관이 없대. 어머니는 바로 그 점을 내가 알아야 한다셨어. "난 아무런 저항도 하지 않고 숙명에 몸을 맡긴 거야. 그것도 자발적으로. 난 그냥 무조건 따르기만 했던 거야!"

그 뒤에 일어난 모든 일들, 젊은 병사들이 어머니에게 한 몹쓸 짓들, 어머니가 손바닥 위에 무릎을 꿇고 앉아야 했던 일들, 그 저주스러운 사진기 때문에 당해야 했던 모든 수모도, 어머니는 이 모든 일들을 통해 당신이 하신 실패에 대한 벌을 받으신 거라고 느끼신대.

이 마지막 문장을 말하면서 어머니는 속삭이듯 목소리를 낮추셨어. 코넬리아와 마시모가 집으로 돌아왔기 때문이었지. 내가 무슨 말을 하려 하자 마무스는 쉿 소리를 내시며 조용히 하라고 하셨어. 우린 코넬리아의 킥킥대는 웃음소리와 끊이지 않고 계속되는 마시모의 허스키한 목소리를 들었어. 난 그들이 코르크 마개를 따는 소리를 들었고, 잔을 부딪치는 소리를 들었어. 그리고 갑자기 마무스가 코고는 소리가 났지.

어머니는 8시까지 주무셨고 몇 년 만에 처음으로 그렇게 푹 잔 것 같다고 하셨어. 아침 식사 때 어머니가 말씀하셨어. 어차피 사진기가 너무 흔들려서 제대로 된 사진도 없다고!

로베르트는 일요일 하루를 우리와 함께 지냈어. 마무스를 중앙역까지 배웅해드렸을 때, 어머니는 우리 가족이 속히 다시 다 모였으면 기쁘겠다고 하셨어.

누나를 샘나게 해줄까? 누가 금요일에 날 방문했었는지 알아? 내 착한 니콜라이가 왔었어![4] 그가 갑자기 내 앞에 나타나서 미소를 지었어. 그 환한 미소 때문에 그가 아련하게 보일 지경이었어. 하지만 걱정하지 마. 그 역시 가족에 둘러싸여 있었으니까—마리카. 어머니가 봤다면 "그림 같은 여자"라고 말씀하셨을걸. 유고슬라비아 출신의 여자였는데, 두 딸아이에게 뭔가 지시를 내리거나 돌봐주지 않아도 되는 시간이 되니, 니콜라이가 늘 나에 대해 이야기하곤 했다고 내게 말해주었지. 때로는 남편보다 오히려 나에 대해서 더 많이 아는 것 같은 착각마저 든다는 거야. 니콜라이는 84년에 이미 서독으로 갔었어. 그의 아버지가 정착한 빌레펠트에. 그는 거기서 전문대를 다녔어. 전자공학인가를 전공했고, "돈을 잘 벌고" 있다고 마리카가 그러더군. 아무튼 그들은 커다란 메르세데스를 몰아. 그

4 이 부분에서 니콜라이에 대한 성격 묘사는 그동안 튀르머가 니콜레타 한젠에게 보였던 것과 현격한 차이를 보인다.

궁정의 마차 같은 차 말이야. 거기에 견주니까 내가 갖고 있는 르 바론은 장난감처럼 보이던걸. 우린 몇 년 동안 서로의 소식을 듣지 못했어.

요한은 8월부터 우리 신문사에서 일하게 돼. 프란치스카가 드디어 알코올 중독 치료를 받겠다고 결심했고 9월이면 그녀의 집도 완성될 거야. 그게 그녀에겐 새로운 출발이 될 거라더군.

사랑을 담아, 누나의 하인리히.

90년 6월 8일 금요일

사랑하는 요!

내가 지난번 편지로 널 불안하게 했던 거라면 부디 용서해라. 네 자리가 위태로웠던 적은 한번도 없어. 내 말을 믿어줘. 하지만 난 너한테 솔직하게 다 말하는 게 좋을 거라고 생각했을 뿐이야.

그 믿을 수 없는 히스테리와 증오를 넌 상상조차 못 할 거야. 내겐 더 이상 선택의 여지가 없어. 비상 브레이크를 밟을 수밖에 없어. 그들이 내 머리 위로 온갖 오물을 다 쏟아부은 셈이지만, 난 그래도 아직 우리의 절교에 대해 시원하다기보다는 슬픈 마음이 들어. 우린 함께 잘해낼 수 있었는데 말이야! 어떤 경쟁자도 우릴 이기지 못하도록 잘할 수 있었을 텐데! 마지막에 가선 요르크 역시 자신이 너무 성급했다는 것을 알았지만 한번 결정한 일을 되돌리기에는 힘과 용기가 부족했지. 그는 이제 괴로워하고 있어. 그렇게 많은 기회가 있었던 걸 생각하면 놀랄 일도 아니지!

난 요르크의 독재 앞에 고개 숙일 생각이 전혀 없었으므로, 그가 내게 해결책으로 제안한 바로 그 일을 실행하는 것 밖에 다른 선택의 여지가 없었던 거야. 즉, 바론과 함께 독자적으로 광고 전문지를 만드는 거지.[1]

요르크와 마리온에게 내 결심을 말했을 때 무슨 일이 일어났는지 알아? 그들은 '지분'을 돌려받길 원했어. 난 처음에 무슨 말인지 이해가 안 가더군. 난 쇼르바 여사 옆에 앉아 컴퓨터를 들여다보고 있다가 마리온과 동업자들이 옆방에서 언쟁하는 소리를 들었어. (그들은 내 이름을 직접 입에 담지 않고 단지 '그'라고만 불렀지.) 요르크가 내 방으로 들어왔을 때 내겐 벌써 불길한 예감이 엄습했어.

"질문이 한 가지 있을 뿐이네" 하고 그가 말했어. 그가 내게 선물했었던 내 지분을 혹시 돌려줄 의향이 있느냐고 묻더군.

"그 말은" 난 가능한 한 목소리를 낮추며 말했어. "나보고 짐을 싸서 나가라는 말입니까?" 그런 뜻은 아니라고 요르크가 그러더군. 하지만 그가 계속해서 목을 쓰다듬었기 때문에 그럼 도대체 무슨 생각을 하시는 거냐고 물었지.

그 역시 잘 모르겠다고, 마찬가지로 목소리를 최대한 낮추며 말했어. 다만 이래 가지고는 더는 안 되겠다고도 했어. 난 그에게 나한테 광고 전문지를 만들 수 있는 기회를 달라고 다시 한 번 간청했어.

요르크는 그런 일은 일어나지 않을 것이며 게다가 하필이면 이런 위태로운 시점에서 신문사를 확장할 수는 없다는 말만을 되풀이했지.

---

1 튀르머가 『주간신문』과 인연을 끊었음을, 그리고 자신의 그 말썽 많은 사업적 경력을 시작하게 되었음을 말해주는 대목이다. 튀르머가 자신에게 선택의 여지가 없었음을 강조한 부분에 대해 적지 않은 반론이 제기되었다. 요르크 슈뢰더는 "처음에 난 엔리코의 극성스러운 주장에 한발 양보했었고 아내의 반대를 무릅쓰고라도 그와 함께 광고 전문지를 만들 용의가 있었습니다. 그러나 엔리코 혼자만 독단적으로 신문에 대한 모든 지휘권을 행사하겠다는 조건만큼은 나로서도 받아들일 수도 없었고 받아들여서도 안 되었던 것입니다."

"돈은 있습니다!"라고 난 외치며 그곳에 수북이 쌓여 있던 광고지들을 가리켰어. "있다니까요!"

"지분을 돌려주겠나?" 하고 그가 물었어.

"그 대가로 난 뭘 받죠?" 하고 내가 물었지.

"그거야 물론" 하고 그가 말했고 씁쓸한 미소를 지어 보였어. 난 "그거야 물론"이 무슨 뜻이냐고 반문했어. 그러나 그때 그는 이미 방을 빠져나가는 중이었지. 조금 뒤 마리온이 복수의 여신 푸리아와 같은 모습으로 내 방으로 뛰어들었어. 그녀는 갑자기 존댓말을 쓰고 있었어. 나 같은 인간과("선생님 같은 분과") 허물없이 말을 놓는다는 것 자체가 하나의 모욕이라는 거였어. 그리고 본격적인 공격이 시작됐지. 그녀는 나를 도둑놈이라고 그림자라고 불렀어. 내가 그림자, 단지 그림자일 뿐이라는 거야! 왜 그녀가 그런 말을 했는지는 나도 잘 몰라. 나하고 절교를 할 수만 있다면 모든 것을 다 버려도 좋겠대!

"지금 하신 말 언젠가는 후회하시게 될 겁니다" 하고 내가 말했어. 난 그녀에 대한 대답으로 신문사가 망할 거라는 의견을 말했어! 그렇게 된다면 너무나 애석한 일이 될 거라고 이미 한번 말한 적이 있었다니까! 하지만 마리온은 쇳소리를 내며 소리쳤어. "이젠 협박까지 하는군요!" 그리고 손가락으로 나를 가리키며 말했어. "그가 협박을 한다니까!" 요르크가 급히 뛰어들어와 그런 공격적인 언사는 사절이라고 말했어. 그런 식으로 끝도 없이 계속되었지. 역겨워! 요르크와 일로나가 날 나무라면서 마리온을 진정시키려고 애썼지. 그런 극적인 장면은 어느 무대 위에서도 본 적이 없어. 쇼르바 여사는 내 옆에서 얼음덩어리처럼 굳어 있었지. 늑대 아스트리트가 흥분해서 컹컹 짖어댔고. 언제나 말이 없는 쿠르트마저 이런 싸움을 더는 참지 못하고 신문사를 그만둘 거래.

이제 난 바론과 의견 일치를 보았어. 그에게 『주간신문』의 내 지분을 양도하기로 했지. 그는 3만 서독마르크로 그 값을 매겼는데—요르크가 그 돈을 조달해온다면 물론 그가 선매권을 가지게 된대. 그 말은 우린 다시 원점으로부터 새롭게 시작해야 하며, 그 3만 마르크를 가지고 컴퓨터, 인쇄기, 라이트박스, 접착기계, 사진기 그리고 자동차를 한 대 사야 한다는 거야—안디가 바론에게 우리에게보다 더 나은 가격을 제시했어. 바론은 우리가 지급 능력을 가질 수 있도록 계좌 하나를 따로 마련해 3만 마르크를 입금했어. 우리가 유한책임회사가 되기 전까지는 미하엘라가 서류상 내 파트너로 남아 있기로 했어. 말이 전혀 안 맞는 얘기도 아니니까.

바론이 협상을 이끌었기 때문만이 아니라, 두 가지 신문에 동시에 관심을 집중해야 하는 한 우리 모두는 협조하지 않을 수 없었고, 그렇기 때문에 그게 이상적인 해결책이었던 거야. 이렇다 할 변동 사항이 없는 한 우린 사무실을 함께 사용하게 될 거야. 광고 영업사원들 역시 당분간은 두 개의 신문사를 위해 동시에 일을 하게 될 것이고, 바론의 성화에 못 이겨 광고비에 있어서만큼은 종합 특별가를 적용하기로 했지. 거의 모든 일이 내가 계획했던 대로 진행되는 셈이었고 단지 두 배로 두꺼운 회계장부와 두 배의 직원을 동원하게 되었다는 점만이 다르지.

쇼르바 여사는 당연히 우리와 함께 일할 거야. 다른 모든 사람들은 다 잃어도 좋아. 넌 알텐부르크를 위한 편집자가 되는 거고 프링겔은 내게 보르나와 가이트하인 지방을 맡겠다고 했어. 그곳에서는 그가 "빨갱이 기자 종놈"이었다는 걸 아무도 모르니까. 하지만 우리 모두가 함께 차차 결정해야겠지.

제일 큰 문제는 판매야. 우리 신문이 가가호호 모든 집에 다 들어가야 하니까.

바론은 널 만나게 되는 걸 기뻐하고 있어. 때로는 난 며칠씩 그를 볼 수가 없어. 그의 고객들에게 이곳에서 지점을 내도록 설득하는 일로 바쁜 게 아니라면 연극 「보니파키우스」와 연관된 일이겠지. 그는 뭔가 대무대를 계획하고 있거든. 야외 공연이 될 거라는데, 다른 어떤 일보다도 열성적으로 마음을 쓰고 있어. 이 문제에 있어서는 안디의 아내 올림피아만이 그의 유일한 심복이야. 다른 사람들은 애매한 암시 정도 외에는 자세히 아는 바가 없지. 그는 그 성물 보관함을 가지고서 가톨릭 신자들에게서 「마돈나」를 빼낼 궁리를 하고 있어. 그는 음담패설이라고 하긴 좀 뭐하지만 연신 위트를 날리며 그 일에 대해 농담을 하곤 해.

우리 사무실 위 노인 때문에 난 늘 휴대용 전등을 소지하고 다녀야 해. 아무튼 난 깜깜한 가운데 그와 마주치고 싶지 않거든. 월요일에 그 노인이 우리 두꺼비집의 안전장치를 다 뽑아버렸어.

이웃에 사는 또 다른 적은 오늘부로 우리를 떠났어! 내가 가정용품 상점을 지나 자동차 쪽으로 가고 있을 때, 가족 모두가 마침 밖으로 나오는 중이더군. 난 짧은 인사를 건네고 나서 다시 재빨리 정면을 바라봤지. 그때 내 이름을 부르는 소리를 들었어. 가정용품 상점의 여자가 내 쪽으로 오고 있었어. 악수하는 그녀의 손아귀에 힘이 들어갔더군. 서로 작별하기엔 너무 이르지만, 또 이제야 서로 좀 적응이 된 시점이라 애석하긴 하지만, 그래도 이번 기회를 놓치면 안 된다면서. 그의 남편 역시 내게 손을 내밀었어. "벌써" 하며 그가 말하더군. "벌써 문을 닫게 되네요."— "설마 가게를 포기하시는 건 아니겠죠?" 하고 난 물었어. 세 명의 식구 모두가 고개를 끄덕이더군.

"아니에요, 맞아요. 포기하는 거" 하고 여자가 말했어. 그들은 초봄에 연금 수급자가 되었고 이런 가게를 가지고 있어봤자 어차피 별로 이룰 것도 없는데 악착같이 극성을 떨 필요가 뭐 있겠냐고 하더군.[2] 그들은 마치 오로지 내 반응을 시험해보려고 그런 말을 했다는 듯, 나를 물끄러미 쳐다보았어. 대답할 말을 미처 찾지 못한 내 머릿속에 문득 언젠가 그들에게 무료로 광고를 내게 해주겠다고 약속했던 일이 떠올랐어. 난 또 한 번 같은 제안을 했지. 그들이 빨리 나가면 나갈수록 우린 그만큼 빨리 그들의 상점으로 입주해 들어오는 사업주의 광고 의뢰를 받을 수 있을 테니까.

나의 사랑하는 친구, 요! 아아, 매일매일 많은 일들이 일어나고 있어. 내가 주차장으로 갔을 때는 한 여자가 내 차에 등을 기대고 있었어. 랄프의 아내였어. 갈색의 눈을 가진 남자 말이야. 지난 1월 새로운 포럼 회합장에서 같은 테이블에 함께 앉았던 사람들이었어. 차량 열쇠공이었던 랄프가 7월 1일부로 직장을 잃었다는 거야. "그는 아무 말도 하지 않고 잠도 자지 않고 아무것도 먹지 않아요"라고 그녀가 말하더라. 그러니 나보고 좀 도와달라는 거야! 우린 시간 약속을 정했고, 랄프와 그녀가 나를 찾아오기로 했지. 그녀를 집에까지 데려다주었는데 그게 바로 실수였어. "저기 앉아 있어요. 저 창문 뒤에" 하고 그녀가 차에서 내리면서 빨리 좀 같이 가달라고 부탁을 했어.

난 살면서 단 한번도 그런 경험을 해본 적이 없어. 그는 나를 한번 흘끗 올려다보더니 인사를 받지도 않고 도로 돌아앉아 나 혼자만 이야기하게 내버려두었어. 내가 무슨 말을 할 수 있었겠어? 영업사원으로조차 고용할 수가 없는데! 완전히 쓸데없는 짓이었어. 내 등장이 아마도 그녀의 마지막 희망을 앗아간 모양이었어. 몇 주 있다가 다시 오겠다고 하니 그녀가 엉엉 울기 시작하더군.

---

2 이 진술로 미루어본다면 '가정용품 상점'의 사람들이 C. V. 바리스타의 주장대로 정말로 집을 살 결심을 했었던 건지 묻게 된다.

그 후 난 '심판 막사'로 차를 몰았어. 들판을 넓게 가로질러 돌아갔지. 맑은 공기를 쐬어 머리를 식히기 위해 차 지붕을 활짝 열고서.

마지막으로는 좀 즐거운 이야기를 할게. 니콜라이가 네게도 인사를 전하랬어. 그 잘생긴 아르메니아 사람. 그는 그동안에 유고슬라비아 여성과 결혼을 했어. 우린 경기을 보며 내기를 했지.[3] 지는 사람이 이기는 사람을 방문하기로……

너를 포옹하며. E.

90년 6월 9일 토요일

친애하는 니콜레타!

난 내가 할 수 있는 한 모든 힘을 다 동원해 교회 연설을 마쳤습니다. 더 설득력 있는 논거란 있을 수 없었습니다. 난 마음속에 커다란 공허를 느꼈습니다. 미하엘라는 "우울증"이라는 말을 썼고 아무리 내가 그만두라고 해도 계속 그 단어를 고수하더군요. 하지만 난 그녀에게 나쁜 감정을 품을 순 없었습니다. 어쨌든 나 때문에 제일 괴로워하는 사람은 그녀였으니까요.

"그자들은 네가 주먹을 들이대며 위협을 해야 말귀를 알아들을 거다." 어머니는 내 "선동적인 연설"에 대해 그렇게 말씀하셨습니다. 어머니에게는 그것으로 그만이었습니다. 로베르트는 나를 자랑스러워해야 할지 아니

3 1990년 6월 8일부터 7월 8일까지 이탈리아에서 열렸던 월드컵 축구경기를 말한다. 6월 10일의 개막경기에서 독일은 유고슬라비아와 접전을 벌인 끝에 4 대 1로 이겼다.

면 내 교회 연설이 또 하나의 어떤 창피한 일에 불과한 건지 선뜻 판단하지 못했습니다.

다음 날 연습 공연 때 미하엘라가 따로 밖으로 불려 나갔습니다. 통일사회당 지구당의 수석 비서관 안나(흉터가 있던 여자)와 함께, 긴 머리의 남자, 보딘 신부, 포럼의 남자 그리고 우리가 전날 저녁에 처음 알게 된 다른 몇 명의 여자들을 시청 청사로 불러 이야기를 나누겠다고 했다는 것입니다. 미하엘라는 오래된 시청 청사의 나무로 된 천장과 낡은 가구가 있던 회합실에 대해서, 그리고 수석 비서 나우만을 보았을 때 그녀가 얼마나 겁이 났던지에 대해서 이야기해주었습니다. 미하엘라가 그렇게 가까이서 그를 본 건 처음이었습니다.

그런 자라면 눈썹 하나 까딱하지 않고도 사람을 눌러버릴 수 있겠다고 그녀는 생각했습니다. 연합정당의 간부들은 고개를 외로 꼰 채 앉아 있다가 수석 비서가 그들에게 말을 걸 때마다 모두들 깜짝깜짝 소스라치게 놀라곤 했답니다. 그녀가 이름을 기억하지 못하겠다는 기민당(CDU) 남자(피앗콥스키)만이 그녀를 거침없이 쳐다보았습니다. 하지만 시장은 흥분을 참지 못하고 큰 소리를 냈다고 합니다. 나우만은 우리 도시의 첫 번째 시위에 그가 얼마나 감동을 받았는지에 대해 여러 차례 같은 말을 되풀이했습니다. 그의 그런 진술은 미하엘라의 두려움을 조금 누그러뜨렸습니다. 그녀는 내내 로베르트만을 생각했다고 합니다. 그와 반대로 피앗콥스키는 불법적이고, 허가받지 않은 시위에 대해 말하고 있음을 강조했습니다. 그리고 그런 시위는 인간 생활에 해악을 끼치므로 기독교인으로서 양심상 도저히 동조할 수 없다고 말했지요. 인간에게 끼친 해악이란 안전하지 않게 되어버린 교통 문제를 말한 것이었습니다. 곧이어 입술이 파랗게 질린 보딘 신부가 그녀에게 이렇게라도 대화의 상대를 찾은 걸 다행으로 생각하라고 했습니다. 어떤 사람들은 전혀 대화할 마음조차 없으며, 대화하기도 전에 벌써 일을 저지른다는 것이었습니다. 미하엘라는 밖으로 나와 시장에 이르러서야 보딘 신부가 그녀에게 했던 말의 의미를 깨달았습니다. 그건 바로 나 같은 사람과 거리를 두라는 말이었던 것입니다. 그 외에 또 누가 있겠습니까?

토요일 오후에 우린 어머니를 기차역까지 배웅해드렸습니다. 돌아오는 길에 미하엘라는 주말에는 연습 공연이 없으니 베를린에 가지 않겠냐고 묻더군요. 난 찬성했습니다. 로베르트는 우리가 그냥 농담을 하는 줄 알았지요. 그 아이는 내가 그렇게 순순히 주말을 놀면서 보내겠다고 하는 것을 믿을 수 없다는 눈치였습니다. 일할 수 있는 시간을 이틀씩이나 희생해가면서 말입니다.

미하엘라가 매일 저녁 결의문이 낭독되도록 조처를 취한 뒤에, 테아의 집에 우리가 간다는 것을 알려주기만 하면 되었습니다.

한스 오토 슈트라세에 있는 테아의 집은 프리드리히스하인에서 1분도 안 걸리는 곳이었고 미하엘라는 언제나 그 집을 상류층 저택이라고 불렀습니다. 우리의 새 아파트에 비하면 맞는 말이기도 했습니다. 어찌 되었거나 이날 저녁, 그 집에 모여든 마흔 명의 사람들이 모두 편안하게 자리를 잡을 수 있을 정도는 되었으니까요.

작가가 되어 그러한 회합을 치르게 될 날이 오게 되리라는 상상을 하며 얼마나 행복했었는지요? 내 상상 속에서 그 책은 서독 프랑크푸르트에서 발간되어 사람들의 눈에 잘 띄도록 응접실 탁자 위, 청년파 양식의 전등갓 아래에서 조명을 받으며 놓여 있습니다. 하지만 지금은 그곳에 소금스틱 과자가 놓여 있고 그 옆으로는 키가 크고 마른 ○○○가 비스듬히 몸을 누인 채 나자빠져 있는 것이었습니다. 그는 젊은 베를린 배우들 중에서도 가장 촉망받는 자였고 계속해서 소금스틱을 입안으로 집어넣으면서 우걱우걱 요란한 소리를 내며 씹어대고 있었습니다.

미하엘라는 궁정의 어릿광대처럼 테아가 발을 쭉 뻗고 깊숙이 몸을 기대고 있는 소파의 발치에 앉아 있었습니다. 그녀는 마치 빙산의 둘레처럼 그녀의 목을 감고 있는 양털을 잡아 뜯으며 라이프치히와 바다표범에 관해 이야기를 했습니다. 나에 관한 이야기는 한마디도 하지 않았습니다. 조금 전에는 부엌에서 테아가 나를 불러세우더니 그녀 특유의, 그 누구든 보살펴줘야겠다는 듯 남을 구속하는 태도로 어리석은 짓을 해서 영웅 노릇을 하려는 생각은 그만두는 게 좋을 거라고 경고를 했습니다. 미키(미하엘라는 그녀는 그렇게 불렀지요)가 나 때문에 걱정이 많다고. 테아는 만용과 용기는 다른 것이라며 설교를 늘어놓았습니다. 그럼에도 불구하고 나에 대해 찬탄할 수밖에 없다나요. 그 말을 하는 동안에, 그녀는 특유의 소녀같이 수줍은 표현을 사용했습니다. 여자 배우들이 남의 찬탄을 받고 싶을 때마다 흔히 드러내는 태도인 듯했습니다만.

베를린 사람들이 주고받는 이야기들은 내가 알텐부르크에서 듣던 내용과 크게 다르지 않았습니다. 다만 이곳 사람들이 유명인사들의 성을 빼고 이름만 불렀기 때문에 난 종종 도대체 누구 이야기가 오가는 것인지를 모를 때가 많았습니다.

테아의 남편은 손님을 잘 접대할 줄 아는 완벽한 주인 역할을 수행했으며 몇 분간이나마 내가 이야기를 나눈 유일한 사람이었습니다. 아이들에 대해서였지요. 그들의 두 딸들. 로베르트는 그 아이들의 방으로 들어가 정신없이 놀고 있었습니다.

11시경, 누군가 드디어 내게 말을 걸어왔을 때 마침 난 잠자리에 들려는 중이었습니다. 도자기 미술을 배웠다는 베레나였습니다. 그녀 뺨의

싱싱하고 매끈한 피부가 내 눈에 띄었습니다. 그녀는 자신의 직업에 대해서는 별로 말할 게 없다더군요. 그녀는 고개를 저으며 내 질문을 받지 않겠다는 뜻을 표하면서도 작업 때문에 거칠어진 손바닥을 내려다보았습니다. 공손하다 싶은 태도로 그녀는 "이 모임"이라고 칭한 뒤 자신의 일이 "테아와 같은 사람들"의 칭찬을 받을 수 있다는 걸 마치 신분상승이라도 한 것처럼 여기는 듯했습니다.

"장벽이 무너지면" 하고 나는 말을 이었습니다. "여기 모인 사람들 모두가 바짝 마른 바닥의 물고기들처럼 나자빠질 것이고 깜짝 놀라 휘둥그레질 것입니다. 그때를 대비해서라도 적당한 직업을 갖고 있는 게 중요하지요." 그녀에게 용기를 주기 위해 한 말이었는데, 오히려 그녀를 충격에 빠뜨리며 거부감을 주고 말았습니다. 이제 모든 것이 본격적으로 시작되고 있다고, 검열도 없고 제한도 없고 사람들은 곧 각자 자기 마음대로 어떤 극이든 연출할 수 있게 될 것이라고 그녀가 말했습니다. 금지되었던 모든 것들이, 혹은 서랍에 감추어져 있던 모든 것들이. 그녀는 "전례 없는 변혁"이라는 말을 썼고 "알려지지 않은 꽃"이라는 표현을 쓰기도 했습니다.

"하지만 아무도 그런 것들에 관심이 없을 텐데요" 하고 내가 말했습니다.

"아니, 왜 관심이 없지요?" 그녀가 흥분하여 소리쳤습니다. "이유가 뭔데요?"

"그렇게 되면 지나치게 아름다울 테니까요" 하고 난 대답을 얼버무리하면서 사람이 혼자만 품고 있던 생각들이 남에게 전달되기란 얼마나 어려운가를 느꼈지요.

"테아라면 언제나, 그리고 어디서나 극장을 찾아낼 거예요" 하며 베레나는 그것을 확신한다는 것이었습니다.

토마스가 내게 지하실에서 와인 몇 병만 가져다달라고 부탁하지만 않았어도, 다음 소동은 일어나지 않았을지 모릅니다. 난 지하실로 내려가기 전 베레나가 테아 주위에 모여 있는 사람들에게로 가는 것을 보았습니다.

나중에, 책장 앞에서 난 반사적으로 책들을 유심히 살펴보며 우리가 가지고 있지 않은 게 무엇인지 살펴봤습니다. 가령 프루스트 전집 같은 것들이 있었지만 그렇다고 해서 시기심이 들지는 않았습니다. 난 그렇게 책장 앞에 서 있었습니다. 마치 친구네 집 문 앞에서야 친구가 이사를 갔다는 사실이 생각난 사람처럼 말입니다.

갑자기 등 뒤로부터 테아의 목소리가 들려왔습니다. 난 어쩐지 나쁜 짓을 하다 들킨 기분이었고, 스트린드베리의 주황색 책 한 권을 집어 들었습니다.

난 금세 알아차렸습니다. 그럼에도 불구하고 짐짓 물었지요. "무슨 물고기요?" 그녀는 내가 베레나에게 했던 말을 그대로 반복했습니다.

"장벽이 무너지면 여긴 다 끝장인 겁니다" 하고 난 말하며 『줄리 아가씨』의 책장을 넘겼습니다. 대화는 이미 내가 대답을 하기도 전에 끊겨 있었습니다.

"당연한 거 아닙니까? 장벽이 없다면 동독도 없어요!" 하고 난 말했고 계속해서 책장을 넘겼지요.

"난 7백 마르크를 벌고 있습니다." 난 더욱더 주위가 고요해진 틈을 타 하던 말을 계속 이었습니다. "그건 서독마르크로 하면 2백이 채 안 되죠. 어쩌면 150이 안 될지도 모르고. 서독에서라면 식당 종업원 아르바이트 일을 해도 단 일주일 만에 모을 수 있는 액수예요."

난 선생님 같은 자세로 손님들을 향해 돌아섰습니다. "내가 아르바이트생 일을 하며 드라마투르그보다도 돈을 열 배, 스무 배나 더 벌 수 있다면, 아르바이트생이 되지 않을 이유가 있나요? 사회가 오늘날까지 극장을 필요로 하는 이유가 무엇이겠어요?" 그들은 웃었고, 야유하며 나를 광대며 배신자라고 불렀습니다.

"내가 뭘 버렸다는 거죠?" 난 그들을 향해 큰 소리로 반문했습니다. "내가 누굴 배신했다는 건가요?"

소금스틱 킬러가, 내가 누군지도 모르겠고 뭐 하는 작자인지도 모르겠지만, 그런 건 하등 상관 없이 자긴 다만 융통성이 요구되는 그 어떤 비상사태가 다가오더라도 반동분자와는 상대하고 싶지 않다고 하더군요. 국립극장 출신 ○○○는 가성을 동원해가며 나더러 선동자라고, 확실한 선동자라고 부르짖었습니다.

"내 말은……" 난 조금 화해하는 제스처를 넣으며 말했습니다. "관객이 당신들을 떠날 거라는 것입니다……"

아아, 니콜레타! 난 입으로 관객을 거론하긴 했지만 사실을 다른 생각을 하고 있었습니다. 관객에 대해서만 이야기한다는 것은 오히려 상황에 대한 과소평가인 셈이지요. 즉, 세상의 관심이 사라질 것이라는 말이었습니다. 우리가 한때 무대 위로 끌어올려놓았던 그 관심 말입니다. 난 바로 그걸 말하려고 한 것이었습니다. 그러나 아무도 내 말을 이해해주지 않았습니다. 내가 하던 일이 사실은 마조히즘이었다는 것조차, 입에 담기도 끔찍합니다만, 배우들보다 내가 오히려 훨씬 더 많은 것을 잃게 될 거라는 사실조차 이해하지 못했으니까요. 물론 그들이야 뭐라도 찾아낼 겁니다. 테아는 항상 배역을 찾아낼 수 있다고 하지 않습니까? 그들은 걱정할 게 없습니다. 그러나 난 모든 것을 잃게 됩니다! 모든 것! 고통과 행복을! 동독과 서독을! 천국과 지옥을!

미하엘라는 예의 그 빙산의 모습으로 서서 창백한 얼굴에 웃음을 띠려고 애쓰더군요.

우리는 2시경에 잠자리에 들었습니다. 내 머리 위에 있던 천 인형들이, 엎드린 개 인형과 벌렁 하늘로 배를 향하고 누운 곰 인형은 마치 놀다가 지쳐 쉬고 있는 것처럼 보였습니다. 로베르트는 자정이 넘도록 여자아이들과 함께 음악을 들었고 다른 방에서 잠이 들었습니다.

미하엘라는 잔뜩 구겨진 실크 잠옷을 입은 채 이불 속으로 들어왔습니다. 그 잠옷이 세탁기 안에서 망가져버렸기 때문에 테아는 그것을 버리려고 했더랍니다. 하지만 이젠 미하엘라의 것이 되었습니다. 나는 한밤중에 그녀의 울음소리에 잠이 깼습니다. 너무 힘들다고, 너무나 힘들다고 그녀는 말했습니다. 내 손을 눈물에 젖은 자신의 뺨에 갖다 댄 채 그녀는 다시 잠이 들었습니다.

다음 날 아침 테아와 토마스가 아침 식사를 준비해두었더군요. 내게 사과를 하는 거라고 생각했습니다. 그리고 미하엘라가 찬탄해마지않는 의식의 완성이기도 했고요. 비데마이어 양식의 테이블 위에 풀을 먹인 화사한 하얀색의 탁자보가 씌워졌습니다. 허벅지가 탁자보의 끝에 닿으면 탁자의 가장자리의 천이 살짝 올라갔습니다. 주인 내외의 냅킨은 이름을 새긴 은빛 고리에 끼워져 있었고 우리들의 냅킨은 왕관 모양으로 접혀 있었습니다. 미하엘라는 사소한 동작조차도 따라 하지 못했습니다. 반면에 테아의 딸아이들은 능숙하게 냅킨을 푼 다음 음식을 가져다달라는 듯 등받이로 물러나 앉았습니다.

가장자리에 금색, 빨간색 선을 두른 그릇들, 은수저, 심지어는 서비스 포크와 나이프 받침대까지도 마련되어 식탁을 장식하고 있었습니다. 쓴맛이 나는 두 가지 종류의 "잼"이 크리스털 잼 통 안에서 반짝반짝 빛났습니다. 그 옆 플라스틱 그릇에는 겨자와 고추냉이가 담겨 있었는데, 그것은 마치 궁정 신하들 중에 끼어 있는 어릿광대 같은 인상을 주었습니다. 그것들 외에 금속으로 만든 작은 러시아식 소금통 받침만이 우리 집에서 사용하는 것과 똑같은 제품이었습니다. 하긴, 우리 집엔 그 받침에 한 쌍이었던 작은 숟가락이 없어진 지 오래지만 말입니다.

식탁에서 나눈 대화들은 전날 저녁과는 아무 상관이 없는 내용이었습니다. 대부분 어린 여자아이들이 떠들었지요. 로베르트는 우리 쪽은 아예 쳐다보지도 않았습니다. 그 아이는 두 소녀들 중 한 아이거나 아니면 두 아이 모두와 사랑에 빠진 듯 보였습니다. 어느 아이를 좋아하는 건지는 나로선 알 수가 없었습니다만. 배경음악으로 쇼팽의 「피아노 콘체르토」가 울려나오고 있었습니다. 이 모든 것이 나를 감동시킴으로써 4월에 우리가 이 집을 방문한 이후로 세상이 조금도 변하지 않았음을 믿게 만들려는 것 같았습니다.

갑자기 토마스가 뭔지 모르게 서두르기 시작했습니다. 난 난생처음 '극장노동자조합 대의원'의 모임이란 것에 대해 들었습니다. 테아는 거기서 구금된 동안의 일을 기록해서 "증언"해야 한다고 했습니다. 난 이날 하루를 로베르트와 보내기로 약속했던 것을 빌미 삼아 그 괴로운 회합을 피할 수 있기를 희망했습니다. 하지만 로베르트는 천문대에 대한 모든 흥미를 잃었습니다. 그러니 난 할 수 없이 국립극장으로 갈 수밖에 없었지요.

오직 두번째 줄의 자리만이 비어 있었습니다. 난 미하엘라를 배려하는 건 이번이 정말 마지막이라고 맹세했습니다. 무대 위에 앉아 있던 사람들 중에 난 그레고르 귀지만을 알고 있었을 뿐이었습니다. 기동경찰관들이 받을 물리적인 압박을 배려해야 한다고 그가 말했습니다. 그들은 단순하게 짜인 조직이며 이런 상황엔 전혀 대처 능력이 없다는 것이었습니다.

증언들이 발표되었습니다. 등과 다리와 신경과 머리에 가해진 구타가 주제였습니다. 테아는 감정 없이 읽어내려갔고 그녀의 보고문은 가장 짧은 것들 중에 속했습니다. 발표 중간에 그녀가 말했습니다. 그 발표에 대해선 자세히 묘사하지 않겠습니다. 우리 앞에 있던 두 명의 여자들이 울었습니다.

박수갈채, 웃음, 야유와 고함 소리가 거의 주기적으로 반복되었습니다. 일순간 갑자기 시끄러워졌습니다. 여기저기서 조롱하는 웃음소리가 났습니다. 마치 어제저녁에 나를 두고 그랬던 것처럼. 난 조금 전에 귀지의 음성을 들었다고 생각했습니다.

"그가 뻔뻔스럽게도 우리에게 시위를 하기 전에 왜 미리 허가를 받지 않았느냐고 물었어!" 미하엘라가 내 귀에 대고 속삭였습니다.

악마가 네게 속삭였구나! 하는 생각이 내 머리를 때렸습니다. 그러면서 난 웃고 있었지요. 물론 사람들은 계속해서 이야기를 했습니다. 그러니까 이야기를 위한 이야기였던 셈이었습니다. 사람들은 속닥거리거나 부스럭대기도 했고 앉아 있는 의자를 질질 끌기도 하고 거리낌 없이 떠들어댔습니다. 그렇지만 악마의 씨는 싹을 틔우고 있었습니다.

확실하지는 않지만 내 생각에 미친 사람처럼 무대 위로 뛰어올라간 사람은 슈베터 극장의 극장장이었을 것입니다. 떨리는 음성으로, 하지만 마이크를 너무 멀리 쥐고 있었기 때문에 거의 목이 졸리는 듯한 음성으로 그가 외쳤습니다. 기왕지사 시위를 하려면 미리 신청해야 한다는 이야기가 지금 여기서 오가고 있으니 바로 그 시위 신청을 이 자리에서 하겠다는 것이었습니다. 도처에서, 아니 전국에서! 쏟아지는 박수와 환호 속에서 그가 "고맙습니다" 하고 인사를 했습니다. 테아와 미하엘라는 벌떡 일어나 박수를 쳤습니다.

무대 위에선 곧 진행과정에 대해서, 기간은 언제로 잡을지 등등에 대해 대한 토론이 벌어졌습니다. 결국은 11월 4일로 일정이 잡혔습니다.

저녁에 집으로 돌아오는 길에 우린 라이프치히에 들려 '아스토리아'로 갔습니다. 언젠가 당신에게 보여드린 적이 있었지요? 순환선이 지나는 중앙역 바로 앞에 있는 그 고급호텔 말입니다. 우리는 안으로 안내되었고 자리에 앉아 왕족처럼 식사를 했습니다. "이만하면 잘 지내고 있는 거지, 뭘" 하고 난 말했습니다. '아스토리아' 앞의 거리가 바로 13일 전 경찰병력이 진을 치고 있던 바로 그 거리라는 사실, 6일 전에는 7만 명의 시위대가 지나갔던 그 거리라는 사실이 내일 이 거리에서 전쟁이 벌어질 것이라는 가정만큼이나 매우 비현실적으로 다가왔습니다.

아침에 나는 10시부터 드라마투르기 사무실의 내 자리에 앉아 책을 조금 읽고 12시에는 구내식당으로 갔고 오후 2시에 퇴근했습니다. 난 집안일을 했습니다. 시장을 봐온 뒤 조금 누워 있다가 나중에는 저녁 식사를 준비했습니다. 그다음 로베르트와 함께 텔레비전 앞에 앉았습니다. 저녁 뉴스 시간에 라이프치히에서 15만 명의 사람들이 거리로 나왔다는 보도가 나왔습니다. 체포라든가 거리에서 벌어진 전투 따위의 이야기는 한마디도 없었습니다.

마침 집에 도착한 미하엘라[1]는 외투의 단추를 풀고 우리 옆에 서 있었습니다. "정말이야?" 하고 그녀가 물었습니다. "15만 명이나?" 이미 다른 프로그램으로 바뀌어 방송이 나오는데도 그녀는 계속해서 뚫어져라 텔레비전을 쳐다보았습니다.

화요일 9시에 미하엘라와 나는 비서실에 서 있었습니다. 월요일에 요

---

1 튀르머는 미하엘라 혼자서 라이프치히에 갔었다는 말을 하지 않고 있다.

나스가 건물 내에 없었기 때문이었습니다. 10시경이 되어서야 그는 우리에게 들어오라고 했고 여비서에게 커피 석 잔을 부탁했습니다. 그는 한때 연극 소품이었던 왕좌에 몸을 기대고 앉았습니다. 미하엘라가 '베를린 결의'에 대한 소식을 전하면서 언론과 표현의 자유를 위한 시위를 신청하라고 촉구하는 동안에도 그는 평소와 다름없는 미소를 머금고 있었습니다.

"그게 다입니까?" 하고 그가 물었습니다. 그는 계속해서 우리가 무슨 말을 지금 한 건지 알고 있느냐고, 정말로 우리가 진지하게 원하는 바가 그것이냐고, 그리고 정말로 그가 경찰서로 가 시위를 신청하기를 바라는 것이냐고 물었습니다. 그런 종류의 "결! 의! 문!"(그는 한 글자마다 강조를 넣어 발음하며 손가락으로 따옴표를 그려 보였습니다) 따위에 자신은 상관하고 싶지 않다고. 정히 그리도 원한다면 계속해서 불행을 자초하는 일을 해보라면서, 시위 신청도 필요하다고 생각하는 만큼 얼마든지 개인의 자격으로 신청할 것이며, 나중에라도 우리 두 사람 개인의 책임하에 일을 벌여야 될 것이며, 그에게 도움을 청할 생각일랑은 아예 추호도 하지 말라고 했습니다. 나중에 가서 우리를 위해 도울 게 없다는 걸, 그것도 전혀 없다는 걸 말하느니 지금 이 자리에서 미리 분명하게 못박아두는 것이라고 했습니다.

미하엘라는 다시 한 번 더 명백히 할 필요가 있다면서 그에게 질문했습니다. 그러니까 지금 그가 베를린의 모든 극장 노조가 결의한 시위를 이 곳 알텐부르크에는 신청할 생각이 전혀 없다는 말을 한 게 맞느냐고.

그는 노조의 결의에 대해 알지 못한다고 말했습니다. 우리가 원한다면 그가 이곳 노조에 전화를 걸어볼 수는 있겠다고, 어쩌면 그들이 뭔가 알고 있을지도 모르겠다고 했지요.

"결국은 거절이라 그 말씀이시죠?" 하고 마하엘라가 물었습니다.

"물론 거절이란 말이지" 하고 요나스가 말했습니다. 우린 서로에게 미소를 지었습니다. 여비서가 막 커피 석 잔을 들고 나타났을 때 "그렇다면, 뭐" 하고 미하엘라가 말하며 자리에서 일어났습니다.

연습 공연이 끝나고 나서 우린 경찰서로 갔습니다.[2] 초인종을 누르고 문이 열리자마자 우린 곧장 두 명의 근무요원 앞에 가 섰지요. 그중 한 명은 검은색 머리카락을 가졌고 또 다른 한 명은 금발에 뺨에는 살집이 두둑이 잡힌 사내였습니다. 그들은 책상 앞에 앉아 우리를 물끄러미 바라보았습니다.

"시위를 신청하러 왔습니다" 하고 미하엘라가 말하면서 우리를 소개하곤 요나스 앞에서와 똑같은 이야기를 했습니다. 검은 머리가 전화 수화기를 들었고 금발은 창밖을 바라보며 빙긋이 웃었습니다.

1분쯤 지났을 때 미하엘라는 이날 들어서 세번째로 "베를린 결의," 그리고 "극장노조 회합"과 같은 말을 반복해야 했습니다.

비쩍 마른 체구에 등이 둥그렇게 굽은 알텐부르크의 경찰국장이 나왔습니다. 그는 말을 하고 있을 때조차 정신이 다른 데 가 있는 것처럼 보이는 사람이었고 우리를 쳐다볼 때가 있더라도 아주 짧은 동안만 힐끗 시선을 던질 뿐이었습니다. 한참 동안 뜸을 들인 후 그는 무슨 교통 안전 같은 이야기를 늘어놓았습니다. 그의 "현재 동원능력"을 가지고서는 교통 안전을 보장할 수가 없다면서 우리가 좀더 일찍 왔어야 했다고 말하더군요. 그 뒤에는 침묵이 감돌았습니다. 난 벽장 밑 장식 머름에서 마루 닦는 왁스의 불그레한 흔적을 관찰했고 마루를 닦은 솔 자국을 보았습니다.

갑자기 경찰국장이 우리 행사의 요지가 무엇인지를 물었습니다.

---

2 튀르머의 시민운동 활동 관계는 예측할 수도 없을뿐더러 마지막까지도 풀리지 않는 수수께끼로 남았다.

"새로운 포럼을 허가하라는 것, 자유선거와 비밀투표, 언론과 정보의 자유, 의견발표의 자유, 여행의 자유, 그런 모든 것들이죠. 우리 헌법에 엄연히 보장된 권리 말이에요" 하고 미하엘라가 말했습니다. 경찰국장이 몸을 일으켜 세우더니 창가로 갔습니다. 그가 양팔을 서로 엇갈리게 꼈으므로 그의 어깨는 더욱더 둥그렇게 굽어 보였습니다. 허벅지에는 권총이 매달려 있었지요.

미하엘라와 난 동시에 다리를 포갰고, 그 때문에 난 조금 무안함을 느꼈습니다.

미동도 없이 창가에 선 채, 경찰국장은 마침내 우리더러 다시 아래층으로 내려가서 필요한 신청서를 작성하라고 지시했습니다. 그는 작별인사를 대신해 문 쪽을 향해 고개를 끄덕이더니 다시금 창밖만을 뚫어져라 내려다보았습니다.

금발의 경찰관은 여전히 웃고 있었습니다. 그의 책상 위에는 '야외행사 신청서'가 두 장 놓여 있었습니다. 마하엘라가 이맛살을 찌푸렸습니다. "그것밖에는 없습니다." 입술이 번들거리고 눈썹이 길게 올라가 마치 소녀 같은 인상을 풍기는 검은 머리의 경찰관이 말했습니다.

참가자 인원을 쓰는 칸에 우리는 1만이라고 적어 넣었습니다. 시간은 오후 1시부터 3시경으로 정하고 행사에 연주될 음악을 쓰는 칸은 그대로 비워두었습니다. '행사장소'로 지정된 곳들은 너무나 제한적이었습니다. 시위대가 지나가는 길을 지정할 때는 지난 목요일과 똑같은 길을 선택했고 다른 점이 있다면 오로지 극장 앞에서부터 출발한다는 것뿐이었습니다. 우리 두 사람은 서명을 했습니다. 그다음 절차에 대해서 우리가 묻자 금발의 경찰관은 다음 화요일에 다시 한 번 들르라고 했습니다. 미하엘라가 그 두 남자에게 차례차례 손을 내밀자 그들은 제자리에서 벌떡 일어났습니다. 수위는 마치 예전부터 알던 사이인 양 우리에게 호들갑스럽게 인사를 건넸고 위잉— 소리가 나는 출입문을 열어주었습니다. "그들이 가지고 있던 콜트 총을 한 대 달라고 할걸 그랬지."

수요일에 나는 자동차 안에서 미하엘라를 기다리고 있었습니다. 다른 날보다 늦을 모양이었습니다. 누군가가 작은 목소리로 내 이름을 부르는 것을 들었습니다. 극장장의 여비서가 창문을 아주 조금 열어놓고 걸레의 먼지라도 터는 듯한 손동작으로 내게 들어오라는 손짓을 해 보였습니다.

"자, 벌써부터 체인이 굴러가고 있는 소리가 들리지 않나요?" 내가 비서실에 들어서자 요나스가 나를 보며 외쳤습니다. "장갑차 소리 안 들려요? 시위를 그만둬요. 크렌츠가 새 총서기가 됐단 말이오!"

난 오늘날까지도 그 당시 무엇이 그렇게 요나스의 화를 돋웠는지 알지 못합니다. 어쩌면 내 미소를 조롱으로 오해했는지도 모르겠습니다. 요나스는 얼굴이 벌겋게 되어 소리를 질렀습니다. "크렌츠가 중국에 갔었단 말이야!" 내가 계속해서 아무 말을 하지 않자, "3주 전에 그가 거기 있었어. 바로 3주 전에! 당신들은 이해를 못하고 있어. 아무것도, 아무것도 몰라!" 그러고는 방문을 쾅 하고 닫아버렸습니다.

나 역시 그의 말이 옳다고 생각하고 있었습니다. 나도 '중국식 해법'이 가능한 것임을 알고 있었으니까요. 그래요, 어쩌면 논리적인 결과인지도 모릅니다.

미하엘라와 난 수위실 앞에서 만났습니다. 미하엘라는 소도구를 관리하는 아만다 때문에 화가 나 있었습니다. 아만다가 연습 공연이 시작되기 직전에 사람들과 포옹하며 작별인사를 했기 때문이었습니다——서독으로 간다는 거였죠. "벌써 오래전부터 출국신청서를 제출한 상태였으면서도 우리에겐 단 한마디도 안 하다가 이제 갑자기 훌쩍 떠난다는 거야!" 그들은 구내식당에서 다퉜다고 합니다. 「까마귀 둥지」의 첫 공연을 취소하자는 제안은 극장장 사무실로부터 나온 것이라고 주장했습니다. 그리고 그 이유는 "크렌츠" 때문이라는 것이었습니다.

미하엘라는 내 옆 좌석에 앉아 손가방 고리를 만지작거렸습니다. 새로운 포럼의 회합에 가겠다는 그녀를 말릴 수는 없었습니다. 그곳이 집보다 더 안전할지도 모른다고 그녀가 말했습니다. 그 후에는 하필이면 오늘 같은 날 결의문 낭독이 취소되지 않도록 극장으로 가야겠다고 했습니다. "그렇게 된다면 정말로 잘못된 인상을 주게 돼." 난 차로 그녀를 데려다주겠다고 제안했지만, 그녀는 내가 로베르트 옆에 있어주길 더 바란다고 말했습니다.

7시가 되기도 전에 우린 벌써 서로의 품에 안겼습니다. 미하엘라가 차가운 손으로 내 뺨을 어루만졌습니다. "아만다가 부러워"라고 미하엘라가 말하고는 내게 막 키스를 하려던 참이었습니다—바로 그 순간 초인종이 울렸지요. 로베르트가 소리 없이 방문을 빼꼼히 열었습니다. 우린 서로의 얼굴을 쳐다보며 가만히 기다렸습니다. 두번째 초인종 소리는 매우 짧았습니다.

문 앞에는 알텐부르크의 새로운 포럼 창시자인 슈미트바우어가 두 눈을 깜박거리며 서 있었습니다. 그의 옆에는 베레모를 쓰고 수염이 숭숭 솟아난 키 작은 남자와 긴 수염에 눈을 몇 배는 커 보이게 하는 안경을 쓴 남자도 함께 서 있었습니다. 그나마 미소라도 짓고 있는 사람은 수염이 숭숭 난 자뿐이었습니다. 난 감히 무엇을 물어볼 수도, 신발을 계속 신으시라고 부탁할 수도 없었습니다. 그들은 너무도 당연하다는 듯 양말을 신은 발로 성큼성큼 집 안으로 들어왔습니다.

현관문 앞에 놓인 신발이 내 눈에 거슬렸습니다. 아니, 어쩐지 무안

했습니다. 더군다나 그들이 너무도 당연하다는 듯 말없이 침입해 들어왔다는 사실에 짜증이 나기도 했습니다. 슈미트바우어는 '회합'을 우리 집에서 열기로 정했다고 했습니다. 우리 집엔 전화가 없었기 때문에 하필이면 우리들만 그 사실을 모르고 있었습니다.

현관에서 슈미트바우어는 내 쪽을 향해 돌아섰습니다.

그는 우리가 함께 서로 합의를 볼 수 있겠느냐고 물었습니다. 사회주의는 개혁되어야 하는 것이지 폐지되어서는 안 된다는 것을.

"나하고라면" 하고 난 말했습니다. "협의할 필요 없습니다."

나를 제일 짜증스럽게 했던 것은 그들이 반말을 하는데도 미하엘라가 가만있었다는 것이었습니다.

내가 그들 앞에 찻잔을 내려놓는 동안 슈미트바우어가 말했습니다. "이로써 튀링겐 알텐부르크 새로운 포럼 회합의 시작을 알린다."

"왜 튀링겐이죠?" 긴 수염과 큰 눈의 사나이가 물었습니다.

"대답은 간단하지" 하고 슈미트바우어가 말했습니다. "알텐부르크가 튀링겐 지방에 속하니까. 튀링겐이라고 해야 사람들이 소속감을 느낀다고. 아무나 붙잡고 물어보라고!" 그러면서 그는 계속해서 볼펜 끝을 누르며 똑딱똑딱 소리를 냈습니다.

슈미트바우어가 내일은 교회에 가는 날이고 새로운 포럼의 여러 개 작업반들은 크렌츠가 무엇을 하게 될지 아직 정보를 흘리지 말고 기다려야 한다고 지시했을 때, 긴 수염 사나이만이 그의 말에 이의를 표했습니다.

"크렌츠가 우리와 무슨 상관이죠?" 긴 수염이 말했습니다. "누군가 말 좀 해줄래요? 도대체 왜 이 자리에서 크렌츠를 거론해야 되는 건지?" 그는 그 큰 눈으로 한 사람 한 사람 차례대로 바라보았습니다. 마지막에는 심지어 나한테까지도 시선을 던지더군요.

"내가 설명해주지" 하고 슈미트바우어가 말했습니다. "우리 모두가, 그러니까 여기 우리가 함께 앉은 것처럼, 너!"—그의 볼펜 끝이 맨 처음 가리킨 사람은 미하엘라였습니다—"너, 너, 그리고 나. 이렇게 우리 모두가 곧 체포될 수가 있다, 이 말이지. 크렌츠가—내 말을 중간에서 막지 말아줘—만일 크렌츠가 명령을 내린다면, 그렇게 되면 신의 자비나 바라는 수밖에!"

긴 수염 사나이는 어린 학생처럼 손을 번쩍 들더니 슈미트바우어를 뚫어져라 쳐다보았습니다. "또 뭐야?" 슈미트바우어가 으르렁대며 마침내 볼펜 끝으로 그를 가리켰습니다.

"유르겐, 질문이 있어요. 물어봐도 되죠?"

슈미트바우어가 고개를 끄덕였습니다.

"새로운 포럼에 있는 것이 자랑스럽지 않나요?"

"뭐라고?" 슈미트바우어는 마치 그가 웃음을 참기 위해 얼마나 힘들어하는지를 좀 봐달라는 듯한 얼굴로 우리를 한 사람 한 사람을 바라보았습니다.

"난 여기 있는 게 자랑스럽다고 자신 있게 말할 수 있거든요. 누구나 그걸 알 수 있죠." 그는 몸을 꼿꼿이 펴고 앉았습니다. "여러분, 내가 어제 뭘 했는지 아세요?" 그러고는 이야기를 계속했습니다. 그가 일하고 있는 건설회사에서 그를 비밀안전기획부요원들의 건물을 수리하라고 보냈다는 것이었습니다. 점심시간에 그는 그들의 구내식당에서 밥을 먹다가 아는 사람을 몇 명 만났습니다. 그들에게 그가 "난 새로운 포럼 회원이야. 우리 프로그램을 좀 들여다봐. 전혀 나쁜 일 같은 건 발견할 수 없을걸! 그리고 난 새로운 포럼 회원인 게 자랑스러워,라고 말했죠. 거기 있는 모든 이들이 내 말을 들었습니다. 그리고 내가 경제부 모임을 이끌게 된다면 그것 역시 누구나 다 알 수 있죠. 네, 자, 유르겐, 이제 말씀을 계속하세요."

그들에게 찻주전자를 가져다주고 나서 난 거실로 통하는 부엌문을 닫았습니다. 난 부엌을 치웠고 그다음으론 뭘 해야 좋을지 몰라 바닥을 닦기 시작했습니다. 미하엘라가 큰 소리로 나를 불렀습니다. 그들은 벌써 텔레비전 앞에 앉아 있었습니다.

크렌츠를 보았을 때 난 아무 일도 일어나지 않을 것임을 직감했습니다. 그리 현실적이랄 수 없는 발전에 대한 그의 연설과 피해 상황에 대한 진술, 그리고 어머니 아버지의 눈물에 대한 그의 새로운 감수성 같은 것들을 보며 슈미트바우어조차도 안심이 되는 모양이었습니다. 내가 크렌츠의 그 무표정에 놀랐던 이유는 어쩌면 그때까지 내가 한번도 그의 얼굴을 자세히 살펴본 적이 없었기 때문이었을지도 모릅니다. 그 한심한 위인은 마치 단어 하나하나를 내뱉을 때마다 역겨움을 느낀다는 듯, 마치 이 연설이 전 세계를 앞에 두고 억지로 꿀꺽 삼켜야만 하는 먹이라도 되는 양 말을 하고 있었던 것입니다. 게다가 예전에 난 늘 실러풍의 칼라 차림을 한 그의 모습만을 보았었습니다. 실러풍의 칼라란 당 간부들이 주로 회색 양복 위로 파란색 셔츠의 칼라[3]가 드러나도록 입은 것을 보고 어머니가 붙이신 이름입니다. 흰색 셔츠와 넥타이를 맨 그의 모습은 마치 서커스에 출연한 곰같이 보였습니다.

세 사람이 돌아간 뒤 난 창문을 활짝 열었고 미하엘라는 이제 극장에는 가지 않아도 된다고 말했습니다. 요르크와 함께, 즉 수염이 송송 나고 베레모를 쓴 그 사나이와 함께 그녀는 새로운 포럼의 언론매체 및 문화 모

3 자유독일청년회(FDJ)의 셔츠. 크렌츠는 오랫동안 FDJ 중앙협의회의 수석비서관이었다.

임의 총무를 맡게 되었다는 것이었습니다. 나는 슈미트바우어 같은 작자가 자신을 위험에 내던질 정도로 그렇게도 가치 있는 인물이냐고 물었습니다. 미하엘라는 슈미트바우어의 아내가 그와 두 아이들을 버렸다고 했습니다. 그리고 내일이라도 갑자기 우리 자동차의 암나사들이 헐거워진다면 나라면 어떤 반응을 보이겠냐는 거였습니다.

어째서 미하엘라는 슈미트바우어의 옹졸함을 알아채지 못하는 걸까요? 그의 그 과시욕과 불감증을 말입니다. 하지만 내가 화를 내면 낼수록 그녀의 눈에는 나만 더욱더 우스운 놈으로 보일 뿐이었습니다.

다음 날 아침에도 그런 식으로 계속되었습니다. 미하엘라는 저녁에 연습 공연이 있었으므로 나더러 그녀를 대신해 교회에 가서 베를린에서 열렸던 회합 결과와 시위 신청에 대해 보고를 해야 한다고 했습니다. 난 거절했습니다. “왜 안 하겠다는 거야?” 하고 미하엘라가 물었습니다. 내가 바람이라도 피운 양 그녀의 음성은 매정하며 차가웠습니다. “그 이유를 좀 알아도 될까?”

“그 작자들을 더 이상 상대하고 싶지 않기 때문이지” 하고 말하며 난 거만한 콘트라베이스 연주자처럼 고개를 끄덕였습니다.

미하엘라가 콧김을 내뿜는 모양새에서 느껴진 경멸의 정도가 너무도 강해 난 이제부터 우리 사이에 무슨 일이 일어날 것인지를 직감했습니다. 5분쯤 뒤에 그녀가 말했습니다. “당신을 도저히 이해할 수가 없어, 엔리코. 난 이제 더 이상 당신을 이해할 수가 없다고.” 난 아무 말도 하지 않았고, 저녁에는 교회로 갔습니다.

사실 모든 것은 내가 예전에 미래의 명성에 관해 그려보았던 바로 그 꿈대로 이루어진 셈이었습니다. 난 양쪽으로 늘어선 사람들 사이를 통과하며 앞으로 나아갔는데 사람들이 다시 내 얼굴을 알아보았으며 심지어 그

중 몇몇은 내게 큰 소리로 뭐라고 외치기도 했습니다. 누군가는 이곳의 일을 맡아달라고 외쳤습니다. 오른쪽 맨 앞줄 중앙통로 옆자리가 나를 위해 예약되어 있었습니다. 미하엘라의 이름과 우리 집의 주소를 적은 A4 용지가 잘 보이는 곳에 붙여진 것을 보고서 난 불쾌했습니다. 그 종이는 언론매체 및 문화부와 함께 일할 사람을 구한다는 광고문이었습니다.

그들은 예정 시간보다 조금 늦게 행사를 시작했습니다. 연설, 음악, 연설. 45분이 지나자 드디어 내 차례가 왔습니다. 사람들이 정말로 숨을 멈춘 양 장내가 쥐죽은 듯 조용했습니다. 난 베를린의 회합에 대해 보고했습니다. 1분이 걸렸습니다. 난 가능한 한 사소한 일을 말하듯 오는 11월 4일에 시위가 있을 것임을 덧붙였습니다. 또다시 환호성이 올라갔고 사람들은 거리로 뛰쳐나갔으며 또 한 번 보딘 신부는 말할 기회를 얻지 못하고 말았습니다. 그리고 내가 교회를 빠져나왔을 때, 역시 또 전날과 똑같이 두 명의 경찰관들이 서 있었습니다. 금발 머리가 미소를 지었습니다. 검은 머리는 흥분한 나머지 제자리에서 한 바퀴 빙 돌았습니다. 우린 악수를 나누었습니다. 지난번과 똑같은 길로 갑니다,라고 나는 알려주었습니다. 그러자 그들은 곧장 지프차에 올랐습니다. 난 로베르트를 데리고 나와 즉시 집으로 향했습니다.

그때부터의 일은 제대로 기억나지 않습니다. 난 그 어떤 일에도 참여하지 않았고, 미하엘라는 내게 무엇을 부탁하기에는 자존심이 너무 강했습니다.

혼자 있게 되면, 난 내 방에서 한쪽 팔을 이마에 올리고 누워 가능한 한 나와 나의 현재로부터 먼 곳으로 생각을 가져가려고 노력하곤 했습니다. 대개는 축구 생각을 했지요.

혹시 유럽컵 챔피언 경기 준결승전에 대해서 들은 적 있는지 모르겠군요. 뒤나모 드레스덴 팀(내가 응원하는 팀입니다)과 바이어 05 위르딩겐 팀 간의 전설적인 경기였습니다. 86년 국제여성의 날 다음 날인 3월 6일이었죠. 난 오늘날까지도 위르딩겐이 어디 있는 도시인지 모릅니다. 고향에서 경기가 열렸을 때 2 대 0으로 이긴 후 드레스덴 팀은 위르딩겐에서 자신만만하게 경기를 시작했습니다. 저 유명한 '드레스덴의 소용돌이'의 실력을 발휘할 만반의 준비가 되어 있었지요. 난 아직도 우리 팀의 감독 클라우스 잠머가 벌떡 일어나 관중석 앞에 쳐놓은 홍보용 장막을 펄쩍 뛰어넘던 일을 기억합니다. 위르딩겐이 자살골을 넣는 바람에 3 대 1이 되었던 순간이었습니다. 그가 "이제 끝났네! 집에 가자!"라고 말하려는 듯 의미 있게 손을 내저었습니다. 텔레비전 앞에 있는 나로서는, 경기장 안 관중들이 왜 아직도 떠나지 않고 앉아 있는지 의아할 지경이었습니다.

만일 나머지 남은 45분 동안 위르딩겐 팀이 네 골을 더 넣는다 해도 드레스덴 팀은 결승전에 올라가게 되어 있었습니다. 58분이 지났을 때 위르딩겐이 한 골을 넣었습니다. 내 기분과 비교하자면 그 골은 우주항공 '스푸트니크'의 금지와 차우셰스쿠에게 돌아간 카를 마르크스 훈장에 견줄만했습니다. 얼마 후 3 대 3이 되자 5월 7일의 부정선거와 같다고 생각했습니다. 위르딩겐이 또 한 골을 넣으며 3 대 4가 되자 이번에는 헝가리의 국경 개방에 견주었습니다. 그리고 3 대 5는 월요일의 시위와 같은 의미였지요. 아무도 이제 더 이상 3 대 6이 될 것임을 의심하지 않았고, 역시 그대로 되었습니다. 그로써 드레스덴 팀이 결승전에 올라갈 가능성은 완전히 없어진 셈이었습니다. 하지만 89년 그 가을의 3대 6이란, 또 어떤 사건에 해당하는 의미였을까요? 모든 이들을 위한 여행 자유? 그러면 3 대 7은요? 그날의 경기는 결국 3 대 7로 끝이 났는데—이젠 3대 7이고 뭐고 난 아무 관심도 없었습니다.

후반전 동안에 무려 여섯 골이라니요! 그건 절대로 불가능하며 생각할 수 있는 모든 가능성을 뛰어넘는 역전이었던 것입니다. 게다가 7분마다 한 번씩 공이 그물 속에 걸려드는 일이 지극히 자연스러운 일이라는 듯, 그 모든 골들이 너무나도 확고부동한 필연성에 의해 명중했던 것입니다.

이날의 경기에서 앞으로 다가올 재앙의 징후를 본 사람이 비단 나 한 명만은 아니었을 것입니다.

23일 월요일에 어머니로부터 편지 한 통이 도착했습니다. 미하엘라와 로베르트가 라이프치히로 떠난 뒤—역사가 어떻게 만들어지는지 로베르트도 봐야 한다면서 그 아이를 데려갔지요—난 글씨가 촘촘히 씌어진 그 편지를 읽었습니다. 종합병원과 병가에 대한 반응이 주요 내용이었습니다. 감독을 나온 사람들이 어머니가 사실은 침대를 놔두고 집을 비웠다는 것을 알아냈다는 것이었습니다. 그 즉시 병가 신청이 취소되었고 어머니의 휴가 기간에서 일주일을 제하게 되었다고 했습니다. 그리고 어머니는 동료들의 불쾌한 반응 역시도 시시콜콜히 다 적으셨습니다. (그렇게 여러 가지 일에 참견을 하며 설치고 다니다 보면 뭔가 큰일이 나고야 마는 법이라는 거였죠.) 하지만 나를 더욱더 불안하게 만든 대목은 무슨 일이 있어도 반드시 그들의 모든 진술을 낱낱이 인용하겠다는 듯한 어머니 자신의 문체였습니다. 물론 어머니의 구금과 고문(이렇게 말고는 달리 표현할 단어가 없습니다)이 아무런 흔적을 남기지 않은 채 어머니의 뇌리에서 사라지지는 않을 것입니다. 그리고 물론 나 역시 지난번 방문 때부터 어머니의 변화를 눈치채고 있었습니다. 그렇지만 정말이지 이 편지는 뭔가 불길한 징조를 담고 있었습니다.

난 어머니에게 답장을 하는 대신 그 편지를 베라에게 보냈습니다. 장벽이 무너질 때까지 난 베라로부터 주기적으로 우편물을 받았었고 제로니모의 일기 비슷한 서간문들은 한 주 한 주 지날 때마다 점점 더 내용이 방대해졌습니다. 마치 무엇인가를 증명해 보이기라도 하려는 듯 말입니다. 무엇을 써야 할지 모르는 사람은 나뿐인 것 같았습니다. 베를린에서 난 베라에게 감히 전화를 걸[4] 엄두도 내지 못했었습니다. 이미 난 그렇게 우유부단해져 있었던 것입니다.

미하엘라와 그녀의 부단한 불굴의 의지에 대해 이야기할 수도 있었을 것입니다. 마술이나 빙의가 지배하던 시절이라면 사람들은 아마도 내가 내 모든 힘을 그녀에게 다 불어넣어주었다고 생각했을지 모릅니다. 슈미트바우어 때문에 싸운 이후 우리는 더욱더 깊은 침묵에 빠져들었습니다. 그래도 난 미하엘라를 가능한 한 자주 데려다주려고 노력했고 자동차 안에서 그녀를 기다렸습니다. 극장 사람 중 누군가 앞 창문에 노크하는 일만 빼면 그 기다림의 시간은 정말이지 편안한 시간이었지요.

한번 집에 들어오면 나는 꼼짝달싹하지 않았고 집 밖으로는 절대 나가지 않았습니다. 혼자 있을 때가 제일 좋았습니다. 로베르트 역시 성가시긴 마찬가지였습니다. 그 아이가 집에 돌아오는 기척을 들을 때마다 깜짝깜짝 놀라곤 했을 정도였으니까요.

내가 좋아하는 사소한 일들이 있긴 있었습니다. 지금도 기억이 납니다만, 난 우리 집 냉장고를 깨끗이 닦으며 큰 뿌듯함을 느꼈었습니다. 묵은 때를 벗기는 일로 몇 시간 아니 그 이상을 보낼 수 있다고 상상하는 것만으로도 행복했습니다. 난 맨 뒤 구석까지 손을 뻗어 반쯤 남은 잼에 곰팡이가 핀 병을 꺼내 깨끗이 씻었습니다. 그리고 말라붙은 채 영원히 자리를 지키고 있을 것만 같던 겨자 그릇도 꺼냈고, 병 안에서 몇 달째 한

4 동독에서 서독으로 전화 통화가 가능했었다.

모금 정도 남아 있던 보드카를 개수대에 쏟아부었습니다.

다음 날엔 양념 찬장을 청소하기로 마음먹었습니다. 그러고 나선 수저 보관용 서랍 차례였지요. 난 그릇들을 다시 다 정돈했고, 우리가 산 접시들과 어머니가 쓰시던 접시를 따로 분리해 챙겨 넣었습니다. 어머니의 접시들은 우리의 접시들보다 크기가 작았기 때문에 언제나 우리 접시 위에 쌓여 있었고, 그 때문에 우리 접시에 음식을 놓고 싶을 때마다 그것들을 들어 올린 다음 꺼내곤 했지요.

내가 진공청소기로 토스터기에 남은 빵가루를 모두 빨아들이고 있을 때—토스터기를 청소하기 위해 매우 효과적인 방법이라고 생각했지요—난 로베르트가 그걸 별로 좋아하지 않는다는 것을 눈치챘습니다.

관찰당하고 있다는 생각이 들자, 난 내 방에 틀어박혀 꼼짝도 하지 않았습니다. 난 레코드판을 얹었습니다. 누구나 내가 지금 음악을 듣고 있음을 알아야 했습니다. 하지만 내가 가지고 있던 레코드판들은 모두 나로서는 별로 떠올리고 싶지 않은 기억을 불러일으켰기 때문에, 나는 새로운 레코드판을 샀습니다. 난 거의 아무 거나 집어 들었고, 특히 재즈라는 장르에서는 더욱더 그랬습니다. 재즈는 한번도 들어본 적이 없기 때문이었습니다.

독일인들이 다시금 음악을 신뢰하기 시작했다는 미하엘라의 평가가 있은 후, 더 이상 내게 무해한 음악이란 없을 것임이 확실해졌습니다.

극장 사람들은 내 침묵과 은둔을 극단적인 행동이라고 여겼습니다. 미하엘라는 내게 일종의 보호기간 같은 것을 허락하기로 결심했습니다. 즉, 나를 위해서 몇 주쯤 그냥 지켜보면서 아무것도 묻지 않고 내버려두겠다는 것이었습니다. 다른 사람들에게는 가사 분담이라고 말했습니다.

함께 잠자리에 든 밤에는, 난 미하엘라가 속히 잠들기만을 바랐습니다. 그녀는 때때로 등을 내 몸에 붙이고는 내 팔을 끌어당겨 자신의 어깨 위로 가져가기도 했습니다. 그때마다 그녀는 마치 내가 다시 정신을 차리기 위해서는 오로지 그녀가 제공하는 안정과 인정만을 필요로 할 거라는 듯이 "아, 좋아!"라고 했지요. 하지만 그와는 다른 성격의 밤들도 많았습니다.

10월경, 언론매체부에서 함께 일하고 싶다며 우리 집 초인종을 누른 사람들이 있었는데 거의 대부분 남자들이었습니다. 그리고 아무도 다시 나타나지 않았지요. 미하엘라와 난 익명의 편지를 여러 통 받았습니다. 사람들은 우리의 가면을 벗기겠다고 협박하기도 했고 우리에게 민중선동과 국민우롱죄를 덮어씌웠습니다.

날마다 전례 없던 기막힌 일들이 벌어졌습니다. 적어도 내가 기억하고 있는 사건들 정도는 이 자리에서 열거하는 게 좋을지도 모르겠군요. 그러면 우리가 어떤 상황에 처해 있었는지를 당신이 조금이라도 짐작할 수 있을 테니까요.

하지만 이젠 결론을 맺어야 하므로 일단은 빨리 11월 4일 이야기를 하겠습니다.

우리의 시위 신청서가 기각되었습니다——등록기간을 지키지 않았다는 이유였습니다. 그 대신에 허가가 난 시위 날짜는 11월 12일 일요일이었습니다. 하지만 조건이 하나 붙어 있었습니다. 11월 4일 시위가 절대 우리 두 사람으로 인해 "벌어지지" 않을 것이라는 각서에 미하엘라와 내가 사인을 해야 한다는 것이었습니다. 미하엘라는 아무도 예상치 못한 반응을 보였습니다. 그녀는 그곳에 사인하는 건 아무 문제도 되지 않는다고 말했던 것입니다. 어차피 그래 봤자 공무를 집행하는 사람들에게 더 좋을 것은 별로 없을 거라고 했습니다. 경찰국에 있던 모든 이들이 놀라 쳐다보았고 미하엘라가 만년필 뚜껑을 열고 종이를 굽어보며 사인한 뒤 내게 건네는 것을 지켜보았습니다. 이 모든 행동은 마치 외교문서에 서명이라도 하는 듯한 인상을 풍겼습니다.

이틀 후 교회에서 사람들에게 그 일을 보고하는 자리에서 그녀가 야유와 맹렬한 비난을 받았다고 내게 자랑스럽게 이야기했습니다. 그리고 그녀가 말했다고 합니다. "잠깐만요! 여기 계신 분들 중에 제 말을 잘 못 알아들으신 분이 있나 본데요. 제가 아까 이렇게 말했었죠. '11월 4일 오후 1시 극장 앞에서 나는 어떤 시위도 도모하지 않겠다! 여러분들, 그 사안에 동의하지 않으신단 말인가요?'"

토요일, 11월 4일 12시 반쯤 우린 극장으로 향했습니다. "원, 세상에! 우리가 도대체 무슨 일을 저지른 거야!" 그곳에 집결한 인파를 보고 미하엘라가 외쳤습니다. 알텐부르크 역사상 가장 큰 규모의 시위였습니다. 라이프치히 시위에 참석했던 사람이라면 고작 2만 명쯤으로는 그다지 깊은 인상을 받지 못할지도 모릅니다. 하지만 알텐부르크는 시민들 간의 친밀감이 강한 도시인 데다가 작은 소도시이다 보니 집결한 군중들의 힘이 더욱더 거대하게 보이는 효과를 낳았습니다. 미하엘라는 자신과 내가 오늘 어떤 일에도 상관해서는 안 된다고 말했음에도 불구하고 군중을 헤치며 극장 계단 쪽으로 나를 끌고 갔습니다. 계단 맨 꼭대기에 슈미트바우어와 왕방울 눈에 수염을 길게 늘어뜨린 예언자와 요르크가 마치 세 명의 전사처럼 떡 버티고 서 있었습니다.

나는 또 한 번 그들에게서 명랑함과 흥분과 기대를 감지했고 그런 만큼 그들 가운데서 더욱더 낯선 이방인이 되어 있었습니다.

사람들은 날씨가 좋다며 기뻐했고 신이 그들을 위해 내리신 선물이라고 했습니다. 1시를 알리는 교회종이 울리자 소란이 점점 더 커졌습니다.

군중들은 우리를 올려다보거나 주위를 휘휘 둘러보며 뭔가 신호 같은 것이 있기를 기대했습니다. 오른쪽부터 구호 소리가 들리자 그와 함께 군중들이 움직이기 시작했습니다. 첫번째 사람들은 큰 현수막 아래로 움직여 들어갔는데 모스카우어 슈트라세로 올라간 것이 아니라 왼쪽으로 빠지며 노동협동조합의 거리를 따라갔습니다. 나는 군중 속으로 섞여 들어가—슈미트바우어를 무조건 멀리하며!—경찰차가 있는 쪽으로 향했습니다. 경찰차는 마르스탈로 가는 길을 차단하고 있었습니다. 금발 머리와 검은 머리 옆에 또 한 명 뚱뚱한 남자가 서 있었습니다. 그들은 그 지점으로부터 이제 막 노동조합으로 가는 길이 흔들리고 있다는 것을 알아차렸을 것입니다.

난 그들에게 큰 연못으로 가라고 권했습니다. 시위대가 그곳에서 오른쪽으로 돌아 타이히 슈트라세로 접어들 것이기 때문이었습니다. 당신도 타이히 슈트라세를 아실 겁니다. 도처에 폐허뿐인 거리, 아니 폐허를 나타내는 상징물 그 자체지요.

경찰관 세 명이 내 말에 동의했고 금발 머리는 내게 함께 차를 타고 가겠느냐고 물었습니다. "그래요, 같이 갑시다! 오세요!" 하고 뚱뚱한 경찰관이 말했습니다. 내가 앞좌석에 앉는 동안 뒷좌석에 앉았던 그는 어렵사리 몸을 뒤로 당겼습니다. 우리는 파란 등을 번쩍거리며 좁은 프라우엔가세를 통과했습니다. 작은 다리에서 다시 돌아나가기에는 이미 너무 늦은 것 같았습니다. 작은 연못과 예술탑 사이에 이르러서야 우린 노동조합으로 올라갈 수 있었고 요란한 사이렌 소리를 울리며 큰 연못 앞의 십자로까지 질주했습니다. 난 그 세 사람을 애써 안심시켰습니다. 타이히 슈트라세를 반대편 쪽에서 차단하지 못하게 된다 하더라도 경찰차가 시위대보다 더 빨리 갈 수 있을 것이라고 말했지요. 나는 라이프치히에서는 아무런 문제가 없었음도 알려주었습니다. 운전수와 메가폰 잡이를 겸하던 금발의 경찰관만이 차 안에 남았고 다른 두 명은 콜비츠 슈트라세와 츠비카우어 슈트라세를 차단했습니다. 그러나 그건 말도 안 되는 일이었습니다. 그 두 슈트라세는 진작부터 마비가 되어버린 도심으로 빠질 수 있는 유일한 통로였기 때문입니다. 난 그 사실을 금발에게 말했습니다. 그는 고개를 끄덕이더니 자신의 모자를 붙잡고는 서둘러 두 사람에게로 뛰어갔습니다.

토요일 정오의 평온함 속에서 경찰차에 기댄 채 구호 소리를 들었습니다.

그리고 문득 거기 놓인 것을 발견했습니다——권총! 더 정확히 말하자면 운전석 바로 앞에 하얀색 허리띠에 달린 케이스 속에 권총이 놓여 있던 것입니다. 그리고 문득 난 깨달았습니다. 널 위한 물건이다! 난 상체를 구부리고 그 허리띠를 집어 들어 권총을 뽑았습니다. 서두르지 않고 그것을 천천히 바지 혁대에 찼고, 스웨터로 그것을 덮어 가렸습니다. 빈 권총 케이스는 자동차 아래로 가볍게 차 넣었습니다.

나는 내가 미소를 짓고 있었다고 생각했습니다. 마치 농담을 할 때처럼. 금발이 왔고, 운전석에 몸을 풀썩 던지며 무전연락기에다 대고 뭐라고 몇 마디 신호를 보냈습니다. 그는 나를 바라보며 말했습니다. "다 잘돼 갑니다!"

친애하는 니콜레타, 편집부에 앉아 있어야 하는 시간이 이미 지났습니다.[5] 이야기는 다음 편지에 계속됩니다. 진심을 담아 언제나처럼.

당신의 엔리코 T.

---

5 튀르머가 이 긴 편지를 아침나절 동안 다 썼다는 것은 믿기 어려운 사실이다.

90년 6월 11일 월요일

사랑하는 요!

네가 내 소식을 그런 식으로 접하게 된 점에 대해선 참으로 미안하게 생각한다. 우리가 헤어졌다는 소식은 내가 직접 알려줬어야 했지만, 차마 종이에 쓸 수가 없더라. 마치 글로 그걸 쓰고 나면 이별이 영원히 확정되기라도 할 것 같아서, 마치 편지를 쓰는 행위로 인해 마지막 희망마저 놓쳐버릴 것 같아서…… 난 네가 이곳에 오면 이야기를 해주려고 했어. 네가 내게서 듣는 첫 소식이 될 뻔했지. 그리고 넌 새로운 한 쌍의 품에 안기게 될 거야……[1]

요, 내 친구야. 내가 무슨 말을 할 수 있었겠니?

지난해, 내가 시체마냥 꼼짝 않고 침대에만 누워 있던 그 몇 주 동안 난 미하엘라가 나 때문에 미쳐가는 걸 봐야 했어. 마음은 텅 비고 입은 벙어리가 된 듯 얼어붙었음에도 불구하고 나에 대한 그녀의 사랑이 한 올 한 올 쇠진해가는 것을 느낄 수 있었어. 매일 조금씩 조금씩.

내 말을 믿어줘. 내가 그 악몽에서 깨어났을 때 난 희망과 사랑으로 가득 차 있었어. 그리고 난 무엇을 해야 하는지도 알고 있었지. 미하엘라는 내가 그녀 때문에 극장을 그만두었다는 사실을 전혀 이해하지 못해. 그래, 난 미하엘라와 로베르트를 위해서 그만두었던 거라고. 우리 세 사람을 위해서.

정초의 어느 산책길이었어. 눈이 왔고, 문득 내 인생이 참 아름다울 수 있다고 느낀 순간 우리 세 사람은 막 초원을 가로지르며 걷고 있었어.

1 이 편지는 요한 치일케가 방문했었음을 암시하고 있다. 튀르머가 말하고 있는 그 상황이 정말로 어땠었는지는 알아낼 수 없었다.

난 내가 그동안 얼마나 한심하고 약삭빠르고 냉정하게만 행동해왔는지 깨달았던 거야. 지금까지처럼은 도저히 더 살 수도 없고 글을 쓸 수도 없어. 내가 창조한 인물들에게 생명의 숨을 불어넣는 대신 난 나 자신의 인생을 예술의 페스트균이 득실득실한 공기 속에 몰아넣고는 병들어 죽게 방치하고 있었던 거야. 로베르트가 나를 눈 쌓인 들판으로 인도해갔을 때—차가운 눈 조각이 내 눈 안으로 들어갔었거든—난 그걸 느꼈어. 난 나 자신을 구하고 싶었고 그와 더불어 미하엘라를, 무엇보다도 어린 로베르트를 구하고 싶었지. 새로운 인생이 우리를 행복하게 해줄 거라고 기대했어. 심지어 미하엘라와 난 다시 함께 자게 되었어. 난 그녀가 다시 임신할 거라고 확신해.

절망 속에서 종종 생각하곤 해. 미하엘라의 사랑이 단지 몇 주만이라도 더 지속되었고 바리스타가 오늘쯤 이 도시로 돌아왔다면, 그의 마술이 전혀 통하지 않았을 거야. 사실 그 길을 닦아준 장본인은 바로 나였어. 바로 내가 미하엘라를 그에게 인도했던 거야. 절망적인 시간이면 난 그런 이야기를 지어내곤 해. 난 아직도 믿을 수가 없어. 미하엘라와 바리스타가 한 쌍이라니! 그녀가 생각할 겨를도 없이 그가 그녀를 덮치듯 정복한 거야. 오로지 덮치듯이 정복하려고 태어난 듯한 그가 말이야!

미하엘라의 해석이야 물론 나와는 다르지. 우리들의 이별은 내면의 필연성을 자연스럽게 따른 결과라는 게 그녀의 의견이니까. 나를 잃지 않기 위해 그녀는 헌신적이다 싶을 만큼 싸웠어. 그런데 하필이면 내가 그녀를 버렸고, 내가 그녀와 극장을 배반한 거야. 그녀는 벽을 등진 채 혼자 남았어. 그녀는 바론이 출현한 이유로 우린 사실 더 이상 애인 사이가 아니었던 거라고 말하더군. 물론 그건 맞는 말이 아니야. 그녀가 지금에 와서 주장하고 있는 여러 다른 것들과 마찬가지로. 미하엘라는 바론과의 결합이 가져다줄 결과를 잘 알고 있어—그것을 외면하지도 못했지. 그는 그녀를 구했을 뿐만 아니라 그녀를 위한 보상을 마련해주고, 아니 어쩌면 복수라고 해야 할지도 몰라. 그 마지막 카드 한 장으로 그녀는 모두를 이겨버렸어. 그중에서도 특히 나를. 그녀의 위치에서 보면 나 역시 하고많은 졸렬한 신참내기들 중 한 명일 뿐이야. 그녀가 그렇게 우러러보길 마지않던 위대한 테아마저도 지금에 와선 단지 돈 때문에 무대 위에서 몸을 팔도록 강요당하는 배우에 지나지 않아. 미하엘라가 물론 너한테도 비행학교에 관한 얘길 했겠지? 요즘 그녀는 누구에게든지 그 이야기만 하니까. 다른 사람들이 일하느라 땅 위를 기어 다니고 있는 동안, 도시 위 높은 상공을 선회한다는 사실이야말로 그녀에겐 승리 그 자체를 뜻하거든.

하지만 양심의 가책이 그녀를 예민하게 만들어. 로베르트까지도 내 편이라 더더욱 그렇지. 미하엘라가 분명 네게 니콜레타에 대해서도 이야기했을 거야—3월에 사고가 났을 때 동승했던 그 여자 말이야. 내가 그녀에게 쓴 편지를 미하엘라가 읽었거든[2]—물론 그다지 자극적인 내용을 발견하진 못했지. 내가 "생판 모르는 여자"를 신뢰한다는 것, 그리고 그녀에게는 "말하지 않고" 비밀로 간직했던 사실이 있었다는 것 그 자체가 그녀로 하여금 결국 이별을 결심하도록 부추겼던 거래. 아아, 요, 그녀의 그런 말이 조금이라도 근거 있는 비난이라면 얼마나 좋을까. 만일 그렇다면 난 이별을 조금은 여유 있게 받아들일 수 있을지도 몰라. 너무나도 부조리한 일이야. 난 니콜레타에게 애인이 있는지 없는지, 그녀가 혼자 사는지 아니면 다른 사람과 함께 사는지도 모르고, 잠에서 일찍 깨어난 후 더 이상 잠들지 못하는 날 아침에 쓰곤 하는 내 편지에 대해서 그녀가 어

---

2 아마도 미하엘라는 튀르머의 편지 복사본을 발견했던 모양이다.

떻게 생각하는지조차 전혀 모르고 있어. 니콜레타는—적어도 내가 편지를 쓰면서 생각하는 그 니콜레타라면 말이지—내 과거에 대한 이야기를 털어놓기에 이상적인 인물이야. 그녀를 눈앞에 떠올리면 난 늘 우리에게 무슨 일이 일어났었는지 파악하게 돼.

니콜레타는 내가 그따위 작은 지역신문을 만들기 위해 자진해서 극장을 그만두었다는 사실을 믿지 못해. 작가나 예술가에 대한 그녀의 생각은 어머니의 그것과 비슷하지—어머니는 이제 세상을 "객관적으로" 보게 되었다고 하시지만 말이야. 거기다가 니콜레타는 마르크스와 레닌의 책을, 우리 모두 합쳐 읽은 횟수보다 열 배는 더 많이 읽었거든. 한때 베라를 열애하던 롤란트하고는 물론 전혀 다르지만 여전히 착취니 자본주의 같은 말들을 쓰기도 하고 공격적인 제국주의니 "군사적 및 산업적 콤플렉스"라는(미국 전 대통령 아이젠하워가 쓴 개념이라더군) 개념조차도 그녀의 입에서는 척척 흘러나온다니까.

내가 바리스타와 '동업'을 하기 시작했을 때 난 그녀의 관점으로 보자면 구원받을 수 없는 나락으로 떨어졌어. 그녀의 눈에 바리스타는 악 그 자체거든. 그렇지 않다고 그녀를 설득할 생각은 없어. 다만 지금의 내 욕심은 그녀에게 내가 왜 이런 삶을 선택했는지 설명하고 싶다는 거야. 그리고 그건 오로지 예전에 내가 과거에 어떻게 살았었는지를 알아야만 이해할 수 있는 것이고.

난 지금 정말이지 사랑에 관해 이야기하고 있는 게 아냐. 그럴 만한 처지도 못 되고.

더군다나 나는 나와 똑같은 전제 조건에서 행동할 수 있고 나와 동등한 정신력을 가진 사람과 사랑을 나누기를 원해. 아직까지는 그런 사랑을 해본 적이 한번도 없어. 그리고 난 얽히고설킨 것 없고 빗나간 것이 없는 사랑을 원해. 난 아침엔 자명종이 울리고 늘 같은 시간에 저녁을 먹기를 원하고 휴가 여행과 일요일의 소풍을 원한다고. 난 가족을 원해. 그래, 난 소시민성을 동경해. 그리고 동시에 내 내면과 주변의 질서를 원해. 내가 이런 내 내심을 털어놓는다면 니콜레타는 아마 멀리 달아나버릴걸.

지지난번호 우리 신문에서 린데나우어 박물관에 대한 기사를 읽었어? 그 모든 계획들 뒤에 니콜레타가 숨어 있어. 그녀는 또한 린데나우어 박물관에 귀도 다 시에나(13세기 이탈리아의 화가—옮긴이)의 성전을 복원하려는 뜻을 품고 있어. 그녀는 벌써 판화가 있는 에인트호번에도(다른 판화들은 프린세턴과 루브르, 그리고 물론 시에나에 있어) 다녀왔어. 네덜란드 사람들이 이미 허가를 했대. 복원이 된다면 장안의 큰 화젯거리가 될 거야.[3]

내 새로운 집이 완성되는 대로 베라가 몇 주 혹은 몇 달 동안 알텐부르크에 와있을 거야.

누나는 니콜라와 헤어졌어, 아니면 그가 누나와 헤어진 거든지. 그건 누나가 절대 인정하지 않는 바지만. 그걸 인정하기엔 베라의 마음속엔 병약한 허영심, 여성적인 허영심이 지나치게 많아. 바로 그것 때문에 난 그녀를 위로하기가 힘들어. 그러나 그녀의 출현은 세련된 매력을 풍기지! 아무도 그녀의 삶을 지탱하는 전 재산이 여행 가방 두 개뿐이라고는 생각지 못할 거야. 베이루트는 역시 그녀에겐 모험이 지나친 도시였어. 니콜라의 어머니가 납치에 관한 소식으로 그녀를 불한하게 만든 데다가 전기 공급은 연신 중단되었고 발전기가 고막을 찢을 듯한 소음으로 공기를 혼

3 이 프로젝트는 2001년이 되어서야—국제적으로 대대적인 주목을 받으며—실현될 수 있었다. 2001년 알텐부르크 린데나우어 박물관에서 발간된 클라리타스 작「1260년 이후 시에나 대성당의 성전본체, 복원품」의 내용과 비교할 것.

탁하게 만들었대. 어차피 녹색이라곤 찾아보려야 찾을 수 없는 곳이고 바다는 하수구나 다름없었어. 자동차는 시속 1백 킬로미터로 거리를 질주하거나 급정거를 하거나 다시 가거나 — 멀리서 조준된 총에 맞을까 봐 두렵기 때문이야. 서베이루트와 서베를린의 차이는 아메리카의 대초원과 서베를린의 차이보다 훨씬 더 클 거야. 그녀가 누린 장점이라곤 세례를 받았었다는 것뿐이었어. 그건 받아들여진다는군. 무신론자만 아니면 다 된대!

니콜라는 현재 큰 사업을 벌이고 있어. 미래를 위한 그의 새로운 주술문은 유리공이야. 사람들이 집을 짓기 위해 창문 유리를 산다면 평화가 도래할 희망이 있다는 얘기겠지. 그리고 현재 그의 창고가 비워질 정도로 많은 유리가 팔리고 있다더군.

누나는 드레스덴으로는 절대 돌아오고 싶지 않대. 그리고 베를린, 아름다운 서베를린에서는 일자리가 없어. 누나는 전셋집과 니콜라의 상점을 정리할 거야. 그녀는 낭비벽이 있어 자칫 운이 없으면 빚더미에 올라앉을지도 몰라. 너와 누나는 이곳에서 다시 만나게 되는 거야.

너 자신과 프란치스카에게 몇 주간 적응할 수 있는 기간을 줄게. 일과 관련된 일이면 뭐든지 간에 바론은 언제나 냉정을 유지하지. 그것 때문에 너무 불안해할 필요는 없어. 그와의 첫 만남에 대해서 언젠가 내가 너한테도 이야기해줬었잖아. 프링겔과 쇼르바 여사는 아무런 조건 없이 남을 대하는 사람들이고, 엘레빈넨[4]이라면야……. 넌 어차피 유명인사인걸. 보나마나 그들은 누가 먼저 네게 레이아웃의 비법을 전수할 것인가를 놓고 서로 싸울 게 뻔해. 요르크는 네가 책을 낸 것을 부러워하고 있어.

---

4 튀르머가 새로 고용한 여직원.

너 같은 사람이 내 편에 있다는 것을 마리온이나 그나 전혀 예상하지 못했을걸.

하마터면 마귀로 돌변할 뻔한 안톤 라르센이 다시금 자신의 등보따리에서 착한 천사의 기질을 꺼내들었지. 그러고는 즉시 네가 제안한 수정안이 "전폭적으로" 옳았다고 인정하더군. 쇼르바 여사가 주말에 그 원고를 컴퓨터에 입력할 거야.

사업적인 문제들은 안심하고 내게 다 맡기면 돼. 시간이 우리를 위해 흐르고 있어. 네 운전면허증 학원비는 우리가 부담할 거야. 사전 신청 같은 건 필요 없어. 그러고 나서 가을이 오면 네가 르 바론을 타고 다녀라!

늦어도 9월에는 이사를 들어올 수 있을 거야. 8월 31일 이후면 공사를 맡은 건설사가 날마다 표백 작업을 할 거야. 그렇게 한다고 계약서에 명시되어 있어. 소액의 집세만을 내면 될 거고. 그리고 내가 언젠가 이야기한 적 있나? 욕실에는 뻔뻔할 만큼 멋진 욕탕이 설치되어 있을 뿐만 아니라 진짜 월풀 시설까지도 갖추게 될 거라고?

어느 늦여름 날을 생각해봐. 땅에서는 떨어진 사과 냄새가 올라오고 위에 있는 모든 것들은 여전히 싱싱한 향기를 머금고 있어. 성이 너희들 앞에 우뚝 솟아 있고 그 뒤에는 구릉, 먼 배경으로는 산맥이 굽이치고 있지. 돈도 충분히 가지게 될 거고 미래에 대한 아무런 걱정 없이 누구나 자신이 하고 싶은 일을 하게 될 거야. 그리고 내년엔 우리 모두 이탈리아나 미국으로 휴가 여행을 떠나 그곳에서 랍스터를 먹자.

프란치스카에게 키스를 전해줘!

엔리코로부터.

90년 6월 19일 화요일

사랑하는 요!

난 일 속에 파묻혀 있어—그 외에는 다른 할 일도 없으므로. 내가 전혀 상상해본 적도 없는 무서운 속도로 관계들이 착착 정리되어가고 있어. 일주일이 채 지나지 않았는데 벌써부터 그 대혼란 속에서도 신문사의 윤곽이 얼추 그려지고 있거든.

우리 역시 변신의 과정을 겪고 있어. 쇼르바 여사나 영업 경영을 담당하는 그녀의 남편이나, 혹은 에비와 모나, 컴퓨터 앞의 엘빈넨, 공격을 당한 프링겔마저도—우리 모두가 계속해서 다음번 일을 처리하기 위해 속도를 내고 목표를 향해 곧장 나아가고 있어. 그리고 일을 하지 않으면 못 견디겠다는 듯 열심일 뿐만 아니라 친절하면서도 진솔하기까지 하지. 우린 서로에게 숨길 것이 없고 잃을 것도 없어! 일상이 늘 이렇게만 흐른다면야! 그래. 이런 식으로만 계속돼야 해!

쇼르바 씨의 공식적인 직장은 아직 비스무트 광산 회사야. 하지만 그는 해직이 되었고 보상금을 포함한 해직 절차를 기다리고 있어. 광산업 엔지니어인 그는 기획을 매우 잘해. 난 누군가 이성과 통찰력을 가지고 일을 해나가는 걸 보는 게 너무나도 즐거워. 그는 벽 한 면을 온통 지도로 도배를 했어. 그의 계산에 따라, 우리 신문은 약 12만 부를 찍을 거야. 쇼르바는 직원들에게 명확하게 업무를 분담시키고 아주 세밀하게 감독해. 내가 쿠르트에게 7월부터는 어떻게 돌아갈 것 같으냐고 묻자 그는 "그야, 여러분들과 같은 의견이죠" 하고 말했어. 반면에 프레드는 몹시 힘들어했지. 그는 매일, 매시간마다라도 영업망을 다시 새로 짜야 해. 판매소가 문을 닫거나 점점 더 부수를 적게 가져가기 때문에 그곳까지 차를 타고 가는 게 더 이상 수지맞는 일이 아닌 경우가 많거든.

게다가 우린 열 배 혹은 백 배는 더 큰 액수를 예상하고 있어. 우리에 비하면야 요르크와 마리온은 소매상 수준인 셈이지. 요, 사랑하는 친구. 이제 새로운 인생이 시작되고 있다구! 우리 신문기사는 아무리 괜찮은 경우라 해도 약간의 먼지를 공중으로 날려 올리는 정도였다가는 또 금세 가라앉곤 하지. 하지만 우린 이제 진짜로 무엇인가를 멀리 날아오르게 하려는 중이야. 우리 광고문이 그 엔진 역할을 담당하지. 우리 스스로가 세상을 바꾸는 거야. 우리 출판사 사옥을 생각해보라고. 또한 우리가 이곳으로부터 시장까지 하나의 길로 연결시킬 통로를 한번 생각해봐. 그 무엇보다도 중요한 건, 우리 말고 또 누가 그런 일을 해내겠느냐는 거야—무료로 그리고 모든 가정집에?! 요르크는 룰렛 테이블 앞에 앉아 면밀히 숫자를 연구하고 분석하지만 거는 족족 잃기만 하는 불행한 놈과 닮았어. 하지만 우린 게임을 하고 있는 거라고. 우리가 돈을 많이 가지면 가질수록 우연이란 놈이 점점 더 끼어들 자리가 없어져. 요르크한테는 계속해서 연구하고 분석이나 하다가 그렇게 분석한 걸 가지고 글이나 쓰라고 하지. 그 동안에도 우린 또 하나의 게임을 시작할 것이고. 그러면 그는 다시금 그 게임에 대해 연구하고 분석할 수 있겠지. 확고한 자신감을 가지고[1] 맨 처음 단계부터 다시 시작할 수 있다는 건 행운이야.

소란스럽고 혼돈스러운 시간이 지나고 나면 우리들의 프로젝트를 다시 한 번 맨 처음부터 찬찬히 검토해보자는 바론의 소망은 내 귀에도 몹시 합리적으로 들려. 동시에 모든 일을 처리하다 보면 뒤죽박죽이 돼서 빨간 실을 놓쳐버리기 쉬운 법이니까. 난 저녁이나 같이 먹을까 생각했었는데

1 원래 "확고한 명령권을 가지고"라고 썼던 것을 나중에 지우고 고쳐 썼다.

그는 우리 편집부의 무미건조한 인테리어 안에서 나를 사무 담당자의 자격으로 만나길 원해. 문득 난 우리가 할 일이 무엇인가를 깨달았지. 남녀노소를 불문하고 우리 편집부 구성원들 각자는 자신에게 주어진 역할을 맡아야 하고 자신을 발표할 수 있는 무대를 가지는 거야. 그리고 난 그들의 연출가야.

나흘 동안, 난 그들과 대화를 나누는 일 외에는 거의 아무것도 하지 않았어. 그 어떤 것도 질문 없이 그대로 받아들여져서는 안 되니까!

프레드와 일로나는 "죽도 밥도 아닌" 일 처리를 벗어나게 되었다며 처음엔 기뻐했지만 이내 따돌림을 당한다는 느낌을 받는 모양이야. 내가 쇼르바 여사에게 무엇을 줄 때마다 일로나는 까치처럼 건너다보며 시기하곤 해. 게다가 '롤렉스 시계 사건'이 그녀를 미치고 팔짝 뛰게 만들고 있지. 사람들이 편집부로 몰려와서 그녀 책상 위에 '빌어먹을 시계'를 탕 던지거든. 시계가 전혀 가질 않거나, 새로운 정기구독자들이 그게 진짜 롤렉스가 아니라는 것을 알아차리지. 어떤 사람들은 그녀가 돈을 돌려줄 때까지 돌아가지 않겠다고 협박하지. 광고문에 '롤렉스'란 말은 없었고 다만 '이 시계를 증정……'이라고만 되어 있었다는 일로나의 해명은 사람들의 화를 오히려 한층 더 부추기곤 하지. 일로나를 구원해주는 유일한 존재는 노상 그녀의 욕을 듣고 사는 늑대뿐이야. 사람들이 싸우는 소리에 잠에서 깬 아스트리트가 주둥이를 쩍 벌리고 그들을 향해 하품을 하면 그 사나운 야수의 이빨이 훤히 다 드러나거든. 아무리 펄펄 뛰던 정기구독자라 하더라도 한쪽 눈자위가 하얀 그 무시무시한 개의 모습을 한번이라도 보게 되면 즉시 큰 경외심을 품게 된단 말이야. 그 모든 것이 이제 우리 문제가 아닌 것만은 천만다행한 일이지! 우린 정기구독자를 구하지 않아도 되니까! 이것이야말로 독자들로부터의 멋진 해방이 아니고 무엇이겠어?

어젠 드디어 중요한 회의가 있었어. 난 쇼르바 여사에게 회의 준비를 하라고 부탁했었지. 내 말은 그냥 책상들이나 좀 치우고 의자를 더 갖다 놓으란 소리였거든.

하지만 직원들에게는 그 회합이 뭔가 축하연처럼 느껴졌던 모양이야. 그래서 그런지 그들은 탁자 위에 흰 종이를 깔고 접시 위에는 초를 받쳐놓았더라고. 각자의 자리에 종이컵 두 개씩이 놓였어. 물과 와인을 사고 소금스틱도 무진장 샀더라. 초를 켜기에는 물론 주위가 너무 밝았어.

프링겔과 쇼르바는 똑같이 회색 양복을 입었고 어두운 색상의 셔츠를 받쳐 입었어. 그리고 두 사람 다 빨갛고 파란 줄이 쳐진 넥타이를 맸어. 사람들이 봤더라면 아마 기업 유니폼이라고 생각했을지도 몰라. 반면에 쿠르트는 버뮤다 바지에 노란색 짧은 소매의 남방을 입은 채 맨 끝자리에 말없이 앉아 팔꿈치를 무릎 위에 올리고서 여자들을 노골적으로 쳐다보고 있었어. 턱에 있던 점을 빼고 나타난 마누엘라는 요즘 들어서 허벅지가 다 드러나도록 옆이 트인 치마를 입기도 하고, 깊이 파인 옷을 입어 앞가슴을 아슬아슬하게 드러내놓고 다니지. 에비와 쇼르바 여사는 미장원에 다녀왔는지 파마한 머리 아래로 드러난 얼굴이 성년식에 초대된 이모 고모님들처럼이나 늙어 보였어. 모나는 립스틱만 발랐어. 난 그녀가 그렇게 예쁜 여자인지 그때 처음 알았지.

의자들이 모두 탁자 옆에 한 줄로 나란히 놓여 있어서 마치 이제부터 시험에 통과해야 하는 사람은 우리가 아니라 바론인 것처럼 보였어.

그는 10분이 지나서야 뛰어 들어오더니 뛰다시피 회의실을 가로지른 후 자신의 서류가방을 방문객의 탁자에 턱 내려놓고 나서 전화 수화기를 뽑아들며 번호를 누르더군.

그가 전화에다 대고 자신의 성과 이름을 또박또박 대는 동안 우리 모두는 쥐 죽은 듯 숨을 죽이고 있었어. 그의 사고 신고가 너무도 완벽해서 마치 독일적십자사(DRK)의 안내서를 눈앞에 들고 읽고 있는 것처럼 들릴 지경이었어. "네, 기다리겠습니다" 하고 그가 말하곤 그제야 우리들을 한 바퀴 쭉 둘러보았어. "바로 여러분이 있는 방문 앞이에요" 하고 그가 작은 목소리로 말했지.

왜 그때 아무도 꼼짝을 안 했던 건지는 나도 잘 모르겠어. 바론이 흥분해서 난리를 칠 때에야 우린 모두 그를 따라 밖으로 나갔어.

바론은 미친 노인을 옆에서 보이도록 안전한 자세로 눕힌 다음 그 옆에 무릎을 꿇고 앉아 큰 소리로 말했어. "하우스만 씨! 응급차가 올 겁니다!" 미친 노인은 끙끙대는 중에도 눈을 깜박거리며 우리들, 그중에서도 특히 나를 바라보는 것처럼 보였어. 그에게서 어떤 반응을 발견할 순 없었지. 양손이 피범벅이 되어 있었어. 바론이 연신 그의 이름을 불렀어. "하우스만 씨! 하우스만 씨!"—난 그때 처음으로 미친 노인의 이름을 들었지—그러고는 그에게 반드시 깨어 있어야 한다고 경고했지. 누군가 물 한 컵을 갖다주었는데 바론이 노인에게 건네자 거부하더군. 그러고 나서부터는 우린 그저 계속해서 복도 불을 켜는 외에는 다른 도와줄 일을 찾지 못했어. 나중에 바론은 노인을 들것에 싣는 일을 도와주었어. 노인은 그 순간 눈을 감아버렸어. 마치 가파른 계단을 내려가며 자신을 옮기고 있는 것을 더 이상은 보고 싶지 않다는 듯이. 아스트리트, 늑대가 그 뒤에서 컹컹 짖어댔어.

매정하게 들릴지 모르겠지만, 그 사고가 우리들에게서 긴장과 당황감을 덜어주었지. 바론은 아이러니한 분위기를 풍기지 않으면서도 우리에게 협조해주어 고맙다고 인사를 했어. 얼마간 시간이 지나자 그는 시선을 우리들의 모든 다시금 자신에게로 쏠리게 하는 데 성공했지. 그렇게 해서 다음 몇 시간은 화살처럼 쏜살같이 지나갔어.

바론은 도시의 지도를 만들어 파는 계획이 성공하면 우리 모두에게 1천 서독마르크씩의 보너스를 주겠다고 약속했어—"그리고 내가 '모두에게'라고 말했다는 것은 진짜로 그 '모두에게'를 뜻하는 겁니다. 여러분 한 사람 한 사람을." 우리가 그런 일을 하는 맨 처음 사람들이기만 하면 되는 거야!

에비와 모나는 전 세계 광고업계를 통틀어 자신들의 자리보다 더 낫고 더 현대적이고 더 능률적인 곳은 없음을 잘 안다고 했어. 그들은 아마도 동독인들로서는 맨 처음으로 매킨토시로 작업을 할 수 있는 사람들일 것이라고도 했지.

바론은 한 주 한 주 지날 때마다 영업의 의미가 점점 더 커지고 있다면서 쇼르바와 쿠르트가 기업의 버팀목이라고 말했어. 또한 그들의 업무로 인해 중소기업 경영의 성공과 실패가 좌우된다는 것을 알고 있냐고 물었지.

그는 프링겔을 두고는 수프의 소금이라고 했고, 쇼르바 여사는 기업의 심장, 마누엘라는 부대의 디바이며 스타라고 했어. 왜냐하면 그녀와 그녀의 동료들이 없다면 우리가 아무리 잘해봤자 아무 소용이 없으며 아무리 뼈 빠지게 노력해봤자 제대로 일을 할 수가 없을 것이기 때문이라더군. (그는 그녀들에게 지급하는 보수가 심각한 문제가 될 수도 있음을 언급하진 않았어. 마누엘라는 어머니를 자신의 집으로 모시고 왔고 이젠 아이들을 돌보아야 할 필요가 없다면서 밤낮으로 이 지역 저 지역을 돌아다니고 있거든.[2])

---

2 일주일 동안, 혹은 보름 동안, 혹은 한 달 동안의 광고에 대한 연간 임금 계약서를 말한다.

그는 또 이제부터 다가올 몇 달과 몇 해 같은 시간을 우린—"우리 모두, 그러니까 이곳에 앉아 있는 우리 모두가"—조만간 다시 겪기는 힘들 거라고 하더군. "총 12만 부!" 각자가 그 수치를 한번씩 입안에서 발음해보며 맛을 음미해봐야 한대. 그리고 이건 단지 시작에 불과하다더군. "여러분, 그게 얼마나 엄청난 힘인 줄 아십니까? 전쟁기념비로부터 에르츠 산맥의 끝자락에 이르기까지 가이트하인의 요새 교회로부터 론네부르크의 피라미드에 이르기까지—이곳이 다 여러분들의 지역입니다! 여러분들 말입니다!" 그의 시선이 한 사람 한 사람을 훑으며 지나갔어.

"그리고 여러분이 이 업종의 대기업들에 맞서는 유일한 사람들임을 명심하세요. 여기, 이 신문이, 여러분이, 이곳에 이렇게 모이신 여러분 모두가 국제적인 대기업에 반기를 든 것입니다! 땅콩 껍질 안에 있는 여러분들이 지금 무적함대를 향해 공격을 하고 있단 말입니다. 여러분들이 원하든 원하지 않든 여러분들은 지금 세상을 그나마 살 가치가 있도록 만드는 그 무엇을 지키고 있단 말입니다!"

바론은 마법사 같은 모습으로 우리들의 시선을 꼼짝 못하게 사로잡고 있었어. 그리고 어쩌다가 누군가의 눈동자가 방 안을 맴돌며 주위를 휘휘 살피는 일이 있더라도 그건 어디까지나 이 모든 것이 꿈이 아님을 확인하려는 절차에 지나지 않았어.

얼마 가지 않아 기업을 확장해야만 할 거야. 우린 남녀 직원들을 새롭게 채용해야 하겠지. 하지만 우리들 중 각자가 이렇게 창업부터 함께 일을 시작하게 된 건 행운이랄 수 있지. 그리고 우리 각자가 나중엔 크고 작은 분과의 책임자가 될 거야. 그건 막중한 책임이야. 누구 한 사람이 실패를 하게 되면 모든 사람들이 알게 될 테니까 말이야.[3] 바론은 내게 대충대충 일하는 건 절대 용납해서는 안 되며 예외사항을 허용하지 말고 언제나 배의 키를 꽉 잡고 있어야 한다며 엄격한 훈령을 내리더군.

우리가 자리를 뜰 때에야 난 다시 그 노인을 떠올렸지. 그는 복도 마룻바닥에 몇 방울의 핏자국을 남겼어. 그래서 우리는 모두 큰 보폭으로 그 자리를 뛰어넘으며 걸었어. 마치 노인이 그 자리에 아직도 누워 있기라도 한 듯.

너를 포옹하며.

엔리코로부터.

사랑하는 요! 오늘 아침 이 편지를 가지고 나가는 것을 잊었었어. 그리고 난 일의 결과를 얘기해줄 수 있어. 사업의 이런저런 관계들은 이제 정리가 끝났어. 우린 공인 변호사와 시간 약속을 잡았지. 난 바론을 대신해 참석한 미하엘라와 요르크의 건너편에 앉아 있었지.

요르크와는 그래도 대화가 가능해. 마리온만 없다면! 그러나 언제나 똑같은 자리에 때가 끼는 것처럼 난 그녀의 눈에서 매일 아침마다 새로운 증오를 발견하곤 해. 〔……〕 게다가 그녀는 배배 꼬인 실오라기처럼 말라비틀어졌어. 허리띠만이 그녀의 바지를 지탱하고 있지. 그녀는 나를 공기인 양 취급하고 있어. 그래서 내가 그녀를 피해가지 않으면 그녀는 어깨로 날 밀어붙이지. 그녀가 부추기는 대로 매번 내가 화를 낸다면 아마도 이곳에선 매일같이 주먹다짐이 일어날걸. 최근에 그녀는 내가 기사를 쓰는 이유는 단 하나, 즉 오로지 본질적으로 중요한 내용이 나오지 못하도록 가능한 한 많은 공간을 차지해버리기 위해서라고 주장하더군. 본질적으로 중요한 기사란 내 '책동,' 내 만행에 관한 기사라는 거야. 마리온

3 이 대목들은 마치 튀르머 자신의 연설 내용이었던 것 같은 인상을 준다. 그러나 그는 사실 바론의 연설 내용을 인용하고 있을 뿐이다.

은 심지어 기자를 뽑을 때 적용해야 한다는 인사 기준 같은 걸 만들었어.

상황이 얼마나 빠르게 변했는지! 이제 넌 안심하고 알텐부르크로 이사 올 계획이나 짜면 되겠네.

포옹을 보내며, 엔리코로부터.

[90년 6월 20일 수요일]

베로츠카, 1백 번도 넘게 시도해봤지만 결국 누나와 통화하지 못했어. 지금 어디 있는 거야?

우린 자책할 필요 없어.[1] 미하엘라 때문이라면 더더욱. 이미 예전부터 조금은 짐작하고 있던 일이었고 지금은 확실히 알고 있지. 바리스타와의 일은 결코 우연이 아니었어. 미하엘라는 계획을 짰던 거야. 아주 냉정하게 계획을 짰어.

아니, 그건 내 지나친 상상이 아니야. 난 지금 유산에 대해 말하고 있는 거야. 모든 게 너무나도 비현실적이었어. 이 세상 가운데서, 이 세상으로부터 나온 일들치고는 너무도 믿기 어려운. 난 잊지 않았어. 물론 잊지 않고 있지. 하지만 그에 대해서 대화를 해야 한다고?

오늘 미하엘라의 집에 갔었어. 바리스타와 할 얘기가 있었거든. (롤렉스 시계를 사은품으로 주자는 그의 빌어먹을 안건이 이젠 정말 저주가 되어버렸거든!) 난 그가 집에 있을 거라고 생각했어. 미하엘라는 초인종 소리

---

1 이 문장의 진의는 알려지지 않고 있다.

를 듣지 못했어. 난 예전 내 방 창문을 두드렸지. 그 방은 이제 그녀의 '스튜디오'야. '스포츠 스튜디오!'

내 앞에 나타났을 때의 그녀 모습이라니! 속옷 바람으로, 땀 범벅이 되어가지고, 그녀는 "2킬로를 줄였다"고 말했어. "나흘 동안 2킬로가 줄었다고!" 난 그저 그녀가 빨간 운동화를 신고 손에는 아령을 쥔 채 러닝머신 위에서 뛰는 것을 바라볼 수밖에 없었어. "아직도 5백 미터 남았어." 그녀가 숨을 헐떡거렸지.

난 부엌에서 기다렸어. 모든 것이 얼마나 빨리 낯설게 변해버리는지! 츠비박 빵과 크네케 빵, 장기 보존용 우유가 가득 쌓여 있더군. 냉동고는 처음엔 눈여겨보지 않았어. 그 번쩍거리는 흰색 물건 옆에서 다른 모든 것들은 다 지저분하게 보였지.

미하엘라는 손으로 배를 찰싹 때리면서 일부러 당긴 게 아니라고 했어. 나에게 자기가 군살이 빠진 것을 인정해야 할 거라면서. 그녀는 강한 의지력에 대해 말했고 매일 꾸준히 하는 트레이닝만으로도 많은 것을 이룰 수 있다고 했어. 그녀는 반쯤 벌거벗은 몸으로 이리저리 움직이며 배 이야기를 계속했어. 내가 말했어. "당신 배가 납작한 건 사실은 슬픈 일이야." 베로츠카, 내 말을 오해하지 말아줘. 누나와 나라 해도 그 아이를 받아들일 수 있었을 거야. 적어도 난 그걸 원했어. 처음엔 난 미하엘라가 내 말의 숨은 뜻을 이해하지 못했거나 이해하고 싶지 않은 거라고 생각했어. 그러나 다음 순간 그녀가 나를 쳐다보았고 나에게 몽상가이며 이기적인 사람이고…… 기타 등등 그런 말을 했어. 갑자기 그녀가 말했지. "그러고도 당신은 모든 걸 믿지."—그러면서 자신이 내뱉은 말에 스스로 깜짝 놀라는 거야. 난 도대체 무슨 말을 하는 거냐고 물었지. 그녀는 입을 다물었어. 뭔가 둘러댈 말이 빨리 떠오르지 않았던 거야. **그러고도 당신은 모든**

걸 믿지!

그 당시, 병원에서, 난 병동의 간호사에게 따져 물었었어. '자연유산' 산모를 어떻게 '인공유산' 산모들 속에 눕힐 수가 있느냐고, 어떻게 그렇게 잔인한 일을 용납할 수가 있냐고…… 그럴 바엔 차라리 복도에 입원시키는 게 낫겠다고, 그래, 복도에 눕히는 게 오히려 훨씬 더 인간적이겠다고. 모든 사람들이 일제히 입을 다물었어. 간호사마저도. **그러고도 당신은 모든 걸 믿지!**

난 미하엘라에게 그게 순전히 자연유산이었음을 맹세하라고 했고, 그녀는 맹세를 했었어. 하지만 거짓말이었던 거야. 거짓말과 위증. 난 더 참을 수가 없었어. 난 즉시 그 자리를 박차고 나왔어. 작별인사도 하지 않고.

그게 다야. 베로츠카. 우리라면 그 아이를 받아들였을 거야. 안 그래?

누나의 하인리히.

90년 6월 21일 목요일

아아, 니콜레타,

이번 달 말쯤 예상하지 못했던 보물들이 나를 기다리고 있을 거라는 느낌이 듭니다. 모든 게 너무나 아름다울 것입니다! 부디 화내지 마십시오. 내가 이렇게 오랫동안 편지를 하지 않았던 데 대해서요. 이곳엔 할 일이 너무나 많았습니다! 꼭 물어보고 싶습니다. 요즘 어떻게 지내십니까? 무엇을 하고 지내십니까? 내가 밤베르크에 간다면 혹시 한 시간 정도 시간을 내주실 수 있으세요? 이렇게 늘 과거에 대한 이야기를 쓰기보다는 한번이라도 당신과 마주한 채 정말이지 현재형으로 이야기를 나누고 싶습니다. 그렇지만 내가 보기에도 나한테는 선택권이 없습니다.

알텐부르크와 스웨터 아래 감추었던 권총 이야기로 돌아가겠습니다.

시위가 진행되는 내내 참여하지 않고 가만히 있었지요. 만약 누군가의 눈에 띄었더라면 난 장난이라도 치듯이 내 포획물을 내보였을 것이고, 기회를 보아 권총을 제자리에 도로 갖다 놓았을 것입니다. 내 팔에 팔짱을 끼며 미하엘라가 나를 붙잡았고, 아는 사람이거나 모르는 사람이거나 간에 인사를 받느라 정신이 없었습니다. 그녀는 내 귀에 대고 이웃들 중에 누굴 보았는지 속삭였고, 이런저런 사람을 좀 쳐다보라면서 내 주의를 끌었습니다. 때론 우리가 어디서 그들을 만났던지 생각나지 않을 때도 있었습니다—판매원 여자, 우체국 직원, 저학년을 맡은 로베르트의 담임 선생님도 시위에 합류하고 있었습니다. 몇 번씩이나 사람들이 서로 인사를 나누었고, 몇 마디를 나눈 이후엔 예상하지 못했던 그들의 공통점을 축하하기 위해 포옹을 하기도 했습니다.

비밀안전기획부들의 건물 앞에서는 평소와 다름없이 휘파람 합창과 구호가 있었습니다. 시장의 광장에서 시들해지려는 조짐이 보이니까 어느 목소리가 고래고래 소리를 지르며 사람들을 선동하기 시작했습니다. 그는 벤치에 올라가 군중들을 향해 격렬한 증오의 말을 쏟아냈습니다. 통일사회당을 언급할 때 그는 끊임없이 혐오스러운 형용사만을 사용했습니다. 썩었고, 타락한 잡부 같고, 매춘부 같은 자들 등등. 강조하는 음절 하나하나마다 그의 주먹도 함께 하늘을 찔렀습니다. 예닐곱 문장을 쏟아낸 뒤에는 더 할 말이 떠오르지 않는 모양인지 아까와 똑같은 문장들을 다시 처음부터 반복했습니다. 나중엔 무슨 후렴 같은 것이 만들어질 지경이었지요.

사람들은 무엇보다도 타락한 잡부 같은 당 간부 놈들을 모조리 일일 강제 노역소로 보내야 한다는 그의 요구문에 대해서는 매번 환성을 질러댔습니다. 하지만 그가 이젠 시청을 향해 돌진하자며 선동할 거라고 예상한 순간, 그는 "우리는 다시 올 것이다! 우리는 다시 올 것이다!"로 끝을 맺으며 벤치에서 내려섰습니다. 난 당신에게 그 혁명 연설가에 대해 이미 말씀드린 적이 있습니다. 그는 빌란트 푀르스터(독일의 비주얼 아티스트이자 작가—옮긴이)의 작품에 반대하는 독자 편지를 쓰겠다고 제안한 적이 있습니다.[1]

집으로 돌아오는 길에 미하엘라는 희망에 들떴습니다. 우리가 텔레비전을 켜니 그날 하루는 승리로 마감되는 듯했지요. 막 베를린 시위가 보도되는 중이었거든요. 미하엘라는 단 한 번도 양심에 거리낌 없이 그토록 즐겁게 텔레비전을 본 적이 없었다고 말했습니다. 우리가 해야 할 의무를 다했기 때문이라는 것이었습니다. 그녀는 오후 내내 화면 주위에서 꼼짝하지 않았고, 오히려 점점 더 바짝 가까이 다가앉았습니다. 혹시 화면 속에 테아가 나오지 않을까 기대했기 때문이었습니다.

반면에 내 기분은 갑자기 한순간에 형편없는 나락으로 떨어졌습니다. 엉엉 울면서 모든 것을 고백이라도 하고픈 심정이었습니다. 그러면 나를 불쌍히 여긴 미하엘라가 내 인생으로부터 권총을 없애주지 않을까 하는 희망 때문이었습니다. 난 금방이라도 가택수색을 당할 거라고 믿었습니다. 난 모든 걸 운명에 맡긴다는 기분으로 권총을 내 침대에 던지고선 문을 열어둔 채 부엌으로 갔습니다. 마침내 미하엘라가 나를 불렀습니다. 하지만 그건 마침 테아의 집에서 보았던 소금스틱 킬러가 화면에 나와 말을 하고

---

1 1990년 2월 27일 편지 참고. "혁명 연설가"는 요한 치일케에게 보내는 1월 18일자 편지에도 등장한다. '새로운 포럼'의 회합에서 "고래고래 울부짖던 남자"이다.

있었기 때문이었습니다. 그는 매우 신중하고 걱정스럽다는 듯한 인상을 지어 보이고 있었습니다. 게다가 그는 마치 누구나 모든 방면으로부터 자신에게서 깊은 인상을 받아야만 한다는 듯이 자신의 작은 얼굴을 이리저리 계속해서 돌려대고 있었습니다. 난 팔을 뻗고 검지로 목표물에 조준한 다음 위를 향하고 있던 엄지를 내리며 말했습니다— "탕!" 미하엘라가 웃었습니다.

난 책장을 열고 그곳에 있던 원고 뭉치 위에 권총을 놓은 뒤 미하엘라 옆에 가 앉았습니다. 탈진했던 내 몸도 어느새 회복된 모양이었습니다. 생방송이 끝나자 모든 동서독 텔레비전이 일제히 뉴스를 보여주며 시위 연설의 장면들을 추려 보도했습니다. 그 뉴스 시간이 아까부터 내 머리에서 맴돌고 있던 한 가지 물음에 대해 궁리해볼 수 있는 좋은 기회를 제공했습니다. 누굴 쏘면 좋을까?

처음엔 어떤 연설가라도 다 괜찮을 것 같았습니다. 그러고 나서 난 호감과 비호감의 정도에 따라 희생자를 고르기 시작했습니다. 결국 난 야당 편 인사를 목표로 한다는 것은 의미가 없다는 것을 깨달았습니다. 내 선택의 폭은 이제 샤보브스키(1989년 당시 동독 통일사회당 서기장— 옮긴이)와 마르쿠스 볼프(동독 비밀안전기획부의 책임자— 옮긴이)에게로 한정되었습니다. 비밀안전기획부 부대를 움직이기 위해서 난 볼프를 택하기로 했지요. 볼프가 쪽지를 쥔 팔을 내릴 때마다, 즉 휘파람 소리와 야유 소리가 가장 크게 들려올 때마다 난 권총의 방아쇠를 눌렀습니다. 한 번은 군중 속에서, 또 한 번은 뒤쪽에서. 가장 좋은 지점을 발견하기 위해서 난 텔레비전 화면 안으로 기어들어가다시피 가까이 다가갔습니다. 내 오른쪽 손목은 총알이 나가며 무기가 번쩍 올라갈 때와 똑같은 압력을 실제로 느낄 지경이었습니다. 들키지 않고 빠져나가기란 거의 불가능할 게 너무도 자명했습니다. 어쩌면 그들은 이미 원거리 저격수들을 배치해놓았을지도 모릅니다. 그 어디에도 경찰은 보이지 않았습니다. 문득 내게 떠오르는 것이 있었습니다. 난 들키지 않기를 바라지 않는다! 자진해서 범행을 자백하지 않을 이유가 무엇이란 말인가?

똑같은 보도 내용이 재차 반복되고 있을 때, 난 이미 연단에 올라가 있었습니다. 난 볼프로부터 왼쪽으로 두 발자국 떨어진 위치에 있었고 사람들의 휘파람 소리가 최고조에 이르렀을 때 큰 소리로 외쳤습니다. "사령관 동무!" 볼프가 이쪽을 보는 순간 난 무기를 뽑아들고 "꺼져버려!"라고 말합니다. 그가 몸을 돌렸을 때 그의 시선은 믿을 수 없다는 듯하기도 하고 멍청한 듯도 보입니다. "꺼지라고!" 하고 난 다시금 외치며 권총 머리로 계단 쪽을 가리킵니다. 몇 초 동안은 아무도 움직이지 않습니다. 그러다 지독히도 멍청하게 상황을 파악하지 못한 볼프가 나폴레옹의 제스처를 취하며 자신의 외투 안으로 손을 집어넣습니다. 돌처럼 굳은 채 우린 서로를 쏘아봅니다. 볼프가 점점 작아집니다. 그가 자신의 권총을 뽑아드는 동작이 내 눈 위에서 그림자처럼 스쳐갑니다. 마침내 총이 발사되었습니다. 뜨거운 탄피가 연단 위로 떼구르르 떨어집니다.

난 볼프의 손에 쥐어진 은빛 나는 작은 권총을 봅니다. 총구가 비스듬히 아래를 향하고 있습니다. 나는 생각합니다. 그의 총이 얼마만큼 더 현대적이고 가볍고 명중률이 높은 것일지는 몰라도 그는 지금 내 눈앞에 몸을 쭉 뻗고 널브러져 있다. 그의 권총이 내 신발 끝을 스치고 지나가 스피커 아래로 미끄러져 떨어집니다.

난 휘파람 시위가 잠잠해진 틈을 이용해 군중을 둘러봅니다. 아무런 저지를 당하지 않으면서 유유히 연단을 빠져나갑니다. 첫 경찰차를 만나게 되기까지는 오랜 시간이 걸립니다. 편안하고 흡족한 마음으로 그들에게 순순히 무기를 건네줍니다. 왜냐하면 난 힘닿는 한 최선을 다했으니까요.

미하엘라는 텔레비전 앞에서 끊임없이 무엇인가를 기록했고 다음 주일요일을 위한 연설문을 준비했습니다. 잠자리에 들자마자 그녀는 잠이 들었습니다.

1시 반경에 잠이 깬 나는 내 방으로 건너가 간이침대의 발치 끝에 걸터앉았습니다. 마치 짐승의 잠을 깨우지 않으려는 듯, 짐승을 우리 밖으로 나오지 못하게 하려는 듯, 난 책장 문을 열기가 겁이 났습니다.

무기는 잘 손질된 것이었고 탄창에 총알도 잘 재워져 있었습니다. 각각의 기능을 위한 손잡이들도 다 자동 조절이 가능했습니다.[2] 총알을 빼내는 것마저도 아무 문제가 없었습니다. 난 왼손을 엉덩이에 받치고 숨을 들이마신 뒤 목표물을 향해 무기를 조준했다가는 창문턱에서부터 총을 내렸습니다. 숨을 내쉬는 순간과 다시 들이마시는 순간 사이에 창틀의 맨 아래 모서리가 가늠구멍과 가늠쇠 안에 들어가도록 조준하면서도 동시에 손가락은 방아쇠를 누를 준비가 되어 있어야 합니다. 첫번째 시도에선 목표물을 완전히 빗나갔습니다. 다음번 시도에서도 역시 너무 세게 당기는 바람에 무기가 이상적인 지점을 벗어나는 문제가 발생했습니다. 5미터 이상 되는 지점에서 목표물을 맞힌다는 것은 거의 불가능할 것 같았습니다. 난 한참 동안 연습을 했고 성냥갑 속에 총알을 가득 재워 넣었습니다.[3] 그러고는 등받이에 벗어 걸쳐놓았던 러닝셔츠로 무기를 둘둘 감쌌습니다. 손을 여러 번 씻었음에도 불구하고 손에서는 연기와 기름 냄새가 났습니다.

---

2 권총에 관한 튀르머의 지식은 열한 살 때부터 열네 살 때까지 '드레스덴 구립 트레이닝 센터'의 권총사격수(올림픽 속사권총)였던 데 기인한다.

3 경찰관들의 진술에 따르면 모든 총알을 성냥갑 안에 "재워 넣는다는" 것은 불가능한 일이라고 한다.

마치 총탄 한 곽쯤을 다 쏴버린 것처럼.

몇 시간 뒤 난 깜짝 놀라 잠에서 깼습니다. 한 달 전 드레스덴에서 그랬던 것처럼 또 한 번 초인종 소리를 들었다고 착각했기 때문이었습니다. 난 경찰차가 곧 우리 집 앞에 와 설 것이라고 예상했습니다. 7시가 조금 지나서는 진짜로 초인종이 울렸습니다. 미하엘라는 로베르트의 방으로 갔고 내가 문을 열었습니다.

루트, 에밀리 파울리니의 딸이 꼼짝도 하지 않은 채 말없이 나를 바라보고 있었습니다. 난 그녀를 집 안으로 들어오게 했습니다. "저의 어머니가 돌아가셨어요. 튀르머 씨" 하고 그녀가 말했습니다. "어제 어머니가 돌아가셨다고요!"

난 안으로 들어오라고 다시 한 번 그녀에게 말했습니다. "어머니는 튀르머 씨가 오시기를 기다렸어요. 아아, 어머니가 기다리셨다고요!" 루트는 두 발자국을 떼어 앞쪽으로 나서더니 그 자리에 멈춰 섰습니다.

미하엘라는 안도하면서도 화가 난 채 그녀에게 조의를 표했습니다. 그러나 루트는 그녀가 조의를 표한다는 말을 듣지 못했고 그녀가 내민 손을 보지도 못했습니다. 루트의 시선은 나만을 찾고 있었습니다. "왜 오지 않으셨어요?" 그녀가 한탄스럽게 말했습니다. "아아아, 튀르머 씨, 엄마가 애타게 기다리셨다니까요!"

난 하필이면 요즘, 이번 가을에 너무나도 많은 일이 있었다고 말했습니다. 미하엘라가 내 편을 들며 최근 몇 주 동안 우린 거의 집에 돌아오지도 못했었다고 말했지요. "아아아, 튀르머 씨!" 루트가 부르짖었습니다. "그렇다면 왜 단 한 시간만이라도 시간을 내서 들르지 않으셨던 거죠? 아니, 아니!" 마치 나를 벌하려는 듯, 어머니가 언제 돌아가셨느냐는 내 질문에 그녀는 대답하지 않았습니다.

"장례식 땐 꼭 오세요!" 루트가 명령했습니다. 그녀는 날짜를 말하고 돌아서더니 현관문을 열고 작별인사도 없이 사라져버렸습니다.

루트가 다녀간 후 내겐 다시 두려움이 밀려들었습니다. 하루 온종일, 난 내가 하는 말조차 제대로 이해하지 못했습니다. 나 자신의 장례식에 대한 상상에 골몰하듯, 난 사흘 전에 내가 했던 행동이라든가 혹은 2주 전 밤에 잠자리에 들었던 시각까지도 상세하고 빈틈없이 다 꼽아보느라 깊은 생각에 빠져들었습니다.

그리고 다시금 난 마르쿠스 볼프의 살인자가 되어 재판정에 서 있었습니다. 내가 그 일을 치른 바람에 장갑차가 알렉산더 광장을 굴러갔고 지금 그들은 러시아군과 어깨를 맞댄 채 모든 도시들을 감시하고 있습니다. 계엄령이 발동되었습니다. 난 공개재판에서 선고를 받게 될 것입니다. 디미트로프[4]처럼 나 역시 전 세계가 보는 앞에서 스스로를 위한 변론을 합니다.

저녁에 극장으로 가 주인 없이 방치되어 있던 소도구실 안에 권총을 숨겼습니다. 총알은 한 여자 동료의 책상 위에 있던 화분의 흙 속으로 밀어 넣었습니다.

월요일에 난 미하엘라와 로베르트와 함께 라이프치히로 향했습니다. 대대적인 검문 검색을 기대했습니다만 경찰관이라곤 단 한 명도 보지 못했지요. 시위대는 교차로를 돌며 행진한 후 곧 해산했습니다. 사람들은 뉴스에 자신들이 나오는 걸 놓치지 않고 보기 위해 시간에 맞춰 집으로 돌아가길 원했던 것입니다.

---

4 게오르기 디미트로프(1882~1949): 불가리아 공산당 당수, 1946년부터 불가리아 인민공화국의 대통령이었고, 1933년 제국의회 방화 사건 재판정에서 스스로 변론을 맡았고 무죄로 풀려났다.

화요일엔 극장장이 나를 불렀습니다. 그곳에는—내 예상대로—금발과 검은 머리의 경찰관이 앉아 있었습니다. 요나스는 그의 사무실을 내주는 것 말고는 다른 아무것도 협조할 수 없다고 말했습니다.

물론 나를 의심할 만했습니다. 난 "내가 왜 권총 같은 걸 훔치겠어요?"라며 가능한 한 재미있다는 듯 말할 계획이었습니다. 그들의 얼굴 표정은 너무나도 진지했으며 피곤한 기색이 역력했습니다. 12일 시위를 두고 그들이 언급한 "안전을 위한 파트너십"은 단지 핑계에 불과했습니다. 필요 이상으로 많은 수의 사람들이 질서유지 요원으로 일하겠다고 자원했음에도 불구하고 그들은 걱정을 떨쳐버리지 못했습니다. 그들은 "그런 전제로부터 출발할 순 없습니다"라든가 "무슨 일이 일어나는지 동무들은 알아야 합니다" 같은 문장들을 쏟아냈습니다. 난 별것도 아닌 대화에서 지레 단서를 내주지 않기 위해 입을 꾹 다물었습니다. 그렇게 되면 내가 예상했던 질문이 밀어닥칠지도 모르니까요. 결국 우린 대책을 찾지 못한 채 자리에 말없이 앉아 극장장의 빈 왕좌만을 뚫어져라 응시했습니다.

얼마 시간이 지난 뒤, 그날 내게 밀어닥친 무엇인가가 결국 있긴 있었습니다. 죽음과 죽임이라는 주제를 떠나지 못하고 주위를 빙빙 맴돌던 내 생각은, 이젠 오래된 반사작용을 따르려는 모양이었습니다. 갑자기 내 머릿속에 이야깃거리가 떠올랐던 것입니다. 공상과학소설이 될 만한 소재였지요. 내가 그릴 사회에선 중범죄자들이 종신형을 받으면 엄격한 감시하에 놓여 있는 한 섬으로 유배됩니다. 바로 사멸의 섬입니다. 그 섬에서는 모든 것을 다 가질 수 있고 그 어떤 쾌락도 다 누릴 수 있습니다. 그러나 바로 그것이 그들이 받은 형벌입니다. 즉, 그들은 '자연사'로 죽어가도록 선고를 받은 것입니다. 다른 모든 사람들은 유전자 조작이라든가 혹은 뇌 이식 같은 방법을 이용해 영원히 살게 되거나, 그렇지 않다 해도 적어도 1천 년 혹은 2천 년까지도 예상 수명을 늘릴 수 있기 때문입니다.

그다음 이야기야 불을 보듯 뻔하지요. 자연적인 죽음을 선고받은 자가—사람들이 그에게서 이미 젊음의 유전자를 빼내버렸거든요, 그래서 그는 이제 하루하루 무서운 속도로 늙어갑니다—사멸의 섬을 탈출해서 전 도시를 충격과 공포로 몰아넣습니다. 그로서야 더 이상 잃을 것이 없으니 사람들에겐 양심이라곤 조금도 없는 사람으로 비춰지지요. 그가 지금 당장 총에 맞아 쓰러지거나 혹은 20년이나 40년 후에 자연사로 죽는거나, 영원한 삶에 비하면 너무나 미미해 아무 차이가 없었으니까요.

갑자기 난 다시 책상 앞에 앉아 있었습니다. 언론매체들이 매일 뉴스 보도를 통해 사멸성에 관한 광신적인 혐오를 부추긴다는 장면을 묘사했습니다. 영원한 생명을 가지지 못한 사람은 이유를 댈 것도 없이 본질적으로 악하고 양심 없는 자들이라는 게 그들의 요지입니다.

내 글 속의 주인공은 죽음의 두려움과 죽음에 대한 생각이 그에게 가져다주는 공포에 대해 서술합니다. 그러한 공포는 다른 사람들에게는 낯선 것이니까요. 계속해서 새로운 소재들이 떠오르면서 내 시선은 죽음 주위를 맴돌았습니다. 혼자서만 어떤 경험을 해야 한다는 절망감과 함께 말입니다.[5]

내게 생기를 불어넣어준 건 다시 독일 도서관에 갈 일이 생겼다는 희망이었습니다. 난 어느새 의술에 관한 모든 전문서적을 뒤지고 있는 나 자신을 발견했던 것입니다. 내가 아직 다루지 않고 남겨둔 마지막 주제란 육체와 죽음뿐이 아니던가요?

연습 공연을 마치고 늦게 돌아온 미하엘라는 책상 앞에 앉아 있는 나

5 이 이야기의 수준은 튀르머의 문학적 공명심에 독특한 색채를 더한다.

를 발견하곤 깜짝 놀랐습니다. 그녀는 미소를 지었고 곧장 잠자리에 들었습니다.

수요일엔 이른 아침부터 로베르트가 우리를 깨웠습니다. 그 아이는 자기 방에 서서 무엇인가를 큰 소리로 외치고 있었습니다. 맨 처음 내 눈에 들어온 장면은 미하엘라의 허벅지였습니다. 미하엘라가 뛰어갔습니다! 그리고 난—너무나도 크게 틀어놓은—라디오 소리를 들었습니다.

로베르트의 목소리, 요란한 전등 불빛, 일기예보—갑자기 난 글을 쓰고 싶은 유혹에 넘어갔던 것을 몹시 후회했습니다. 이제야 난 로베르트가 뭐라고 떠드는지 이해했습니다.

장벽이 무너졌습니다. 나는 그 사건을 다시 글쓰기에 빠져들었던 데 대한 혹독하면서도, 그러나 정당한 벌이라고 여겼습니다. 난 이불을 끌어당겨 머리 위까지 뒤집어썼습니다.

"이젠 아무도 시위에는 나오지 않겠네." 미하엘라가 투덜거렸습니다. 나중에 나는 인도 위를 걸어가는 그녀의 구두굽 소리를 들었다고 생각했습니다. 혼자 남아 장벽이 무너진 것이 온통 내 책임이라는 느낌에 사로잡혔습니다. 내가 너무 늑장을 부렸기 때문에, 내가 얼른 방아쇠를 당기지 못하고 우물쭈물했기 때문이었으니까요. 난 이렇다 할 행동의 근처에라도 가본 적이 없습니다. 그러니 그건 6 대 3의 경기인 셈이고, 후반전에 말도 안 되는 다섯번째 골인을 당한 경우인 것입니다. 다 끝난 경기! K.O. 참패!

미하엘라는 거의 명랑하다 싶은 얼굴로 돌아왔습니다. 그녀는 그녀의 어머니 집에 가서 초인종을 누르고 이야기를 해드렸다고 했습니다. 그 일을 누군가에게 말하면서 얼마나 이상한 느낌이 드는지, 다른 사람들은 아직 아무것도 모르는 채 예전의 세상에서 살고 있는 이 순간이 얼마나 이상한지.

총연습 시간을 앞두고, 지금은 그 공연에 대한 구체적인 내용이 생각나지 않습니다만 난 요나스와 노베르트 마리아 리히터에게 첫 공연을 취소하자고 권했습니다. 요나스는 내 말에 찬성하긴 했지만 노베르트 마리아 리히터 자신에게 그가 연출한 공연을 할 것인지 말 것인지를 정할 자유를 주었습니다.

곧이어 미하엘라가 나를 배신자라고 불렀습니다. "내가 그동안 배신자와 함께 살고 있었군!" 난 아마도 싸움을 원했는지 모르겠습니다. 모든 것을 망가뜨리고, 모든 것을, 정말이지 모든 것을 파괴하고만 싶었던 것입니다. 가족이든, 일이든, 그 외 다른 무엇이든 간에.

일요일에 미하엘라와 나는 서로 거의 아무런 말도 나누지 않았고 어쩌다 한번 입을 열 때가 있더라도 오직 시위에 대한 이야기였습니다. 난 시장에서의 내 연설을 위해 아무리 길어도 2분이 안 되도록 일정을 짜달라고 부탁했습니다. 그녀는 내게 뭘 연설할 거냐고 물었습니다. "미래에 관해서"라는 내 대답은, 내가 생각해도 어처구니없는 말이었습니다. 더 이상 난 미래에 대해 아무런 전망도 기대하지 않고 있었기 때문이지요.

시위는 11월 4일에 모였던 인원과 비교하면 절반이 채 못 되는 사람들만 참가했습니다. 비밀안전기획부와 통일사회당 지역 간부의 건물 앞에서 다시금 불협화음의 음악이 울리긴 했지만 아무도 그 앞에서 멈춰 서진 않았습니다. 도처에 질서유지 요원들이 있었고—미하엘라가 사람들에게 흰색 팔찌를 나눠주고 자신의 손목에도 찬 다음 로베르트와 내 손목에도 하나씩 끼워주었었습니다. 지난 일요일에 보았던 그 뚱뚱한 경찰관은 보였으나 금발과 검은 머리는 모습을 나타내지 않았습니다.

시위대가 시장 쪽으로 서서히 움직일 때, 난 연단 앞에서 붉은 깃발과 동독 국기가 1백 명 혹은 2백 명쯤 모인 군중들 속에서 휘날리는 것을 보았습니다. 여자들이 대부분이었고, '독일민주공화국(DDR)—나의 조국!' 혹은 '사회주의와 자유'라고 쓴 낡은 현수막과 피켓도 들고 있었습니다.

콧수염을 기른 한 키 작은 남자가 군중 주위를 돌아다니며, 아무도 꼼짝하지 않는데 "모이세요, 흩어지지 마세요!"라고 외쳤습니다. 붉은색의 무리들이 포위되었고, 끊임없이 계속되는 "부끄러운 줄 알아라!"라는 구호가 그들의 머리 위로 울려 퍼졌습니다. 그들은 깃발을 펄럭이며 흔들었습니다.

난 연단에서 성난, 그러나 동시에 겁을 잔뜩 집어먹은 여자들의 시선을 보았습니다. 그들 중 맨 앞줄에 있던 한 여자가 옆에 있는 여자의 어깨에 자신의 이마를 기대고선 훌쩍훌쩍 울고 있었습니다. 친애하는 니콜레타, 당신에겐 이상하게 들리겠지만 감히 주장하고 싶군요. 그 여자들은 자진해서 동독의 편에 섰던 사람들이었고 난 정말이지 난생처음으로 그런 사람들을 보았던 것입니다.

나는 이야기할 내용을 짧게 메모해두었었습니다. 미하엘라가 내가 이 일을 진지하게 받아들이지 않는다고 생각하면 곤란하니까요.

짧은 연설을 하는 동안 나는 내내 그 여자들을 바라보았습니다. 마치 의사가 환자에게 반드시 요긴한 치료법을 설명해주는 듯한 억양으로 난 연설을 이어나갔습니다. 3주 전, 베를린에서 테아가 내 의견을 따져 묻는 바람에 언급해야 했던 것과 기본적으로는 똑같은 내용이었습니다.

이날 그나마 돈에 대한 몇 가지 문제를 지적한 사람은 오로지 나뿐이었습니다. "서독마르크 대 동독마르크의 환율은 서베를린의 외환거래소에서 1 대 7로 계산되고 있습니다." 하지만 그건 사실 내 주장일 뿐이었습니다. 자세한 내용은 잘 몰랐지만 베라가 언급한 적이 있긴 했었지요. 게다가 난 서독의 최저임금이 시간당 11마르크라는 사실을 내 마음대로 지어내며, 그러니 이곳 시세로 한 달치 봉급이 되려면 몇 시간쯤 서독에서 일하면 되는지 계산이 나오지 않느냐고 말했습니다. "우리들 가운데 대부분이 이틀도 안 되어 그 돈을 채울 수 있습니다!" 하고 난 말했지요. 그 말에 사람들이 내게 박수를 보냈습니다. 그런데 훌쩍훌쩍 우는 여자를 어깨에 받쳐주고 있던 여자만이 돈이 전부는 아니라고 외쳤습니다.

"우리에겐 양자택일만 가능할 뿐입니다. 장벽을 도로 세우고 문을 걸어 잠그느냐, 아니면 우리 역시 이곳에서 시장경제를 구축하느냐. 이 두 가지 상황이 아닌 그 어떤 다른 선택의 여지도 없는 것입니다." 난 이 결론을 재차 반복해서 발표해야 했습니다. 분노한 붉은 무리들의 야유가 터져나왔기 때문이었습니다. 그건 20세기가 시작될 무렵 사람들이 파업 불참자들에게나 던졌음 직한 욕설이었습니다. "자본주의의 노예 새끼"도 있었고 "반동"이나 "반혁명주의자"라는 말도 나왔습니다. 한 여자는 아마 내가 하얀 팔찌를 찬 것을 비꼬려고 그랬는지 나더러 러시아 내전의 백군 병사라고 욕하기도 했습니다. 더 많은 군중의 무리들이 다시금 "부끄러운 줄 알아라!"라는 구호를 외치며 앞으로 천천히 전진하기 시작할 때까지 여자들이 지휘권을 잡고 있었습니다.

난 양자택일만이 가능한 이 상황을 빨리 파악하면 할수록 우리들을 위해서 좋은 일이라고 외쳤습니다. "아니면 여러분들은 거지가 되어 파리로 갈 작정입니까?" 요점을 적어둔 쪽지에서 다음번에 말할 항목을 얼른 찾아내지 못해 난 마이크에서 물러나 뒤로 돌아섰습니다. 그 바람에 내 마지막 문장에 보내는 박수갈채 소리가 더욱더 커졌습니다. 연단에서 물러나는 나를 동행할 음악인 양, 몇몇 여자들이 "국제화"를 부르짖었습니다.

그건 내가 시장 거리의 보도블록에 내려서기가 무섭게 박수갈채보다도 더 높이 울려 퍼진 참다운 노랫소리였습니다. 처음엔 누군가가 휘파람으로 야유를 하기도 했지만 곧 대다수가 함께 "국제화"를 노래하기 시작했습니다. 바로 라이프치히에서도 이미 경험해보았던 그런 식이었지요.

난 시멘트 화단에 걸터앉아 이 모든 광대놀음이 어서 빨리 끝나기만을 바랐습니다.

당신은 혹시 내가 다 늦게야 이 대목에서 좋은 인상을 지어내 보이려 한다는, 즉 그 당시에 벌써 올바르게 사태를 파악하고 있던 유일한 사람으로 나 자신을 미화하려 한다고 의심하실지도 모르겠군요.

하지만 그렇지는 않았습니다. 체스 게임 때처럼 나는 다만 몇 수를 미리 예상해보고 싶었을 뿐입니다. 난 그 당시 벌써 몇몇 사람들이 예상했던 통일이라는 문제는 염두에 두고 있지도 않았으니까요. 게다가, 아까도 말했듯이 내 머릿속에는 미래라는 개념조차 들어 있지 않았습니다. 내 개인적인 미래는 장벽이 무너짐으로써 아무것도 아닌 것이 되어버렸기 때문입니다. 내가 오로지 미하엘라를 위해 그렇게 연단에 오르지만 않았더라면 난 절대 그런 문장들을 입 밖에 내지 않았을 것입니다. 물론 난 무언가 다른 이야기를 했을 수도 있었을 겁니다. 하지만 무엇을 말입니까? 그 외에 다른 무슨 할 말이 더 남아 있더란 말입니까? 더 이상 다른 말은 없었습니다!

미하엘라가 다음 연설을 할 사람을 소개하기 위해 혹은 이후 『라이프치히 인민일보』가 보도한 대로 시위대를 향해 "절제와 품위"를 지키라고 호소하기 위해, 연단 위로 올라갔을 때, 그녀는 자유롭고 주체적인 인상을 주었으며 재치와 기지로써 다른 연설자들이 받았던 것보다 훨씬 더 많은 박수갈채를 한 몸에 받았습니다. 하지만 그녀와 이야기를 나누려는 무리들로부터 빠져나와 우리 쪽을 향해 걸어오는 그녀의 모습은 침울해 보였습니다. 내겐 눈길 한번 주지 않았습니다. 집으로 돌아오는 길에 그녀의 기분은 완전히 바닥으로 곤두박질쳤습니다. 난 첫 공연을 앞둔 두려움일 거라고 생각했습니다.

집에 돌아온 후, 이윽고 내가 그녀에게 무슨 일이 일어났던 거냐고 물었을 때, 그녀는 "아무것도 아니야"라고 말하며 방으로 들어가버렸습니다. 그녀는 울고 있었습니다.

"이것 때문이야?" 내가 방에 들어서자 그녀가 물었습니다. 그녀는 내게 봉투를 내밀었습니다. "당신 이거 때문에 그런 거야?" 난 봉투 위에 적힌 나디아의 글씨체를 알아보았습니다. "우리 때문에 주저할 필요는 없어. 우리끼리 어떻게든 잘 해나갈 수 있어." 그녀가 코를 풀며 말했습니다. 이 순간은 그야말로 내 인생에서 참으로 흔치 않은 순간 중의 하나였습니다. 그만큼 내 양심은 순수했고, 그 어떤 심문이라도 다 받아줄 용의가 있었던 것입니다.

난 미하엘라에게 봉투를 열어보라고 부탁했습니다. 그녀는 머리를 절레절레 흔들었습니다. 제발, 하고 난 말했습니다. 싫어, 하고 그녀가 말했습니다. 그녀는 그런 짓은 하고 싶지 않다고 했습니다.

나는 그녀의 책상에 놓여 있던 손톱 칼을 사용해 겉봉투를 열었고 안에 든 종이를 펴 큰 소리로 읽기 시작했습니다. 맨 처음 부분에서 벌써 나디아는 내게 이제 가족이 있다는 것을 알고 있다고 썼습니다. 그녀 역시 체코인 야로스라브와 함께 살고 있으며 2월 말에는 첫 아이를 낳을 예정이라고 했습니다. 그녀는 내 원고에 대해 물었고 자신의 일에 대해 불평했습니다.

미하엘라는 아무 말도 하지 않았습니다. 내가 그 편지를 그녀의 앞에 내려놓았을 때도 그녀는 꼼짝하지 않았습니다. 마침내 그녀는 편지 겉봉에 붙었던 우표를 가져도 되겠냐고 물었습니다. 그러고는 편지를 도로 접어 봉투에 집어넣었습니다.

"그럼 무엇 때문인 거야?" 그녀가 나를 응시했습니다.

"뭘 말이야?" 하고 내가 물었습니다.

"당신의 요즘 태도 말이야!"

내가 뭐라 대답할 사이도 없이 초인종이 요란하게 울렸습니다. 어머니가 문 앞에 서 계셨습니다. 어머니는 모자 챙 아래로 전방을 보기 위해 턱을 앞으로 내밀고 계셨습니다. 오른손에는 위협하듯 시클레멘이 불쑥 솟아 있었고 왼손은 장바구니를 높이 쳐들고 시소처럼 흔들고 계셨습니다. 난 그 스프링 모양의 장바구니를 알고 있었습니다.

"정의는 이긴다!" 하고 어머니가 외치셨습니다. 매우 큰 소리로 말씀하시면서 귀가 안 들리는 사람처럼 행동하셨습니다. 어머니의 모든 동작은 우당탕탕, 사각사각, 덜커덩덜커덩하는 소리들을 동반했습니다.

로베르트는 치즈케이크를 맛나게 받아먹으며 어머니의 긴 수다에도 전혀 방해받지 않았습니다. 장벽이 무너진 것은 어머니의 개인적인 승리인 셈이었고 아직도 서독에 가보지 않았다는 우리를 놀리셨습니다. 어머니는 꼭 우리와 함께 바이에른에 가고 싶다고 하셨습니다. 그곳의 환영금 액수가 제일 높기 때문이고[6] 우리가 받게 될 돈을 모두 다 합치면 560마르크나 된다는 것이었습니다. 그리고 그 액수라면 뭔가 시작해볼 수도 있지 않겠느냐고 하셨지요.

나중에 극장에 갔을 때 어머니는 미하엘라의 외모를 보고 깜짝 놀라

---

6 다른 곳은 100마르크였는데 반해, 바이에른에서 지급한 환영금은 140마르크였다.

셨다고 털어놓으셨습니다. 우리는 기쁘지 않냐고 물었습니다.

아무도 누군지 모르는 여자 한 명 말고는 1층 관람석 전체가 줄곧 텅 비어 있었습니다. 관람석 자체를 개방하지 않았었습니다. 60명이 될까 말까한 관객들 중에 15명은 노베르트 마리아 리히터의 측근인 셈이었고 우리를 비롯해서 30명 정도는 배우들을 따라온 지인들이었습니다.

처음에 관객들은 예전의 버릇대로 반응하며 재치 있는 장면마다에서 박수를 쳤습니다. 하지만 그들은 곧 흥을 잃고 말았습니다. 마치 최근에 무슨 일이 일어났었는지 이제야 드디어 의식한다는 듯이 말입니다.

중간 휴식시간 후에 관객 몇 명은 아예 자리로 돌아오지도 않았고 연극은 그만 병들고 쇠약해져버렸습니다. 하이라이트 장면에서 관객들의 반응이 없었기 때문에 배우들의 대사는 점점 속도가 빨라졌습니다.

결국 노베르트 마리아 리히터는 감사의 인사조차 제대로 할 수 없었습니다.

화요일에 나는 또 한 번 극장장에게 불려갔습니다.

요나스와 슬루민스키가 탁자 앞에 앉아 있었습니다. 마치 머리를 맞대고 함께 숙제라도 하는 것처럼 앉아 있다가 내가 들어서자 두 사람이 동시에 자리에서 일어났습니다. 우린 말없이 악수를 나누고 자리에 앉았습니다. 요나스는 자신의 앞에 놓인 편지봉투를 내려다보았습니다. 머리카락이 그의 얼굴 위로 흘러내렸습니다. "나 갑니다" 하고 그가 말했습니다. 그러고는 머리를 흔들어 머리카락을 뒤로 넘기며 다시 한 번 말했습니다. "사표를 냈습니다."

그는 내가 놀라는 것을 즐겼습니다. 슬루민스키의 눈은 행복감에 반짝였습니다. "까마귀 둥지" 때문인 거냐고 내가 묻자 그는 고개를 저었습니다. 슬루민스키 역시 그녀의 머리를 가볍게 저었습니다.

"여기서 내가 뭘 더 할 수 있겠어요?" 하고 그가 말했고, 언제나 젖어 있는 눈으로 나를 응시했습니다. 정말로 뭔가 대답을 기다리기라도 한다는 듯.

"네" 하고 난 말했습니다. "저 역시 그런 의문이 듭니다."

그를 위해 행운을 빌며 악수를 한 후 일어나 나가는 대신 나는 내 자리에 그대로 앉아 있었습니다. 그의 사표를 애석하게 생각한다고 나는 말했습니다. 하지만 그를 이해할 수 있다고도 했지요.

그는 사람들이 그에 대해서 뭐라고들 수군거리는지, 또한 어떤 식으로 그를 욕할지 잘 알고 있기는 하지만 그렇다고 해서 후회할 이유는 전혀 없다고 말했습니다. 만일 이곳에 의미 있는 일을 할 수 있는 기회가 아주 조금이라도 남아 있다면 그는 머무를 것이라면서요. 하지만 이제 그런 말을 할 수 있는 계제가 전혀 아니지 않냐고 했습니다. 난 고개를 끄덕였습니다. 그리고 그는 슬루민스키가 당분간 계속해서 업무를 볼 것이라고 말했습니다. 그는 그녀를 쳐다보며 무슨 일에서든 그녀를 잘 보필해주면 고맙겠다고 말했습니다. 난 또 한 번 고개를 끄덕였습니다. "아니면 자네가 할 텐가?" 그가 그렇게 물으며 예전처럼 빙긋이 웃었습니다. "그걸 원해?" 난 고개를 좌우로 흔들었습니다. 우린 다시금 악수를 나누었습니다.

구내식당에 들어서니 요나스의 퇴직은 벌써부터 승리의 징표가 되어 있었습니다. 난 옛 정부의 일원처럼 외따로 앉아 사람들이 나를 가만히 내버려두는 게 다행이라는 생각이 들었습니다.

"요나스가 간대" 하고 난 그 시각에 극장에 없었던 미하엘라에게 말했습니다. 그녀가 그런 허황한 말은 하지도 말라는 듯 나를 쳐다보았기 때문에, 난 그가 내게 직접 그렇게 말했다고 덧붙였습니다.

왜 하필이면 그가 나한테 그렇게 친근하게 알려주었는지, 나로선 설명할 수 없었습니다. 미하엘라는 그게 요나스의 술책일 거라고 생각했습니다. 뭔가 매우 교활한 음모라는 것이었습니다. 내가 아무런 대꾸를 하지 않자, 그녀는 정말로 요나스란 작자가 나를 개인적으로 중요하게 생각한다고 여길 정도로 내가 그렇게까지 텅 빈 사람이었더냐고 물었습니다. 난 어깨를 들썩여 보였습니다. "전혀 아니야" 하고 그녀가 말했습니다. "그 뒤에 음흉한 전략과 전술이 숨어 있을 거라고. 누군가 그 방에 잠깐이라도 들어왔다든가 당신들 두 사람을 본 자가 있어?"

난 아니라고 대답했지만 곧 슬루민스키를 언급했습니다. 이 이름을 듣는 순간 미하엘라가 벌떡 일어났습니다. "그 여자가 거기 뭘 하러 온 거지?" 하고 그녀가 외쳤습니다.

내가 요나스가 한 말을 전해주고 있는 동안 미하엘라의 이마에는 벌써 핏줄이 불끈 솟아났습니다. "당분간 업무를 계속해나갈 거라고? 그 여자가? 공산당의 비서였던 여자가?" 하고 그녀가 소리쳤습니다.

"행정비서였어" 하고 내가 말했습니다.

"그럼 당신은? 당신은 뭐라고 말했는데?" 하고 그녀가 외쳤습니다.

난 내가 한 말을 기억해내려고 애썼습니다. "아무 말도 안 했지." 그녀는 내가 미처 대답할 사이도 주지 않고 외쳤습니다. "아무 말도, 전혀 아무 말을 한 했지!" 미하엘라가 나를 응시했습니다. 그녀의 머리는 떨리는 듯 보였고 뭔가 좀더 이야기하려다가 이내 입을 다물었습니다. 마치 생각한 것을 감히 입에 담지는 못하겠다는 듯 보였습니다. 그러고는 방에서 나가버렸습니다.

미하엘라가 그토록 넘치게 소유하고 있는 감정이 나한테는 없었습니다. 난 귀 멀고 목소리를 잃었고 감정마저 느끼지 못했습니다. 난 더는 상처를 느끼지 못했습니다.

주말에 아무것도 모르는 채 어머니께 전화를 걸었을 때, 어머니의 첫 마디는 "알고 있었니? 너, 알고 있었어?"라는 질문이었습니다.

"뭘요?" 하고 난 물었습니다. 잠시 동안 어머니가 아무런 말씀을 하지 않으셨기 때문에 다시 한 번 물었습니다. "제가 뭘 알고 있었냐 말씀이세요?" 대답 대신 어머니는 전화를 끊으셨습니다.

다시 전화를 걸었습니다. 난 어머니가 그 얘길 들으시면 참지 못할 것임을 알고 있었습니다. 희망은 없었지만 어머니가 수화기를 드셨습니다.

"어머니!" 하고 난 소리쳤습니다. 아마도 내가 그토록 애원조로 어머니를 불러본 적은 없었을 것입니다.

"배우가 다 뭐냐! 베라가 옷감 파는 상점에서 일한다며! 판매원이라고! 그리고 넌 그걸 알고 있었어, 내 말이 맞지?"

난 어머니에게서 이런 비난을 듣게 되어 차라리 기뻤습니다.[7]

"어머니가 그렇다고 믿고 싶으셨던 거잖아요" 하고 내가 외쳤습니다. "베라가 한번도 연극비평가들의 의견 같은 걸 보내온 적이 없었는데도 이상한 생각이 안 드시던가요?"

어머니는 비밀안전기획부가 봉투에서 그런 걸 다 빼버렸을 거라고 생각하셨다더군요.

마지막에 어머니가 말씀하셨습니다. "내가 원하는 건 오직 한 가지다. 내 자식들이 나를 기만하지 않는 것. 그런 걸 참고 넘어갈 수는 없단다.

---

7 베라 튀르머가 출국하던 날의 작별 부분을 떠올리지 않는다면 이 장면의 진의는 풀리지 않은 채 남아 있을 것이다. 니콜레타 한젠에게 보내는 1990년 5월 10일자 편지에서 튀르머는 베라 튀르머와 비밀안전기획부 사이에 접촉이 있다는 이야기를 은밀히 전했었다. 그는 어머니가 그 사실을 넌지시 암시했다고 믿었었다.

엔리코, 가족끼리라면, 누가 그런 일을 참을 수가 있겠니?" 그러고 나서 전화를 끊으셨습니다.

난 집으로 돌아갔습니다. 도중에 난 비로소 처음으로 에밀리 파울리니를 떠올렸습니다. 분명 이미 지나간 날들 중 어느 날 장례식이 있었을 것이었습니다.

당신의

엔리코 T.

90년 6월 28일 목요일

친애하는 니콜레타!

니콜레타, 왜 당신은 이토록 내 마음 안에 생생하게 남아 있단 말입니까? 당신의 존재가 너무도 가깝게 느껴져 때때로 몸서리를 칠 정도입니다. 상상 속에서 내가 얼마나 자주 당신의 얼굴을 그려보는지 아십니까? 난 당신의 얼굴을 그렇게도 잘 기억하고 있습니다. 열에 들뜬 채, 병약한 열성으로 당신의 모습을 내 안에서 깨우곤 합니다. 내 안에서 당신을 깨우는 일은 나 자신이 깜짝 놀랄 정도로 잘해낼 수 있지만, 그러나 그 후 홀로 있는 나를 발견하게 되는 순간, 난 그런 나를 대면하는 것이 몹시 괴롭습니다. 그러면 난 당신에게 이렇게 편지를 쓸 수밖에 없습니다.

장벽이 열리고 나서 2주 후, 그때까지도 아직 서독에 가보지 않은 사람은 우리들 외엔 아무도 없었습니다. 로베르트 반 학생들은 이미 모두 「배트맨」을 보았다고 했습니다. 미하엘라는 때마다 구실을 댔습니다. 그녀는 "서독이 갑자기 도망갈 리도 없는데, 뭘" 하고 말했습니다. 이곳에 할 일이 태산같이 많다는 것이었습니다. 그건 회합이 있다는 말이었는데, 그녀는 거의 날마다 회합이 열리는 곳으로 가거나 아니면 우리 집으로 사람들을 불러 회합을 열곤 했습니다. 새로운 포럼의 모든 분과들로 하여금 자신들의 의견을 공개적으로 발표할 수 있도록 소식지를 만들어 돌리자는 게 그녀의 생각이었습니다. 미하엘라의 눈으로 본다면 지당한 처사였습니다. 즉, 다른 사람들이 아무도 그런 일을 하지 않고 있으므로 그녀가 직접 나서서라도 슬루민스키의 경우와 같은 부당하고도 부정한 일들을 반드시 알려야겠다는 것이었습니다.

드라마투르기 과의 과장이 극본이 든 여러 개의 상자를 베를린의 헨셸 출판사에 갖다주라고 청해왔을 때, 난 오로지 베라에 대한 걱정으로 그 부탁을 받아들였습니다. 나는 장벽이 열렸다는 것이 그녀에게 어떤 의미인지 조금은 짐작할 수 있었습니다. 이젠 그녀의 크고 작은 거짓말들이 다 탄로가 날 테니까요.[1]

내가 로베르트에게 같이 가자고 하니 그 아이는 처음으로 나를 끌어안았습니다. 그러자 이젠 미하엘라 역시 베를린에 함께 가겠다고 했습니다.

그러나 그 전에 내 자제심이 한 번 더 엄격한 시험을 통과해야만 했었지요.

11월까지만 해도 분단의 선을 넘기 위해선 도장을 받아야만 했습니다. 난 로베르트와 함께 경찰서로 향했습니다. (미하엘라는 그 사람들 앞에서 또다시 굽실거리고 싶지 않다며 같이 가기를 거부했습니다.) 백화점 뒤

1 튀르머가 그러한 의심을 할 만한 이유가 전혀 없었음이 나중에 밝혀졌다.

낮은 건물에 임시로 마련된 경찰서였습니다.

쥐 죽은 듯 조용했기 때문에 문이 잠겼을 거라는 생각이 들었고 그저 문이나 흔들어볼 생각이었습니다만 문은 이내 벌컥 열렸습니다. 점심 식사 냄새가 났습니다. 우리가 양쪽 문을 밀고 들어간 실내 공간은 교회당만큼이나 어두침침했습니다. 오직 한가운데 한꺼번에 밀쳐놓은 책상들 위에 달랑 전등 하나가 밝혀져 있었고 그 아래에서 경찰복 차림의 남자들이 마치 얼굴을 숨기기라도 하려는 듯 상체를 앞으로 숙인 채 앉아 있었습니다. 테이블들과 주방으로 통하는 문은 차곡차곡 쌓아올린 책상들과 의자들로 막혀 있었습니다.

나는 타원형 모양으로 한 바퀴 걸어 들어갔는데, 어느 쪽에서 그들에게 다가가야 할지 몰랐기 때문입니다. 매번 눈앞에서는 경찰관의 등이 맞닥뜨려졌고 한 서랍 안에서는 도장과 열쇠꾸러미와 스탬프를 보았습니다. 어느 서류가방 옆에 금속으로 만든 도시락 통이 번쩍거리고 있었고 휴지통에는 다 먹고 남은 사과의 속 부분이 두 개 보였습니다. 다음 순간 난 함정에 빠진 게 아닐까 하는 걱정에 사로잡혔습니다. 금발 머리는 나를 알아보지 못했거나 아니면 적어도 그런 척했습니다. 그가 팔을 들어 손을 열어 보였고 난 신분증을 내밀었습니다.

그건 마치 꿈속 장면을 떠올리는 것 같았습니다. 바로 이 순간에 다른 두 명의 경찰관들이 서류에 처박고 있던 얼굴을 들어 나를 쳐다보았고, 전등 불빛 아래서 난 그 두 명이 검은 머리와 뚱뚱한 경찰관임을 알아보았습니다. 지난 11월 4일 내가 함께 동승했던 삼총사가 거기 다 모여 있던 것입니다.

도망갈 생각을 진지하게 해보지는 않았습니다. 다만 누군가가 우리를 나가지 못하게 막고 있기라도 한 듯 문 쪽을 한번 돌아보았을 뿐이었습니다. 난 로베르트를 들어오도록 했습니다.

"저쪽에 가보셨나요?" 하고 난 물으며 금발 머리가 하는 양을 지켜보았습니다. 그는 마치 국경검문소를 통과할 때마다 받았던 도장 하나하나가 지대한 관심을 불러일으킨다는 듯 내 신분증에 별도로 붙인 첨지를[2] 펼쳐 맨 끝까지 자세히 살펴보았습니다. 그러고는 자신의 도장을 꾹 누르고 별지를 도로 접어넣었습니다. 나중에 로베르트는 내가 그때 돈도 지불했고 영수증까지 받았었다고 했습니다만, 전혀 기억이 나질 않습니다. 그는 내게서 신분증을 가져갔을 때와 똑같은 동작으로 다시 그것을 돌려주었습니다. 그는 내 질문과 마찬가지로 고맙다는 내 인사도 못 들은 체했습니다. 난 출구 쪽으로 향했습니다. 로베르트가 내 옆에 꼭 붙어 걸었습니다.[3]

그다음 날, 우리는 대본이 든 상자들을 헨셸 출판사에 넘겼고 출판사 근처에서 점심을 먹었습니다. 우린 예전부터 알고 있던 익숙한 길로 차를 몰았는데 내가 미리 머릿속으로 그려보았던 길은 아니었습니다. 난 사실 아스팔트가 깔린 3차선 도로를 지나 미헨도르프에서 서베를린으로 꺾어질 생각이었던 것입니다. 내 말은 그러니까, 도시의 동쪽 부분은 더 큰 홀로 들어가기 위해 통과하는 현관일 뿐이었다는 것입니다. 난 레스토랑의 여자 종업원들이며 계산대에 앉은 남자들이 마치 아직도 장벽이 그대로 서 있기라도 한 듯 그대로 동독에서 일하고 있다는 사실이 놀라울 따름이었습니다. 식사를 하고 음료를 마신 후, 우리는 프리드리히 슈트라세를 통과해 '체크포인트 찰리' 쪽으로 향했습니다. 로베르트가 그곳으로 가자고 했기 때문이었습니다. 검문소에서 기다리는 동안—우리 앞에 기다리고

---

2 부록의 습작 산문 「투표」의 내용과 비교할 것.

3 이 대목은 뭔가 억지로 짜 맞춘 느낌이 나며 개연적이지 못하다. 아마도 '지어낸 이야기'일 것이다.

있는 차는 그리 많지 않았습니다—난 처음으로 '체크포인트'라는 단어의 의미를 이해했습니다. 지금까지 체크포인트 찰리는 그저 소리나 울림에 불과했으며 스파스키 첨탑[4]에서 종소리가 울리고 지독한 정적이 감도는 그 짧은 순간, 입술 앞에서 금세 터져버리고 마는 풍선껌에 불과했었습니다. 난 로베르트에게 체크포인트가 뭔지 알고 있느냐고 물었습니다. 그는 알고 있었습니다. 미하엘라는 나더러 제발이지 교장 선생 노릇일랑 그만두라고 말했습니다. 신분증, 시선을 마주치고, 신분증, 감사합니다, 출발. 도장을 찍고 나서 페이지를 넘기는 일 따위는 없었습니다. 아무것도. 미하엘라는 본격적인 검문은 아마 나중에 따로 있을 거라고 생각했습니다. 난 오른쪽으로 꺾어졌습니다. 어디로 차를 몰아가야 할지 알 수가 없었습니다. 우린 서베를린으로 가려고 했고 이젠 이미 서베를린에 와 있었습니다. 이해할 수 있어요? 서베를린에 도착했다는 건, 서쪽에 있다는 거였지, 헤맨다는 말이 아니었단 말입니다.

한 시간 뒤 우리는 쿠르퓌르스텐담(쿠담)에 좌초해 있었습니다. 그 주차장에서 빈 자리를 발견했고 한 은행에서 우리들을 위한 환영금을 받았습니다. 그리고 우린 쿠담 거리에서 이리저리 헤매 다니다가 옆으로 빠지는 한 거리에서 방향감각을 잃었으며 상점들이 즐비한 또 다른 넓은 거리에 도착했습니다. 그곳에서 미하엘라의 안내에 따라 한 서점에 들어섰습니다. 서점에는 움베르토 에코의 장편소설[5]이 땅바닥으로부터 천장을 향해 기둥을 이루며 높이 쌓여 있었습니다. 슈퍼마켓 앞에서 지나치게 거대한 쇼핑 바구니가 바퀴를 단 채 구르고 있는 장면을 보았을 때, 난 웃지 않을 수 없었습니다.[6] 문득 내겐 한꺼번에 물건들을 많이 사놓고 싶은 욕

---

4 모스크바 크렘린의 중앙 첨탑. '구원의 첨탑'이라고도 불린다.

5 에코, 『푸코의 진자』, 뮌헨, 빈, 1989.

망이 일었습니다. 그러면 여러 날 동안 집 밖에 나가지 않아도 될 것이었습니다.

조금 후 우린 어느 한 백화점에 들어가 있는 우리 자신을 발견했습니다. 그곳 실내가 너무 더웠으므로 옷을 벗어 팔에 걸었고 뚜렷하게 무언가를 찾아다니는 사람들처럼 한 층 한 층 자세히 구경하며 올라갔습니다. 미하엘라의 머릿속에 갑자기 로베르트의 성년식을 위한 양복을 사겠다는 생각이 들어 우린 45분간 서로 따로 가기로 했습니다. 그녀가 내 손에 50마르크짜리 지폐 두 장을 쥐여주었고 로베르트를 에스컬레이터로 잡아끌었습니다.

난 시선으로 한동안 그들을 따라갔습니다. 45분 동안 혼자 있고 싶은 생각은 전혀 없었습니다. 마음속으로 생각했습니다. 넌 자유다. 인생을 살아오면서 그 어느 때보다도 더 큰 자유가 네게 주어져 있다.[7] 서베를린 한복판에서, 난 무엇이든지 마음 내키는 대로 해도 되었고 또는 그만두어도 되었던 것입니다.

제일 내 흥미를 끌었던 것은 가정용품을 파는 코너였습니다. 커피머신, 냄비, 수저세트, 코르크 따개, 그 외에도 그 용도를 알 수 없는 다른 많은 용품들이 있었습니다. 난 반드시 무엇인가를 사보고 싶었습니다. 나만을 위한 무엇인가를. 문득 얼른 돈을 써버리지 않으면 반드시 돈을 잃어버릴 거라는 터무니없는 생각이 머리를 스쳐갔습니다. 아무튼 난 온 마음을 다해 가장 적당한 물건을 찾아다녔습니다. 하지만 결정했다 싶으면

---

6 동독의 쇼핑 공간에는 원래 쇼핑 카트가 아니라 쇼핑 바구니만이 있었다.

7 베라 튀르머에게 보낸 2월 6일자 편지에도 비슷한 표현이 들어 있다. 거기에는 "두 시간 동안 자유로울 수 있다는 자각, 내 인생에서 한번도 누릴 수 없었던 그런 자유가 지금 내게 주어졌다는 자각이 내 의지를 무력화시켜버린 거야"라고 쓰고 있다.

매번 바로 그다음 순간 마음에 내키지 않아 몸을 돌리곤 했습니다. 한 번은 중국제 찻잔을 사기로 했고 또 한 번은 바람막이 점퍼를 고르기도 했습니다. 워크맨을 들고는 계산대 앞에 서기도 했지만 이내 독일 말을 못하는 사람처럼 더듬거리며 미안하다고 사과했습니다. 난 그 워크맨을 도로 제자리에 놓고는 그 자리에서 도망쳤습니다. 미하엘라와 로베르트가 약속한 시간에 정확하게 나타났더라면 난 아마 그때까지도 빈손으로 서 있었을 것입니다. 그러다가는 잔뜩 몰려 있는 사람들의 무리에 유혹돼 나 역시 다른 사람들과 마찬가지로 장갑이 가득 찬 네모난 진열박스를 뒤지기 시작했습니다. 작거나 크거나 간에 장갑 한 켤레의 값은 무조건 동일했습니다. 처음에 나는 가능한 한 사람들의 손이 많이 가지 않은 곳을 뒤적이며 바닥에 있는 것을 낚아 올렸는데 형편없는 물건만이 올라왔습니다. 어린이용 장갑 외에도 여러 켤레의 물건들 중에 내 손에 대고 자른 듯 딱 맞는 검은색 가죽장갑도 있었습니다. 난 그걸 손에 쥔 채 두번째 장갑을 골랐습니다. 하지만 별 성과가 없었습니다. 결국 난 거부감을 억누르고 다른 사람들이 실컷 뒤지다 만 곳에도 눈독을 들이기 시작했습니다. 손에 껴보는 일은 쉽지가 않았습니다. 손가락 끝 아니면 손목 부위에서 한 쌍씩 묶여 꿰매져 있었기 때문이었습니다. 그럼에도 불구하고 그 껴보는 일에 성공을 한 사람이라면 그는 영락없이 자신의 스스로 손을 묶은 꼴이 되는 것입니다. 나는 빨간색과 초록색의 줄무늬 안감이 든 어두운 파란색 장갑을 골라 들었고 수갑을 찬 모양새로 계산대로 갔습니다.

"난 당신이 장갑을 싫어하는 줄 알았는데" 하고 미하엘라가 말했습니다. "장갑이 없었으니까" 하고 내가 말했습니다. 로베르트는 비닐봉지를 들고 있었는데 비가 와도 물이 들어가지 않을 정도로 여문 디자인이었습니다. 미하엘라는 이제 단 1마르크가 남았다고 털어놓으면서 그래도 이젠 로베르트의 성년식 양복 걱정은 안 하게 되었다고 말했습니다. 한 노점 분식 코너에서 우린 내게 남은 돈으로 카레 소시지를 사 먹었습니다. 그 이후엔 분위기가 한결 더 좋아졌습니다.

그 후 난 베라에게 전화를 걸었습니다. 난생처음으로 버튼을 누르는 전화기를 사용했고 내가 마치 영화 속 인물이 된 것처럼 느껴졌습니다. 난 공중전화 부스의 문을 활짝 열고는 우리가 지금 대체 어디쯤 와 있는 거냐고 물었습니다. 미하엘라는 거리 이름이 적힌 푯말을 찾기 위해 뛰어갔습니다.

베라의 전화는 자동응답기가 작동되고 있었고 그 안에서는 마치 생판 낯선 사람들에게만 전화를 받는다는 듯 무뚝뚝한 그녀의 음성이 흘러나왔습니다. 난 그녀가 내 목소리를 알아듣기만 하면 즉시 수화기를 들 거라고 확신했습니다. 난 몇 번이나 "여보세요!"라고 했고, 우리가 누나 집에서 커피 한잔을 하고 싶다고 말했습니다. 나는 상점으로도 전화를 걸었습니다. 자동응답기 속 남자 목소리는 분명 니콜라였을 것이고 독일어로 시그널 음이 울리고 나면 소식을 남기라고 했습니다. 그리고 짐작건대 똑같은 내용의 문장을 아라비아어로, 그리고 프랑스어로도 들었습니다.

우린 노점 분식점의 여자에게 베딩으로 가는 길을 물었습니다.

우리가 말플라크베트 슈트라세를 발견했을 때는 이미 날이 저문 저녁이었습니다. 처음에 난 초인종에 씌어진 베라의 이름을 보지 못하고 지나갔습니다. '튀르머'가 '바라크'라는 성 뒤에 있었기 때문이었습니다.

"그녀는 뒤채에 살아" 하고 미하엘라가 말했고, 그 사실은 나를 실망케 했습니다. 문 뒤에서 신발 소리가 들려오자, 난 그게 베라인 줄 알았습니다. 키가 작은 한 여자가 얼굴만 빠끔히 내밀고는, 우리에겐 눈길 한번 주지 않은 채 발목까지 오는 긴 가운 차림을 한 인형극의 인형처럼 휘적휘

적 물러갔습니다. 조금은 영락한 복도가 어린이 유모차와 자전거로 가득 차 있었고 마당으로 나가는 문은 얼룩덜룩 때가 꼈으며 조명은 어두웠습니다.

우린 5층까지 올라가야 했습니다. 집에는 아무도 없었지만 베라 집의 문과 문 앞의 신발 털이용 매트를 보는 것만으로도 나한테는 충분히 특별한 일이었습니다.

로베르트의 양복 영수증 뒷면에다가 나는 '누나에게 인사를 남기며, 알텐부르크의 동생이'라고 적고는 반으로 접어 문틈에 끼워두었습니다.

미하엘라가 로베르트와 자기에게 「배트맨」 영화를 보여주지 않겠냐고 물었습니다.

나는 동물원 역 근처 영화관 앞에서 두 사람을 내리게 했고, 주차장을 찾아 헤맸습니다. 이 끝없는 오디세이의 길에서 난 여러 번이나 방향감각을 잃었습니다. 영화 관람은 시큰둥했지만 첫 장면을 놓친다면 큰일이었습니다. 두 사람이 나를 기다리고 있을까 봐 걱정이 되었습니다. 주차장의 빈자리는 매번 너무 좁았습니다. 빨간불에서 횡단보도를 지나쳤음에도 불구하고 아무 일도 일어나지 않았던 건 참으로 다행이라고 할 수 있었습니다. 마침내 누군가 빠져나가는 자리에 주차할 수 있었습니다. 난 차의 뒷바퀴를 인도에 걸쳐놓은 채 주차했습니다. 차가운 공기가 반가웠습니다. 서독의 휘발유 냄새는 정말로 매큼한 향수 냄새 같았습니다.

놀랍게도 매표소의 여자는 내가 마침 딱 알맞은 시간에 온 거라고 말하더군요.

미하엘라와 로베르트는 입구 가까이에 앉았습니다. 좌석을 보았을 때 난 칸막이 자리인 줄 알았습니다. 곧이어 장내에 불이 켜졌고 우리 옆으로 한 판매원 여자가 다가와 방금 전 광고에서 본 것과 똑같은 아이스크림을 사라고 외치는 바람에 미하엘라가 웃음을 터트렸습니다. 그런 좌석 위에서 아이스크림을 먹는다는 건 나로서는 상상할 수조차 없는 일이었습니다. 더군다나 그렇게 어두운 곳에서라니요. 남은 잔돈을 가지고 어림잡아 계산해보니 단 한 장의 영화관 티켓과 아이스크림을 합한 값이 내 장갑 한 켤레보다 더 비쌌습니다.

영화가 끝난 후에 로베르트는 매우 행복해 보였고 미하엘라 역시 그래 보였습니다. 미하엘라가 계산대 앞에서 공짜로 받은 지도를 보고서야 얼마나 간단하게 고속도로로 나갈 수 있는지를 알았습니다. 로베르트는 카세트레코더를 틀고 밀리 바닐리와 타니타 티카람 음악을 들으며 마치 우리가 함께 영화를 본 것을 잊어버린 양, 영화의 줄거리를 처음부터 끝까지 이야기했습니다. 그리고 또 각자 한 장면씩 가장 마음에 들었던 부분을 말해야 했습니다. 미하엘라가 길 안내를 맡았습니다. 5분 뒤에 우린 벌써 고속도로를 타고 있었고 멀리 앞쪽으로 방송수신탑의 불빛이 보였습니다. 나 역시 길게 늘어선 자동차 행렬에 동참했습니다. 몇백 미터 후에, 난 가운데 차선으로 들어섰습니다.

미하엘라는 나더러 그렇게 빨리 달리지 말고 조심하라고 소리쳤습니다. 미친 짓이라면서요. "내가 뭘?" 하고 내가 외쳤습니다. "나보고 어쩌란 말이야?" 난 브레이크를 밟고 싶었지만 감히 그럴 수가 없었습니다! 옆에도, 뒤에도, 앞에도—모두가 달리는 데 몰입하여, 살아오는 동안 그렇게 빨리 달려본 적이 없는 무서운 속력으로 달리고 있었습니다. 폭주하는 떼거리들, 그리고 그 안에 우리가 있었습니다. 난 앞차와의 안전거리를 좀더 넓혀보려고 노력했지만 그때마다 즉시 다른 자동차가 그 사이로 끼어들어 와 내 곤란한 상황을 더욱더 악화시켰습니다. 나에겐 선택의 여지가 없었습니다. 나 역시 다른 사람들처럼 달릴 수밖에 없었습니다. 그러나 다른 사람들이 모두 똑같은 속도를 유지하고 있으므로 그렇게까지 위험할 것은 없었습니다. 적어도 우리가 걱정하는 정도는 아니었단 말입니다. 난 서서히 안정을 되찾아갔습니다.

비행장으로 빠지는 길이 나오자 난 내가 남쪽으로 달리는 것이 아니라 북쪽으로 달리고 있었다는 것을 알아차렸습니다. 미하엘라 역시 뭔가 잘못되었다는 것을 깨달았습니다. 그녀는 다리를 쭉 뻗고는 편안한 자세를 취했습니다. 로베르트는 입을 꾹 다물고 등받이에 팔꿈치를 댄 채 정면만을 응시했습니다.

그렇게 해서 우린 넓은 커브길과 터널을 통과하며 조금은 롤러코스터와 같이 달렸습니다. 함부르크로 가는 길 대신 난 표지판에 주의를 기울이며 국경 바로 앞에서 마지막 샛길로 접어든 후 방향을 돌렸습니다. 이제 우린 이 아스팔트 도로 위에서 지금까지 왔던 것보다도 더 긴 거리를 남겨두고 있었습니다. 서독 사람들은 라디오의 음악을 중간에 끊는 일이 거의 없었습니다.

돌아오는 길에 난 계속해서 바다 생각을 했고, 대서양 위에 떠 있는 배를 상상했습니다. 난 항구도시를 열거해보았습니다. 함부르크, 홍콩, 발파라이소, 뉴욕, 헬싱키, 밴쿠버, 제노아, 바르셀로나, 레닌그라드, 이스탄불, 멜버른, 알렉산드리아, 오데사, 싱가포르, 오클랜드, 마르세유, 리우데자네이루, 케이프타운, 아텐, 봄베이, 로테르담, 베네치아. 난 배를 보았고, 화환으로 장식한 선창의 안벽과 거기 정박한 대서양의 거인들을 보았습니다. 라디오 방송 수신 상태가 점점 더 나빠졌습니다. 하지만 중파구역에서 한 방송이 끊기지 않고 계속 나왔습니다. 둘 다 똑같이 마술적이면서도 아득하게 들리는 음악과 말소리를 들으며 난 도시 위 테라스에 모인 소풍객들과 그들이 켜놓은 오색의 제등과 불꽃놀이를 보았습니니다. 난 이미 세상에 알려지지 않은 구역을 달리고 있었습니다. 허클베리 핀의 노예 짐이 저 멀리 카이로와 피라미드의 불빛을 보았다고 믿었듯이 나 역시 갑자기 내 눈앞에 세인트루이스나 뉴올리언스를 가리키는 이정표가 나타났다 해도 놀라지 않았을 것입니다.[8]

라이프치히 방향으로 차를 몰아가는 동안에 무엇을 보았는지 나 역시 잘 모릅니다. 내가 기억해낼 수 있는 맨 처음 장면은 미하엘라의 손동작입니다. 그녀의 손은 불 켜는 스위치에서 곧장 내 이마로 향했습니다. "당신, 열나네!" 하고 그녀가 말하곤 손가락 끝에 묻은 땀방울을 내보였습니다.

"나 아파" 하고 내가 대답했습니다.

"그렇게 소리 지르지 마!" 하고 그녀가 말했습니다.

"나 아파!" 나는 그 말을 재차 반복하고 난 뒤에도, 절대 그 사실을 잊지 않겠다는 듯 소곤거리는 목소리로 또 한 번 똑같은 말을 했습니다.

"나 아파"는 최근 몇 주간 동안 내가 그토록 찾지 못해 아쉬워했던 바로 그 주문이었던 것입니다. 한시라도 빨리 그 모든 배들과 도시들을 느긋하게 그리고 호젓하게 혼자서만 구경하며 찬탄하기 위해 나는 서둘러 얼굴과 손을 씻고 옷을 벗은 뒤 침대에 누웠습니다.

다음 날 잠에서 깨어났을 때, 집에는 나 혼자뿐이었습니다. 침실에서 침대보와 베개와 이불을 가져다 내 방 간이침대에 깔아놓기 위해 나는 무진장 의지력을 북돋아야 했고 마침내 몸을 움직이기까지는 수시간이 걸린 것 같은 느낌이었습니다. 난 아주 오랫동안 이것이 내 마지막 노동으로 남을 것임을 알았습니다. 그리고 곧 눈을 감았습니다.

---

8 이 대목에서 튀르머가 착각하고 있다. 짐과 헉 핀은 일리노이 주의 카이로를 바라보고 있었다. 미시시피와 오하이오가 만나는 강 옆의 도시이다.

이로써 사실상 내 이야기는 다 끝난 셈입니다. 더 이상 내 상태에 대해서 이야기한다는 것은 불가능하기 때문입니다. 언어를 가지고서는 진실에 근접할 수 없는 법입니다.

친애하는 니콜레타, 지금은, 그리고 시간이 흐르면 흐를수록, 이젠 안전한 뭍으로 나와 이렇게 당신께 편지를 쓰고 있습니다. 누군가 자신의 모험담을 이야기할 수 있다면 그건 그가 죽지 않고 살아남았다는 것을 뜻하기도 하지만, 동시에 그런 확실성이 사실상 모든 것을 뒤죽박죽으로 만들어버리기도 합니다. 게다가 꿈의 논리는 깨어 있는 눈으로는 볼 수 없는 것이니까요. 마치 햇빛이 필름에 닿아 형상을 다 지워버리듯이 말입니다.

세계를 인식할 수 있는 내 필수적인 감각능력이 사라져버린 것이라면 ―신뇨르 라팔트[9]는 14장에서 알맞은 독일어 표현을 찾지 못했는데도 불구하고 한 줄 뒤에 가서 용감하게 '공감능력'이라고 번역하고 있습니다.―그건 내가 벙어리가 되고 귀머거리가 되고 또한 불감증을 앓게 되었기 때문이 아니라 단순히 내 안의 '나'가 무너졌기 때문이었습니다. 더 이상 '나'는 존재하지 않았습니다.

이해하시겠습니까, 니콜레타? 내 첫 이상향의 여름으로부터 줄곧 나를 이루고 있던 것, 내 흥미를 일깨웠던 것, 나를 깨우고 내 생명을 유지시켜주었던 것, 바로 그런 모든 것들이 최근 몇 주간 그리고 몇 달 사이에 아무런 의미가 없는 것으로 변해버렸다는 말입니다.

그 깊이를 잴 길이 없는 텅 빈 공허가 '나'를 대신해서 존재했고, 공허는 영원하고 강력한 시간 속을 떠돌며 시간과 호흡을 맞추고 있었습니

9 라인하르트 라팔트, 『나폴리로 여행을 떠나며 이탈리아어로 말하기』, 뮌헨, 1957. 튀르머는 나중에 이탈리아 말에 능통하게 되었는데 바로 이 몇 주 동안 이 책을 가지고 독학한 것으로 보인다. 계속해서 개정판이 나오긴 했지만 매우 오래된 책이다.

다. 난 하루라는 시간이 얼마나 긴 영원성을 내포하고 있는지를 가늠하며 참으로 놀랐습니다. 아닙니다, 그렇게 간단한 문제는 아니었습니다. 난 침대 위에 있었고 화장실에 가야 할 때만 자리에서 일어났습니다. 그리고 미하엘라가 아침저녁으로 끓여 침대 맡에 놓아둔 차를 마셨습니다. 난 잠들었다 깨어났고 잠들었다 깨어났으며 그러다가 로베르트가 왜 옆에 없는지 이상하게 여겨졌습니다. 그 아이가 왜 아직 학교에서 돌아오지 않고 있는지 의아해했습니다. 그런데 그 아이뿐만이 아니라 미하엘라 역시 날이 갈수록 귀가시간이 늦어졌습니다. 오래 기다리면 기다릴수록 점점 더 무슨 큰일이 일어났을지도 모른다는, 그렇습니다, 뭔가 나쁜 일이 일어난 게 틀림없다는 생각이 들었습니다. 어쩌면 혹시 사고가 난 건지도 몰랐습니다. 이윽고 내가 책상서랍에서 손목시계를 꺼내 들여다보겠다는 결심을 하고 실행에 옮겼을 때, 그것은 9시 반에서 멈춰져 있었습니다. 내 손이 닿자마자 시계가 다시 돌아가기 시작했습니다. 밖은 아직도 날이 훤했고 나중에는 부엌까지 걸어가는 데도 성공했습니다. 부엌 문 위에 걸려 있는 시계는 10시 40분을 가리키고 있었습니다. 그리고 내 손목시계와 똑같은 상태로 멈춰 있었습니다! 난 침대에 도로 누워 분과 시가 변한 모습에 놀라워하며 그것들이 이상한 괴물들로 변신했다는 생각을 했습니다. 조롱 섞인 심정으로, 나는 오전 한나절 동안 내가 얼마나 많은 일들을 해냈을 것인가를 생각해보았습니다. 힘 안 들이고도 하루에 단편 하나씩 정도는 쓸 수 있었을 것입니다. 집안일도 해치웠을 것이고 텔레비전도 보았을 테고 책도 읽었을 것입니다. 이젠 그 모든 일이 다 나와 상관없는 일이 되어버린 이 순간에 난 신과도 같이 시간을 마음대로 주무를 수 있게 된 것입니다. 11시도 채 안 되었다니! 상상해보세요. 당신은 긴 꿈을 꿨습니다. 아주아주 긴 꿈을, 그리고 먼저 꾼 꿈들에 연속으로 이어지는 꿈을. 잠에서 깨어났을 때, 당신은 이제 곧 알람이 울릴 거라고 생각합니다. 그동안 채 10분이 지나지 않았는데 말입니다. 그리고 건너편 집들에는 아직도 불이 켜져 있고요.

난 1분, 그리고 5분이라는 시간이 무엇을 의미하는지 가늠해보기 위해 숨을 한 번 쉬는 동안 몇 초가 흘러가는지 재보았습니다. 시계를 손에서 내려놓자마자 난 그 어떤 잠수 기록도 깰 수 있을 거라 자신했습니다. 어릴 때부터 여러 번 해보았던 실험, 그리고 그로써 내가 시간의 속도를 변화시킬 수 있을 거라고 믿었던 실험이 있었습니다. 확대경으로—로베르트가 우표를 들여다보는 확대경을 가지고 있었습니다—분침을 관찰하는 것이었습니다. 네, 맞습니다. 난 그 분침의 움직임을 들여다보았습니다. 하지만 아무 소용이 없었습니다.

어느 순간 통증이 날 찾아왔습니다. 그렇게 표현할 수밖에 없습니다. 치통을 느끼자 마치 내 공허한 마음에 찾아온 손님처럼 느껴졌거든요. 난 그것에 감사했습니다. 난 눈을 감고서 그 고통의 정확한 위치를 알아내고자 애썼습니다. 처음엔 그것이 도깨비불처럼 불쑥불쑥 아무 데서나 솟아났기 때문입니다. 위쪽 어딘가에서 느껴지다가는 갑자기 아래쪽에서, 그리고 오른쪽에서, 다시금 왼쪽에서. 한참 뒤 통증은 마침내 제자리를 정했습니다. 오른쪽 아래였습니다. 당신이 나를 이해하시도록 이런 표현을 쓰는 게 좋겠군요. 즉, 나는 통증에 매달렸던 것입니다. 하지만 원래는 좀 더 다른 표현을 사용하는 게 맞습니다. 내가 곧 통증이었다고. 통증 말고는 아무것도 없었습니다. 그런 의미에서 내가 그 고통을 키우려고 했던 건 아주 자연스러운 일이었습니다. 마치 햄스터를 데려온 첫날 어린아이가 쉼 없이 그것만을 들여다보듯이 난 오로지 내 통증만을 관찰했고 매 순간 정도를 넘기며 길어지기만 하는 시간에 몸을 맡겼습니다. 통증이 크면 클수록 공허함은 작아졌습니다. 그것이 내 전 존재를 소유하게 될 시점에 이르러서야—고통이 최고의 정점에 도착하는 순간을 위해서—난 치과에 가기로 마음먹었습니다. 치과 치료의 고통스러운 세부사항까지 모조리 상상하느라 내 존재를 망각할 지경이었습니다.

자는 동안 도난이라도 당했을까 봐 겁을 내며 허겁지겁 자신의 가방을 두드려보는 사람처럼 난 잠에서 깨자마자 황급히 통증이 그 자리에 그대로 있는지 확인하곤 했습니다. 통증이 여전히 제자리에 있음을 발견할 때마다 안심했습니다. 그뿐만이 아니었습니다. 통증의 범위는 점점 확산되어갔고 사방으로 기어다니며 턱뼈를 쿡쿡 찔러대다가는[10] 뒤통수에까지도 밀고 들어갔습니다. 통증은 내겐 일종의 담보였던 셈이었고 내가 유일하게 신뢰할 수 있는 권력이었던 것입니다.

난 방치되어 있었습니다. 이불을 들추면 내 몸으로부터 풍겨나오던 고약한 냄새, 길게 자란 손톱, 누렇게 때가 낀 치아—난 나 자신의 이런 변화를 마치 주변의 고장 난 물건이라도 대하듯 받아들였습니다. 깨진 뒤에도 새로 갈아끼우지 않고 놔둔 전구쯤으로 말입니다. 수염이 더 이상 껄끄럽지 않게 되었을 때 난 이미 내 육체의 존재를 완전히 망각한 상태였습니다. 물론 그건 졸음, 끊임없이 계속 몰려든 졸음, 꿈꾸거나 깨어 있는 시간의 경계를 모호하게 만드는 졸음, 바로 그 졸음 때문이기도 했습니다. 난 계속해서 먼 나라의 도시들과 배들을 구경했습니다. 그러는 동안에는 내가 눈을 감고 있느냐 혹은 뜨고 있느냐는 아무런 의미가 없었습니다. 내가 스스로의 모습을 드러내지는 않은 채 이리저리 방랑한 곳들은 언제나 똑같은 장소들이었습니다.

10 이 대목에 '욱신욱신 쑤신다'는 게 좀더 구체적인 표현이었을 것이다.

미하엘라와 로베르트는 내가 쉴 새 없이 잠만 잔다고 여겼습니다. 아침에 차를 끓여 침대 맡에 갖다 놓으러 들어올 때마다 미하엘라는 내 이마에 손을 얹었습니다. 그녀는 정성을 다했고, 밀히라이스를 만들거나 트로클 아주머니께 부탁해 졸인 사과를 만들도록 했습니다. 나는 그 모든 것을 원하지 않았고 그저 나를 가만히 내버려두기만을 바랐습니다만, 그녀가 하는 대로 내버려두었습니다. 그렇게라도 해야 미하엘라가 바이스 박사에게서 처음엔 1주일치, 나중엔 2주일치 병가 진단서를 끊어준 데 대한 고마움의 성의 표시를 할 수 있겠다는 듯.

그 마지막 병가의 기간마저 다 지나버리자 난 마지못해 종합 진료소로 갔습니다. 그날은 12월 6일 성 니콜라우스 날이었습니다. 하필이면 그날 미하엘라와 요르크 그리고 다른 몇몇 사람들은 비밀안전기획부의 건물을 점거하고, 오후에 전단지를 인쇄해 돌린 후, 정확히 저녁 6시에 극장 앞에서 시위를 시작했습니다. 나한테서 떠나가버린 그 에너지를 종국에는 미하엘라가 받아 보충한 모양이었습니다. 오후에 집에 잠시 들렀던 반 시간 동안 그녀는 내가 없는 틈을 이용해 침대보를 벗겨 세탁기에 넣었습니다. 하지만 새 침대보를 깔 시간까지는 없었던 모양입니다. 내가 새로 받은 진단서를 들고, 이번에는 아예 처음부터 2주일치를 끊어 집에 돌아왔을 때, 난 내 병상이 해체된 것을 보았습니다. 내겐 나가라는 최후의 통첩같이 느껴졌습니다. 난 새 침대보를 가져오는 일 따위는 포기했습니다. 그 대신 장롱을 뒤져 예전에 쓰던 오리털 침낭을 꺼내 간이침대 위에 놓았습니다. 그러고는 팬티 바람으로 들어가 머리끝까지 푹 뒤집어썼습니다.

이날 저녁, 미하엘라는 몹시 화를 냈습니다. 그때까지만 해도 난 그녀가 노크를 하지 않고 내 방에 들어온 것을 본 적이 없습니다. 그러던 그녀가 갑자기 내 앞에 우뚝 서 있었습니다. 난 눈을 뜨기도 전에 잘랑거리는 열쇠 소리와 그녀의 목소리를 들었습니다. 말의 속도만 빨랐던 것이 아니었습니다. 각각의 문장은 그것을 설명하기 위해 서너 개의 다른 문장을 추가로 필요로 했고, 그 문장들 역시 각각 또다시 다른 문장들을 불러 모았으며 그리하여 그녀는 숨을 쉬거나 침을 삼킬 겨를도 없이 점점 더 빠른 속도로 말을 이어나가야만 했습니다. 하지만 정작 무리한 요구는 다른 데 있었습니다. 즉, 내가 일어나 옷을 입고 그녀와 함께 시위대로 돌아갈 것이라는 그녀의 기대였습니다.

설령 내가 아프지 않다 하더라도, 그녀는 내가 이제 그런 일에 하등 관심이 없다는 것을 알아야만 했습니다. 또한 시위대의 선두에서 "독일은 하나의 조국이다," "우리는 한 민족이다!"와 같은 구호를 음절에 맞춰 외치든지 말든지 혹은 그 어떤 유르겐이나 한스 유르겐이란 작자가 "그것을 말리려고" 시도를 하든 말든 아무런 상관이 없음도 알아야 했습니다.

그녀가 한마디 한마디 문장을 이어갈 때마다 난 매번 새삼스럽게 깨닫곤 했습니다. 내가 얼마나 이 인생에 참여할 능력이 없는 사람이며, 그 모든 수고가 얼마나 헛된 노릇인가를요.

의사가 뭐라고 하더냐는 미하엘라의 질문에 대한 내 대답은 그녀의 분노를 한층 더 부추겼습니다. 어느 순간 그녀는 날 애벌레와 비교했습니다. 그것도 아주 징그러운 애벌레라는 것이었는데, 마침 침낭 안에 들어 있는 내 모습을 생각해본다면 뭐 그리 독창적인 비유라고 할 수도 없었습니다. 나는 이제부터는 날 돌봐주지 않겠다는 그녀의 경고라고 받아들였습니다. 화가 나는 점은, 그녀의 말 안에 감추어져 있는 비난이었습니다. 즉, 내가 꾀병을 부리고 있다는 생각 말입니다. 내가 얼마나 상황을 잘 파악했었는지는 다음 날 벌써 증명이 되었습니다. 로베르트가 내게 숙제하는 데 좀 도와달라고 청을 한 것이었습니다. 그리고 다른 특별 부탁이 더해졌습니다. 차로 그 아이를 여기저기로 데려다 달라는 것이었습니다. 예전 같았으면 교육상의 이유를 대며 삼갔을 미하엘라가 이젠 제대로 발동이 걸린 모양이었습니다. 그렇습니다. 바로 그녀 자신이 며칠 내내 이런저런 요구를 하며 나를 못살게 군 장본인이었습니다. 마치 내 상태를 망각했다는 듯이.

날이 가면 갈수록 점점 더 두 사람과 함께 사는 것이 고문이었습니다. 난 극장으로 돌아가지 않겠다고 했습니다. 베라는 사라져버렸고 제로니모는 하루가 멀다 하고 길고 긴 편지를 보내왔습니다. 나중에 가서는 난 그것들을 열어보지도 않았습니다. 어머니가 맞서 싸우고 계시던 불행에 대해서 난 그 당시에는 아직 아는 바가 없었습니다. 어머니는 완전히 말도 안 되는 주장을 펴시면서 내가 이렇게 탈진한 건 베라 때문이라고 하셨습니다. 그런가 하면 미하엘라는 시시각각 세상의 고통을 온통 어깨에 짊어진 모습으로 나의 이 방치 상태에 대한 책임을 지려고 노력하다가 결국은 다시 한 번 인내심을 잃고 폭발했습니다. 그녀의 반대를 무릅쓰고 내 침낭을 끝까지 사수하기는 했지만 간이침대에 그녀가 침대보를 씌우는 것만큼은 그냥 내버려두었습니다.

이미 말했듯이, 그 당시의 내 상태는 지금에 와서 생각해보면 나 자신에게도 낯설게 느껴집니다. 그때의 상황을 설명할 때면 난 들었던 이야기를 잘 기억했다가 진술하는 사람이기보다는 오히려 잘못 전달하는 사람이 되곤 합니다.

그리고 마침내 그 일이 일어났습니다. 당신은 종이봉투에 부엌 쓰레기를 모아보신 적이 있습니까? 그리고 다음 날 그 봉투를 들어 올리면 오물들이 밑으로 쑥 빠져버리지요. 그러고 나면 갑자기 짜증이 올라오지요.

하지만 이런 말이 다 무슨 의미가 있겠습니까![11] 문득 나에게 무슨 일이 일어났는지 알게 되었고 내가 어떤 지경에 빠졌는지 깨달았습니다.

아, 니콜레타! 튀르머라는 주체의 완전한 소멸은 참으로 이해하기 어려웠습니다. 물론 당신이라면 글쓰기에 관한 흥미의 상실이라고 부르시겠지요. 아니면 더 정확히 말해 서독의 상실, 우리들 낙원의 상실, 선한 신들의 죽음…… 이로써 난, 당신이 기억하실지 모르겠습니다만, 내 성찰의 원을 한 바퀴 다 완결한 셈입니다.

또 다른 편으로 말하자면, 내가 지금까지 묘사한 것들은, 바라건대 이제부터 서술하게 될 것들을 이해하기 위한 전제조건이었다고 여겨주시기 바랍니다.

하지만 오늘 그 이야기를 쓰진 않겠습니다.

당신의

엔리코 튀르머.

90년 7월 1일 일요일

사랑하는 요!

모레면 난 이제 그 집으로 이사할 수 있어. 바론에게 별다른 이의가 없는 한 말이지. 침대 매트리스를 새로 주문했어. 몬테카를로에서 딴 돈 덕분에 좋다는 제품들 중에서도 제일 좋을 것으로 골랐지.[1] 그 외에 다른

11 이 대목에 썼다가 줄을 그어 지운 문장들이 있었다. "오로지 수고와 괴로움만이 남았을 뿐입니다. 즐거움과 기쁨은 차치하고라도 지극히 당연한 것마저도 사라져버렸습니다. 아주 작은 부분까지도 매번 결심이 필요했습니다. 창문을 연다거나 화장실에 가는 일조차도."

모든 건 차차 갖추면 돼.

베라는 기차로 올 거래. 여행가방 두 개를 가져온다고 했고. 미하엘라의 새로운 가족들은 발트 해가 있는 덴마크로 떠났어. 그게 여러 가지로 편해. 바론이 어떻게 해서 비행 허가를 따냈는지, 그리고 어떻게 러시아 사람들을 구워삶았는지는 아무도 몰라. 그가 곧 미그 29기를 타고 날아간다고 해도 난 이제 놀라지 않을 거야. 서독마르크만 주면 뭐든지 안 되는 일이 없으니까. 바론은 벌써부터 러시아인들이 떠나고 난 다음의 계획을 다 짜놨어. 특별 할인가 비행기를 타고 알텐부르크 노비츠로부터 런던으로 파리로! 그는 세상에 못할 게 없다고 생각하는 사람이야!

금요일에 자동차에서 내렸을 때 난 갈매기를 봤다고 생각했어. 도시 한복판에 갈매기라니! 애석하게도 그건 그냥 종잇조각이었어. 모든 종류의 종잇조각들이 이리저리 날리고 있었고, 인도 위에 서 있던 내게로 그리고 거리를 향해 날아갔지. 난 잠깐 동안 가만히 서 있다가 종이들이 날아가는 모양을 따라가며 쳐다보았어. 주차장의 공터 쪽으로 부스럭거리며 내려가다가, 자동차 지붕 위에서 춤추듯 팔랑거리다가 이윽고 벽돌로 된 벽이나 철조망에 내려앉았어. 심지어는 종이 한 장을 밟기도 했다니까. 그때 난 서류 클립 한 개 줍자고 몸을 굽힐 가치가 있을까 궁리하기도 했지. 난 계속해서 걸어갔어—결국 조금 있다가 다시 뒤돌아섰고 하얀 새라도 쫓다 만 어린아이마냥 실망스러움을 느꼈지. 마리온이 창문에서 고래고래 소리를 지르는 바람에 난 꿈에서 깨어났어. 에비와 모나와 쇼르바 여사가 입구 쪽에서부터 비명을 지르며 뛰어나오고 있더군.

쇼르바 여사는 거리에 날리고 있는 종이들을 붙잡으려고 애썼어. 뒤

---

1 기억을 돕기 위해 요한 치일케에게 보낸 5월 14일자 편지의 마지막 부분을 인용한다. "내가 딴 돈을 모두 베라에게 선물하고 나니 마음이 좀 놓이더군."

쫓던 종이가 잡힐 듯 말 듯 그녀의 손을 빠져나갈 때마다 그녀는 일정한 간격을 두고 계속해서 비명을 지르곤 했지. 어느새 일로나와 프레드마저 이 사냥에 합류했어. 몰이꾼들처럼 우린 주차장을 샅샅이 훑으며 지나갔어. 날아가버렸던 광고용 원본들 중 상당량은 담벼락과 울타리에서 주워 모을 수 있었지. 에비가 울타리를 타고 넘어 덤불 사이에 떨어져 있던 '뤼디거 바요르 금융'과 '노엘 서점'을 구해냈어. 모나는 땅을 기어다니며 자동차마다 밑을 살펴보았는데 내 자동차 앞바퀴 뒤에서 '복사 서비스센터'를 끄집어냈어.

일로나와 프레드는 유덴가세와 시장을 살피겠다고 뛰어갔어. 다른 사람들은 모두 쇼르바 여사를 도우러 뒤따라갔지. 그녀는 그사이 전략을 달리하기로 했는지 이젠 종이들 뒤를 따라가며 통통 뛰고 있더군. 그러고는 "이 나쁜 놈!"이라고 외치면서 보도블록 위에서 탁탁 소리가 나도록 구두굽으로 발을 굴렀지. 두어 번 "이 나쁜 놈!"을 외치고 나면 광고 원본은 어김없이 손에 들어왔어. 우리 때문에 억지로 서야 했던 자동차들이 비상점멸등을 켰더군.

프레드는 우리에게 자신의 더럽혀진 바지를 자랑스럽게 내보였고 일로나는 구두굽 한 개를 잃어버려 행복하다는 표정으로 보란 듯 절룩거리며 걸어가더군. 프링겔 덕분에 컴퓨터는 무사해. 우린 그에게서 요르크가 마리온을 차에 태우고 이미 떠났다는 이야기를 전해 들었어.

그녀가, 마리온 말이야, 컴퓨터실에 뛰어들어 한마디 말도 없이 갑자기 광고지 원본 뭉치를 집어 창밖으로 뿌리더라는 거야. 그리고 다른 사람들에게도 그림자들이라며 욕을 했고, 그동안 호수의 바람이 불어와 원본들을 멀리멀리 흩어지게 한 거지. 난 모든 사람들에게 이 사건을 비밀에 붙이고 입단속을 하라고 지시했어. 요르크에게는 마리온을 데리고 정신과 의사에게 가보라고 충고할 작정이야. 우리가 건물에서 미친 사람 한 명을 몰아낸 지 얼마나 됐다고—노인은 이제 보호소에 들어가 있어—금세 또 이런 일이 벌어지냔 말이야.

어제는 마리온이 칼을 들고 나를 위협하기까지 했어. 진짜로 별일도 아니었어. 쇼르바 여사가 외출하고 없었기 때문에 프레드가 새로운 배달원 두 명에게 몇 가지 지시사항을 내렸지. 우연히 그걸 듣게 된 마리온이 그 자리에서 프레드를 나무랐어. 그러고는 소리를 질러대며 요르크와 날 부르더군.

요르크가 마리온의 욕설을 말리지 않고 놔두기에 내가 몇 마디 해줬지. 그 정도면 됐다고, 그러니 이제 우리끼리만 좀 놔두지 않겠냐고. 그 순간 난 나를 보며 서 있던 배달원들이 갑자기 큰 충격을 받은 듯 눈이 커지는 걸 보았어.

마리온이 프레드의 칼을 양손으로 붙들고 있었어. 무시무시한 칼날과 동공을 내 쪽으로 겨냥한 채. 마치 순식간에 광기가 도져 모든 종류의 일그러진 표정으로 정체를 드러내기 시작한 귀신인 양 〔……〕 그녀의 얼굴이 잔뜩 뒤틀려 있었지. 자신을 이 방에서 쫓아내려고 했다간 큰일이 날 거라고 협박하더군.

"내가 못 찌를 거라고 생각해요?" 내가 그녀를 피하자 마리온은 입술을 비틀어 야비한 웃음을 지었어.

"아니, 무슨 일이든지 다 저지를 수 있을 거라고 생각합니다" 하고 난 말했어.

"그렇다면 서로를 잘 이해했군요." 만족스럽게 진단을 내리고 나서 그녀는 칼을 아래로 떨어뜨리더니 뒤로 돌아섰지. 우린 모두 뻣뻣이 굳어 있었어. 밖으로 나가던 마리온은 그때 마침 돌아온 쇼르바 여사에게 "식사 시간이네요!" 하고 쾌활하게 인사말을 건넸고 그녀 역시 명랑하게 화답했어. 하지만 쇼르바 여사는 우리를 보고는 마치 우리가 유령의 무리라도 되는 양 놀란 얼굴이었지.

『주간신문』의 판매량이 1만여 부로 줄었다는 이야기를 프레드를 통해 들어 알고 있겠지. 요르크가 흥행을 노린 거창한 제목을 달았음에도 불구하고 말이야. '수원지의 독극물?' 혹은 지난주엔 '알텐부르크의 대량학살?'이라는 제목도 있었지. 그는 더 이상 어떤 기사를 써야할지 모르고 있어. 하필 지금과 같이 하루하루 축제 분위기가 무르익어가는 때에 요르크는 자신의 방에 틀어박혀 점점 더 맥을 놓치면서 소심해져가고 있어. 바론은 그가 마음대로 하도록 가만히 내버려두고 있기는 한데, 그러나 그런 식으로 얼마나 더 버틸 수 있겠어? 내가 랄프에 관해서 얘기한 적이 있던가?[2] 내가 그의 아내를 영업사원으로 고용했거든. 그와 그의 딸은 북쪽 지역을 맡아 우리 『일요신문』을 배달하게 될 거야. 그렇게 되면 그 식구들한테 꽤 괜찮은 부수입이 생기겠지.

난 저녁 시간을 주로 '심판 막사'에서 보내곤 해. 독일 팀이 골을 넣을 때마다 대머리 주인 프리드리히는 로켓 폭죽을 발사하고 손님들에겐 곡주를 한 잔씩 돌려. 아쉽게도 오늘은 경기가 없네.

너를 포옹하며

엔리코로부터.

〔다음 편지는 보내지 않은 채 남아 있었다.〕

---

2 튀르머가 직접 확인해보았어도 될 일이다. 언제나 복사본을 보관해두는 버릇이 있었으니 말이다.

90년 7월 3일 화요일

베로츠카!

어제 문득 미하엘라가 편집부에 나타났어. 바리스타의 두꺼운 휴대용 캘린더를 가져왔더군. 처음으로 난 그녀가 바리스타에게 키스하는 걸 보았어. 그녀는 그 고급스러운 빨간색 운동화를 신고 있었어. 차마 내 눈을 마주치지는 못하더라.

나중에 난 모나와 에비가 미하엘라에 관해 대화하는 걸 우연히 들었어. 바리스타가 "이 지역의 곱상한 여자를" 취한다는 그들의 의심은 이제 사실로 확인된 셈이었지. 잠시 후 로베르트가 전화를 걸어와선 언제 일이 끝나느냐고 물었어. 우린 점심을 함께 먹기로 약속을 했어.

그 아이를 다시 알아보기 힘들 지경이더군. 새옷을 입어서일 뿐만이 아니라—그 아이 역시 이젠 운동화를 신었고 어깨에 힘이 잔뜩 들어간 점퍼를 입었더군. 머리카락은 많이 짧아졌고. 최근에 내가 그 아이를 너무 눈여겨보지 않았던 모양이야—로베르트는 이제 젊은 청년이 되어 있었어. 그럼에도 불구하고 그 아이가 나를 끌어안았어.

난 모든 일을 다 그대로 놔두고 아이와 함께 밖으로 나갔지. 밖에서 우린 프링겔을 만났어. 프링겔은 요즘, 통일 후 새로운 화폐가 통용되기로 한 첫날에 대한 기사를 쓰기 위해 취재 중이거든. (요한이 프링겔과 실력을 겨루려면 고생깨나 해야 할 거야.)

시장의 과일가게 앞에서 난 줄을 섰지. 다른 사람들은 그냥 구경만 하고 사지는 않았던 모양인지 우리 차례가 빨리 돌아왔어. 내가 마치 사기꾼처럼 느껴지더라. 뷔페가 열리기도 전에 줄을 선 사람 모양으로. 키위를 직접 골라 네 개를 싸달라고 했고—이 순간 난 오래전에 알던 사람을 알아보았지. 로베르트를 도와 신문의 창간호를 함께 팔아주던 서독마르크 과일가게 주인이었어. 서로 만난 지 몹시 오래되었으므로 나한텐 그가 어쩐지 동화 속 인물같이 느껴질 정도였지. 그는 우리에게 다정하게 인사를 건네긴 했지만 기분은 엉망이었어. 오늘 올린 수입이 1백 마르크도 채 안 된다는 거야. 가게 세조차 낼 수 없을 정도래. 희망도 없고 전망도 없다고 부르짖더군. 주위에 빙 둘러선 사람들의 시선을 느끼며 난 허겁지겁 아무 거나 골랐어. 한번 손이 닿은 과일은 모조리 다 사야만 한다는 듯이. 난 10마르크짜리 지폐로 과일 값을 지불했고 손바닥을 내밀고 그가 건네주는 잔돈을 받았어. 로베르트는 바나나 하나를 공짜로 받았는데 무안했는지 곧장 내 봉투로 집어넣더군.

전 도시가 막 열린 전시장 같았고, 우린 그 안을 어슬렁어슬렁 걸으며 구경했지. 사람들이 내 과일 봉투를 쳐다보며 지나갔어. 나 역시 꽉 찬 그들의 시장바구니며 반쯤만 찬 봉투들을 일일이 살펴보게 되더군. 시장 위를 떠돌고 있던 공기가 사람들의 기대감과 초초함으로 인해 아른아른 흔들리는 것만 같았지.

시청 구내식당은 텅 비어 있었어. 종업원이 다가와 손님 좋으실 대로 아무 자리에나 앉으라며 우리 두 사람에게 각각 메뉴판을 건네주었을 때, 난 뭘 그리 잘못한 게 아니면서도 열린 문을 가리키며 우리가 갑자기 침입해 들어와 미안하다고 사과라도 했으면 싶더라.

로베르트와 난 서로 거의 아무 말도 하지 않았어. 그 아이는 생각이 딴 데 가 있는 사람 모양으로 나를 따라다니기만 했어. 아이는 아랫입술을 깨물며 양쪽 입가를 일그러뜨렸어. 난 방학 때 어딜 갔다 왔느냐고 물었지. 그 아이는 주로 단음절로 대답을 했고, 난 집에 뭔가 안 좋은 일이 있었다는 것을 짐작했지. 바리스타와 관계된 일이겠지. 로베르트가 나한테 와서 살고 싶은 거라고 추측했어. 난 결국 그 아이에게 무슨 일이 있었냐고 물었어. 아이는 고개를 들더니 나를 물끄러미 쳐다봤어. 그 순간에 그 아이가 주문한 아침 식사가 왔어. 그런데 여자 종업원이 가자 로베르트의 뺨에 주르르 눈물이 흘러내리는 거야.

도대체 그 일을 어떻게 받아들여야 할지 모르겠어. 내가 쓸데없는 상상이라고 여긴 부분을 다 빼고 듣는다 해도 여전히 그 아이의 진술은 환상적인 데가 있었거든.

그들은 덴마크의 발트 해 바다에 갔었어. 로베르트의 묘사에 따르면 그들의 호텔은 작은 성이나 다름없는 곳이었대. 비행장 앞에—바리스타는 여행할 때 비행기밖에 타지 않아—마차가 대령해 있었지. 자동차는 자연보호 구역을 통과하지 못하도록 되어 있기 때문이었어.

성으로 오르는 계단에서는 흰 제복을 입은 종업원들에게서 환대를 받았어. 그들은 모든 여행가방을 받아들었고, 심지어는 로베르트의 캠핑백까지도 방에다 가져다주더래. 바다를 내다볼 수 있는 발코니가 딸린 방이었어. 그중에서 뭐가 제일 좋았는지 결정할 수가 없었다더군. 발코니에 나가 앉는 것이 좋았는지 아니면 해변에 누워 있는 것이었는지, 마차를 타는 게 더 좋았는지 아니면 보트를 타는 것이었는지, 호텔 방의 아침 식사 아니면 화려한 식당 홀의 만찬이 더 좋았는지. 로베르트는 테니스 강습도 받았고 바리스타와 미하엘라와 함께 미니 골프를 치기도 했어. 아침 식사 땐 종업원이 빵 한 조각을 다 먹기가 무섭게 다시 깨끗한 접시를 앞에 놓아주더래. 하지만 좀 불쾌했던 건 로베르트보다 나이가 거의 많지 않을 성실은 어린 남녀 종업원들이 한밤중에도 손님들을 위해 대기 중이었다는 거래. 그들은 빨간 안락의자 위에서 꾸벅꾸벅 졸고 있다가도 누군가의 발소리만 났다 싶으면 벌떡 일어났대. 해변에서는 동년배의 친구들도 사귀었고 그들이 로베르트를 보트에 태워주기도 했어.

토요일에서 일요일로 접어드는 밤에는 불꽃놀이가 벌어졌다는군. 로베르트는 송년일보다도 더 화려한 불꽃놀이였다고 말했어. 그 아이는 해변에서 사귄 친구들 몇 명을 초대했대. 그런데 그 아이들이 좀 많이 취했었던 모양이야. 미하엘라가 아이들을 일찍 돌려보냈고 로베르트를 방으로 들여보냈어.

통 잠이 오지 않더라지. 그래서 발코니에 서서 "파도 소리에 귀를 기울"였다는군.

그런데 갑자기 침대 맡의 스탠드에 불이 켜졌어. 그 아이는 어린 룸서비스 종업원과 마주하게 되었대. 그 종업원이 모자를 벗고는 머리카락을 어깨까지 늘어뜨리자 놀라움은 더욱더 커졌지. 그 아니 그녀는 아이를 바라만 볼 뿐이었어. 그녀의 시선은 무언가를 애원하는 듯했고 미소는 피곤해 보였어. 그녀가 불을 도로 껐고 얼마 안 되는 손놀림으로 근무복을 벗은 다음 침대로 올라갔지.

"난 도로 불을 켰어요. 그리고 도대체 누구냐, 뭘 원하는 거냐고 물었어요. 그런데 그 여자는 그냥 눈을 감아버리는 거예요. 내가 손을 잡아주었을 때에야 눈을 도로 떴어요." 그 아이는 뭘 해야 할지 몰라 쩔쩔 맸던 반면 그녀에게 더 캐물어봐야 아무 소용이 없다는 것을 깨달았어. 그리고 그 아이도 그녀 옆에 나란히 이불을 덮고 누웠지.

그 아이는 그 모든 것을 즐겼으면서도 동시에 에이즈가 옮을까 봐 몹시 걱정이 되어 제대로 즐기지 못했어. 그녀의 입에서 흘러나온 몇 마디 말을 들으며 아이는 확실히는 모르겠지만 그게 헝가리어일 거라고 생각했대. 문득 그 아이는 그녀를 알고 있다는 확신이 들더래. 바로 그 순간, 그녀가 홀연히 사라졌대. 그 아이는 여자를 뒤따라 나가 새벽 5시에 모든 호텔 직원들을 놀라게 하며 그녀에 대해서 물었어. 매번 친절하게, 매번 미소를 지으며, 매번 애석하지만 모른다고 하더래. 그 아이는 아침 식사 때까지 줄곧 해변에서 왔다 갔다 서성거렸지. 파도 소리에 귀를 기울이다가 불현듯 또 생각이 떠오르더래. 어디서 그녀를 봤었는지. 로베르트는 바로 파리에서 보았던 그 소녀 아니면 여자가 틀림없다면서 맹세라도 하겠다는 거야. 우리 버스가 창녀촌을 통과했을 때 차창 유리에다 대고 그 아이에게 키스를 불어넣었던 여자 말이야. 확실하다고, 정말이지 그 여자가 틀림없다고 로베르트가 말했어.

우리는 음식을 놓고 깨작거리다가는 곧이어 연못을 한 바퀴 돌며 산책했어. 난 그 아이에게 그렇게 아름다운 일을 경험한 걸 기뻐하라고, 그리고 전혀 걱정할 필요가 없다고 말해주었어.

바리스타에게는 아직 물어보지 못했지만, 내가 그를 아는 한, 물론 모두 다 뒤에서 그가 벌인 일일 거야. 다만 난 그걸 로베르트에게는 말해줄 수가 없더군. 바리스타가 그 소녀를 방에 들여보낸 게 확실해.

오른쪽 들판 위 하늘에 아직도 빨갛게 노을이 퍼져 있어. 하늘 전체가 분홍보랏빛으로 반짝이고 있으면서도 서쪽으로 가면서 차츰차츰 옅어지고 묽어지지. 우리가 발다우에서 함께 소나무 위로 올려다보았던 바로 그 하늘이야. 베로츠카, 이 발코니에서라면 우리에겐 절대 나쁜 일이 일어나지 않을 거야. 내 말을 믿어, 베로츠카, 다시는 일어나지 않을 거라고![1]

추신: 베로츠카,[2] 이제 겨우 열여섯 시간이 남았을 뿐이야! 난 우리의

1 베라 튀르머는 2년 후에 거의 빈털터리가 되어 알텐부르크를 떠나게 된다.

2 굳이 언급할 필요도 없겠지만 이 다음의 문장들은 튀르머의 환상에서 나온 내용들을 담고 있다. 그의 문학적 상상을 위한 근거는 전혀 없다.

나무 발코니에 앉아 성을 올려다보고 있어. 성은 마치 동화 속 장면같이 반짝이며 보랏빛 배경을 뒤로 한 채 우뚝 솟아 있어. 난 이 열여섯 시간을 원하지 않아. 혹시라도 누나가 출발을 연기할까 봐 겁이 나.

누나가 이 글을 읽을 때쯤 우린 이미 모든 걸 함께 소유하고 있을 거야. 초인종의 명패도, 은행계좌도, 베개까지도. 그리고 시간이 멈춰버려야 해. 참 이상하지. 우리가 언제나 그토록 원했고 늘 우리 스스로에게 금지해왔던, 아니, 거의 언제나 그래왔던 그 모든 것이 이렇게 단번에 이루어지다니. 우리, 유별나게 조용했던 우리 남매, 우리끼리 남겨질 때마다 서로가 뭘 어째야 좋을지 몰랐었지. 열일곱이었던 누나가 열세 살 동생에게 마침내 침대에 오르라고, 그리고 거기 머물라고 허락하기까지는. 내게 섭섭한 것이 있다면 그건 다만 그런 일이 너무 가끔이었다는 것뿐이야. 난 그 어떤 다른 것을 원한 적이 없었고 누나가 아닌 다른 그 누구도 사랑할 수 없었어. 난 언제나 누나의 남자친구들보다 우월해야 했고 무엇인가 특별한 일을 완성해야만 했어. 난 누나가 아는 모든 사람들 중에서 가장 유명한 사람이고 싶었고 가장 사랑받는 사람이고 싶었지. 누나, 네게만, 오로지 네게만 난 세상을 다 바치고 싶었어.

어째서 우린 서로에게 그렇게 화가 났었던 것일까? 누나는 자신의 애인들 때문에 날 화나게 했고 난 내 애인들 때문에 널 화나게 한 거야. 나디아, 내 안에 들었던 널 사랑한 여자, 그녀 안에서 나 역시 널 사랑했어. 그리고 넌 네 안에 들어 있던 나와 헤어지고자 했던 거야, 이 나라를 떠남으로써, 그리고 난 그날 밤 널 역에 데려다주고 나서 드디어 널 사랑한다는 것을 인정했던 거야. 너 말고는 그 누구도 내 마음에 품은 적이 없다는 것을. 그러면서 난 정화되었다고 느꼈어. 순수했어. 왜냐하면 내 마음속엔 오직 그 하나의 동요만이 존재했으니까.

그리고 난 나에 대한 벌로서 이곳에 머물기로 결심한 거야. 미하엘라가 너의 신발을 신었고 세계의 역사가 우리를 압도했지. 넌 어디론가 숨어버렸고 난 그 때문에 거의 이성을 잃었던 거야. 무슨 일이 일어날지 알 수 없었기 때문이야. 그리고 갑자기 내게 돈이 없다는 걸 알았을 때, 난생처음으로 돈이 없다는 게 문제가 되었어. 일전 한 푼, 땡전 한 닢 없고, 빈털터리에, 알거지, 텅 빈 주머니와 텅 빈 손으로, 개가죽을 뒤집어 쓸 만치 가난하다는 것이 너무나 고통스러웠어.[3] 그렇지 않았다면 난 너를 찾아 베이루트로 떠났을 거고 널 데리고 로마든지 뉴욕이든지 혹은 알텐부르크로 갔을 거야. 아아, 베로츠카, 넌 나를 떠나기 위해 동방의 끝까지도 갔었던 거야. 그리고 넌 착하게도 나더러 계속 글을 쓰라고, 낯선 여자들을 사랑하라고 권했었지. 마치 어른들이 젊은이들에게 운동을 많이 하고 냉수마찰을 하라고 권하듯. 그러나 난 너 아닌 그 무엇도 원하지 않았어! 너와 함께 살고 싶어. 베로츠카, 오로지 너하고만 새로운 인생을 시작할 수 있어.

이곳엔 더 이상 정리할 것이 없어. 새로 칠한 페인트 냄새에 새 매트리스 냄새가 섞여 있어. 벽엔 그림들이 걸려 있지. 그것들은 이곳에서 훨씬 더 아름답게 보여. 그중에서도 제일 아름다운 것은 이제부터 우리가 필요하고 원하는 모든 것들을 함께 마련하게 될 거라는 사실이야. 네가 이 글을 읽는 동안 난 네 옆에 누워 등을 부드럽게 애무하고 세상에서 가장 아름다운 어깨에 키스하겠지!

베로츠카, 이젠 열여섯 시간도 채 남지 않았어.

---

3 훗날 튀르머는 돈밖에 모르는 위인이 되었다.

90년 7월 4일 수요일

친애하는 니콜레타![1]

텅 빈 공허 속에서는 언어란 건 불필요한 법입니다. 나한테서는 그 당시의 상황을 파악할 수 있는 능력이 없어지고 말았습니다. 그러기에 지금 나는 마치 우연히 어떤 현장을 목격하고 난 뒤 불확실하고 모순된 진술을 하고 있는 증인인 것처럼 느껴집니다.

나는 거의 매일 병상을 고집스럽게 사수해야 했습니다. 한번은 에레네와 라모나, 드라마투르기의 여자 동료 두 명이 우리 집을 방문했습니다. 그들은 모든 것이 미하엘라가 말한 그대로라는 사실에 적이 실망하는 눈치였습니다. 미하엘라는 두 여자보다 먼저 걸어 들어와 창문을 열어젖히고 침낭 위로 이불을 던졌습니다. 안 그러면 내가 너무 추워할 것이라는 듯. 나중에 그녀는 내 꼴과 난장판이 된 방에 대해 잔소리를 퍼부었습니다. 미하엘라는 그 두 여자가 나 때문에 얼마나 괴로웠겠느냐며 비난했습니다. 물론 그럴지도 모릅니다. 하지만 내 괴로움의 크기야말로 그들의 것에 비할 바가 아니었습니다. 이레네가 드라마투르기에서 가져온 화분을 들고 있는 것을 보았을 때, 난 바짝 식은땀이 났습니다. 화분 속 식물이 무성하게 자라나 있었으며 그 식물이야말로 내가 본받아야 할 모범이라는

1 오로지 복사본으로밖에 남아 있지 않고 같은 날짜가 기록된 편지가 있다.
"친애하는 니콜레타!
글을 쓰는 동안에 난 마치 당신이 정말로 여기 있는 듯한 상상을 할 수 있습니다. 당신이 내게 금할 수 없는 나만의 작은 마술입니다. 내가 같은 말을 되풀이하고 있나요? 편지를 하는 데 초보자가 아님에도 불구하고 지금까지 난 편지가 얼마나 많은 현실성을 담고 있는지 알지 못했습니다. 난 그걸 이제야 깨닫기 시작합니다. 내겐 물론 우리들 사이의 거리, 당신의 침묵, 불확실성 그리고 그 안에서의 내 사랑을 더 이상 감당하지 못할 것 같은 순간도 있습니다."

것이었습니다. 난 그것을 하나의 암시, 즉 화분 속에 들어 있는 총알을 넌지시 암시하는 것이라고 생각했습니다.[2] 미하엘라가 우리만을 남겨두고 방을 나가자 난 그들이 그걸 따져 물을 거라고 기대했습니다. 아니라고 해야 하나? 그들을 믿고 다 털어놓는 게 좋을까? 하지만 아무 일도 일어나지 않았고, 그들도 곧 돌아갔습니다.

내가 막 화분의 흙을 헤집어보려고 했을 때 라모나가 다시 방으로 들어왔습니다. 내게 혹시 뭔가 심중의 이야기를 털어놓을 게 있냐고, 혹시 무언가 내 영혼에 짐이 되거나 날 괴롭히는 것이 있는지 물었습니다. 그러면서 그녀는 마치 나하고 기도라도 하려는 양 나를 응시했습니다. 난 아무 말도 하지 않은 채, 곧장 그녀의 콧구멍을 보았습니다. 그녀의 왼쪽 콧구멍은 좁다란 부메랑 모양이었고 오른쪽은 동그란 분화구 모양이었습니다. 로마나는 얼마간 씩씩거리다가 곧 방을 나갔습니다.

총알들은 화분 속에 고스란히 다 들어 있었습니다. 누군가 그걸 발견한 흔적 같은 것도 없었습니다.

크리스마스가 되기 얼마 전, 난 힘겨운 실랑이 끝에 다시 2주간의 병가 진단서를 끊을 수 있었습니다. 새해까지도 나아지지 않으면 정신과든 신경과든 의사를 찾아가겠다고 약속을 해야만 했습니다. 바이스 박사는 내게 산책을 권고했고 어찌 되었든 많이 움직이고 맑은 공기를 쐬라고 했습니다. 이제 낮도 다시 점점 더 길어질 것이라는 말이 날 얼마나 당황시켰는지 그는 아마 전혀 짐작하지 못했을 것입니다. 그러지 않아도 난 언제나 맑은 하늘보다는 비가 오는 날을 더 좋아했었습니다. 이제 곧 환하고 따뜻한 저녁이 올 것이고, 새들의 노랫소리와 수영장의 소음들, 아니

---

2 이 에피소드는 이야기 지어내기 좋아하는 튀르머 특유의 성격의 소산임을 어렵지 않게 알 수 있다.

부활절이나 긴 휴가철에 대한 상상을 하는 것만으로도 정말이지 견딜 수 없었습니다.

그리고 크리스마스. 물론 난 아무 생각이 없었습니다. 게다가 나는 그녀나 내 어머니에게 방을 내주고 다시 미하엘라 옆에서 자게 되는 것이 싫었습니다. 미하엘라는 나의 어머니를 존경했습니다. 드레스덴의 시위가 있을 거라는 라디오 방송이 나온 뒤, 다른 모든 시위에 빠짐없이 참가하셨던 어머니가 심지어 비밀안전기획부의 건물을 점거하기 위해 바우츠너 슈트라세에도 가셨었기 때문입니다. 미하엘라는 정말로 배우가 되어 있었습니다. 미하엘라가 주인공이었던 것입니다! 미하엘라는 아들을 혼자서 키워냈고, 그것이 아니더라도 그녀는 굉장한 여자였습니다. 그것을 증명이라도 하듯 어머니는 곧 내게 미하엘라의 주도하에 발간된 『명백한 주장』 창간호 두 부를 건네주셨습니다. '언론매체부'의 회합이 바로 내 방 앞에서 열리곤 했음에도 불구하고 난 전혀 모르는 글들이었습니다. 단 몇 시간 만에 사람들이 2천 부를 집어갔다고 했습니다. 어머니는 내가 적어도 시청 도서관에 관한 기사만이라도 소리를 내서 읽어야 한다고 고집을 부렸습니다. 샬크 골로드콥스키 측 사람들이 서독에 헐값으로 팔아넘겼던 도서관이었습니다. 반면 난 어머니가 선물로 주신 크리스마스이브 캘린더의 작은 창문조차 열어볼 기력이 없었습니다.

유일하게 로베르트만이 그런 나의 상태와 타협한 인물이었습니다. 그 아이는 내가 왜 그러는지 더는 묻지 않았고 자신이 모든 점에서 나보다 우월하다는 점을 즐겁게 받아들였습니다.

새해 전야에 난 로베르트와 미하엘라가 로켓 폭죽 세 개를 터뜨리고 박수를 치는 모습을 바라보다가 자정이 조금 지나 침낭 속으로 다시 기어들었습니다. 그때 난 치직 하는 소리와 쾅 하는 소리를 따라 했었다고 합니다. 나중에 난 토악질을 했습니다. 새벽 여명이 밝아오는 가운데 화장실 변기 위에 웅크리고 앉아 멍하니 창밖을 내다보았습니다. 새벽의 어스름은 내가 그리는 미래의 모습에 딱 걸맞았습니다. 모든 날들을 고스란히 품은 한 해가 통째로 나를 기다리고 있었습니다. 하필이면 그해의 처음 몇 시간조차도 버틸 수 없이 쇠진해버린 나를 말입니다.

이 길로 멸망하지 않으려면 뭔가 행동이 필요하다는 것을 어렴풋이 짐작했습니다. 몇 번이고 성호를 긋기 위해 이마에 손을 가져갔습니다.

무엇이 날 막았던 걸까요? 반항심? 자존심? 자긍심? 신이야말로 내가 해결해야 할 당면 문제가 아니었던가요? 그의 영원성이? 불멸성보다 더 극단적으로 생명과 대치하는 것이 있을 수 있나요? 성인들과 예술가의 불멸성보다? 성인들이나 예술가들은 모두들 자기 자신에 미쳐 있는 사람들입니다. 자기 자신을 통째로 희생하는 자가 있다면, 다른 사람을 대신해서 지옥에 떨어지는 사람이 있다면 그가 바로 성인입니다! 유다라면, 그에 관해 전해져 내려오는 전설이 사실이라면 아마도 그야말로 그런 성인에 해당될 수 있는 유일한 인물일지도 모릅니다.

고백성사를 해야 했다고요? 난 더는 언어를 원하지 않았습니다. 그 어떤 대화도 그 어떤 서약도. 언어로 이루어진 명상에는 그만 싫증이 났습니다. 가장 비굴한 태도 속에서 드러나는 언어의 그 건방진 오만이 역겨웠습니다. 기도나 고백만은 제발![3] 아닙니다. 무엇인가 아주 다른 것이어야만 했습니다. 무엇인가, 전혀 예상하지 못한 그러면서도 너무나도 지당한 그 무엇인가가. 내가 한번도 해보지 않았었던 그 무엇. 내가 단 한번이라도 생각하지 못했던 바로 그 무엇인가가.

---

3 상기할 점은, 튀르머 자신이 늘 자신의 편지를 놓고 고백이라고 불렀다는 점이다.

1월 1일에서 2일로 접어드는 날 밤, 난 평소 때와 다름없이 아주 이른 시각에 불을 껐고 밤 10시가 조금 넘은 시각에 잠에서 깨었습니다. 창문을 열었습니다. 눈도 비도 오지 않았습니다. 이불을 어깨까지 끌어올리고 다시 잠드는 일 외에는 나 자신 스스로에게 기대할 것이 없었습니다. 다음 순간 난 내가 침대 옆에 서 있는 것을 보았고 바지를 입고 있는 것을 보았습니다. 그런 나 자신이 우스워 웃음을 터뜨렸습니다. 내 안에 있는 무엇인가가 나 때문에 웃음을 터뜨리고 있었습니다. 그런데도 난 계속해서 옷을 입었습니다. 흙에서 총알을 파내 권총에 끼운 다음 혁대에 찼습니다.[4] 장롱에서 스웨터 두 벌과 낡은 하이킹 신발을 꺼냈습니다. 두 벌의 스웨터를 차례로 껴입고 맨 위에 난 구멍까지 신발 끈을 단단히 묶었습니다. 그러고는 창턱으로 기어 올라갔습니다. 어둠에 익숙해진 눈으로 잔디를 확인한 다음 풀썩 뛰어내렸습니다——그와 동시에 두 발로 땅을 밟으며 착지했습니다. 아프지도 않았고 삐끗하지도 않았습니다. 점프는 성공적이었습니다.

나는 북쪽으로 난 길로 행진해갔습니다. 레르헨베르크를 지나고 도시를 가로지르며, 아무와도 부딪히지 않은 채. 저 멀리 정체 모를 형체들이 휙 지나가곤 했습니다만 그 외에는 자동차뿐이었습니다. 나는 큰 연못과 화물차 정비소를 지나 점점 위로 올라갔으며 곧 모든 집들을 뒤로하게 되었습니다.[5] 눈이 채 녹지 않아 생긴 하얀 섬들이 검은 들판 여기저기에서 반짝거렸습니다. 내리막길로 접어들었을 때는 먼 곳에서 깜박이는 불빛 몇 점만이 보일 뿐이었습니다. 그곳에 가로등이 아예 없었던지 혹은 이미

4 권총에 대한 튀르머의 마지막 진술은 그가 그것을 소도구실에 감췄다는 거였다.

5 튀르머가 모든 다른 방향의 빈 들판을 놔두고 왜 하필 이 길로 접어들었는지는 아직도 풀리지 않는 의문으로 남아 있다.

소등이 되었는지도 몰랐습니다. 이따금 자동차가 한 대씩 지나가며 내 바지에 흙탕물을 뿌렸습니다. 아슬아슬한 순간에 나를 피해갔던 자동차가 멈춰서더니 내가 있는 뒤쪽으로 후진해왔습니다. "당신, 죽고 싶어?" 하고 운전사가 버럭 소리를 질렀습니다. 내가 죽고 싶었냐고요? 내가 죽고 싶었더라면—총알을 머리에 대고 쏠 수도 있었을 겁니다. 그런 죽음은 나를 경악하게 만들 정도로 분수에 넘치는 일입니다.

계곡에 이르자 언덕으로 이어지는 한 들길로 접어들었습니다.[6] 갑자기 50 혹은 1백 미터 전방에서 불을 빨갛게 켠 눈 하나가 깜박거리는 것이 보였습니다. 홍조를 띤 안개 속에서 차단기가 내려왔습니다. 난 억지로라도 앞으로 나가고자 했습니다. 계속해서 앞으로, 적어도 차단기 바로 앞까지만이라도. 기차가 빠른 속도로 다가오고 있었습니다. 텅 빈 석탄간을 줄줄이 단 화물용 기차가 덜컹거리며 지나가자 이내 차단기가 올라가고 경고등이 꺼졌습니다. 내 머리 위로 밤이 내려앉았습니다. 난 어둠을 응시하며 조금 전까지만 해도 빨간 불빛이 반짝거리고 있던 선로를 바라보았습니다. 내 눈은 더 이상 어둠에 익숙지 않았습니다.

난 주위를 더듬으며 건널목을 건넜고 발끝을 움직여 선로를 디뎠으며 겨우 물구덩이를 피해갈 수 있을 정도로 사물을 구별할 수 있을 뿐이었습니다.

계속해서 앞으로 나아갔습니다. 그때 내가 뭘 찾고 있었는지 짐작할 수 있겠습니까?

십자선, 십자로,[7] 가능한 한 한적한 곳에 있는 십자로였습니다. 몇백

---

6 아마도 '파디쳐 샨첸'일 것이다.

7 민간신앙에 따라 초자연적인 힘이 가장 강력하게 발휘된다는 장소들 중에서도 십자로는 특별히 유명한 곳이다. 그런 장소는 사람을 지켜주는 착한 마술이나 아니면 악한 마술에 다

미터를 지나자 달이 떠올랐습니다. 나는 아스팔트가 깔린 좁다란 길로 접어들었습니다.

언젠가 한번이라도 십자로를 찾아나선 사람들이 있었다면, 그중에서 자신이 뭘 원하고 있는지 어렴풋하게라도 알지 못하는 사람은 아마도 나 말고는 아무도 없었을 것입니다. 혹시 누군가 내 행동을 알게 될지도 모른다는 상상을 하자 난 곧 부끄러워 죽을 지경이었습니다.

가만히 기다렸습니다. 숨이 가빠졌고 식은땀이 흘렀습니다. 이 두려움은 도대체 어디서 연유하는 것일까요? 갑자기 사나운 개가 나에게 달려든다면? 혹은 미쳐 날뛰는 여우가? 난 총을 쏘아야만 할까요?

견딜 것, 가만히 서 있을 것. 난 스스로 용기를 북돋웠습니다. 바쁠 것도 없잖아. 이곳을 떠나선 안 돼.

순간과 시간 들이 풀려나오고 있었습니다. 시간이 빙 돌며 원을 그렸습니다. 이미 자정을 알리는 종소리가 들린 후였고, 곧 12시 30분이 되었습니다. 추위가 몸을 파고들었습니다. 난 기침을 하지 않을 수 없었습니다. 하늘이 깜깜해졌습니다. 위를 올려다보고 싶지는 않았습니다. 마치 목을 바치는 것 같은 느낌이 들었기 때문입니다. 강하다는 것은 견디며 가만히 기다린다는 것. 나는 다시 한 번 되뇌었습니다.

물론 아무 일도 일어나지 않았습니다! 내가 진짜로 무엇인가를 기다렸다고 생각하셨습니까?

달이 떠올랐을 때, 난 시선이 가닿을 수 있는 얼마 안 되는 평방미터

같이 유효하다. 십자로에서 효력이 있는 마술을 가정하는 것은 밤에 여행객이 십자로에 도달했을 때 그에게 엄습하는 암담하고 답답한 느낌으로 설명할 수 있다. "자기 자신으로부터 버림받은 그는 운명의 손아귀에 혹은 유령의 권력하에 빠졌다고 생각한다." —『독일 미신 소사전』, 베를린, 뉴욕, 1987.

의 면적을 머리에 새기려고 노력했습니다. 가장자리가 작은 피오르를 이루는 구멍투성이의 아스팔트 도로. 그중 한 지점은 너무나 얇은 나머지 그 아래에 깔린 머릿돌 도로 포장이 망사를 씌운 듯 밖으로 다 비쳐 보일 정도였습니다. 반대쪽에 서 있던 초라한 나무들, 그 주위에 수북이 자란 잡초와 겨울작물의 씨를 뿌린 밭, 그리고 녹지 않고 남은 하얀 눈밭.

달빛 속에서도 남쪽 방향으로 산을 알아보았을 때 얼마나 놀랍고 기뻤는지요! 풍경 속에서 산이 홀로 우뚝 서 있었습니다. 목이 없는 머리, 나무들은 머리카락을 나타내고 있었고 꼬불꼬불한 산길은 가르마를 그리고 있었습니다…… 그때 정말로 무엇인가가 산의 눈동자 안으로부터 날 빤히 쳐다보고 있었는데[8] 다음 순간 금세 사라져버렸다가는 다시 나타나고 또 사라졌습니다. 그것은 전체적으로 약간 왼쪽으로 기우는가 싶다가는 형체가 바뀌고 또 바뀌었습니다. 마치 구름같이 말입니다. 한번은 대번에 입을 알아보았고 납작한 코, 그리고 다시금 베일이 그 위를 가렸습니다.

갑자기 오한이 났습니다. 발이 오그라드는 듯했고 난 내가 왜 갑자기 흔들거리다가 쓰러졌는지 의아했습니다. 그 자리에서 제자리걸음을 걷기 시작한 건 1시가 넘었거나 1시 반경이었을 겁니다. 이윽고 난 몇 걸음씩 좌우로 왔다 갔다 하며 걸었습니다. 그다음 작은 막대기를 집어 들고는 내 주위로 한 바퀴 원을 그렸습니다. 어린 시절 '시골쥐 놀이'를 했을 때처럼.

재채기가 나왔고 한 번 더, 그리고 또 한 번 더. 감기에 걸리려는 중이었고 웃음을 터뜨리자 목쉰 소리가 났습니다. 무슨 일이 일어났을까요,

---

8 게르하르트의 회화 작품들과 그래픽을 연상하게 된다.

아무 일도 일어나지 않았을까요?

가벼운 바람과 멀리서 들리는 개 짖는 소리가 그 질문에 대한 대답이라고 할 수 있었을까요? 난 노래를 부르고 싶었습니다. "달이 떴다" 하고 부르기 시작했습니다. 그리고, 좀더 크게. "금빛 작은 별이 하늘에서 밝고 밝게 빛나고 있네." 더듬거리며 난 그 순간 머리에 떠오르는 대로 노래를 불렀습니다. "고요한 방처럼, 너희들이 하루의 근심을 잊고 잠이 드는 그 곳." 그리고 "옛날에 어머니가 있었어요. 네 명의 아이들이 있었어요. 봄, 여름, 가을, 겨울이랍니다." 이 어린이 동요는 내가 유일하게 처음부터 끝까지 부를 줄 아는 노래였습니다. 난 그 노래를 여러 번 불렀습니다. 나중엔 숫자를 셌습니다. 인생이 끝날 때까지라도 숫자를 셀 수 있겠다 싶었습니다……

난 이리저리 헤매며 돌아다녔습니다. 그 어떤 비명 소리나 늑대의 울부짖음도 그 순간 갑자기 들려온 귀뚜라미 소리보다 더 내 피를 얼어붙게 하지는 못했을 것입니다. 난 정말로 귀뚜라미 소리를 들었다고 확신했습니다. 바로 옆 잔디에서. 난 귀를 기울였고 숨을 멈추고 다시 귀를 기울였습니다. 적막은 귀뚜라미를 둘러싸고 있는 보석과도 같았습니다.

"휴" 하고 난 한숨을 내쉬었습니다. 그리고 또 한 번. "휴!" 바로 이 순간 난 내가 뭘 원하는지 깨달았습니다. 그건, 그 어떤 다른 무엇도 아닌 바로 내 인생이었습니다. 난 내 인생을 돌려받기를 원했던 것입니다. 내 기억에도 거의 남아 있지 않은, 내가 너무나 일찍 내줘야 했던 내 인생이었습니다. 내가 행했던 모든 것들은—난 이미 그걸 잘 알고 있었던 것입니다—인생이 아니라 조악한 오해였던 것입니다. 방황 그리고 망상!

만일 그동안 줄곧 나라고 믿어왔던 내가 더 이상 내가 아니라면, 그렇다면 난 내가 누구인지 알고 싶었습니다. 그 어떤 사실이 백일하에 드러난다 해도 좋았습니다! 난 진실을 겸허하게 받아들일 것입니다. 새로운 인생을 위해서라면 난 모든 것을 바칠 각오가 되어 있었습니다. 모든 것을!

난 권총을 손에 쥐었습니다. 감촉이 따뜻했습니다. 한참 동안 난 그것을 꽉 쥐고 있다가 내게 있던 모든 힘을 다해 그것을 멀리 던져버렸습니다.[9] 내가 나의 참 인생과 바꿀 수 있는 물건이라곤 오직 그것뿐인 것 같았습니다. 난 그것이 떨어지는 소리를 듣지 못했습니다. 적막이 내 어깨를 짓눌렀습니다. 적막이 귀를 꽉 채웠습니다.

조금 뒤 다시 개 짖는 소리. 이번엔 조금 더 길게, 또 다른 개 짖는 소리가 끼어들었고, 또 한 마리, 한 마리의 개가 다른 개를 깨우고 또 그 개가 또 다른 개를 깨우고. 그러고는 다시 침묵—공기를 싹둑 자르는 침묵. 내 신발이 만드는 사각사각 소리가 몹시도 크게 들렸습니다. 나와 적막과 공허뿐. 난 그 속에서 눈을 떴습니다.

'왜 나쁘다는 거지?! 무엇이?' 하고 난 자문했습니다. 언어와 명예에 대한 환상과, 다음 세상과 그 이후까지 영원히 계속될 명성에 대한 망상을 지워낸, 텅 빈 마음을 갖는 것보다 더 바람직한 게 무엇이 있을까? 그런 모든 것으로부터 해방된다는 게 참으로 멋지지 않단 말인가?

내가 병이라고 여겼던 바로 그것이 오히려 치유가 아니었나? 난 지식보다도 더 큰 무엇을 원한 게 아니었던가? 난 드디어 내가 원한 것을 행할 수 있는 자유를 얻지 않았던가? 내 앞에 있는 모든 것들과 내 뒤에 있는 것들을!

난 목이 말랐습니다. 그 순간 생각의 끈을 놓치고 말았습니다. 추위. 한기는 내 몸 안에도 밖에도 있었습니다.

---

9 튀르머가 정말로 이 무기를 버렸는지는 의문이다. 베라 튀르머의 진술에 따르면 튀르머는 자신의 집에 권총 한 자루를 숨기고 있었다고 한다.

내가 만약 너무나 이해하기 쉽게 이야기를 한다면 그건 거짓말이 아닐까요? 그런 시간들은 이해할 수도 없고 파악할 수도 없으니까요. 그런 시간들은 오로지 밤을 집으로 삼고, 밤은 모든 내면에 있는 것들을 밖으로 드러내주지요.

얼마나 오랫동안 그곳에 있었는지 모르겠습니다. 교회 첨탑의 시계도 울리기를 멈췄습니다. 사각대는 소리 한 점, 멀리서 들려오는 개 짖는 소리 하나 없었습니다.

어느 순간 웅얼거리며 소음이 시작됐습니다. 난 무섭지는 않았지만 방해를 받은 느낌이었습니다. 두 개의 불빛이 나타났고 두 개의 반짝이는 눈이 어둠 속에서 열렸습니다. 모든 방면으로부터 소음이 몰려왔습니다. 그것은 들판 위를 쿵쾅거리며 돌아다녔고 공중에도 있었습니다. 첫번째에 이어 곧 두번째로 반짝이는 두 눈이 나타났습니다. 세번째 그리고 네번째. 그것들은 마치 공중에서 붕 날아오듯 그렇게 빨리 다가왔습니다. 문득 모든 것이 하나였습니다. 나는 너무 눈이 부셔 팔을 굽혀 얼굴을 감싸 안았습니다. 그리고 어디가 거리인지 구별하지 못했습니다. 난 뒤로든 앞으로든 어느 쪽으로든 가야 했습니다――그와 동시에 경적 소리, 뱃고동 소리, 최후의 심판의 날을 알리는 나팔 소리! 고속도로와 장거리 교통용 도로 사이를 왕래하는 장거리 화물차 넉 대가 벼락 같은 소리를 내며 지나갔습니다. 그 바람에 솟아오른 바람이 나를 이리저리로 몰아대며 비틀거리게 했습니다. 난 몇 발자국쯤 그들의 뒤를 따라가며 넘어졌습니다. 그러나 이제 모든 것은 그걸로 충분했습니다. 내게 걸려 있던 마법이 풀린 것입니다. 난 터벅터벅 집으로 돌아가는 길을 걷고 있었습니다.

내가 잠에서 깼을 때는 12시였습니다. 꿈을 꿨던 것일까요? 정오였습니다. 고요하고 밝은 정오. 방에는 진흙투성이의 하이킹 신발과 흙탕물이 잔뜩 묻은 바지가 널브러져 있었습니다. 난 깜짝 놀라긴 했지만 그건 단지 한순간일 뿐이었습니다.

언제나 변함없는

당신의

엔리코 튀르머로부터.

90년 7월 6일 금요일

가엾은 요!

넌 정말 좋은 기회를 놓친 거야. "아주 특별한 사람"이라는 표현을 난 언제나 참을 수 없었거든. 하지만 실제로 그를 만났을 때 나하고 베라는 첫눈에 반해버렸어. 그의 야리야리한 몸집, 반짝이는 두 눈, 예쁜 두상, 그의 "교양 넘치는" 손놀림. 그의 그 깍듯한 예의범절은 나로 하여금 오랫동안 망각하고 있던 궁정 교육이라는 개념을 다시 떠올리게 하더군. 높은 연령에도 불구하고 젊다는 인상을 주었고, 그가 종일 앉아 있어야만 하는 휠체어마저도 그의 그런 모습을 전혀 손상시키지 않았어.

우리가 계획한 일정은 그가 바라던 바로 그대로라고 했는데, 그러나 아무도 (그는 우리에게 "날 그냥 왕세자라고 불러주세요"라고 부탁했어) 성을 놔두고 북쪽의 방 세 칸짜리 현대식 아파트를 더 선호할 줄은 몰랐었지. 그가 이 도시를 마지막으로 본 건 1935년이었대. 그는 오로지 바론을 대할 때만 비교적 거만하게 굴었어. 그가 귀에다 대고 속삭이는 말이나 언급들에 대해서 왕세자는 고개 한번 제대로 까딱거리지 않았지. 고개를 숙여 절을 하거나 손을 내밀거나 그와 가까이 있는 사람에게 친절히 말을 걸기 위해 바론의 말을 중간에서 자르기도 했어.

안디, 마시모, 바론이 번갈아가며 그의 휠체어를 밀었지. 올림피아(안디의 아내)와 미하엘라와 베라는 그가 이끄는 대소 신료들이었어. 아, 참, 어머니도. 코르넬리아와 난 그의 하인이었다고나 할까── 물론 로베르트도.

아무도 크게 떠들지는 않았지만 그래도 내가 보기에 왕세자는 동성애자일 거야. 그렇지 않더라도 아무튼 그는 평생 결혼한 적이 없고 자식도 없고 가정생활을 꾸리기엔 너무나 예민한 성격의 소유자야.

원래는 바론이 마음의 준비를 시킨 뒤 우리들이 저지른 일을 그에게 넌지시 말하기로 했었어. 하지만 나중에 생각하니 역시 우리가 직접 왕세자에게 솔직히 털어놓는 게 좋을 것 같더라고. 우리의 갈등이 뭐였냐 하면, 금요일 저녁까지는 신문에 들어갈 원고를 완성해서 넘겨야 한다는 거야. 그래야 토요일 저녁 늦게 인쇄소에서 완성된 신문을 받게 되고 일요일 이른 아침에 집집마다 배달할 수 있을 테니까. 안 그러면 우리들의 보도는 일주일 후에나 나갈 것이고, 그사이에 다른 사람들이 우리가 키워놓은 과일을 냉큼 따갈 거란 말이지. 그래서 우린 토요일에 관한 소식까지, 무엇보다도 오후의 성대한 방문과 「마돈나」의 박물관 안치에 대해서 미리 기사를 써놨던 거야.

왕세자는 거의 장난꾸러기 같은 미소를 짓더군. 그러더니 그 기사를 곧 읽게 되길 바란다고 했어. 그래야 그가 우리들의 예언이 실현될 수 있도록 도울 수 있을 거라면서. 그는 자신의 그런 표현들이 얼마나 나를 무안하게 하는지 잘 알고 있었을 거야. 그러나 사랑스러운 말로써── 그는 기꺼이 우리에게 도움이 되거나 유익한 일에 협조를 할 것이며, 더군다나 지금 우리에게 신세를 지고 있다면서—나를 안심시키더군. 너무나 고마워서 난 당장이라도 그의 그 아름다운 손에 입이라도 맞추고 싶더라.

그 뒤 우린 그를 성으로 데려다주었어. 내일 환영행사가 열리는 것과 똑같은 시간에 사람들과 함께 기념사진을 찍기 위해서였어—바리스타의 무리 한가운데서, 프로하르스키와 레클레비츠 뮌츠너와 그들의 모든 가족까지도. 마리온과 프링겔만 빼고 편집자들과 함께 찍을 사진도 있지. 별로 기분이 좋아 보이지 않는 요르크도 참석했어. 더불어 게오르크의 가족들. (프랑카는 진짜 멋진 드레스를 입고 나타났는데 오펜부르크 신문계에서 거물이라는 그 여자가 준 선물들 중 하나래.) 4단짜리 사진이 나올 거야.

그다음 일정은 신문사 편집부 방문이었어. 쇼르바와 내가 서로의 손을 엇갈려 쥐어 가마를 만들어 그를 태웠지. 그렇게 좁은 계단을 올라가는 동안에도 그는 미소를 잃지 않았어. 그는 새처럼 가벼웠고, 우리 어깨에 두른 그의 팔은 너무나 가벼워 난 거의 아무것도 느끼지 못할 지경이었어. 안디와 바론은 휠체어를 운반해왔지. 위에서는 여자들이 모여 있다가 박수를 쳤어. 아스트리트는 도무지 진정하려고 하질 않았어. 꼬리를 마구 흔들며 날뛰다가 주둥이를 왕세자의 무릎에 올려놓고서야 좀 차분해지더군.

쇼르바 여사는 손수 베껴 써둔 예법으로 인사를 하느라 더듬으며 실수를 연발했고 얼굴을 붉혔지. 왕세자가 괜찮다며 그녀를 안심시켰어. 그는 자신은 노쇠한 퇴직자이며 알텐부르크로 돌아올 수 있어서 기쁘고 감사하다고 말했어. 그의 목소리는 그 작은 몸집만큼이나 부서질 듯 연약했지. 무릎을 덮은 얇은 담요 위에서 그의 반지 없는 손이 계속해서 조금씩 떨렸어. 무엇인가를 말하려고 할 때는 언제나 입술에 먼저 침부터 발랐어. 하지만 아무런 의도 없이도 그렇게 했기 때문에, 그는 때마다 우리를 둘러보며 왜들 그리 침묵하고 기다리는지 의아해했지.

내가 『주간신문』과 이번 일요일에 창간호가 나올 예정인 『일요신문』을 따로 언급했음에도 불구하고 우리가 아직도 하나의 신문사인 것처럼 들렸을 거야. 그 뒤 게오르크가 그에게 『알텐부르크 공작 일동』의 재판본을 건네주었어. 왕세자는 그것을 넘겨보다가 곧 그곳에 인쇄된 헌정사를 보게 되었지. "1990년 6월 7일과 8일 알텐부르크 방문을 기하여 왕세자 프란츠 리하르트 폰 작센 저하에게 충정과 기쁨으로 이 책을 바칩니다."

게오르크가 착하게도 이 책이 바리스타 씨의 관대한 지원 덕분에 출간될 수 있었다고 말했는데 왕세자가 무시하며 지나가자 바리스타가 우울한 표정을 지었지.

우린 컴퓨터실로 왕세자의 휠체어를 밀었어. 어머니, 베라, 미하엘라 역시 우리들의 가장 귀한 보물을 보게 되었지. 모두가 미소를 지었어. 침묵을 뚫고 내가 말했어. 우린 스스로가 반항아며 반란자라고 느낀다고 했어. 통일사회당 지역신문이 이제 곧 스프링거, 『서독일 일반신문(WAZ, Westdeutsche Allgemeine Zeitung)』 밑으로 들어가게 되므로 우리만이 유일하게 전 군대와 맞서 싸우는 것이라고. 이젠 동독인들의 손에 동독 신문이 쥐이는 일이 거의 드물게 되었다고.[1] 그 말을 들은 왕세자는 우리 신문사를 위해서 세상의 모든 행운을 다 빈다고 말했어. 스스로의 목소리를 갖는다는 것은 중요한 일이라면서.

왕세자는 나중에 곤란한 일이 없도록 우리가 뭘 좋아하는지, 습관이나 좋아하는 요리 같은 것, 그리고 이곳에서 많이 나는 특산물 등등을 물었어. 간간히 나오는 대답들을 듣더니 그가 짧은 연설을 시작했지. 채소나 과일은 제철의 것을 먹는 것이 좋다고 생각한다는 거였어. 봄에는 딸

---

1 튀르머 스스로도 그와 같은 추세에 대한 책임이 있으므로 그의 말과 글에서 엄청난 심리적 억압 상태가 드러나고 있다.

기, 겨울에는 구운 사과. 요즘처럼 모든 것이 지나치게 넘쳐나는 건 인간에게 별로 이롭지 못하다고.

모나가 자신은 그런 건 잘 모르겠지만 그럴 수도 있을 거라고 대답했어. 하지만 이번 주에 그녀가 처음으로 대해본 시장의 물건들을 다시 또 아쉬워하며 살아야 한다면, 이젠 정말 그런 세상은 싫다고 했어. 끝도 보이지 않는 줄을 서가며 아들을 위해 복숭아나 피망 같은 걸 사야 했던 그런 시간을 다시는 겪고 싶지 않다는 거야. 다른 사람들이 그녀의 말에 동조했어. 누군가 말을 할 때마다 왕세자는 매번 휠체어를 움직여 가능한 한 그 사람 쪽으로 돌아보며 미소를 머금은 채 이따금 손을 귀 뒤로 가져가곤 했어. 그가 나중에 고백한 바에 따르면, 혹시 말을 잘 알아듣지 못했을 때라도 그것이 알텐부르크의 소리였던 만큼 그는 그걸 마치 아름다운 향기를 맡는 양 귀를 기울이며 즐겼다더군. 갑자기 남녀노소 모두가 말을 하고 싶어 했어.

수염 뒤에 창백한 얼굴을 감춘 프링겔은 에비와 모나의 머리 위로 자신이 통일사회당에 있었으며 지역신문사에서—그게 뭘 뜻하는 건지 말해야겠다며—기사를 썼었다고 말했어. 지금은 그 일을 부끄러워하고 있다고, 진심으로 마음 깊이 부끄러움을 느낀다고도 했지.

프링겔은 그렇지 않으면 자신의 기사에 대해 말을 할 수 없기라도 한 듯 벌떡 일어났어. "그런데, 그럼에도 불구하고, 그럼에도 불구하고"라며 그가 숨도 안 쉬고 말을 이어갔지. 사람들이 그가 썼던 기사에 대해 다시 한 번 생각해본다면, 사람들이 지금 그를 손가락질하는 것보다도, 그리고 자신의 아내를 욕하는 것보다 훨씬 더 나쁜 일이었다고, 그건 그 이상이었다고, 몇백 건의 기사들이 있었다고 말했어!

더불어 돌연, 지금까지의 말투를 바꾸지 않은 채 그는 '자비'라는 말을 사용했어. 우리 신문사에서 일하게 된 건 운명이 베풀어준 자비라는 거야. 다시 한 번 기회를 갖게 된 것. 과거 그 어느 때에도 그에게 주어져 본 적이 없는 기회이며 그로서는 다시는 오지 않을 거라고 생각했던 기회를 갖게 된 거래. 가족을 제외하곤 처음으로 자신이 살아가는 의미가 생긴 것이며 또한 처음으로 뭔가 쓸모 있는 사람이란 생각이 든다는 거였어. 그는 고개를 숙이곤 땅바닥을 내려다보았어. 그의 침묵이 거의 반항적인 인상마저 풍기더군.

사람들은 한숨을 쉬거나 헛기침을 쿨럭쿨럭하거나 또는 서로 시선을 마주치기도 했지. 왕세자는 그를 정직한 청년이라고 불렀고, 무엇인가 더 말하려는 중이었지. 그때 프링겔이 그의 앞에 가 서더니 왕세자의 양손을 부여잡고 걱정스러울 정도로 얼굴을 가까이 들이댔어. "이렇게 어려운 걸음을 해주셔서 정말 감사합니다." 그는 가만히 동작을 멈췄지. 마치 잘못된 대사를 외운 걸 깨닫고 프롬프터가 소곤거리며 다시 대사를 불러주기를 기다리는 사람처럼.

"난 한번 몹시 사랑한 적이 있죠" 하고 에비가 궁지에 몰린 프링겔을 끌어내주겠다는 듯 말을 시작했어. "그렇지만 세번째 자연유산이 되고 나서 마티아스가 날 떠났죠." 그녀는 자살을 결심했었대. 그녀에겐 모든 게 다 끝난 것 같더래. 우리 신문사에서 면접을 본 이후로 그녀는 매일 조깅을 하는데, 그건 자기 스스로에게 다시 마음에 드는 사람이 되고 싶어서이고 그렇게 해서 날씬해지고 싶다는 거야. 그런 걸 말한다는 게 몹시 부끄럽긴 하지만—계속 조깅을 뛰는 한 그녀는 그 어떤 종류의 불행으로부터도 해방이 될 것이므로 이 일자리를 잃지 않을 것이고 좋은 남자도 만나 아이도 낳을 수 있을 거라고 확신한다더군. 어떤 사람들에게는 전혀 특별한 일이 아니겠지만 그녀에겐 아주 중요한 일이래. "그래요"라고 말하며 그녀가 말을 끝냈지.

별로 할 말이 많지는 않다며 쿠르트가 입을 열었어. 그는 책상 위에 걸터앉아 종아리를 흔들며 입술 위 수염을 손가락으로 살살 꼬고 있었지. 그는 뭐 그리 큰 걸 바란 적이 한번도 없었대. 그는 노력을 다해 일했고, 평생 동안 열심히 일해왔지만, 그러나 성공이라면 도대체 어떤 성공을 바라야 하는 거냐고 물었어. 그의 마음에 드는 좋을 문구가 있대. '난 광부다, 누가 나보다 더 광부다운 광부겠는가?' 그래서 그는 비스무트 광산 회사로 들어갔어. 그리고 돈 때문에. 그의 가족 모두는 늘 허드렛일을 하며 살아왔고 그러니 그 역시 그럴 수밖에. 그는 헛된 공상 같은 건 가져본 적이 없대. 그러므로 그는 만족한대. 그리고 지금, 일이 제대로만 흘러간다면 뭐, 이 일 역시 좋다는 거야. 그는 합당한 보수를 받아야 하고, 적어도 반쯤이라도 합당한 보수를 받아야겠고 그게 일단은 제일 중요한 문제라는 거지.

쇼르바는 남에게서 뭔가 바람직한 대우를 받고 또한 자신도 남을 위해서 옳은 일을 행하는 게 그의 꿈이라고 했어. 그래서 그는 3년간 군대에 지원했었는데 낙하산병이 되었대. 그리고 비스무트에 취직해서 나중엔 갱부로도 일을 했어. 어느 날 갱부장이 그에게 좀더 수준 높은 교육을 받는 게 어떻겠냐고 권하자 그만두었지. 그 후 5년간 학교를 다니며 돈을 빨리 버는 길과는 작별을 고했던 거야. 아내 이르마가 연이어 아이들을 낳느라 심지어 자신의 대학 공부까지 포기하면서까지 늘 그를 격려하고 내조해주었지만, 그는 그게 정말 옳은 결정이었는지 내내 의심을 했었대. 모든 게 너무나 빨리 지나가버렸다는군. 물론 그는 비스무트에서 많은 특권을 누렸었지. 가장 비싼 휴가 여행지, 방 네 개짜리 집, 자동차를 주겠다는 제의까지 받았어. 하지만 그들은 그 자동차를 유지할 수가 없었어.

그리고 그걸 받았다가 다시 판다는 것도 말이 안 되더라는 거야. 그래서 그들 부부는 그 등록을 취소했는데[2] 사람들이 미쳤다고 하더래. 그러면서 왜 자신이 지금 이 얘길 꺼냈는지 모르겠다더군. 그런 부차적인 일들을. 하지만 증오, 사회라는 의미의 그 무엇 때문에 그들에게 향했던 증오를 그는 이해할 수가 없었대. 그는 그것 때문에 오늘날까지도 악몽을 꾼대.

숨소리 하나 나지 않는 조용한 시간이 한참 지난 뒤 이윽고 "글쎄요, 뭐."라며 쇼르바 여사가 말문을 열었어. "글쎄요, 참, 남자들은 그런 이야길 그냥 쓱 쉽게 말해버리고 나선 우리 같은 사람들은 이해할 수 없는 일들을 가지고 씨름을 한다는 거군요. 글쎄, 뭐. 어쩔 수 없겠죠. 내 말은 그러니까 앞으로도 어쩔 수 없을 거란 말이죠. 저 사람은 내 첫 남자였어요. 내 첫 남자이자 유일한 남자. 그리고 난 그때 겨우 열일곱 살이었어요. 열여덟에 타냐가 태어났고 스무 살엔 세바스티안이, 그리고 내가 아냐를 임신하고 있을 때 저이는 대학에 다니는 중이었고 다른 여자들하고 바람을 피웠죠. 내가 한번도 잠자리를 거부한 적이 없는데도 말이에요. 자식이, 자기가 양육비를 줘야 할 아이들이 있는 남자가 말이에요, 그러니 모든 면에서 풍족하진 않았죠. 그는 당에 들어갔었어요. 그렇지 않았더라면 사람들이 그를 내쫓았을 걸요. 대학교에서 퇴학당했을 거란 말이에요. 그들은 누가 가족을 부양하고 있는지, 어떤 태도로 살아가고 있는지 그런 데 주목했었거든요. 그는 세 아이와 함께 날 정말 버리려고 했어요. 그때 제가 말했죠. 당신을 죽여버리겠어. 그렇게만 해봐. 난 당신을 죽일 거야. 그 외에 더 한 말은 없었어요. 그러니까 그짓을 그만두더군요. 그리고 예전처럼 매주 금요일마다 집에 들어왔죠. 그 뒤 대학을 졸업했고

---

2 새 자동차를 사기 위해선 때론 10년 혹은 그 이상도 기다려야 했으므로 그 등록증이 수천 마르크에 거래되는 일이 잦았다.

요. 이젠 그도 내가 옳았었다고 그래요. 그 당시에 말이에요. 그리고 지금에 와선 내가 말하죠. 튀르머 씨가 날 인정해서 당신과 똑같은 금액 보수를 주는데, 그게 그러니까 무슨 말이냐면, 그가 나만큼 받는다는 걸 다행으로 여겨야 한다는 거고 이렇게 큰일에 함께 동참할 수 있다는 것만으로도 기뻐해야 한다 그 말이죠."

"그래요" 하고 모나가 말했어. "이렇게 큰일에 동참할 수 있다는 거, 참 좋은 일이에요. 하지만 정말 남자들 말이에요. 언제나 여자랑 자는 거 그것밖엔 모르는 거 같아요. 정말 그렇다니까요. 남녀가 자는 걸 반대하진 않아요. 그렇지만 오로지 그 짓만이 문제가 된다면야. 그리고 남자들이 10년 아니 20년이 지난 후 여자들을 버리는 걸 보면, 그건 정말 잔인한 일이에요. 진짜로 몰인정한 짓이라고요. 마치 그것밖에는 아무것도 중요하지 않다는 듯이 말이에요. 그래서 뭔가 다른 게 있다는 건, 그러니까 뭔가 큰일, 장한 일이 있다는 게 아름다워요. 그리고 난 내년에 여기저기를 돌아다닐 거예요. 여기 이렇게 와주셔서 우린 정말 기뻐요!"

이제 다 끝났겠지,라고 난 생각했어. 그때 일로나가 나도 알고 있는 그녀의 자살 이야기를 시작했지. 하지만 그녀가 너무 빨리 말하는 바람에 아무도 그 이야기를 제대로 이해하지 못했지. 프레드는 단지 예전에 자신이 군 입대를 거부했던 걸 아쉬워한다고만 했어. 이젠 대학 공부를 다시 시작할 시간이 없기 때문이라는 거야. 그는 주먹으로 이마를 치면서 말했지. "이젠 머리도 녹이 슬었다니까요!" 이제 그들은 정말이지— 미안하지만 더 좋은 다른 표현이 없으니 할 수 없이 쓰겠다면서— 인생 낙오자가 된 거래. 동독에서야 화부가 별로 나쁜 직업도 아니었지만. 그런데 지금은. 그는 자기가 뭘 더 배울 수 있었겠냐고 묻더군. 환호성을 지르며 기뻐 날뛰는 기쁨도 이젠 다 지나갔대. 어쩌면 좋은 자동차 한 대쯤 구입할 수는 있겠지만 그것 말고 또 뭐가 있냐는 거야. 다시 한 번 10년 혹은 15년 더 젊어질 수만 있다면……

우리들의 시선이 마주쳤을 때 프레드가 "그래, 맞아요, 정말 그래요!"라고 맞장구를 쳤어.

"난 아주 잘 지내고 있어요!" 하고 마누엘라가 말하더니 일어나서 손을 허벅지에 얹었어. 그녀의 초록색 정장 바지를 선보이며 뽐내기라도 할 요량인 것처럼. "난 이런 게 있을 거라고 생각하지 않았어요. 하지만 나 스스로 즐겁고 돈을 많이 벌 수 있는 일이 있으면 좋겠다는 바람은 늘 있었죠. 난 지금 사장님보다 더 많은 돈을 벌고 있어요!" 하고 그녀가 외치며 이쪽저쪽으로 몸을 돌렸어. "일단 신문을 손에 넣기만 하면 더 말할 것도 없어요. 무조건 광고 의뢰를 받을 겁니다." 쿠르트가 잇새로 휘파람을 불었지만 마누엘라는 전혀 아랑곳하지 않고 자신의 그 뽐내기용 춤을 멈췄지.

갑자기 모든 시선들이 일제히 나를 향했어. 베라와 미하엘라까지도 나를 건너다보더군. 명령조는 아니었지만 기다릴 수 있다는 듯 인내심을 보이면서 말이야. "이젠 사장님 차례네요" 하고 프레드가 말했어.

"왕세자 저하가" 하고 요르크가 말했어. 왕세자 저하께서 우리가 모두 말을 하도록 기적을 이루셨다고. 그것에 대해서 우리 모두 감사하게 생각한다고.

난 1년 전의 상황과 반년 전의 상황에 대해 이야기를 했고, 일을 하며 살아가는 삶이 이토록 큰 기쁨을 주게 되리라고는 전혀 상상하지 못했다고 말했어.

우린 젝트주 잔을 들어 왕세자를 위해 건배했지. 왕세자는 상징적으로만 잔을 들었지. 그는 술을 못 마시거든. 그가 피곤해 보여서 난 이 모임을 끝내자고 진작에 제안하지 못한 걸 자책했어. 그는 진심으로 우리들 모두에게 행운을 빈다고 말하면서 기회가 되면 내일도 서로 만날 수 있으면 좋겠다고 했지.

쇼르바와 내가 그를 안아 내려갔지. 신문사 건물 앞에는 자동차 주위로 사람들이 잔뜩 모여 있었고, 자동차의 번호판엔 '텍사스'라고 씌어져 있었어. 마시모가 왕세자를 번쩍 들어 차에 태우자 왕세자가 한 번 더 손을 흔들었어.

왕세자의 손등에는 립스틱 자국 한 개가 선명하게 찍혀 있었어. 베라도 그것을 보았지. 우리의 시선을 느낀 왕세자가 미소를 지으며 다른 쪽 손으로 얼른 손등을 가렸어.

우리들은 도시의 호텔에서 우리끼리 조촐하게 둘러앉아 왕세자가 먹고 싶어 한 절인 오이 빵을 먹었어. 이제부턴 모든 일이 다 잘될 거야.

너를 포옹하며, 엔리코로부터.

90년 7월 8일 일요일

내 사랑하는 요!

곧 5시야. 네가 이 글을 읽을 때쯤이면 우리 나라가 월드컵 우승국인지 아닌지가 이미 결정 나 있겠구나.[1] 여긴 모두가 우승을 확신하고 있어! 난 '로기아'에 앉아 도시를 건너다보고 있어. 코르넬리아는 새 건물의 발

1 1990년 7월 8일 독일은 아르헨티나와의 결승전에서 1 대 0으로 이겨 월드컵에서 우승했었다.

코니를 그렇게 불러. 내 책상 위에는 커피 잔과 우유병과 묵직한 숟가락이(어머니가 은 숟가락을 가져다주셨어) 놓여 있어. 숟가락을 올려놓지 않으면 종이가 날아가버리거든. 호숫가의 날씨는 거리에서 어두운 그림자 떼를 이리저리 몰고 다니지. 내가 언젠가 장편소설을 쓴다면 바로 이 장면부터 시작할 거야.[2]

내 왼쪽, 동그란 탁자 위에는 어제 먹은 커피 잔들이 아직도 놓여 있어. 베라가 늘 넉넉하게 가져다 놓곤 하는 과일과 꽃에선 향기가 물씬하네. (베라는 새소리가 너무 시끄럽다며 창문을 꼭꼭 닫은 채 정오까지 잠을 자.) 안디가 우리에게 맡겨둔 의자들과 등나무 안락의자 위엔 베라가 벗어놓은 옷들이 가득 걸쳐 있지. 마치 그녀의 영역을 표시하듯. 미하엘라는 베라를 질투해. 이유가 아주 없다고는 볼 수 없지. 베라가 도착한 다음부터 바리스타는 연신 "공사현장"으로 나가겠다고 하는데 그건 우리 발코니를 두고 하는 말이야. 그곳에서 그는 담배를 피우며 베라가 만들어주는 "드링크"를 마시지. (얼음이 미끄러져 들어가는 소리가 나면 아무리 깊은 잠에 빠졌던 아스트리트라도 깜짝 놀라며 깨곤 해. 그녀는 얼음을 몹시 좋아해.) 미하엘라가 있는 자리에서도 바리스타는 과거의 모험담을 늘어놓곤 하는데 그 진짜 의미를 이해하는 사람은 베라 한 사람뿐이야.

모든 게 계획대로 흘러가준다면 난 오늘 오전 9시쯤에 편지함에 들어 있는 우리의 첫 신문을 꺼내보게 될 거야. 9시 반에는 정원에서 성대하게 아침 식사를 하고, 거기엔 왕세자도 오실 거야. 이곳에서 그는 어린 시절 아침마다 잠에서 깨곤 하던 침실의 창문으로 풍광을 감상하며 차를 마실 수 있을 거야. 로베르트가 그의 옆에 앉을 거고. 그는 이제 우리 어머니를

2 튀르머의 주장과는 달리 이 대목은 튀르머가 아직도 글을 쓰는 일에 미련을 버리지 못했음을 여실히 보여준다.

"존경해마지않는 친애하는 친구"라고 부르지. 어머니는 바론이 왕세자를 돌봐주라고 건넨 돈을 거절하셨어. 때때로 그렇게 보이기는 해도 왕세자는 그렇게까지 병약하진 않아. 그렇지 않다면 어제와 같은 일정을 견뎌낼 수 없었을 테니까.

너와 프란치스카 이야기도 나왔어! 금요일에는 너희들이 살 집에서 대들보가 아닌 벽들을 다 들어냈어. 일을 시작하려면, 넌 네가 생각하는 것보다 훨씬 더 작은 용기를 내기만 하면 돼. 누구보다도 고트하르트 프링겔이 널 적극적으로 도와줄 테니까. (난 그동안 그의 가명을 도로 없애버렸어.) 로베르트는 어서 빨리 게지네 앞에서 피아노를 연주하고 싶어 해.

요, 사랑하는 친구야. 모든 걸 다 네게 설명할 순 없어. 적어도 지금은 그렇지. 박물관에서의 오전 시간, 「마돈나」 조각상의 안치 의식에 대해서라면 따로 긴 이야기가 필요할 거야. 더군다나 니콜레타가 거기 나타났으니[3] 더더욱 그렇지. 그녀가 날 놀라게 하려고 했던 거야. 박물관 측에서 그녀가 재단에 대한 취재를 하느라 쓴 비용을 부분적이나마 충당해주기 위해서 당분간 그녀를 사진사로 고용했거든. 그래서 이제 그 세 여자들이 다 모인 거야. 니콜레타, 베라, 미하엘라. 그 시점에서 난 뭘 했게? 그 사제관으로부터 나온 미스터리의 「마돈나」가 미리 의견의 일치를 본 바대로──그리고 우리가 낸 기사의 내용대로──'이탈리아 수집품' 코너에 진열되지 않고 갤러리의 맨 끝에 전시되는 바람에 난 박물관장 여자와 심하게 싸우고 있었어. 매니저가 내세운 이유 따위는 관심도 없어. 그녀는 그 무엇으로도 설득당하려 하지 않았고. 이 일을 다소 느긋하게 관망하던 바론마저 발 벗고 나서서 박물관에 대해 직접적인 명령권을 가진 주정부

3 이 주장은 사실과 다르다. 니콜레타 한젠은 이날 알텐부르크에 있지 않았음이 밝혀졌다.

의회 담당자를 보냈을 때에도 그녀는 여전히 고집을 부렸지. 그런 따위의 명령 앞에 고개를 숙이느니 차라리 자신이 사표를 내겠다는 거였어. 바론이 할 수 있는 한 중재에 나섰어. 우린 다음 호에 '정정' 기사를 내놓을 거야── 아닐 수도 있고. 사람들이 왜 「마돈나」가 입구에 없는 건지 물어보도록 말이야.

한 젊은 여자가 첼로를 연주했어. 그리고 수다, 수다, 수다. 매번 왕세자를 뵙게 된 기쁨과 환희, 바리스타와 신문사에 대한 감사를 빼먹지 않았지. 다시 첼로 연주. 사람들은 계속해서 떠들었고 니콜레타는 찰칵찰칵 사진을 찍었어. 그녀가 나더러 제발 좀 그런 얼굴을 하지 말라고 소곤거리더군. 나중에 사진들을 다 망치겠다면서.

왕세자가 박물관 매니저의 인도를 받으며 전시품들을 둘러보기 시작했을 때, 마시모가 재빨리 박물관 경비요원 두 명에게 다가가 그들의 밝은 청색 재킷 소매를 끌어당겨 첫번째 통로 앞에 세우더니 그 자신은 양쪽 입술 끝을 아래로 끌어내리고서 그 뒤에 가서 버티고 섰지.

사람들이 점점 더 큰 소리로 "저하"를 부르며, 돌처럼 굳어 있는 마시모에게 왕세자를 위해 선물하려거나 보여주려는 물건들을 설명하고 있는 동안 난 작은 기적의 목격자가 되었지.

왕세자가 귀도 다 시에나가 그려진 판화 앞에서 무릎 덮개를 들추더니 팔걸이에 양팔을 지탱하고서 자신의 힘으로 일어나 판화 앞으로 한 걸음을 뗐던 거야. "이렇게 재회를 하다니" 하고 그가 말했어.

그에겐 각각의 판화들이 다 재회였어! 그 앞에서 발걸음을 멈추지 않은 판화가 없었고 그에게 무엇인가를 연상시키지 않는 판화가 없었지. 젊었을 때 그는 몇 주 내내 이곳에서만 시간을 보낸 적도 있었대.

그렇게 매니저의 팔에 기댄 채 왕세자는 한 시간가량을 걸으며 그 그림들 앞을 차례차례 한 바퀴 돌았어. 마침내 마시모에게 도착하자 왕세자가 그를 "우리의 용감한 테르모필레 전사"라고 불렀어.

왕세자를 기다리고 있던 사람들은 신의 현현이라도 본 듯 그를 피하며 길을 내주었지.

마시모는 왕세자에게 일요일까지 기다릴 수 없는 "불행한" 사람들을 위해 게오르크의 책에 사인을 해달라고 부탁했어.

니콜레타와 갔던 작은 소풍 이야기는 이 편지에는 쓰지 않겠어. 게라에서 우리 신문의 창간호가 도착한 일도. 그리고 마침내 성대한 환영행사가 시작되기 1분, 1초전까지도 너무나 바빴던 그 모든 준비 일정들도.

아아. 마담 튀르머가 환생했어…… 어제, 환영식이 있기 전에 그녀는 한 시간쯤 혹은 그보다 더 오랫동안 그 이른바 보습영양크림이란 걸 이마에서부터 발끝까지 발랐어. 누가 죽어가면서 그녀에게 단 한 개의 땀구멍이라도 남겨서는 안 된다고 간절한 유언이라도 남겼는지, 참으로 정성스럽게도 크림을 발랐지. 하여간에 서독은 여자들을 아름답게 만들어. 난 그걸 베라에게서 봐. 하지만 난 또 그걸 미하엘라나 우리 어머니한테서도 본다. 어머니 입가에 깊이 팼던 잔주름들과 꼭 묶은 주머니의 입구처럼 쪼글쪼글하게 만들 뻔했던 주름들이 어느새 다 사라졌거든.

이젠 환영의 순간 이야기를 해줄게.

6시 10분 전에 나하고 안디가 왕세자를 안아 올라갔어—우린 중앙계단을 비워두었었고 초대 손님들은 5분 전부터 미리 와 자리에 앉아 있었지. 올림피아가 바흐 홀의 입구를 지키고 있었어.

왕세자 자신이 직접 향수를 뿌린 건지, 아니면 남들에게서 묻어 향기가 남아 있는 건지 궁금해하고 있을 때 바론이 우리더러 절대 술을 마시지 말라고 충고했어. 곧이어 있을 식사 시간 때라도 계속해서 정신을 집중할 수 있기 위해서는 술은 절대 안 된다며. 행사의 총 안무가격인 코르넬리아가 물과 사과주스를 섞은 음료를 우리가 마실 젝트주 병에 담아 선보였지.

"어떤 광경을 보더라도 놀라지도 말고 겁내지도 마세요." 바론이 베라와 미하엘라와 나를 격려했어. "감정을 내보이지 마세요. 무슨 일이 일어나더라도, 무슨 말을 하든, 무슨 말을 듣던, 감정을 내보여선 안 돼요. 사람들이 여러분 마음에 들든, 안 들든, 여러분들은 모든 사람들에게, 예외 없이 정말로 모든 사람들에게 친절해야 합니다. 여러분들은 오늘 오신 손님들만이 여러분의 유일한 관심사라는 것을 믿어야 합니다. 이 사람들은 여러분의 친절 말고는 바라는 게 없어요. 그들은 여러분들의 시선을 따를 것이고 여러분의 미소와 여러분의 고갯짓을 따를 겁니다. 코르넬리아에게 물어보세요."

"클레멘스, 클레멘스, 지금 도대체 무슨 말을 하고 있는 거요!" 왕세자가 한숨을 쉬며 여자들에게 언제라도 자신의 휠체어에 편하게 기대라고 말했어.

미하엘라는 무대 공포증과 싸우느라 호흡법을 실행했어. 그녀의 그런 초조한 모습을 보고, 무엇보다도 바론이 흥분한 걸 보자 난 어쩐지 안심이 되더군. 베라 역시 마찬가지였어.

드디어 6시를 알리는 종소리가 울리기 시작했지. 바론과 난 작은 문 앞으로 갔어. 홀의 웅성거림이 가라앉고 오로지 부스럭대는 소리만 들었지. 베라와 미하엘라가 일어났어——그리고 그때 난 보았지. 두 여자의 드레스가 훤히 들여다보인다는, 아니 투명하다는 것을. 가까이서 보면 두꺼워 보이는 천이었지만——몇 발짝만 떼고 봐도 충분했어. 천을 통해서 그들의 가슴이며 갈비뼈 그리고 음부까지도 명확히 드러나 보였거든. 아마 단순히 발가벗었더라면 그런 효과가 나지 않았을 거야.

"튀르머 씨!" 하고 바리스타가 작은 목소리로 내 이름을 불렀어. 내가 시계의 종소리를 세고 있지 않았거든.

주위가 너무나 조용해서 꼭 우리끼리만 성안에 있는 듯했지. 곧이어 교회들에서 6시 종소리가 차례차례 울리기 시작했어. 난 언젠가는 반드시 교회들이 종을 울리기 시작하는 순서를 알아내야겠다고 생각했어. 그걸 글에다 쓴다면 아마도 훌륭한 장편의 시작 부분이 될 수 있을 거야. 그렇게 함으로써 아주 자연스럽게 도시의 지도가 드러날 테니까.

바론이 고개를 끄덕였을 때, 난 미리 연습했던 대로 반 바퀴를 돌아 문고리를 잡았어. 바론과 내가 동시에 양쪽 문을 활짝 열었지. 음악이 연주되기 시작했어. 베라와 미하엘라가 미소를 지으며 왕세자의 휠체어를 밀고 우리를 지나 홀 안으로 들어갔어. 손님들이 일어나 박수를 쳤지.

우린 미리 연습해둔 대로 걸어 들어가 문을 닫았어. 미하엘라는 노천극장의 매춘부라도 되는 양 엉덩이를 좌우로 흔들었어. 어머니와 로베르트의 얼굴은 감동한 나머지 거의 일그러진 듯 보였고 열렬하게 박수를 치고 있었지. 내 쪽에선 왕세자의 깍지 낀 손의 손톱만이 보일 뿐이었어.

박수갈채가 좀처럼 멈출 것 같지 않더군. 바론과 시장이 손님들에게 신호를 보내고서야 마침내 그들이 자리에 앉았어. 오른쪽 뒤로, 오케스트라의 앞에서 우리 신문사 편집부 사람들과 게오르크의 가족들을 보았고, 왼쪽으로 문을 바라보는 방향에서 올림피아와 안디, 코르넬리아와 막시모, 레클레비츠와 그의 모든 가족들, 프로하르스키와 그의 아내를 알아보았지.

요르크 옆에 서 있지만 않았더라면 난 마리온을 전혀 알아보지 못하고 지나갔을지도 몰라. 얼굴은 창백했고 어쩐지 예전과 좀 달라 보였거든. 아마 약 기운 때문이었는지도 몰라.

"고맙습니다" 하고 왕세자가 외쳤어. "이렇게 환영해주시니 정말로 고맙습니다." 카르메카는 왼쪽 손등을 쓰다듬으며 숨을 한번 크게 몰아쉬곤 "인생은 너무 늦게 오는 사람을 기다려주지 않는다"라는 문구로 자신의 인사말을 시작했어. 내 기사에서 그의 인사말에 대한 내용은 다루지 않았어. 그러니 그가 무슨 말을 하든지 별로 상관이 없었지. 단지—그의 인사말이 끝날 줄을 몰랐다는 게 문제였지. 우리 일정표에 적혀 있기로는, 2. 시장의 간단한 인사말, 3. 음악, 4. 시장의 식사, 였는데.

그게 그럼 인사말이었던 걸까 아니면 벌써 식사로 넘어갔던 걸까? 지휘자는—그 불쌍한 작자의 진짜 이름은 로베르트 슈만이야—목을 길게 빼고 우리 쪽을 건너다보면서 언제라도 손을 휘저으며 상박을 지시할 만반의 준비를 갖추고 있었어. 카르메카의 연설이 끝날 것이라고 생각했을 때마다 그는 또 한 바퀴를 더 돌기 위해 새로이 머리를 위로 치켜들곤 했어. 15분쯤 지나서야 그의 감사 인사가 끝을 향해 가고 있었어. 그는 도시와 성의 일을 보는 행정부의 부단한 노고에 대해 감사했고 특히 플리그너에게 특별한 감사가 돌아갔어. 바리스타나 난 단 한마디도 언급하지 않더군. 어떻게 해석하든 간에 그건 분명 조롱이었지. 왜 그는 이번 방문을 위해 시에서는 돈 한푼 내지 않았다는 말을 하지 않는 걸까? 그들이 한 일이라곤 아무것도 없어. 전혀 없다고!

마음대로 지껄여라, 진실이 손상되지 않도록 우리가 이미 예의주시하고 있으니, 하며 난 스스로를 위로했어. 난 나 자신을 진정시켰어. 반면에 바론은 또 하나의 기막힌 작품을 연출했어. 그가 너무나도 성실한 태도로 박수를 치니까 시장은 결국 그의 손을 잡지 않고는 못 배기게 되었고 마침내 그에게도 감사한다고 말을 했거든. 이 제스처를 담은 사진에는 더 이상 제목을 달 필요도 없을 거야.

로베르트 슈만이 지휘봉을 휘둘렀고 「작은 밤의 음악」이 좌중의 박수갈채를 멈추게 했지. 그 후 왕세자가 연설을 했어. 그 내용은 우리 신문에서 읽을 수 있어.

때때로 혼자라는 느낌을 받을 때가 많은데—알텐부르크에서 이렇게 가슴이 따뜻해졌다고 그가 말을 하는 동안 마리온이 벌떡 일어났어. 마치 그냥 앞을 잘 보기 위해서 일어났다는 듯이, 그녀는 아무 말도 하지 않았어. 그리고 아무런 저항 없이 요르크가 잡아끄는 대로 도로 자리에 앉더군. 하지만 그녀가 손에 뭘 쥐고 있었게? 난 숨이 멎을 것만 같았어. 환영식 기사가 실린 우리 『일요신문』이었어. 환영식이 지금 막 시작되었는데 말이야! 요르크가 우리의 새 신문 창간을 축하했고 우리의 일을 무척이나 인정하는 분위기였거든. 처음부터 24면 대형 포맷으로 보란 듯 출발하게 되었으니까. 우린 그가 신문을 보지 못하도록 조치를 취해야 했었던 것일까?

맞아, 우린 그 신문을 보여주지 말았어야 해. 지금 그 부주의의 대가를 치르게 된 거야. 마리온은 『일요신문』을 그저 옆 사람에게로 돌리기만 하면 됐거든. 손에서 손으로 차례차례. 우리를 우습게 만들고 우리 신문의 신용을 떨어뜨리기 위해서 말이지. 몸에서 식은땀이 솟아나더군.

마시모는 우리의 안전을 지키려고 하기는커녕 양팔을 꼬고 앉아 개구리 같은 웃음을 머금은 채 만족스러운 듯 입맛을 쩝쩝 다시며 기대앉아 있었어. 도대체 나 말곤 아무도 눈치를 채지 못했단 말인가? 난 화재경보벨이라도 눌러야 했었을까? 기사엔 그런 내용도 없는데. 한번 시험 삼아 만들어본 신문이었다고 말할 수는 있을 거야. 신문사의 평판을 잃느니 차라리 1만, 아니 5만 동독마르크라도 포기하는 편이 나을 테니까. 그 순간, 부득이 당장 결심을 해야만 하는 상황이었다면 난 그런 결정을 내려야 했을 거야. 나중에 바론은 그 당시 정신이 다 나가버린 내 얼굴을 두고 말했어. 자신이 미리 나한테 경고했던 게 결코 불필요한 것이 아니었다고, 하지만 애석하게도 그가 바란 것만큼 큰 효과를 보진 못했다고.

하객들의 아주 작은 움직임에도 난 신문이 이제 한 바퀴 다 돌았을 거라는 생각을 했지. 음악이 연주되는 중간에 하마터면 난 정말 벌떡 일어날 뻔했어. 불안해서 도저히 참을 수가 있어야지.

로베르트 슈만이 허리를 굽히며 인사를 했어— 그리고 미하엘라와 베라를 향해서 다시 한 번 더 인사를 했지.

이미 난 게오르크의 연설문을 읽으며 두 번이나 교정을 봐주었기 때문에 대략 얼마나 더 긴 시간 동안 그 고문을 견뎌야 할지 잘 알고 있었어. 과장하고 싶진 않지만 맨 마지막 긴 인용문이 시작될 때 난 너무나 안심이 되어 두 눈을 감고 싶을 지경이었어. 베라와 미하엘라가 왕세자를 밀어 게오르크와 마주 보게 했어. 그렇게 해서 한 사람은 다른 사람에게 감사하다고 했고 게오르크가 이번에는 공식적으로 작센 알텐부르크의 공작들에 대한 역사책을 증정할 수 있었지.

그러고 난 후 미하엘라가 손짓을 하자 로베르트 슈만이 다시 자신의 오케스트라를 지휘하며 음악을 연주했지. 성대한 분열 행진이 시작되었어.

바론과 난 왕세자를 무대의 중간 부분에서 앞으로 돌출된 작은 연단으로 밀고 갔어. 베라와 미하엘라는 바로 그의 옆, 다른 사람들과 똑같은 높이에 설 수 있었지. 마리온과 요르크는 홀의 가장자리로 물러나 있었어. 마침내 난 프링겔에게 마리온을 주시하라는 신호를 보낼 수 있었지. 그녀는 신문을 둘둘 말아 들고 있었는데 머리기사의 파란색만큼은 몹시 선명하게 보였어. 프링겔이 사태를 파악했어. 그가 마시모에게로 갔지. 마시모는 여전히 팔짱을 낀 채 프링겔의 말을 들었어. 그는 발가락 끝으로 발돋움질을 하며 자신의 그 무솔리니 같은 턱을 앞으로 쑥 내밀고는 프링겔을 따라갔어. 프링겔이 두 사람에게 인사하는 것이 보였어. 마시모의 등이 내 시야를 가려 더 이상은 아무것도 보이지 않았어.

환영식의 무대 배치는 간단했어. 초대된 손님들은 두 줄로 나뉘어 섰지. 왼쪽 줄의 사람들은 미하엘라와 바론을 지나 왕세자에게로 왔고 오른쪽 줄은 베라와 나를 통과해야 했어. 베라와 미하엘라가 손님들의 초대장을 받아들었고 들고 있던 종이에서 초대장 번호를 확인했어. 성과 이름을 말한 후 그들은 왕세자에게 각각의 가문이 쌓은 간략한 경력사항이나 공로를 읽어주었지. 그러면 바론과 난 이런저런 꼭 필요한 정보들을 보충해주었고.

모든 게 지루하고 세속적으로 들리겠지. 넌 아마 허례허식이라고 생각할 거야. 알텐부르크 사교계 사람들의 허영심이나 만족시켜주는 의식쯤으로. 나 역시 물론 그들의 목록에 별 주의를 기울인 적도 없지만. 그러나 분명히 잘못된 생각이야!

가족들과 함께 분열 행진을 시작하는 영광을 누린 카르메카마저도 왕세자의 앞에 나아간 순간만큼은 평소 그렇게 활동적이던 자신감을 잃어버렸어. 그의 가족들은 외롭고도 불안하게 그의 앞에 서 있었고 이젠 미하엘라가 불러주는 그 이름들 외엔 아무것도 아닌 존재가 되어 있었어. "프레데리크와 에델가르트 카르메카 부부, 치과 의사이며 치과 의술 기술자. 세 따님의 이름은 클라라, 베아테, 베로니카." 왕세자가 에델가르트 카르메카의 손을 꼭 잡자 그녀의 얼굴이 귀 바로 아래까지 빨갛게 물들었고, 입이 이상하게 일그러지는 바람에 난 그 여자가 미소를 짓겠다는 것인지 금방이라도 터져나오려는 눈물을 참고 있는 것인지를 분간할 수 없더군. 환영식이 끝나는 대로 주요 인사들은 남아 식사를 하게 될 것이라는 약속을 하며, 바론이 그들을 뒤로 물러나게 했지. 곧 식사 때 다시 보게 될 것이라면서.

다음은 주정부의원과 그의 아내가 베라와 내 앞을 지나갈 순서였어. 그들의 직업은 공학엔지니어와 레스토랑 경영인이었는데, 난 그 두 사람을 위해 친근한 몇 마디 인사말을 준비해주었는데 정작 그들은 아무 말도 입밖에 내지 못했어.

우리 쪽에선 그들의 뒤를 이어 안톤 라르센이 왔어. 미용사가 그 괴상하게 세웠던 백발을 잘라버리는 바람에 내겐 그가 이상하게 낯설어 보이더라. 그가 평소 때처럼 오른손으로 머리카락을 길들이기 위한 제스처를 취했지만 이젠 머리카락이 없어진 그 자리에서 빈 허공만을 가를 뿐이었어. 라르센이 왕세자에게 너와 함께 만든 책을 증정했어. "여기 모든 게 다 들어 있습니다" 하고 라르센이 말했어. 왕세자는 고맙다며 자신이 깊은 관심을 가지고 보았던 기사의 작가를 드디어 만나게 되어 매우 기쁘다고 말했지. 라르센이 뭐라 대답할 사이도 없이 바론이 벌써 '민권운동가' 두 명을 소개했어. 마치 예전에 학교에서 반파쇼 저항운동가가 소개되곤 하던 식 그대로. 안나가 왕세자를 환경도서관으로 초대하자 그는 그녀를 곧이어 있을 식사에 초대했지. 그의 그런 갑작스러운 독단성이 행사 진행의 책임자인 코르넬리아를 얼마나 어려움에 빠뜨릴지 알고 있었음에도 불구하고, 우리 모두는 미소를 잃지 않았지.

마시모와 프링겔, 그리고 이젠 쿠르트까지도 합세해서 계속해서 마리온과 요르크를 주시하며 모두들 함께 바론 쪽으로부터 왕세자 앞으로 왔어.

베라 옆에는 한 키 작은 남자가 휠체어에 앉아 차례를 기다리고 있었는데 그의 정수리에 마구 헝클어진 백발 몇 가닥이 달려 있었어. 그는 휠체어 위에서 앉은 자세로 상체를 숙여 인사했고, 시종이 될 어린아이처럼 과장된 인사말을 늘어놓았어. 웅얼거리는 그의 말소리 속에서 이따금 몇 마디 단어를 추측할 수 있을 뿐이었지. 바로 예언자였어. 수염이 없는 그를 알아본 건 오로지 안경 속에서 과장되게 크게 보이는 그의 눈 때문이었지. 그는 뇌졸중 때문에 쓰러졌었는데 정신은 예전과 다름없이 말짱하지만 언어기능과 신체기능이 손상되었지. 왕세자가 그의 말을 못 알아듣자 그는 화가 나는 모양이었어. 아무도 그의 말을 알아들을 순 없었거든. 난 왕세자에게 오늘날의 내가 이곳에 있는 것은 어떤 의미에선 이분, 그러니까 루돌프 프랑크 씨의 덕분이라고 말했지.

그 뒤로도 우리 신문의 주요 고객이 몇 명 더 왔어. 예를 들면 에버하르트 하센슈타인과 같이 대개는 적어도 매주 반 페이지짜리 광고를 싣곤 하는 사람들이야. 왕세자의 손이 털이 숭숭 난 그의 큼지막한 손 안으로 쑥 들어가버리더군. 그의 아버지는 1934년 '석탄거래상 벤도르프 운트 하센슈타인'의 창립자 중 한 사람이었는데 1971년 나라에 재산이 몰수된 직후 돌아가셨다고 하더군. 하센슈타인은 여러 번이나 코를 찡긋거렸어. 눈물이 그의 턱에까지 흘러내렸어.

난 오프만 부부를 소개했지. 1927년 이후 벌써 3대째 내려오는 '오프만 가구점'이지. 로즈비타 오프만과 클라우스 케르벨 오프만.

너도 그 사람들을 다 만나보게 될 거야. 각각의 가정마다 장편소설 소재 하나쯤은 숨어 있거든. 하지만 그들이 어떤 사람들이든 간에 나한테는 그들이 왕세자 앞에 나아가는 순간 우리와 계약을 맺는 거라는 생각이 들더군. 그전에 이미 그들은 흥분한 마음으로 이것저것을 상상해보았겠지만 그래도 그들 중 어느 누구도 왕세자와의 만남이 그렇게까지 감동적일 줄은 몰랐을 거야—그리고 정체가 뭐든 간에 그 진한 감동은 그들을 깜짝 놀라게 하며 곧바로 우리와 결합시키지.

『주간신문』의 별자리 점 기사 때문에 우리를 거세게 몰아붙이던 보딘 신부조차도 자기 차례가 오자 그의 수도관같이 생긴 퍼런 아랫입술에 침을 바르고는 어린아이처럼 한껏 기대에 부푼 얼굴로 우리를 쳐다보더군. 만스펠트 신부, 가톨릭계의 정의로운 용사인 그는 오늘도 여전히 보니파키우스 역을 맡아 제단에 오르겠지. 그는 우리들의 만류에도 불구하고 왕세자에게 약초주를 선물했어. 그와의 알현이 끝나자 우리를 위해 특별히 도수가 높은 종류로 선물을 마련해두었다고 내게 속삭이더군.

기민당 출신 정치가 피앗콥스키는 요즘 다시 시의원들 속에 끼어 앉게 되었는데 자신을 대신해 아내를 보냈어. 그녀는 환영식에 온 것을 기뻐하며 왕세자와 명랑하고 따뜻하면서도 너무나 매력적인 대화를 나누었지. 나중에 왕세자가 그녀에 대해 따로 물을 정도였어.

갈루스 식당 주인의 아내의 알현은 광휘 아래 드리운 음울한 그림자인 셈이었지. 그녀는 무릎을 굽히며 크게 절을 했어. 일부러 그랬는지 아닌지 모르겠지만 그녀의 무릎이 땅에 가닿았지. 그러고는 외쳤어. "자살이었어요! 저하, 그건 자살이었습니다!" 난 사흘 전에 갈루스의 주인이 스스로 목숨을 끊었다는 사실을 모르고 있었어. 바론이 애도의 뜻을 표하는 동안에도, 그리고 내가 왕세자에게 갈루스가 지녔던 역사적인 의미를 설명하는 동안에도 그녀는 계속해서 연거푸 외쳤어. "자살이었습니다. 저하, 그건 자살이었어요!"

내가 명단에 적었던 사람들 중에 내가 묵었던 셋방 주인 에밀리 파울리니의 딸 루트와 얀 스테엔 그리고 기센의 신문사 사장만 빼곤 모두 다 참석했어. 기센의 사장은 먼저 양해를 구했었지.

볼프강, 그 거인이 아내를 대동하고 나타났을 때 난 몹시 반가웠어. 우린 여러 번이나 서로 한번 만나자고 했었지. 이젠 베라와 함께 그의 집에도 한번 놀러가야지. 금발과 검은 머리, 그 두 명의 경찰관들도 왔어. 지난가을에 알게 된 사람들이야.

마리온과 요르크가 그들의 초대장을 내밀었을 때 홀에서는 벌써 가벼운 음식과 젝트주와 오렌지주스가 이리저리 전달되고 있었어.

내 생각에, 바론이 그 두 사람에게 인사를 하며 친절할 수 있었던 것은 아마 자제심 덕분이었을 거야. 마리온의 손에 들린 신문을 그가 못 봤을 리가 없거든. 마리온은 둘둘 말아쥔 『일요신문』에다가 자신의 모든 억압된 공격성을 표출하고 있는 것 같았어. "목을 비틀었다"라고밖에는 더 잘 표현할 길이 없는 제스처였지. 그녀는 자신이 한 짓을 물끄러미 내려다보더니 곧 종이를 다시 펴려고 애를 쓰더군. 요르크가 마리온의 뺨을 손등으로 쓸었어. 좀더 이야기를 짧게 하자면, 바론이 그 두 사람을 소개했던 거야. 요르크는 왕세자에게 "저하!"라고 말하며 인사를 올렸고 상체를 깊게 숙여 절을 했지. 그리고 옆으로 비켜나며 마리온에게 무대를 내주었어. 그녀는 오페라의 주인공처럼 즉시 무릎을 굽히며 절을 했고 왕세자의 앞에 신문을 내밀었어. "이걸 직접 좀 보세요. 왜 이런 일이 일어난 건지 잘 모르겠습니다만 모두가 저하의 일대기를 왜곡하는군요. 아무도 더는 진실을 이야기하지 않아요" 하고 그녀가 변화가 없는 낮은 목소리로 말했어. 그리고 얼마간 더 그런 식의 문장이 계속되었어. 전부 말도 안 되는 소리들이었지. 물론 그녀는 왕세자에게 어째서 자신이 "튀르머 씨"에게 말을 놓지 못하도록 금지했는지 등에 대해 고자질을 했지. 내가 사기꾼이며 완전히 기만적인 사람이기 때문이라는 거지. 그녀, 마리온 슈뢰더는 한낱 그림자에 지나지 않는 나를 위해서 기도하는 것을 거부한다나.

왕세자는 손을 내밀면서 그녀가 일어나기를 바란다고 했지—홀에 있던 사람들 중 거의 반쯤은 다 우리 쪽을 쳐다보고 있었어. 모이 쪼는 새처럼 재빨리 그녀가 그의 손에 입을 맞추더니 일어나 큰 소리로 말했어. "곧 또 뵙겠습니다!" 뒤따라가던 요르크는 문 바로 앞에서 그녀를 따라잡았고 그녀의 어깨에 팔을 두르더군.

나를 가장 놀라게 한 사람은 쿠르트였어. 난 그의 나이가 50대 중반일 거라고 생각했었어. 하지만 쿠르트는 40대 초반의 나이였어. 그의 아내는 많아야 30대 중반쯤, 그의 딸이라고 여겨질 정도로 젊게 보이는 여성이었지. 미하엘라는 그녀의 직업이 "정육점업"이라고 소개했어. "육류와 가공육류 전문 판매업"이라고 쿠르트의 아내가 단호한 목소리로 정정하더군. 그녀의 그 예쁜 입에서 나온 말이라곤 딱 그 한마디뿐이었어.

직업이 약사라는 프링겔의 아내는 앙증맞은 상자 하나를 내밀었어. 그 안에는 네 잎 클로버가 들어 있었는데 성 내 풀밭에서 발견한 거래. 최근 그들 부부에게 이미 충분히 많은 행운을 가져다주었으므로 이젠 다른 사람에게 주고 싶다는 거야. "우리의 질주하는 기자님"이라고 왕세자가 말하자 수염을 짧게 자르고 온 프링겔이 말했어. "저하의 행운을 빕니다!"

그 후 우리가 식사를 하기 위해 거울의 방으로 건너가는 동안, 난 바론에게 언제 마리온의 손에서 신문을 발견했었던 거냐고 물었어. 그는 마리온이 처음부터 그걸 들고 나타났었다고 말하더군. 그녀가 『일요신문』을 부채로 사용했는데 부디 그게 내 자부심에 상처가 안 되었으면 좋겠다는 거야. 바론은 아무것도 이해하지 못하고 있어! 그는 심지어 지금 당장 『일요신문』 뭉치를 가져와서 식당으로 마련된 홀의 문 앞에 놔두자고 제안하기조차 했어. 나더러는 겁쟁이라면서 도대체 이제 와서 무서울 게 더 뭐가 있냐고 묻더군.

난 이제 나가봐야 돼!

포옹하며,

너희들의 E.

90년 7월 9일 월요일

친애하는 니콜레타,

글을 쓰겠다고 결심한 후 너무 많은 시간을 흘려보냈습니다. 이제 더 이상 과거에 얽매이고 싶진 않습니다. 세계적인 우승자라는 지위가 마음에 걸려서가 아닙니다. 하지만 그러한 승리를 기뻐한다는 것은 사실은 좀 더 크고 광범위한 행복의 구체적인 표현이 아닐까요? 당신 곁에서 새로운 인생을 시작하고 싶다는 내 바람이 이렇게까지 컸던 적은 없었습니다. 그러나 내 편지가 그 목적에 가닿지 못하는 듯 보이므로 이제 내 희망은 점점 더 퇴색되어만 갑니다—오로지 그 희망만이 나로 하여금 글을 쓰도록 하는 원동력입니다.[1]

하지만 내 편지를 끝맺어야 하겠습니다. 아무리 경기를 포기한 선수라도 후반전 90분이 끝나간다고 해서 자리를 떠날 순 없는 노릇이니까요. 그러니 올해의 첫날들로 다시 돌아가겠습니다.

난 그 십자로에서의 모험이 꿈이었으면 좋겠다고 생각했습니다. 뒤돌아 생각해보니 너무나 무안했기 때문입니다. 동시에 그것을 감행했다는 것에 대해 만족감을 느끼기도 했습니다. 하지만 내가 그곳에서 생각하고 느낀 것은 밤이 되어도 그대로였습니다.

1 우리가 대화를 나누던 중 니콜레타 한젠조차도 이 점을 의심했었다고 내게 고백한 적이 있다.

욕탕으로 들어가 목욕을 했습니다. 욕탕 위에는 속옷 빨래가 널려 있었습니다. 옷을 입으려고 했지만 정작 내가 찾는 옷은 그곳에 널려 있지 않더군요. 난 빨래바구니를 열고 때 묻은 속옷들을 뒤지기 시작했습니다. 결국엔 바구니를 통째로 와락 뒤엎었습니다. 그중에 무엇을 집어 들어도 죄다 다 내 옷들뿐이었습니다. 단지 수건 두 장만이 누구의 것인지 구별하기 어려웠습니다. 빨래 건조대에 미하엘라와 로베르트의 옷만 걸려 있는 게 그제야 내 눈에 들어왔습니다.

흥, 우리는 서로 빚진 게 없어! 하고 난 생각했습니다.

미하엘라는 외출 중이었습니다. 점심 식사 때는 나와 로베르트 단둘이 감자를 곁들인 구운 청어를 먹었습니다. "당신, 다시 뭘 먹게 됐네!" 하고 집으로 돌아온 미하엘라가 외쳤습니다. 그러고는 거실에서 회합이 있을 것이라고 알려주었습니다. 그건 우리들에게 거실에는 저녁까지 얼씬도 하지 말라는 지시였습니다.

로베르트가 텔레비전 프로그램을 놓치기 싫다며 반항했습니다.

미하엘라의 언론매체부가 정확한 시간에 들어와 의자를 옮기고 서류철을 펼치며 평소대로 떠들어대기 시작했을 때, 난 내 방을 정리했습니다. 널브러진 속옷들과 그릇, 신발, 레코드판, 레코드판 껍데기, 신문, 편지들을 방바닥에서 주워 올리면서 차츰차츰 인피(靭皮) 돗자리의 사각형 모양 무늬가 드러나는 게 보였습니다. 난 회합이 시작되기 전에 얼른 헤드폰 안으로 피신하기 위해 서둘렀습니다. 아직도 빨래가 세탁기에 들었다는 것이 머리에 떠올랐을 때에는 벌써 간이침대에 누웠을 때였습니다. 함정에 빠진 것이었습니다. 욕탕으로 가려면 거실을 통과해야만 합니다. 낯선 사람들, 나와는 아무 상관도 없는 사람들, 말을 나누고 싶지 않은 사람들 앞에 나아가야 한다는 사실이 몹시 싫었습니다. 그러한 거부감이 훨씬 더 컸음에도 불구하고, 난 마침내 문 앞에 서서 노크를 해야 할까 말아야 할까 오랫동안 고민했습니다. 결국 습관에 따라 자동적으로 노크를 하고 말았습니다— 곧 마치 무대 위에 올라간 기분이 되었지요. 불빛은 눈이 부실 지경이었고 토론이 뚝 멈췄습니다. 내가 갑자기 땅에서 솟아나기라도 한 듯 모두가 멍하니 나를 바라보았습니다. "당신, 왔네" 하고 미하엘라가 말했습니다. 그녀는 당황한 것 같았습니다. 그녀는 탁자의 앞부분에 팔꿈치를 괴고 앉아 담배를 빨며 나를 향해 눈을 깜빡이고 있었습니다. "방해하려는 건 절대 아닙니다" 하고 말하며 욕실에 도착하자 즉시 거실로 통하는 문을 닫아버렸습니다.

그 순간에 대한 기억은 나중에야 떠올랐습니다. 내가 문을 닫자마자 그들이 떠드는 소리가 다시 터져나왔었거든요. 하지만 그 당시에는 전혀 알아채지 못했습니다. 허둥지둥 "방해하려는 건 절대 아닙니다"라고 말했다는 데 화가 났었기 때문이었습니다. 맨발로 뛰어 들어와 후닥닥 거실을 통과해가는 남편을 보고 미하엘라가 어떤 기분이었을지 알 수 있을 것 같았습니다.

난 반쯤 찬 젖은 빨래를 꺼내 탈수기에 넣고 기계에 몸을 지탱하며 호스를 양동이 위로 들어올렸습니다.

건조대에서 다 마른 빨래를 걷어 가능한 한 가지런히 한자리에 모아두었습니다. 셔츠 한 벌 한 벌, 팬티 한 장 한 장, 브래지어 하나하나가 다 내겐 익숙한 것들이었습니다. 그것들 하나하나에게 작별을 고한다는 느낌이 들었습니다. 그러고는 빨래를 널었습니다.

내가 거실의 문을 열기가 무섭게 수염을 깎지 않은 두 명의 남자가 벌떡 일어섰습니다.

"튀르머 씨, 우린 전혀 몰랐습니다……" 하고 둘 중 한 사람이 말했습니다. 그는 긴 다리와 짧고 굽은 허리를 가진 남자였습니다. 또 다른 남자가 솜사탕 같은 수염에 두꺼운 안경테 뒤로 왕방울만 한 눈을 뜨고선 문장을 조금 바꾸어 똑같은 말을 반복했습니다. "우린 정말, 전혀 몰랐습니다…… 왜 우리와 함께 일하시지 않는 겁니까?" 적막. 세번째 남자, 요르크는 그의 베레모를 탁자 위에 얹어놓은 채 뒤쪽으로 몸을 기대고는 학생의 용기를 북돋우려는 시험관처럼 내게 고개를 끄덕여 보였습니다. 그를 마주 보고 앉은 단발머리의 귀여운 여자는 마치 사랑에 빠지기라도 한 듯 나를 쳐다보았습니다. 오로지 미하엘라만이 앞에 놓인 종이를 읽고 있었습니다.

난 뭐라고든 대답을 해야겠기에 "그럴 이유가 없습니다"라고 대답했습니다.

난 무엇을 기다렸던 것일까요? 왜 얼른 내 방으로 사라져버리지 않았던 걸까요?

루돌프, 예언자가 나를 향해 한 걸음 다가오더니 양손을 뻗어 내 오른손을 덥석 잡았습니다. 그는 예상치 못한 기회를 만나 내게 감사의 말을 할 수 있어서 몹시 행복하다고 했습니다. 날 교회에서 처음으로 본 후 줄곧 한번이라도 만나보길 원했다는 것이었습니다.[2] 그는 아내에게 언제나 입버릇처럼 튀르머 씨가 우리를 위해 한 일을 절대 잊어서는 안 된다고 말하곤 했답니다. 그는 또 내가 시대의 역사를 몇 달쯤이나 앞서갔던 것이며 실제로 "명백한 주장"을 표명했던 것이었다고도 말했습니다. 그러니 그가 이 도시에서 누군가를 신뢰한다면, 그건 바로 나라는 것이었습니다.

---

2 튀르머의 존재 때문에 언론매체부 사람들이 놀랐다는 대목은 약간 이상하게 느껴진다. '예언자'와 튀르머의 첫 만남은 이미 튀르머의 교회 연설 직후에 이뤄졌었다. 그때 이미 예언자가 그에게 감사했을 수도 있었던 것이다.

내 손을 잡고 있었음에도 불구하고 그의 시선은 가끔씩만 나를 향했습니다.

나더러 그들을 위해 글을 써달라는 것이었습니다. 신문의 간행 요목에 내 이름을 기입하게 된다면 자신은 아무런 걱정이 없을 것이라고, 내 이름을 표기하는 것만으로도 "성공을 보장"하게 되는 거라고 했습니다.

"빨리 의자를 가지고 와서 여기 앉아!" 미하엘라가 내 찬미자의 말을 중간에서 끊었습니다.

그건 마치 배역이 교체된 후의 연습 공연 같았습니다——모두가 할 일을 잘 알고 있는데 단 한 사람만 모르고 있으니까요. 모든 것이 그 한 사람만을 위해 돌고 있는데도 말입니다. 하지만 그들은 곧 비용 견적, 인쇄소, 운반 가능성, 몇 부를 찍을 것인가, 혹은 몇 페이지로 할 것인가, 관할 영역 분할에 대한 것들만을 토론하게 되었습니다. 그리고 그 대화는 독특한 방식으로 내게서 두려움을 없애주었습니다. 나로서는 참여할 수 없는 토론이었지만 그렇다고 해서 그것을 듣는 것이 괴롭지는 않았습니다. 그들이 마치 내게 무슨 단체 게임이라도 설명해주고 있는 양 흥미로우면서도 동시에 지루했습니다.

미하엘라 한 사람만이 다른 사람들의 계획에 반대했습니다. "그래 가지고는 일이 안 돌아갈걸요!" 하고 그녀는 계속해서 소리쳤습니다.

난 결국 그들이 왜 지금껏 하던 대로 하지 않고 모든 일을 다시 다 처음부터 언급하느냐고 물었습니다.

"맞아요!" 하고 미하엘라가 말하며 쥐고 있던 볼펜을 던졌습니다. "바로 그걸 나도 묻고 싶었어요. 내가 묻고 있는 게 바로 그거라고요!"

요르크가 웃음을 터뜨렸습니다. 그리고 난 그때 처음으로 『알텐부르크 주간신문』이라는 말을 들었던 것입니다. 요르크는 더 이상 다른 사람에게 발언권을 넘겨주지 않았습니다. 누군가 말을 끼어들려고 하면 즉시 라디오 해설자 같은 그의 목소리를 한층 더 높이며 이의를 제기하거나 미리 보충 설명을 달았습니다.

"하지만 그래 가지고는 일이 안 돌아갈걸요!" 미하엘라가 몇 번이고 그렇게 외칠 때마다 그는 웃음을 터뜨리면서 말했습니다. "그래도 우리는 그렇게 할 겁니다!"

그 후 그들은 입을 다물었고, 정면을 응시하고 있었어요. 갑자기 단발머리 여자가 새가 고개를 돌리듯 몸을 내 쪽으로 돌리곤 말했습니다. "그럼 선생님은요? 이 일을 함께하시지 않을 건가요? 함께해주시면 우리에겐 큰 영광일 거예요!"

그녀는 계속 말을 이어나갔습니다. 우리들의 임무는 대중을 사로잡는 것이라고, 아니 대중을 아예 만들어내는 것이라고. 민주주의적인 과도기를 지원하고 조정하며 감독하기 위해서, 아니 세상에 대한 약간의 감독과 스스로에 대한 감독이 필요하다고. "독립성이 제일 중요해요! 새로운 포럼에서 그 조항을 서면으로 받아야 돼요." 군청 소재지인 도시에서 벌이는 그런 시도가 베를린이나 라이프치히와는 달리 눈에 띌 것이라는 점에 대해서는 이야기할 필요도 없다고 했습니다. 예언자, 루돌프가 그녀의 말을 자르며 "역사의 수레바퀴는 거꾸로 돌아서는 안 됩니다!"라고 외쳤습니다. 게오르크가 즉시 그 말을 받았습니다. "우리가, 그러니까 새로운 포럼이 재정적 지원을 맡을 것이고, 우린 신문을 계획하고 있습니다. 신문은 2월부터 매주 나와야 합니다. 지금으로부터 7주 후에 우린 창간호를 손에 쥐게 될 것입니다!"

그건 내 마음에 들었습니다.

"당신, 어떻게 생각해?" 하고 미하엘라가 물었습니다. 그녀는 담뱃불을 끄곤 마치 양치질을 할 때처럼 뺨을 우물거렸습니다.

그녀는 책임감 때문에 새로운 포럼 일을 해왔다고 했습니다. 책임감 때문에 『명백한 주장』의 설립을 도왔다는 것입니다. 책임감 때문에 발행인이라는 자리를 맡았습니다. 신문, 저널리즘, 정치운동—그런 것들은 위태로운 시대에 더 효과적인 매개체입니다. 그녀는 위태로운 시대를 위해서만 그런 것들에 관심이 있다고 했습니다. 보다 본질적인 것들은 문학과 예술과 극장에서 일어난다는 것이었습니다. 미하엘라는 극장이 아니라면 도대체 어디서 사회문제들에 대한 모의가 일어날 것이며 행위로써 표현될 것이냐고 묻더군요. 그러고 나서 "지역 정치의 열악한 환경" 혹은 "날마다 일어나는 자잘한 사건들"이란 표현을 썼습니다.

그 후 모든 시선들이 다시금 일제히 나를 향했습니다. "큰 희생이 될지도 모르겠네요"라고 단발머리 여자가 말했습니다. "선생님께서 정말로 큰 희생을 하시는 겁니다."

"마리온" 요르크가 약간 화난 음성으로 여자를 불렀습니다. "우리 모두가 뛰어드는데 뭘!"[3]

"말이 안 되는 일이에요!" 하고 미하엘라가 소리치더니 내게 극장을 그만두어야 할 것이라는 점을, 부업으로 할 수 있는 일이 아니라는 것을 똑바로 알아야 한다고 말했습니다.

난 생각해보겠다고 약속했습니다.

미하엘라가 흥분했습니다. "당신, 지금 그 말 설마 진담은 아니겠지?!"

난 생각해보겠다고 반복해서 말했습니다.

---

3 원래는 "우리 모두가 불확실한 물로 뛰어드는데 뭘, 우리 모두가 무슨 일이 일어날지 알지 못하잖아"라고 해야 더 정확하다.

미하엘라가 방으로 들어가버렸습니다.

이런 예상치 못한 사태는 로베르트에게는 행운이었습니다. 그 아이는 담배 냄새가 난다는 불평조차 한마디 하지 않았습니다. 정확히 텔레비전 프로그램이 시작하는 시간에 모두가 거실을 떠나주었기 때문이었습니다. 난 미하엘라의 언론매체부와 문 앞에서 작별했습니다.

로베르트가 잠자리에 들자 미하엘라가 팔꿈치로 내 방문을 밀고 들어와 몸을 돌렸습니다. 마치 배 앞에 매달린 행상의 좌판처럼 책상서랍을 들고 서 있었습니다. "당신, 이거 가지고 미리 연습하면 되겠네" 하고 말하며 그녀가 서랍을 거꾸로 들어 내용물을 방 안에 쏟아붓곤 곧장 방을 나갔습니다.

내 앞에는 뭔가를 적은 종이들이 잔뜩 널브러져 있었는데, 살펴보니 『명백한 주장』의 서류들이었습니다. 그리고 또 머리핀과 외상용 밴드와 손톱 손질 세트도 있었습니다.

난 즉시 분류 작업에 들어갔습니다. 인쇄비 견적, 영업사원을 통한 수입, 우편배달로 생긴 수입, 대차관계 청산, 외판실적, 사용된 원고, 인쇄되지 않은 원고, 주고받은 서신들. 마지막으로 나는 일어서서 그 작은 세상의 질서를 들여다보았습니다—그리고 난 내 원고들을 넣어둔 서류철을 장롱에서 꺼내 첫번째 칸을 비우고는 '병영수기/완성작'을 지운 다음 그 자리에 '인쇄비용'이라고 적어 넣었습니다. '티투스 흘름'이라고 씌어진 밝은 청색 칸에 난 이제 '영업 대차관계'라고 적어 넣었습니다. 그리고 계속해서 그런 식이었습니다. 맨 마지막엔 오로지 한 개의 칸만이 제목을 달지 않은 채 남아 있었습니다. 그 칸으로부터 난 내 마지막 산문 습작들을 꺼내 책상 위에 놓여 있던 다른 원고들 옆에 나란히 놓았습니다. 그 원고들이 내 습작 모음의 마지막을 장식했습니다. 그것들이 들어 있는 서류철 위에다가는 '폐기 원고'라고 적었습니다. 바로 그 순간, 난 진작부터 그런 제목을 달아두었더라면 더 좋았을 것임을 깨달았습니다. 나에게 화덕이라도 있었다면 그 '습작 모음집'은 단박에 화염으로 던져졌을 것입니다.

글자가 씌어진 부분을 아래로 하여 원고 뭉치들을 거꾸로 놓았기 때문에 그건 그냥 하얀 종이 묶음인 것처럼 보였습니다. 그나마 종이들의 한쪽 면은 아직도 쓸모가 있다는 사실이 마치 무엇인가를 비유하는 것처럼 느껴져서 난 스스로 깜짝 놀라는 동시에 행복하기도 했습니다. 그 다른 한쪽 면을 허비해서는 안 될 것입니다.

친애하는 니콜레타, 난 아직도 이야기의 결론을 맺지 못했습니다. 하지만 오늘은 이만 줄이겠습니다.

온 마음을 다해, 동시에 용기를 잃은 채 인사를 드립니다.

당신의 엔리코 튀르머.

1990년 7월 10일 화요일

사랑하는 요!

'심판 막사'가 우리들의 주 무대였어. 우린 다음 날 아침까지 뒤풀이 파티를 했지. 어머니와 왕세자는 어떻든 자정까지는 버텼어. 그 두 분 역시 이번 일요일만큼은 단 한순간이라도 헛되이 보내고 싶지 않았던 거야. 바론만 빼고 모두가 다 참석했어. 그는 요르크를 만났지. 어떤 결말이 났는지는 몰라. 전혀 알고 싶지도 않고. 프레드와 일로나가 어제 우리와 상의를 했다는 것부터가 나한텐 충분히 언짢은 일이야. 우린 일단은 더 이상 아무도 필요하지 않아. 그들에겐 씁쓸한 일이지. 가족들[1] 중 그 누구에게라도 그들을 추천하고 싶은 마음이 추호도 없으니까. 난 그들을 너무나 잘 알고 있거든.

일요일에 프란치스카나 네가 우리와 함께 있지 못했다니. 정말 너무 섭섭해. 그런 큰 사건은 아마 당분간 또 있지 않을 테니 말이야. 난 너희들이 있었다면 어떤 인상을 받았을지 궁금해. 신학자[2]의 견해는 어땠을지 말이야. 이상하고도 야릇한 방식으로 행해지는 전혀 색다른 행사였어.

우리가 과수정원에서 아침 식사를 마치니 바론이 우리를 버스에 태우더군. 무슨 일이 일어날지는 바론을 빼곤 아무도 몰랐지. 미하엘라는 그를 따라 운전석 칸에 올라탔어. 뒤쪽에는 왕세자와 로베르트, 어머니, 베라, 아스트리트와 내가 탔는데 각자 푹신한 의자에 앉았지. 차체를 뒤덮고 있던 벨벳 천이 우리들의 의자에도 씌워져 있었어. 전방에는 텔레비전이 깜박거렸고—화면에는 바론과 미하엘라가 나타났지. 그들이 우리를 보고 손을 흔들었어. 그러고 나서 화면이 다시 사라졌어. 어디에선가 음악 소리가 났는데 아마 모차르트였을 거야—차는 이미 달리고 있는 중이었어. 낯선 새 차 냄새가 났지. 유리창이 빛을 어느 정도 가려주었고 에어컨 바람이 쾌적하더라. 거리에서 멈춰 선 채 우리들을 쳐다보고 있는 사람들을 내다볼 수 있었어. 하지만 그들 쪽에선 우리의 모습이 아니라 검은 유리에 비친 자신들의 모습을 보고 있다고 알고 있어. 우린 도시를 빠져나와 슈필른 방향으로 질주했고 철제 비계를 둘러친 바론의 저택을 지

1 바리스타의 일행을 말하는 게 분명하다.

2 대학 때 전공을 암시하는 이런 식의 표현은 요한 치일케에게 그리 유쾌한 일이 아니었을 것이다.

나치기도 했어. 그곳에선 일꾼들이 개미처럼 바삐 움직이고 있었어. 건물을 두 채 정도 지났을 무렵, 난 벌써 반쯤은 꿈같은 상태에 빠진 상태였어. 그래도 놓친 풍경은 없어. 그 무엇이라도 다, 나무와 들판, 이삭과 이파리들이 아플 만큼이나 또렷하게 내 마음에 다가왔지. 들판에 엎드려 일하고 있거나 버스정류장에서 버스를 기다리고 섰던 사람들의 얼굴조차도 우리 쪽을 올려다보거나 손을 흔들 때만큼은 빛을 발하는 것 같더라.

그로스슈퇴비츠에서 우린 주요 도로를 벗어났어. 우리 차는 더욱더 빨라졌지. 집들과 정원, 들판이 휙휙 지나갔고 우리 차는 끝이 보이지도 않는 긴 오르막길을 오르는 중이었어. 난 다시 눈을 감았어—그러고는 전혀 다른 세계로 빠져들었지. 울림과 멜로디만이 있는 세상으로. 그 음악 속에서 나 자신을 잃었지. 음악이 내 속에서 나오는 것인지, 아니면 외부에서 내게로 스며들어오는 것인지 알 수 없었어. 마치 내 존재를 다른 어떤 존재와 맞바꾸는 듯한 느낌이었고, 난생처음으로 이승 한가운데 있는 구원의 세계를 감지했어. 그래, 맘껏 웃어라. 하지만 그건 의식의 표면으로 올라오는 순간 터져 없어져버리는 꿈들이야. 마치 깊은 수중에 사는 물고기가 물 위로 떠오르도록 강요당한 순간처럼.

차 문이 열렸을 때, 난 차 안 온도가 밖의 기온과 정확히 일치한다는 것을 느꼈어.

우리가 출발한 이후로 끊임없이 계속해서 대화를 나눈 것처럼 바론이 우리 앞에 무엇이 기다리고 있는지 설명했어. 현실극이라고 하기 무엇하다면 진짜 연극이라고나 할까. 그가 웃음을 터뜨렸어. 하지만 다음 순간 그는 금세 의식을 거행하는 제사장 같은 태도로 말했지. 독일인을 지켜주는 사도 성 보니파키우스의 성물 보관함이 알텐부르크로 돌아온 것을 기리는 것과 동시에 왕세자의 고향 방문을 기념하는 뜻에서 연극이 개최된다는 거였어.

난 휠체어를 차 가까이 밀었고, 마시모가 왕세자를 들어 올려 휠체어에 앉혔어. 베라는 왕세자의 다리에 덮개를 덮어주었고 어머니는 그에게 망원경을 건넸으며 로베르트는 양산을 펼쳐 햇빛을 가려주었지. 아스트리트는 휠체어 곁을 절대 떠나는 법이 없었는데, 짐작하겠지만 오른쪽이었어. 그를 시야에서 절대 놓치지 않고 지키겠다는 거지.

그때 마침 시의원과 시장이 다가오더군. '최초로 자유선거에 의해 선출된' 그 두 사람이 수행원들과 함께 울퉁불퉁한 길 양옆으로 늘어서자 마시모가 산 쪽을 향해 휠체어를 밀고 올라갔어. 산꼭대기에 교회가 서 있었어. 우리가 어디에 와 있는지 알 수가 없었어.

교회 앞에 천막을 설치해놓았더군. 차양이라고 하는 편이 더 맞는 말일까? 네 개의 버팀목에 팽팽하게 매인 천이 뾰족한 모양을 이루며 아래쪽으로 내려온 것을 제외하면 그저 지붕이 있었을 뿐 벽 부분은 없었으니까. 해가 중천에 떠 있었고 주위의 풍경은 충격적일 만큼 장관이었어. 바론은 그 이름 모를 산을 '전사의 구릉'라고 이름 붙였어. 그 산에서는 북쪽으로는 알텐부르크와 갈탄 광산을 지나 멀리 라이프치히의 전쟁기념비까지도 내려다보였고 남쪽으로는 브그트란트와 에르츠 산맥이 넓게 펼쳐져 있었어. 서쪽 방면으로는 론네부르크의 피라미드가 손에 잡힐 듯 가깝게 보였고 그 뒤론 튀링겐 숲이 있었어. 그리고 동쪽으로는 아름답기 그지없는 구릉의 풍경이 시야를 가득 채웠지.

"바짝 마른 광야가 아직 이슬로 촉촉이 젖지 못했기 때문이라네!" 우렁찬 목소리 하나가 말했지. 우리의 왼편에, 언덕 아래로 50미터도 떨어지지 않은 곳에 괴상한 옷을 입은 수백 명의 사람들이 기다리고 있었어. 똑같은 규모로 나뉜 두 개의 무리 속에서 그들은 챙 넓은 모자를 쓴 한 남자를 우러러보고 있었지. 그는 긴 옷자락을 움켜쥔 채 '프리즈란트'라는 지명 표지판이 붙은 모래더미로부터 내려와 '영국'이라는 푯말을 붙인 또 다른 모래더미 위로 올라갔어. 단순하기 짝이 없는 아마추어 극장! 우린 관객이었어.

손으로 작동하는 기중기의 힘으로 나무 한 그루가 세워졌지.

왕세자는 자신의 휠체어를 가능한 한 내리막길에 가까이 밀어달라고 부탁했어. 나무가 세워지고 몇 명의 남자에 의해 균형이 잡히자 한 남자가 배우들 무리 앞으로 나서더니 "도나르 신의 떡갈나무!"라고 외쳤어. 그와 동시에 그들의 머리 위로 '헤센 주, 가이스마르'라고 씌어진 푯말이 올라가며 새로이 사건이 벌어지고 있는 장소를 알려주었지. 챙 넓은 모자를 쓴 남자가 황급히 앞으로 나왔어—만스펠트 신부였어—수행원 세 명이 그의 뒤를 따랐는데, 그들의 초조한 제스처는 그들이 보디가드임을 나타내고 있었지. 그가 자신의 긴 옷자락 안에서 도끼를 번쩍 꺼내 높이 치켜들자 한탄과 탄식하는 소리가 울려 퍼졌어. 어설픈 연기이긴 했지만 효과는 엄청났어.[3]

바론이 챙 넓은 모자를 쓴 남자를 가리키며 "저 사람이 보니파키우스예요"라며 모두가 다 아는 사실을 설명하곤 로베르트를 향해 미소를 지어 보였어. 무릎을 꿇고 앉아 기도를 올리고 있던 보니파키우스의 이마가 양 손으로 붙잡은 도낏자루에 가닿았어. 그가 몸을 일으키자 주위의 탄식 소리 가운데서 큰 외침이 터져나왔지. 너무도 절망적이고 찢어지는 듯한 소리에 소름이 돋아날 지경이었어.

3 『일요신문』 제2호에 실은 튀르머의 기사와 요점을 정리했다고 볼 수 있는 『보니파키우스 소식』 제1호의 기사를 제외하면 문서로 남은 자료는 알려진 바 없다. 그러나 연극의 효과가 실제로 '엄청났다'는 것은 모든 증인들의 일치된 의견이다.

사람들이 도끼를 들고 있는 보니파키우스를 피해 한 발 한 발 뒤로 물러났어. 난 배우들이 정말 멋지게 초조함을 연기한 거라고 생각했었는데 곧 연기가 아니라는 게 드러났어. 배우들이 진짜로 겁을 먹었던 거야. 보니파키우스가 도끼로 나무를 내려치자—완전한 정적이 지배하는 가운데—나무둥치가 네 부분으로 조각나며 그와 동시에 밧줄로 묶여 있던 나무가 땅으로 쿵 쓰러졌어. 이교도 게르만족의 거친 비명 소리를 연기한 장면이 아니라 그들의 뒤로 내리막길에 서 있던 동료 배우를 걱정한 진짜 비명 소리였던 셈이지. 쓰러진 나무는 그를 아주 가까스로 피해갔어. 하지만 그에겐 아무 일도 일어나지 않았고 그가 다른 인물들과 마찬가지로 무릎을 꿇으며 이제 보니파키우스가 도끼 대신 손에 들고 있던 십자가를 우러러보았으므로 우리 중 그 누구도 특별히 걱정스러운 점을 발견하지 못했지.

더군다나 막 성가가 시작되었거든. 맹세하건대 거기 분명 오케스트라도 있었어. 점점 더 많은 게르만족들이 무릎을 꿇으며 그들의 새로운 신을 향해 애원하듯 두 손을 모아 쳐들었어.

노랫소리가 채 다 끝나기도 전에 해설자가 엄청나게 낮은 저음으로 교회가 설립될 것임을 알렸어.

그게 곧 달리기 경주의 출발을 알리는 총소리였던 거야. 네 팀이 십자가 모양으로 놓여 있던 네 개의 나무둥치를 각각 들고 마치 도성 문을 향해가듯 산 정상을 향해 뛰어올라갔어. 그들의 목표는 우리 등 뒤에 있는 교회일 게 뻔했지. 그 교회는 최근 새로 페인트칠을 하긴 했지만 회칠을 새로 하진 않았어. 페인트공들이 잔디와 돌 위에 뚜렷한 흔적을 남겨 놓았더군.

우리에게 시선 한번 돌리지 않은 채, 회개한 게르만족의 남자들과 여자들과 어린아이들이 헉헉거리며 지나갔지. 가까이서 보니 그들은 영화에 라도 출연할 수 있을 정도로 분장을 잘했더라. 거친 머리카락하며 상처투성이의 팔과 발목, 진흙이 덕지덕지 말라붙은 발과 다리. 우린 그들 무리가 연극에 너무 몰입한 나머지 우리를 밀치고 가지 않은 것만으로도 감사해야 했어. 그들은 교회 앞으로 모여들어 미리 준비되어 있던 입구 옆 반원형 벽감에 나무둥치들을 고정시켰지.

해가 하늘에서 이글거리며 타고 있었지만 우리가 있는 곳은 여전히 쾌적하고 시원했어. 연극을 흥미진진하게 주시하던 왕세자가 편안하시냐는 질문을 받자 미소를 지으며 괜찮다는 손짓을 해 보였어.

그동안 등장인물들은 원래 자신들의 위치로 되돌아와 있었지. 극적 긴장을 고조시키기 위해서였는지 아니면 사건들의 의미를 강조하기 위해서였는지는 몰라도, 아무튼 그들은 이제 아까보다 훨씬 더 우리 쪽에 가까이 다가와 있었고 '도쿰—754년 성령강림절'이라고 씌어진 푯말을 들고 있던 여자는 우리로부터 채 10미터가 안 되는 곳에 서 있었지.

보니파키우스가 자신을 따르는 추종자들과 함께 그 여자에게로 다가가자—그는 이제 아까보다는 천천히 걸었고 나이에 걸맞게 등을 굽힌 자세였어—큰 책을 전해 받았고 그 바람에 거의 균형을 잃을 뻔했어. 그의 추종자들이 그를 정성스럽게 부축하며 애원하는 눈으로 해설자를 쳐다보았어. 곧 해설자가 "그들은 새로 세례를 받은 사람들을 기다리고 있습니다!"라고 알려주었지.

사람들의 무리가 나뉘었어. 오른쪽에는 여자들이 주로 서 있었는데 맑은 목소리로 주님을 칭송하는 노래를 불렀어. 왼쪽에선 "라바르바르, 라바르바르" 하며 웅얼대는 소리가 들렸어. 미개한 오랑캐라는 뜻의 '바르바르'와 비슷한 소리를 냄으로써 연상작용을 일으키도록 한 거야. 뒤쪽으로부터 온몸에 털이 숭숭 난 형체들이 앞쪽으로 돌진해와 사도의 추종자들을 몇 번인가 때려 쓰러뜨렸을 때, 우리에게 옆모습을 보이며 서 있던 보니파키우스는 기대에 찬 얼굴로 몸을 일으키며 막 여자들 쪽으로 다가가려는 중이었지. 칭송의 노랫소리가 탄식으로 바뀌었어.

모든 관심은 이제 우뚝 서 있는 보니파키우스에게 쏠렸지. 그가 나타나기 바로 전에 숨어버렸던 공격자들 앞으로 그가 그 큰 책을 내밀었어. 그러자 그 극악무도한 패거리들 중에서도 가장 극악무도한 놈이 나섰지—칼이 책을 뚫었고 곧 성인의 심장으로 돌진했어. 숨소리 하나 나지 않는 정적 속에서 내 귀엔 오직 잔디 위로 부는 바람 소리와 아스트리트가 꼬리를 흔드는 소리만 들렸을 뿐이야. 우리 모두가 등장인물들만을 뚫어져라 쳐다보고 있었거든. 왕세자의 흰 머리카락 몇 가닥만이 바람에 날려 이리저리 흔들리고 있었지.

보니파키우스가 비틀댔으나 그래도 아직은 자세를 지탱하고 있었어. 하지만 다음 순간 두 눈은 하늘을 향한 채 천천히 무릎을 꿇으며 쓰러져갔지. 결국 그는 칼에 찔렸던 책을 품에 안고는 앞으로 푹 쓰러졌어. 책도 그를 구하진 못했던 거야. 여기저기서 두서없는 탄식 소리가 터져나왔고 바르바르 역을 맡았던 배우들이 이제는 다시 기독교도들로 변신해서 그 탄식 소리에 화답하며 더욱더 탄식 소리를 드높였어.

만스펠드 신부는 챙이 없는 모자 때문에 알아보기가 쉬웠는데, 그가 갑자기 보석으로 장식된 은색의 성물 보관함을 높이 치켜들었지. 우연이었을까 아니면 의도였을까—태양빛 속에서 그 물건의 광채가 너무 밝게 빛나는 바람에 나 역시 눈이 부셔 손을 이마에 대고 얼굴을 뒤로 돌려야 했어. 그때 난 연극을 보고 있던 사람들 거의 모두가 무릎을 꿇고 있는 것을 보았어. 서 있는 사람들은 얼마 되지 않았는데 대부분 나이가 많은 사람들이었어. 아스트리트는 꼬리를 흔들어대며 신자들 사이를 껑충껑충 뛰어다니고 있었어. 아마도 사람들이 함께 놀아줄 거라는 기대 때문이었겠지.

“함께 연극에 동참하세요!” 하고 바론이 나를 올려다보며 속삭이더군. 한참 머뭇거리다가 나 역시 손을 들고 말았지. 그런데 무릎을 꿇자 이상하게도 내겐 편안하고 좋은 느낌이 들었어.

사람들은 노래를 부르며 길게 행렬을 지었지. 맨 앞사람이 수공예 성물 보관함을 높이 쳐들었지. 태양빛이 계속해서 그 물건을 향해 빛을 뿜으며 우리들에게 신호를 보냈어. 노랫소리는 더 이상 들려오지 않았고, 우린 정적 속에서 저 멀리 내려가고 있는 행렬을 바라보았어. 이제 우리에겐 아까 그 책에 대해서 생각할 시간이 충분했지. 책은 보니파키우스의 목숨을 구하지는 못했지만 그래도 마지막에는 승리의 의미를 드러냈었던 거야.[4]

이젠 모든 일이 다 잘될 거야. 우린 너희들이 오기만을 기다리고 있어!

너를 포옹하며.

너와 네 가족의 친구 엔리코로부터.

4 2002년 7월 8일, 그러니까 딱 12년 뒤, 알텐부르크의 보니파키우스 납골당 위로 재건된 보니파키우스 교회가 축성식을 맞았다. 오늘날 이 교회는 여러 갈래로 뻗어나간 보니파키우스 산책로의 시작과 끝을 이룬다.

90년 7월 11일 수요일

친애하는 니콜레타!

보시다시피 제 주소가 바뀌었고, 전 이제 방 네 개짜리 집에 삽니다. 이 집의 제일 작은 방조차 제가 지금까지 살던 집 거실보다 큽니다. 다음 어느 날 혹은 다음 어느 주, 언젠가 당신이 오신다면 초록색으로 새롭게 단장한 발코니에서 날 발견하시게 될 겁니다. 그곳에서 내려다보면 도시와 성의 꿈 같은 전경이 펼쳐집니다. 당신은 알텐부르크를 보시지만 그게 알텐부르크라고 믿지 못하실 겁니다. 이 집에는 과실나무 정원도 딸려 있습니다. 가시장미 넝쿨이 울타리를 타고 오르는 정원입니다.

현재에 대한 이야기는 이 정도로 하겠습니다. 오늘 이 편지로는 전혀 다른 이야기로 당신을 데려가려고 하니까요.

애석하게도 아직 트로클 아주머니에 대해, 그러니까 로베르트를 돌봐주시던 그 아주머니에 대해 말씀드릴 겨를이 없었군요.[1] 해마다 그녀는 우리들을 위해 '새해 만찬'을 준비하셨습니다. 때로는 식사 후 피아노를 연주하시기도 했지요.

미하엘라가 오래 머물지 않겠다고 내게 약속을 한 후에야, 난 그녀의 부탁을 들어주기로 마음을 먹었고 트로클 아주머니 댁으로 따라나섰습니다. 로베르트는 친구 팔코의 생일에 초대를 받아 나가고 없었습니다.

우리가 버스에서 내리자 트로클 아주머니가 발코니 문 뒤로 사라지는 것을 보았습니다. 미하엘라의 발걸음이 빨라지며 여느 때와 다름없이 달리기 경주가 시작되었습니다. 트로클 아주머니가 문을 여는 것과 똑같은

1 튀르머는 1990년 5월 31일 니콜레타 한젠에게 트로클 아주머니에 대해 이야기한 바 있다.

순간에 미하엘라가 초인종을 눌렀으니까요.

트로클 아주머니의 주름진 얼굴에서 미소를 알아보는 건 쉬운 일이 아니었습니다. 최근 몇 달 사이에 아주머니는 몰라보게 쪼그라들었지만 몸에 딱 달라붙는 원피스 안으로 볼록 솟아오른 배만큼은 모양이나 크기로 봐서 만삭의 임신이 의심될 정도였습니다. 소녀 같기만 한 몸매에 덧붙여진 그녀만의 독특한 특징이었습니다. 트로클 아주머니의 뒤를 따라 계단을 오르면서 난 또 한 번 그녀의 가는 다리를 보며 감탄했습니다.

트로클 아주머니가 우리에게 옷걸이를 내미셨고, 양손을 배 앞으로 모아 깍지를 낀 채 반드시 해명하지 않으면 안 되겠다는 듯 말했습니다. 자신의 배는 초콜릿을 너무 많이 먹은 결과라고, 바이에른 주에서 나눠준 환영금을 거의 다 초콜릿을 사는 데 썼다고. 아주머니에겐 남은 것이 없었는데, 그녀의 이웃들이 호프에 갈 때마다 그녀의 심부름으로 그곳의 서독 슈퍼마켓 '알디'에 들러 초콜릿 20개씩을 사다주었고 그러면 그녀는 영수증에 찍힌 금액을 지불했다는 것이었습니다. 초콜릿이 찬장 안에 들어있기만 하면 다른 것은 아무것도 생각할 수가 없었습니다. 트로클 아주머니의 목소리가 참기 어려울 정도로 높아졌습니다. 그녀의 격앙된 수다가 나를 당황하게 만들었습니다.

트로클 아주머니의 이야기가 계속됐습니다. 꾹꾹 참았다가 저녁이 되어서야 초콜릿 포장을 뜯고 싶지만 도저히 그럴 수 없다는 것이었습니다. 저녁 뉴스 때까지 한 상자 혹은 두 상자 정도의 초콜릿을 아껴두려고 갖은 애를 써도 늘 역부족이랍니다. 어제도 역시 실패였답니다. 그녀는 하루 동안 초콜릿 두 상자를 다 먹어치웠지만 조금도 질린다는 생각이 들지는 않는다고 했습니다.

아주머니가 식탁에 전채 요리를 올리셨습니다. 채를 썬 아몬드와 오렌지를 곁들인 회향과 조그만 잔에 담은 술이었는데 술잔의 둥근 가장자리에 빙 돌아가며 설탕이 묻어 있었습니다.

늘 그렇듯이 트로클 아주머니는 이번에도 음식 준비를 위해 최선을 다했습니다. 그녀 자신은 이따금 물컵의 물을 홀짝거리며 마셨고, 부엌에서 일을 하고 있을 때조차 계속해서 수다를 떨었습니다. 오로지 노루고기 등심을 무거운 쟁반 위로 올리며 선보이는 순간에만 잠시 입을 다물었습니다. 우리에게 자신의 요리 솜씨에 탄복할 기회를 주기 위해서였던 것입니다.

그러고 나선—내 접시 위로 이제 막 두 그릇째 음식이 담기고 있을 때—트로클 아주머니가 학교 다닐 때 짝궁이 언젠가 그녀에게 알루미늄박을 내밀며 초콜릿이 뭔지 상상해보라며 냄새를 맡게 했다는 이야기를 들려주었습니다. 그 당시에 여덟 살 난 어린아이였던 아주머니는 그런 친구에게 고마움을 느꼈습니다. "상상을 좀 해봐!" 트로클 아주머니가 소리를 치고는 나를 쳐다보았습니다. 그녀의 목소리는 점점 더 커져만 갔고 마치 나한테만 관련된 문제인 것처럼 이야기를 했습니다. 어떻게든 자주 그녀의 시선에 화답하려고 애를 쓰긴 했습니다만 그녀가 내게만 자꾸 말을 거는 바람에 불안해진 나머지 점점 더 빨리 허겁지겁 음식을 먹기만 했습니다. 그러다 뒤로 기대 앉아 눈을 감고 있는 미하엘라를 보았습니다. 트로클 아주머니는 안락의자의 끄트머리에 꼿꼿한 자세로 앉아 있었습니다.

이젠 내가 말할 차례였습니다. 난 목소리를 낮추고 최근 몇 주 동안 미하엘라가 해냈던 일에 대해 이야기했습니다.

"그렇게 작은 목소리로 얘기하지 않아도 돼." 미하엘라가 말했습니다. "다만, 눈을 감으면 어린 꼬마 소녀 안네마리 트로클이 알루미늄박 냄새를 맡는 장면이 더 잘 떠오른단 말이야."

트로클 아주머니는 안락의자의 끄트머리에서 풀쩍 뛰며 미하엘라의 그 말에 대한 답례로서 그녀의 『명백한 주장』을 칭찬했습니다. 그리고 그것을 계기로 아주머니는 곧 올케 이야기를 꺼냈습니다. 올케는 『명백한 주장』을 일부러 사지 않는데, 그 이유는 튀링겐이라는 말이 거기 씌어져 있기 때문이라는 것이었습니다. 알텐부르크는 엄연히 작센에 속한다고 올케가 말했다는 것이었습니다. 그리고 트로클 아주머니 역시 그렇게 생각하긴 하지만 이제 와서 뭘 어쩌겠냐고, 신문사 사람들의 머리에서 나온 일일 것을, 하더군요.

급기야 미하엘라가 기사에 대해선 어떻게 생각하시느냐고 물었습니다. "좋아." 트로클 아주머니가 외쳤습니다. "아주 좋아! 비판적이야. 아주 비판적이야." 그녀는 컵에 들었던 물을 조금 마신 다음 계속해서 손에 들고 있었습니다.

그럼 그 비판을 좋게 생각하시느냐고 묻자, 그녀는 암, 그렇지 않을 수가 있겠냐고, 요즘 도처의 세태가 그렇다고 말했습니다. 이젠 진실이 다 드러나고 있다고.

두 여자는 내 접시에서 노루고기가 다 없어질 것만을 기다리고 있는 모양이었습니다.

트로클 아주머니가 두 개의 접시에 각각 8등분한 슈바르츠발트 체리케이크 조각을 담아 들어오자 미하엘라가 "원, 세상에!" 하고 소리쳤습니다. 그 소리에 트로클 아주머니가 생크림에 얽힌 이야기를 풀었습니다. 사람들이 그녀에게 여러 번이나 철석같이 약속을 했음에도 불구하고 생크림을 준비해두지 않은 바람에 그녀는 슈퍼마켓의 책임자에게 따져 물었고, 그가 결국 전화 수화기를 집어 들고 슈타인벡에서 생크림 두 병을 가져오도록 주문했다는 것이었습니다. "두 병이나요!" 하고 미하엘라가 부르짖었습니다. 생크림 두 병은 무리라고, 그러시면 안 된다고, 아주머니도 우리도 그렇게 살을 찌우시면 안 된다면서. 아주머니가 접시를 갖다 놓고 즉시 돌아서서 가는 동안 미하엘라는 자신도 모르게 그렇게 화를 낸 것에 대해 스스로가 깜짝 놀라는 눈치였습니다. 접시 한 개마다 생크림 위에는 마라스키노 체리가 하나씩 얹혀 있었고 그 둘레에는 시럽 같은 리큐르 술이 산간 호수를 이루고 있었습니다. 이마를 부엌 창에 갖다 댄 채 내가 막 눈물이 넘쳐흐른 트로클 아주머니의 얼굴을 보았는가 싶을 때였습니다. 바로 그때 아주머니가 나타나셔서 아까보다 훨씬 더 큰 케이크 조각을 그녀의 자리 앞에 놓는 것이었습니다. 갑자기 내 앞에는 과일주와 세 개의 술잔이 놓여 있었습니다. "아이고, 아주머니!" 하고 미하엘라가 외쳤습니다. 난 잔에 술을 따랐고 우리는 잔을 부딪쳤습니다.

포크가 한번 지나가자 마라스키노 산간 호수가 녹아내리면서 작은 실개천을 이뤘습니다. 검붉은 실개천이 흠 하나 없는 하얀색 크림 위에서 꼬불꼬불 지나갔습니다. 우리는 명상이라도 하듯 묵묵히 그것을 먹었습니다.

그 후 난 트로클 아주머니 댁에 갈 때마다 결코 빼놓지 않는 일을 실행했습니다. 그건 바로 화장실에 가는 것이었습니다. 빛이 반사될 정도로 깨끗하면서도 물 한 방울 튀지 않은 수도꼭지, 아래로 물이 빠져나가는 곳도 위의 가장자리나 다름없이 하얀색인 깨끗한 변기, 머리카락 한 가닥 남아 있지 않은 전동 빗. 어린아이 같은 호기심으로 난 매번 거울 수납장을 열어보곤 했는데, 거기서는 언제나 은은한 뱀독 연고 냄새와 프란츠브란트바인 냄새가 흘러나왔습니다. 아주머니 댁에서라면 서서 오줌을 누는 따위는 감히 생각지도 못할 일이었습니다.

문득 내 뇌리에 어린 날의 이상한 사건이 스치고 지나갔습니다. 그런

데 그와 거의 같은 순간에 트로클 아주머니가 문을 쾅쾅 두드리며 사정하듯 내 이름을 불러댔습니다. 놀라 눈이 커다랗게 된 아주머니가 재빨리 빨랫줄에 널렸던 두 장의 팬티를 낚아챘습니다. 그녀는 그것을 품에 안고 도망치듯 달아났습니다.

내가 다시 자리에 돌아왔을 때, 트로클 아주머니는 안락의자에 기대고 앉아 손은 옆에다 떨어뜨린 채 자신의 배를 바라보고 있었습니다. 미하엘라는 손가방을 무릎 위에 놓고 있었습니다. 난 "언젠가 내가 내 인생에서 제일 중요한 순간에 대해 말씀드린 적이 있던가요?" 하고 물으며 미하엘라의 반응을 못 본 척했습니다. 난 기억에 떠오르는 대로 곧장 말하기 시작했습니다.

그때 난 아마 열 살 혹은 열한 살쯤 되었을 겁니다. 이웃에 사는 한 남자아이가 나에게 자기 할머니 집에서 함께 하룻밤을 자자고 졸랐습니다. 할머니 댁에서 가요 퍼레이드 프로그램을 봐도 되고 또 그다음에는 영화를 볼 수도 있다면서요. 게다가 거기서 얼마든지 젤리바나나를 먹을 수도 있다고 했습니다. 나한테는 어머니와 베라 없이 낯선 사람들 속에서 잔다는 것보다 더 괴로운 일이 없었음에도 불구하고 난 그러겠다고 약속했습니다. 그건 순전히 비겁했기 때문이었고, 또 딱히 둘러댈 핑계가 떠오르지 않았기 때문이었습니다. 가요 퍼레이드와 영화도 끝이 나고 젤리바나나도 다 먹은 후, 깜깜한 어둠 속에서 낯선 물건들에 둘러싸여 낯선 냄새가 나는 그 방의 낯선 침대에 누웠을 때, 난 갑자기 서럽게 엉엉 울기 시작했습니다. 맞습니다. 난 향수와 동경 때문에 흐느낀 것이고 또한 그런 상황에서 늘 그래 왔기 때문이기도 했습니다. 시간이 한참 흐른 후, 난 무엇인가 이상하다는 것을 알게 되었습니다. 내 울음이 어느새 저절로 뚝 그친 것이었습니다. 난 당장에라도 한번 더 울어보려고 했지만 잘되지 않았습니다.

"무슨 일이 일어난 건지 아십니까?" 하고 난 미하엘라와 트로클 아주머니께 물었습니다. 마치 내가 중국어라도 하고 있는 양 두 사람이 나를 멍하니 쳐다보았습니다.

"갑자기 내가 왜 우는지 그 이유를 알 수 없었던 겁니다" 하고 난 외쳤습니다. "내 상황이 뭐가 그리 나쁜 건지 나 스스로가 도무지 이해할 수 없더란 말입니다!"

"그 생각이 지금 방금 자네 머리에 떠올랐다는 거야?" 하고 트로클 아주머니가 물었습니다.

"네" 하고 난 대답했습니다. "변기에 앉아 있다가 번쩍 그 생각이 났어요!"

"음, 알았어" 하고 말하며 미하엘라는 트로클 아주머니 쪽을 향해 고개를 끄덕여 보이고는 몸을 일으키려고 했습니다. 난 슈바르츠발트 체리케이크 한 조각을 더 달라고 부탁했습니다. 트로클 아주머니가 서둘러 부엌으로 갔고, 미하엘라가 자리에 도로 풀썩 주저앉았습니다. 그녀는 안락의자의 등받이에 머리를 대곤 천장을 바라보았습니다. 트로클 아주머니가 킥킥거리며 부엌에서 나오더니 지나치게 흥분한 나머지 내 접시와 아주머니의 접시를 착각했습니다. 마라스키노 체리가 남긴 빨간 흔적 때문에 난 내 접시를 구별할 수 있었습니다. 트로클 아주머니도 합세했습니다. 우리는 잔을 부딪쳤습니다. 트로클 아주머니를 망하게 할 작정이냐고 미하엘라가 나한테 화를 냈습니다. "내가 뭘?" 하고 난 물었습니다. "그가 뭘?" 하며 트로클 아주머니가 따라 하며 웃음을 터뜨렸습니다. "이러면 정말 해로워!" 하고 미하엘라가 외치며 아주머니의 접시를 가리켰습니다.

"내가 아는 한" 하고 내가 말했습니다. "임산부라면 겁낼 것 없는데,

뭐." 미하엘라의 표정이 굳었습니다. 트로클 아주머니가 몸을 뒤로 젖히며 목구멍으로부터 나오는 웃음을 와락 토해내는 바람에 생크림과 빵가루가 섞인 침이 비가 되어 쏟아졌습니다.

"두 사람 다 미쳤어요!" 하고 미하엘라가 말하며 손가방을 들고 벌떡 일어섰습니다.

하지만 난 돌아가고 싶지 않았습니다! 아무튼 내가 보기에 그 집을 떠나야 하는 이유가 머물러야 하는 이유보다 더 많지는 않을 것 같았습니다. 오히려 그 반대였습니다. 나한테는 시간이 있었습니다! 난 더 이상 글을 쓸 필요도 없었고 더 이상 글을 읽을 필요도 없었으니까요.

"다 먹어버릴까요?" 접시가 또다시 비자 내가 물었습니다. 트로클 아주머니가 고개를 끄덕였습니다. "신선할 때 먹는 게 제일 맛있지." 아주머니는 우리들의 접시를 들고 부엌으로 뚜벅거리며 걸어갔습니다.

미하엘라가 나를 노려보았습니다. "당신, 이제 제발 그만둬." 그녀가 외쳤습니다. "아주머니, 저러다 정말 큰일 나실 거야!"[2]

접시 대신 트로클 아주머니가 케이크를 통째 들고 들어오셨습니다. 가운데에 손잡이용 빨간 단추가 달리고 종처럼 생긴 투명한 플라스틱 덮개가 케이크 위에 씌워져 있었습니다.

"우선 뭘 좀 마시고요" 하고 내가 말했습니다.

"잘들 해보세요!"라고 미하엘라가 외치고는 우리 두 사람 가운데 누구도 뭐라고 말할 틈도 주지 않은 채 현관문을 열고 나가버렸습니다.

트로클 아주머니와 난 접시도 없이 통의 바닥부터 곧바로 케이크를 퍼먹었습니다. 우린 똑같은 속도를 유지하려고 애를 썼습니다. 두 사람 다

2 튀르머는 잘 알고 있으면서도 니콜레타 한젠에게는 침묵하고 있지만, 이날부터 몇 주 지나지 않아 트로클 아주머니가 사망했다. 1990년 2월 6일자 편지와 비교할 것.

케이크의 가운데 부분부터 조금씩 먹어나갔습니다.

당신이 상상하실 수 있는지 모르겠습니다만, 아무튼 이 배가 볼록하고 쪼글쪼글한 할머니와 함께 나머지 케이크를 먹어치우는 동안 난 어쩐지 해방되는 느낌을 받았습니다. 이상하게도 편안한 안정감이 내 마음에 스며들었고 술기운이었을 거라고 생각되는 그 어떤 평화를 맛보았습니다.

다음 날 아침 4시경에, 나는 꿈도 없는 깊은 잠에서 깨어나 참으로 개운하면서도 마지막 한 자락의 피곤함까지 모두 몰아냈다는 느낌을 받았습니다.

내 '좋은 기분'이 미하엘라의 비위를 건드렸습니다. 그녀를 괴롭히는 걸 내가 즐기는 모양이라고 그녀는 주장했습니다. 내 모든 행동이나 말이 그녀에겐 비난과 비판의 구실을 제공했습니다.

그리고 눈이 오기 시작했습니다. 눈은 저녁 내내 내렸고, 밤새도록 내렸으며, 다음 날 오전까지도 그치지 않았습니다. 창밖으로 썰매를 가지고 지나가는 아이들을 보았습니다. 이웃들이 눈을 치우고 있었습니다.

최근 몇 주 동안 난 한번도 날씨에 주목한 적이 없었습니다. 하지만 지금은 마치 어린아이처럼 그 하얀 세상이 기쁘기만 했습니다. 난 밖으로 나가고 싶어서 옷을 갈아입었습니다. 로베르트가 자기도 같이 가겠다고 소리를 쳤습니다.

침대에 누워 대사를 외우고 있던 미하엘라가 우리가 밖으로 나가는 것을 보고서는 자기도 따라서 옷을 입었습니다.

우린 이상한 3인조였습니다. 로베르트가 앞으로 먼저 뛰어갔고 내가 그 뒤에서, 그리고 미하엘라가 발꿈치라도 밟을 듯 바짝 가까이서 나를 뒤따랐습니다. 로베르트가 우리 소리를 듣지 못하는 곳까지 멀어져가자 그녀가 버럭 화를 내며 나를 나무랐습니다. 왜 갑자기 로베르트에게 관심을 가지는 거냐면서, 혹시 내가 그녀와 로베르트를 이간질시키려는 게 아니냐고 묻더군요. "왜 당신은 그 모양이지? 내가 당신한테 뭘 잘못했어? 왜 그러는 거야?" 그녀가 연거푸 그렇게 소리를 질렀습니다.

우리는 들판을 가로질렀습니다. 눈 밑 땅에는 군데군데 완전히 얼지 않은 곳이 있었으므로 그 안으로 푹 빠지지 않으려면 빨리 뛰어야만 했습니다. 미하엘라의 비난이 육체적인 피곤함보다도 더 나를 지치게 만들었습니다. 난 그만 뒤돌아 돌아가고 싶었습니다. 하지만 로베르트는 '실버제'까지 가겠다고 했습니다.

연못은 꽁꽁 얼어붙었고, 거울의 표면처럼 매끄러웠습니다. 로베르트와 미하엘라는 내기라도 하듯 미끄러졌습니다. 난 몇 번이고 얼음이 깨지는 소리를 들었다고 생각했습니다. 두 사람이 함께 있도록 하기 위해 난 막 떠나려는 중이었습니다. 내가 다시 한 번 더 그들을 돌아보았을 때, 눈덩이가 날아와 내 오른쪽 눈에 명중했습니다. 미하엘라가 주장한 대로 그건 그저 눈일 뿐이었는데 그래도 아무튼 몹시 쓰라렸습니다. 마치 돌멩이나 유리 조각에 다친 것처럼 말입니다. 난 아무것도 볼 수 없었고 큰일이 일어난 것이 아닐까 걱정이 되었습니다.

로베르트가 나를 이끌어주려는 듯 손을 잡아주었습니다. 미하엘라가 내게 엄살떨지 말라고 충고하는 동안에도 그 아이는 들판에서조차 내 손을 놓지 않았습니다.

눈 쌓인 들판을 가로지르는 길에서 내가 더할 나위 없이 행복했었다고 말씀드린다면, 당신은 그런 내 말을 믿으시겠습니까? 아니, 정말 그랬습니다. 네, 맞습니다. 내 오른쪽 눈이 너무도 아팠기 때문에 울고는 있었지만 사실 난 행복이 느꺼워 운 것이었습니다.

어떻게 그걸 설명드려야 할까요?

고통이 나를 깨웠던 것입니다! 그날 밤 십자로에 갔던 이후, 그리고 트로클 아주머니 댁을 방문한 이후로 무엇을 알게 되었는지를 난 마침내 깨달았습니다. 난 내 낡은 인생을 등 뒤로 보낸 것입니다. 아니, 더 좋은 표현이 있습니다. 지금에서야 난 비로소 인생을 살기 시작한 것입니다.

저 옛날 원죄를 저지른 이후, 난 언제나 시간이 아까워 벌벌 떨었고 단 한순간이라도 무엇인가에 쫓기지 않은 적이 없었습니다. 오로지 날마다, 매 시간마다 좀더 많은 글을 쓰기 위해, 좀더 많은 문학을 위해, 좀더 많은 작품과 명예를 획득할 목적으로만 살았던 것입니다.[3]

이제야 드디어 난 예술로부터, 문학으로부터 해방되었으며 그것들과 함께 시간으로부터도 해방되었습니다. 살기 위해서, 즐기기 위해서, 더 이상 창조를 해야겠다는 당위 때문이 아니라, 문득 난 그렇게 거기 그냥 존재할 뿐이었습니다.[4]

로베르트와 미하엘라가 있었고 눈과 공기, 저 멀리에는 개가 짖는 소리가 있었고 거리의 소음들이 있었습니다. 마치 난생처음으로 지구에 착륙한 후 이 세상 한가운데에 와 있는 사람인 듯, 그렇게 난 그 모든 것들의 인상을 받아들였습니다. 아아, 니콜레타, 당신이 나를 이해하실까요?[5]

---

3 이전의 페이지들에 비해 이 마지막 페이지에 유독 현저하게 허술한 필체와 지운 자국이 많은 것으로 보아 튀르머는 처음에 이 부분을 초벌 원고로 삼았으나 그 후 다시 한 번 베껴 쓰며 정서하지 않았던 것으로 짐작된다. 줄을 그어 지운 부분에는 "갑자기 난 세상을 묘사해야만 하는 저주에 걸렸으며 유명한 사람이 되겠다는 욕망에 눈이 멀었고 영원히 살겠다는 망상의 죄를 저지른 것입니다"라고 되어 있었다.

4 두 가지가 굳이 이율배반일 필요는 없다.

5 줄을 그어 지웠던 부분. "예전에 난 실제로 예술적 기질을 타고나지 못한 사람과 명예나 불멸을 얻지 못할 사람을 불쌍하게 생각했었습니다. 이제 난 그런 것들에 매달리는 사람들을 동정합니다. 예술의 시대, 언어의 시대가 이미 끝나고 이제야말로 돌이킬 수 없이 엄연한 행동의 시대가 왔다는 것을 어째서 그들은 알아채지 못한단 말입니까? 아무튼 나만큼은 이제 소설의 소재를 찾아 헤매지 않아도 좋았습니다!"

가벼운 마음으로, 해방과 행복을 맛보며 난 로베르트를 뒤를 따랐습니다. 그리고 오버뢸다에서 개 한 마리가 우리에게 뛰어왔을 때, 로베르트와 미하엘라가 내 뒤에 숨었을 때, 난 미친 듯이 짖어대는 그 개의 목과 머리를 쓰다듬으며 곧 내 무릎에 몸을 부비며 눈을 감게 했습니다.

그 방치된 짐승은 거리로 나올 때까지도 우리와 동행했습니다. 로베르트가 차 한 대를 세웠고, 그 차는 우리를 종합진료소까지 데려다주었습니다. 입구에서 난 내 의사인 바이스 박사의 부축을 받았습니다. 그는 내가 핑곗거리를 하나 더 찾아내 다시금 병가 진단서를 끊으러 온 것이라고 생각한 모양이었습니다. 그래서 그는 나를 다소 무시하는 투로 대했습니다. 하지만 내가 즉시 내 눈이 어떻게 되든 진단서를 끊지는 않겠다고 말하고 나서 그가 내 오른쪽 눈을 억지로 벌렸을 때 두 눈을 뜨고 내가 처음으로 본 건 바이스 박사의 친절한 얼굴이었습니다.

이로써 난 내 이야기의 마지막에 이르렀습니다. 그 이후에 무슨 일이 일어났는지는 당신도 알고 있습니다. 원래는 이제 당신이 이야기를 할 차례입니다. 내 입장만 말하자면, 로마로의 여행도 아무런 문제가 없습니다.

당신의

엔리코 튀르머.

부록

부록으로 엮은 총 일곱 개의 원고는 튀르머가 니콜레타 한젠에게 보냈던 총 서른세 통의 서간문 뒷면에 썼던 것들이다. 오른쪽 반면에는 아무것도 기록하지 않고 비워두었다. 수정을 위해 남긴 공간이었다. 뒷면의 편지글과 비교했을 때 이 단편들의 양이 현격히 적은 이유가 그로써 설명된다. 튀르머가 부분적으로 각각의 사건들을 아주 상세하게 다루고는 있지만 그 뒷면에 있던 편지 내용과 직접적인 연관을 지닌 적은 한번도 없었다. 단, 7월 9일자 편지의 마지막 부분에서만은 앞뒤 양쪽 면에 씌어진 두 이야기의 관련성을 도출해볼 수 있다. 그러나 이 관련성조차도 아주 뚜렷한 편은 아니다. 튀르머의 집필 동기나 의도에 대해서는 어느 정도 추측이 가능할 뿐이다. 나는 오로지 '뒷면'의 단편들과 그 앞면의 해당 서간문 간의 시간적인 관계만을 기록하기로 하였다.

튀르머는 자신의 작품들이 쉽게 잘 읽혀야 한다는 데 중점을 둔 듯하다. 그렇지 않았다면 서간문의 연대순이 각각의 산문의 연대순과 맞아떨어지지 않았을 것이다. 아래의 단편들은 튀르머가 복사본을 모아두었던 그 순서 그대로 정리했다.

잉고 슐체.

[90년 3월 9일의 서간문]

술래잡기 사냥 놀이

……잘 있었지? 여기 탈하임에서 너희들에게 인사를 전한다! 우리들의 방학 야영지에는 늘 많은 일들이 벌어지고 있어. 편지 쓸 시간이 전혀 안 난단다. 그런데 오늘 딱 하루만은 비가 종일 내렸어. 분위기 최고야. 우리 조를 이끄는 아델하이트 선생님은 누군가 잠자리를 제대로 만들지 못하는 일이 있거나 하면 매번 정성껏 도와주셔. 어떻게 해야 하는지 우리한테 여러 번이나 보여줬었는데 말이야. 다른 조의 여자아이들은 아델하이트 선생님이 계신 우리 조를 부러워하지. 우리가 저녁에 일과를 다 마치고 불을 끈 후 잠자리에 누운 후에라야 선생님이 보이지 않지.

우린 자주 당번이 되어 부엌일이나 청소하는 일을 맡곤 해. 나는 모든 사람들과 다 잘 지내고 있어. 저녁에 춤추는 시간이 두 번 있었어. 내일 저녁에도 또 춤추는 시간이 있어. 나이가 좀 많은 여자아이들은 모두 롤프한테 사랑에 빠졌어. 풍케 선생님의 보조원이야. 그는 모페드와 헬멧도 가지고 있지. 풍케 선생님은 언제나 롤프가 선생님의 오른팔이라고 말씀하셔. 롤프가 기념비 앞에서 모든 희생자들을 기념하기 위해 트럼펫을 불었어. 그전에 우린 집단 봉사 노동을 하고 잡초를 뽑았어.

어젠 술래잡기 사냥 놀이를 했어. 마이크가 앞으로 불려나가서 몹시 울었어. 여교사인 보르헤르트 선생님이 그 애가 쓴 편지를 소리 내서 읽어줬거든. 방학 야영지가 싫다고 썼던 거야. 보르헤르트 선생님은 그 애더러 집에 있어봤자 다들 일하러 나가고 아무도 돌봐주지 않을 텐데, 그리고 다른 아이들도 다 방학 야영지에 있는데 도대체 혼자 집에 남아 뭘 하려느냐고 물으셨어. 우린 모두 웃음을 터뜨리지 않을 수 없었지. 그런 다음에는 풍케 선생님이 그 아이더러 왜 여기 야영지보다 집에서 혼자 노는 게 좋으냐고 물었어. 뭔가 마음에 들지 않는 게 있으면 이야기를 해보라면서. 그 아이는 물론 할 말을 찾지 못했지. 그따위 편지나 쓰고 입을 꾹 다물고서 빈둥빈둥 놀 생각이나 한다니. 아델하이트 선생님이 말씀하셨어. 자칫하면 마이크가 달아나버릴지도 모른다고. 마이크와 같은 어린이는 언젠가 도망을 가버릴 테고 그러면 경찰이나 다른 사람들이 그 아이를 찾아나서야 된다고. 물론 그러는 동안 정말로 큰일이 날지도 모르는 일이고, 사람들이 모두 마이크를 찾아나섰기 때문에 정작 뭔가 큰일이 일어났을 땐 아무도 없을 거라고.

마이크가 엉엉 울기 시작했어. 마이크가 진작 그런 생각을 했어야 마땅하다는 선생님의 말씀. 마이크가 야영지 규칙을 어긴 것 때문에 우린 모두 충격을 받았어. 풍케 선생님이 그 아이에게 물어보았지만 역시 묵묵부답이었어. 풍케 선생님은 마이크가 입을 열지 않으니 선생님으로서도 더는 선택의 여지가 없겠다고 말씀하셨어. 마이크의 자업자득이라셨지. 하지만 그래도 마이크가 증명해 보일 수 있도록 한 번의 기회를 더 주시겠대. 마이크는 고개를 끄덕였고 결국 "네" 하고 대답했어. 그 후 우린 모두 운동장으로 행진해갔고 점호를 받으러 그곳에 집합했지. 작업반장인 나는 언제나 우리가 다 모여 대기 중이라는 것을 신고해야 해. 우리 조 중에 누가 수다를 떨거나 조용히 서 있지 못하는 바람에 내가 맨 마지막에 신고하게 된다면 큰 낭패야. 우린 마이크의 문제를 해결해야 했어. 마이크는 우리 모두에게 도망가지 않겠다고 맹세했지. 그는 이제 개선되어야 해. 그런 편지를 쓰다니! 그런 편지가 혹시라도 잘못해서 다른 사람 손에 들어갔더라면, 하고 풍케 선생님이 말씀하셨어. 전 세계 도처의 어린이들이 우리들 같은 방학 야영지를 소원하지만 노동을 해야 하기 때문에 이런 야영지는 꿈도 꾸지 못한다고도 하셨지. 그 어린이들은 충분히 먹을 수조차 없대. 하지만 우린 매년 이렇게 여행을 할 수 있지. 마이크가 그것을 하는 것에 대해 모두가 찬성했어. 풍케 선생님은 혹시 반대하는 사람이 있느냐고 물으셨지만 모두가 마이크가 하기를 바랐어. 마이크 스스로도 손을 들었지. 그러니까 만장일치야.

그는 입고 있던 옷차림 그대로 달려갔어. 짧은 바지에 러닝셔츠를 입고. 우리 모두가 큰 소리로, 여덟, 아홉, 열을 세곤 출발이다, 야아! "출발이다"가 시작을 알리는 소리였던 거야! 마이크는 자루를 들고 숲을 향해 오르막길을 올랐어. 풍케 선생님이 그의 뒤에다 대고 네 입으로 굳게 약속하지 않았냐며 그 점을 반드시 명심하라고 소리쳤어. 그런 뒤 풍케 선생님이 연설을 하시곤 우리에게 일을 망쳐서는 안 된다고 말씀하셨어. 반시간 정도 먼저 앞서 갔을 뿐인데도 그 거리는 굉장히 길었어. 그래도 잘될 때까지 자꾸 연습을 해야지. 매일매일 연습하는 게 제일 좋겠지. 술래잡기 사냥 놀이는 아주 재미있는 놀이라고 풍케 선생님이 말씀하셨거든. 게다가 부엌 찬거리 마련에도 도움이 되니까. 풍케 선생님만의 의견이라면 인민공화국 어디에서나 술래잡기 사냥 놀이를 했으면 좋겠대. 우린 네 개의 조로 나뉘었어. 나이가 많은 남자아이들은 두 개의 조로 나뉘었고, 다 큰 소녀들도 그들과 합류했어. 우린 솔방울을 모아야 했어. 아델하이트 선생님이 그 솔방울들을 주머니에 넣고 꽁꽁 묶자 소년들이 그것을 둘러 맸지. 물론 풍케 선생님이 뒤를 따르셨고 롤프 역시 물론 그 뒤를 따랐지. 우리는 여기서 눈을 크게 뜨고 있었어. 마이크 같은 아이가 뭘 어떻게 할지는 아무도 알 수가 없으니까. 그 아이가 재빨리 달아나 갑자기 이곳에 온다면, 그리고 다른 사람들은 다 숲에 있다면. 우리는 눈을 크게 뜨고 감시하면서 장작을 모았어. 우린 언제나 우리가 집합하는 곳, 그러니까 운동장 한가운데에다 그것들을 가져다 놓았어. 숲 속은 어쩐지 으스스했지만 겁쟁이가 되고 싶은 사람은 없잖아. 소리를 치면 된다고 아델하이트 선생님이 말씀하셨어. 마이크가 오면 소리를 치라고. 그럼 아무 일도 안 일어날 거라고. 그 아이는 분명 나보다도 5센티미터는 작을걸. 그래, 뭐, 우린 눈을 크게 뜨고 감시했어. 충분히 쓰고도 남을 만큼의 장작을 모았어. 불평할 사람이 없을 정도로 아주 많이 모았어. 그러고 난 후 우린 사이렌 소리를 들었어. 풍케 선생님이 야영지의 사이렌을 가지고 오셨던 거야. 그리고 그때 우린 모든 일이 다 잘되었다는 것을 알았지. 그래서 우린 아델하이트 선생님과 실비아와 함께 출발했어. 실비아는 아주 긴 머리채가 엉덩이까지 닿아. 남자애들이 언제나 그녀에게 춤을 추자고 하지. 실비아는 야영지에서 가장 예쁜 여자애야. 그리고 그 앤 금색 고리가 달린 넓은 허리띠를 차고 있어. 우리가 집으로 돌아가면 부모님께 말해서 나한테도 하나 갖다 준다고 했어. 그 애 아빠가 그걸 구할 수가 있대. 그렇게 되면 우리 둘 다 똑같은 허리띠를 갖게 되는 거야. 숲 속으로 분명 1킬로미터는 걸어 들어갔을 거야. 아델하이트 선생님이 우리에게 노루의 똥을 보여주었고 다른 동물들의 똥도 보여주셨어. 이제부터 며칠 동안, 우린 모두 그걸 배우게 될 거고 새들의 지저귐도 구별하게 될 거야.

우린 이정표들이 잔뜩 달린 한 오두막집에서 기다렸어. 그때 풍케 선생님과 소년들이 마이크와 함께 다가왔지. 소년 두 명이 앞에 서고, 뒤에도 소년 두 명이 따라왔고 롤프는 어깨를 보여주며 하나도 아프지 않다고 말했고, 어떻게 하면 나뭇가지를 잘 옮길 수 있는지 보여주었어. 풍케 선생님은 그들이 화가 났었다고 말씀하셨어. 마이크가 쪽지를 너무 적게 뿌렸던 거야. 그 애가 약속을 했었으면서도 말이야. 마이크는 갑자기 빈 자루를 손에 들더니 나무둥치 위에 앉았어. 소나무에 둘러싸인 채. 소년들이 그를 향해 던지자 그가 잽싸게 도망갔어. 그래 봐야 물론 아무 소용없었지. 풍케 선생님이 계시는데 제까짓 게 뭘 어쩌겠어. 선생님은 1백 미터 거리에서 던져도 백발백중이거든. 그들은 항상 합심해서 던졌어. 풍케 선생님이 말씀하셨어. 그건 예전의 오르겔과도 같다고. 쇠로 만든 소비에트의 오르겔. 마이크는 계속해서 러닝셔츠를 입고 있었어. 그 애가 어딜 가든지 그 러닝셔츠의 하얀색이 금방 눈에 띄었거든. 그래서 그 러닝셔츠를 조준해서 던지기만 하면 됐던 거야. 마이크는 이미 신발도 벗어던졌었지만 눈만은 뜨고 있었어. 무엇인가를 향해서 주먹질을 해대기도 했어. 우리 모두가 함께 그곳에 있고 싶어 하는 걸 알고 풍케 선생님이 우리더러 착한 녀석들이라고 하셨어. 아델하이트 선생님은 늘 말씀하셔. 풍케 선생님은 엄격한 사람이긴 해도 공정하다고. 그에게 아무런 불평이 없는 경우란 아주 드물지. 그렇지만 우리는 해낸 거야. 아델하이트 선생님과 함께 했기 때문에. 우린 아침 점호시간 때처럼 전부가 다 마이크를 둘러싸고 집합했어. 풍케 선생님은 우리가 자랑스럽다고 하셨어. 훌륭히 과업을 완수해냈다고.

소년들이 마이크를 베란다로 옮겨갔어. 거기엔 풍케 선생님과 관리인 마인하르트 씨도 있었지. 아델하이트 선생님이 전해주신 바에 의하면 이렇게 매일 한 명씩 흉측한 말썽꾸러기가 생긴다면 야영지의 부엌에 큰 도움이 될 거라고 마인하르트 씨가 말했대. 그리고 모든 일은 빨리빨리 진행됐지. 왜냐하면 모두가 얼른 받아먹고 싶어 했기 때문이었어. 풍케 선생님이 마인하르트 씨를 칭찬했어. 맡은 일에 철저하며 언제나 잊지 않고 솥을 가져와 밑에 받쳐주기 때문이었어. 소년들은 계속해서 저어야 했어.

우리는 빵을 썰고 차가 담긴 통을 운동장으로 날랐어. 우린 손수레를 끌었고 소년들은 꼬치를 구울 석쇠를 가지고 왔어. 롤프가 장작에 불을 붙이자 그 위로 야영지의 꼬치가 놓였지. 이제 예전의 마이크의 모습을 다시 알아볼 수 없게 되었다며 풍케 선생님이 웃음을 터뜨렸어. 우리 차례가 오기까지는 시간이 오래 걸렸어. 밤의 적막이 찾아오고 난 후에야 우리 차례가 왔지. 그래도 난 소시지를 먹었어. 나는 그런 고기의 커틀릿보다 소시지가 더 맛있거든. 풍케 선생님은 옛 시절에 관한 이야기를 많이 하셨는데 특히 전투에 참가했던 이야기와 희생자들, 그리고 그럼에도 불구하고 승리를 확신했었다는 이야기를 하셨지. 그러므로 우리가 의장병을 맡는 것이기도 하다고. 그 후 풍케 선생님이 기타를 연주하시고 아델하이트 선생님은 노래를 부르셨어. 우리도 함께 노래 불렀어. 난 자꾸 허리띠 생각이 났지. 나도 그런 걸 가졌더라면. 풍케 선생님이 말씀하셨어. 머리를 보고 싶은 사람이 있니? 선생님이 그걸 자루에서 꺼냈어. 머리가 내내 그 안에 들어 있었거든. 누가 머리를 들고 갈래? 난 선생님이 보여주신 대로 마이크의 머리 중에서 머리카락을 쥐어 들었어. 나는 손을 더럽히고 싶지 않았기 때문에 그걸 잡는 게 몹시 어려웠어. 마이크의 머리가 그렇게 무거울 거라고는 생각하지 못했어. '아이고, 저런' 하고 난 생각했어. 너무나 무거웠기 때문에 우린 서로 교대를 하며 들고 갔어. 실비아랑 나랑. 실비아는 내 제일 친한 친구야. 우리가 집에 돌아가면 서로의 집에 가서 놀 거야.

너희들에게 인사를 전하며, M4 조, 사비네 씀.

[90년 3월 24일의 서간문]

세기의 여름

살비츠키는 문과 탁자 사이에서 양손을 외출용 군복의 바지주머니에 찌른 채 창 쪽을 바라보고 있다. 오후의 햇살과 무더위 때문에 차광막이 반쯤 내려와 있었다. 창문 앞으로 비셰르가 앉아 있다. 넓은 창턱에 한쪽 팔의 팔꿈치를 대고 등은 사물함으로 향했으며 왼쪽 팔에는 책이 들려 있었다. 한적한 시골처럼 고요했다. 아주 이따금 군화를 끄는 소리나 탄력성 강한 군 수송차량의 바퀴 소리가 들려올 뿐이었다. 중대는 사격장에 나가고 없었다.

"4시 45분" 살비츠키가 군모를 조금 더 뒤쪽으로 잡아당기곤 손으로 이마를 훔쳤다. "그런데?"

"아무 일도 없어" 하고 비셰르가 말한다.

"넌 내다보지도 않잖아."

"무엇인가 움직이는 게 있을 때만 봐."

"네가 내다보지 않으면, 아무것도 볼 수가 없잖아!"

한줄기 휘파람 소리가 들려왔는데 복도 쪽은 아니다. 그리고 그들의 머리 위로 의자를 끄는 소리.

"그들이 돌아와서 여기 있는 우리를 보고 시끄럽게 웃거나 하면 내가 한바탕 난동을 부릴 줄 알아라!"

"난동을 부리든지 말든지 네 마음대로 해" 하고 비셰르가 조용히 말하고는 펼쳐진 책을 거꾸로 놓으며 몸을 일으킨다. 그는 사물함에서 연습

장과 볼펜을 꺼낸 후 다시 자리에 앉는다. 줄이 쳐진 받침을 연습장 종이 사이에 끼워 넣는다.

"또 뭘 하려고?" 살비츠키는 문고리가 고장 난 회색과 파란색의 참모 사령부 가건물을 겨우 볼 수 있을 정도로만 탁자 주위를 돌아 살짝 옆으로 비켜난다.

비셰르는 고개를 옆으로 기울인 채 종이에 바짝 얼굴을 묻는다.

"뭘 하냐니까?"

비셰르는 책을 들여다보며 무언가를 계속해서 기록해나간다.

"내가 묻고 있잖아."

"참, 살리, 내가 뭘 하는지 보고 있잖아?"

살비츠키가 몸을 돌렸다. 그는 자신의 사물함을 흔들어대다가는 의자 위에 놓였던 가방을 탁자 위로 옮긴다. 그는 지퍼를 열었다가 다시 닫는다. 군모를 벗어 통풍을 시킨 다음 팔로 눈과 이마를 훔친다. 밝은 회색 셔츠의 겨드랑이 부분이 젖어 짙은 얼룩을 만들고 있다.

"항의문이라도 쓰는 거냐?"

"아니"라고 말하며 비셰르가 책을 뒤적거리면서 한쪽 다리를 다른 쪽 다리 위에 올리고 나서 다시 상체를 숙인다.

"나 다신 이런 거 안 해" 하고 살비츠키가 말한다. "내 적성에 전혀 안 맞는 일이야. 휴가 때는 중대가 모두 함께 나가든지 아니면 아예 안 나가든지 그런다고."

"곧 집에 가게 될 텐데, 뭘."

"널 보고 있으면, 여기서 널 이렇게 보고 있으면 도저히 그게 믿겨지지가 않아."

"5시 전에는 아무 일도 안 일어나, 알잖아?"

"28구경 총을 얻지 못한다면 난……"

"물론 넌 그걸 구하지 못해."

"그래, 빌어먹을!" 살비츠키가 등받이 없는 의자를 발로 차자 넘어진 의자가 요란한 소리를 내며 문살에 가 부딪힌다. 살비츠키가 그걸 도로 세운 다음 다시금 발길질을 한다. 의자는 문 바로 앞에 가 나뒹군다.

"세기의 여름이란 말이야. 비셰르! 우리만 쏙 빼고 세기의 여름이 온다고! 우린 여기 이렇게 죽치고 앉아 썩어가고 있는데 저 밖에선…… 세기의 여름은 영원히 다시 오지 않아!"

"변화를 좀 모색해봐, 살리……"

살비츠키가 이리저리 날뛴다. "그래, 그러시겠지. 살리, 변화를 모색해봐, 그럼 네 마음에 들거다 운운." 살비츠키가 의자를 집어 올리더니 탁자 아래로 밀어 넣는다. "네 마음에 들겠다라고. 참, 나!"

살비츠키는 아래쪽 자리의 가운데 침대로 가 풀썩 몸을 던진다. 외출용 군화를 벗어 침대 끝 발치에 놓아둔 채. "너 뭐 걱정거리 있냐? 비쉬? 그 여자가 도망갔구나?"

비셰르는 계속해서 책장을 넘겼다.

"말 좀 해봐, 비쉬. 내 말이 맞지?"

"말도 안 되는 소리."

"됐어, 인마. 말하지 않아도 돼." 살비츠키는 손바닥을 마주하고 누르며 우두둑 소리가 나도록 손가락 마디를 꺾었다. "넌 자주 외출을 가야 돼. 비쉬, 그럼 다 괜찮을 거라고."

비셰르는 계속해서 글을 써나간다. 그들의 위층 복도로부터 요란한 라디오 소리가 들린다. 소리를 알아들을 수 있는 한 살비츠키가 그 노래를 따라 부른다.

"참, 나, 이거야 원. 목석만도 못한 놈. 말을 좀 하란 말이야—허구한 날 읽고, 쓰고, 읽는 것밖에는 모르냐! 너, 집에서도 그 모양이지!" 살비츠키는 머리맡의 매트리스를 손바닥으로 누른다.

"너, 돈이 다 떨어졌구나. 그렇지? 돈 필요한 거 맞지?"

"아니."

"정말이야?"

"돈은 너도 없으면서, 뭘."

"여긴 없지. 여기선 돈이 필요하지도 않으니까. 집엔 있어. 우리 집에 얼마나 돈이 많은지 너 알아? 필요해? 말만 하라고."

"나를 위해서라면 아무것도 할 필요 없어, 살리." 비셰르는 뒤로 몸을 기대고 볼펜을 여전히 손가락 사이에 끼운 채 계속해서 책을 읽는다.

"그래도, 네가 꼭 갖고 싶은 게 있을 거 아냐! 내가 뭐 바본 줄 알아?"

"예를 들면 조용한 환경" 하고 비셰르가 말한다. 위층의 라디오 소리는 이제 더 들려오지 않는다.

"자신을 개선시키라고. 그럼 네 마음에 들 텐데. 그래, 인마, 너한테는 여기 있는 모든 게 다 마음에 들겠지."

"뭘?"

"이곳보다 더 좋은 데가 없을 테니까 말이야. 남자 새끼들이 스스로를 개선하는 곳."

"남자들이 스스로를 개선하는 게 뭔데?"

"너 잘 알고 있잖냐. 잘 알고 있으면서 뭘 그래. 게다가 여기 이 꽃병이니 탁자보, 그런 망할 놈의 물건들 하며."

"이거 말이야?" 비셰르는 차양 뒤에 있던 우유병을 가리킨다. 우유병

속에는 시들해진 들꽃 몇 송이가 꽂혀 있다.

"너 맨날 독가스 중독이라도 된 놈처럼 비비 꼬면서 아무한테나 아부하는 거 내가 모를 줄 알고? '뭘 좀 갖다드릴까요? 커피요? 아니면 보드카? 어쩌구저쩌구 고맙네 마네.' 나, 참, 더러워서!"

비셰르는 머리를 절레절레 흔들고는 쓰기를 계속한다.

"너 그 물건들 들여오기는 해도, 네가 마시는 꼴을 한번도 못 봤거든. 그걸로 계산하는 거잖아, 맞지?"

"뭐라고?"

"네 주장군을 기쁘게 할 화대란 거지!"

비셰르는 웃음을 터뜨린다. "머리에 들은 거라곤, 살리, 네 머리에 들은 건 왜 고작 늘 그 모양이냐?"

"네가 그 계집애를 불러서 마사지를 하라고 시켰잖아. 내가 다 봤는데, 뭘. 넌 여기 누워서 가만히 있지 못하고 들썩들썩하는 눈치던걸, 뭐."

"로지 말이야?"

"네가 여기서 끙끙거린 거 내가 다 알아. 내가 여기 있었는데, 뭘."

"그리고 네가 여기 누워 있었어, 살리. 그걸 잊지 말라고" 하고 말하며 처음으로 비셰르가 고개를 든다. "어떤 놈이 로지가 마사지해주기를 되게도 바랐지, 안 그래?"

"셔츠를 계속 입고 있었단 말이야. 그리고 그렇게 끙끙거리지도 않았고……"

"위로 올려붙인 셔츠겠지, 살리. 그리고 네 항문에 누가 앉으면 좋겠다고? 너 그때 뭐라고 그랬었냐?"

"너한텐 이곳이 맘에 드는 거 맞지, 뭘 그래, 비쉬. 그 동성애자 놈처럼. 로지가 나한테 직접 얘기해준 거다, 이거 왜 이래. 그놈 혼자 여기 토실토실한 사내놈들에게 둘러싸여 있으니, 자신을 개선하면서 말이지. 로지가 그랬다니까. 그리고 너도, 비쉬, 너도 똑같아. 너 역시 여기가 좋은 거야."

"머리를 그따위로 굴리지 마, 살리" 하고 비셰르가 말한다. 그는 일어나서 차양을 내린다. "입 닥치라고!"

사령부 막사 위로 번갯불이 번쩍인다. 비셰르는 창턱을 책상 삼아 자리에 앉는다. 그의 무릎이 차가운 난방기에 닿았고 그의 등은 계속해서 떠들고 있는 살비츠키 쪽으로 향하고 있다.

[90년 3월 30일의 서간문]

삐걱거리는 소리가 날 때쯤에야 비셰르는 몸을 이리저리 돌린다. 살비츠키는 양손으로 머리맡의 철봉을 잡고 발로는 반대쪽 침대 난간을 밀고 있다. 그가 움직이자 침대가 좌우로 흔들거리며 덜거덕거린다. "로지, 돼지 같은 년!" 살비츠키가 소리를 치는 바람에 리듬을 잃고 만다. 그는 위층 침대의 매트리스에 발을 갖다 대고는 그걸 발판으로 삼아 침대의 발치를 찬다. 그러곤 다시금 매트리스에 발을 대고 이쪽저쪽으로 흔들거리며 발길질을 계속한다. 그가 소리친다. "돼지 같은 년!" 침대가 바닥에서 질질 끌리며 날카로운 쇳소리를 낸다. "돼지 같은 년! 돼지 같은 년! 돼지 같은 년!"

갑자기 시끄러운 소리가 나며——철봉이 나뉘면서 두 동강이 된다. 살비츠키가 비명을 지른다. 그는 발로 위층의 침대를 받치고 있다. 비명을 지른다. 살비츠키는 이제 예술가다. 비명을 지르고 있는 예술가. 그는 비셰르를 볼 수가 없다. 다리와 침대와 매트리스가 그를 방해하고 있기 때문에. "이제 됐냐? 이제 붙잡았어?"

비셰르는 대답하지 않는다. "이제 됐냐고!" 살비츠키가 소리를 지르며 몸을 뒤튼다. 몸을 돌리기가 몹시 힘든 모양이다. 가까스로 고개를 돌린 그는 마침내 위층 침대를 붙잡고 미소를 짓고 있는 비셰르를 본다.

살비츠키가 옆으로 몸을 굴려 몸을 일으킨다. 두 사람이 함께 침대 발치의 철봉을 맞물려 끼운다. 살비츠키가 상체를 숙여 오른쪽 바지에 다리미질할 선을 조심스럽게 잡는다. 손가락이 아프기라도 할 것처럼 엄지와 검지를 살짝만 움직이면서. 그러고는 왼쪽 바지의 주름도 꼼꼼히 살펴본다. 그의 등으로는 어깨까지 퍼진 작은 땀자국들이 보인다.

비셰르는 고개를 삐딱하게 기울이고 종이에 바짝 갖다 댄 채 쓰기를 계속한다. 살비츠키가 그의 뒤에 선다. 잔디가 흔들리는 모습만이 바람이 얼마나 강하게 부는지를 보여주고 있다.

첫 빗방울들이 후드득후드득 떨어진다. 그 큰 빗방울은 밝은 회색의, 아니 지금의 빛 속에서는 차라리 푸르게 보이는 아스팔트 길에 커다란 원을 그린다.

살비츠키가 비셰르의 어깨 너머로 몸을 굽혀 창문의 한쪽 날개를 열어젖힌다. 마치 인동초 열매처럼이나 커다란 빗방울이 아스팔트 위에 떨어져 부서진다. 요란한 빗소리에 묻혀 복도에서 점점 다가오는 군홧발 소리도 들리지 않았다. 그들이 신발에 묻은 흙을 터느라 내무반 문 앞에서 주기적이면서도 리드미컬한 소리를 낼 때까지는, 적어도.

비셰르는 눈앞에서 하나의 손을 보고 있다. 낯설고 묵직한 손에 통통한 손가락이 달려 있다. 손가락이 쫙 벌어지고 반쯤 자라난 손톱과 손가락 끝을 보자 그는 벌레나 그 비슷한 것들을 떠올린다. 힘줄과 핏줄이 불끈 솟아올라 있다. 결혼반지를 낀 손가락의 흉터가 하얗게 변해가고 있다. 비셰르의 손은 천천히 종이를 향해 내려간다. 복도에서 군홧발 소리와 목소리들이 점점 더 크게 들려오는 동안, 내무반 문이 활짝 열리고, 아스팔트가 이미 어두운색으로 변해버린 그 무렵, 그 손은 비셰르의 눈앞에서 소리 없이 종이를 구겨버린다.

프락치

"그렇다면 우리가 입을 열도록 해야겠네. 프락치가 계속해서 입을 꾹 다문다면 말이지. 안 그래, 프락치? 논리정연한 이론이지. 프락치도 그렇게 생각할걸. 논리적인 이론같이 들리지 않니?"

에드가는 복도의 대걸레 자루를 밀며 왔다 갔다를 반복했다. 그는 아주 작은 보폭으로 점점 더 패거리들 쪽으로 다가오고 있었다. 그들은 열려 있는 내무반 입구에 몰려 있었다. 잘 보기 위해서 앞사람의 어깨를 짚으며 뛰어오르기도 하고, 역시 앞을 보기 위해 풀쩍풀쩍 뛰어오르는 동료를 아래로 잡아끌기도 했다. 그들이 떠들거나 소리를 지르지 않을 때는 에드가는 그들의 말을 한마디 한마디 또렷이 알아들었다.

"좋은 생각이다! 그러니 말인데, 프락치, 그렇게 벙어리 행세를 할 게 뭐야?"

"그놈은 벙어리 아니야. 벙어리만 빼곤 뭐든지 다 하라고 해. 절대 벙어리는 아니니까."

아까도 똑같은 말들이 오갔다. 에드가는 한 10분, 길어봐야 15분, 아니 20분쯤 걸릴 거라고 생각했었다. 대걸레 자루와 함께 하는 20분은 긴 시간이다. 복도 전체를 한 바퀴 돌 수 있는 시간이다. 공산당 정치부 사무실과 화장실로부터 분대장의 방과 KC컴퓨터실과 무기창고를 따라가다가 계단과 기록실을 지난 다음 첫번째 분대의 문 두 개, 두번째 분대의 문 두 개, 세번째 분대의 문 두 개를 지나 욕실, 다시 한 번 계단, 부사관들의 방, 텔레비전 시청실, 클럽.

"프락치, 지금 재가 하는 말 들었냐? 왜 프락치가 입을 꾹 다물고 있을까?"

"저놈은 정치부 사람들하고만 얘기하거든—고상한 말 아니면 안 하니까. 커피, 우유, 설탕, '이중주,' 고상한 것들 아니면 상대도 안 하거든."

"내기해도 좋아. 그놈, 주둥이를 열지 않을 거야. 절대 안 열걸."

에드가는 누구의 목소리인지 구별하지 못했다. 나머지 두 사람은 메에네르트와 피트였다. 피트, 흙탕물이나 튀기는 분홍색 돼지 같은 놈.

"그렇다면 먹이를 줘야지" 하고 메에네르트가 말했다.

"단추를 풀어버려!" 누군지 구별할 수 없는 자가 외쳤다.

에드가는 서두를 필요는 없다고 생각했다. 그래서 프락치와 좀더 이야기를 나누는 일은 어려운 일이 아니었다. "쥐도 새도 모르게 해야 돼" 하고 메에네르트가 말했었다. "소문이 나면 그들이 저놈을 다른 곳으로 전근시키거나 뭔가 다른 일을 꾸밀 테니까." 하지만 메에네르트가 말하는 "뭔가 다른 일"이 무엇을 뜻하는지는 알지 못했다. 메에네르트는 프락치한테서 돈을 꾸게 되었다고 했다. 그에 대한 보답으로 그는 외출증을 내주기로 마음먹었다. 프락치는 그에게 30마르크를 내주었지만 외출은 거절했다. "바로 그거라니까!" 피트의 의견이었다. "폴란드에서 난리를 치고 있는 이런 때에 그들은 도처에 눈과 귀를 심어놓으려는 거야." 프락치는 전보다는 조심하는 눈치였다. 혼자 있을 때가 아니면 무언가를 쓰던 일도 한결 뜸해졌다. 하지만 그는 조금 전에 또 한 번 글을 쓰다가 들켰다.

오늘이 9일째 되는 날이었다. 9일 전부터 에드가는 프락치에게 무슨 일을 당하게 될지를 알고 있었다. 그의 조에 속해 있는 그놈에게. 제3분대의 두번째 조에.

"우린 네 목소리를 듣고 싶어, 프락치. 너, 단어도 그렇게나 많이 안다며. 고상한 단어들, 진짜로 예쁜 프락치 언어 말이야."

"내가 뭐랬냐? 프락치는 대답을 하지 않을 거다, 프락치는 도움이 필요하다, 자극이 필요하다, 프락치한테는 우리가 필요하다."

프락치의 일은 불쾌하기는 했지만 다른 잡생각을 없애주는 효과가 있었다. 적어도 군가를 듣는 것보다는 백배 나았다. 에드가는 어떻게 병사들이 자진해서 부대에서 부대로 돌며 양로원에서처럼 크리스마스 캐럴을 부를 수 있는지 도무지 이해할 수 없었다. 부대에 상주하는 중위의 머리에서 나온 발상이었다. 크리스마스 기간 동안 KC컴퓨터실 책임을 맡게 된 자였다——합창을 계획했다. 그 후 그는 그들과 함께 사라져버렸다. 그냥 따라간 것이다. 맥주를 마시러. 그리고 담당 부사관은 식사를 하겠다고 나갔고 부사관의 보조병은 엄지와 가운뎃손가락을 입가에 갖다 대고서 휘파람을 불었다. 말하자면 개인적인 휘파람이었던 것이다. 그러고 나서 그는 라디오를 크게 틀었고, 무슨 서독 방송이었는데 그 바람에 분위기가 한껏 고조되었다——난 북극곰이 되고 싶어요, 차가운 북극에서——그때 모두가 반짝반짝 잘 닦인 복도를 지나 프락치의 내무반 앞으로 갔다. 문 앞에서 그들은 라디오의 노래가 다 끝날 때까지 기다렸다.

에드가는 그들이 문 앞에서 이렇게 오랫동안 마주하고 있는 침묵은 사실상 죄를 인정한다는 뜻이라고 믿었다. 메에네르트는 원칙에 대해서 말했었다. 원칙의 승리라는 것이었다. 부대 전부를 이렇게 이곳 문 앞으로 모은 것이 바로 원칙이라는 것이었다.

"저놈은 곧 엉엉 울기 시작할걸. 그외에는 아무것도 안 나올 거라고. 두고 봐."

"뭐든 불겠지. 저놈이 도대체 무슨 일을 벌이고 있던 걸까?"

에드가는 걸레질을 계속했다. 자기가 생각하기에도 아까보다 훨씬 더 일정하고 리드미컬하게. 에드가는 음악가처럼 눈을 감을 수도 있었다. 그는 오로지 무거운 철제판이 달린 대걸레가 방향을 바꿀 때마다 '찰깍' 소리를 내는 데에만 온정신을 집중했다. 그의 팔은, 아니 그의 전신은 어느 순간에 대걸레의 방향을 바꿔야 대걸레가 벽에 부딪히지 않을지 정확히 알고 있었다. 대걸레 자루가 벽에 가 부딪힐 때마다 구멍이 생겼고, 그 구멍으로부터 회칠이 벗겨져 날렸다. 그렇게 되면 그 하얀 가루가 마룻바닥의 왁스와 섞이며 마루를 더럽히게 된다. 지금 에드가를 방해하는 것이라곤 피트가 했던 한심한 이야기뿐이었다. 대걸레 자루와 배의 근육과 씹에 관한 이야기였는데 하필이면 그 이야기가 머릿속에서 자꾸 맴돌았다.

프락치는 훈련 때 기관총을 멨다. MG형 기관총이 더 무거움에도 불구하고 에드가는 늘 그와 무기를 맞바꾸고 싶어 했다. 하지만 대전차 로켓포는 파곳이나 그 비슷한 물건처럼 생겼다. 그는 언제나 그런 악기 같은 걸 어깨에 메고 모래 위에서 기는 게 우습다고 생각했었다. 유일하게 그만이 장갑차를 조정할 수 있을 거라고 해도. 아무튼 그렇다고 하니 어쩔 수는 없는 노릇이었다. 장갑차 안에서 그들은 조준병 뒤에 있는 긴 의자에 나란히 앉았다. 그곳에서라면 다리를 뻗거나 한 사람씩 교대로 바닥에 누울 수도 있었다. 하지만 에드가는 그때 다른 방에 있었다. 그렇지 않았다면 프락치에게 당한 희생자라고 자처하며 저기 와 서 있는 타이히만과 베르가 아니라 자신이 서 있었을지도 모른다. 네, 제가 그렇게 말했습니다. 네, 제가 그렇게 말했습니다. 정확히 일정한 간격이어서 에드가가 대걸레 자루를 왔다 갔다 오가며 세 번 휘두르는 시간과 정확히 맞아떨어졌다— 네, 제가 그렇게 말했습니다. 세 번 동안 복도의 한쪽 끝에서 다른 쪽 끝으로, 딸깍, 딸깍, 딸깍— 네, 제가 그렇게 말했습니다. 프락치는 한마디 한마디 다 받아 적었었다. 그리고 지금 메에네르트가 그 증거물을 손에 들고 있다. 병사 메에네르트, 준고참, 운전병, 부대에서 가장 나이가 많은 그 메에네르트가.

무거운 걸음걸이와 성성한 백발 때문에 사람들이 부대에 상주하는 중위라고 여기기도 하는 타이히만은 이 서커스 놀음에 동참하지 않고 싶어 했다. 하지만 베르는 달랐다. 그는 메에네르트의 행동이 옳다고 여겼다. 하지만 그 역시 구타를 원하진 않았다. 적어도 그럴 마음은 없었다.

"'열중쉬어'라고 아무도 말한 적 없는데. 이봐, 누가 '열중쉬어'라고 명령한 적 있나?"

"야, 인마, 프락치, 지금 너한테 물으시잖아, '열중쉬어!'라고 누가 명령을 하더냔 말이야!"

[90년 4월 4일의 서간문]

그들은 다리가 부러지도록 프락치를 때렸다.

에드가는 첫째 줄에 있던 군화들과 실내화 바로 앞까지 대걸레를 밀어넣었다. 그의 조에 속한 조준병 프랑크가 그에게 등받이 없는 자신의 의자를 내주었다. 프랑크는 공격 상황에서 들판을 가로지르며 뛰어가지 않아도 되니 자신은 참으로 행운아라고 말하곤 했다. "그가 바라는 게 바로 그겁니다. 성질만 돋우려는 거예요" 하고 프랑크가 말하더니 화장실로 뛰어갔다.

프락치는 계획에 대해서는 아는 바가 없었고 바로 그 때문에 아무것도 겁낼 것이 없었다. 그리고 사람은 누군가가 겁을 내는지 아닌지 알 수 있는 법이 아닌가. 굳이 말하지 않더라도. 시선을 한번 주는 것으로도 충분하다. 그러한 시선은 상대방의 분노를 부추긴다. 아니면 손동작. 손목은 몰라도 손만은 묶이지 않았으므로. 그들은 프락치의 손목을 어른 키 높이만큼이나 높은 곳에 묶어놓았었다. 위층 침대 끝 철봉이 침대의 난간과 만나는 곳에. 베르가 시험을 해보면서 마치 손을 흔들거나 날아가는 것 같은 동작을 해 보였다. 아무튼 몹시 우스운 장면이어서 메에네르트와 피트까지도 웃음을 터뜨렸다.

박수는 뺨을 때리는 것과 다름없었다. 이런 일은 본질상 점층법이 불가피했다. 발을 두들겨 패는 것마저도 곧 유치하게 여겨졌다. 발목에 정확하게 맞으면 상대는 완전히 뻗어버린다. 하지만 프락치는 바닥으로 쓰러질 수 없었다. 묶여 있었기 때문이다. 뺨을 때리는 것은 고통스러웠다.

"그놈 입에 오물을 처넣어버려."

"빨리 불란 말이야, 프락치."

"팬티를 벗겨! 팬티를 벗겨!"

프락치가 입을 열지 않으면 그들은 뺨을 때렸다. 메에네르트는 종이를 잘게 찢으려고 했다. 세 번. 너무 작아도 안 되고 너무 커도 안 되었다. 프락치가 그걸 씹어야 하므로.

에드가는 삐뚤빼뚤한 줄로 뭐라고 뭐라고 씌어진 그 종이를 직접 손에 들고 읽어보았었다. 메에네르트는 누구든 보고 싶다는 놈들에게 그걸 보여주었다. 하지만 그걸 읽은 자라면 누구나 동참할 수밖에 없었다. 그토록 분명한 사실이므로, 분명한 사실. 베르가 그렇게 말했었다. 에드가는 누군가의 입에 종이를 쑤셔넣으면 어떤 모양이 될까 하고 상상해보았다. 구겨진 뭉치를 통째로 아니면 버터쿠키처럼 겹겹이 쌓인 종잇조각들을? 에드가는 편지봉투를 붙이다가 종이에 혀를 벤 적이 있었다. 하지만 어떻게 누군가에게 종이를 억지로 씹고 삼키라고 한단 말인가? 그가 전부 다 뱉어버린다면? 누가 그 젖은 종잇조각들을 도로 다 줍지? 그럼 다시 맨 처음부터 시작하나? 그들은 병영에 장교들이 한 명도 없다는 듯이 제멋대로들 떠들어대고 있었다.

에드가는 그들 패거리들 뒤에서 대걸레를 밀었다. 그가 다시 자리를 잡았을 때는 아까와 같은 리듬을 되찾기 어려웠다.

에드가는 흥얼거리던 노래를 멈추었다. 무슨 노래의 가락인지 떠올랐기 때문이었다. "난 북극곰이 되고 싶어요." 그 노래도 피트의 말도, 두 가지 다 싫었다. 하지만 이런 난동 속에서 얼른 다른 노래의 가락이 대신 생각나주지 않았다. 에드가는 마치 그 요란한 난동을 피해 달아나려는 듯 몹시 빠른 속도로 움직이고 있었다. 하지만 그는 달아나려는 것이 아니었다. 그는 겁나지 않았다. 그는 계획을 알고 있었고, 메에네르트가 웃는 이유도 알고 있었다. 메에네르트는 입으로 턱을 동그랗게 부풀리면서 광대처럼 깔깔거리고 있었다. 그는 막 프락치의 탄띠를 벗기고 바지를 끌어내렸다. 그의 계획이 빈말이 아니었음을 보여주게 되어 자랑스러워 죽겠다는 듯. 군복 바지에선 고리를 풀고 멜빵을 벗겨내는 것으로도 충분했다. 긴 팬티만큼은 그가 직접 잡고 아래로 끌어내려야 할 것이었다. 아니면 메에네르트와 베르가 프락치의 엉덩이에 이미 구두약을 바르고 있나? 아니다, 메에네르트는 그런 일은 삼갈 것이 틀림없다. 그런 저급한 일을 직접 할 순 없으므로. 아마 다른 놈을 시킬 것이다. 그들을 웃겨줄 놈을. 프락치는 간지러워도 웃지 않을 것이다. 구둣솔이 엉덩이에 닿는 느낌이 어떨지 누가 알랴. 하지만 혹시라도 금세 익숙해지지는 않을까? 프락치가 반사적으로 엉덩이뼈를 움츠리지나 않을까? 그가 그래도 웃는다면? 그렇다면 그는 후회하게 될 것이다. 아니면 엉엉 울게 될 것이다. 엉엉 우는 프락치를 어떻게 한다? 아니, 그는 울지 않을 것이다. 프락치는 시선을 내리깔거나 아니면 천장을 보았다. 그리고 그가 주위의 병사들을 노려본다면? 눈을 부릅뜨고 똑바로 쳐다본다면? 하지만 뭐 하러? 이름을 외워두려고? 복수를 다짐하려고? 그렇게 하기엔 모든 정황이 너무나 명백했다. 일찍부터 증거물을 확보한 사건이 있었다면 오로지 이번 사건뿐이 아니던가? 프락치는 사필귀정의 벌을 받고 있다. 그를 위한 따끔한 교훈. 에드가는 메에네르트가 겁 없이, 그리고 정도가 좀 지나치다 싶도록 심하게 구는 것이 놀라울 따름이었다. 메에네르트의 용기는 대단했다. 그가 주모자이므로 제일 먼저 선고를 받게 될 것이다.

복도에서 계단으로 이어지는 넓은 공간에서 에드가는 훨씬 더 여유 있게 대걸레질을 할 수 있었다. 그는 정말로 배의 근육을 느꼈다. 부사관의 보조병이 에드가에게 자리를 비켜주기라도 하려는 듯, 탁자 앞에서 몸을 일으켜 패거리들 쪽으로 갔다.

프락치는 왜 부사관들을 부르지 않는 걸까? 두 명이 지켜보았었다. 데첸스와 잘생긴 스페인 장교 프라이징. 누군가가 심지어 그들에게 의자를 가져다주기까지 했다. 하지만 그들이 뭐라고 말을 했더라도, 가령 그들이 그만두라는 명령을 내렸다 하더라도 아무런 소용이 없었을 것이었다. 그나마 체면만 잃고 말았을 것이다. 그러나 만일 프락치가 그들에게 살려달라고 빌었더라면? 프락치에겐 그러는 편이 나았을지도 모른다. "장교 동무, 절 구해주십시오!" 그랬더라면 드레첸과 프라이징도 마지못해 그의 청을 들어주었을 것이다.

"메에네르트가 그의 좆에 색칠을 하고 있어!" 부사관 보조병이 그렇게 말하고는 에드가를 지나쳐 화장실로 향했다.

그들은 본격적으로 일을 개시한 것이었다. 메에네르트가 구두약이 묻은 솔을 가지고 그의 성기를 맨 아래로부터 끄트머리까지 훑으며 두드리고 있다. 메에네르트는 사육사와 같이 그의 물건을 세우게 될 것이다. 그리고 모두들 다른 놈의 물건이 설 때는 어떤 모양새인지 신나게 구경할 것이다. 다른 때야 늘 자신들의 물건을 손에 잡고 있으니 다른 놈의 것을 본 일이 없기 때문이다. 에드가는 억지로라도 축구나 학교 또는 도보여행에 관해 생각하려고 노력했다. "난 북극곰이 되고 싶어요. 차가운 북극에서. 그럼 난 더 이상 소리를 지르지 않아도 될 텐데. 모든 것이 분명할 텐데……" 메에네르트는 일생일대의 배역을 맡은 중이다. 프락치의 물건은 오른쪽으로부터 뻣뻣하게 곧추설 것이다. 음란한 인사를 하려는 듯. 메에네르트는 프락치의 꼿꼿이 선 물건에 탄띠를 걸치고 얼마나 오랫동안 버티는지 숫자를 셀 작정이었다. 복싱 경기 때처럼 원 투 쓰리. 그러고 나면 프락치가 늘 애인이라고 주장하지만 한번도 그에게 편지를 보낸 일이 없는 여자의 사진이 등장할 차례다. 프락치는 미처 거기까지는 생각지 못했었다. 메에네르트의 말대로라면 그는 언제나 어머니와 어떤 남자 놈 한 명에게서만 편지를 받았다.

프락치는 차라리 엉엉 우는 편이 나을지도 모른다. 아니면 방어를 하거나, 물론 제대로 된 방어여야겠지만, 아니면 비명을 지르거나 침을 뱉거나, 되는 대로 뭐든지. 그때 패거리들이 일제히 움찔하는가 싶더니 갑자기 모두들 입을 다물었다. 그러고 나선 휘파람, 갈채.

에드가는 대걸레를 밀며 공산당 정치부실의 방문과 화장실 사이를 왕복했다. 곧 뒤로 돌아서야만 했다. 메에네르트는 '우유를 짜낼' 작정이었다. 하지만 프락치가 너무도 주눅이 든 나머지 그의 물건은 아무것도 내놓지 않았을지도 모른다. 메에네르트가 무슨 짓을 했더라도. 가령 장갑을 끼고 했건 벗고 했건.

에드가는 뭔가 다른 것을 생각하려고 안간힘을 썼다. 집 생각만 아니라면 뭐든지.

사실 모든 건 타이히만과 베르의 잘못이었다. 그들이 애초에 프락치를 때려눕혀버렸더라면— 바닥에 나뒹굴어져 있는 사람을 일으켜 세워 침대에 묶고 욕을 보이거나 우유를 짜지는 않는 법이니까.

에드가는 몸을 돌려 패거리들 쪽을 향했다. 이게 우리들의 크리스마스 축제구나, 하고 그는 생각했다. 에드가는 이제부터 크리스마스가 될 때마다 반드시 이날의 크리스마스 축제를 떠올리게 되리라는 것을 알았다. 다시는 이 패거리들을 떠올리지 않고, 메에네르트를 떠올리지 않고, 피트를 떠올리지 않고, 베르와 타이히만을 떠올리지 않고, 프락치와 계획을 떠올리지 않고 크리스마스를 맞이할 수는 없을 것임을 깨닫는 건, 참으로 불길한 일이었다. 이날의 계획은 그의 머릿속에 영원히 새겨졌다. 동작 하나하나, 단어 하나하나. 그는 너무나 자주 그 생각을 했다. 그날의 계획은 마치 북극곰 노래처럼, 복근에 관한 피트의 이야기처럼 달라붙어서 영영 떨어지지 않을 것이다. 지금 이 순간 역시 절대 잊어버리지 못할 것이다. 동참하지는 않았지만, 아니 아예 쳐다보지도 않고 있지만, 모든 상황을 다 이해하고 있는 바로 이 순간을. 그는 계속해서 터져나오는 그들의 괴성과 웃음소리를 들었을 뿐이었다. 귀까지도 막았어야 할까? 어쩔 도리가 없었다. 그 모든 것이 영원히 머릿속에 새겨졌다.

그는 제발이지 다른 생각을 하기 위해 애썼다. 하지만 멈출 수가 없었다. 그밖에 또 무엇을 해야 좋단 말인가? 지금 하고 있는 생각을 그만둔다는 것은 완전히 불가능한 일이었다.

처음에 그는 대걸레 앞에 군화들이 끼어들어오는 것을 알아채지 못했었다. 다음 순간 짐승의 무리처럼 그들이 허둥지둥 도망치고 있었다. 실내화, 운동화, 군화, 그것들은 대걸레 앞에서 팔짝팔짝 아니면 통통 뛰었다. 그리고 팔짝팔짝 아니면 통통 뛰지 않는 신발들은 대걸레에 부딪쳤다. 꼭 꼬마들의 장난 같았다. 아니면 술래놀이였을까? 그가 빨리 움직이면 움직일수록 점점 더 많은 사람들이 술래가 된다. 누가누가술래인가알아맞춰보세요가위바위보! 난 북극곰이 되고 싶어요. 그는 대걸레를 아무 데로나 밀었다. 넌 아직도 술래 되려면 멀었다. 차가운 북극에서.

그는 비명을 들었지만 그건 어디까지나 놀이의 일부분이었다. 그를 구타하고 끌어내리는 것 또한 놀이의 한 부분이었다. 그들은 이제 어린아이들이 되었으니까. 그들이 놀이에서 지면 뭐든지 마구 던져버리니까. 하지만 그는 계속해서 대걸레를 밀어야 했다. 패거리들이 서 있던 자리, 바로 그 자리에는 할 일이 몹시 많았다. 거기에는 무수한 발자국들이 찍혀 이상하고도 복잡한 모양의 무늬가 생겼으니까.

그러다 문득 눈앞에 그가 나타났다— 프락치. 프락치가 내무반으로부터 나오고 있었다. 프락치는 화가 나거나 성이 난 것 같지도 않았고 슬픈 표정조차 짓고 있지 않았다. 프락치는 비명을 지르지도 않았고 울지도 않았다. 프락치는 세면도구 가방을 팔 밑에 끼우고 어깨에는 수건을 둘러멨다. 손으로는 바지를 움켜쥐고 있었다. 몇 발짝을 뗀 후 그는 욕실로 사라져 들어갔다.

그리고 에드가는 걸레질을 계속했다. 그가 지금 막 깨달은 바이긴 하지만, 그는 이제 가만히 서 있다. 가만히, 그리고 똑바로. 대걸레 판은 발치에 두고 자루는 수직으로 세운 채.

이제 그는 신발 자국들을 머릿속에 새겨야만 했다. 대걸레로 그 위를 미는 순간과 동시에. 그건 쉬운 일이 아니었지만 그는 열심히 일했다. 그는 배의 근육을 느꼈다. 그리하여 결국은 큰 성과가 있었다. 대걸레를 이쪽저쪽으로 빨리 밀면 밀수록 그는 반짝이는 바닥의 매끄러운 윤기 아래서 점점 더 뚜렷한 신발 자국들을 발견할 수 있었으므로. 영원이 얼어붙은 얼음 속에서.

[90년 4월 17일의 서간문]

투표

—20이라는 거지?

—10. 10마르크. 단추가 네 개면.

—치사한 놈 같으니라고! 네가 방금 20이라고 했잖아! 단추 네 개면 20!

—10! —미하엘은 그에게 손을 내밀었다.

—집어치워! 이 치사한 놈아! 롤프가 담배 연기 속에서 눈을 깜빡거렸다. 담뱃재가 그의 스웨터를 스치며 떨어져내렸다.

—20!

—10! 가진 게 10뿐인 걸 어떻게 해. 옜다, 여기. —미하엘이 미소를 지으며 가방에서 꼬깃꼬깃 구겨진 10마르크짜리 지폐를 내놓았다.

—어떻게든 나머지 돈을 마저 구해오든지. 단추 네 개면 20이야! —롤프는 담배를 화단의 흙 속에 비벼 끄고 나서 커다란 쓰레기통의 난간에 걸터앉았다.

—그녀가 이미 왔다 간 게 아닐까? —미하엘은 시계를 들여다보았다.

—그럼 그들이 널 마냥 기다려줄까 봐? —롤프는 투표장 방향을 보며 고개를 끄덕였다. 투표장 입구에는 사진사들이 두 명 서 있었다. 한 무리의 여자들이 웃으며 투표장에서 나왔다. 그중 두 명의 여자는 한쪽 손에 종이로 만든 작은 깃발을 들고 있었다. 밝은색 양복을 입은 남자가 그들의 뒤를 따라나오며 노래를 불렀다. "인민들이여. 신호 소리를 들어라 ……!"

그러다가 몇 명의 사람들이 그를 향해 돌아보자 갑자기 침묵했다. 여자들은 와락 웃음을 터뜨리거나 키득거리며 더욱더 걸음을 빨리 재촉했다.

롤프가 자신의 보따리를 뒤졌다. 그는 플라스틱 병을 꺼내 빨간색 뚜껑을 떼어내더니 병 안의 내용물을 넘치도록 따라 마셨다. 그는 또 한 번 그것을 뚜껑에 따라 미하엘에게 내밀었다.

— 담배를 피우면 목이 마르단 말이야.

— 여기 뭐가 들었는데? — 미하엘이 조심스럽게 맛을 보았다.

— 차. 그것 말고 또 뭐가 들었겠냐? — 롤프가 빙긋이 웃었다.

미하엘이 다시 한 번 홀짝홀짝 맛을 보더니 얼굴을 잔뜩 찌푸렸다.

— 저길 좀 봐. — 롤프가 목소리를 낮추며 말했다. 옷을 잘 빼입은 중년의 부부가 그들로부터 멀지 않은 곳에 멈춰 섰다. 남자가 허리에 통증이라도 느낀 모양으로 상체를 앞으로 구부렸다. 여자가 그를 타이르며 잠깐 동안 어깨를 쓸어주었다. 남자가 다시 몸을 세우고 똑바로 섰다. 서로의 팔을 낀 채 그들은 천천히, 그리고 작은 보폭으로 계속해서 투표장을 향해 걸었다.

— 인민의 신성한 한 표. — 미하엘이 말했다.

— 그는 분명 한 사흘 버텼을 거야. 우리 아버지도 저랬어.

— 사흘?

— 그렇다니까! — 롤프는 병째 차를 마셨다. — 그래도 그건 아무것도 아니야. 예전에는 일주일씩도 버텨야 했던걸.

— 예전엔 먹을 것도 없었던걸, 뭐. 그러니 그땐 뭐 일주일도 무리는 아니었겠지.

— 무슨 소릴! 선거 전에는 언제나 먹을 게 있었어. 심지어는 초콜릿도 있었다는데. 그나마 드디어 한번 배부르게 먹었던 거지.

—우리 어머니는 어제 도저히 참을 수가 없어 엉엉 우셨어. 진짜로 엉엉. 우리 아버진 그 옆에서 계속 "당신 할 수 있어. 당신 할 수 있어. 당신 할 수 있어"라고 하시더군. 그래도 어머니가 울음을 그치지 않자, 그래, 그럼 당신이 생각한 대로 하구려. 마음대로 해.

롤프가 힝힝 소리를 냈다—당신이 생각한 대로 하구려? ……당신이 생각한 대로!

—당신 생각대로 하구려—미하엘이 또 한 번 반복했다.

—어머니가 그렇게 하셨어?—롤프가 기침을 쿨럭쿨럭했다. 그는 오래된 '보석' 곽을 잡아채더니 담뱃갑의 바닥을 톡톡 두드렸다. 담배 필터 한 개가 약간 앞으로 솟아나올 때까지.

미하엘이 어깨를 들어올렸다.—그리고 조용했어. 다시 침대로 가셨거나, 뭐, 그랬겠지. 나도 하나 피워도 될까?

—이 골초 놈아!—롤프가 그에게 담뱃갑을 내밀었다.—아침나절엔 맛이 없다며?—롤프가 그에게 불을 붙여주었다.

—저기 저 뒤뚱거리는 사람들 좀 봐라.—미하엘은 버스정류장 쪽을 보았다.

—이미 습관이 되었을걸, 뭐. 한평생을 저렇게 뒤뚱거리며 걸어다녔으니까.

노인들에게는 버스에서 인도로 내려서는 게 여간 힘겨운 일이 아니었다. 그렇게 어렵사리 버스에서 내린 사람은 허둥지둥 바쁘게 걸어 길게 늘어선 줄의 맨 뒤로 향했다.

—저 사람들은 왜 이동투표함을 부르지 않는 거지? 나라면 이동투표함을 오라고 하겠다.

롤프가 얼굴을 찌푸렸다.—나라면 안 해. 역겨워.

—역겹긴 하지만, 그래도 저런 방 같은 것보단 낫지, 뭘.

—역겨움의 극치야.—롤프는 병을 들고 단숨에 남은 차를 다 마시더니 중간 뚜껑을 돌려 닫았다. 그러고는 빨간 뚜껑의 남은 차를 다 털어버린 후 병에다 대고 꾹 눌렀다.

—거지발싸개 같은 이동투표함, 역겹다, 역겨워!—롤프는 몸을 옆으로 기울이고 쓰레기통 바로 옆에다 침을 뱉었다.

—롤만이 그러는데 자유독일청년회(FDJ)가 문을 세 짝이나 뜯어냈다더라. 적어도 세 짝!

—문을 세 짝이나? 그렇게 못 하도록 되어 있잖아. 법률상이라거나, 뭐 그런 규정이 있을 텐데!

—헛소리 좀 하지 마! 너도 곧 보게 될 거다. FDJ의 캠페인인걸. 저 위에서 내려온 명령이란 말씀이지.

—우리 할머니한테 문이 없다니. 절대 안 돼.

—네 할머니, 문을 받게 되실걸, 뭐.

—티나는?

—너 원래 그렇게 멍청하냐, 아니면 그런 척하는 거냐?—롤프는 자신의 운동화와 보도블록 사이에 '칙' 소리가 나도록 침을 뱉었다.

—이런, 이런!—미하엘이 손바닥으로 얼른 담배를 가렸다.—큰일 났다. 저들이 우리한테 손짓을 하잖아. 손을 흔들고 있어!

—겁난다고 오줌을 싸지는 마라.—롤프가 손등으로 입가를 훔쳤다. 그의 담배가 땅바닥으로 떨어졌다. 그는 보따리를 손목에 건 후 미하엘을 따라나섰다.

—졸지 말고 빨리 뛰어와! 거, 두 사람!—미하엘과 롤프는 마지막 몇 미터를 남겨두고 뛰기 시작했다.

—왜 자꾸 침을 뱉는 거지? —경찰관은 엄지손가락을 탄띠에 꽂았다.

—딱 한 번 뱉었는데요……

—몇 번이나 침을 뱉었냐고 물은 게 아니라 왜 뱉었냐고 물었다!

—속이 안 좋아서요. —롤프가 말했다.

—그런데 담배는 박신박신 피운다?

—가끔씩만 피우는데요.

—그럼 이건 뭐냐? 경찰관은 롤프의 오른손을 가리켰다. 그의 검지와 중지가 누렇게 변해 있었다.

롤프의 입술이 일그러졌다.

—첫 유권자들이구먼?

—네. —롤프와 미하엘이 동시에 대답했다.

—신분증!

롤프와 미하엘이 경찰관에게 신분증을 내주었다.

—뭘 하느라 소련에 그렇게 자주 간 거지?

—산악대원입니다. —미하엘이 서둘러 말했다. 경찰차에서는 무선통신기 소리가 들려왔다. 운전석 옆에 앉은 자가 토니 17이라고 교신했다.

—붉은 산악대원이라고 혹시 들어본 적 있나? —경찰관은 신분증을 앞으로 뒤로 넘겼다.

—쿠르트 슐로서. 그럼요. 잘 알죠. —미하엘이 말했다.

—그 보따리 좀 내놔봐. —롤프가 보따리를 넘겨주었다. 경찰관이 물병의 뚜껑을 열고 냄새를 킁킁 맡았다.

—이거 구절초 아니야?

—속이 안 좋다니까요. —롤프가 말했다.

—그럼 왜 두 사람은 투표하러 가지 않는 거지?

—친구 한 명이 더 오기로 해서요.

—그 친구 이름이 뭔데?

—제바스티안.—미하엘이 말했다.—제바스티안 켈러.

—켈러라, 제바스티안이란 말이지? 그렇다면 그 켈러, 그러니까 제바스티안이란 친구는 어디 살지?

—게오르크 슈만 슈트라세 백……

—자넨 청색 셔츠가 없나?

—이 밑에 입고 있습니다.—미하엘이 스웨터의 깃을 잡아 빼고는 그 아래에서 파란색 깃을 빼냈다.

—그럼 자넨?

—전 FDJ 대원이 아닌데요.

—청년부가 아니라고?

—종교적인 이유로요.

—하지만 선거, 즉 내 말은, 유권자의 신성한 한 표, 투표는 할 생각이겠지?

롤프는 신중하게 고개를 끄덕였다.—그럴 생각이었죠.—롤프가 몸을 돌려 풀밭에 침을 뱉었다.

—어허. 거 참, 시원하겠네!—그는 롤프에게 신분증 두 개를 건네주었다.—그리고 첫번째 선거를 축하하네!—그는 재빨리 경례를 붙였다. 그가 라다의 차 문을 열었을 때 운전석 옆에 있던 남자는 "알겠습니다!" 라고 외치고 있었다.

미하엘과 롤프는 그 자리를 슬그머니 빠져나와 투표장으로 향했다.

—도대체 무슨 헛소리를 한 거냐? 종교적인 이유가 뭐 어쩌고저쩨?—미하엘이 목소리를 낮추며 물었다.

—저놈이 깜짝 놀라는 거 봤냐?

—나중에라도 조사를 한다면?

—뭘 조사할 건데?

토니의 차는 그들 옆을 지나쳐 가더니 투표장 바로 앞에서 멈췄다.

—종교 얘기만 하면 다 먹혀들어가게 돼 있어. 그들은 오히려 더 기뻐한다니까. 누군가 종교가 있네, 그런데도 투표를 하겠네, 하고 자처하면서.

—그렇게 하는 자가 너 한 명뿐이라고 상상해보라고.

—그렇게 하는 게 뭔데?

—선거 말이야!

—왜 나 한 명뿐이야?

—그냥 한번 상상을 해보라니까. 넌 여기로 왔고 다른 사람들은 아무도 안 왔다, 오로지 너 한 명만이 투표를 한다, 너만.

—참, 나.

—나라면 죽을 거다. 차라리 죽는 편이 나아.

—왜 죽어?

—너무 쪽팔리니까 말이야! 사람들이 죄다 수군거릴 거 아냐. 저자가 바로 그자다. 투표를 한 자다. 그들은 키득키득 웃어대면서 야유를 보낼 거야.

—너 제정신이 아니구나, 정말.

—야야, 롤프, 저기 좀 봐. 티나야. 저기!

투표장 앞에 모였던 군중들 속에서 움직임이 일기 시작했다. 두 명의 사진사들이 인도 위를 달리고 있었다. 두번째 토니 경찰차가 멈춰 섰고 마이크와 녹음기를 목에 건 한 남자가 어느 가족들 앞으로 다가섰다. 가족들의 중심에는 갈색 머리의 젊은 청년이 파란색 셔츠를 입고 서 있었고 빨간 리본으로 머리를 묶은 소녀가 보였다.

롤프와 미하엘이 있는 힘을 다해 뛰어가 티나가 녹음기를 든 남자에게 말하는 것을 들었다.—아, 뭐, 평범하죠. 늘 그렇듯이. 운동을 많이 하고요, 균형 있는 식사, 맑은 공기를 많이 마시고요.—기자가 이미 두번째 질문을 시작했을 때 그녀가 미소를 짓더니 하던 말을 계속했다. 그리고 일찍 자고 일찍 일어나죠!

모두가 웃음을 터뜨렸다. 티나의 짙은 색 눈동자가 반짝거렸다.

미하엘이 스웨터를 벗은 후, 파란색 셔츠 차림으로 서 있었다.

—네 개야. 정확히 네 개.—롤프가 의기양양하게 말했다. 두 사람은 발돋움을 해야 했다.—20. 미쉬. 너 나한테 20 줘야 된다. 단추가 네 개야!

미하엘은 홀린 듯 티나의 청색 셔츠를 바라보며 고개를 끄덕였다.—알았다, 알았어!

—유치원 때부터 쭉—티나가 말했다.—처음으로 투표를 한다는 건 뭘까 하고 생각했었어요. 우린 그림을 그렸었지요. 여러 번. 언젠가는 고무찰흙 반죽으로 만들어본 적도 있어요. 그게 우리 집 거실에 아직도 있는걸요.

아버지와 어머니는 고개를 끄덕였다. 티나는 어머니와 판박이처럼 닮았다. 중간에 몰려 수북이 자라난 눈썹마저도 똑같았다.

—내가 던지는 신성한 한 표가 내 건강을 좌우하지요. 아주 어렸을 때부터 부모님이 늘 가르쳐주셨거든요. 부모님들이 매번 국민의 한 표를 던지고 오실 때마다 매우 행복해하셨기 때문에 우리들은 항상 부모님을 부러워하곤 했어요. 정말이에요. 두 분은 언제나 환하게 웃으시면서 돌아

오셨어요. 그래서 전 빨리 커서 꼭 내 신성한 한 표를 던지겠다고 생각했었죠.

그곳에서 줄을 서고 있던 사람들은 모두들 힘들게 집중하고 있는 것처럼 보였고 부득이 말을 해야 할 때가 있으면 목소리를 한껏 낮췄다. 모든 게 몹시 느리게 진행되었기 때문에 어떤 이들은 쪼그리고 앉아 앞으로 나아갈 차례가 왔는데도 몸을 일으키지 않았다.

—꼭 이래야만 하는 걸까요? —대머리가 반쯤 벗겨진 깡마른 사내가 말했다. 그는 막 투표를 마치고 나오는 길이었다. 하지만 입구의 계단에 걸터앉아 있던 여자는 아무런 대꾸도 하지 않았다. 그를 향해 올려보지도 않았다. 선거 보조원이 고개를 설레설레 흔들며 지나갔다. 그는 계속해서 앞으로 걸으며 아는 사람들에게 인사를 건네기도 하고 자신의 넥타이 매듭에 손을 갖다 댔다. 미하엘 옆에서 그가 걸음을 멈췄다.

—베커 동무! —그가 외쳤다. —베커 동……—팔꿈치가 그의 흉골에 명중했다. 선거 보조원이 몸을 꾸부렸다.

—왜 이렇게 온 동네가 시끄럽게 떠들어? 여긴 5일장이 아니란 말이야! —베이지색의 점퍼를 걸친 한 젊고 건장한 남자가 신경질적인 목소리로 그를 나무랐다. —지금 방송 중인 거 안 보여!

선거 보조원은 고개를 끄덕이곤 상대를 달래려는 듯 손을 들어 보였다. 그는 헉헉거리기도 하고 기침을 쿨럭쿨럭하긴 했지만 곧 몸을 추슬러 꼿꼿이 서더니 넥타이 매듭을 매만졌다.

—제가 제일 좋아하는 책은요, 미하일 숄로호프의 『인간의 운명』인데요, 그가 그 힘겹고도 고단한 삶 속에서도 인생이 아름답길 바라며 투쟁하고 희망을 잃지 않는 것을 보면서 몹시 깊은 감동을 받았거든요. 그러고도 그 숄로호프라는 작가는 인간의 운명을 단지 1백 페이지의 분량 속

에 성공적으로 그려냈단 말이에요. 다른 사람들이라면 무지 두꺼운 책을 썼겠지만 그럼에도 불구하고 그렇게까지 효과적으로 잘 표현하진 못했을 거예요.

[90년 4월 21일의 서간문]

그래요, 숄로호프. 난 그 작가를 좋아해요. 그리고 또, 아이트마토프, 자밀라, 이루기 힘든 행복, 그래요. 아이트마토프, 숄로호프.

선거 보조원은 왼팔을 높이 쳐들고 깐깐한 표정으로 손목시계를 가리켰다. 베이지색의 점퍼를 입었던 남자가 못 미더운 듯 그를 쳐다보았다.

— 이제 그런 짓 좀 그만둬.

— 일정이요. 우리가 잡은 일정이 있단 말입니다!

— 우리도 그래. — 베이지색 점퍼를 입은 사내가 음흉한 웃음을 날렸다.

— 제 생각에는요, 전 이제 준비가 다 되었다고 봐요. 이젠 저도 어엿한 유권자로서 신성한 한 표를 던질 수 있게 되서 기뻐요. 그리고 다른 많은 첫 유권자들과 다 같이 함께 투표를 할 수 있다는 데 대해서도 매우 기쁘게 생각합니다.

선거 보조원은 재킷 소매를 붙잡고서 셔츠의 소매를 밖으로 잡아당겼다. 그는 얼굴을 돌리지 않은 채 곁눈으로 미하엘을 관찰했다.

— 첫 유권자인가?

미하엘이 고개를 끄덕였다.

— 그리고 여기 있는 이 학생도?

―저도 첫 유권자입니다.

―청색 셔츠는?

―깜박했어요.

선거 보조원은 여전히 소매를 잡아 뜯고 있었다.―나를 따라오라고. 지금 나하고 함께 들어가야겠어.―그가 미하엘에게 말했다.

―저요?

―신분증 가지고 왔나? 전과 경력은?

―없어요. 아니, 아니, 제 말은, 네, 신분증은 있어요.

―저도요?

선거 보조원은 짧게 머리를 흔들었다. 그는 안경을 벗더니 눈을 비비고 나서 미하엘을 보았다.

―머리를 좀 빗고, 일이 시작되면 꾸벅꾸벅 졸지 말라고.

선거 보조원은 미하엘에게 하얀색 빗을 건네주고 나서 자신은 발돋움을 하고 섰다.

―우리는요, 이 친구하고 나요. 이 친구도 첫 유권자입니다. 우린 원래 함께……

―청색 셔츠가 없는데? 미안하네!

―뛰어가서 가져오면 안 될까요? 전 이 근처에 사는데요……

선거 보조원이 옆으로 풀쩍 뛰었다.―베커 동무, 빌프리드, 여기, 여기 있어요!―그는 양팔을 휘저으며 길게 줄을 선 사람들을 따라 입구 쪽으로 뛰었다. 미하엘과 롤프는 선거 보조원을 따라갔다.

―치사한 놈! 에이, 치사한 놈아!

―나보고 뭘 어쩌란 거야? 내가 물어봤는데도……

―빌어먹을!

선거 보조원이 갑자기 미하엘의 팔을 잡아끌었다. ―잠시 후 빨간 리본을 묶은 티나의 말총머리가 그의 코앞에 있었다. 그녀의 청색 셔츠 깃이 조금 내려앉았다. 그녀에게서는 샴푸 냄새와 방금 빨아 말린 빨래 세제의 향내가 났다. 뒤에서부터 누군가가 밀고 있었다. ―치사한 놈! ―누군가가 외치고 있었다.

다음 순간 누군가 티나를 향해 미하엘의 등을 떠다밀었다. 그는 티나의 엉덩이와 머리카락과 어깨를 느꼈다.

―어어. 어어어어.

그녀가 그를 향해 반쯤 돌아서자 오른쪽 뺨에 팬 보조개가 보였다.

―어어. 미안해. 그렇지만……

미하엘은 신분증을 찾기 위해 손을 주머니에 넣었다. 다시 정면을 바라보았을 때 빨간 리본과 말총머리는 이미 사라지고 없었다. 뒷면이 유리인 타일로 장식된 공간 안에 들어서자 환기하지 않은 냄새가 났고 발걸음 소리가 웅웅거리며 울렸다.

한꺼번에 밀어놓은 책상들 뒤에서 선거위원단들이 학생들처럼 일어나 그들을 기다리고 있었다. 한가운데 투표함이 놓여 있었다. A4 용지 한 장이 투표용지를 집어넣은 작은 구멍 주위를 가리고 있었다. 벽에 붙은 현수막에는 빨간 바탕에 하얀 글씨로 '국가해방전선에서 투쟁하는 후보자에게 우리의 신성한 한 표를!'이라는 문구가 쓰여 있었다.

불이 켜지자 네온등의 불빛이 깜빡거렸다. 신성한 표들이 마치 수영장에서처럼 부유하고 있었다.

파리 한 마리가 미하엘의 손등 위를 기었다. 그가 팔을 들자 파리는 어디론지 날아갔다가 조금 뒤 다시 똑같은 자리로 돌아왔다. 미하엘이 "찰싹" 소리를 내며 손등을 때렸다.

선거 보조원이 잠시 정면을 바라보다가 미하엘에게 오라는 손짓을 보냈다. 그와 함께 FDJ 청년대원 한 명과 FDJ 여자대원 한 명이 입장했다. 검은 가죽점퍼를 입은 샛노란 머리카락의 남자가 여자의 손을 흔들며 미소를 지었다. 그의 옆에 선 여자가 백지처럼 창백한 얼굴에서 얇은 선홍빛의 입술을 달싹거렸다. 금테 안경이 그녀의 목에 걸려 있었다.

—이리로 와서 서세요, 청년 동지 여러분들. 다시금 우리의 정신을 똑바로 가다듬을 때가 왔습니다. 자, 출발, 앞으로! 출발! 행운을 빕니다!

그들은 긴 탁자 앞에 나란히 함께 다가가 각자의 이름을 말한 뒤 신분증을 제출했다가 잠시 후 돌려받았다. 티나가 제일 먼저 투표용지를 받아 들었다.

—여봐, 청년, 졸지 말라고! 이제 저리로 가란 말이야!

미하엘은 투표용지에 적힌 이름을 확인하지도 않은 채 뒤로 돌아 투표실 쪽으로 향했다. 문이 달려 있지 않은 그 투표실 중에서 가운데 한 곳만이 비어 있었다.

—들어가요! 청년, 들어가라니까! 우린 일정대로 움직여야 해. 서둘러요!—선거 보조원이 체육 선생님처럼 "짝짝" 소리를 내며 손뼉을 쳤다.

미하엘은 투표실 안에서 샛노란 머리의 남자와 여자가 티나가 올라서도록 탁자를 꼭 붙들어주는 것을 보았다. 그녀는 조심스럽게 몸을 세운 다음 그녀를 향해 뻗어 있는 네 개의 손들을 잡지도 않고 천천히 투표함으로 다가갔다. 그녀는 투표함 위에 투표용지를 놓고 재빨리 지퍼를 내렸다. 그녀의 바지가 다리를 타고 미끄러져 내렸다. 그녀는 즉시 얼른 슬립을 벗고 투표함 위에 걸터앉아 힘을 주기 시작했다. 그녀는 반쯤 뜬 눈으로 미하엘의 발치에 망가진 타일을 내려다보았다. 오른쪽 관자놀이에는 핏줄이 솟아났으며 얼굴은 구릿빛으로 변했다.

반쯤 몸을 돌리던 선거 보조원이 갑자기 소리쳤다. 얼굴은 선거위원분들 쪽을 바라봐야지! 티나! 선거위원단 쪽으로 ……!

티나가 깜짝 놀라 몸을 일으켰다. 아무리 훈련을 많이 받은 젊은 여성이라 하더라도 흔들거리는 탁자 위에서 몸을 제대로 가누기란 여간 어려운 노릇이 아니었다. 티나는 투표용지의 위치를 바로잡고 다시 한 번 투표함 위에 걸터앉았다. 그녀의 FDJ 블라우스가 엉덩이의 대부분을 가렸다.

그동안 미하엘은 자신의 투표용지를 투표함 위에 비스듬히 놓고 바지와 팬티를 한꺼번에 벗은 후 그 위에 걸터앉았다. 그 역시 힘을 주었다. 왼쪽 투표실에서는 오줌발이 변기의 물을 명중시키는 소리가 났다. 오줌발은 점점 가늘어지다가 마지막 남은 몇 방울을 뚝뚝 흘리는 것이 아니라 갑자기 뚝 그쳐버렸다. 오른쪽 투표실로부터 미하엘은 짧은 방귀 소리와 함께 신음 소리를 들었다. 그리고 무언가 묵직한 것이 투표용지 위에 뚝 떨어졌다. 종이가 바스락거렸다. 선거 보조원은 몇 번이고 만족스럽다는 듯 고개를 끄덕이며 눈을 감았다.

미하엘은 줄곧 티나를 바라보았다. 청색 셔츠 아래로 버클로 조여 맨 브래지어의 넓은 끈과 그녀의 건강한 몸매가 드러나 보였다.

갑자기 그녀가 엉덩이를 들더니 블라우스를 움켜잡아 올렸다—양쪽 엉덩이뼈 가운데서 무엇인가가 길게 솟아나고 있었다. 작은 소시지들이 뚝뚝 떨어졌고 가스가 뿜어져나오며 시원스러운—하아아—소리가 뒤를 이었다. 그리고 색이 짙고 길이가 짧은 소시지 하나가 튀어나왔다.

미하엘의 오른쪽에 있던 첫 유권자는 벌써부터 자신의 엄청스러운 투표 결과물을 투표장 앞으로 밀고서 성마른 동작으로 휴지를 잡아채고 있었다. 왼쪽에 있던 첫 유권자 역시 모든 후보자들에게 자신의 신성한 한 표를 던졌다.

미하엘은 일어나 자신의 작품을 조심스럽게 항아리에서 꺼냈다.

투표용지 윗부분이 조금 젖어 있었다. 하지만 정 가운데에는 자신의 신성한 한 표가 동그랗고 매끄러운 모양새로 잘 자리 잡고 있었다. 그 뾰족한 끄트머리가 당돌하게 머리를 쳐들고 있었다.

—슈크림 달팽이과자 같네. 색이 누런 것만 빼면.

미하엘은 자신 앞에 그것을 놓으면서 미소가 터져나오는 것을 막을 수 없었다. 이젠 여기저기에서 휴지가 부스럭대는 소리가 들려왔다. 빨간 점이 아니라 빨간 풍뎅이 모양의 무늬가 티나의 슬립을 장식하고 있었다. 그녀의 뺨은 빨갛게 물들었고 윗입술과 이마엔 땀방울이 송글송글 맺혔다. 선거위원회 사람들은 벌써부터 양동이에 꽂혔던 꽃다발을 꺼내들었다. 미하엘은 서둘러야 했다.

갑자기 누군가 자신의 팔을 눌렀다.—한꺼번에 투표를 해야 해. 후보자마다 따로따로가 아니라!—미하엘이 어쩔 줄을 몰라 하며 선거 보조원을 쳐다보았다.

—여기, 여기 말이야. 빌프리드 베커, 이 후보자는 자네의 신성한 한 표를 받지 못한단 말인가? 설마 자넨 동독스포츠와 기술연맹(GST)에 반대하는 건 아니겠지?

—그렇다면 제가 ……—미하엘이 오른쪽 손가락을 들어보였다.

—그럼, 물론 그래야지. 자, 빨리빨리, 모두가 자네를 기다리고 있다고!

미하엘은 동그란 소시지를 아래위로 문질러 바르기 시작했다. 하지만 그것은 생각보다 딱딱했다. 그는 침을 뱉었다. 두번째로 침을 뱉고 나서야 겨우 조금씩 바를 수 있었다. 하지만 이제 그것은 구질구질해 보였다.

전혀 미적이지 않았다. 미하엘은 맨 마지막 주자로 투표함에 투표용지를 넣은 다음 카네이션 세 송이와 풀꽃 다발을 그에게 내미는 탤만 소년소녀단 대원을 진지하게 내려다보았다. 소년소녀단의 인사를 받을 후 그는 축축한 손과 짧은 악수를 나눴다. 모두가 다 카네이션을 받아들자 박수갈채가 시작되었다.

네 명의 첫 유권자들이 밖으로 나가자 사람들이 그들을 열렬히 맞았다. 투표장 앞에서 줄을 서고 있던 사람들이 그들 쪽으로 돌아서서 뜨거운 박수를 쳐주었다.

미하엘은 무엇에 홀리기라도 한 듯 꼼짝할 수 없었다. —저 사람들, 분명 우리한테 화를 낼 줄 알았는데. —아니, 왜? —티나가 웃었다. —왜 저 사람들이 우리한테 화가 난단 말이야?

—그냥, 그런 생각이 들었어…… —미하엘은 열렬하게 박수를 치고 있는 롤프를 알아보았다. 미하엘이 그를 향해 고개를 끄덕이고 괴로운 듯 미소를 지어 보였다. 그와는 달리 롤프는 기분이 몹시 좋은 모양이었다. 롤프는 오른손을 허리띠 아래로 넣고 엄지와 손가락들을 모아 마치 동물의 주둥이처럼 만들어 닫았다 폈다를 반복해 보였다.

—네 친구니? —티나가 물었다.

—글쎄, 뭐, 친구랄 것까지야. 같은 학교를 나온 동창생이야.

—돼지 같은 놈. 네 동창에게 가서 내가 그러더라고 전해. 진짜로 더러운 돼지!

—단추 네 개 때문에……

—네 동창이란 놈은 네가 내 엉덩이를 꼬집기를 바라는 거잖아. 안 보여?

—에이. 그냥 아무 뜻 없이 그러는 거야.

—저런 돼지 같은 놈! 부러워서 저러는 거야.

—부러워서?

—그럼. 부럽겠지. 그렇지만 우린 그럴 자격이 있는 사람들이란 말이야.

미하엘은 그녀의 블라우스에서 잠그지 않은 단추를 셌다. 정말로 네 개였다. 내기에 진 것이었다. 그러나 대신에 그는 티나의 젖가슴이 시작되는 곳을 보고 있었다. 양 젖가슴 사이에 드리운 그림자까지도.

티나가 미소를 지었다.

—너도 돼지로구나! —그녀의 눈이 다시금 반짝거렸다. 사람들은 도무지 박수를 멈추려고 하지 않았다.

—손을 흔들어! 손을 흔들어! —그녀가 소곤거렸다.

미하엘은 오른손을 들어 이리저리 움직이기 시작했다.

—거 봐. 미하엘. 잘하네! —티나가 말했다.

손가락이 찐득거리는 것이 불쾌했다. 하지만 물론 손을 흔드는 데 방해가 되지는 않았다. 그리하여 미하엘은 오른손을 자꾸만 좌우로 흔들어 댔다.

5월

카네이션카네이션카네이션

카네이션카네이션카네이

카네이션카네이션카네

카네이션카네이션카

카네이션카네이션

카네이션카네이

카네이션카네

카네이션

카네이

카네

카

카네

카네이

카네이션

카네이션카

카네이션카네

카네이션카네이

카네이션카네이션

카네이션카네이션카네

카네이션카네이션카네이

카네이션카네이션카네이션

[1990년 4월 28~29일의 서간문]

티투스 홀름
드레스덴에 관한 단편소설

1

티투스 홀름은 오른손에는 책가방을, 왼손에는 스포츠가방을 들고서 학교 운동장을 가로질렀다. 밑으로 축 처진 스포츠가방이 그의 종아리를 때렸다. 날이 다시 따뜻해져 있었다. 오후 햇살 속에서 나뭇잎들이 노란색 주황색 빛으로 반짝이고 있었다. 바람이 불지만 않았다면 그는 겉옷을 벗었을 것이다. 바람은 정면에서 불어왔고, 그러다 가끔씩은 옆에서도 불어왔다. 연습실의 열린 창문을 통해 흘러나오는 합창 소리 역시 바람 때문에 마치 고장 난 레코드판의 노래처럼 뚝뚝 끊어지곤 했다. 녹슨 자전거 주차장을 지나 정문을 통과할 때에야 티투스는 그 소리를 하나의 긴 멜로디로 이어 들을 수 있었다.

그는 오른쪽으로 향했다. 십자가학교와 십자가합창단의 기숙사를 에워싸고 있는 쇠창살의 발치에는 아직도 쇠갈퀴가 지나간 흔적이 남아 있다. 어제 그는 그 갈퀴를 가지고 낙엽을 끌어 모았었다. 창살의 뾰족한 꼭대기 부분이 화염의 혀처럼 빙글빙글 감겨져 있었다. 처음에 그는 하필이면 이런 장소에서 '인민경제 집단노동'의 일을 해야 한다는 게 탐탁지 않았었다. 누구든지 기숙사에서부터 그를 훤히 내려다볼 수 있는 장소이기 때문이었다.

마지막 시간이 끝난 후 요아힘은 "다 끝나면 전화해"라고 속삭였다.

티투스는 기숙사 앞에 멈춰 서서 울타리 너머 요아힘의 방 창문을 올려다보았다. 창문의 오른쪽 덧문이 열려 있었다. 티투스는 그냥 지나쳐버리고 싶은 심정이었다.

더군다나 티투스는 서둘러야만 했다. 그에게 무슨 말을 해야 한단 말인가? 지하실에서 한 시간 동안이나 페터젠 앞에 앉아 있었다는 걸? 아니, 30분 혹시 20분이었던가?

티투스보다 먼저 페터젠에게 불려 지하실로 가야 했던 마리오가 교실로 돌아와 "다음 사람 들어가!"라고 외쳤다— 티투스의 차례였다. 그는 높이 올려놓은 의자들 가운데에서 자신의 자리에 앉아 차례를 기다리고 있었다. 시계를 보기엔 너무나 흥분된 상태였다. 그는 9반의 마지막 학생이었다.

마침내 마리오가 입을 삐죽 내밀다시피 하며 다 털어놓기 시작할 때까지 그는 티투스의 질문을 피했다. 더 이상 이기적인 결정을 내리고 싶지는 않으며, 혼자의 이익을 위해서만 인생을 사는 것이 아니라 뭔가 사회 전체를 위한 일을 하고 싶다는 것이었다.

"그래서, 뭘 하겠다는 거야?" 티투스가 물었다. "의사가 되고 싶다며?"

"물론 의사가 되고 싶어, 하지만 누군가가 날 필요로 하는 그곳에서." 마리오는 자신의 운동복과 체육 준비물 따위를 마구 책가방 속에 집어넣더니 오른쪽 바지 자락을 걷어올리고 운동화 끈을 묶은 뒤 발목에 감아 맸다. "너 설마……," 티투스가 말했다. 열려 있는 문 앞에서 흰색 가운을 알아보았다. 담임선생님, 페터젠이 마치 훈장이라도 수여하려는 듯 티투스의 손을 잡고 흔들었다. 그러고는 마리오에게 소리쳤다. "그 방향으로 계속 생각을 발전시켜보라고!" 그리고 벌써 계단 쪽을 가리키면서 "티투스 군! 들어와!" 하고 말했다.

물리실이 있는 좁은 지하층에서 페터젠은 티투스 옆을 가까스로 지나더니 어느 작은 방으로 통하는 문을 열었다. 그 방에는 전류진동계가 놓인 두 개의 책상 사이로 좁은 통로만이 하나 나 있을 뿐이었다. 그 통로는 페터젠이 앉아 있는 지하실 창문 앞의 회전의자의 폭보다도 좁았다. 문 앞에 놓인 등받이 없는 의자가 티투스의 자리였다. "우리한테 시간은 많아"라고 페터젠은 말하며 꼼꼼한 손놀림으로 손목시계를 풀었다.

면담이 끝나고 티투스가 이미 자리에서 일어섰을 때, 갑자기 페터젠의 손에는 그 책이 쥐여 있었다. 티투스에게는 마치 고약한 마술의 눈속임처럼 여겨졌다.

책을 손에 쥔 채 티투스는 한 계단 한 계단씩 위로 올라갔다. 티투스는 계속 가야 할지 아니면 페터젠을 기다려야 할지 결정을 내릴 수가 없었다. "안녕히 계세요"라고 두 번이나 인사를 했는데도 페터젠이 아무런 대꾸도 하지 않았기 때문이었다. 물리실 문 앞에서 티투스는 마치 그렇게 하지 않으면 문을 열 수 없다는 듯 책가방과 스포츠가방을 발 사이에 내려놓았다. 페터젠이 열쇠를 짤랑대며 가까이 다가왔다. 티투스의 세번째 "다시 뵙겠습니다"라는 말을 묵살하고, 그는 자료실 안으로 사라졌다.

후각을 무디게 하는 물리실의 탁한 공기, 왁스 때문에 까맣게 되어버린 마룻바닥, 의자 밑엔 먹다 남은 사과 그리고 항상 삐딱하게 벽에 걸려 있는 신문을 보자 티투스는 갑자기 고향에 온 것처럼 친숙한 느낌이 들었다……

기숙사 앞에서 티투스는 요아힘의 이름을 크게 불렀다. 요아힘은 티투스의 목소리를 틀림없이 들었을 것이다. 대답 대신 1층에 있는 창문이 열렸다. 티투스는 간격을 두고 다시 그를 불렀다. 티투스는 양심에 찔리지 않고도 친구를 피할 수 있게 되어 기쁘기는 했지만 다른 한편으로 그가 자신을 기다리지 않았다는 사실에 마음이 언짢았다.

다음 순간 티투스는 시민공원에서 오고 있는 요아힘을 알아보고는 깜짝 놀랐다. 다른 남자아이와 함께 걸어오는 중이었다. 티투스는 그들 쪽으로 향했고 반면 그들은 갑자기 멈췄다. 티투스는 책가방을 땅에 내리고, 그 속에 있는 무엇을 찾고 있는 것처럼 여기저기 뒤졌다. 그러고는 갑자기 페터젠이 준 노란 책을 꺼내 들었다. 책의 겉 장정의 뒷면이 구불구불 휘어져 있었다. 젖은 손가락 끝으로 책장을 넘기는 바람에 생긴 작은 능선들이었다. 티투스가 다시 전방을 건너다보았을 때 요아힘은 이미 티투스를 향해 다가오고 있는 중이었다. 그의 옆에 있던 소년은 책 한 권을 겨드랑 밑에 끼고는 기숙사 쪽으로 걸어갔다. 티투스는 페터젠의 책을 세계지도책 밑으로 황급히 끼워 넣었다. 그 책이 공책과 다른 책에 부딪히지 않게 하기 위해서였다.

"벌써 나왔구나." 요아힘이 말했다. 그러고는 담배 한 대를 꺼내 손으로 만지작거리더니 갑자기 성냥을 찾으려고 오른쪽으로 몸을 기울였다. 몸에 꽉 낄뿐더러 지나치게 긴 니트 재킷은 그를 더 말라 보이게 했다. 그가 한쪽 입가로 담배 연기를 뿜었다.

"우린 첫번째 단편을 읽었어." 요아힘이 말했다. "우리 좀 걸을까?" 티투스가 고개를 끄덕였다.

"어떻게 이따위가 출간이 된 건지! 어쩌다 실수로 끼어들어간 게 틀림없어!"

요아힘은 니트 재킷 속에서 A4 용지 몇 장을 꺼냈다. 바둑판처럼 줄이 쳐져 있는 종이의 앞뒷면에는 글씨가 가득 씌어져 있었다. 티투스는 그의 글씨체를 알아보았다. 여백 없이 빽빽하며 작은 칸마다 톡톡 튀는 인쇄체, 거기에다 여러 개의 화살표, 색색의 밑줄, 커다란 점들까지도.

"'왜 그런 작자들이 세력을 갖고 있는 걸까?'" 요아힘의 검지가 글씨체를 따라 움직이고 있었다. "'너희들이 그들에게 권력을 주었으니까. 그리고 너희들이 비겁하게 가만히 있는 한, 그들이 권력을 소유하는 거지.' 이 구절, 어떻게 생각해?"

"누가 그런 소리를 해?" 티투스는 요아힘의 낡은 신발 끄트머리를 바라보면서 말했다.

"화가 페르디난드가 갈색의 공문 편지를 받았어. 1차대전 군복무를 위해 건강진단을 받으러 독일로 돌아오라는 거였지. 그도 그의 아내도 원치 않았어. 하지만 그는 뭔가 압박을 느꼈어……"

"압박?" 티투스가 물었다.

"그들은 도망을 갔어, 비밀스럽게. 계속 들어봐." 요아힘이 말했다. "두 달 동안 그는 그래도 애국을 강요하는 기만적인 언사들을 견디며 질식할 것 같은 분위기를 참아냈어. 그렇지만 그는 곧 숨이 막힐 것만 같았고, 주위 사람들이 입을 열 때마다 기만으로 병들고 누렇게 된 그들의 혀를 보는 느낌이었지. 그들이 하는 말들이 그에겐 역겨웠던 거야." 요아힘은 천천히 그리고 또박또박 그 구절을 읽었다. 그러면서 그는 바람을 막기 위해 상체를 돌리고 종이를 가렸다. "참 잘 썼지?" 요아힘이 긴 갈색 머리카락을 귀 뒤로 쓸어넘겼다. 그리고 니트 재킷 아래 바지 허리띠로 종이들을 끼워 넣었다.

"그래." 티투스가 말했다. "'기만으로 병들고 누렇게 된 혀'라, 정말 멋지군."

늘 이 모양이었다. 요아힘이 말을 하면 티투스는 귀 기울여 들었다. 티투스는 책을 읽지 않았고, 작곡자들을 몰랐고, 성경 구절을 몰랐으니까.

아니면 그에게는 간디, 두브체크, 바로 같은 이름들이 아무 의미가 없었기 때문이었는지도 몰랐다. 요아힘에겐 책 읽을 시간이 있었다, 아니 그에겐 자신이 관심이 가는 일을 할 시간이라면 언제든지 있었다. 설령 티투스가 똑같은 소설을 읽었다 하더라도 그의 독서는 요아힘의 세련된 이야기 구사력 앞에서라면 여지없이 그 빛을 상실하고 말았을 것이었다.

요아힘은 화가 페르디난드와 아내 파울라의 대화에 대해 자세히 묘사했다. 파울라는 남편이 독일로, 더구나 전쟁터로 가는 것을 말렸다. 그녀는 자기 남편이 유약함과—요아힘이 머뭇거렸다—우유부단함 때문에 뻔히 돌아가는 상황을 보면서도 무엇에 매달려야 할지를 모른 채 외부의 소용돌이에 휘말려들기만 한다고 생각했다. 그는 첫 새벽 열차를 타고 취리히로 떠났다.

"취리히로?" 티투스는 멈춰 섰다. "그런데 왜 취리히야?"

"아, 만약 그들이 스위스에 있다면!" 요아힘의 입에서 담배 연기가 뭉게뭉게 솟아올랐다.

"취리히에서 그는 영사관으로 갔대. 그 사람들의 생각을 바꾸게 할 수 있다고 생각했던 거겠지. 그가 그들을 알았으니까.—하지만 실패했어. 그는 너무 일찍 거기에 건 거야.—너무 미리 앞선 복종."

너무 미리 앞선 복종, 티투스가 생각했다. '취리히'가 그의 마음에 걸렸다. 취리히에 사는 사람은 더는 문젯거리를 안고 살지 않는다. 적어도, 심각한 문젯거리는 없다. 취리히에서는 쉽게 용감할 수 있었다.

"우린 계속 널 생각하고 있었어." 요아힘이 말했다. 그는 담배꽁초를 손가락으로 잡아 멀리 던졌다. 티투스의 얼굴이 빨개졌다. 이젠 그의 차례다. 무슨 말이든 해야만 했다

"그냥 생각만 한 게 아니야." 요아힘이 말을 이었다. 그는 신발 끝으

로 담배꽁초를 몰아 하수구 구멍으로 넣었다. "이젠 너도 지하를 알게 되었어."

"한 시간도 넘게 걸렸어." 티투스가 말했다.

"전류진동계 사이에서?"

"응." 티투스가 말했다. 그 역시 요아힘처럼 생각을 잘 정돈한 후 말하고 싶었다.

"그는 자기의 그 지하실에 있는 것을 제일 좋아하지!" 요아힘이 갑자기 웃음을 터뜨렸다. "아무튼 페터젠은 한심하고도 저열한 놈이야."

티투스는 왜 페터젠이 한심하고도 저열한 놈인지 묻고 싶었다.

"너 돈 좀 있어? 우리 '토스카나'로 갈까?" 요아힘이 물었다.

"응." 티투스는 약속이 있었고, 그 때문에 서둘러야 했음에도 불구하고 그렇게 대답했다.

티투스는 다리 앞 왼쪽 맨 마지막 집인 그 카페를 밖에서만 보았다. 그는 십자가 합창단 단원들 몇 명이 연습이 끝난 후 수업시간 중인데도 불구하고 '토스카나'로 가곤 한다는 것을 알고 있었다. 본인들의 주장으로는 아침 식사를 하러 간다고 했다. 티투스는 곧 주차장 건너편 보도블록에서 요아힘과 함께 서 있는 자신을 발견했다. 티투스는 "내가 살게"라고 말하고 있었다.

그들은 휘블러 슈트라세를 따라 걸었다. 두 사람은 서점 앞에서 얼마 동안 멈추어 섰다. 실러 광장에서는 교통경찰의 팬터마임을 지켜보았고 그의 손짓을 따라 길을 건넜다. 그들은 다리 입구에서 옆길로 빠져 '다스 블라우에 분더' 쪽으로 향했다.

점점 거센 바람이 불어오고 있었다. 그들이 서로 알고 지낸 후부터 티투스는 요아힘의 시선으로 세상을 보려고 노력했다. 요아힘에게는 모든 것이 간단했고, 확신에 차 있었다. 티투스는 요아힘이 자신에 대해 이야기할 때면 지금까지 살아온 인생의 의미가 명확해진다는 느낌을 받았다. 요아힘이 질문을 던질 때에는 갑자기 수학 문제 아니면 문법 문제를 이해한 것 같은 기분이었다. 동시에 티투스는 자신이 요아힘에게 충고해줄 수 없을 뿐만 아니라 아무것도 줄 수 없다는 게 고통스럽게 느껴졌다.

'토스카나'에서 티투스는 자신의 외투를 현관 옷걸이에 걸었다. 종업원이 문 가까이에 있는 둥근 탁자를 치우는 동안 티투스는 의자 위에 앉았다. 요아힘은 케이크 판매대로 가더니 계산서를 가지고 돌아왔다. 티투스도 그를 따라 했다. 티투스는 이 카페에 모자를 쓴 노령의 여성들이 많이 와 있음을 보고 놀랐다.

요아힘은 여종업원에게 인사를 했다. 뾰족뾰족한 레이스 장식이 달린 데콜레트 사이로 그녀의 젖가슴 윗부분이 보였다. 마치 끈들을 둘러 묶은 듯 그녀의 목에 주름이 잡혀 있었다. 그는 커피 두 포트를 주문하고 케이크 계산서를 건네주었다.

"취리히에서 페르디난드는 면도도 하고 옷의 먼지도 털었대." 요아힘은 마치 이야기를 한번도 끊은 적 없다는 듯이 말을 이어나갔다. "페르디난드는 회색 장갑과 산책용 지팡이를 샀어. 좋은 인상을 주고 싶었던 거지. 그는 마지막 준비까지도 완벽을 기했어. 그러나 기대와는 완전히 다른 결과가 벌어졌지."

요아힘은 계속 말을 이었고 마치 비밀스러운 리듬이라도 좇는다는 듯 담배로 탁자를 톡톡 두들겼다. 티투스는 요아힘이 지하실과 페터젠에 대해 더 묻지 않는 것 때문에 기분이 상했다. 아니면 그는 그 이야기를 안 해도 되게끔 일부러 배려하려는 것인가? 그리고 이 새 얼굴을 한 여자들의 집단이 와 앉아 있는 '토스카나'에 도대체 무슨 특별한 점이 있다는 걸까? 티투스 자신은 왜 이곳으로 오자는 제안을 받아들인 걸까? 나는 스스로의 의지를 가지지 못한 사람인가?

요아힘은 느긋하게 몸을 뒤로 기대고 다리를 꼰 채 계속 말을 이었다. 오른손은 담배를 쥐었고 왼손은 탁자 위에 올려놓았다. 마치 티투스가 요아힘의 손톱에서 커다란 반달 모양을 발견하고 지렁이가 기어가듯 손목 관절까지 이어지며 불거진 남성적인 힘줄을 반드시 보아야만 한다는 듯이.

요아힘의 니트 재킷은 위쪽 단추만 풀려 있었다. 그가 담배 연기를 깊이 들이마시자 그의 흉부가 올라갔다 내려갔다. 티투스는 그를 응시하다가 문득 설명할 수 없는 거부감을 느꼈다. 마치 그의 호흡이 가당치 않다는 듯이. 그는 한번도 요아힘이 벌거벗은 모습을 본 적이 없었다. 상체를 벗은 것도 본 적이 없었다. 체육 시간에 그는 운동복 밑에 러닝셔츠를 입었다. 티투스는 주근깨로 얼룩진 그의 팔만을 기억할 뿐이었다.

[1990년 5월 5일의 서간문]

티투스는 상체를 앞으로 숙였다. 그래도 요아힘은 목소리를 낮추지 않았다. 아니면 더 이상 책을 읽는 게 아니었던가? "'만약 우리에게 의지가 있다면'" 요아힘이 낭독하고 있었다. "'하지만 우린 순종한다. 우리는 학교에 다니는 학생이니까. 선생님이 호명하면 우린 일어서고 벌벌 떤다.'" 요아힘은 그 종이를 손가락 사이에 들고 있는 게 아니라 손바닥 전체로 잡고 있었다. 종이의 가장자리가 구겨졌다. 티투스는 정말이지 그의 말을 당장에라도 중단시키고 싶었다. 그건 내 책이야! 내가 쉬는 시간에 뛰어가서 샀어. 넌 그 책을 나한테 빌린 거잖아! 난 네가 그 책에 관해서 얘기하는 걸 용납할 수 없어! 그 책을 베끼는 것도 싫고, 더군다나 네가 공원에서 만난 놈에게, 그리고 내가 생판 모르는 사람에게 그 책을 주는 건 절대 안 돼!

티투스는 요아힘과 자기 사이에 무엇인가가 첨예해지고 있다는 것을 느꼈다. 하지만 그걸 무어라고 불러야 할지 알지 못했다. 그는 그 무엇에 반대할 아무런 힘도 없었다. 침을 꿀꺽 삼켰다. 근거 없는 비난이 목구멍에 막혀 고통스러울 지경이었다. 동시에 마치 두 사람이 정말로 다투기라도 한 것처럼 막연한 부끄러움이 그를 불안하게 만들었다. 티투스는 케이크와 커피가 언제 도착했는지도 몰랐다.

그는 페터젠의 책을 가방에서 꺼내 요아힘의 턱 밑에 놓으려고 했다. 당장에라도 요아힘이 맛있게 먹고 있는 치즈케이크 접시 위로 그 책을 내동댕이치고 싶었다. 이런 상상을 하자 그는 괴로웠다.

"그가 이걸 읽으라고 나한테 줬어!" 그는 스스로에게 말하는 소리를 들었다. 티투스는 손에 들고 있는 책을 내려다보았다. "침입자 독일군." 노란색 바탕 위에 화염같이 붉은 필체. 요아힘이 입가를 실룩거리고 있을 때 티투스가 그의 가슴으로 책을 던졌다. "나한테 이걸 읽으라고 줬다니까!" 그가 외쳤다. "침입자 독일군에 대한 짧은 연설, 결론도 덧붙여서, 알겠어? 결론까지 말이야!"

방금 전까지도 파울라가 페르디난드를 가지 못하게 말리던 장면을 이야기하던 요아힘은 기어이 입을 다물 수밖에 없었다. 티투스는 분노와 충격에 빠져 도움을 청하는 듯한 표정으로 카페를 둘러보았다. 나가자! 그는 생각했다. 여기서 더 이상 시간을 낭비할 수 없었다. 지켜야 할 약속이 있었다. 이런 이상한 상태에서 깨어나고 싶었다. 티투스는 옆자리에 앉아 있는 붉은 머리 여인을 관찰했다. 그 여자는 웃을 때마다 아랫입술을 조금 깨무는 버릇이 있었다. 까만색 스타킹 때문에 그녀의 무릎이 반들반들 윤이 났다. 신발엔 커다란 리본이 달려 있었다.

티투스는 그녀가 학교에 가거나 그 커다란 리본을 매는 모습을 눈앞에 그려보았다. 그녀도 저녁이 되어 그 신발을 도로 벗을 때까지 그날 하루 동안 무슨 일이 벌어졌는지 때때로 물어보곤 할까? 매일 아침 티투스는 욕조의 물로 목과 겨드랑이를 씻으며 생각에 잠긴다. 오늘은 마침내 요아힘처럼 진실을 말할 수 있는 용기가 날까? '난 군대에 가지 않을 거야!'라고.

티투스는 혼자가 되자마자 페터젠의 말들이 마음속에 퍼질 것임을 알았다. 마치 몸에 난 상처처럼 밤이 되어서야 본격적으로 아프기 시작할 것이고 열이 오르기 전까지는 몇 시간이 필요할 것이다. 그리고 곧 기억의 캡슐이 열리며 페터젠이 한 말이 흘러나올 것이고 그 말들은 독처럼 온몸을 흘러 티투스를 마비시킬 것이다. 기억과 기대로 온몸이 경직되어 침대에 누워야 할 것이다.

쥐가 난 모양인지 여자가 다리를 움직였다. 은으로 된 직사각형 목걸이 장식이 목 아래 움푹 팬 계곡에 매달려 있었다. 머리카락은 귀 주위를 한 바퀴 돈 다음 위쪽으로 사뿐 휘어져 있었다. 마치 물방울처럼 생긴 진주 장식이 머리카락 끝에 매달려 있는 듯이 보였다. 그녀는 병자처럼 안색이 창백했다.

"'참된 감정의 진실이 그의 내면에서 힘차게 솟구쳐나왔다.'" 요아힘이 소리쳤다. "'그리고 마음속에 있던 기계가 부서지면서 행복하면서도 거대한 자유가 위로 떠올라 단번에 복종을 무너뜨렸어. 절대 안 돼! 절대 안 돼! 무엇인가가 그의 내면에서 소리치고 있었다. 어떤 목소리, 강렬하고도 근원을 알 수 없는 목소리가.'"

티투스는 어째서 요아힘의 행동이 옳다고 말을 하면서도 자기는 그처럼 행동하지 않을까? 그는 왜 요아힘이 올바르다며 감탄하면서도 자기 자신은 머리를 숙이고 거짓말을 할 수 있나? 티투스는 요아힘이 자신에게 무엇인가를 원하고 있음을 알았다. 그리고 그가 원하는 의미심장한 그 무엇인가는 이제 곧 현실이 될 것이었다.

티투스에게는 문득 모든 것이 운명처럼 느껴졌다. 그는 그 운명에 몸을 맡기기만 하면 되었고 운명은 그를 지탱하고 조정할 것이었다. 그 운명은 언어의 저편에 있었다. 무수한 소리들 가운데 들어 있는 하나의 멜로디였으며, 하나의 향기가 공간과 계절에 영원히 결합되는 찰나와 같이 아주 짧은 한순간이었다.

요아힘은 침묵했다. 티투스의 머리엔 아무런 질문도 떠오르지 않았다. '내가 이야기한 것 중에 뭘 조금이라도 알아들은 거니?'라고 요아힘이 곧 그에게 물을 것이었다. 티투스는 창문 쪽으로 눈을 돌리고 밖을 내다보았다.

"이거 안 먹어?" 요아힘이 그에게 빈 접시를 내밀자 티투스가 자신의 케이크를 그 위에 놓았다.

"나 이제 가야 해." 티투스가 말했다.

요아힘은 그를 올려다보지도 않은 채 케이크만 먹고 있었다. 티투스는 다시 몸을 돌리고 싶었지만, 바로 그 순간 이젠 아무런 감정 없이 그를 바라볼 수 있음을 느꼈다. 심지어 그가 케이크를 한 입 베어 물 때마다 숫자를 세기도 했다. 막 다섯까지 세었을 때 여종업원이 가까이 왔다.

"제가 지불할게요." 그가 여종업원에게 말했다. 그녀는 갸름한 계산서를 탁자 위에 놓았다. 티투스는 그녀의 목에서 시선을 내려 더 이상 주름도 없고 매끄럽고 하얗기만 한 데를 들여다보았다. 피부가 조금 떨리고 있었다. 시선을 돌리지 않은 채 그는 지갑을 찾았다. 지갑을 열고—20마르크짜리 지폐가 없다는 것을 알았을 때 그는 얼굴을 붉혔다. 사실 그는 이미 알고 있어야 했다. 슈테판 츠바이크의 책 두 권 값으로 15마르크를 썼던 것이었다.

"요아힘." 티투스가 목소리를 낮추고 물었다. 요아힘은 계속해서 케이크를 우물거리고만 있었다.

"큰일 났어. 나 좀 도와줘!" 티투스가 소곤거렸다. 그는 먼저 1마르크짜리 동전을 다 꺼낸 다음, 50센트 동전 두 개를 꺼냈다. 그리고 나머지 동전들을 탁자 위로 쏟아부었다. 그중에는 20센트짜리 세 개가 들어 있었다. 여종업원이 다시금 몸을 굽혔다. 이번에는 아주 가까이에서 몸을 굽히고 있었으므로 티투스는 당장이라도 그녀의 가슴에 키스를 할 수 있을 지경이었다. 그녀는 동전 하나하나 위에 검지를 올리고서 차례차례 하나씩 탁자 끝으로 끌어당겼다. 탁자 밑에는 지갑을 열어 받치고 있었다. 티투스는 조마조마한 마음으로 그것을 바라보았다.

하지만 너무 늦고 말았다. 그는 이제 허벅지만 벌리면 되었다. 여종업원은 미소를 지으며 고맙다고 말하고는 지갑을 앞치마 밑으로 가져갔다. 티투스는 그 자리에서 그녀의 손이라도 덥석 잡고 싶었다. 그녀 쪽을 보지 않으려고 창밖을 보았음에도 불구하고 그 일은 일어났다. 창밖의 교각 위에서는 차량들이 굉음을 내며 달리고 있었다. 그는 자기 다리와 발이 움찔했으며, 이상한 소리가 목구멍에서 흘러나왔다고 생각했다. 그러나 사실 그는 얼어붙은 것처럼 가만히 앉아 있었고 숨소리조차 들을 수가 없었다. 그리고 잠깐 동안 충만한 행복감에 젖어 살며시 눈을 감았다.

2

할아버지는 벽시계 쪽으로 몸을 돌리셨다. "10시 55분!" 화 때문에 할아버지의 목에선 쩍쩍 갈라진 목소리가 나왔다. 티투스는 이중으로 묶인 신발 끈을 풀기 위해 현관의 거울 앞에서 무릎을 꿇었다. "라핀 부인 댁에 갔었어요!" 그가 대꾸했다. "제가 이미 말씀드렸었잖아요!"

할아버지는 손목시계를 바지 주머니에서 꺼내 그에게 내밀었다. "10시 55분!"

티투스는 한쪽 발로 다른 쪽 신발의 뒤축을 눌러 신발을 벗었다. 그는 실내화로 갈아 신고 나서 할아버지를 뒤따라 부엌으로 갔다. 식탁에 찻잔이 놓여 있었다. 식탁보가, 어머니가 야간 근무를 가실 때면 늘 그렇듯이, 빈 의자의 등받이에 걸쳐 있었다.

"라핀 부인이 나를 그렸어요." 티투스가 말했다.

"아, 라핀! 그 여자는 늘 쓸데없는 소리만 지껄이지! 11시야! 이걸 네 엄마가 아니?"

"네." 티투스가 말했다. 그는 할아버지와 다투기보다는 다른 일을 하고 싶었다. 집 앞 계단까지 왔을 때 그는 그대로 다시 몸을 돌려 즉시 밤 산책이라도 떠나고 싶은 마음이었다. 아주 새로운 것, 예전에는 한번도 생각해보지 못했던 것을 해보고 싶었다. 비가 온 데다가 땀을 흠뻑 흘린 터라 그의 옷이 다 젖었다. 팔소매를 올리고 겨드랑이 쪽으로 코를 갖다 댔다. 그 안에 갇혀 있던 유채화 물감과 담배 냄새를 흠뻑 마시고서 그렇게 괴상한 방법으로라도 깨어 있고 싶었다.

"밥은 먹었니?" 할아버지가 물었다.

티투스는 고개를 끄덕였다. 돌풍이 불어 유리창이 덜컹거렸다. 밤길을 돌아다니지 못할 양이라면 적어도 아침이 될 때까지 일기라도 쓰고 싶었다.

할아버지는 티투스에게 차를 따라준 뒤 당신의 찻잔에는 각설탕 네 개를 넣었다. 그리고 차가 식을 때까지 기다리셨다. 티투스는 5분, 아니 최대 10분 동안은 할아버지 곁에 앉아 있을 생각이었다. 그 마지막 배려의 시간이 지난 후에는 세상의 그 어떠한 힘도 그의 계획을 방해하지 못할 것이었다.

할아버지의 검버섯 핀 손이 찻잔을 가운데 두고 가만히 놓여 있었다.

할아버지는 기분이 좋을 때면 푸른 기가 도는 거친 손톱으로 머리에 떠오르는 멜로디에 맞춰 박자를 두드리는 버릇이 있었다. 대부분은 매주 일요일 1시 독일라디오방송 프로그램 「즐거운 악단」에서 들었던 행진곡이었다. 콧방울 왼쪽에 난, 반짝거리는 조그만 사마귀 외에는 이상할 것이 없는 평범한 얼굴이었다. 부채 모양으로 퍼진 눈가 주름은 왼쪽에 특히 더 많았다. 한번 미장원에 다녀오시고 나면 그 솔처럼 짧은 흰색 머리가 다시 자라나는 데 2주가 걸리곤 했다. 날마다 산책을 나가시는 할아버지의 얼굴은 1년 내내 구릿빛이었다.

"뭐 새로운 소식이라도 있어요?" 티투스가 물었다. 두 사람은 동시에 손을 찻잔에 갖다 댔다.

"자살이었단다."

"테러범 말씀이세요?"

"그래." 할아버지는 숟가락으로 반을 가른 레몬에 차를 떠 넣었다. 그리고 레몬을 숟가락으로 눌러 짠 다음 찻잔의 가장자리에 대고 몇 번이고 문지르셨다. 그러고 나서 다시 양손을 식탁 모서리에 올려놓았다.

"너는?"

"잘 지냈어요." 티투스가 대답했다. "아주 좋았어요!" 그의 말투는 이미 군다 라핀을 닮아 있었다. 그녀는 음절마다 속도조절 바퀴를 돌리듯 "훌- 륭- 해!"라고 끊어서 말한다.

할아버지는 군다 라핀이 오는 것도, 그리고 그 어떤 다른 방문객도 다 싫어하셨다. 그들이 오면 당신 딸의 시간이나 빼앗을뿐더러 커피를 다 마셔버린다고 생각했기 때문이었다. 할아버지는 냉장고 옆에서 군다 라핀을 깜짝 놀라게 한 적도 있었다. 그녀가 입에 햄을 가득 넣고 병맥주를 따라 마시고 있을 때였다.

티투스는 딱 5분만 더 할아버지 곁에 있기로 했다. 티투스의 집에선 누구나 잠깐 동안만이라도 할아버지와 함께 있어야 했다. 할아버지는 하루 종일 혼자 계셨고, 천천히 식사를 하고 차를 즐기길 원하기 때문에.

"그래, 그럼 일어나 볼까." 할아버지는 의자를 뒤로 밀면서 말씀하셨다. 일어설 때는 얼굴을 찌푸리셨다. "잘 자거라, 티투스."

티투스가 벌떡 일어났다. 하지만 할아버지는 벌써 찻잔을 들고 한 발짝을 떼신 후였다. 그래서 티투스는 부엌문까지만 할아버지를 따라갔다. "안녕히 주무세요!" 그는 자신이 외친 인사의 마지막 음절이 텅 빈 방에서 메아리치는 것을 들었다. 할아버지는 티투스가 뺨에 입을 맞추며 인사하는 것을 싫어하셨다. 그래도 그는 늘 그렇게 했고, 그때마다 한쪽 눈을 감으셨다.

그는 할아버지의 뒤를 쫓아가고 싶었다. 할아버지는 어떻게 그렇게 갑작스럽게 티투스만을 두고 일어날 수 있단 말인가? 당장이라도 엉엉 울고 싶은 심정이었다. 진짜로 엉엉 실컷 울어버리는 편이 더 나을지도 몰랐다.

티투스는 그런 자신을 더는 이해할 수 없었다. 그는 가방에 들었던 그 노란 책이 한순간이라도 머리에 떠올랐었는지 아닌지 기억할 수 없었다. 아니면 할아버지가 일어나시는 바로 그 순간 갑자기 떠올랐던 것일까.

티투스는 개수대 밑에 놓인 쓰레기통 위에서 계란 모양의 차 필터를 열고 그 안에 들었던 차 찌꺼기를 버렸다. 그리고 양쪽을 마주 '탁탁' 부딪치며 나머지는 털어낸 뒤 물에 헹궈 식기건조기 위에 올려놓았다. 티투스가 부엌 전등불을 껐을 때, 할아버지의 방 불 역시 꺼졌다. 할아버지는 어둠 속에서 옷을 벗으셨다. 티투스는 더듬거리며 현관문 옆에 놓아두었던 책가방을 찾았다. 그가 다시 불을 켰을 때 책가방은 이미 그의 손에 들려져

[1990년 5월 10일의 서간문]

있었다. 티투스는 할머니의 만년필을 넣어두었던 서랍을 열었다. 뚜껑을 열고 "1977년 10월 31일 금요일 23시 34분까지"라고 썼다.

그는 단어의 개수를 세기라도 하듯 만년필을 불안하게 움직였다. 티투스는 자신의 생각을 전부 다 글에 담고 싶었다. 생각이 너무 빨리 떠올라 다 적을 수가 없다면 메모지에 중요한 낱말이라도 적어놓아야만 했다. 그 자신이 가진 모든 생각을 다 기록할 때까지, 그리고 만년필의 파란색 잉크가 다할 때까지 한결같은 열정으로 종이들을 채울 생각이었다.

그는 라우베가스트에서 전차를 탔었고, 반대편에서 마주 오던 자동차의 헤드라이트가 그의 눈을 찌르는 바람에 그만 군다 라펀을 시야에서 놓

쳐버렸었다. 바로 그때부터 그는 줄곧 이 순간만을 기다렸다. 만년필 뚜껑을 열고 자기에게 일어난 일을 모두 기록할 수 있는 바로 이 순간을.

지난 저녁, 문득 그는 아무 데고 이리저리 서성이는 삶은 이제 그만두어야 함을 깨달았었다. 아무런 느낌 없이, 비주체적으로 살아온 인생, 너무나도 무능한 지금까지의 인생을!

그는 책상 스탠드 불 앞에 웅크리고 앉아 유리창에 비친 반사경을 보았다. 거기 비친 티투스의 방이 마치 호화스러운 저택의 방처럼 크게 보였다. 그의 등 뒤에 걸려 있는 포스터가 반들거렸다. 바깥으로부터는 포스터 그림의 등대에서 나오는 붉은 경고등 불빛만이 유리창에 반사되고 있었다. 그는 퍼져 보이는 붉은 점과 유리창의 고르지 못한 반사경을 정확한 각도로 맞춰 똑바로 바라보기 위해 몸을 숙였다.

그의 펜이 천천히 움직였다. 그는 '군다 라핀'이라고 썼다.

잠시 움직임을 멈추고 가만히 펜을 쥐고만 있었다. 그 이름을 여러 번 쓰는 것은 자제해야만 했다. '군다 라핀, 군다 라핀'으로만 한 줄을, 아니 종이 한 장을 가득 채울 수는 없는 노릇이었다.

그는 자기가 써야만 하는 모든 글들이 벌써 완성된 채 눈앞에 있었으면, 하고 바랐다. 그러면 자신에게 일어난 일을 읽기만 하면 될 것이었다. 그는 손에 약도를 쥐고 엘베 강 하류의 전찻길에서부터 걷기 시작했다. 오래된 변두리 가옥과 여름 별장이 줄줄이 늘어선 라우버가스터 부둣가를 따라갔었다. 그곳에서는 건너편의 평평한 강기슭이 건너다보였다. 강기슭에서부터 엘베 계곡에 이르기까지의 길에는 건물이라곤 단 한 채도 없었다. 동그란 모양의 나무의 길이가 길게 자란 풀들의 키를 겨우 넘는 정도로 나즈막했다. 마치 나무의 몸체가 물 안에 둥둥 떠 있고 그것들의 그림자는 물 위에 반사된 반사경이라는 듯이. 그가 한 걸음씩 발걸음을 뗄 때마다 점점 더 강의 만곡부가 가까워지고 있었다. 물결이 가는 방향으로 시선을 주자 먼 곳에 엘베 사암 산맥과 릴리엔슈타인 쾨니히슈타인이 나타났다. 바로 그 사이로 흰색, 파란색 구름을 담은 엘베 강이 흘렀고, 구름의 가장자리가 누렇고 흰색의 빛을 배경으로 둔 채, 어스름한 테두리를 긋고 있었다.

조선소 앞길의 마지막 집이었다. 나무와 덤불 뒤에 숨겨져 있던 집이었다. 약도에 그려진 대로라면 한 여자가 지붕 위에 올라가 춤을 추며 "나 여기 있어!"라고 말하고 있는 바로 그 집이었다. 초인종을 누르자 못을 박아 맞대어 붙였던 두 개의 나무판이 다시금 양쪽으로 벌어지는 것 같은 소리가 났다. 끼익하는 소리와 삐걱거리는 소리의 중간쯤이었다. 누군가의 목소리가 들렸다.

군다 라핀은 정원 문을 연 뒤에는 한시도 그를 시야에서 놓치지 않았다. 온갖 색깔의 물감이 지저분하게 묻어 있는 통 넓은 바지와 소매끝을 둥둥 걷어올린 기다란 스웨터, 그 위에 털가죽 조끼까지 걸쳐 입은 그녀는 어찌 보면 어릿광대 같기도 했고 어찌 보면 넝마주이 같기도 했다.

아카시아나무 사이에 난 고불고불한 길이 집 안으로 향하고 있었다. 나뭇잎 사이사이로 바람이 빛을 데리고 다니는 것 같은 날이었다. 군다 라핀이 큰 보폭으로 앞장서서 걸었고 그녀의 오른손이 마치 양동이를 들듯 열쇠 꾸러미를 들고 있었다.

반들반들하게 윤이 나도록 잘 닦아놓은 나무계단을 타고 그들은 2층으로 올라갔다. 180도로 꺾이도록 만들어진 나선형 계단이었다. 계단이 끝나고서도 그들은 가파르고 좁은 통로를 따라 더 올라가야만 했다. 위층 부엌은 오른쪽에 있었는데 티투스 집의 식료품 저장고보다도 크지 않을 성싶었다. 지붕 창의 돌출부 아래에 개수통이 있었고 산더미같이 쌓인 접시와 찻잔 위로 햇빛이 비쳐들었다. 포크와 숟가락이 그 식기들을 에워싸며 일종의 말뚝 울타리처럼 지켜주고 있었다. 뭐, 별 특별한 건 없었다. 하지만 작은 병들, 샴푸, 립스틱, 초록색의 서독산 데오, 칫솔과 양치 컵에 이르기까지, 그는 그 모든 물건들을 꼼꼼하고도 정확하게 조사해두었다. 무어라고 딱히 말할 수는 없지만 어떤 증거물이라도 찾는다는 듯. 군다 라핀은 그가 어머니를 대동하지 않고 혼자서만 만난 최초의 성인이었다. 그녀의 집에는 아주 작은 방이 두 개 있었다. 오로지 두 개의 방을 나누고 있는 절반짜리 벽 때문에 그들은 그나마 서로 마주 볼 수 있었다. 그는 작고 귀여운 책상 밑에서 꺼낸 등받이 없는 의자 위에, 그녀는 소파 위에 앉았다.

'토스카나'를 나오기 전에 팬티 속에 화장지를 밀어 넣었음에도 불구하고, 그는 자신의 바지에서 그 불행의 흔적이 보이지나 않을까 걱정이 되었다. 전차 안에서는 너덜너덜하게 떨어진 휴지 조각이 갑자기 신발 사이로 떨어졌었다.

그녀는 막 쿠르트 투홀스키에 심취하고 있다고 했다. 그리고 프란츠 퓌만에도. 그는 왜 그녀가 자발적으로 소설 쓰기를 그만두었는지 이해할 수 없었다. 그의 독일어 선생님은 투홀스키가 제2의 하이네라 해도 과언이 아니라고 했었다. 당황스럽게도 군다 라핀 역시 그 말에 동의한다는 것이었다.

지금 이 순간, 책상 옆에 앉은 채, 작업실 규모 때문에 그가 느낀 실망이 우습게만 느껴졌다. 이런 조그만 집 안에 빛이 가득한 넓은 홀을 숨기고 있을 리는 만무할 것이므로.

그는 삐딱하게 창문이 달리고 천장이 낮은 방으로 들어섰다. 그리고 아직도 자신의 주위를 떠도는 냄새를 맡았다. 분사기를 뿌려 무늬를 그려

넣은 카펫은 방의 왼쪽 절반을 채우고 있는 그림과 액자들에까지 닿아 있었다.

그는 문의 오른편에 있던 조그마한 강단 위로 올라섰다. 그리고 등받이와 팔걸이가 다 닳은 짙은 붉은색 소파 위에 앉았다. 아주 자연스럽고 당연한 행동이었다. 그러나 그 행동은 그의 마음속에서 자랑스러움과 동시에 후회의 감정을 불러일으켰다. 군다 라핀은 그의 바지 위에 천 한 장을 깔아주었고 그의 발치에 있던 의자 위에는 과일과 초콜릿이 담긴 그릇을 놓았다. 그리고 3미터쯤 떨어진 곳에—더 이상은 거리를 넓힐 수 없었으므로—이젤을 세웠다.

그때까지는 모든 것이 분명했다. 그의 그 방문에 대해 명확한 이야기를 쓸 수 있다. 정원, 집, 집 안의 정경, 그녀의 화실—모든 것이 조금 이상하고 생소했지만 매력적이었다.

그리고 그다음은 또 무슨 일이 일어났던가? 군다 라핀은 마치 그에게서 별난 점을 발견하기라도 한 듯, 눈을 깜빡거리며 그를 쳐다보았다. 그는 그녀의 시선을 피할 수가 없었다. 감히 초콜릿에 손을 대거나 커피를 한 모금 마실 수도 없었다.

이젤은 아주 평평하다 싶은 모양으로 그녀 앞에 세워져 있었다. 그래서 그녀가 붓을 막대기에 묶어놓았기 때문에 붓이 마치 회초리같이 그녀의 손에 쥐여 있었다. 그녀는 팔레트 대신에 가운데가 움푹한 접시를 사용했다. 그녀는 접시 위에서 급히 물감을 섞었고, 긴 붓에 물감을 묻히기 위해서는 자신의 몸으로부터 멀리 떨어지게 접시를 잡고 있어야 했다.

티투스는 다시 유리창에 비친 자신의 모습을 보았다. 그의 모습은 등대의 빨간 불빛이 만들어낸 삼각형에 둘러싸여 있었다. 그 모든 외부적인 묘사들은 시간 낭비일 뿐이었다. 그것은 하등 중요할 것 없는 겉껍데기일 뿐이었다. 그는 중요한 것에만 집중하고 싶었다. 게다가 그는 그녀의 화실을 절대로 잊을 수 없을 것이었다. 그는 그 화실의 모든 것을, 세부적인 사항까지도 빠짐없이 선명하게 눈앞에 그려볼 수 있었다.

어째서 그는 정말로 일어났던 사건에 대해서는 쓰지 않는 것일까? 그가 정확하게 기억하려고 노력하면 할수록 기억은 점점 더 낯설고도 불분명해져갔다.

"무슨 얘기든 좀 해봐." 군다 라핀이 그렇게 말하곤 밝은 회색의 캔버스 위에 첫 선을 그었다. 그녀는 입술을 모았다.

"무슨 얘기를요?"

"관심 있는 주제나, 네가 읽는 책이나, 네가 며칠 동안 경험한 일이나, 너에게 중요했던 인간관계 같은 거라도 말이야!"

학교와 페터젠과 요아힘에 대해 얘기해야 했었나? 어째서 이 모든 것들이 그를 두려움으로 몰아넣는 거지?

군다 라핀은 그의 생각을 읽기라도 하듯 신음을 토해냈다. 그녀의 날카로운 얼굴선은 마치 그려넣은 것만 같았다. 그녀는 눈을 깜박거리기도 하고 눈을 동그랗게 뜨기도 했다.

"그렇게 하면 돼." 그녀가 외쳤다. "거기 가만히 ……그렇게 그래, 지금 그대로, 아주 좋아, 아주, 훌륭해, 정말 훌륭해!"

그의 무엇이 그리 훌륭했다는 것인지 알 수 없었다. 그리고 왜 군다 라핀이 그렇게 흥분하는지도 몰랐다. 그녀의 몸짓이 더 바빠지면 바빠질수록 그는 점점 더 안정감을 느꼈다.

그리고 그다음은?

그는 요아힘과 페터젠에 대해서 얘기했다. 물론 페터젠은 그에게 괜한 트집을 잡았다. 어제 페터젠은 그에게 집단노동이 무엇이냐고 물었다.

아무런 생각도 떠오르지 않았으므로 그는 친구가 귓속말로 불러주는 대로 "자발적 집단행동"이라고 대답했다. 페터젠은 티투스가 받아쓰기에서 E5점을 받은 것에 대해 더 이상 놀라지 않게 되었다고 했다. 집단노동을 설명하는 그 대답을 들으니 티투스 홀름이 고등학교 졸업시험을 볼 수 있는 실력이 되는지를 한번 심사숙고해봐야겠다는 것이었다. 더군다나 장래 직업으로 독일어 선생님이 되고 싶다는 학생이고 보면 더욱더 그렇다는 것이었다. 그러나 물론 그는 티투스가 인민의 단체행동 중에서 자발성을 강조한 점에 대해서는 기쁘게 생각하며, 마침 그런 말을 함과 동시에 자발적으로 나선 첫번째 타자를 발견하게 되었음을 모두가 믿어도 좋겠다고도 했다.

군다 라핀은 그에게 그 일이 뭐가 그렇게 나빴었는지 물었다. 그를 10학년이 끝난 후 학교에서 쫓아내겠다는 협박도 그 일과 연관된 일들의 폭로보다는 차라리 훨씬 나았다. 물론 '독일어와 역사 교사'는 그의 장래 희망이 아니었다. 하지만 그는 8학년을 시작하면서 상급학교로의 진학 기회를 높이기 위해 그런 말을 한 적이 있었다. 왜냐하면 장교가 되고 싶지 않은 남학생들은 최소한 교사는 될 수 있었기 때문이었다.

군다 라핀은 지하실에서의 면담 이야기를 듣고서 몹시 화를 내며 페터젠을 사디스트라고 하고 마치 페터젠과 싸우는 것처럼 붓을 휘둘렀다. 한참 후 그녀는 우리들 각자가 그런 사람들에게 저항하는 세계를 구축해야 한다고 말했다. 사람은 누구나 젊었을 때 그것을 이루어내거나 아니면 전혀 해내지 못한다는 것이었다. 그리고 우리의 존재를 결정하는 사고만이 가치를 갖고 있고 인간은 무엇이 금지되어 있고 무엇이 허락되었는지를 스스로 발견해내야 한다고 말했다.

두 명의 수리공처럼 그들은 화실에서 겨자를 곁들인 계란과 요구르트와 잼을 바른 빵으로 저녁을 먹었다. 그는 이젠 그만 집으로 가라고 할까봐 겁이 났고, 그래서 그녀가 '누드모델'을 서달라고 부탁해왔을 때 오히려 안도할 수 있었다. 그는 즉시 그렇게 하겠다고 했다.

[1990년 5월 16일의 서간문]

그가 옷을 벗고 있는 동안 그녀는 난방용 오븐 앞에 웅크리고 앉아 석탄을 좀더 집어넣었다. 그러고 나서 그의 앞에 캔버스를 세운 뒤 연필로 밑그림을 그렸다. 그녀는 그에게 현재 누군가를 사랑하느냐고 물었고, 아마 그럴 것이라는 그의 대답을 대답으로 인정하지 않았다.

"소녀야, 소년이야? 아니면 다 큰 여자?"

"왜 소년이에요?"

"왜, 소년이면 안 되나?"

"그녀의 이름은 베르나데테예요."

7월의 첫번째 일요일, 그는 모든 택지가 공원처럼 꾸며져 있는 슈뢰더 슈트라세를 따라 올라가고 있었다. 올라갈수록 점점 더 가팔라지는 언덕이었다. 그가 땀을 너무 많이 흘리는 바람에 장미를 쌌던 종이 역시 젖어버렸다. 적어도 그는 약속시간을 지키고 싶었다.

그는 베르나데테를 '그라프' 무용학원에서 알게 되었다. 다른 선택의 여지가 있었다면 베르나데테는 절대로 그를 졸업무도회의 파트너로 받아들이지 않았을 것이었다. 하지만 그와 마찬가지로 그녀 역시 하필이면 파트너를 고르는 시간에 결석을 했었다. 이제 그녀로서도 "싫어"라고 말할 수가 없었다. 하지만 그녀는 고개만 한번 까딱했을 뿐이었고 그를 올려다보지도, 웃지도 않았다. 정작 춤을 출 때에도 내내 침묵만을 지켰으며 그의 어깨 너머만을 응시할 뿐이었다. 베르나데테 뵈메, 슈뢰더 슈트라세 15번지.

집 안으로 가는 길에 노란색 타일 중 절반은 부서져 있었다. 그의 좌우로는 붉은 꽃들이 만발한 커다랗고 둥근 꽃밭이 있었다. 과일나무들 때문에 엘베 강을 내려다볼 수는 없었다. 창문이 열려 있었고 시끄럽게 뒤섞인 사람들의 말소리가 흘러나왔다.

그는 그녀의 어머니를 금세 알아보았다. 어머니의 머리결도 그녀처럼 검고 매끄러웠으며 중간에 가르마를 탔다. 그리고 베르나데테 어머니의 머리카락 역시 그녀와 똑같이 어깨에 닿기 바로 직전에서 안으로 말려들어갔다. 마침 현관 계단에서 내려오고 있는 남자 형제들을 보았을 때 그는 그들을 여자애들이라고 여겼다. 그들의 얼굴 역시 그녀와 똑같이 검은 머리카락으로 뒤덮여 있었고 앞을 잘 보기 위해 갑자기 고개를 치켜들었기 때문이었다.

그녀 어머니의 상냥함은 그를 안심시켰다. 그래도 그는 기다려야 했다. 그녀는 응접실에 있는 그에게 물 한 잔을 가져다주었다. 물컵이 짙은 초록색 접시 받침 위에 올려져 있었다. 그녀는 웃을 때면 눈에서 속눈썹만 보였다. 혼자 남게 되자, 그는 편안함을 느꼈다. 자신을 신뢰한다는 뜻으로 받아들였다. 응접실 안 여기저기에 놓여 있던 값비싼 장식품들 중에서 반쯤 혹은 완전히 나체인 여자들의 부조가 그의 눈을 끌었다. 커다란 유리창을 통해 도시의 전경이 마치 수족관 안에 있는 것처럼 들여다보였다. 정원에는 누울 수 있는 의자들이 여기저기에 놓여 있었고 그 가운데에 파라솔과 바비큐 그릴이 있었다.

자신이 시험을 당하고 있는 거라고 생각하는 순간—그는 아무것도 만지지 않았다, 아니 아무것도 손에 넣지 않았다—, 그녀의 어머니가 다시 방으로 들어왔다. 미소 짓는 중국인의 시선에 완전히 넋을 빼앗긴 척하며, 그는 그녀를 향해 몸을 돌리지 않았다. 하지만 그런 만큼 그는 그녀의 향수 냄새를 더욱더 강렬하게 느꼈다.

"마음에 들어요? 그건 납석으로 만든 거예요." 그녀는 장미를 꽂은 꽃병을 기다란 탁자 위에 놓으며 말했다. 그녀가 구식 라이터로 불을 켜고 불을 붙인 다음, 반짝이는 자신의 입술 사이로 담배를 정확히 넣는 모양과 자세를 보면서 그는 병에 든 독한 술을 마시는 남자들을 연상했다. 그녀는 한쪽 귀에 귀걸이를 끼우려고 머리를 비스듬히 기울였다. 그녀의 갈색 어깨가 보라색 원피스 사이로 드러나 보였다. 레이스로 장식된 데콜레트까지 그녀의 피부에는 주근깨가 가득했다. 그녀는 고개를 옆으로 기울이고 나서 빨갛게 물든 담배를 좀 들고 있어달라고 그에게 부탁했다. 그때 베르나데테의 이모가 들어왔다. 그녀는 "내가 방해하나?"라고 물으며 티투스에게 다가와 손을 내밀었다. 그리고 모두들 한 명씩 방으로 들어와 그에게 인사를 건넸다.

어린아이들조차 그에게 와 인사를 했다. 베르나데테의 남자 형제들인 마르틴과 마르쿠스는 어른들이 티투스 주위를 빙 둘러 서 있는 동안 뒤편으로 물러나 있었다.

"베르나데테가 청년 때문에 미장원에 갔었어요." 그녀의 엄마가 그에게 귓속말을 했다. "아는 척하면 안 돼요. 아무튼 우린 최선을 다했으니까." 그러곤 이제 프랑스식 프티 푸르 케이크를 먹을 시간이라고 큰 소리로 외쳤다. 넓은 사기 접시에 연분홍색, 하얀 아몬드색, 노란색의 작은 탑이 쌓여 있었다. 사람들이 그 작은 탑을 종이받침에 얹혀 있는 채로 가져다 접시에 놓더니 위에서 수직으로 포크를 꽂아 여러 조각으로 나누었다. 어린 아이들까지도 능숙하게 따라 했다. 그녀의 어머니가 차를 따라주었다. 그들은 아주 얇은 백분홍색 사기 찻잔이나 가슴을 내밀고 짧은 머리를 한 형상이 그려진 머그컵 중에서 하나를 고를 수 있었다.

파마를 하고 나타난 베르나데테의 머리는 새집을 얹은 듯한 모양새였다. 그녀의 어머니만이 얘기를 계속했다. 아이들이 킥킥거리며 웃었다. 그는 얼굴을 붉히지 않고 베르나데테에게 다가갔다. 그들은 악수를 주고받았다. 베르나데테가 옆으로 약간 몸을 돌리면서 처음 한 말은 "우리 아빠야"였다. 그녀의 아버지가 잰 걸음걸이로 그들에게 다가왔다.

티투스는 그를 알아보지 못했다. 처음에는 그저 그를 베르나데테의 아버지라고만 보았다. 그의 앞에 서 있는 저 유명한 뵈메가 자신을 그저 "뵈메"라고 소개했을 때에서야—티투스의 입에서 "아하"라는 소리가 흘러나왔다. "아하"를 외친 의미를 모든 사람들이 알아들었다. 그는 또 하마터면 '이 주소의 명패를 보면서 금세 알아차렸어야 했었는데'라고 말할 뻔했다. 하지만 그는 입을 다물었다 "아하"라는 소리를 능가할 수 있는 다른 표현이 있을 순 없었기 때문이었다.

"그가 뭐라고 한 거야?" 하고 루돌프 뵈메가 물었다. 이젠 여자들 중에 두 명이 동시에 "아하"라고 되풀이했다. 하지만 그와 똑같은 억양으로 따라 하지는 못했기 때문에, 그녀들은 서로를 나무라며 고쳐주었다. 그러곤 웃음을 터뜨리면서 뭐라 이해할 수 없는 시선으로 티투스를 건너다보았다. 그는 그 모든 것에도 불구하고 의연하려고 노력했다. 바로 그때 베르나데테가 그녀의 팔을 그의 팔 밑으로 밀어넣었다. 마치 그에 대한 권리를 주장하겠다는 듯. 그는 아직도 접시에 반이나 남은 프랑스식 프티푸르 케이크와 머그컵을 두고 자리를 떴다. 그는 인생의 물결이 그를 신고 가는 대로 모든 것을 맡길 요량이었다.

그들은 졸업무도회가 열리는 '엘베 호텔'에 마지막으로 나타났건만 아무도 그들을 나무라지 않았다. 오히려 그 반대였다. 베르나데테의 친구들이 홀 중간에 의자 두 개를 맡아두고 있었기 때문에 마치 신혼부부처럼 자리에 앉을 수 있었다. 모두들 함께 춤을 추었고, 한 쌍의 한 명은 적어도 춤동작의 차례를 알고 있었다.

나중에 그는 베르나데테를 데리고 다니며 자신의 어머니와 할아버지께 소개했다.

그녀가 "베르나데테 뵈메"라고 소개하자, 어머니와 할아버지는 그녀가 누군지 금세 알아차렸다. 마지막에 그는 졸업무도회의 순서에 따라 베르나데테의 어머니와 차차차를 추었는데, 그녀의 팔 동작을 고쳐주려 했지만 소용없는 일이었다.

대회에서 베르나데테와 그는 3등을 했다.—초보자로선 최고였다. 그러나 그런 게 다 무슨 의미가 있단 말인가. 그들에게서 '서로를 끌어당기는 힘'은 이제 더는 남아 있지 않았다. 그는 그것을 글자 그대로 생각했다. 그들이 이 모임의 중심이었다. 그 어떤 말도, 그 어떤 제스처도, 그 어떤 시선 하나라도 화답받지 않은 것은 없었다. 그녀의 남자형제 마르틴마저도 그들에게로 다가왔다. 마르틴이 그의 넥타이를 고쳐 매주는 태도로 보아 그는 그녀의 남동생이 아니라 티투스보다 나이가 많을 것임이 분명했다. "너 9월부터 십자가 신학교에 가지?" 하고 마르틴이 물었다. "자, 우리 학교를 위해서 건배할까?" 세 명이 함께 건배를 했다.

*

책상 앞에 앉은 티투스는 군다 라핀이 얘기를 계속하라고 졸랐을 때 매우 불쾌했었던 일을 떠올렸다. 그는 마르틴이 십자가 학교의 옆 반 동창이었다는 것과 체육 시간에 운동을 같이 했었다는 것만을 더 말해주었다.

"그럼 베르나데테는?"

티투스는 군다 라핀의 입에서 그녀의 이름이 나오는 게 매우 놀랍다는 듯 그녀를 바라보았다.

"베르나데테는 10학년이에요."

"너희들 자주 만나니?"

"아니요."

"그럼 내일은?"

그가 초대를 받았다는 것을 이미 말했던가? 그게 아니라면, 어째서 군다 라핀이 그걸 알고 있단 말인가?

졸업무도회가 끝난 후 베르나데테와 그는 다시 만날 약속을 하지 않고 헤어졌다. 어차피 며칠 내로 다시 만날 거라고 생각했기 때문이었다. 그와 어머니와 할아버지가 전차를 기다리는 동안 뵈메의 가족과 친척들은 자동차를 타고 바이센 히르쉬로 떠났다. 이번 주말부터 여름방학이 시작된다. 전화번호부 책에서 슈뢰더 슈트라세 15번지에 사는 루돌프 뵈메를 찾을 수 없어서 그는 사흘 후 직접 그 집을 찾아갔다. 여름휴가 동안의 극장처럼 그 저택은 텅 빈 채 방치되어 있었다. 일주일에 한두 번씩 그는 11번 전차를 타고 바이센 히르쉬으로 올라갔다. 매일 우체통으로 달려갔지만 졸업무도회의 사진 한 장 도착하지 않았다.

8월 초에 드디어 그 집의 문이 열렸고, 그는 다시 그 집의 냄새를 흠뻑 들이마실 수 있었다. 마르틴은 그를 만나 반가운 모양이었다. 티투스는 마르틴이 자신을 베르나데테에게 데려다주리라 믿었다. 그리고 그가 혼자 남겨졌을 때조차 마르틴이 베르나데테의 방문을 두드리고 있을 것이라고 믿었다. 그러나 마르틴은 다 식어빠진 커피가 든 주전자만 가지고 돌아왔다. 그렇게 해서 티투스는 마르틴의 손님이 되었다.

베르나데테는 헝가리에 있는 친구들 집에 있거나, 친구들과 함께 헝가리에 가 있다는 것이었다. 그는 그걸 정확히 알지 못했다. 그는 그들의 응접실과 그녀의 부모님을 보고 싶었다. 티투스는 커피를 너무 많이 마셨다. 그는 마르틴처럼 우유와 설탕을 넣지도 않은 채, 커피 맛도 제대로 느끼지 못한 채 연거푸 잔을 비웠다.

그날 밤, 그는 잠을 잘 수 없었고 열이 났다. 베르나데테의 편지는 어쩌면 분실되었을지도 몰랐다. 그녀가 티투스의 주소를 가지고 있기나 했던가?

개학하기 며칠 전, 그녀의 어머니가 그를 맞이했다.

[1990년 5월 19일의 서간문]

"티투스, 만나게 되어서 아주 반가워요!" 그녀가 그렇게 외치며 그를 집 안으로 안내했다. 그녀는 그를 찬찬히 쳐다보았다. 그리고 '티'를 한잔 마실 시간이 있겠느냐고 물었다. 그녀는 그를 베란다로 보낸 뒤 곧 찻잔과 차를 가지고 왔다. "베르나데테가 서운해하겠어요. 그 아이는 지금 여자 친구들과 함께 포츠담으로 떠났대요. 학생에겐 편지를 보내지 않았나요?"

지금 아니라는 대답을 한다면 예의에 어긋난 일이며, 베르나데테를 배신하는 행위였다. 더군다나 그녀의 어머니가 "여자 친구들"이라고 한 말이 그의 마음을 놓이게 했다.

"어머님이 퍽 매력적인 분이시더군요!" 뵈메 부인이 말했다. 티투스는 하마터면 자신의 어머니는 곧 마흔 살이 되시지만 뵈메 부인은 분명히 더 나이가 많을 것이니 어머니를 '매력적'이라고 보신 게 당연하다고 말할 뻔했다.

"적어도 열세 살, 열네 살이 되면 더 이상 어린아이들이 아니에요. 더는 부모가 영향력을 미칠 수가 없어요. 오히려 정반대죠. 우리가 가르치려 들면 들수록 우리는 아이들을 더 빨리 잃게 돼요." 뵈메 부인은 그녀가 앉아 있던 등나무로 짠 의자를 그의 의자 쪽으로 가까이 당기곤 그에게 차를 더 따라주었다. 저택의 이 베란다 쪽에도 역시 붉은 꽃이 핀 둥근 화단이 있었다.

"친구 간의 우정이 참 중요해요. 티투스, 우리 베르나데테에게 좀더 영향력을 발휘해보세요. 그 아이는 요즘 좀 힘들어하고 있답니다. 내 남편 앞에선 절대 그런 말 하면 안 돼요. 알겠죠? 루돌프 한 명만으로도 고민덩어리거든요."

티투스는 정신이 멍했다. 심지어 루돌프 뵈메가 알아서는 안 되는 일을 자신에게 털어놓다니?

루돌프 뵈메가 테라스로 다가오는 것을 보고서 티투스는 일어나 그에게로 걸어갔다. 마치 나부끼는 깃발처럼 아래로 매달려 있는 그의 손을 잡고 온 신경을 집중하느라 꼭 감은 그의 눈을 보았다.

티투스는 뵈메 부부가 하는 대로 따라 했다. 칼날로 버터를 토스트

위에 바르고 상표가 안 붙은 유리병에 담긴 잼을 그 위에 발랐다. 루돌프 뵈메에게서 눈길을 떼지 않으면서도 그는 모든 종류를 다 골고루 먹어보았다. 비록 티투스가 내내 그 두툼한 입과 이야기를 나누고 있었음에도 불구하고, 티투스는 그가 한번도 자신을 제대로 본 적이 없는 것 같다는 생각이 들었다.

티투스는 루돌프 뵈메와 대화를 나누기 위해 내부에 있는 모든 주의력을 다 동원해야만 했다. 그는 마구 퍼붓는 포탄 속에서도 흔들리지 않고 용감하게 싸우는 해방 전쟁의 참전 용사처럼 꿋꿋이 전진했다. 그러나 그와 동시에 티투스의 정신은 전혀 다른 곳에 가 있기도 했다. 그는 그들이 '티 위드 밀크(tea with milk, 우유를 탄 차)'라며 권한 차를 몇 잔이고 연거푸 마셨고 잼이 달기는커녕 쓴맛이 났음에도 불구하고 매번 맛있다고 덕담을 했다. 그러면서 그는 또 한 번, 의지와 이성의 힘이라는 게 얼마나 미미한지, 그리고 우연이라는 것이, 혹은 그 이상한 능력을 어떻게 불러야 좋을지 알 수는 없었지만, 마치 저절로 문이 열리는 동화의 이야기처럼, 그런 우연의 힘이 얼마나 큰지를 느끼며 놀라움을 금치 못했다.

곧이어 루돌프 뵈메는 그를 집 안 이곳저곳으로 데리고 다니며 그동안 수집한 그림들을 보여주었다. 티투스는 '알베르티눔(독일 드레스덴에 있는 유명한 미술관—옮긴이)'이 아니라 이곳에 있는 그림들이야말로 '새로운 거장'의 진짜 작품이라고 말했다. 그리고 세 사람이 주방에 앉아 하와이 토스트를 먹었을 때 뵈메는 그의 그 말을 인용했다. 티투스는 10시까지 그 집에 있었고, 루돌프 뵈메에게서 책을 세 권 빌려가지고 집으로 돌아왔다. 밤에 그는 구토를 했다. 어머니는 위 점막에 병이 난 것이라고 진단을 내렸다. 그가 뵈메의 집에 갈 때마다 병이 나지 않은 적이 없다는 것이었다.

학교 수업을 다시 시작했을 때에야 그는 베르나데테를 보았다. 그는 가능한 한 그녀를 멀리 피했다. 그녀 앞에서 자신이 1학년짜리 학생처럼 느껴졌기 때문이었다. 아주 멀리서라도 그는 머리를 이리저리 돌리는 그녀를 알아보았다. 그러다 급기야 급식을 기다리느라 선 긴 줄 속에서 그녀가 그에게 인사를 했고, 한 여자 친구에게 그가 졸업무도회 때 자신의 파트너였다고 소개했다. 그녀는 자기들을 그의 앞자리에 세워달라고 부탁했다.

그 두 사람이 우연히 학교 안에서 만날 때마다—베르나데테는 그를 만났다는 것이 매번 새롭게 놀라운 모양이었다.

졸업무도회가 있었던 시점부터는 시간이 오히려 거꾸로 가는 것 같았다. 그는 성장하는 게 아니라 더 어려지는 기분이었다. 그리고 그가 항상 꿈꾸어왔던 모든 것들은 갑자기 동화 속 나라 같게만 여겨지는 과거의 것이 되어 있었다.

그는 그런 이야기를 군다 라핀에게 들려주었다. 그는 쉬지 않고 단숨에 말했다. 그렇다면 이제는 모든 것이 달라질 것이라는 그 갑작스러운 확신은 도대체 어디서 생겨났단 말일까? 그가 아까부터 쓰려고 했던 그 변화는 어떻게 해서 일어난 것이었을까?

"목이 몹시 마른 모양이네" 하고 군다 라핀이 말했다. 물이 또 채워지기가 무섭게 그가 그 물잔을 단숨에 비웠던 것이었다. 하지만 이번만큼은 그냥 물이었다.

티투스는 펼쳐진 일기장을 응시했다. 거기에는 연도, 날짜, 시간과 군다 라핀이라는 이름이 적혀 있었다. 그는 첫 문장을 "그녀는 브래지어를 착용하지 않는다"라는 문구로 완성했다. 날짜를 쓰는 난에도 "새벽

1시 16분"이라고 마저 적어넣었다. 그러고는 일기장을 덮었다.

3

사람들이 마르틴의 생일잔치 식탁에 앉아서 왜 티투스가 오지 않았는지 묻기를 바라며, 그리고 누군가가 그를 위해 자리를 맡아놓을 것을 바라며, 그는 30분에서 45분 정도쯤 늦게 나타날 셈이었다. 그런데 왜 그게 한 시간 반으로 늘어난 것인지는 그 자신도 알 수가 없었다. 그는 뵈메의 훌륭한 저택에서 보낼 수 있는 귀중한 시간을 놓쳐버린 것이 몹시 섭섭했다. 그래서 그는 늦게 나타난 신비한 손님의 역할을 맡는 대신, 자신을 책망했다.

베르나데테가 현관문을 열고 그를 맞이했을 때, 그는 여전히 부서져 있는 노란색 타일 위에 서 있었다. 그녀는 소매 없는 블라우스 차림에 팔짱을 끼고 있었다. 그들은 아무 말 없이 악수를 나누었다. 그녀의 어깨까지 소름이 돋아났다.

티투스는 이 저택의 냄새를 즐겼다. 그 냄새를 묘사해보려고 시도하는 순간—땅콩, 금방 빨아 넌 세탁물, 가구 왁스, 담배, 향수, 오븐에서 갓 구운 요리, 파인애플—그의 머릿속에는 너무나 많은 생각들이 떠올랐다.

"주방에 사람들이 다 모여 있어" 하고 베르나데테가 말하며 그에게 옷걸이를 건넸다. 그녀는 케이크 접시를 들고 위층으로 올라갔다.

"괜찮아." 마르틴이 말하며 창턱에 선물을 얹었다. "정말 괜찮다니까." 그들은 이제 막 식탁에 앉았다. 베르나데테의 어머니가 그의 손을 잡고 한참을 흔들었다. 요아힘과 어제 공원에서 그와 함께 보았던 그 소녀도 와 있었다. 세 명의 여자아이들은 티투스가 모르는 여학생들이었다. 커피와 '티 위드 밀크,' 프티 푸르 케이크, 손수 구운 크림을 얹은 자두 케이크가 있었다. 요아힘이 와 있다는 사실이 그를 괴롭혔다. 그 친구가 예전에 이곳에서 티투스가 누렸던 명성을 더는 누리지 못하도록 방해라도 할 것 같았다.

베르나데테의 어머니가 곧 그의 옆자리에 앉아 어머니와 할아버지의 안부를 묻고는 새로운 학교의 첫 일주일을 잘 지냈는지도 물었다. 그는 그녀와 함께 주방에 남는 게 제일 좋을 성싶었다.

마르틴의 방에서는 티투스가 모르는 선생님에 대한 이야기가 오가고 있었다. 요아힘은 쉬츠(바로크 시대 독일음악의 기초를 닦은 작곡가—옮긴이)의 음악이 담고 있는 감성적인 면에 대해 긴 강의를 늘어놓았다.

태양이 낮게 떠 있었기 때문에, 햇빛이 구름의 옆과 아래로부터 뻗어 나오면서 선명하면서도 어두운 구름의 윤곽을 그리고 있었다. 마침내 그가 잔디밭 위에서 두 사람의 형체를 알아보았을 때는 이미 해가 기울고 있었다.

머리의 움직임으로 베르나데테만을 겨우 알아볼 수 있었다. 그들은 서로의 손을 마주 잡고 있었다. 그는 거의 신음 소리를 낼 뻔했다. 바로 그 순간, 그토록 찌르는 듯한 아픔을 느꼈던 것이었다. 그들은 함께 잔디밭 위를 가로질러 가 저택 왼쪽의 경계를 지어주던 덤불까지 다다랐다. 티투스는 유리창에 이마를 눌렀다. 하지만 그들은 시야에서 이미 사라지고 없었다.

누군가가 자신의 이름을 불렀다. "넘쳐흐른 시럽 같아." 그가 조용히 말했다. 방의 전등불이 꺼지고 다른 사람들이 창문 쪽으로 다가왔다. 티투스는 몸을 돌리지 않았다. 자리를 내주지도 않았다. 남쪽 하늘이 초록색이었고 보라색이 밝거나 어두운 파란색으로 변하고 있는 곳에서 지평선이 넘실거렸다.

"내 모든 감각이 마비되었네." 마르틴이 노래했다. "눈앞이 캄캄해지고 보랏빛, 푸른빛만 보이네." 마르틴이 불을 켜고 만프레드 크뤼그(독일의 배우이자 가수 — 옮긴이)의 레코드판을 틀었다. 티투스는 곁눈질로 밖을 내다보았다. 하지만 자신의 반사경만 보일 뿐이었다. 마르틴, 요아힘 그리고 다른 아이들은 모두 함께 노래를 불렀다. 그들의 목청은 이런 종류의 음악에는 맞지 않았다. 그래도 그들은 저녁 식사를 할 때까지 시간을 보낼 수 있는 일을 찾아낸 것이었다. 스톤스Stones나 티. 렉스T. Rex에서조차 타이틀 곡이 다 지나갈 때까지 '주음, 딸림음, 보조딸림음' 말고는 중얼거릴 것이 없는 요아힘도 굵은 변성기의 목소리를 울리며 노래를 따라 불렀다.

오늘 둘째 시간, 독일어 수업 시간에 고리키의 『어머니』가 다루어졌고, 문학 속 주인공들에 대한 얘기를 나누었다. 독일어를 가르치시는 여선생님은 다윗과 골리앗도 문학적 주인공이라고 불렀다. "그녀가 신약성서의 인물들을 건드리지만 않는다면" 요아힘이 쉬는 시간에 말했다. "문학적 주인공들을 수집하든지 말든지 마음대로 하라고 해." 티투스가 신약성서에 나오는 사람들의 성격이 드러나 보이는 일은 드문 것 같다고 말했다.

요아힘은 어째서 그렇게 생각하느냐고 물었다.

"십자가에 박힌 두 명의 도둑 중 하나가 갑자기 개종했다면 — 나는 그런 일은 도저히 일어날 수 없다고 생각해." 티투스가 말했다. "계속해서 조롱하는 인물이 훨씬 더 나아, 더 자연스럽고."

"어째서?"

"그렇게 무례하게 구는 것 말고 그가 뭘 더 할 수 있겠어."

"그는 자신보다 훨씬 더 큰 불행에 빠져 있는 사람에게 침을 뱉었어!"

티투스가 아무런 대답을 하지 않고 있자 요아힘이 일장 연설을 늘어놓았다. "또 다른 도둑놈 하나는 자기가 부정을 저질렀으나 예수님은 무죄라는 걸 알았단 말이야. 그 차이를 깨달은 거지. 그런데 어째서 다른 놈이 더 낫다는 거지?"

티투스는 그 질문에도 역시 대답하지 않았다.

"누가 너한테 다른 놈이 더 낫다고 말했는데?"

"아무도 안 그랬어." 티투스가 대답했다. "아무도 그런 말 안 했어!" 그리고 갑자기 덧붙였다. "난 침략자 독일연방군에 대해서 수업시간에 발표해야 돼. 월요일에."

요아힘은 무엇인가를 더 기대한다는 듯이 그를 응시했다. 그리고 한참 후에 말했다. "그럼, 잘하면 될 거 아냐. 그 발표!"

마르틴의 침대 위에 소녀들이 나란히 붙어 앉아 있었다. 세 명의 가수들은 레코드판 커버를 들여다보느라고 정신이 없었다.

어느덧 하늘은 색을 잃고 다만 가늘고 환한 줄만이 어렴풋이 남아 있을 뿐이었다. 마치 문을 닫기 전 밖으로 비치는 문틈의 빛처럼.

왜 그는 아까 밖에서 베르나데테를 보았다고 확신했었을까? 그녀의 어머니나 아버지였을 수도 있었을 텐데. 베르나데테는 옆방에서 케이크를 먹고 있는 게 아니었던가? 그는 이제 둥근 꽃밭 사이에서 그녀를 보지 않았었다는 것을 확신했다. 그렇게 생각하자 그는 마음의 짐을 벗고 즐거울 수 있었다.

[1990년 5월 24일의 서간문]

그가 몸을 돌렸다. 그들은 여전히 똑같은 노래를 부르고 있었다. "어제 무도회 때, 처음으로 너와 네 걸음걸이를……" 베르나데테와 그를 두고 한 말이었을까?

티투스는 침대에 앉은 소녀들 옆으로 가 앉았다. 그 역시 그렇게 뛰어다니고 싶었다. 그는 심지어 그 세 명보다 더 잘 뛰어다닐 수 있을 것이었다. 하지만 그는 가사를 알고 있었음에도 노래는 부를 줄 몰랐다. "내 모든 감각이 마비되었네. 눈앞이 캄캄해지고 보랏빛, 푸른빛만 보이네. 난 갈매기와 백조와 두루미가 지나가는 걸 보네."

악기가 될 수 있는 그 특권. 그 세 명은 한번도 그에 대해 말한 적이 없긴 하지만 그럼에도 불구하고 그것은 그들의 자신감과 확신감을 설명할 수 있는 가장 좋은 표현이었다. 티투스는 적어도 좋은 청중임을 내세우고 싶어 세 명에게 아낌없는 박수를 보냈다. 그들은 도무지 노래를 멈추려 하지 않았고 너무 큰 소리로 노래를 부르는 바람에 나중에는 식탁으로 오라는 종소리조차 듣지 못했다. 베르나데테의 남동생 마르쿠스가 식탁의 좌석마다 이름을 썼고 베르나데테는 냅킨을 끝이 셋으로 갈라진 왕관 모양으로 접었다. 루돌프 뵈메는 초를 켰고 방 안 여기저기에 나누어 놓았다. 작은 보폭으로 걷는 그에게는 안성맞춤인 일이었다. 루돌프 뵈메가 표현한 것처럼 구석에 웅크리고 있던 어두움의 개들이 모두 물러간 후에, 그가 모두에게 인사를 했다. 그는 손수 주방문을 닫고 의자 뒤에 섰다. "내 사랑하는 마르틴." 그가 시작했다.

티투스가 미소를 지었다. 그는 먼저 마르틴을 그리고 한 사람 한 사람 모두 다 둘러보았다. 하지만 티투스 자신을 제외하고는 아무도 생일을 맞이한 아이를 앞에 두고 축하 연설을 한다는 것이 지나치다고 생각지는 않는 모양이었다.

티투스는 매우 특별한 진지함으로 루돌프 뵈메를 올려다보았다. 그는 턱을 치켜들고 눈을 감은 채 마치 꿈을 꿀 때처럼 속눈썹을 깜박거리며 말했다. 그동안에도 그의 손가락은 탁자 가장자리를 더듬으며 식탁보를 반듯하게 펴려는 듯 움직이고 있었다. 촛불 빛 속에 드러난 남매들의 모습은 서로 닮아 있었는데, 특히 어머니를 더 닮은 듯했다. 마치 모두가 똑같은 가발을 쓰고 있는 것처럼. 베르나데테의 아버지가 티투스의 이름을 입에 올리는 순간, 그녀가 티투스 쪽을 건너다보았다.

와락 터진 웃음이 연설을 마감해주었다. 루돌프 뵈메의 말에 따라 모두가 잔을 들어 건배하려고 했는데, 그 잔들이 비어 있었으며 게다가 루돌프 뵈메 자신이 스스로 연설을 멈추고 그렇지 않아도 뭔가 하나 빠진 것 같이 생각했다고 말했기 때문이었다.

그들이 식사를 시작했을 때, 케첩 병 역시 비어 있었다. 그럼에도 불구하고 케첩 병은 식탁 위에서 이리저리 건네졌다. 그 한심한 노릇이 절정을 맞은 건 루돌프 뵈메가 순진무구하게도 고개를 쑥 빼고 케첩 병을 좀 달라고 부탁했을 때였다. 그는 병을 거꾸로 들고 몇 번인가 노력을 해보다가는 조금 전에 막 케첩을 다 먹은 것이라고 생각했던 것이었다.

베르나데테는 등받이에 기대고 앉아 먹다 남은 토스트만을 뚫어지게 쳐다보고 있었다. 케첩에 관한 우스갯소리에도 그녀가 아무런 주의를 기울이지 않았으므로 티투스 역시 가능한 한 웃지 않으려고 애썼다.

마르틴과 요아힘은 계속해서 말도 안 되는 소리를 지껄여댔다. 하지만 오히려 바로 그런 잡담이 식탁에 모인 사람들의 침묵하게 만들었다. 티투스는 루돌프 뵈메에게 던질 만한 질문이 무엇이 있을까 궁리하고 있었다. 그리고 포크와 칼을 소리 내지 않고 가만히 놓으려고 애썼다. 그는 루돌프 뵈메가 포크에 찍은 음식을 먹기 위해 매번 그의 머리를 접시 쪽으로 얼마나 깊이 숙이는지 지켜보았다. 입술과 혀의 움직임, 음식물을 면밀히 씹는 그의 모습이 티투스에겐 언어를 반추하는 것처럼 보였다. 마치 루돌프 뵈메가 언젠가 예전에 썼던 단어와 문장과 생각 들을 꺼내 바로 지금에서야 몸에 배도록 체화한다는 듯이.

"요즘은 어떤 주제를 다루고 있습니까?" 요아힘이 물었다.

"아빠, 아빠한테 묻잖아요." 베르나데테가 말했다.

"혹시 말씀하고 싶지 않은 건 아니구요?"

티투스는 이 기회를 이용해 숨을 깊게 들이마셨다가 내쉬었다.

루돌프 뵈메는 음식물을 계속 씹으면서 말했다. "난 요즘 번역을 한다네. 아니, 할 수 있다고 생각하면서 시늉만 하고 있지. 좀더 자세히 말하자면 너희들도 알고 있는 브로크만과 함께, 보리스 브로크만. 그는 대단해, 정말로 훌륭해. 진짜 번역은 그가 하고 난 그저 문장을 조금 더 다듬고 있지."

루돌프 뵈메는 접시에 남아 있던 녹인 치즈로 식빵 부스러기를 살살 긁어모았다.

10학년부터 그들에게 라틴어와 그리스어를 가르치게 될 보리스 브로크만 선생님은 베르톨트 브레히트를 닮았고 옷도 그렇게 입었다. 티투스는 본관의 맨 위층으로 가는 길에서만 그를 보았을 뿐이었다. 반쯤은 창턱에 몸을 기대고 반쯤은 난방기에 걸터앉은 채 브로크만은 오로지 인사받기만을 기다리는 사람처럼 보였다. 그는 몹시 신중하고 잘 표현된 "안녕하세요!"로 화답했다. 티투스는 매번 그의 인사 속에서 단지 빈말이 아니라 상대가 안녕하기를 바라는 진심을 느끼곤 했었다.

"누군가 번역에 관해 책을 써도 좋을 거야." 루돌프 뵈메가 말했다. "훔볼트에서 오늘날까지. 사태를 정확히 파악하는 사람이라면 사실 번역이란 존재하지 않는다는 걸 알게 될 테니. 누구나 매우 빨리 생각의 함정에 빠지지!" 그가 입가를 깨끗이 닦았다.

"우리가 늘 비웃곤 하는 문제, 정당한 일이기도 하지만, 즉 '시인이 도대체 무엇을 얘기하고 싶은 걸까?'"—루돌프 뵈메는 혼자서 웃었고 그의 혀가 앞니 앞을 스쳤다. "당신이 원문을 가지고 있으니 번역을 해보라고 한단 말이지. 그리고 모두들 그걸 자연스러운 일이라고 여기고. 책꽂이에 잘 꽂아놓을 수 있는 책이 생기는 건데 거기에 무슨 문제가 있겠어? 원본이란 건 또 왜 있는 건데? 원본이란 누군가가 몸을 굽히고 그것을 봐주었기 때문에 있는 것이지, 그렇지 않다면 원본이라는 것도 존재하지 않을걸."

주관적 이상주의자, 라고 티투스는 생각했다.

"하지만 원문이 원문이 아니라면요" 마르틴이 말했다. "그럼 그게 뭔데요?"

"책꽂이에 꽂인 원문은 그저 인쇄된 종이일 뿐이야." 루돌프 뵈메가 말했다. "네가 그걸 펴고 읽는 순간, 바로 그때부터 문제가 복잡하게 되는 거지."

"당신이 번역하는 게 뭔지 그들에게 말해줘요." 또다시 담배를 피우고 있던 베르나데테의 어머니가 말했다.

"그걸 말하는 것부터가 문제거든." 루돌프 뵈메가 소리쳤다. "에우리피데스의 『바카이』『바쿠스 신의 여사제들』『신들린 사람들』 혹은 『광인들』, 아니면 또 어떻게 내가 그걸 불러야 한단 말이지? 너희들 이해하겠니?"

"아니요!" 마르틴이 말했다.

"『바쿠스 신의 여사제들』을 말하면 화가 요르다엔스가 눈앞에 떠오르고, 『바카이』를 말하면 화가 카라바조가 떠올라, 병든 바쿠스를 그렸던. 그게 디오니소스 신과 무슨 관련이 있다는 거지?"

"그럼 다른 단어로 해보세요." 마르틴이 말했다.

"어떤 걸?"

"사전에 있는 것으로요."

"사전에 있는 것?" 루돌프 뵈메가 묻고는 눈을 감는다. "사전에는 이렇게 되어 있어. '바쿠스의 열렬한 추종자, 바쿠스의 황홀경에 빠진 자, 화가 난 자, 광인.' 뭐, 이런 식이지."

"그래, 어떤 게 맞겠니?" 루돌프 뵈메가 그의 접시를 들여다보았다. "그런 비슷한 농담을 학교에서 나눈 적이 있단다. 고대 그리스인은 가장 중요한 걸 알지 못했대. 즉, 그들이 '고대 그리스인'이란 걸. 이해하겠니? 그리스인을 '고대 그리스인'으로 만든 그 시간은 항상 새로운 의미들을 제공해야 했어. 정작 그리스인은 물론 몰랐을뿐더러 알 수도 없는 의미들을. 그 단어들이 분명 그리스로부터 유래한 것임에도 불구하고 말이지. 난 그 단어의 의미를 너와는 다르게 볼 거고, 엄마는 엄마대로 다르게 볼 거란 말이야. 우리의 친구 티투스는 또 티투스만의 아주 독특한 의미를 발견할 것이고. 각자 본인들만의 경험이 하는 거야. 그러니 똑같은 문장을 모두가 다 다르게 읽지."

"정말 그래, 티투스?" 마르틴이 물었다.

"그래, 맞아." 티투스가 진지하게 대답했다.

"그래, 맞아." 마르틴이 그를 따라 했다.

"텍스트는 죽은 게 아니라" 루돌프 뵈메가 말을 이었다. "우리가 던지는 질문에 아주 독특한 방식으로 대답을 주거나 그 대답을 거부하고 있단다. 거기에는 하나의 목소리가 숨어 있어, 그건 만남이며 대화……"

"후우우!" 하고 마르틴이 외쳤다. "열렬한 추종자가 들려주는 유령이야기!"

베르나데테의 어머니는 고개를 흔들며 담배 연기를 위로 내뿜었다.

"그의 말이 맞아, 소피" 베르나데테의 어머니가 뭐라 말하기 전에 루돌프 뵈메가 외쳤다. "독서는 항상 유령이야기거든."

"추종자들에게는 그럼 무엇이 문제란 말인가요?" 티투스가 물었다.

"이런 얘길 자꾸 하면서 우리 저녁시간을 다 망치겠네요." 베르나데테의 어머니가 말했다.

"어쨌든 괴테가 제일 좋아하던 비극, 그러나 잔인한, 잔인……"

[90년 5월 25일의 서간문]

"방금 하려던 말을 잊어버렸어. 음, 괜찮아." 그는 그렇게 말하곤 뿔처럼 밖으로 휜 검지를 식탁 가장자리에 갖다 댔다. "디오니소스는 인간의 형상으로 변신했지—그가 인간의 형상을 받아들였다는 게 중요해—그는 자기 어머니 세멜레를 위한 종교의식을 거행하기 위해 그녀의 고향 테베로 왔어. 아시아 전체가 그를 섬기고 있을 때였는데, 그리스만이 그를 전혀 몰랐어. 제우스의 애인 세멜레가 헤라의 꾐에 넘어가, 제우스에게 그가 신이라는 증표를 달라고 요구했어. 제우스는 번개가 되어 나타났고 그 번개에 맞아 세멜레가 죽었어. 디오니소스의 이모들, 즉 세멜레의 자매들은 그 이야기가 세멜레 아버지이며 테베의 설립자인 카드모스가 지어낸 이야기라고 주장했어. 딸의 명예와 왕가를 지키기 위해 꾸며낸 이야기라는 거였지. 사실은 세멜레가 부당하게도 제우스의 아이를 가진 것을 자랑하고 다녔기 때문에 제우스가 그녀를 살해했어. 이런저런 추문이 디오니소스의 마음에 들지 않았지. 디오니소스가 말하길, 그래서 그는 소문을 퍼뜨리는 테베의 모든 여인들을 미치게 만들었으며, 즉 마니아이스로 만들었고 그녀들을 근처 키타리온 숲으로 몰았다고 했지. 디오니소스는 믿음을 요구했어……"

"신이니까 마땅히 그럴 수 있었겠죠." 요아힘이 덧붙였다.

"그가 스스로를 신이라고 자처한다면" 루돌프 뵈메가 대꾸했다. "디오니소스의 사촌인 펜테우스는 테베의 왕이었어. 그의 어머니는 아가우에, 즉 세멜레의 자매였어. 즉 카드모스는 펜테우스와 디오니소스 둘 다의 할아버지인 거지. 펜테우스는 충분히 신적인 것을—아니면" 그는 요아힘을 향해 고개를 끄덕였다. "신을 경외하는 인간이었어. 하지만 오로지 디오니소스만은 제사와 기도에서 제외시켰어. 하지만 우리가 이 말을 덧붙여야만 공정하겠지. 펜테우스가 그의 존재를 전혀 몰랐었다는 것을 말이야."

루돌프 뵈메가 고대 그리스 비극의 코러스의 행진에 대해 설명하는 동안, 베르나데테가 일어나 식탁을 치우기 시작했다. 티투스는 옆자리 여자들의 접시를 자기 접시에 포갠 후 의자를 뒤로 밀었다.

"괜찮아." 베르나데테가 속삭이며 그녀의 손을 그의 어깨 위에 올렸다. 그녀는 그의 접시들을 가지고 주방으로 사라졌다. 마치 연극에서처럼 주방의 불빛이 식탁 위로 비쳐들었다가 다시금 사라졌다. 루돌프 뵈메는 눈먼 예언자 테이레시아스와 건국자인 카드모스, 그 두 명의 백발 노인의 등장에 대해서 이야기했다. 그 두 노인은 디오니소스를 숭배하기 위해 산으로 들어가길 원했다. 그는 그들을 오늘날 디스코 클럽에 가는 은퇴 노인에 비교했다.

티투스는 베르나데테가 건드린 그의 오른쪽 어깨만을 생각했다. 루돌프 뵈메 말을 듣는 것보다—티투스는 테이레시아스와 카드모스를 조롱하는 펜테우스를 잘 이해할 수 있었다—베르나데테가 설거지하는 것을 돕고 싶었다.

그는 그녀의 어머니가 외치는 소리를 들었을 때부터 다시금 귀를 기울였다. "그중 한 남자 디오니소스는 미쳐서 여자들을 때렸고, 또 다른 남자 펜테우스는 여자들을 빗장을 질러 가두길 원했다고. 잘 기억해둬야겠네요!"

"잘 기억해둡시다!" 루돌프 뵈메가 찬성했다. 그리고 아주 작은 차이점이 있다고 했다. 즉, 테이레시아스는 외부로 드러나는 권력을 의미하는 크라토스와 힘과 강인함을 뜻하는 디나미스와의 사이에 중간적인 성격을 갖고 있다는 것이었다.

루돌프 뵈메는 말을 하는 도중에도 식탁을 내려다보았다. 그러다 고개를 들 때면 그는 눈을 감았다. 이렇게 가까운 곳에서라야 그의 얼굴에서 수많은 잔주름을 볼 수 있었다. 아주 섬세한 망처럼 생긴 그 주름들은 눈가에서 볼까지 퍼져 있었다.

어머니가 예전에 옛날이야기를 들려주었을 때처럼 티투스는 지금도 모든 것을 눈앞에 선명하게 그릴 수 있었다. 펜테우스의 성은 십자가 신학교와 같았고 펜테우스는 교장선생님 혹은 선생님들 같은 사람일 테고 루돌프 뵈메가 주장하는 대로 디오니소스는 히피, 여인들의 영웅이며 동시에 예술가였다.

"디오니소스를 섬기는 종교의식은" 루돌프 뵈메가 말했다. "쉽게 설명되는 그런 단순한 의식이 아니었어. 사람들은 그 종교의식을 직접 실행해야 했고 동참하여서 모든 신앙에서 그런 것처럼 엄격한 규율을 지켜야 했던 거야."

티투스는 디오니소스가 지하 석탄고에 갇히는 것을 보았다— 그때 땅이 진동을 하며 학교 건물이 무너진다. 그러나 디오니소스는 무사히 학교 운동장으로 나와 미친 듯이 펜테우스를 때린 것을 자랑 삼아 말한다. 이 순간, 펜테우스가 달려오고 있다— 페터젠일까? 교장 선생님인가? 모든 것이 디오니소스가 예언했던 대로 이루어졌다. 하지만 페터젠은 그런 이야기를 듣기 싫어한다. 그는 학교 정문을 단단히 잠그도록 시킨다. 마치 그런 종류의 명령이 얼마나 효력 없는 짓인지 직접 경험해보지 못했다는 듯. 요아힘이 그것을 알려주었다. 하지만 페터젠은 언제나 잘난 척하는 학생에게 그만 넌덜머리가 났다. "똑똑하다, 똑똑해, 너!"라고 그가 그리스어로 소리쳤다. "똑똑하군, 하지만 똑똑한 건 좋은데 똑똑하지 말아야 할 곳에서마저 똑똑하단 말이야!"

"그는 우리 할아버지가 늘 말씀하시듯이 남의 말을 잘 듣지 않는 사람인 거야." 요아힘이 말했다.

"우린 펜테우스를 이해함과 동시에 이해할 수 없기도 해." 루돌프 뵈메가 말을 이었다. "그때 일어난 일들은 그가 그때까지 배운 모든 것, 그 당시까지 겪은 모든 경험을 통째로 뒤엎는 모순적인 사건들이었거든. 우리가 갑자기 아무런 이유도 없이 누군가가 쓰고 있던 안경을 벗겨버릴 순 없는 법이란 말이지. 매일, 그리고 매해 그는 바로 그 안경만을 통해 세상을 바라보았던 거야. 하지만 다른 한편으로 생각하면 변화된 상황에서 그가 얼마나 눈먼 장님이었는지, 참 놀라울 뿐이긴 하지."

이 순간 다시 날카로운 빛살이 탁자로 비쳐들었다. 베르나데테가 과일 콤포트가 든 그릇 두 개를 들고 들어왔다. 티투스는 일어나 사과와 바닐라 향을 따라 주방으로 가 역시 작은 그릇 두 개를 가지고 왔다. 베르나데테가 미소를 지으며 마치 뭔가 말하려는 듯 입가를 실룩거렸다. 그들은 두 번이나 아주 가까이에서 마주치며 지나갔다. 그들이 다시 식탁으로 와 앉게 되자 베르나데테가 그를 쳐다보았다. 티투스는 상대의 생각을 알기 위해서는 서로의 시선을 교환하는 것만으로도 충분하다고 생각했다. 그는 베르나데테가 숟가락을 집어 바닐라 소스를 곁들인 구운 사과를 먹기 시작할 때까지 기다렸다.

"정말로 맛있구나." 루돌프 뵈메가 입술을 뾰족하게 만들어 보이며 마치 계란을 두드리는 것처럼 숟가락으로 허공을 두드렸다. 티투스는 그를 따라 칭찬의 말을 늘어놓지 않았다. 그렇게 하는 건 유치하다고 생각했기 때문이다. 베르나데테 역시 아무 말 하지 않았다. 그러나 그 침묵은 비극마저도 밝은 빛으로 밝혀줄 수 있는 유쾌함이었다.

"슈테판은 어디 갔어?" 루돌프 뵈메가 물었다. 그는 벌써 자기 그릇을 긁고 있었다. 마르틴은 그 질문을 못 들었는지 옆자리 사람과 계속해서 대화를 나누고 있었다. 티투스는 미소를 지었고, 그 미소를 베르나데테에게 보여주고 싶었다. 하지만 그 순간 그녀가 말했다. "그럼 전 건너가 볼게요." 그리고 이젠 어느 방향으로 미소를 날려야 할지 몰라 당황해하고 있던 티투스를 쳐다보았다. 그는 꾸역꾸역 입안으로 음식을 퍼넣었다. 마치 흙을 무덤 속으로 삽질해 넣듯 계속해서 사과를 입속에 넣었다. 그러곤 베르나데테가 나가는 쪽을 쳐다보지 않았다.

"저 애의 남자친구가 모레 집으로 이사를 들어올 거야." 루돌프 뵈메가 속삭였다. " 두 사람에게는 일종의 세계의 종말 같은 날이 될 거야."

티투스는 어깨에 닿는 베르나데테 어머니의 손길을 느끼자 하마터면 훌쩍훌쩍 울음을 터뜨릴 지경이 되었다.

그는 고개를 돌리지 않은 채 그녀에게 자신의 빈 그릇을 내밀었다. "고맙습니다"라는 간단한 말조차도 목구멍에서 나와주지 않았다.

베르나데테의 어머니는 '티'를 마시고 싶은 사람이 없느냐고 물으면서 티투스 바로 앞에 캔디가 든 통을 놓았다.

"하던 얘길 빨리 마저 하고 싶어." 루돌프 뵈메가 소리쳤다. "아니면 또 속편이 있나?"

그는 어느 목동에 관한 이야기를 했다. 그 목동은 산속에 있는 여인들을 관찰했다. 그러나 그가 보고한 내용은──인간과 자연이 완벽한 조화를 이루는 장면이라면서──펜테우스의 취향에는 맞지 않았다……

티투스는 머리를 짧게 깎고 쇠로 된 헬멧을 쓴 그 슈테판이란 청년을 눈앞에 그려보았다. 티투스는 요아힘이 몇 주일 전에 그에게 써준 국기에 대한 맹세를 기억하려고 애썼다. 그는 슈테판에게 국기에 대한 맹세를 암송하게 할 수 있을 것이고, 그러면 베르나데테도 함께 들을 수 있을 것이었다. '나는 내 조국 독일민주주의인민공화국에 충성을 다할 것과 노동자 및 농민 정부의 명령에 따라 그 어떤 적으로부터도 나라를 지킬 것을 맹세합니다'라고 슈테판이 말했다. '나는 사회주의를 지키기 위해 적들과 싸울 각오를 굳건히 하며 조국의 승리를 위해 목숨을 바칠 것을 맹세합니다. 만약 내가 언젠가…… 법률의 지엄한 벌을 받을 것이며…… 그리고 공장노동자 인민이 주는 경멸의 벌도 달게 받겠습니다.

"여자들은 짐승에게로 달려들어 갈기갈기 살을 찢었어. 양과 소를 맨손으로 때려잡아 피가 여기저기 튀었고 살덩어리들이 나뭇가지에 걸렸지. 뼈와 발굽은 공중으로 던져지고……"

티투스는 그런 이야기를 듣는 게 좋았다. 그는 얼굴을 찡그리지 않았다. 그에 대해서라면 루돌프 뵈메는 전혀 배려할 필요가 없었다.

요아힘은 애초에 여인들이 무력을 쓰도록 만든 것은 무력이었다고 말했다.

"그래, 물론 그렇지. 펜테우스는 듣고 싶은 것만 듣는 자니까. 더구나 그는 여자들에게 지는 것보다 더 나쁜 것은 없다는 이유를 들기도 했지. 그런 불명예를 그리스가—갑자기 테베에서 그리스로 말을 바꾸며—당할 수는 없다며. 바로 이 대목에선 니체와, 또 그와 의견을 같이하는 사람들 말이 옳아. 펜테우스는 훌륭한 인물이 못 된단 말이지. 하지만 다른 한편으로 보면 통치자로서는 지극히 정상적인 행동이었어. 어쨌든 그의 그 고집불통에 화가 난 디오니소스는 신에 대항해서 무기를 들지 말라고 또 한 번 그에게 경고했어."

"디오니소스의 인내심이 대단하군요." 요아힘이 말했다.

티투스는 대학살 장면이 끝나자 적이 실망스러웠다. 왜냐하면 바로 그런 것이 전쟁이었으므로, 혐오스럽고, 잔인하고, 말로 다 형용할 수 없을 정도로. 그리고 슈테판 역시 동참할 것이었다. 조금 전에 그러겠다고 맹세를 했으니까. 루돌프 뵈메가 비극의 전환점을 이야기하는 데 귀를 기울이는 대신 그는 베르나데테가 마침내 군복을 입은 자에게서 몸을 돌리는 장면을 그려보았다. 너무나도 많은 비겁함과 굽실거림과 절대복종에 역겨움을 느꼈기 때문이었다.

"펜테우스는 자신의 귀에 들린 모든 것을 그의 언어로 번역했어. 자신이 던지는 질문에 바른 대답을 들을 수가 없다고 생각했기 때문이었지. 그가 잘못된 질문을 한다는 것을 깨닫는 대신에 말이야. 간단히 말해서 그는 스스로에 대한 질문을 던질 수 있는 준비가 되어 있지 않았거나 그렇게 할 수 없었기 때문에 잔혹한 결말을 맞이하게 된 거야." 루돌프 뵈메가 말했다. 그리고 티투스는 이렇게 외치고 싶었다. 그는 비겁했기 때문입니다! 그는 자신이 무엇을 하고 있는지를 몰랐기 때문입니다! 그는 베르나데테를 가질 자격이 없기 때문입니다!

"저열한 놈" 마르틴이 외쳤다.

"그래, 텐테우스는 관음광(觀淫狂)이었어." 루돌프 뵈메가 말했다. "이젠 그가 왜 봉헌과 예배가 거론되는 장소에서 오로지 음란과 무절제만을 봤는지 이해가 되지. 자기 자신을 잘 알고 있던 그는 다른 사람한테서는 어떤 모습일지도 안다고 믿었던 거야. 네가 저열한 놈이라고 부른 그의 그 행동은 그럼에도 불구하고 그의 고집불통을 나타내는 시작 단계에 불과했지. 갑자기 그는 자신의 나라 안에서나 자신의 내면에서나 늘 억압하고 억누르기만 해왔던 성격을 드러낸 거야. 바로 그것 때문에 그는 파멸했지."

루돌프 뵈메는 계속해서 디오니소스가 양면성을 가진 마니아가 아니라 한 가지 성격만을 가진 뤼사요 펜테우스를 무너뜨린 후 펜테우스가 여장을 하고 키타이론으로 숨어들어갔다는 이야기를 했다. 그 가운데에서도 티투스는 그가 실행해야 한다는 것을, 오로지 한 가지 행동만이 그와 베르나데테를 구할 수 있음을 이해했다.

"'펜테우스가 제정신이었다면 여자 옷을 입지는 않았을 거야'라고 디오니소스가 말했어." 루돌프 뵈메가 계속했다. "그런데 문제는 말이야, 디오니소스의 말이 부조리한 상황을 불러일으키지 않았는가 하는 점이야. 바로 그때부터 모든 상황이 한 발 한 발 파멸로 치닫게 되었으니까. 디오니소스는 자기의 적대자를 죽이는 것만으로 만족하지 못했어, 펜테우스는 그의 어머니 손에 의해 죽어야만 했지."

티투스의 몸은 뜨거웠고 머리는 불덩어리였다. 그는 억지로 귀를 기울이려고 애썼고 모든 것을 한꺼번에 생각하지 않으려고 노력했다. 너무 많은 세계와 너무 많은 꿈과 너무 많은 삶이 있었다. 그는 결정을 내려야만 했다.

루돌프 뵈메는 자신이 눈으로 직접 보았다는 듯, 디오니소스가 소나무를 아래로 휘도록 끌어내린 후 펜테우스를 나무의 정수리에 앉히고는 조심스럽게 나무 줄기를 놓아 똑바로 세우는 장면을 묘사했다. "여자들은 그가 그녀를 보기도 전에 그를 보았고 소나무를 잡고 뿌리째 뽑아버렸다. 펜테우스는 여인들의 옷을 찢으며 어머니에게 애원했다. 나예요, 어머니, 어머니의 아들 펜테우스, 어머니가 낳은 아들이라고요, 제발이지 자비를 베푸세요, 어머니, 절 죽이지 마세요, 제 잘못입니다, 전 어머니의 아들입니다! 하지만 아가우에, 그의 어머니가 그의 오른팔을 잡아 한쪽 발로 몸을 짓누르고 그의 어깨를 잡아 찢었어…… 살육이 끝난 후 펜테우스의 머리가 그의 어머니 손으로 떨어졌지. 그녀는 튀로스 지팡이에 솔방울 대신 그의 머리를 꽂고 도시 안으로 승승장구 행진해 들어갔다. 아가우에는 처음으로 사냥감을 잡은 것을 자랑스러워하며 코러스 단원들에게도 함께 식사를 하자고 권했지. 코러스 단원들은 놀라 거절했어. 아가우에는 자기 손에 든 것이 송아지라고 생각하며 그것을 쓰다듬었고, 아들 펜테우스가 그녀의 사냥 솜씨와 포획물을 보면 칭찬할 것이라고 자랑스럽게 말했다. 이 장면에서 눈물을 흘리지 않은 사람이 있다면" 루돌프 뵈메가 말했다. "그는 가공할 만한 인물인 거지."

잠시 후 그들이 식탁에서 일어났을 때 티투스는 벌써 결심을 굳힌 후였다. 그는 큰 거실의 창문 옆으로 가서 시내를 내려다보았다. 도시가 그의 발 앞에 펼쳐져 있었고, 목소리들이 들려왔다. **우리는 너의 백성이고, 그**

녀들의 목소리가 공중에서 아른거리며 들려오기 시작하네. 그녀들이 그를 부르네. 그녀들과 같은 종족인 그를. 그는 감행할 것이고, 그는 행동할 것이며, 자신의 지팡이를 휘두르게 되리라. 끔찍하고도 기뻐 날뛰는 젊음의 지팡이를. 그는 언젠가 이 구절을 잘 외워둔 적이 있었다. 백 퍼센트는 아니었지만, 거의 다 잘 암송할 수 있었다.

티투스는 요아힘과 이야기를 나눌 생각이었다. 단둘이서만. 집으로 돌아가는 길에도 방해를 받아 대화를 나눌 수 없을까 봐 걱정했다. 요아힘은 루돌프 뵈메의 곁을 잠시도 떠나지 않았다.

그들 모두가 마지막으로 옷을 걸어둔 현관으로 갔을 때 티투스는 제일 먼저 작별인사를 하고 문밖으로 나왔다. 조바심이 나서 가만히 있을 수가 없었다. 그가 혼자 남아 있는 시간, 요아힘이 그를 기다리게 하는 시간, 그 시간이 시시각각 티투스의 결심을 흔들리게 했다. 그렇지만 요아힘에게 자신의 결심을 알리기만 한다면, 바로 그 순간부터는 더 이상 흔들릴 수 없으리라. 티투스는 마침내 다른 사람이 되고 싶었다. 바르고 좋은 사람이. 그는 몸을 떨었다. 모레 마지막 시간이 아니라 지금, 바로 지금 결정이 날 듯.

바람이 더욱더 세져 있었고 하늘은 깜깜했다. 나무 뒤에서 가로등 불빛이 깜빡거렸는데 그 가로등이 그 일대를 비추는 유일한 조명이었다. 그는 루돌프 뵈메와 마르틴의 목소리를 들었다. 소녀들은 무엇인가를 찾고 있었다. 베르나데테의 어머니가 그들에게 자고 가라고 권했다. 여자애들이 거절했다. 루돌프 뵈메는 다시 한 번 더 자고 갈 것을 권했다. "빨리 나와, 자, 빨리빨리!" 티투스가 속삭였다. 그는 상의 주머니에 손을 꽂은 채 허벅지를 치면서 이리저리 돌아다니다가는 어깨로 문을 쳤다. 그 바람에 그의 의지와는 달리 현관문이 열렸다. 마치 새로운 방문객이 와서 반갑다는 듯 모두가 그를 쳐다보았다. 티투스는 미소 지었다. 다시금 그가 온 것이었다. 그 냄새, 그 향기가 그 어느 때보다도 더욱더 진하게 그의 코 안으로 파고들었다. 마치 부탁이라도 받은 듯 그는 다시 집 안으로 들어섰다.

4

티투스가 깨어나자 대낮같이 밝은 방이 이상스레 낯설게 느껴졌다. 자명종 시계 옆에 그가 마음을 편안하게 하려고 읽었던 동화책이 펼쳐져 있었다.

두통이 여전히 남아 있는지를 보려고 때때로 베개에서 머리를 들고 확인하던 때처럼 티투스는 베개에서 머리를 들고서 어제 자신이 내렸던 결정을 확인했다. 하지만 군 입대를 거부하겠다는 자신의 결심은 아무도 살지 않는 '잠의 나라'를 무사히 통과해 이젠 어느덧 확실히 자신의 일부분이 되어 있었다. 티투스는 자신이 충분히 강하고도 확고부동하다고 여겼으므로 일요일을 건너뛰어도 좋겠다는 생각이 들었다.

그는 팔굽혀펴기를 시작했고 평소보다 두 번이나 더 많이 하는 기록을 세웠다. 그는 마흔넷을 세고 난 뒤 또렷한 정신으로 숨을 몰아쉬며 몸을 일으켰다.

그는 라디오 앞에 있는 할아버지께 아침 인사를 드렸다. 티투스가 그의 뺨에 입을 맞추자 할아버지가 얼굴을 찡그렸다. 부엌 식탁에 그를 위한 식사가 차려져 있었다. 빵 부스러기와 설거지 통에 든 계란 모양의 차 필터만이 그가 늦게 일어났다는 것을 말해주었다. 식사를 하는 동안, 그는 묘한 기분을 느꼈다. 그가 보고 있는 모든 것이 그의 머릿속에서 무엇인가를 떠올리게 했기 때문이었다. 레인지 위에서 그는 두 발로 서서 춤추고 있는 개를 다시 알아보았다. 그 개의 그림은 오븐을 떼어낸 후 먹구름같이 짙은 회색 타일 중간에 붙였던 흰색 타일 위에 있었다. 네덜란드 전원 풍경을 담은 커피 깡통, 슈바르츠발트의 소녀가 그려져 있고 3년이나 지난 헝겊 달력, 아메바 모양의 얼룩이 묻은 천장—티투스는 이날 아침에 이 모든 것을 처음으로 보았다. 그는 마치 자신이 손님처럼 느껴졌다. 사물들에 대한 이 이상한 거리감이 그의 마음에 들었다.

숙제장에 음악, 정치경제, 러시아어, 스포츠난은 비어 있었다. 수학과 물리 숙제를 위해 그는 두 시간씩을 계획했다.

하지만 숙제가 너무 빨리 끝나자 티투스는 적이 당황스러웠다. 미지의 값이 두 개 들어 있는 방정식.

[90년 5월 31일의 서간문]

성적이 문제될 것은 없었으므로—10학년 후 그는 어차피 군 입대 거부자로서 퇴학을 당하게 될 것이므로—그는 서서히 마음을 가라앉혔다. 물리 숙제를 하기 전에 먼저 침대를 정리하고 땅바닥에 널브러진 것들을 주웠다. 외국어 사전, 동화책, 자명종 시계, 그라이스발트와 슈트랄순트에서 누나가 보내왔던 두 장의 엽서, 지난주 TV 방송프로그램, 할아버지가 그의 방으로 새로 들여준 『작센 신문』. 페터젠의 책은 거들떠보지도 않은 채 티투스는 책가방을 쌌다. 그리고 물리책과 자료 파일만 제외하곤 텅 비고 깨끗하게 남은 책상을 뿌듯한 마음으로 바라보았다. 144쪽을 펼쳤다. 62번 문제는 다음과 같았다. 아이작 뉴턴의 인생과 업적에 대해 서술하시오! 33페이지에서 35페이지까지 교과서 부분을 잘 읽고 참고하시오! 더욱더 자세한 내용을 알려면 다음의 참고도서를 참조하시오. 바빌로, S. I. 지음, 『아이작 뉴턴』, 베를린, 1951, 63판. 물체의 질량과 무게를 비교 설명하시오!

티투스는 자기가 강하고 똑똑하다는 느낌이 들었다. 그는 요아힘처럼 모든 숙제를 단숨에 해치울 수 있을 것 같았다. 10분 후 물리 시간에 필요한 모든 준비물을 책가방 속에 집어넣었다. 그는 당장에라도 빵을 준비해 월요일을 위한 도시락까지도 책가방에 챙겨넣고 싶었다.

몹시 이른 시각이었는데도 티투스는 점심 식사 준비를 했다. 감자 수프에 소시지를 잘라 넣고 엄마가 집에 있을 때처럼 응접실 식탁에 식사를 놓았다. 조미료 양념 병을 받침대 위에 올렸다. 할아버지가 산책을 하고 돌아오시면 아무것도 더 준비하실 필요가 없을 것이었다.

그는 집안일을 거들지 않아도 되었다. 감자 껍질을 까달라든지 빨래를 걷어달라든지, 어머니는 그에게 그런 부탁을 한번도 한 적이 없었다. 정작 그는 어린아이들이라도 다 할 수 있는 일이라고 여겼을 것이었다. 그는 딱딱한 쌀이 어떻게 물렁물렁한 밥이 되는지, 어떻게 날고기가 맛있는 음식이 되어 나오는지 몰랐다. 지난여름만 해도 그는 찬물이 든 유리잔에 차 팩을 넣었었다. 하지만 어머니가 지켜보는 데서 공부를 하기보다는 차라리 그 모든 집안일을 더 좋아라 배웠을 것이다. 격변화, 동사변화, 방정식, 백분율, 쉼표 규칙…… 7학년에선 성적표에 '미'가 한 개라도 있으면 야단이 났다. '미'라면 아예 거론조차 하지 않는다. 주요 과목은 무조건 '수'여야 했다. 주요 과목에서 수를 받았다 하더라도 부차적인 과목에서

'우'를 받는 것 역시 순전히 게으름의 결과이며 용납될 수가 없는 일이었다. 그가 바보들과 게으름뱅이들과 함께 있는 것은 절대 있을 수 없는 일이었다.

비록 일요일엔 일요일이라는 그 이름에 걸맞게 어머니가 집에 계셔야 마땅하겠지만 그럼에도 불구하고 그는 모든 일이 결정 난 후에야 어머니를 보게 된다는 것이 기뻤다. 어머니의 눈에 그 모든 공부와 노심초사가 다 부질없는 일이라고 비칠 것이고, '수'를 받아 기뻤던 일도, '우' 때문에 걱정했던 일도, '미' 때문에 절망했던 일도, 그 모든 게 다 불필요한 일이었음을 깨닫게 될 것이므로. 아, 어머니, 그는 그렇게 어머니를 부르며 말할 것이다. 그건 희생이 아니라 오히려 그 반대라고, 해방이며 부활이라고. 선택의 여지가 없잖아요. 그렇게 하지 않으면 모든 것들이 무의미 속으로 녹아들 것이므로, 반드시 그렇게 하지 않으면 안 돼요. 만일 진실과 거짓, 옳음과 그름, 착함과 나쁨, 그 고유의 의미들이 보존되어야 하는 거라면, 지금 난 아니요라고 말할 수밖에 없어요.

그는 난생처음으로 정말이지 자유롭게 숨을 쉰다는 느낌을 받았다. 그가 지금 느끼는 이 자유는 바로 예수를 믿기로, 그리고 그의 십자가를 자신들의 마음 안에 받아들이기로 한 사람들이 느끼던 바로 그것이 아니었을까? 이제야 삶이 시작된 것이 아닐까? 그렇게 오랫동안 굽실거리며 살아야 했던 시간을 그는 도대체 어떻게 견뎌낸 것이었을까? 지금까지의 그 모든 타협이란 얼마나 불필요한 일이었던지!

티투스는 아파트 문을 여는 열쇠 소리를 들었다. 그는 촛불에 불을 켜고 「브란덴부르크 콘체르토」 레코드판을 전축에 걸었다.

"엄마에게 전화해주려무나." 할아버지가 자리에 앉아 양념을 넣으며 말했다.

"엄마와 통화하셨어요?"

"엄마한테 전화해주라니까." 할아버지가 말했다.

티투스는 자기 인생이 다음 주 일요일에는 어떤 모습일까를 상상해보려 애썼다. 그는 어머니가 식탁에 와 함께 앉으실 것을 뺀다면 어떤 면에서 거실이 어떻게 더 달라져 있을지 상상할 수 없었다. 하지만 어떻든 아주 다른 방이 되어 있기는 할 것이었다.

식사 후 티투스는 자전거를 타고 숲에 있는 연못으로 향했다. 이 길이라면 아스팔트 구멍까지 모두 다 알고 있었다. 눈을 감고도 그는 자전거를 지그재그로 운전하며 보수공사가 남긴 작은 웅덩이나 작은 언덕을 피해갈 수 있었다. 전화를 해야 한다는 생각이 점점 더 무거운 짐이 되어 마음을 눌렀다.

학교에 다닌 후로 그는 한번도 구타를 당하거나 야단을 맞거나 모욕을 당한 일을 어머니에게 말해야 한다고 생각해본 적이 없었다. 그에게 일어나는 모든 일은 어머니를 두 배로 아프게 했기 때문이었다. 그러나 지금은 어머니를 아프게 할 수밖에 없었다. 그는 어머니가 그와 그의 누나를 보통 다른 아이들처럼 대하지 않은 것에 늘 고마움을 느꼈다. 아빠가 돌아가신 후, 그녀는 그들에게 새로운 아버지를 받아들이라고 한 적이 없었다. 남자들은 야만스러운 존재였고 사람들 모두 군대에서처럼 상체를 벗은 채 세수를 해야 한다고 생각하는 무리들이었다.

바람이 휘몰아쳐 그는 이리저리 떠밀렸다. 그는 클로체와 헬러라우를 가로질러 마을 길의 끝에서 오른쪽으로 방향을 바꾼 뒤 포장이 되지 않은 오르막길로 접어들었다. 그는 안장에서 엉덩이를 든 채 운전을 해보았지만 그래도 아무 소용이 없었다. 그나마 몸을 핸들 위로 납작하게 숙이고 빨리빨리 페달을 밟는 게 더 나았다.

어머니가 그에게 외출금지령을 내린 적이 있었다. 도저히 받아들일 수 없는 일이었다. 그에게는 수치스러웠고 부끄러웠으며 어머니 역시 부끄러워하셔야 할 일이라고 생각했다. 어머니 역시 마찬가지였다. 그 후 어머니는 시장을 봐오도록 그를 밖으로 내보내셨고 함께 아이스크림 가게로 갔다. 그리고 가방 가게에도 들러 그에게 진짜 남성용 가죽지갑을 고르라고 하셨다.

그는 예전에 유치원에서 타버린 우유를 마셔야 했던 일이며, 입술의 피부가 벗겨져 말라붙은 채 매달려 있던 일, TV가 없었던 시절, 누나 안니와 함께 토요일 오후마다 「플림리히 박사」를 보기 위해 이웃집 초인종을 눌렀던 일을 생각했다. 그 당시에 그는 계단과 집 안에서 나는 냄새를 분간할 수 있을 정도였다. 「눈의 여왕」이라는 영화 때문에 안니 누나는 은퇴한 베커 씨 부부를 곤한 낮잠에서 깨웠다. 베커 부부가 그녀를 내쫓았다. 하지만 몇 분 후 손짓을 하며 누나를 오라고 불렀다. 베커 부부는 안니와 그를 은빛으로 번쩍이는 안락의자에 앉게 했다. 그들은 둥근 나무통에서 설탕을 바른 젤리를 꺼내 먹을 수도 있었다. 그 시점부터 그는 자기 인생에서 모든 것이 다 실패할지라도 최소한 이것만은 남아 있게 될까 하고 자문했었다. 텔레비전 수상기 앞에 앉아 설탕 바른 젤리를 먹는 것. 때때로 이 시절을 상상하는 것만으로도 인생의 많은 노고를 덜 수 있었다.

언덕 위에서 저 멀리 몇 킬로미터까지도 훤히 내려다보이는 들판과 지평선을 따라 펼쳐지는 모리츠부르거 숲을 바라보며 티투스는 문득 이제 어린 시절이 다 지나갔다는 생각이 들었다.

내리막길을 내려가면 갈수록 속도가 붙었다. 브레이크를 밟지 않고 왼쪽으로 돌며 내려가는 것이 중요했다. 그곳은 숲 속 연못으로 향하는 길이었다. 누군가 길의 가장자리 부분을 급경사면으로 삼아 내려가는 데 성공한다면 자신의 몸이 압력과 저항 사이에서 이리저리 흔들리며 이끌린다는 것을 알게 된다. 이 순간의 행복은 그의 마음에 오래도록 남았다. 각도를 정확히 맞추지 못하는 사람은 그 곡선 길에서 이탈하여 들판으로 나가떨어지게 된다.

(이 부분에서 새로운 인생과 행복한 관찰에 대한 몇 편의 몽상적인 이야기를 덧붙인다. 그리고 그가 더 이상 베르나데테에 대해서 생각지 않으려고 애썼던 일에 대해서도 쓰고 있다.)

티투스는 아파트 문 열쇠 구멍에 열쇠를 넣고 덜거덕대는 소리에 깜짝 놀랐다. 그리고 자신이 놀랐었다는 사실에 더더욱 놀랐다……

어머니, 지우개처럼 회색빛이 나는 옷차림.

어머니는 한번도 운 적이 없었다, 그의 앞에서라면. 그러나 지금 어머니의 눈에는 눈물이 글썽이고 있었다. 발끝을 내려다보고 계시는 어머니는 지치고 말라 보였다. 무릎 위에 포갠 손에서 소독약 냄새가 났다.

"어머니" 그가 말했다. "마치 내가 범죄자인 양 취급하고 계세요, 지금."

"그건 위험천만한 행동이야, 티투스" 그녀가 말했다. "얼마나 올바른 행동이냐만! 하지만 아무것도 변하지 않아, 아무것도 변화시킬 수 없을 거다. 너만 상할 거야."

그는 어머니가 아무 말이고 다시 입을 열었다는 것만이 기뻤다.

"언젠가 어머니도 이해하실 거예요." 고개를 들지 않은 채 그가 말했다. 또 "그리고 절 자랑스럽게 여기실 거예요"라고 즉시 덧붙이고 싶었다. 그리고 그는 정말로 그 말을 했다.

"지금의 너도 충분히 자랑스럽단다, 티투스. 지금보다 더 널 자랑스럽게 여길 수는 없을 거야."

그는 여전히 고개를 들지 않은 채 말했다. "학교에서 퇴학당한다는 게 뭐 그리 나쁜 일이라는 거죠? 대부분의 아이들이 기술을 배우는걸요."

그는 할아버지의 발소리를 들었다.

"티투스, 그들이 널 다 망가뜨릴 게다. 넌 네 자신을 그들에게 던져주는 셈인 거야."

티투스는 미소를 지으며 할아버지를 맞이했다. "네 엄마는 어딨니?"

"여기요." 티투스가 말했다. 할아버지가 문을 밀어 여셨다.

"무슨 일이 일어난 게냐?"

티투스는 고개를 좌우로 흔들며 다시금 미소를 지었다. 할아버지가 방을 나가시기까지 어머니는 움직이지 않고 땅만 내려다보고 있었다.

"무슨 말을 할 생각이냐?"

티투스는 아무 말도 하지 않았다. 이미 언젠가 한번 말한 적이 있었다. 반복할 수는 없었다. 그의 말은 예전에 했던 말의 여운으로만 남아 있었다. 부엌에서 라디오 소리가 흘러나왔다. 그는 마치 이런 장면을 언젠가 이미 경험해본 듯한 느낌이었다.

"넌 네가 페터젠을 바꿀 수 있다고 생각하니? 아니면 너의 동급생들이라도? 넌 그들을 단지 곤경과 어려움 속에 빠뜨릴 뿐이야……"

"그럼 거짓말을 하란 말씀이세요?" 그가 이제야 어머니를 바라보았다.

"누가 그러디, 너보고 거짓말하라고?"

티투스가 자세를 꼿꼿이 하고 앉았다.

"넌 독일연방군에 대해서만 말을 하면 된다. 다른 건 필요 없어."

[90년 6월 9일의 서간문]

"그건 사실이 아니에요."

"뭐가 사실이 아닌데?"

"침략자와 이것들."

"네가 그걸 어떻게 알아?"

"그들은 우릴 절대 침략하지 않을 거예요."

"만약 러시아인들이 군인과 로켓을 가지고 있지 않다면…… 서쪽 세력들이 점잖게 뒤로 물러나 앉아만 있을 거라고 생각하니? 그들은 알렌도도 그냥 두지 않았다. 베트남을 생각해봐라! 그저 더 나은 자동차를 가지고 있고 더 나은 스타킹을 가지고 있다고 해서 그들이 자동적으로 더 인간적인 사람들이 되는 것은 아니란다."

"지금 무슨 말을 하고 계신 거예요?"

"모든 것을 다 뺏길 거야!"

"내가 생각하기에, 서방은……"

"다 가져가겠지……"

어머니의 얼굴에서 이제 절망감은 사라지고 없었다. 그는 체스를 둘 때와 같은 느낌이었다. 어머니가 허락하시면 잘못 둔 말을 다시 물릴 수 있었을 때처럼.

"엄마는 전혀 바른 평가를 내릴 수 없어요." 티투스가 말했다.

"상상을 해봐. 넌 전구나 자동차 또는 그 비슷한 것에 대해 이야기를 하고 있어."

"어째서요?"

"그런 거 외에는 더 아는 것도 없잖아, 안 그래?"

"그는 앞뒤가 맞는 결론을 도출해내기를 원해요."

"그건 모든 사람이 각자 할 일일 뿐인 거야."

"엄마……"

그의 생각은 도대체 어디로 가버린 것이었을까? 어머니 앞에서 주장하려고 했던 그 논리는? 어째서 그는 어머니를 설득시킬 수 없을까? 어째서 이렇게 쉽게 말을 내주고 만 것일까? 요아힘이 옳았다. 군다 라핀이 옳았다. 어머니가 옳았다. 모든 사람들은 항상 어쩐지 옳았다. 자신만 빼고는 모두가 옳았다.

(혹은 공중전화 부스 안에 있는 상황보다는 더 낫다.)

"그는 내가 어떻게 그런 버릇을 갖게 되었는지, 새로운 과제를 받고 새로운 학년에 올라가 어떻게 지내고 있는지 물었어요. 그러고는 이건 무슨 용병을 뽑는 면접이 아니라고 했어요. 다행히도 이제 그런 건 없다면서. 그런 건 이제 우리 나라에는 없대요. 하지만 우리들이 이런 교육을 받을 수 있도록 지원하는 노동자와 농민 세력은 그들의 그런 지원에 맞는 반대 급부를 바란다는 거예요."

"그는 아주 조용히 그러나 날카롭게, 조용하면서도 날카로웠어요, 내가 왜 평화를 지지하지 않느냐고 물었어요. 나는 물론 평화를 지지한다고 말했죠. 그렇다면 무기를 들고 고향을 지킬 것인지 아니면 아무런 행동도 하지 않고 내 가족을 살해하는 것을 지켜만 보고 있을 것인지 묻더군요."

"그렇다면 난 쓰레기 수거인이 되겠어요. 굶어죽지는 않을 거예요."

"'우리 나라에선 아무도 혼자 결정을 내리도록 내버려두지 않아'라고 그가 말했어요."

"짧은 발표를 준비하라고. 월요일까지."

"알게 뭐예요. 그가 책 한 권을 줬어요……"

그 후 티투스는 한참 동안 아무 말이 없었다. 벌써 사위가 어둑어둑했다.

"앞으로도 항상 이런 식이겠죠." 그가 결론을 지었다. "영원히 이런 식으로."

그러고는 "네"라고 말했다. "네."

5

5시 30분. 티투스는 유리창에 맺혀 있는 물방울을 보았다. 그는 몸을 돌려 등을 바닥에 대고 누운 채 귀를 기울였다. 예전에 고양이가 침대로 뛰어올라와 그를 깨우던 때처럼 무엇인가가 그를 깨웠다. 모든 소리들이 아주 가깝게 들렸다. 아스팔트 위의 자동차 바퀴 소리, 전차, 항공기 정비 공장으로 가는 버스들, 광야를 지나는 기차 소리.

티투스는 눈을 꼭 감았다. 심장이 열심히 뛰고 있었다. 점점 더 높이, 점점 더 빨리.

6시 30분, 7시 30분…… 그는 손가락으로 시간을 셌다, 12시 30분…… 앞으로 일곱 시간만 지나면 다 된다.—여덟 시간 후면 그는 이미 지금과는 다른 인생을 살게 될 것이었다.

그는 옆으로 돌아누웠다. 베개를 접어서 마치 울기라도 하는 것처럼 얼굴을 파묻었다. 문이 찰칵 소리를 내며 잠기자 보도블록 위를 걷는 발걸음 소리가 들렸다. 그는 지금부터 7분 동안의 시간을 마치 한밤중인 것처럼 즐길 생각이었다. 그리고 나머지 시간들은 결국 그의 앞에는 반 시간만 남길 생각이었다. 그는 다리를 구부리고 이불을 잡아당겼다.

자명종이 울리기 바로 직전에 티투스가 일어나 자명종을 껐다. 그는 창문을 닫고 무릎을 꿇은 뒤 팔굽혀펴기를 했다. 그는 자기 귀에 들리도록 큰 소리로 숫자를 세어나갔다. 마치 장교마냥 그 자신의 옆에 서서 숫자 하나마다 막대기를 한번 휘둘렀다. 마흔을 세고 나자 그는 처음으로 멈추었다. 더는 숨을 쉴 수가 없었지만 녹초가 될 때까지 억지로 계속했다. 그는 자신의 일그러진 얼굴을 보았고 헐떡거리는 소리를 들었다. 마흔일곱을 셀 때, 그는 등으로 내리치는 회초리를 더 이상 느끼지 못했다. 마흔여덟, 마흔아홉…… 배가 방바닥에 닿았을 때조차 팔을 어깨 높이로 두고 누워 판결을 기다렸다.

티투스는 잠에서 깼다. 정신이 또렷했다. 출발점에 선 단거리 선수처럼 그는 두 발을 땅에 힘껏 디디며 벌떡 일어났다. 그는 불에 물을 올리고 냉장고에서 버터를 꺼낸 뒤 욕조에 몸을 숙인 채 세수를 했다. 일곱 시간. 그는 자신의 의견을 고수하는 것 외에는 아무것도 할 것이 없었다. 제일 끔찍한 시간, 어제 오후에 어머니와 대화를 나누었던 그 시간은 이젠 이미 지나간 일이 되었다. 혹시 페터젠이 그를 데리고 교장실로 갈지도 몰랐다. 티투스는 물기를 닦으며 미소를 지었다.

6시 25분, 체육복 가방까지 들고 집을 나섰다. 기차가 오는 소리가 들려 그는 뛰어갔고 발차 신호가 울릴 때 마지막 객차에 올라탔다.

옆에 앉은 남자에게서 담배 냄새, 면도 스킨 냄새, 술 냄새, 페퍼민트 냄새가 났다. 티투스는 객차의 중간으로 파고들었다. 그는 손잡이에서 자신의 손을 내밀어 잡을 수 있을 만한 빈 공간을 발견했다. 책가방과 체육복 보따리는 다리 사이에 끼웠다.

저승을 위해 힘을 아껴두어야 한다는 듯, 그의 주위에 서 있던 사람들은 이미 가장 적은 노력으로 일평생을 보내기로 합의를 보지 않았던가? 이들 중 누구라도 신의 부르심을 듣지 못했단 말인가?

아인하이트 광장에서 그는 7번에서 내려 6번 정류소까지 건너가야 했다. 보행자 신호등에서 정확히 그의 건너편에 어머니가 서 있었다. 그는 처음엔 어머니를 알아보지 못했다가 그의 바로 옆에서 이름을 부르는 소리에 깜짝 놀랐다.

"잘 잤니, 티투스"라고 어머니가 말했다. 두 사람은 부둥켜안았다.

"넌 그냥 큰 소리로 읽기만 하면 돼"라며 어머니가 그에게 책과 쪽지를 내밀었다. "네가 천천히 읽으면 10분쯤 걸릴 거야."

그는 쪽지를 내려다보았다. 책은 동전이 그려진 비닐봉투 속에 들어 있었다.

"그건 네 결정이 아니야, 티투스." 어머니가 말했다. "내가 원하는 거야. 그리고 넌 내 뜻에 따라야만 해."

티투스는 옆으로 시선을 돌렸다. 그에겐 마치 어머니가 외출금지령을 내릴 때처럼 느껴졌다.

"넌 열다섯 살이야. 네가 열여덟 살이 되고, 졸업시험을 본 다음에 거절해도 늦지 않아, 얼마든지."

"너무 크게 말씀하시지 마세요." 티투스가 속삭였다. 어머니는 어떻게 여기서 그를 습격할 생각을 하셨단 말인가?

"나한테 약속해라!" 티투스는 길 건너 붉은 군대의 기념비를 건너다 보았다. 깃발을 든 군인이 수류탄을 던지기 위해 손을 뒤로 젖히고 있었다. 그는 정확히 그와 어머니를 조준하고 있었다.

"나에게 약속해야 돼!"

"노력해볼게요." 티투스가 말했다.

"노력만 하지 말고!" 어머니가 엄한 목소리로 외쳤다. "그건 '노력'과는 아무 관계가 없어. 넌 내가 말하는 대로 해야 해. 알아듣겠니, 티투스?"

"엄마." 그가 말하곤 미소를 지었다. 그는 지금 자신에게 무슨 일이 일어나는 건지 알 수가 없었다. 일종의 현기증 같은 것이, 무엇인가가 그의 내부에서, 무엇인가 기분 좋은 것이 그의 내부에서 일어났었다. 어머니가 그걸 금지하는 것이다. 그렇게 간단히. 문득 모든 것들이 다시 다 제자리로 돌아와 있었다. 그는 미소를 억눌렀다. 그는 괴로운 듯한 얼굴로 어머니를 보고 싶었다. 아무런 항거도 없이 그렇게 항복할 순 없었다. 그는 그녀에게 반항해야만 했다.

"난 결정을 내렸어요." 티투스가 말했다. "난 군대에 가지 않을 거예요."

"나도 그걸 반대하진 않는단다." 어머니가 말했다. "그래도 그걸 지금 얘기하진 마라. 때가 되면, 징병 전에."

"페터젠이 지금 묻고 있는 걸요. 난 더는 거짓말하기 싫어요!"

"그건 네 결정이 아니야, 티투스! 네가 발표하기를 내가 원해. 그래서 넌 발표를 하는 거야. 그가 묻거든 넌 지금까지 말하던 대로 18개월이라고만 해. 하루도 더는 아니야."

"난 거짓말을 낭독하지 않을 거예요!"

"왜 거짓말이야? 난 쓸데없는 소리는 다 지웠어. 넌 그들 모두가 경험한 적이 있거나 경험하고 있는 것들에 대해서만 이야기하면 돼. 나치 장성들에 대해서. 그리고 병영 이름들에 대해, 그들이 여전히 부르는 옛 노래들에 대해, 보복주의자들의 모임에 대해, 특히 돈에 대해서. 그들 때문에 돈을 버는 기업들에 대해서. 그리고 무기로 돈을 버는 자는 공포와 전쟁을 필요로 한다고. 양심의 가책을 받을 필요가 없어. 네가 가책 같은 걸 받을 필요는 애당초 전혀 없지. 그래도 여기 이건……" 전차가 오고 있었으므로 그녀가 몸을 돌렸다.

"11번." 그가 말했다.

"읽어보면 알게 될 거야." 그녀가 말했다.

심지어 바깥에서도 어머니의 손에서는 소독 냄새가 났다.

"밤엔 조용했어요?" 그가 물었다

"그저 그랬어." 그녀가 말했다. "너, 나한테 약속한 거지?" 어머니가 티투스의 턱을 높이 치켜들었다. 그는 머리를 돌렸다. 어머니가 그를 쳐다보았을 때, 그는 더 이상 미소를 억누를 수 없었다.

"너, 그걸 발표하겠다고 나한테 약속하는 거지?"

"네." 티투스가 말했다.

버스정류장에서, 두 사람은 서로 다른 방향의 전차를 타야 했다. 두 대의 전차가 거의 동시에 그들 사이에 밀려들어올 때까지 그들은 서로 모르는 사람들처럼 맞은편을 건너다보며 서 있었다.

음악 교사 산도른이 들어와 문을 닫았다. 그는 육중한 발걸음을 옮기며 그랜드피아노 쪽으로 뚜벅뚜벅 걸어가 출석부를 내려놓고 외쳤다. "우정! 자리에 앉아!"

산도른은 피아노 의자에 털썩 주저앉았다. 그러고는 피아노 뚜껑을 열고 소절 몇 개를 쳤다. 「귀 기울여 들어봐, 밖에서 나는 소리를」의 변주곡이었다. 이 노래는 그들이 몇 주 전에 불렀던 곡이었다.

"남학생들이 필요해." 산도른이 외쳤다. "남학생 목소리가 모자라!" 베이스부의 곡조가 점점 작아졌다. 산도른이 출석부를 펴고 몇 장 넘겼고 팔을 그 위에 받치고 기대앉아 있었기 때문에 학생들은 그의 큰 머리통만을 보았을 뿐이었다.

티투스는 산도른을 좋아했다. 티투스가 노래를 불렀을 때 산도른이 1절이 끝난 후 그를 다시 자리로 돌려보낸 적이 있긴 해도, 그리고 그가 노래에서 잘못 부른 곡조를 다른 아이들 앞에서 일일이 피아노 치면서 흉내 내며 놀리긴 했지만. 그러나 산도른은 절대 '우' 아래로는 점수를 준 적이 없었다. 티투스는 그나마 조금은 편안한 시간으로 일주일을 시작하게 된 것이 기뻤다.

"마리오 개트케" 산도른이 출석부에서 이름을 읽었다. 그는 학교 합창단에 속한 아이들의 이름만 기억했다. 미하엘은 화가 났다.

"가창에서 수를 받았구나, 그런데도 합창단에 안 들어오다니?" 마리오는 그가 할 일이 얼마나 많은지를 열거하며 왜 아직 합창단에 들 수 없는지 이유를 설명했다. 티투스는 마리오가 화학부 모임과 성가대와 유도에 대해서 얘기하는 동안 산도른이 그에게도 그런 것을 물어주었으면, 하고 바랐다. 티투스는 합창단에 들고 싶었다. 그들은 「크리스마스 오라토리오」, 브람스의 「레퀴엠」, 베르디, 모차르트를 불렀다. 그리고 그들은 자유독일청년회의 셔츠를 학교의 개교일에만 입어도 되었다. 페터 울리히가 두번째로 노래를 부르러 앞으로 나갔을 때, 문득 티투스는 가장 아무렇지도 않은 시간이라 해도 이날만큼은 위험할 수 있음을 깨달았다. 그러나 산도르은 그를 앞으로 불러내지 않을 것이었다. 아마 그는 산도르이 노래를 시킬 마지막 학생일 것이었다. 그리고 정말로 그는 출석부를 닫았다.

「하이든 변주곡」이라고 큰 소리로 말하며, 브람스가 교향곡에 대해서 말했다는 내용을 다시 한 번 반복했다. 즉, 교향곡을 작곡한다는 것은 삶과 죽음의 문제이며 하이든은—"하이든은 몇 곡의 교향곡을 썼나요?"—그 분야에서 거장이었다고. 하이든과 모차르트, 하이든과 에스터하치, 브람스와 하이든.

레코드판이 딸깍 소리를 냈다. 음악이 시작되었다. 티투스는 상체를 뒤로 기댔다. 곡을 이루는 모티프는 명확했다.

음악에 귀 기울이는 동안 그는 산도르을 관찰했다. 산도르은 피아노와 창문 사이에서 오락가락하며 눈길을 바닥에 둔 채 오른손으로 지휘를 하고 있었다.

산도르은 육중한 편이었다. 산도르이 군복무를 위해서는 부적합한 몸집을 가졌다는 사실이 티투스를 화나게 했다. 다른 한편으로, 산도르은 사람들이 그가 훌륭한 무용수가 아니었을까 생각할 정도로 그 육중한 몸무게를 우아한 태도와 결합시키는 재주를 가지고 있었다. 쉬는 시간에 그는 음악실 앞에서 왔다 갔다 걸어다녔다. 산도르이 교무실에 있는 것은 상상할 수 없는 일이었다—그때마다 그는 어떤 곡조를 흥얼거렸다. 그러다 멈춰 설 때면 그는 즉시 난방기 위에 올려놓았던 그의 손가락을 창턱이나 유리창으로 옮겨 그 곡조를 쳤다. 그는 사람들의 인사를 상냥하게 받아주었고, 학생들과 다른 선생님들 앞에서 언제나 상체 전체를 굽혀 인사했다.

창문가에 서 있었던 산도르은 그들에게 첫 모티프를 알려주기 위해 손가락을 들었다. 티투스는 산도르이 군대에 갔었는지, 자신에게는 어떤 충고를 줄 수 있는지 물어보고 싶은 마음이 간절했다.

[90년 6월 21일의 서간문]

티투스가 앞으로 갔다. 그는 노래를 부르고 싶진 않았다. 노래를 부를 수가 없었다. 하지만 산도른은 그를 또 한 번 제외시킴으로써 괴로운 시간을 견디게 할 수는 없다고 생각한 모양이었다. 티투스는 어떤 점수라도 기꺼이 받을 생각이었다.

산도른은 피아노 앞에 앉아 이해할 수 없는 전주로 곡의 시작을 요란스레 알린 다음, 곧이어 첫 소절을 칠 때는 한결 절제된 연주로 이어갔다. "인간은 인간이므로, 인간은 먹여야 살죠, 자, 여기 있어요!"

"따라 부르기만 해." 산도른이 외쳤다. "그냥 함께 불러!" 산도른이 맨 처음부터 시작하며 그를 격려하듯 고개를 끄덕였다. 티투스가 노래를 시작했다. 그는 반 아이들의 웃음소리를 듣지 못했다. 그 정도로 산도른이 노래를 크게 불렀던 것이었다.

"그래, 왼쪽, 둘, 셋, 왼쪽, 둘, 셋"하는 부분에서 그는 산도른과 같이 행진을 한다고 생각했고 그와 산도른은 계속해서 노래를 불렀다. "동무, 동무의 자리는 어디요! 노동자통일전선에 참여하시오! 동무도 노동자이므로!"

2절이 시작되었고 두 사람은 계속해서 앞으로 행진했다. 그는 이제 자신의 목소리를 들었다. 그는 산도른의 목소리에 의지하고 있었다——아니면 산도른의 목소리가 그의 목소리를 에워싸고 있었다. 가사는 이미 알고 있었다, 예전에 이미 외워두었으니까. 티투스는 갑자기 "그래, 왼쪽, 둘, 셋"을 다시 부르게 되는 것이 기뻤다. 그는 크게 노래했고—산도른의 노래와 피아노 소리가 멈추었을 때 혼자만 노래를 부르고 있었다. 그러나 잠시 후 산도른이 다시 노래했고, 그래서 그들은 3절이 끝날 때까지 함께 행진했다.

"수요일, 13시 30분, 합창단으로 와!" 티투스가 제자리로 되돌아갈 때 산도른이 외쳤다. 그 어느 때보다도 더 요란한 웃음이 터져나왔다. 티투스는 굳어버렸다. 산도른은 가장 성스러운 감정을 다 동원하며 피아노를 연주했다. 이제 티투스는 피아노 뒤에 있는 이 뚱뚱한 파충류 산도른이 미웠다. 산도른이 "저 학생을 제대로 된 테너로 한번 만들어보자!"라고 크게 말했을 때에야 티투스는 방금 자신에게 무슨 일이 일어났었는지 이해하기 시작했다. 산도른은 성적 명부에 '수'를 써넣었다.

티투스는 서둘러야 했다. 2절을 부르는 동안에 벌써 쉬는 시간을 알리는 종이 울렸다. 그럼에도 불구하고 오늘은 서두르지 않기로 했다. 요아힘이 먼저 나간 것을 알고 있었기 때문이었다. 그러나 그는 벽화와 열한번째 포이어바흐 이론이 붙어 있는 계단에서 티투스를 기다리고 있었다.

"우리 어머니는 내가 그걸 낭독하길 바라셔." 티투스가 재빨리 말했다.

"뭘 말이야?"요아힘이 미소를 지었다.

"독일연방군에 대해, 어머니가 쓰셨어."

"네 어머니가? 네 어머니가 그걸 썼다고?!"

티투스가 어깨를 으쓱했다.

"네 어머니는 현명한 여자분인 줄 알았는데," 요아힘이 말하고 입술을 모으더니 나지막하게 "딱" 소리를 내며 다시 열었다. "왜 널 도와주시지 않는 거지? 왜 일을 더 어렵게 만드시지?" 티투스는 요아힘에서 그를,

그에게서 다시 요아힘을 쳐다보시는 베를린 선생님께 인사했다. 그 여자 선생님은 마치 두 사람의 이야기를 다 들었다는 듯 진지한 얼굴로 그들을 쳐다보았다.

"왜 그러시는 거지?"

"날 위해서." 티투스는 반항적으로 말하고는 맞은편에서 몰려드는 사람들을 피하기 위해 요아힘을 향해 두 발짝 앞으로 다가섰다. 베르나데테는 어디에서도 볼 수 없었다. 폭이 넓은 층계참에서야 요아힘은 다시 그의 옆에 나타났다.

"네게는 쉽지 않은 일이겠구나."

"어머니는 걱정이 크시니까." 티투스가 고개를 돌리지 않은 채 말했다. 그는 지금껏 신은 온화하고 선하시다고 믿어왔었다. 하지만 이젠 신도 모질고 억압적일 수 있다는 생각이 들었다.

"다른 사람들이 널 도울 거야." 요아힘이 말했다. "나에게서 너의 결정에 대해 이야기를 들은 사람들은 모두 너에 대해서 감탄하고 있어."

티투스가 건너편 방에 있던 바르트만 박사에게 고개를 끄떡여 보였다. 그는 창턱에 몸을 기대고 있다가 그들이 건물의 어두운 중간 통로를 떠남과 동시에 마치 기다렸다는 듯이 읽고 있던 신문에서 고개를 들었다. 바르트만 박사는 항상 미소를 지었다. 오로지 사회주의의 미래에 대해서 얘기할 때만 진지한 표정을 지었다. 바르트만 박사는 항상 밝은색의 옷만 입었다. 심지어 그의 와이셔츠에 쳐진 줄무늬조차도 어쩐지 무색이었다.

"안녕, 친구들!" 그가 외쳤다. 그리고 종이 울렸고 바르트만 박사는 신문을 접었다.

바르트만 박사에게 "우정!"이란 인사말은 어쩐지 부차적이었다. 그들이 그의 질문에 너무 짧게 대답을 할 때마다 그는 그들을 흉내 내는 것으로 만족했다. 그럴 때마다 그는 마치 쓰러질 듯, 어깨를 축 내리고 무릎을 굽혔다.

“자본주의에서 사회주의로 넘어가는 시기에 대해 뭐, 좀더 아는 게 없나?” 바르트만 박사는 자기 배가 가장 불룩하게 솟아나온 곳까지 허리띠를 고쳐 올려 바지를 치켰다. “9대 0으로 이겼다고, 하루가 지나가도록 믿고 있었지. 그럼에도 불구하고 탈락된 거야! 우리 지역의 기관에선 뭐라고 하지?” 바로 그 순간 문이 열리며 출석부를 든 마르티나 바흐만이 나타났다.

“난 원칙을 사랑해.” 바르트만 박사가 말했다. “원칙을 사랑하지 않는 사람으로 유명하긴 하지만. 이봐, 바흐만, 누가 그렇게 말하든?”

그녀가 출석부를 선생님의 책상 위에 놓았다. 그리고 의자를 뒤로 밀지 않은 채 가까스로 자리에 가 앉았다.

“예브게니 예브첸코.” 바르트만 박사가 큰 소리로 말했다. “읽어본 일 없어? 문학에 대한 글을 쓴 소비에트 작가?” 그는 서류가방을 열고 얇고 길게 자른 신문지 조각을 꺼내 높이 들었다. “공산주의는 푸시킨이 없었더라면, 한때 살해되었던 사람이 없었더라면, 아직 태어나지 않았을지도 모르는 그의 추종자가 없다면 절대 완전할 수가 없어. 위대한 시는 공산주의를 구성하는 결정적인 부분이야. 안드레이 플라토노프도 있지. 한번도 들어본 적이 없는 사람은 이제부터 그 이름을 기억해두라고.”

바르트만 박사가 그것이 마치 증거물이라는 듯, 손바닥으로 신문지 조각을 출석부에 놓았다. 그리고 다시 그 신문지를 집어들었다. “……터키인들이 (관중석에 있던 사람들을 포함하여) 깊은 운명의 나락으로 떨어졌던 것을” 그가 계속했다. “화면 앞에 앉아 있던 동독의 축구 팬들은 야릇하면서도 기분 나쁜 상황을 지켜보아야 했다. 터키 팀에게 엄지손가락을……"

"내놔봐." 요아힘이 다시 속삭였다. 티투스는 정치경제 교과서, 필기 노트, 숙제장 그리고 연필과 만년필이 든 필통을 책상 위에 놓았다.

"……1976년 11월 드레스덴에서 그 팀이 우리에게서 1점을 빼앗아갔던 날 이후 팬들은 아직도 못내 아쉬워하고 있다. 마치 바로 그 '수'라는 점수야말로 그 이후 몇 달 동안이나 줄곧 우리를 따라다닌 축구 재앙의 근본 원인이며 지금도 역시 우리 팀으로 하여금 아르헨티나로부터 점점 더 멀어지도록 하고 있다는 듯이. 그러나 1977년 10월 29일에 우리 축구팀이 바벨스베르크에서 지지부진한 말타 팀을 9 대 0으로 이기며 마음껏 기량을 발휘한 후에는 모든 게 더는 그리 심각하진 않아 보였다. 오스트리아인들은 그 경기 결과를 발표하며 영원히 반복되지 않을 세기의 경기라고 못 박았다. 내가 인정하건대……"

티투스는 석 장의 발표문이 든 파일을 요아힘 쪽으로 밀었다.

"……그리고 이 시련을 정신적으로도 훌륭하게 이겨낸 우리 선수들에게 존경심을 보낸다. 그러나 위대한 예외라도 예외는 예외며…… 먼 미래를 놓고 보자면 결국 축구공은 계산이 불가능하거나 행운만 따르거나 행운이 없기만 한 그런 곳으로 굴러가지는 않는다. 그러니 실패한 사람의 의무는 자신이 무엇을 놓쳤는지 무엇을 제대로 하지 않았는지 스스로에게 질문을 던지는 것이다. 사회와 해당 관계자들은 바로 그 문제에 대해서 이제부터 며칠 동안 혹은 몇 주 동안이라도 다루게 될 것이다. 바라건대 벌써부터 코앞에 닥친 새롭고도 중요하고도 복잡한 문제들을……"

"공포의 균형" 요아힘의 왼쪽 입가에서 터져나온 말이었다.

"……모레 있을 유럽컵 경기의 재경기에서 우리 팀에게 아직은 기대를 걸 순 없을 것이다. 그렇지만 우린 준비를 해야……"

"……이건 말도 안 되는 짓이야!"

"……다시 힘을 모을 수 있도록! 시간이 정말 얼마 남지 않았으니까!"

바르트만 박사가 신문을 든 손을 내렸다. 수요일, 리버풀과의 경기에서 디나모 팀은 원정경기 때 5 대 1로 진 것을 만회하기 위해서라도 적어도 4 대 0으로 이겨야만 했다. "내가 바라는 것은" 바르트만 박사가 말하며 신문지를 넘겼다. "여기 이 옌스 페터가 축구에 대해 쓴 것처럼, 다른 모든 문제점 역시 그런 식으로 다루어지면 좋겠다는 거야. 먼저 그가 여기 터키인에 대해 말한 것은……" 바르트만 박사가 갑자기 웃음을 터뜨렸다. "깊은 운명의 나락으로 떨어졌다는 대목 말이야. 이 대목에서 벌써 난 존경심을 느끼지. 내 볼펜이 불안하게 움직였지. 그러나 그다음 순간에 그는 말과 말타기 경주를 인용한 거야!"

티투스는 요아힘이 원고 여백에 물음표와 느낌표를 그려 넣는 것을 보았다.

바르트만 박사는 『신독일 일간지』 혹은 『작센신문』에 종종 기사를 싣곤 했다. 가을방학이 되기 전, 그는 학생들에게 왜 『신독일 일간지』 편집자들이 미국 대통령을 별명으로 소개하는지를 묻는 편지를 읽어주었다. 만약 굳이 성을 뺀 그의 이름을 칭해야만 한다면—카터 혹은 카터 대통령만으로도 충분한데도 불구하고—정확히 제임스 얼이라고 써야 할 일이지 지미라고 하면 안 되는 것이라고. 그런데, 무슨 이유로 제국주의의 가장 잔인한 진영의 관심사를 대변하며, 세상에서도 가장 비열한 무기로 인류를 위협하면서도 중성자탄을 정당한 폭탄이라고 칭하는 카터를 우리가 '지미'라고 불러야 하는가? 바르트만 박사는 또 동독을 약자로 DDR이라고 할 것이 아니라 정식명칭을 사용해 '독일민주주의인민공화국'이라고 불려야 하는 이유를 역설했다. 그는 자신의 수업시간에서만큼은 적어도 DDR이 아니라 독일민주주의인민공화국이라는 말만을 듣길 원했다.

티투스는 요아힘이 원고의 여백에 '말도 안 됨!'이라고 쓰는 것을 보았다.

그다음은 연대기를 배울 시간이었다.

티투스는 노트를 꺼내 자신의 앞으로 당겼고 그와 동시에 요아힘의 팔꿈치도 함께 당겼다. 티투스는 이제 써야만 했다. 노트 맨 뒤에 열 개의 주요 단어를 써야만 했다.

"뉴욕, 폭로—20여 년 전에 이스라엘은 서방국가들의 도움으로 핵무기 개발을 시작했다. 그때 중요한 역할을 맡은 사람들은 미국 원자기지에서 핵분열성물질을 조달해온 이스라엘 중개상들이었다. 미국 외에도 서독(BRD)과 프랑스가 그 물질의 운반하는 데 동참했다."

"잘했어." 바르트만 박사가 말했다. "하지만 너무 길어."

"이윤으로의 탐욕이 도덕을 포기하다. 350개 이상의 미국 기업들, 약 5백 개의 영국 회사들, 4백 개 서독 기업들이 남아프리카에 자리를 잡았다. 남아프리카 투자의 4분의 1이 외국에서 온다."

"아주 잘했어. 이제야 아주 실감이 나는군."

"이탈리아 사회에서는 미국의 중성자탄무기 생산계획에 대항하는 항의 시위가 확산되고 있다. 화요일 수도 로마에서 수천 명의 시민들이 도시를 행진하며 그 계획이 역사적 퇴행이라고 주장했다. 인간의 평화를……"

"그래, 그런 식으로 계속해봐." 바르트만 박사가 외쳤다.

"서독, 또 한 번의 월세 파동. 최고 20퍼센트의 건설비 상승으로 인해……"

"그거 말고 다른 거, 그런 거 말고 다른 걸로!"

"서독. 은행 강도가 증가하다!"

"아니야!"

"바실리 슉신(러시아의 작가, 영화배우이자 영화감독—옮긴이)을 기념하기 위해 8천 톤급 화물선을 바치다……"

"아니, 아니, 아니야." 바르트만 박사는 이탈리아에서 최근 새로 일어난 파업은 받아들였지만 벨파스트의 고문, 서독의 새로운 단계 로켓 제조, 남아프리카에 대한 일시적인 무기 엠바고, 미국 해군의 독 폭탄은 거부했다.

바르트만 박사는 파나마운하 계약에 대한 반응에 가서야 다시금 고개를 끄덕이며 요아힘의 차례가 될 때까지 몇 자리가 더 남았는지를 보기 위해 잠시 몸을 돌렸다. 지난번에 요아힘이 "스톨펜 성의 방문자 수 기록 갱신"을 제안했던 것이었다. 바르트만 박사가 그에게 근거를 대라고 했었다. 그러자 요아힘은 역사의식에 대해 견해를 짧게 발표했다. 역사의식이란, 항상 최근의 과거에만 관계되는 게 아니라 모든 시대에 관한 지식을 필요로 하는 것이라고. 바르트만 박사는 방문자 수 기록 갱신을 받아들였다.

바르트만 박사가 누구를 지적했었는지는 정확하진 않았지만 어쨌든 요아힘이 말했다. "안드레아스 바더, 구드룬 엔스린 그리고 얀 카를 라스페가 10월 27일 목요일 슈투트가르트 도른할덴 공동묘지에 안치되었습니다."

바르트만 박사가 미소를 지었다. "그 주제는 벌써 저번 주에 다루었었어. 그게 그렇게 중요해?" 바르트만 박사는 레닌을 상기시키며 급진좌익사상이 공산주의의 소아병이었다는 것과 프롤레타리아 계급에 큰 피해를 입혔다는 것을 덧붙였다.

티투스를 부르는 대신에 바르트만 박사는 그들 앞의 의자에 앉은 페터 울리히에게 벌써부터 고개를 끄덕이고 있었다. 티투스의 눈에선 눈물이 솟아나왔다. 그는 당장에라도 엉엉 울고 싶을 지경이었다.

페터 울리히는 네바다의 지하 핵폭발과 영국의 대전차 미사일에 대해 얘기했다. 바르트만이 그를 빠뜨렸다고 해서 울음을 터뜨린다는 건 우스운 노릇이었다. 자신이 어린아이처럼 그렇게 유약하다면 어떻게 그런 결심을 할 수 있었단 말인가?

그는 쉬는 시간과 러시아어 수업이 시작되기 전 5분간이 두려웠다. 그는 자신이 말하고 싶은 것을 이미 말했다. 만약 아직도 요아힘이 이해하지 못한다면, 그가 만일 티투스가 어머니의 말이 아니라 자신의 말을 따를 것이라고 생각하고 있다면?

"첫째" 바르트만 박사가 받아쓸 문장을 불러주었다. "로보트론 콤비나트 EC 1040 시스템의 전자 전산센터가 아바나에 양도되었고 코스모스 962가 첫 가동되었다. 둘째, 최근 서유럽 국가들과 미국이 이집트 학자들을 대거 스카우트하는 현상은 가히 위협적이라 할 만하다. 대학생의 70퍼센트가 그들의 고향으로 돌아가지 않는다."

정해진 진도를 다 나가려면 아직도 20분이나 남았다.

[90년 6월 28일의 서간문]

티투스는 노트의 페이지를 앞으로 넘겼다. 그리고 두번째로 날짜를 적었다. 1977년 10월 31일.

바르트만 박사는 칠판에 썼다. 9.1.2.자본주의 사회질서의 실체, 9.1.2.1.자본주의 착취의 실체, 9.1.2.2.두 개의 집단으로 나뉘었다. 즉, 왼쪽에는 자본주의자, 오른쪽에는 노동자계급.

지금부터는 손을 드는 사람만 발표할 수 있었다. 아무도 손을 들지 않았다. 바르트만 박사가 직접 답을 말해주었다.

요아힘의 속기법은 바르트만의 속도를 따라잡았을 뿐만 아니라 마지막에는 모든 구절마다 속도를 추월하기까지 했다.

"자본주의식 생산의 목적은 가능한 한 많은 잉여가치의 창출에 있다. 착취를 극대화함으로써 이윤을 창출하는 것이다." '획득된 이윤'이 조그마한 네모 안에서 나타났고 그 네모로부터 다시 왼쪽, 오른쪽으로 화살표가 뻗었다. 왼쪽 화살표가 가리킨 것은 '개인적인 목적/호사스러운 생활을 위하여,' 오른쪽 화살표가 가리킨 것은 '끊임없이 더 많은 잉여가치를 창출하기 위해 새로운 기계에 자본을 투자한다'였다.

"자체적으로 붕괴하는 벌을 받게 되면" 바르트만 박사가 큰 소리로 말했다. "모든 자본주의자들은 어쩔 수 없이 생산을 현대화하고 다른 자본주의자들과 경쟁해야 한다. 이 경쟁은 착취의 극대화를 초래한다."

바르트만 박사가 빠르게 불렀고 누군가 다시 불러달라고 할 때마다 뒷부분을 반복해 불러주었다. "……착취의 악순환. 이것은 자본주의의 원칙이며 늑대와 같은 맹수의 법칙이다. 이 '늑대의 법칙'은 a)생산력의 끊임없는 재개발과 억제, b)증대되는 착취와 농민과 자본주의 경영자들의 부분적 파멸, c)판로와 원료를 얻기 위한 투쟁. 괄호 열고 전쟁, 신식민주의, 괄호 닫고."

바르트만 박사는 '획득된 이윤'이 쓰여 있었던 네모를 지웠다. "이젠 9.1.2.3.의 차례다. 자본주의의 근본적인 모순은, 줄 바꾸고, 인용문, 따옴표, 부르주아 계급은, 점, 점, 점, 옛 조상 세대들을 모두 합친 것보다 더 거대하며 대량의 생산력을 만들었다. 마침표, 따옴표, 괄호 열고, 마르크스, 엥겔스, 선언서, 괄호 닫고. 이제부터는 받아 적지 마라. 다음 시간에 할 내용인데 그냥 모두들 한번 생각을 해보라는 거야." 바르트만 박사는 아무 말없이 칠판에 단어들을 썼다. "생산의 사회적인 성격과 개인의 자본 획득 사이의 모순이 자본주의의 근본모순이다."

그는 칠판 옆으로 가 손바닥으로 칠판에 쓴 것을 가리키며 말했다. "여기서부터 노동자 계급과 부르주아지 계급 사이의 계급 대립이 생겨난다!" 종소리가 울리는 가운데 그가 말했다. "그것은 자연히 자본주의적 생산관계의 와해를 초래한다 — 우정!"

첫 줄에 앉은 학생들은 칠판을 쳐다보고 있다가 마치 혼잣말을 하듯 조그마한 소리로 인사에 답했다.

바르트만 박사는 출석부에 메모를 했다. 그는 오려온 신문 조각을 서류가방에 넣고 가방을 닫았다.

"기분이 아주 안 좋아." 의자 옆에서 기다리고 있던 요아힘이 말했다. "아주 안 좋아."

티투스는 물건들을 챙겼다. 그가 요아힘을 쳐다보았을 때, 이제 그들의 우정도 몇 시간만 지나면 끝나리라는 것을 깨달았다. 요아힘은 우리가 전혀 죄를 짓지 않고 순진무구하게만 살 수는 없는 노릇이라고, 아버지와 어머니를 떠날 준비가 되어 있어야 한다고 말할 게 분명했다.

그들이 계단을 내려가는 동안, 요아힘은 말했다. 러시아어 반에 들어가 자리에 앉은 다음에도 요아힘은 계속해서 떠들고 있었다. 그 바람에 티투스는 베를린 선생님이 문 앞에 나타날 때까지도 책가방의 물건을 꺼내지 못하고 있었다. 요아힘은 베를린 선생님을 '독기 오른 금발 머리'라고 불렀다.

독기 오른 금발 머리는 서두르지 않았다. 요란하고 시끌시끌한 잡담이 계속되면 될수록 선생님은 수업을 하는 동안 무섭게 엄격해지실 것이었다.

"즈드라스트부이체(Sdrastwuitje, 안녕하세요)!" 독기 오른 금발 머리가 러시아어로 인사했다. 반 아이들이 똑같이 대답했다. 즈드라스트부이체! 그들은 꼼짝하지 않고 서 있었고 아무도 자리에 앉지 않았다. 그 독기 오른 금발 머리가 윙크를 하며 러시아어로 말했다. "좋아요, 자리에 앉아요. 누가 그랬죠, 인간은 배움의 동물이라고? 자, 시작!" 그러고는 조금 뜸을 들였다가 출석부를 펼치고는 분단마다 차례차례 돌아다녔다. "여러분 준비되었어요? 여러분 준비되었어요? 여러분 준비되었어요?" 그녀는 이 러시아 문장을 말할 때마다 매번 잠깐씩 턱을 아래로 떨어뜨리곤 정신박약아처럼 머리를 흔들며 눈을 깜박거렸다. 그녀의 시선이 그의 쪽을 향하자, 티투스는 급히 고개를 숙였다. 그는 그녀가 수업할 준비가 되었냐는 것을 물은 것이라고 생각했다. 하지만 다음 순간 그녀가 "누구 차례지?"라고 물었을 때 그의 얼굴이 화끈거렸다.

"이런," 티투스가 속삭였다. "우린 그 대화가 나오는 대목을 잊어버렸어."

페터 울리히와 그의 옆에 앉은 여학생이 미리 연습해온 대목을 암송하기 시작했다. 요아힘은 어깨를 들어 올렸다. 준비를 한다는 건 물론 그의 수준에 맞지 않는 일이었다. 그런 대화문은 '양'을 받은 적 있는 티투스 같은 학생들에게나 적합한 숙제였다.

학생들이 웃었다. 페터 울리히는 러시아어를 잘했다. 그는 몇 달을 레닌그라드에서 살았기에 러시아어의 그렁거리는 발음에도 능통했다.

"내가 시작할게." 요아힘이 속삭였다. 하지만 그가 설령 수백 번 먼저 시작한다 하더라도 티투스에게는 아무런 도움이 되지 못할 것이었다. 준비를 해오지 않은 걸 사과하려면 수업이 시작하기 전에 미리 말했어야만 했다.

독기 오른 금발 머리가 질문을 했다. 티투스는 페터 울리히가 뭐라고 대답하는지 잘 기억해두려고 노력했다. 페터 울리히는 예디니차(Jediniza, '수')를 받았다. 벌써 세번째다. 독기 오른 금발 머리는 놀라움을 금치 못하겠다는 표정으로 사관후보생인 그에게 잘 어울린다고 말했다. 그의 옆자리 여학생도 역시 '수'를 받았는데—독기 오른 금발 머리는 자발적으로 손을 들었기 때문에 더 높은 점수를 주었다고 말했다.

그들의 앞자리에 앉은 마르티나 바흐만이 손을 들었다. 그러자 독기 오른 금발 머리가 소리쳤다. "와아, 기적이 일어났네!" 티투스는 그녀에게 감사했다. 지금에 와서 또 그들의 이름이 불릴 확률은 거의 없어졌기 때문이었다. 마르티나 바흐만은 왜 숙제를 해올 수 없었는지 설명하려고 했다. "나더러 그런 술수에 넘어가달란 말이지?" 독기 오른 금발 머리가 그녀의 말을 가로막았다.

티투스는 그녀가 그 사과를 받아들이지 않고 굳이 마르티나를 시험해보기를 바랐다. 그러나 독기 오른 금발 머리는 몸을 홱 돌려버렸다. 중간줄에 앉았던 학생들 두 명이 손을 들었기 때문이었다. 독기 오른 금발 머리가 외쳤다. 너희들도? 그러나 그 두 아이들은 발표하기를 원했다. 그들이 너무 오랫동안 지껄이는 바람에 독기 오른 금발 머리는 교탁 앞으로 가 앉아 팔짱을 낀 채 만족스럽게 미소를 지었다. 그들이 발표를 끝냈을 때, 그녀는 아무런 질문도 하지 않고 출석부에 '수'를 써넣었다.

이제는 그가 앉은 줄만 남았다. 티투스는 어디로 시선을 두어야 할지 몰랐다. 그가 만약 이 시간만 무사히 넘기게 된다면 마지막 시간이나 발표마저도 덤덤하게 맞이할 수 있을 거라는 느낌마저 들었다. 그리고 이름을 부르는 소리를 들었다. 그의 이름도, 요아힘의 이름도 아니었다. 독기 오른 금발 머리가 마리오를 불렀다. 마리오가 발표를 하고 싶어 한다고 생각했기 때문이었다. 마리오는 고개를 흔들었다. "다음 시간에 하면 안 되나요?" 그가 말했다. 독기 오른 금발 머리는 미소를 지었다. "애석하구나"라고 그녀가 말했다. "지금 하는 게 더 쉬워. 다음 시간에는 더 많은 것을 시킬 거니깐." 그는 사비네를 불렀다. 사비네는 즉시 시작했다. 그녀 옆에 앉은 또 한 명의 사비네가 대답했다. 그렇게 해서 두 사비네 사이에서 대화가 오고 갔다. 모든 줄에서 다 발표를 마쳤다. 티투스는 독기 오른 금발 머리가 곧이어 '이젠 조용히 하고 책을 펴'라고 말할 것이라고 생각했다. 물론 러시아어로 말이다.

"뭐라고?!" 독기 오른 금발 머리가 비명을 질렀다. "뭐라고?" 페터 울리히와 몇몇 아이들이 웃었다. 첫번째 사비네의 마지막 문장이 끝나자 요아힘도 웃었다. 두번째 사비네가 대답했다. 독기 오른 금발 머리가 벌떡 일어났다. 첫번째 사비네는 뺨을 붉힌 채 웃어 보이려고 애썼다. "뭐라고?" 마지막 문장이 끝난 후 독기 오른 금발 머리가 또 한 번 날카롭게 물었다.

사비네와 사비네가 달달 외워왔던 텍스트에서 한 줄씩 밀려났다는 것과, 그래서 문맥에 전혀 안 맞는 말을 했다는 것을 티투스가 알았을 때는 두번째 사비네가 벌써 울음을 터뜨린 뒤였다.

독기 오른 금발 머리가 두 사람에게 '양'을 주었다. 하지만 다음 시간에 점수를 올릴 수 있는 기회를 주겠다고 했다. 이젠 첫번째 사비네도 울음을 터뜨렸다.

"시작해." 독기 오른 금발 머리가 말했고 티투스가 고개를 끄덕였다.

티투스는 요아힘이 어깨를 들어 올려 보이며 "하라쇼(chorosho, 좋아)"라고 말하는 것을 보았다. 그러곤 마치 책상 위에서 뭔가를 드는 것 같은 시늉을 했다. 보이지 않는 수화기를 향해 손을 뻗었고, 그의 오른쪽 집게손가락으로 다이얼을 돌렸다. 번호를 돌리고 나서 뒤쪽으로 기대앉았다. 티투스는 기분이 좋지 않았다. 요아힘이 "따르릉 따르릉"이라고 말했다. 티투스 역시 수화기를 드는 것 같은 시늉을 했다. 누군가가 웃었다. 티투스는 조금 뜸을 들인 후 러시아어로 대화를 시작했다. "여보세요?" 이제 운명은 신의 손에 달렸다.

"안녕!"

"안녕!" 티투스가 오른손을 귀에 갖다 댔다. 팔꿈치를 대고 책상을 뚫어지게 보았다.

"잘 지냈어?"

"잘 지냈어." 티투스가 반복했다

"널 초대하고 싶어……" 뒤따른 문장은 이해하지 못했다.

"오, 너무 고마워." 티투스가 말했다. 그리고 그는 그가 한번도 발음해보지 못했던 단어를 말했다. "아주 좋아!" 그가 수화기 안으로 외쳤다. 마치 너무나 자연스러운 일이라는 듯 그의 입에서 툭 튀어나온 말이었다. 그가 다시 한 번 더 반복했다. "아주 좋아!"

독기 오른 금발 머리의 입에서 날카로운 소리가 났다.

티투스는 요아힘의 대답을 이해하지 못했다. 그는 초대시간을 듣지 못했기 때문에 "언제 어디서?"라고만 물었다.

요아힘이 여러 개의 제안을 했고 이 질문으로 끝을 냈다. "그러면 되겠지?"

티투스는 뜻도 모르고 또 한 번 그의 말을 반복했다. "그러면 되겠지."

요아힘이 계속 말했다. 티투스 차례가 다시 되었을 때 그는, "알았어. 그런데 우리가 무엇을 하길 원하니?" 이렇게 계속되었다.

"내가 뭘 하길 원하냐고?" 요아힘이 물었다.

"그래." 티투스가 재빨리 대답했다.

요아힘은 책, 레코드판, 연극에 대해 얘기했고 축구에 대해서도 뭔가를 얘기했다. 아이들이 웃음을 터뜨렸다.

"우리 극장에 가자." 티투스가 마치 대화를 제대로 진행시켜야겠다는 듯 말했다.

요아힘이 계속해서 긴 문장을 말했고 티투스는 그것을 전혀 이해하지 못했다. 티투스는 자기 의견만을 고집했다. "우리 극장에 가자." 요아힘이 흥분한 것처럼 연기하고 있었다. 그는 극장에 가고 싶어 하지 않는 게 분명했다. 티투스는 아이들이 금방이라도 웃음을 터뜨릴 것이라고 생각했다.

"너는 뭘 하길 원하니? 나는 케이크를 먹고 싶은데."

요아힘은 아이들이 조용해질 때까지 잠시 기다려야만 했다. "안녕." 요아힘이 말했다.

"이제 다 잘됐지?"

"이제 다 잘됐지!" 요아힘이 소리쳤다.

"고마워." 티투스가 말했다. "안녕."

두 사람이 동시에 상상의 수화기를 내려놓았다. 독기 오른 금발 머리는 "아주 잘했다" 그리고 "고맙다"라고 말했다. 그녀는 교탁 앞 책상에 앉았다. 요아힘에게 두 군데의 실수를 일러주며 대화의 생생함을 칭찬해주었다. 그리고 티투스에게는 윙크를 하며 사람은 노력만 하면 한정된 실력만으로도 목표에 도달할 수 있는 법이라고 말했다. 그녀는 배우로서의 자질에 관해서도 언급하며 티투스를 포커페이스라고 인정했다. 그녀가 출석부에 점수를 기입할 때 똑같은 손놀림을 두 번 반복했다.

한낱 시험 점수에서 자신의 구원을 얻으려 하다니, 러시아어 시험 점수로 구원을 바라다니, 그는 얼마나 한심한 창조물이었던가. 그런 일 때문에 신에게 애원했단 말인가? 그를 구한 사람은 정작 요아힘이었다. 그는 요아힘을 속이며 발표문을 낭독하고 싶다는 것을 아직까지도 고백하지 않았다. 그런 요아힘이 자신을 구했다는 건 혹시 신의 계시가 아니었을까? 꿈속에서조차 상상해본 적이 없는 극적인 전환? 그가 요아힘의 뜻대로 선택을 내리지 않는다면 지금 방금 요아힘이 그를 이끌었던 것처럼 신이 그를 이끌어주지 않을 거란 말인가? 요아힘은 가장 훌륭한 모범이 아니었나? 사실 그는 요아힘처럼 되고 싶어 한 것이 아니었던가?

선생님이 교과서의 새 단어들을 설명하는 동안 티투스는 그것들을 뚫어지게 내려다보았다. 다른 아이들과 함께 똑같이 따라 읽긴 했으나 단지 의미 없는 소리이며 단어들일 뿐이었다.

아주 짧은 순간 동안, 티투스는 감히 어쩌면 성실한 자신에게 상을 주기 위해 신이 요아힘의 능력과 비슷한 능력을 주려던 것이 아니었을까, 하고 생각해보았다.

"포커페이스." 요아힘이 수업 종료를 알리는 종소리와 함께 속삭였다. 요아힘의 입에서 "포커페이스"라는 말이 나온 게 티투스의 마음에 들었다.

그리고 "따르릉" 소리를 냈다. 그 순간 티투스는 피가 얼어붙는 듯한 차가운 기운을 느꼈다.

"따르릉" 요아힘이 또 한 번 반복했다. 요아힘은 왜 그를 끌어들이는가? 티투스는 마치 수화기를 드는 듯한 시늉을 해 보였다. "여보세요?" 반 아이들이 그의 연기 때문에 웃음을 터뜨렸는지 아니면 그의 목소리가 그렇게도 한심하게 들려서 웃은 것인지 분간할 순 없었다. "요아힘이야, 안녕."

"티투스야, 안녕." 티투스는 팔꿈치를 책상에 올리고 손가락 관절을 오른쪽 광대뼈에 갖다 댔다. 그는 마르티나 바흐만의 의자 등받이와 머리카락 끝 사이로 보이는 그 아이의 등을 주시했다.

"잘 있었지?"

"잘 있었지." 티투스가 똑같이 반복했다.

"널 초대하고 싶어." 티투스는 이 시간이 빨리 다 지나가버렸으면 하고 바랐다.

"고마워." 티투스가 대답했다.

요아힘은 문장에 문장을 이었다. 회전 동작, 티투스가 생각했다. 마지막 단어는 질문이었다. 그는 고개를 끄덕였다. '이젠 내 순서인 줄 알고 있어'라고 말하려는 듯. 심지어 질문의 뜻까지도 이해했었다. 하지만 말이 빨리 나와주지 않았다. 그는 물론 초대를 받아들이고, 숙제가 빨리 끝나 요아힘의 준비를 돕게 되길 바란다고 말하고 싶었다. 그 외에도 초대된 사람은 또 누구인지, 뭘 가져가야 하는지, 요아힘이 따로 특별히 받고 싶은 생일선물이 있는지를 묻고 싶었다.

요아힘이 "그럼 이젠?"이라고 묻더니 맨 처음부터 다시 시작했다. 아이들이 웃었다. 티투스는 말했다. "그래."

요아힘이 계속 지껄였다. 티투스는 다시 한 번 말했다. "고마워." 말을 하든지 안 하든지 아무런 차이가 없었다. 티투스는 뺨에 갖다 댄 자신의 손을 느꼈다. 그는 스스로의 모습을 볼 수 있었다. 요아힘이 무어라고 속삭였는데 그 순간 아무도 말을 하는 사람은 없었으므로 모든 아이들이 그의 말을 들었다. 요아힘은 했던 말을 반복하지는 않을 것이었다. 그러기에는 자존심이 허락지 않을 것이었다. 티투스는 바닥을 차는 그의 신발 소리를 들었다.

요아힘이 책과 레코드판, 연극과 축구에 관해 말했다. 티투스는 더 이상 아무 말도 하지 않으려 했다. 선생님이 결국 그에게 '가'를 주면 될 일이고 그를 혼자 있게 내버려두면 되는 것이었다. 그녀의 별명으로는 독기 오른 금발 머리가 아니라 둥근 톱이라고 해야 할 것 같았다. 그녀의 목소리에서는 둥근 톱 소리가 났다. 요아힘이 입을 다물었다.

독기 오른 금발 머리가 자기의 작은 눈을 들여다보라고 요구하자 티투스가 고개를 들었다. 그녀의 핏기 없는 입에서 무슨 말이 나온다 해도 상관없었다. 그는 "깜박했어요"라고 말함으로써 오히려 상황을 악화시켰다. 그의 옆에서라면 마르티나 바흐만마저도 영웅이 되었다.

그는 어차피 써먹지도 못할, 아무런 의미 없는 언어를 배우는 대신 좀더 나은 것을 계획했었다.

티투스는 다시금 어제의 밝은 세상에 있는 자신을 보았다. 그 세상에는 독기 오른 금발 머리를 위한 자리는 없었다.

그 모든 것에도 불구하고, 티투스는 그녀가 정말 '가'를 준 것에 대해 충격을 받았다. 왜 그녀는 그런데도 계속해서 그에게 잔소리를 퍼붓는 것일까? 사람은 이미 바닥에 쓰러진 사람을 밟아서는 안 된다. 물론 그녀가 그것을 알 리가 없다. 그가 무엇 때문에 사과해야 한단 말인가? 그는 숙제를 깜빡했고, 그래서 '가'를 받았다. 그는 아무 말도 하지 않았다. 독기 오른 금발 머리가 은색 볼펜을 책상 위로 던지자 볼펜이 책상에 부딪친 후 튀어올랐다. 누군가가 볼펜을 주워 앞으로 가지고 갔다. 그녀는 고맙다는 말조차 하지 않았다. 그녀는 책을 폈다.

그는 어째서 피해갈 수 있을 거라고 생각했던 것일까? 그는 주말을 까맣게 잊었었다. 마치 꿈처럼. 학기말 성적표 러시아어 과목에서 '양'을 받은 사람은 학교에 남을 수 없었다. 고등학교 졸업시험도 이제 다 물 건너간 이야기가 되었다. 신이 그에게 두번째 기회를 주었던 것이었을까?

그는 아무런 이유 없이 공부를 하지 않은 게 아니었다. 그는 다른 문제, 아니 보다 근본적인 문제로 애를 썼던 것이었다. 그 모든 것에 의미를 두지 말았어야 했던가?

자신이 품었던 진짜 계획을 기억하기 위해서 이런 큰 타격이 필요한 거라고 확신했다.

티투스가 생각했다. 전지전능한 신은 독이 오른 금발 머리 같은 사람마저도 자신의 연장으로 만들었던 것이었다.

쉬는 시간을 알리는 종이 울렸을 때, 티투스는 독기 오른 금발 머리가 면담하자고 할까 봐 겁이 났다. 하지만 그런 성가신 일은 일어나지 않았다. 그는 운동장을 가로질러 옆 건물로 갔다. 시원한 공기가 좋았다. 수학실에서 그는 무릎을 난방기에 갖다 댄 채 창문을 열고 그 옆에 서 있었다. 그는 따뜻한 온기가 옷을 뚫고 스며들어올 때까지 기다렸다.

티투스는 페터젠이 다음 시간까지 기다리지 않고 지금 당장 자신을 부르기를 바랐다. 페터젠이 응용문제의 질문을 반복해서 말하기 시작했다. "자, 쓰세요"라고 말하며 그는 오른쪽 집게손가락으로 허공을 찔렀다. "화물기차 한 대가 총 38개의 객차로 730톤의 연탄을 날랐다. 그중 몇 대의 객차는 15톤, 다른 객차들은 20톤을 실고 있었다. 15톤과 20톤을 실은 객차는 각각 몇 대였는가? 둘째……" 티투스는 바스락대는 소리를 들었다. 페터젠이 그들에게 잠깐 동안 문제를 검토하라고 할까 봐 겁이 났다. 페터젠은 또 한 번 검지로 허공을 찌르곤 계속해서 문제를 불렀다. "둘째! 국가 인민군의 탱크가 230킬로미터 길을 이동했다. 원래 가득 채워졌던 연료 탱크에는 아직도 40리터의 연료가 남아 있었다. 연료 소비가 1백 킬로미터마다 15리터로 제한될 수 있다면 이 탱크는 270킬로미터를 이동할 수 있을 것이다. 이 탱크의 원래 총 연료 저장량은 얼마이겠는가? 1백 킬로를 갈 때마다 얼마의 연료가 드는가. 셋째! 인민군의 정찰기가……" 티투스는 문제를 받아썼다. 이런 문제라면 얼마든지 풀 수 있었다. 페터젠이 20분간 교실을 비워야 했다. 페터 울리히가 정숙과 질서를 책임지는 임시반장으로 임명되었다.

페터젠이 교실을 나가고 난 후에는 정적만이 남았다.

요아힘은 10분 만에 문제를 풀었다. 티투스는 페터젠이 돌아오기 직전에야 끝낼 수 있었다.

"내 생각엔," 페터젠이 문에서부터 외쳤다. "여러분, 방정식 문제를 다 풀었을 거야. 뭐, 어려운 점이 있었나?"

아무도 손을 들지 않았다.

페터젠은 반쯤 벌린 입으로 학생들을 둘러보며 팔을 올렸다. 그리고 다시 물었다. "문제가 없다고?" 그러고는 칭찬하듯 고개를 끄덕였다. 그는 적당한 분필 조각을 골라 칠판에 썼다. '두 가지 이상의 변수가 포함된 방정식.'

티투스는 새 페이지를 펼치곤 제목 아래 두 개의 줄을 그려넣었다. 페터젠은 시간을 오래 끌고 싶지 않다고 말했다. 방정식 푸는 방법을 알고 있는 사람이라면, 그리고 누구나 조금 전에 그걸 확인해볼 수 있었으니 아무 어려움 없이 풀었을 것이므로. 변수의 대입을 연장해야 할 뿐이라고.

그런 다음 변수의 개수와 방정식을 하나씩 단계적으로 차례차례 줄여가는 게 기본이라고.

5분 후 페터젠은 세 개의 방정식을 쓰고 벌써 첫번째 것을 변형하고 있었다. 그 대입 방식을 티투스는 잘 이해할 수 있었다.

잠시 후 페터젠이 교탁으로 분필을 던지곤 칠판 옆에 서서 안경을 고쳐 썼다. 잘 모르겠다는 얼굴로 방정식을 바라보는 사람은 앞으로 불려나갈 위험이 컸다.

[90년 7월 4일의 서간문]

사실 정해진 원칙을 잘 익히는 것만으로도 충분했다. 그렇게 하면 그 다음은 저절로 풀렸다. 티투스는 그러한 수열이 딱 떨어지며 답을 내는 것을 보며 감탄했다.

페터젠은 숙제를 따로 내지 않았고 종이 울리기 전에 수업을 끝냈다. 교실 문으로 가던 도중 멈춰 서서 "티투스, 전부 이해했니?" 하고 물었다. 페터젠의 손가락이 필통 옆에서 꼭두각시 인형처럼 덜덜 떨고 있었다. 티투스는 고개를 들고 "네!"라고 대답하며 미소를 지었다. 그러고는 얼른 노트 위로 눈을 돌렸다. 페터젠의 셔츠 소매가 손등 위로 조금 내려왔다. 그의 손톱이 의자 위에서 빠른 리듬을 두드리고 있다가 "그렇다면 다행이고"라는 말을 할 때는 마지막 점을 찍었다.

체육 시간. 티투스는 오래된 운동복을 걸쳐 입었다. 마르틴의 반 학생들은 지하에 있는 탈의실로 늦게 도착했다. 마리오와 페터 울리히는 벌써 밖에서 준비운동을 하고 있었다. 요아힘은 그의 바지에 손을 넣고 축구 골대에 기대 서 있었다.

체육선생님 캄펜은 흰머리 때문에 눈을 뒤집어쓰고 나온 「알래스카 키드」의 딘 리드처럼 보였고 축구공을 차며 묘기를 부리고 있었다. 그들이 3천 미터 달리기를 마치고 나면 20분 정도 축구를 할 시간이 남을 것이었다.

정해진 시간보다 조금 늦게 그들은 시민공원으로 건너갔다. 몸 풀기 달리기에서는 마르틴과 티투스가 꼴찌로 달렸다. 아무도 그들처럼 그렇게 진지하게 무릎올려뛰기, 발목관절돌리기와 스트레칭을 하지 않았다. 베르나데테가 아프다고 마르틴이 말했다. 그녀는 일요일에 열이 거의 40도까지 올랐다고 했다.

캄펜은 나지막한 둔덕 앞에 서서 기다렸다. 그리고 도착하는 시간대에 따라 어떤 점수가 매겨질 거라는 것을 반복해서 설명했다. 아이들이 말도 안 되는 속도로 뛰어가기 시작했다. 티투스는 마르틴이 앞서게 했다. 그래서 맨 처음 2백 미터는 꼴찌로 달렸다. 그들은 반환점인 떡갈나무를 돈 다음 나머지 긴 직선 길을 뛰어야 했다. 출발할 때 그들은 요아힘을 앞질렀다. 캄펜은 티투스에게 마르틴의 뒤에 바짝 붙어 뛰라고 소리쳤다. "그를 따라잡아!" 그들은 짧고 빠른 보폭과 지금과 똑같은 속도로 언덕을 오르기 시작했다.

티투스는 마르틴 뵈메 뒤에서라면 언제까지라도 함께 달릴 수 있겠다고 생각했다. 좌우로 흔들리는 머리카락과 샴푸향기 뒤를 바짝 쫓으며. 티투스는 자기들끼리 힘들이지 않고 다른 이들을 따돌리는 것을 즐겼다. 세 바퀴를 돌고 나자 그들은 페터 울리히와 마리오만을 앞에 두고 있었다. 페터 울리히는 금방이라도 오이처럼 앞으로 꼬꾸라질 것 같았다. 마리오는 관절 때문에 곧 포기할 것이었다. 네 바퀴를 돌고 나자 이제 그들은 그 두 사람마저 앞질렀고 다섯번째를 돈 뒤에는 요아힘을 한 바퀴 이상이나 앞섰다.

"그를 따라잡아!" 캄펜이 소리쳤다. 티투스는 행복했다. 그는 포기하지 않을 것이다. 있는 힘을 다 동원해서라도 최선을 다할 것이다. 이제 그는 신문에 난 기사를 이해했다. 디나모는 리버풀과의 대항에서도 이길 수 있을지도 모른다. 그러나 그러기 위해서는 각각의 선수가 전력을 다해야만 할 것이다. 전력을 다하는 것과 포기하지 않는 것. 점점 더 많은 학생들과 선생님들이 트랙의 가장자리에 줄지어 섰다. 이제 두 바퀴, 8백 미터도 채 남지 않았다. 끝까지 멈추지 않을 것이고 속도를 늦추지 않을 것이다. 그는 마치 화살이 날아가듯, 계속해서 다른 아이들을 앞질러 달렸다. 티투스는 모든 코스를 잘 알고 있었다. 커브를 돌 때는 보폭을 어떻게 조절해야 하는지, 그리고 떡갈나무를 돌 때는 조금 더 크게 돌며 뛰어야 한다는 것과 그러기 위해서 속도를 유지해야 한다는 것도 알고 있었다. 티투스는 환호 소리를 들었다. 깃발을 보았고 차단선에서 몸을 구부리곤 그의 이름을 외치고 있는 사람들을 보았다. 그는 허파에 통증을 느꼈다. 하지만 그것이 그와 무슨 상관이 있단 말인가? 그의 다리는 달리고만 있었고 절대 멈출 수가 없었다. 마르틴 뵈메는 물론 마음껏 달릴 것이었다. 하지만 그를, 티투스를 이길 수는 없을 것이었다. 그들이 마지막으로 캄펜에게로 가까이 왔을 때, 그들은, 마르틴 뵈메와 그는 이미 영웅이 되어 있었다. 티투스는 다물지 못하는 입과 눈 들을 보았고 떡갈나무를 돌 때는 마르틴 뵈메의 등에 가 부딪칠 뻔했다. 티투스는 더 이상 숨을 쉴 필요조차 없었다. 호흡은 오히려 그를 방해할 뿐이었다. 그는 등을 보았다. 앞에는 여러 사람의 등이 있었다. 그는 캄펜을, 놀란 캄펜의 얼굴을 보았다.

그리고 베르나데테가 자신의 이름을 부르는 소리를 들었다. "마르틴"이 아니라 "티투스! 티투스!"를 소리치고 있었다.

문득 그의 앞에는 아무도 없었다. 그는 캄펜 옆을 날아가고 있었다. 그리고 점점 더 앞으로. 그는 더 이상 다리의 주인이 아니었으므로, 다리가 아직도 뛰고 있었으므로, 그와 함께 뛰고 있었으므로, 이미 팔을 늘어뜨리고 주위를 돌아보며 계속해서 달렸고 마침내 앞으로 나아갈 수 있었으므로. 문득 캄펜이 그의 옆에 있었고 그의 코앞으로 시계를 들이댔다. 마르틴이 그의 등을 치며 축하인사를 건넸다. 마르틴의 얼굴은 붉고 흰빛을 하고 있었다.

바늘로 찌르는 통증과 함께 그의 호흡이 다시 돌아오고 있었다. 허파가 아니라 파이프가 들어 있는 것만 같았다. 낡은 물파이프가. 입 전체가 녹이 슨 것만 같았고 그는 그 냄새조차 맡을 수 있었다. 그는 멈추고 싶었다. 숨 쉬는 것을 멈추고 싶었다. 자신을 멈추고 싶었다. 하지만 다리는 계속 앞으로 달렸고 때론 오른쪽, 때론 왼쪽으로, 그러고는 비틀거렸다. 캄펜이 소리쳤다. "계속 달려, 얘들아, 계속 달려!" 그리고 마르틴이 말했다. "남은 힘을 다 써버렸어!"

티투스는 여학생들이 오는 것을 보았다. 팔짝팔짝 뛰어오고 있는 오색의 점들, 그들이 거리를 가로질렀다. 코스에 줄지어 서서 소리치던 것과 똑같은 목소리들. 그들이 그를 바라보았다. 하지만 그들의 눈에는 감탄이라고는 없었다. 오히려 충격, 놀라움, 동정 혹은 그저 이해할 수 없음이 있었다. 문득 그녀가 눈앞에 있었다. 작고, 창백하고, 걱정스러운 눈을 한 채. 그녀는 그녀를 막고 있던 운동용 상의의 깃 위로 턱을 뺐다. "여기" 그녀가 말했다. 그리고 무엇인가를 펼쳐 보였다. 펄프 수건 한 장이었다. 그가 우물쭈물하자 그녀가 그 수건으로 그의 이마와 눈을 눌렀다. 참으로 그의 마음을 따뜻하게 하는 감촉이었다. 그 수건이 떨어지지 않고 붙은 채였다. 그는 그 천을 떼어내고서 그녀를 향해 몸을 돌렸다. 하지만 다른 아이들 사이에서 그녀를 보지 못했다. 그의 손에는 젖은 수건이 들려 있었다.

요아힘은 팔꿈치를 갈비뼈에 대고 누른 채 양 무릎을 서로 맞부딪히며 힘겹게 언덕을 올랐다. 그의 발꿈치가 바깥쪽으로 흔들렸다. 티투스의 눈에 어쩐지 그것이 여성스럽게 보였다.

나중에 티투스와 마르틴은 마음대로 팀을 고를 수 있었다. 티투스가 시작했다. 각자 일곱 명의 이름을 부르고 난 후에 티투스는 요아힘을 택했다. 그래서 페터 울리히가 마지막으로 남게 되었다. 마르틴도 페터 울리히를 거부했고 티투스는 양 눈썹이 서로 붙고 콧구멍이 아주 큰 아이를 지목했다. 페터 울리히는 결국 마르틴의 팀으로 갔다.

요아힘이 골키퍼를 하겠다고 자청했다. "복수해줘라, 마르틴!" 캄펜이 말하고 게임 시작 호각을 불었다.

형편없는 경기였다. 아무도 뛰고 싶어 하지 않았다. 요아힘이 백패스를 놓쳤다. 코너킥이 주어지자 뜻밖에도 골로 이어졌다. 경기장의 크기에 비해 선수는 너무 많았고 골대들은 너무 작았다. 종료를 알리는 호각 소리가 나기 전에 주인 없는 공이 한참을 경기장 중간에서 이리저리 튀어다녔다. 맨 처음으로 그 공을 잡은 티투스가 운 좋게 발등으로 차 골대에 맞췄지만 아무도 환호하지 않았다. "마지막 획을 긋는 골이로구나"라고 말하며 캄펜이 경기를 종료시켰다.

종소리와 함께 티투스는 교실로 들어섰다. 여학생들이 없었다. 페터젠이 소리쳤다 "우정!" 그는 칠판에 '아이작 뉴턴, 1642～1727'이라고 쓰고 나서 분필을 교탁으로 던졌다. 그는 실험 가운의 주머니 속에 손을 넣고 앉아 발을 흔들며 고전적 메커니즘의 창시자에 대해 교과서에서 서술하고 있는 내용을 설명했다. 티투스에게는 마치 페터젠의 모든 지식이 오로지 그가 방금 설명한 내용으로만 이루어져 있는 것같이 느껴졌다. 마치 뉴턴이야말로 그가 설명할 수 있는 최초의 사람이라는 듯. 티투스는 여전히 자신이 넣었던 골에만 정신이 팔려 있었다. 그가 얼마나 간절하게 꿈꾸어왔던 슛이었던가—마지막 획을 긋는 골!

문이 열리고 얼굴이 빨개진 여학생들 몇 명이 들어왔다. 페터젠은 아무런 반응을 보이지 않았다. 두번째 무리가 그들의 자리에 앉을 때까지도 페터젠은 착잡한 표정으로 침묵하며 그들을 지켜볼 뿐이었다. 세번째 무리가 들어오자 그는 월요일마다 일어나는 늘 똑같은 일을 이젠 더 이상 참을 수 없다고 외쳤다.

마지막으로 교실로 들어온 마르티나 바흐만이 마침 사과를 하려는 중이었다. 페터젠이 성급하게 그녀에게 앞으로 나오라고 손짓했다—"이리 와봐, 이리 와봐, 이리 와봐!"—그리고 그녀에게 마치 꽃 한 송이를 건네듯 분필을 건넸다. "여기 이거, 계속해, 계속하라고!" 페터젠은 앞쪽 왼쪽에 있던 빈 의자에 다리를 포개고 앉아 종아리를 흔들었다. 점점 더 많은 여학생들이 이유를 설명했다. 마르티나 바흐만이 도로 자리에 가 앉아도 좋다는 허락을 받았다.

티투스가 다시 정면을 쳐다보았을 때, 페터젠은 F=m · g와 G=m · g를 칠판에 썼다. 티투스는 '한 물체의 질량과 무게는 다른 것이며 중력을 질량 단위로 측정해서는 안 된다'라는 법칙을 암기하려고 애썼다. "한 물체의 무게는," 요아힘이 말했다. "힘입니다. 그 힘으로 물체는 바닥을 향해 수직으로 누르거나 혹은 공중으로 당겨집니다. 결국 무게는 질량 곱하기 중력가속도입니다. 즉, g(무게)는 질량 곱하기 초속 $9.81m^2$이며 뉴턴이나 킬로폰드의 단위로 측정됩니다." 페터젠이 고개를 끄덕이곤 요아힘 앞의 책이 닫혀져 있었음을 확인한 후 이제부터는 관성의 법칙을 배울 차례라고 말했다. 그는 칠판에 방정식 여러 개를 써넣었다. 티투스는 자신의 마음이 얼마나 편안한지를 느끼며 스스로 놀랐다. 이 시간 역시 다른 시간들과 마찬가지로 기껏해야 마지막 종이 울리기 전 나쁜 점수를 받는 따위 이외에 더 일어날 큰일이란 없을 것 같았다. 어쩌면 그사이에 페터젠은 모든 것을 다 잊어버렸는지도 몰랐다.

"만약 힘이 한 물체에 영향을 미치지 않는다면 물체는 속도를 유지한다." 페터젠이 칠판에 썼다. 그리고 그 주위에 네모를 그려 넣었다. 티투스가 그게 자신에게 무엇을 의미하는지를 생각하고 있는 동안, 페터젠은 벌써 배와 파도와, 위, 아래, 오른쪽, 왼쪽으로 향하는 화살표 네 개를 그렸다. 화살들은 물체에 작용하는 힘들을 가리키고 있었다. 즉, 무게와 부력, 추진력과 물의 저항이었다. 한 물체의 관성은 물체의 질량이 크면 클수록 더 커진다. 누군가가 킥킥대며 웃었다. 페터젠이 곧 새로 배운 지식을 발표할 기회를 주겠다고 페터 울리히에게 소리쳤다.

배가 고파서인지 아니면 수업을 시작하기 전에 빵을 너무 급하게 먹어서 그런 것인지는 알 수는 없었지만, 티투스의 속이 몹시 안 좋았다. 아니면 그가 방향감각에 방해를 받았거나 혹은 일종의 무중력상태, 텅 빈 공간 안에 들어가 있었기 때문인지도 몰랐다. 그곳은 학문과 법칙만이 통할 뿐 추측은 아무런 작용을 하지 못하는 세계였다. 그가 3천 미터 달리기를 하던 시간은 객관적이면서도 현실이었고 그가 차 넣은 골과 뉴턴과 방정식 역시 그와 마찬가지로 현실이었다.

"각각의 물체는" 페터젠이 말하곤 탁자 위로 분필을 던졌다. "그 물체에 영향을 준 모든 힘들이 만들어낸 결과의 힘이 0이 될 때까지 똑바르게 그리고 일정하게 움직임을 유지한다. 앞으로 나와. 여기 분필이 있다."

페터 울리히는 페터젠의 검지를 보지 못했다는 듯 계속 쓰기만 했다. 그러다 갑자기 벌떡 일어나 평소 때와 다름없이 흔들거리는 걸음걸이로 걸어나갔다.

"관성의 법칙에 따라서" 페터젠은 목소리를 높였다. "배는 똑바르고도 일정하게 움직이지. 왜 배는 가만히 있지 않는 거지?" 그는 페터 울리히를 칠판 앞에 혼자 놔두곤 다시금 왼쪽 앞의 빈자리에 가서 앉았다. 너무도 조용해 티투스는 다른 아이들이 숨 쉬는 소리가 들릴 지경이었다.

그는 페터 울리히가 아니라 칠판 앞에 서 있는 자신의 모습을 보았고 자신의 시선이 학생들을 지나 페터젠에게 머무르는 것을 보았다.

"난 발표를 할 수 없어요." 그리고 곧 자신이 한 말을 수정했다. "난 발표하고 싶지 않아요."

"왜?" 페터젠이 고함을 질렀다.

"무기를 드는 일을 거부하기 때문이에요." 티투스가 답했다.

"뭐라고?" 페터젠이 물었다. "그런데, 이 일이 그 일과 무슨 상관이 있단 말이니?"

"저도 모르겠어요." 티투스가 말했다. "전 정말로 모르겠어요, 까먹었어요."

"쓸데없는 소리, 전부 다 쓸데없는 소리야!" 페터젠이 페터 울리히를 향해 외쳤다. "아무것도 이해를 못했군, 아무것도. 왜 배가 가만히 있지 않는 거지?" 페터젠이 학생들 쪽으로 다가가며 물었다. 제일 먼저 요아힘이 발표했고 그다음 마르티나 바흐만이 말했다.

티투스는 마르티나 바흐만을 지나쳐 제자리로 되돌아가는 페터 울리히의 얼굴에서 무표정을 읽었다.

티투스는 '나는 더 이상 할 수 없어. 도저히 할 수 없어, 다 의미 없는 일이야'라고 생각했다. 그런 발표를 한다는 게 뭘 의미하는 거지? 그는 지금껏 한번도 사고와 주장이 이렇게 하찮고 무의미하다는 것을 느껴본 적이 없었다. 어디가 위이고 아래인지를 더는 모르는 것처럼 느껴졌다. 만일 앞으로 나아가 교탁 앞에 선다면 그는 아마 오히려 지금보다 더 아는 것이 없을 것 같았다.

페터젠이 마르티나 바흐만을 칭찬했다. 구체적인 개념과 현실세계에 대한 그녀의 감각을 칭찬한 것이리라. 울음처럼 보이는 웃음을 지어 보이며 어깨를 이상하게 들어 올리면서 그녀는 제자리로 돌아갔다. 페터젠은 시계를 쳐다보고는 "걱정 마라, 티투스야, 난 너를 잊지 않았다"라고 말했다. 그는 그들이 일반적인 법칙과 뉴턴의 기본법칙에서 특별한 법칙, 즉 관성의 법칙을 이끌어냈다는 것을 설명하곤 그것을 연역법이라고 불렀다. "하지만 수학적 논리와 물리적 법칙에는 본질적인 차이가 있단다."

[90년 7월 9일의 서간문]

페터젠은 그를 암시한 것이었을까, 아니면 명제와 법칙의 대립관계를 두고 한 말이었나? 페터젠의 말 한마디 한마디가 티투스의 내면에서 공허를 키워가고 있었다. 석 장의 타자 용지가 지금 막 바로 그의 코앞에 놓여 있었다는 것조차도 거의 기적이랄 수 있었다. 그 순간 티투스는 자신의 이름을 부르는 소리를 들었다. 일어설 때 그는 손을 뒤로 가져가 셔츠가 바지 밖으로 빠져나왔는지 확인해보았다.

그에게는 아직도 결정을 내릴 수 있는 시간이 남아 있었다. 칠판 앞에 서자 갑자기 무릎에 경련이 일어나며 덜덜 떨렸다. 티투스로서는 지금껏 말로만 듣던 현상이었다. 그는 더 이상 신경을 쓰지 않기로 했다. 다른 사람들은 그의 상체만 볼 것이었으므로. 그는 자신이 이 시험 앞에서 얼마나 준비가 안 되어 있는지를 감지하며 스스로 놀랐다. 아무도 그가 그렇다는 것을 믿지 않을 것이다. 마음을 졸이는 것은 무의미한 짓이었다, 완전히 무의미했다. 모든 순간이 그 이전의 순간들을 지워버렸다. 티투스는 석 장의 종이를 순서대로 정리했다. 그것마저 미리 해두지 않았던 것이었다—그리고 그것들을 곧바로 다시 앞에 놓았다. 두려움으로 그의 손마저 떨기 시작할지도 몰랐다.

단어 한마디 한마디를 짚어가며 첫 문장을 말했다. 아무리 애를 써도 그의 목소리에선 오로지 끽끼대는 소리만이, 인간사의 저편에서 울려오는 끽끽대는 소리만이 터져나올 뿐이었다. 단순한 울림일 뿐인 그 소리를 들으며 아이들은 킥킥거리고 웃거나 큰 웃음을 터뜨렸다. 티투스는 충격을 받았다. 아이들이 자신 때문에 웃고 있었다. 오로지 요아힘과 페터젠만이 음울한 표정으로 그들을 응시했다. 그의 목구멍은 음절 하나하나를 억지로 토해내야만 했고 그의 혀가 온갖 재주를 다 부려도 성대가 그의 의지를 따라주지 않았다. 또 한 번 웃음이 터져나왔다. 이제야 첫 문장이 천천히 완성되어가고 있었다.

페터젠이 호통을 쳤다. 티투스는 그 이유를 알 수 없었다. 웃은 건 그가 아니라 반 아이들이었다! 그게 티투스의 잘못이란 말인가?

반 아이들이 쥐 죽은 듯 침묵을 지켰다. 요아힘이 의자를 삐걱거리며 앞뒤로 몸을 흔들고 있었다. 페터젠이 티투스 앞에 섰다. 그래서 티투스는 페터젠의 언어가 그의 입 모양을 일그러뜨리는 것을 잘 볼 수 있었다.

그 순간 막 치기 시작한 종소리처럼 티투스에게는 먼 곳으로부터 어떤 예감이 도달한 것만 같았다. 그 예감이 선명해지면 질수록 그의 표정은 점점 더 편안해졌다. 급기야는 그의 얼굴에 미소가 번졌다. 그것도 아주 환한 미소가. 티투스는 페터젠이 왜 그렇게 화를 냈는지 차츰차츰 깨달았다. 이 깨달음과 함께 찾아온 것이 또 있었다. 뭐라 형용할 수 없지만 환하며 밝은 그것은 그의 영혼으로부터 검은 그림자를 내쫓아주었다.

페터젠이 계속 말했다. 그의 침이 턱으로 튀어 떨어졌다. 티투스는 뒷짐을 졌다. 그의 육체는 가벼웠고 어떠한 노고라도 견딜 수 있을 정도로 긴장되어 있었다. 그는 당장이라도 노래를 부르고 싶었다. 거장 산도른과 함께 노래를 부르고 싶었다. 그는 군다 라핀의 모델이 되어 그녀의 이야기를 들으며 그녀에게 이야기를 하고 싶었다.

티투스는 바람에 날리는 구름과 희끄무레하면서도 노란빛, 검고 푸르면서도 회색빛을 보았다. 자신이 무릎을 떨었던 생각을 하자 웃음이 절로 나왔다. 그는 무릎을 떨었던 이야기를 베르나데테에게도 들려줘야겠다고 생각했다. 분명 그녀는 재미있다고 할 것이었다. 그리고 스스로에 대해 말을 하고 웃는 그의 태도를 본다면 그녀 역시 그가 방금 이해한 것을 함께 이해해줄 것이었다.

티투스는 석 장의 종이를 가지런히 정리한 뒤 조심스럽게 접었다. 그러고는 페터젠의 지시대로 제자리로 돌아갔다.

마지막 훈련

자정이 지난 지도 오래되었지만 병장 튀르머는 잠을 잘 수 없었다. 핸들에 몸을 기댄 채 그는 SPW 장갑차의 온도조절 장치에 시선을 고정했다. 눈금이 빨간색 영역 쪽으로 점점 가까워지고 있었다. 병장 튀르머는 자신이 과연 파르티잔이나 스파이, 혹은 결의에 찬 병역거부자가 될 용기를 낼 수 있을까, 그래서 SPW 장갑차의 체인 바퀴가 걸려 꼼짝하지 못하도록 뜨거워지는 모터를 언제까지고 그냥 내버려둘 수 있을까 자문해보았다. 그러나 눈금이 빨간색 영역을 통과할 때마다 병장 튀르머는 매번 손잡이를 돌렸고 모터 위의 차양을 열었다. 그때마다 온도는 내려갔고 눈금은 다시 수직으로 아래를 향했다.

입대 후 처음으로 군대에서 보낸 몇 주 동안, 그 당시로는 일개 병사였던 튀르머는 스스로를 질책했었다. 군대 생활이 그렇게 나쁘지만은 않다고 느꼈기 때문이었다. 힘겹게 견디고 참아낼 정도로 어려운 일은 전혀 없었다. 거기다가 장갑차의 조정석에 앉을 때마다 그는 기쁨을 느꼈다. 운전은 즐거운 일이었다. 그리고 그는 자신이 운전하는 차량 '하마'를 사랑했다. '하마'와 함께라면 어떤 길도 더 이상 가파르지 않았고 아무리 모래가 많은 곳이라도 힘들지 않았으며 심지어 물에 잠긴 채 엘베 강을 지날 수도 있었다.

병장 튀르머는 좀처럼 잠을 이룰 수 없었다. 기다려야 하는 시간이면 언제나 그랬듯이 그는 손을 무릎 위에 포개 올리고 오른쪽 발꿈치를 가속페달에 놓은 채 발끝을 오른쪽을 향했으며 왼쪽 다리를 안으로 끌어당긴 자세를 유지하며 가만히 앉아 있었다. 군복무 기간 1년 반 중 대부분의 시간 동안 그는 이렇게 기다렸다. 하지만 오늘만큼은 그가 보내는 마지막 야전의 밤이었다. 내일이면 그들은 연대로—다시 말해서 집으로—돌아갈 것이었다. 제대까지는 2주도 채 남지 않았다. 그 사실을 생각하자 비애감이 밀려들었지만 그는 놀라지 않았다. 그는 누군가와 대화를 나누고 싶었다. 다른 대원들이 들판을 달려가고 있는 동안, 그는 다른 이들과 함께 서서 담배를 피우고 이야기를 나누는 것을 좋아했다.

병장 튀르머는 기지개를 켰다. 그가 앉는 자리의 등받이 왼쪽에는 움푹 들어간 부분이 있었다. 다른 운전병들은 '절뚝발이' 자리라고 불렀다. 하지만 병장 튀르머는 그 운전석이 편안하다고 느꼈다. 그가 복무하는 기간 동안 움푹 파인 그곳이 점점 깊어졌다. 마치 그의 운전병용 보호모자가 그만의 보호모자가 되어갔듯, 그 등받이는 그만의 등받이가 되어갔다. 장갑차 내부에서 그는 절대적인 편안함을 느꼈다.

병장 튀르머는 다른 대원들의 숨소리를 들었다. 그가 속한 분대의 대원들은 마치 대가족의 식구들처럼 방어판에 누워 있거나 앞쪽에 있는 긴 의자에 비스듬히 기대거나 혹은 바닥이나 포병대원 자리 아래에 누워 있었다. 병장 튀르머의 옆자리에는 분대장 부사관 토마스가 철모를 쓴 채 머리를 장갑차 벽에 기대고 잠들어 있었다. 그는 망가진 모터에 대한 책임을 지고 슈베트에 있는 군인 감옥으로 들어가야 할지도 몰랐다. 분대의 대원들이야 추워하든지 말든지 부사관 토마스는 병장 튀르머로 하여금 절대 모터를 틀지 말도록 금지시켜야 했기 때문이었다—4월 중순이 되었는데도 밤은 여전히 쌀쌀했다. 적어도 숲 속은 추웠다. 새벽이면 좁은 길에 패인 장갑차 바퀴 자국 안에 얇은 얼음 층이 생기곤 했다. 하지만 어떤 운전병도 동료들이 추위에 떨도록 내버려두지는 않았다.

바늘이 빨간색 구역의 중간에 도달했다. 병장 튀르머는 손이 자기 무릎에 닿을 때까지 핸들을 위에서 아래로 쓰다듬었다. 그는 오른손으로 핸들을 잡다가 하마터면 경적을 누를 뻔했다. 앞서 가는 차가 그런 식으로 운전을 할 때마다 그는 얼마나 여러 번 경고를 주었던가? 그 역시 졸며 운전을 할 때는 뒤따라오는 차의 주의를 받곤 했었다. 몇 시간 동안 붉은색의 후진등만을 유일한 방향잡이로 삼는 운전자는 나중엔 최면이 걸리기 때문이었다. 그는 철도 건널목이나 또는 집채만 한 고물 쓰레기더미를 보았다고 착각하며 환각에 시달렸었다.—그리고 밖의 찬 공기로 잠을 쫓기 위해 머리 위로 탱크 출입구를 열어젖혔었다. 스스로에게 욕을 하거나 얼굴을 때리기도 했다. 그럼에도 불구하고 그는 운전병이 아닌 그 무엇도 되고 싶지 않았다. 동료들이 덜덜거리는 소리와 모터의 온기에 싸여 잠들어 있는 동안에도 운전병만은 언제나 홀로 깨어 뜬눈으로 밤을 지새워야 했다. 병장 튀르머는 동료들이 아무런 의심 없이 그를 처음부터 신뢰하는 것을 보자 놀라움과 동시에 깊은 감동을 받았었다. 그가 이 춤추듯 흔들리며 나아가는 배를 밤새 무사히 운전하는 것은 지극히 당연한 일이라는 듯이. 바로 그 믿음이 운전병의 자긍심이었다. 운전병들은 식구들을 위한 가장과도 같았다. 바로 그들이, 운전병이라는 아버지들이야말로, 분대의 대원들에게 편안한 안식처를 제공해주는 존재들이었다.

병장 튀르머는 그들을 향해 몸을 돌릴 필요가 없었다. 나지막이 코고는 소리는 좀머라는 병사의 것이었고 신음하는 듯한 소리는 병장 카푸안의 것이었다. 그의 곰 같은 몸집과 웃음에 전혀 걸맞지 않은 소리였다. 주름진 피부와 철모 때문에 마치 버섯처럼 보이는 병사 페트카는 잠을 자는 동안에도 곧잘 웃었다. 그는 절대로 그들을 배반하거나 군대에 해를 끼치는 일을 하지는 않을 것이었다. 충성을 맹세했기 때문이 아니라, 그런 유치한 이유에서가 아니라, 아니 그게 아니라, 병장 튀르머는 군대의—사람들이 그것을 인식하든 아니든 간에—모든 것이 자기 자리를 지키며 그대로 있다는 사실에 대해 항상 고마움을 느꼈다. 병장 튀르머는 오줌이 마려웠다. 그는 모터 위 차양을 걷었다. 모터 소리를 멈추게 하기 위해 스위치를 '딸깍' 하고 내렸다. 그리고 기록 담당자가 그에게 구해준 새 군화를 신었다. 군화의 치수가 하나 혹은 둘 정도로 좀 큰 듯도 싶었다. 하지만 아무래도 좋았다.

병장 튀르머는 머리 위에 있던 출입구 손잡이를 돌려 받쳐놓은 다음 군홧발로 의자를 디디며 상체를 밖으로 빼냈다. 출입구 가장자리에 엉덩이를 붙이고 앉아 다리를 당겨 밖으로 빼낸 뒤 손가락 끝으로 출입구를 눌러 조심스럽게 닫았다. 그는 오른쪽 바지 종아리 부근에 달린 주머니 속으로 귀한 사각 스패너를 조용히 집어넣었다. 길을 가늠하며 앞으로 나아가 웅크리고 앉았다. 그는 드문드문하나마 불빛을 기대했었다. 최소한 보초병 텐트에서 나오는 불빛이라도. 담배를 함께 피우며 이야기를 나눌 수 있는 사람이 나타나기를 간절히 바랐다. 혹은 함께 술이라도 한잔할 수 있는 사람을.

숲의 땅바닥이 병장 튀르머를 말없이 맞아주었다. 마치 맨발로 뛰어내린 것처럼. 군복이 스치는 소리만이 들릴 뿐이었다. 그리고 발걸음을 뗄 때마다 군화의 목에서 '찰각찰각, 찰각찰각' 소리가 들렸다.

차가운 숲 속 공기를 쐬자 병장 튀르머의 마음이 상쾌해졌다. 그는 도처에서 냄새를 맡았다. 냄새는 바닥에서도 올라왔고 나뭇가지에서도 떨어졌다. 촉촉한 공기의 감촉을 느끼려면 오로지 손을 뻗기만 하면 되었다.

그는 솜이 든 두툼한 재킷의 윗 단추를 열었다. 양손으로 스웨터와 러닝셔츠의 목을 잡아당겨 상쾌한 공기가 피부에 닿도록 했다. 갑자기 그는 자신의 육체가 겨우내 군복 속에 저장해두었던 냄새를 맡았다. 장갑차의 차가운 쇠 냄새에 전 담배 냄새였다. 먹다 남은 감자와 브라운소스가 담겨 있었던 식기의 냄새도 있었다.

병장 튀르머는 보초병을 찾아보았지만 아무도 발견할 수 없었다. 그래도 이곳에서 소변을 보기는 싫었다. 이곳에서라면 불시에 누군가가 그의 앞에 나타날 수 있었다. 거기다가 걷기에 좋은 밤이었다. 소나무가 빽빽하게 들어선 숲은 아니었다. 그의 군화가 나뭇가지와 줄기들을 밟으며 걸어갔지만 소리를 내며 부러지는 일은 거의 없었다. 그는 대부분 솔잎이 잔뜩 깔린 이끼 위에서 나뭇가지들을 소리 없이 누르며 발걸음을 뗐다. 그는 나무둥치 중 밝은색을 띤 지점들을 알아보았다. 장갑차들이, 그 뒤뚱대며 굴러가는 파충류 같은 차량들이 제자리를 잡기까지 전진하며 나무를 스치는 바람에 생긴 흠집이었다. 그중 장갑차 몇 대는 정말로 생생한 꿈이라도 꾸는 듯, 모터를 끄지 않고 있었다.

자연보호 구역의 숲은 훼손되지 않았다. 이곳은 나무꾼과 벌목꾼도 오지 않고 버섯을 캐는 사람들조차 찾지 않는 곳이었다. 오로지 느리게 진행되는 생성과 소멸만이 있을 뿐이었다. 이 숲에서는 나무들이 싹을 틔우고 자라며 수십 년 혹은 백 년이 살았는지도 몰랐다. 그러다가 주어진 수명을 다하면 나무들은 다시금 소멸하기 위해 모든 다른 것들을 품은 채 숲 바닥으로 쓰러졌다. 태양빛이 그들의 뒤를 따라 들어가며 관목을 깨우고 고사리와 덩굴 들과 수천 종류의 잡초를 키웠다. 겨울이 되어 하얀 눈이 모든 것을 뒤덮을 때까지, 그리고 덩굴과 이끼만이 쓰러져 썩어가는 나무둥치에 색깔과 무늬를 남길 때까지 그 과정은 계속되었다. 모든 것이 부패를 촉진했다. 모든 것이 오로지 이끼 낀 땅 표면의 생명과 생명체의 부식토를 보존하기 위해서만 존재했다. 이곳의 고요함조차 침투할 수 없이 오래된 시간의 흔적을 머금고 있었다. 향기를 가득 드리운 공기 속에서 마치 무거운 커튼을 힘겹게 때리며 지나듯, 바람 한 줄기가 그 향기를 스치고 지나갔다.

병장 튀르머는 한참을 걸어왔다. 그는 현기증을 느끼며 한 손으로 나무둥치를 잡고 마치 몹시 고된 일을 하고 난 후처럼 휴식을 취했다. 배가 고팠다. 무엇보다도 목이 말랐다. 병장 튀르머는 입으로 숨을 쉬었다. 이름은 모르지만 눈에 띄지 않는 풀이 그의 기운을 북돋아주었고 계속해서 길을 갈 수 있게 해주었다. 그곳은 사람들이 만든 길이 아니라 숲이 스스로 만든 길이었다. 그가 그에게 주어진 암시를 잘 이해한 것이라면 동물과 식물 들이 그의 발걸음을 이끌고 있었다. 한밤중에 나무들 사이에서 자유자재로 움직이고 있다는 사실이 그의 마음에 들었다. 육체는 어둠 속에서 비로소 깨어나며 그 안에서라야만 인간의 사지가 간직한 능력을 믿고 따른다.

병장 튀르머는 이제 팔과 어깨를 장애물 경기에서처럼 흔들며 가벼운 달리기를 하고 있었다. 그의 표정은 얼마나 그가 기쁘게 달리고 있는지를 말해주고 있었다.

새벽의 여명 속에서 죽은 소나무 줄기가 마치 뱀처럼 보였다. 어떤 가지는 점점 가늘어지는 것이 아니라 끝이 쪼개져 있었다. 그래서 가지의 끝부분은 박쥐같이 보이기도 하고 고딕 건축 홈통 위의 흉물스러운 조각상과 닮아 있기도 했다. 그는 점점 더 빨리 걸었다. 권투선수처럼 머리를 치켜들거나 몸을 움츠리며 가지를 피해 달렸다—그래도 그는 수많은 가지에 부딪혔다. 가지들은 앞으로 나아가도록 그를 깨우고 채찍질했다. 그는 여러 번이나 숲 속 빈터에 도착했었다고 믿었었다. 하지만 그건 매번 보호림의 시작이거나 연못이었다. 군화의 목이 정강이뼈와 정강이를 계속해서 치고 있었다——찰각찰각, 찰각찰각. 그는 새소리를 들었다. 조금 전까지만 해도 고요하고 어두운 곳에서 자신만이 유일하게 깨어 있는 존재였지만 이젠 숲 전체가 깨어난 것 같아 보였다.

병장 튀르머는 내장 안에서 바늘로 찌르는 듯한 통증을 느꼈다. 이제 얼마 남지 않은 몇 걸음. 그는 마침내 끝없이 펼쳐진 들판에 도착했다. 숲을 빠져나와 솜 재킷을 벗어던졌다. 어깨를 누르던 바지 멜빵을 내리고 바지를 끌러내린 뒤 쪼그리고 앉았다. 통증 때문에 신음 소리가 나오면서 그것이 그에게서 밀려나왔다. 그는 자신이 마지막으로 대변을 봤던 게 언제인지 떠올려보았다. 이미 오래전의 일이었다. 병장 튀르머는 배설을 즐겼다.

그러나 잠시 후, 이 일이 그를 불안하게 만들었다. 그는 배설을 끝내고 싶지 않았다. 냄새가 지독했다. 병장 튀르머는 뒤뚝거리며 앞쪽으로 나아갔다. 똥덩어리가 마치 동물인 양 그의 엉덩이를 살짝 찔렀기 때문이었다. 마치 똥이 그를 쫓아오기라도 한다는 듯, 그는 주위를 두리번거렸다. 젖은 풀이 그의 엉덩이를 쓰다듬었다.

병장 튀르머는 어떻게 그렇게 갇히고 속박된 상태에서 아무런 욕망도 없이 살 수 있었는지, 더 이상 자기 스스로를 이해할 수 없었다. 다시 장갑차로 돌아가야 한다는 생각이 그를 공포로 몰아넣었다.

눈을 감고 자신의 후각에만 의지했더라도 그는 자신 있게 대변의 구성 성분을 알 것 같았다. 가장 나쁜 냄새를 만들어낸 건 통조림 음식이었다. 하지만 이틀 전 먹었던 쇠고기 요리와 무엇인가가 혼합되어 매연가스

맛을 냈던 양배추절임이 이 은회색빛의 새벽을 오염시킨 주범이었다.

"제기랄! 제기랄!" 병장 튀르머가 부르짖었다. "제기랄!" 그는 바지에 오줌을 싸고도 전혀 느끼지 못하고 있었다. 그는 몸을 일으켰다. 그는 바지를 도로 끌어올리지 않고 군화와 양말과 함께 벗어던지기 전까지 바지를 밟고 있었다.

권총집의 단추를 풀어 권총을 뺐다. 그는 권총을 멀리 던져버렸다. 그리고 권총이 반원을 그리며 날아가 높이 자란 젖은 풀 속으로 소리 없이 사라지는 것을 보았다. 더 이상 군대와는 관련을 맺고 싶지 않았다.

서둘러 마지막 물건들도 다 내버렸다. 추위 때문에 몸을 조금 떨긴 했지만 그럼에도 불구하고 그는 항문 근육이 이완되는 것을 즐겼다. 이젠 모든 발걸음이 그의 노정을 더 쉽게 만드는 은총이었다. 제트전투기가 만들어놓은 구름이 벌써 빨갛게 물들고 있었다. 막 새로 만들어진 구름은 눈동자의 실핏줄 같아 보였다. 다른 구름들은 넓고 투명했다. 마치 누군가가 붓으로 물감을 뿌려놓은 듯.

그는 마실 것과 먹을 것만을 조금 원할 뿐이었다. 그러나 곧 이 작은 소망에조차 더 이상 의미를 부여하지 않았다. 앞으로는 애초에 소망 같은 것을 가질 수나 있는 것일까? 어떤 일들이 기억에 남게 될까? 어쩌면 노래 한 곡, 한 소절의 가락? 아니, 그런 것들조차도 남지 않는다면? 그는 다만 순응했다, 아니 신경을 쓰지 않았다. 그는 그런 것들에는 이제 더 이상 주의를 기울이지도 않았다.

병장 튀르머는 배를 긁었다. 그는 서글픈 얼굴로 자기 몸을 내려다보며 관찰했다. 치즈처럼 허여멀겋고, 뾰루지와 사마귀로 가득 뒤덮인 그의 몸이 매스껍게 느껴질 정도였다. 인간한테서 이렇게 이상한 냄새가 나다니. 젖소가 일어나 그를 멍하게 쳐다보았다. 주변에 생명체가 있다는 사실만으로도 그에게는 큰 위로가 되었다.

그는 축축하고 키 큰 풀 위에 누워 몸을 깨끗이 닦고 상쾌한 기분을 느끼길 원했다. 병장 튀르머는 무릎을 꿇었다가 옆으로 쓰러졌다. 다음 순간, 그는 등에 닿는 아침이슬을 느꼈다. 정확히 그와 마주한 하늘에 희미한 달이 떠 있었다. 병장 튀르머는 기분 좋은 신음을 토해내면서 몸을 돌려 땅에다 배를 대고 엎드렸다. 그리고 다시 제자리로. 어깨와 엉덩이, 배와 가슴을 풀밭에 문질렀다. 이마를 땅에 대고 눌렀다.

다시금 똑바로 누워 하늘을 향해 왼쪽 팔을 뻗고 손목시계를 풀었다—바로 그 순간, 그의 손가락 끝에 첫 햇살이 비쳐들었다. 병장 튀르머는 자신이 흐느껴 울고 있다는 것을, 그리고 시계가 떨어지는 것을 감지했다.

다음 순간, 그는 사지를 땅에 지탱하고 일어나 몸을 떨었다. 분홍색을 띤 둥근 달을 올려다보며 울부짖었다. 이빨을 드러냈다. 젖소들이 울부짖으며 허둥지둥 되돌아가거나 도망치기 시작했다. 그는 무엇인가를 외치고 싶었고 말하고 싶었다. 하지만 그에게서 나온 소리라곤 오로지 으르렁거림과 낑낑거림뿐이었다.

그가 멈칫했다. 젖소의 울음과 아주 먼 곳으로부터 울리는 시골의 교회 종소리를 들을 수 있을 뿐이었다. 늑대가 시계의 냄새를 킁킁 맡아보더니 풀밭 위에 널브러진 군화와 군복을 피해 터벅터벅 걸어가버렸다. 목마르고 배고프고 탐욕에 가득 찬 늑대 한 마리가.

옮긴이 해설

'새로운 인생'을 맞이하기 위한 개인적 · 역사적 성찰

1. 동독 출신의 소설가, 잉고 슐체

잉고 슐체는 현재 독일에서 가장 주목받고 있는 작가들 중 한 명이다. 그가 새 작품을 발표할 때마다 문학계 종사자들은 바빠진다. 권위 있는 신문사들이 앞을 다투어 인터뷰를 청하고 독일 전국에서 낭독회와 강연회 일정이 잡힌다. 전 세계의 비평가, 번역가, 문학 에이전시가 바짝 긴장하며 새 작품에 대한 서평을 발표하고 번역 계약을 체결한다. 왜 그럴까? 왜 사람들은 그의 문학작품에 주목하는 것일까?

잉고 슐체는 구(舊)동독에서 태어나고 자라 서른 살에 통일을 맞이했다. 그야말로 작가 본인이 독일 역사의 산증인이라고 해도 과언이 아닐 것이다. 2008년 프랑크푸르트에서 발행된 특별간행물 『천일야화로도 부족한 이야기 *Tausend Geschichten sind nicht genug*』에는 작가 잉고 슐체가 2007년 모교인 라이프치히 대학에서 문학에 관해 강연했던 내용이 담겨 있다. 그는 거기서 자신의 삶, 작품을 쓰게 된 경위, 그리고 문학에 대한 개인적인 소신을 밝히고 있다. 잉고 슐체가 자신의 일생을 서술한 내용을 보면 엔리코의 그것과 매우 비슷하다. 물론 『새로운 인생』은 단순히 자서전이었다면 생략되거나 충분히 표현되지 못했을 이야기를 문학적으로 승화시킨 작품이다. 하지만 작가의 전기와 배경을 앎으로써 독자는 엔리코의 세상을 보다 더 명확하고 현실적으로 파악할 수 있을 것이다. 그러므로 여기에서는 주로 작가의 라이프치히 대학 강연 내용을 따라가며 『새로운 인생』을 쓰게 된 경위를 살펴보기로 한다.

잉고 슐체는 열세 살 어린 시절 이미 작가가 되고 싶었다. 그러나 너무 늦게— 이미 통일이 된 후에— 꿈을 이루게 되었고, 그 당시 꿈꾸었던 영웅적인 작가로서의 삶은 현재의 성공적인 작가로서의 모습과 그 성격이 전혀 달랐다.

"나는 그저 그런 작가가 아니라 유명한 작가가 되고 싶었습니다. 그것도 가능하면 빠른 시일 내에 유명해져서 동독정부가 나를 부담스럽게 여긴 나머지 군대에도 징집하지 않고 곧장 서독으로 보내기를 바랐습니다. 그곳에서 난 반체제 작가로서의 영웅적인 행동 때문에 존경을 받을 것이고 최고급 호텔에서만 살게 될 것이라고 꿈꾸곤 했습니다."

그것만이 유일하게 동독을 벗어날 수 있는 길이었기 때문이다. 축구에도 미술에도 혹은 자연과학으로도 두각을 나타내지 못한 그에게 작가의 꿈은 마지막 남은 유일한 희망이었다. 더구나 이야기를 만들어내는 데에는 자신 있었다.

1976년, 열네 살의 슐체가 8학년(우리나라 중학교 2학년에 해당함)에 올라갔을 때 동독 출신의 음유시인 볼프 비어만Wolf Biermann이 서독으로 망명했다. 동독 사회와 언론이 그 사건에 극도로 민감한 반응을 보이는 것을 보면서 소년 슐체는 깨달았다. "시가 한 나라를 뒤흔들 수 있구나. 나도 그런 시를 쓰겠다!" 그 후로 슐체는 내용을 잘 이해하지 못하는데도 불구하고 동독을 떠나 망명했다는 작가들의 글만을 찾아 읽었다. 일기를 쓰거나 시와 산문 습작을 했다. 학교 학회지에 글을 싣기도 하고 자유독일청년회(FDJ)의 연수원에서 문예수업을 받기도 했었다. 1년 반 동안 군 복무를 하며 군대를 소재로 한 몇 개의 단편을 썼다. 그는 그 습작들을 게르트 노이만Gert Neumann이라는 작가에게 보냈고 긍정적인 평가를 받았지만, 이후 스물세 살에서 서른 살이 되는 시기에는 아무것도 쓰지 못했다. 군 복무기간 이후 설명할 수 없는 많은 것들이 글을 쓰는 동안에 비로소 드러나고 오로지 이야기(소설)를 통해서만 표현이 가능하다는 것을 깨달았지만, 그럼에도 불구하고 글을 쓸 수는 없었다. 그래서 곧 자신만의 독자적인 목소리를 갖게 되기를 희망하면서 독서에만 몰두했다.

1988년, 대학교를 졸업한 후 그는 알텐부르크 시립 극장 내의 드라마투르그가 되었다. 스물여섯 살의 나이였다. 극장에서는— 적어도 1988년과 1989년의 알텐부르크 극장에서는— 어느 정도 표현의 자유가 보장되었음에도 불구하고 그는 극장 일에 만족하지 못했다. 1989년에 마침내 역사적인 순간이 왔다. 베를린 장벽이 무너졌던 것이다. 냉전시대가 종지부를 찍었다.

"두려움과 뭐라 말할 수 없는 놀라움, 당황한 마음과 환희에 넘치는 생동감이 모두 복잡하게 얽힌 심정으로 나는 '새로운 포럼'이라는 당에 가입했고 10월 2일에는 처음으로 라이프치히에 갔습니다. 우리는 결의문을 낭독하고 교회에서 연설을 했으며 큰 시위가 일어나기를 바랐습니다."

그런 순간에도 그는 글을 쓰거나 그 역사적 사건을 기록할 수 없었다. 거리를 두고 상황을 관찰하는 냉정함을 유지할 수 없었기 때문이었다. 또

한 군이 기록해둘 필요조차 없었다. 절대 잊을 수 없는 생생하고 벅찬 기억이었다.

그는 1989년 말에 극장을 그만두고 친구들과 함께 '알텐부르크 주간신문'이라는 신문사를 창립했다. 정치적인 사명감으로 시작한 일이었다고 한다. "우리는 민주화의 길을 함께 걸어가는 동행인이고 싶었습니다"라는 바람 외에도 그는 저널리즘을 통해 새로운 시대를 더 잘 알게 되며 흥미 있는 이야깃거리를 많이 듣게 되리라고 기대했다. 하지만 그 과정에서 나타난 진짜 '흥미 있는 이야깃거리'는 그가 저널리스트가 되었다기보다는 사업가가 되었다는 사실이었다. '새로운 포럼'에서 재정적 지원을 받을 수 없었기 때문에 신문은 광고에 의존해야만 연명이 가능했던 것이다. 한 주 한 주 지날수록 그는 점점 더 저널리스트에서 사업가로 변모했고 결국 저널리스트라는 자의식은 완전히 사라졌다. 반년 후, 잉고 슐체는 '알텐부르크 주간신문'의 재정 확보를 위해 광고만을 주로 내보내는 지역소식지를 만들게 되었다. 원래 의도했던 주간지는 독자를 확보하지 못해 쇠퇴하고 말았고, 마지막에는 광고 사이사이 남은 여백을 채우기 위해 기사를 싣는 정도의 지역소식지만이 남게 되었다.

슐체는 당시 자신의 모습을 "나는 스스로 깨닫지 못하는 중에 어느새 말을 잃었던 것입니다. 난 오로지 숫자에만 관심이 있었습니다"라고 회상한다.

"사회에 영향력을 미치던 문학이 완전히 소멸된 것이지요. 문학, 연극, 아니 예술 그 자체가 사회 중심부에서 그것들이 차지하던 자리를 내주고 이젠 한낱 장식물로 전락했던 것입니다." 바로 그것이 통일 후, 독일 사회의 모습이었다.

잉고 슐체는 신문사를 그만두고 다시 글쓰기에 전념하고자 했다. 서른 살을 앞둔 나이였다. 그 후에 부딪힐 경제적 곤궁에 대한 걱정도 그의 사직을 막지는 못했다. 다행히도 슐체는 한 사업가와 계약을 맺고 상트페테르부르크로 가 그곳 사람들이 신문사를 창립하도록 교육하는 임무를 맡게 되었다. 1992년 상트페테르부르크에서 그는 예전 동독인으로서 여행했던 소련 시절과는 달라진 러시아의 대변화를 관찰하고 경험했다. 독일에 돌아온 후 그곳에서의 경험을 바탕으로 그는 첫 소설 『33가지 행복의 순간』을 발표했다.

그 후, 슐체는 1989년 이후의 동독에 관한 이야기를 쓰고 싶어 했다. 그는 대부분의 사람들이 생각하듯, 독일 통일을 서독이 동독을 흡수한 과정이라고 보지 않았다. 사람들은 당시 서독 수상 헬무트 콜이 동독인에게 통일을 가져다준 장본인이라고 생각했지만, 통일은 동독인 자신들이 참여했고 원했던 일이었다.

하지만 화폐가 통합되고 독일이라는 하나의 나라에서 서독과 똑같은 시장경제구조 안에 들어서자 동독의 기업들은 경쟁에서 살아남을 수 없었다. 동독 정부 아래 근근이 명맥을 이어오던 공장들의 기계는 구식이었고 인프라가 엉망이었으며 생산성이 형편없었기 때문이었다. 그 결과 동독 지역의 경제가 완전히 붕괴되는 사태를 맞이했다. 그 후 동독 지역의 기업과 부동산 소유권 이전의 문제에서도 많은 혼란과 부작용이 따랐다. 공식적으로 동독이 독일연방공화국에 가입한 날짜는 1990년 10월 3일었지만 이미 그때는 동독지역의 국민들이 통일의 기쁨을 잃어버린 후였다.

바로 이러한 배경에서 슐체의 두번째 소설 『심플 스토리즈—동독 작은 마을에 관한 소설』이 탄생했다. 『새로운 인생』의 전신이랄 수 있는 이 소설에서 슐체는 미국 단편의 거장 레이먼드 카버의 '쇼트 스토리Short Story' 방식과 어니스트 헤밍웨이와 제임스 조이스의 문체를 모범으로 삼았다. 슐체는 처음에 몇 개의 개별적인 단편을 쓴 후, 그 이야기들을 서로서로 엮어보았고 그렇게 하나로 이어진 이야기로 『심플 스토리즈』를 완성했다고 한다. 그가 그 속에서 총 29장에 걸쳐 그린 동독인들에 대해서 그는 다음과 같이 서술했다.

"1990년 6월 2일 화폐가 통합되었을 때 우리는 하루아침에 사실상 미국식 색채가 강한 문화권에 속하게 되었습니다. 어제와 오늘 사이에 갑자기 자본주의 구조 속에 들어 있었던 것입니다. 우리는 언어가 숫자를 덮어버리는 세상에 살고 있다가 이젠 숫자가 언어를 덮어버리는 세상에 와 있었습니다. 말은 의미를 잃고 계산하는 일만이 중요한 듯했죠. 내 소설의 인물들이 겪는 상황은 아마도 서구권의 나라들에서라면 도처에서 얼마든지 볼 수 있는 흔한 상황이었을 겁니다. 아주 단순한 이야기들이죠. 하지만 내 소설의 인물들은 그동안 전혀 다른 법칙으로 살아왔던 사람들이란 말입니다. 그러니 그들은 서독에서 태어난 사람과는 다르게 반응할 수밖에 없었습니다. 그들에게서 변화된 세상이 가져다 준 기쁨과 쇼크, 놀라움과 불안감을 감지할 수 있습니다."

『심플 스토리즈』 이후 독자들은 슐체의 다음 소설 『새로운 인생』이 나오기까지 7년간이나 기다려야 했다. 자전적이면서도 통일 전후 동독에 관한 이야기를 담기에 적당한 형식을 찾느라 오래도록 고민했기 때문이었다. 이번에 그가 모범으로 삼은 전 시대의 소설은 토마스 만의 「토니오 크뢰거」, 로베르트 무질의 『생도 퇴를레스의 혼란』, 슈테판 츠바이크의 단편들이었다.

2. 세 명의 연인에게 보내는 서간체 소설

'Neue Leben'이라는 독일어 원제목은 복수형 단어로 이루어져 있다. 엄밀히 직역을 하자면 '새로운 인생들'이 되는 셈이다. '소설 속 주인공은 엔리코 튀르머(나중에는 하인리히 튀르머로 개명한다) 한 사람뿐이며 바로 그 주인공의 이야기를 집중적으로 다루었는데 왜 복수형일까?' 하고 의아하게 생각할 독자가 있을지 모르겠다. 아마도 통일이 어느 한 사람만의 변화를 초래한 것이 아니고 동독이나 서독 국민들 모두의 변혁이었고 그들 각자에게 새로운 인생이었기 때문일 것이다. 그러므로 엔리코의 인생은 물론 한 개인의 인생이긴 하지만 통일의 전후기를 살고 있는 많은 사람의 인생들을 대표하는 전형적인 인생이라 할 수 있다.

소설 『새로운 인생』은 서간문이라는 형식에 담겨 있다. 책장을 열면 제목 아래 "잉고 슐체가 주석과 머리글을 달고 발행함"이라는 부제가 붙어 있다. 이때 잉고 슐체라는 발행인은 작가 잉고 슐체가 만들어낸 허구적 인물이라고 할 수 있다. 작가와 똑같은 이름을 가진 소설 속의 발행인은 짐짓 능청을 떨며 작가의 작품에 대해 거리를 두고 관망하거나 비판하는 태도를 취한다.

아무튼 슐체라는 발행인은 글머리에 7년 전부터 소설을 쓸 소재를 물색하던 중, 우연히 엔리코 튀르머라는 옛 동창생의 편지들을 입수하게 되었고 그 안에 담긴 내용이 소설이 될 만한 이야기였음을 보고한다. 동독에서 어린 시절을 보내며 자란 엔리코는 통일 직후 하인리히라는 게르만식의 이름으로 개명하며, 작가가 되겠다는 꿈을 접고 친구들과 함께 반체제적인 신문사를 차린다. 그 후, 그 친구들과 결별하면서 독립적으로 상업성이 강한 신문사를 만들고 거대한 자본주의적 기업으로 발전시키지만 결국 사업은 실패로 끝나고 빚쟁이들을 피해 도주하여 행방불명된다. 엔리코는 1990년 1월부터 7월 중순까지 대략 6개월 동안 세 명의 수령인에게— 친누나인 베라('베로츠카'라고 부르기도 한다)와 친구 요한(줄여서 '요'라고도, 혹은 제로니모라고 부르기도 한다), 그리고 약혼녀인 니콜레타 한젠에게— 편지를 보냈고 그때마다 남겨두었었다. 그리고 그 복사본을 이제 발행인 잉고 슐체가 입수하게 되었다는 것이다. 엔리코는 세 명의 수령인을 각각 묘한 애정의 관계로 대하고 있다. 베라에게는 근친상간적인, 요한에게는 동성애적인, 니콜레타에게는 이성애적인 감정을 품은 엔리코는 베라와 요한에게는 통일 직후 1990년 현재의 삶을 보고하고 있고 니콜레타에게는 통일 전 동독인민공화국 시절의 삶을 고백하고 있다.

소설 속에서 세 명의 수령인에게 보내는 편지들은 날짜의 순서대로 그 차례를 이어가지만 세 명 중에 누구에게 먼저 편지를 쓰는지 혹은 나중에 쓰는지에 관한 일정한 순서는 없다. 다만 니콜레타에게 보내는 마지막 편지가 다룬 시점이 바로 베라와 요한에게 보낸 편지의 맨 처음 시점이기 때문에 독자는 소설을 읽는 동안 두 시대, 즉 과거와 현재에— 혹은 먼 과거와 최근 반년 동안의 과거에— 일어난 사건들을 동시에 쫓을 수 있다. 뿐만 아니라 독서가 끝날 무렵에는 두 개의 시점이 마치 두 개의 고리처럼 맞물리며 만난다는 느낌을 받게 될 것이다.

또한 책의 맨 뒤에는 부록이 따른다. 그러므로 장편 전체의 분량이 8백 페이지라기보다는 650페이지는 장편이고 나머지가 부록이다(원서 기준). 즉, 엔리코가 세 명의 수령인들에게 보내는 편지의 복사본 뒷면에 습작 원고를 기록해놓았다는 것이며 발행인 잉고 슐체가 그 단편들을 부록으로 따로 묶었다고 밝히고 있다. 작가 잉고 슐체의 고백에 의하면 『새로운 인생』의 전신이랄 수 있는 『심플 스토리즈』를 쓴 후, 원래는 통일 전후 상황을 반영한 단편소설을 계획했었다고 한다. 바로 그 단편을 위해 작가가 습작했던 글들이 바로 소설 속 엔리코가 남겼다는 단편인 것이며 그 안에 애초부터 스며 있던 문학적 영감은 7년이라는 성숙의 세월을 지낸 후, 결국 8백 페이지나 되는 서사시적 작품 『새로운 인생』을 탄생시킨 것이다.

발행인 슐체는 엔리코의 서간문 중간 중간에 각주를 달아 부가 설명을 하기도 하고 그 문체의 결점이나 진실성 여부를 꼬집기도 한다. 사실 편지들이 모두 작가의 창작물이고 보면 작가 자신이 스스로의 창작물을 비판적으로 꼬집는 셈이 된다. 이런 각주는 사실 불필요한 장치라는 게 문학비평계의 보편적인 견해이긴 하지만, 작가 자신은 한 신문사와의 인터뷰에서 이런 방대한 작품을 쓰는 중에 스스로의 창작물과의 거리감을 확보하는 것이 중요했다고 진술하기도 했다.

사실 소설을 서간문 형식에 담아 쓰는 방법은 18세기 유럽과 독일에서 전성기를 이루었던, 조금은 시대에 뒤떨어진 고전적인 형식이다. 그러나 편지라는 개인적이고 사적인 형식 덕분에 독자들은 엔리코라는 한 동독인의 간곡하면서도 직접적인 인생 고백을 들을 수 있게 되었다(2006년 10월 19일자 『프랑크푸르트 알게마이에 *Frankfurter Allgemeine*』에 실린 리하르트 캠머링스Richard Kämmerlings의 기사 「엔리코 튀르머의 기업적 우편물 Enrico Türmers unternehmerische Sendung」 참고).

3. 『새로운 인생』의 특별한 문학성

『새로운 인생』이 독자를 즐겁게 하는 이유는 잉고 슐체가 '무엇'을 다루었는가 하는 점뿐만 아니라 '어떻게' 다루었는가 하는 방식에도 있다. 즉, 『새로운 인생』이 사실은 의미심장한 독일의 역사와 세계정세의 변화를 보고하고 있으면서도— 혹은 바로 그것을 이야기하기 위해서— 기발하거나 극적인 사건의 서술이나 진지한 문체를 택한 것이 아니라, 매우 일상적이며 수줍고 소심한 한 개인의 개인적 변화를 묘사하고 있다는 점이다. 평범하기 짝이 없어 보이는 주인공 엔리코는 통일 전이나 통일 후나, 일상생활 안에서 마음속에 일어나는 크고 작은 욕망이나 좌절, 그리고 생활의 이런저런 걱정들과 대치하고 있으며 어쩌면 약간은 비겁하게까지 보이는 인물이다. 물론 역사의 큰 소용돌이 속에 들어 있음을 자각하고는 있지만 그와 동시에 적극적으로 저항을 주도하는 영웅이 될 만한 진정한 용기와 결단력은 없다. 또한 동독체제에 반대하는 데모에 참가해 훌륭한 연설을 하면서도 그의 주된 관심사는 궁극적으로는 언제나 지극히 세속적이며 개인적이다. 사회적으로 인정받거나 친구와의 경쟁에서 지고 싶지 않으며 경제적으로 안정된 삶을 누리고 사랑하는 이들과 함께 가능한 한 풍요로운 삶을 즐기고 싶은 욕망을 가지고 있다. 또한 통일 후에는 사업가가 되어 자본주의 경제체제에 성공적으로 적응하는 대범한 인물로 묘사되는 듯하면서도, 작가가 되겠다는 사춘기 어린 시절의 꿈을 완전히 버리지 못하고 매일 세 명의 연인에게 편지를 쓰기도 한다. 바로 그러한 욕망의 이중성과 모순성 때문에 엔리코는 지금 이 시대를 살아가는 평범한 사람들의 모습을 매우 많이 닮았으며 우리들의 공감 어린 미소를 자아내게 하는 인물이다.

사실 역사나 정치란 하늘에 저 혼자 떠가고 있는 추상적인 무엇이 아니며 첩보영화에서처럼 극적이기만 한 사건의 연속도 아니다. 또한 그 속에 살고 있는 우리들 인간은 몇 명의 예외를 제외하곤 투사나 열사가 아니다. 역사적이거나 정치적인 변화는 우리들 각자가, 독일인 한 명 한 명이, 남한과 북한 주민 한 명 한 명이 아침에 잠에서 깨어 아침 식사를 하고 학교나 일터에 가며 이웃과 만나고 주말에는 야외에 소풍을 가며 사랑하는 이에게 연애편지를 쓰거나 텔레비전을 시청하는 가운데 마주치는 구체적인 현실이며 경험들이다. 그와 동시에 그러한 정치상황이나 역사는 너무나도 자주 우리 각자의 생활에 결정적인 영향력을 행사하고 심리적 충격과 두려움에 빠뜨리며 생존적·실존적 위협을 초래하기도 한다. 또한 거꾸로 그러한 개인 각자는 역사와 정치적 상황에 생존적 혹은 실존적 의미를 부여하며 저항의 원동력이 되거나 체제를 전복시키는 발화점이 되기도 한다. 그러므로 구시대 정치체제의 전복이나 분단과 통일에 관한 단순한 기록이라는 문제를 넘어서서 한 명의 소박한 개인이 그 안에서 겪는 실존적이며 일상적인 변화를 보여주고 있다는 점이 바로 『새로운 인생』의 문학적 아름다움이라 할 수 있을 것이다.

4. 거울로서의 『새로운 인생』

슐체는 엔리코 튀르머라는 주인공으로 하여금 분단과 통일과 통일 이후의 삶을 살게 한다. 우리는 엔리코 튀르머가 겪은 분단과 통일과 통일 이후의 삶을 보며 우리의 현실을 성찰하고 곧 다가올지도 모르는 앞날을 준비할 수 있다. 또한 통일을 기점으로 하여 동독이 무비판적으로 서독의 경제체제를 그대로 받아들인 이후 현재 독일인들이 겪고 있는 경제적 갈등 상황 역시 우리에게 시사하는 바가 적지 않다.

잉고 슐체의 『새로운 인생』이 대한민국의 모습을 직접 반영하고 있지 않음은 물론이다. 하지만 분단이라는 현실은 우리가 45년간 겪고 있는 현재 진행형의 역사이고 통일 역시 우리가 언젠가는 겪을지도 모르는 (혹은 겪기를 염원하는) 미래의 경험이다. 그러므로 그의 작품은 그 역사의 유사성과 상이점을 통해 우리 역사를 모습을 비춰주는 훌륭한 거울이 될 수 있다.

이런 면에서 『새로운 인생』에 강조되어 있는 일상성은 우리 독자들의 눈길을 끄는 또 한 가지 큰 매력을 갖추고 있다. 장벽 너머 동독의 일상을 들여다보면서 북한의 일상을 유추해볼 수 있다는 사실이다. 동·서독 사람들이 비교적 큰 문제 없이 서로 방문할 수 있었던 반면에 남한과 북한의 절대적인 단절 상황은 세계에서 그 유래를 찾아보기 힘들다. 우리는 북한의 초등학생이 어떤 모습으로 학교에 가는지, 무엇을 공부하는지, 어떤 경로로 직업을 선택하는지, 그 아이의 어머니와 아버지와 형제들은 또 어떻게 살아가는지, 선거일이나 군대 생활의 실정은 구체적으로 어떤지, 주말에는 무엇을 하며 여가 선용을 하는지 등, 그들의 일상에 대해 아는 바가 거의 없다. 1970년대에 초등학교를 다녔던 필자는 김일성이 나쁜 사람이며 북한 주민들이 굶고 있고 호시탐탐 남침만을 노리기 때문에 무서운 군사훈련을 받고 있다는 것 이외에 별다른 상세한 이야기를 들은 적이 없다. 그 후에도 가끔 방송에서 보도되는 이야기들 빼고는 이렇다 할 정보를 들은 적이 없다. 바로 그런 의미에서 장벽 뒤에 벌어지고 있는 잔잔하면서 평범한 일상의 소소한 사건들을 읽으며 정치가들이야 무엇을 도모하든 말든, 적어도 휴전선 북한주민들의 삶과 소설 속 엔리코의 삶에는—물론 동독은 서양문화권의 국가이며 역사적·정치적 실정도 북한과는 많이 달랐겠지만— 분명 어느 정도 공통점이 있을 것이다. 즉, 그들이 일상생활 속에서도 끊임없이 대치하고 있는 공산체제의 감시 공권력이라든가 자본주의와 시장경제에 대한 막연한 동경이나 선입견, 혹은 정치적 망명으로의 꿈을 읽으며 아마도 북한 어딘가에 실제로 엔리코와 비슷한 소년이 살고 있음직하다는 생각을 하게 될 것이다. 또한 남북한이 통일을 맞이한다면 과연 그 모습은 어떨까? 바로 그 엔리코를 닮은 북한 소년 역시 자본주의에 적응해야 하는 갑작스러운 상황에 부딪혀 혼란과 좌절을 겪거나, 혹은 의외로 너무 빨리 적응해버릴지도 모르는 일이다. 『새로운 인생』이 가지고 있는 문학적·역사적 개연성으로 인해 우리는 베를린 장벽만이 아니라 휴전선 너머에 살고 있는 북한 소년 엔리코를 만날 수 있다.

그 외에도 우리는 자본주의와는 근본적으로 그 성격이 다른 체제 속을 들여다보며 한번도 깊이 생각해본 적이 없는 우리들의 모습이나 주변의 세상을 새로운 눈으로 보게 될지도 모른다. 무엇이 좋고 나쁘다는 식의 일차원적인 흑백논리에서 벗어나 각각의 체제가 가지고 있는 장점과 모순성을 발견하게 될 것이다. 결국은 동독을 통해 서독을 알게 되며 북한을 통해 남한을 알게 된다는 말이다. 그리하여 이 책을 읽으며 엔리코 튀르머라는 인물의 시선을 따라가는 과정에서 독자는 자신의 주위에서 아무런 반성도 성찰도 없이 당연하게만 받아들였던 자본주의적 세상을 새로운 눈으로 보게 되기도 한다. 공산주의라는 시대를 거짓으로 규정하고 그것으로부터 해방됐다고 해서 그것을 대체할 수 있는 대안으로 반드시 극단적인 자본주의만을 택해야 하는 것일까? 현재와 같은 식의 자본주의 경제체제는 우리 인간의 모습을 어떻게 변형시켰을까? 독자는 바로 이런 문제와 대치하게 될 것이다.

슐체는 문학작품을 읽는 독자의 역할에 대해서 소신을 밝힌 바 있다. 그는 『천일야화』의 이야기를 가지고 사회와 작가와 독자의 관계를 설명했다. 『천일야화』에서 셰에라자드는 1천 일 동안 매일 밤 왕 앞에 나아가 이야기를 들려준다. 이야기가 왕의 흥미를 끌지 못하면 왕은 그녀를 죽일 것이다. 셰에라자드는 혼자만의 목숨만을 내놓은 것이 아니었다. 옆에 있던 자매 디나라자드의 목숨 역시 위험에 처해 있다. 디나라자드는 언제나 셰에라자드를 동행한다. 그리고 바로 디나라자드는 계속해서 이야기가 끊이지 않도록 부추기는 장본인이다. "아, 언니, 아직 잠들지 않았다면 언니의 그 아름다운 이야기들 중 한 가지만 더 들려줘요!" 그러면 셰에라자드가 대답한다. "기꺼이 그러마." 그리고 동이 트고 셰에라자드의 이야기가 다 끝나면 디나라자드가 말한다. "언니의 이야기는 어쩜 그렇게 늘 재미있는지!" 그 기회를 이용해 셰에라자드가 말한다. "내가 하루를 더 살게 된다면 내일 밤 또 한 가지 이야기를 들려주마"라고.

바로 디나라자드는 왕과 함께 이야기를 듣고 왕이 그 이야기를 듣도록 부추기는 역할을 담당한다. 슐체는 바로 이것을 독자의 역할이라고 말한다. 사회를 향해 작가가 1천 일이 아니라 더욱더 긴 시간이라도 이야기를 계속할 수 있도록 추진력을 제공하는 존재는 바로 독자라는 것이다. 사회가 또는 정치가나 지도자들, 혹은 사회 내의 모든 구성원 각자가 스스로를 성찰하고 시대상을 파악하며 변화를 모색할 수 있도록, 그 모습을 작가가 문학이라는 거울을 통해 잘 비춰줄 수 있도록 독자가 도와주지 않으면 안 된다는 것이다. 책을 쓰거나 읽는 이유가 참으로 거기에 있다고 할 것이다.

그러므로 잉고 슐체의 소설 『새로운 인생』이 묘사하는 통일 전후의 인간형과 사회의 변화를 대면하며 왕과 셰에라자드와 디나라자드, 즉 사회와 작가와 독자가 함께 그야말로 새로운 인생과 새로운 시대를 맞이하기 위한 개인적이고도 역사적인 성찰의 기회를 가져볼 수 있을 것이다.

작가 연보

1962 12월 15일 드레스덴에서 태어남. 어머니는 의사, 아버지는 물리학자. 생후 얼마 되지 않아 부모 이혼. 잉고 슐체는 어머니에게서 자라남.

1981 드레스덴, 고등학교 졸업.

1981~1983 오라니엔부르크, 군입대(18개월). 동독 국가 인민군(NVA) 육군에서 복무.

1983~1988 예나, 고전어학(고대그리스어, 라틴어)과 독문학 전공. 상트페테르부르크(당시 레닌그라드)에 자주 체류함.

1988~1990 알텐부르크, 주립 극장의 드라마투르그로 활동.

1989 가을 알텐부르크, 시민단체 '새로운 포럼'의 매체 분과를 주관함. 라이프치히 시위에 참여함. 알텐부르크 시위를 주관, 주도함.

1990~1992 알텐부르크, 『알텐부르크 주간신문 *Altenburger Wochenblatt*』과 『안차이거 *Anzeiger*』라는 광고 전문지를 창립하고 기자로 활동함.

1993 상트페테르부르크, 1월부터 6월까지 체류하면서 그곳의 광고 전문지를 창립하는 데 사업적으로 조언하며 고문 역할을 맡음.

1993 베를린으로 이주하여 작가로 활동하기 시작. 현재까지 베를린에서 아내와 두 딸과 함께 살고 있음.

1995 베를린, 단편집 『33가지 행복의 순간*33 Augenblicke des Glücks*』 출간.

베를린, 알프레트 되블린 상Alfred Döblin-Preis과 상금 수상.

클라겐푸르트, 에른스트 윌너 상Ernst Willner-Preis 수상.

마인츠, ZDF 아스펙테 문학상 수상.

1998 베를린, 장편 『심플 스토리즈*Simple Storys*』 출간.

베를린, 요하네스 보브롭스키 메달과 함께 베를린 문학상 수상.

2000 베를린, 헬머 펜도르프Helmar Penndorf와의 공저 『코, 팩시밀리, 아리아드네의 실 *Von Nasen, Faxen und Ariadnefäden*』 출간.

2001 바두즈, 요제프 브라이트바흐 문학상Joseph Breitbach Literaturpreis 수상.

2005 베를린, 장편 『새로운 인생*Neue Leben*』 출간.

2006 보훔, 페터 바이스 상Peter Weiss-Preis 수상.

베를린, 베를린 '예술 아카데미'의 회원으로 등록됨.

다름슈타트, 다름슈타트 '언어와 시를 위한 독일 아카데미' 회원으로 등록됨.

2007 로마, 독일 아카데미 지원하에 로마 빌라 마시모에 체류.

베를린, 단편집 『핸드폰*Handy*』 출간.

라이프치히, 라이프치히 도서전 올해의 책 상 수상.

튀링거 문학상Thüringer Literaturpreis 수상

작센, '예술 아카데미' 회원 등록.

2008 그린차네 카보우르 상Premio Grinzane Cavour 수상.

사무엘 보구밀 린데 상Samuel Bogumil Linde-Preis 수상.

2008 베를린, 장편 『아담과 에벌린 *Adam und Evelyn*』 출간.

2009 베를린, 에세이집 『우리는 무엇을 원하는가 *Was Wollen Wir?*』 출간.

기획의 말

'대산세계문학총서'를 펴내며

근대문학 100년을 넘어 새로운 세기가 펼쳐지고 있지만, 이 땅의 '세계문학'은 아직 너무도 초라하다. 몇몇 의미 있었던 시도에도 불구하고, 전체적으로는 나태하고 편협한 지적 풍토와 빈곤한 번역 소개 여건 및 출판 역량으로 인해, 늘 읽어온 '간판' 작품들이 쓸데없이 중간되거나 천박한 '상업주의적' 작품들만이 신간 되는 등, 세계문학의 수용이 답보 상태에 머물러 있었음을 부인하기 힘들다. 분명한 자각과 사명감이 절실한 단계에 이른 것이다.

세계문학의 수용 문제는, 그 올바른 이해와 향유 없이, 다시 말해 세계문학과의 참다운 교류 없이 한국문학의 세계 시민화가 불가능하다는 의미에서, 보다 근본적으로, 우리의 문화적 시야 및 터전의 확대와 그 질적 성숙에 관련되어 있다. 요컨대 이것은, 후미에 갇힌 우리의 좁은 인식론적 전망의 틀을 깨고 세계 전체를 통찰하는 눈으로 진정한 '문화적 이종 교배'의 토양을 가꾸는 작업이며, 그럼으로써 인간 그 자체를 더 깊게 탐색하기 위해 '미로의 실타래'를 풀며 존재의 심연으로 침잠하는 작업이라 할 수 있다.

우리의 현실을 둘러볼 때, 그 실천을 위한 인문학적 토대는 어느 정도 갖추어진 듯이 보인다. 다양한 언어권의 다양한 영역에서 문학 전공자들이 고루 등장하여 굳은 전통이나 헛된 유행에 기대지 않고 나름의 가치 있는 작가와 작품을 파고들고 있으며, 독자들 또한 진부한 도식을 벗어나 풍요로운 문학적 체험을 원하고 있다. 새롭게 변화한 한국어의 질감 속에서 그 체험이 이루어지기를 바라는 요청 역시 크다. 그러므로 필요한 것은 어쩌면 물적 토대뿐일지도 모른다는 판단이 우리를 안타깝게 해왔다.

이러한 시점에서, 대산문화재단의 과감한 지원 사업과 문학과지성사의 신뢰성 높은 출간을 통해 그 현실화의 첫발을 내딛게 된 것은 우리 문화계의 큰 즐거움이 아닐 수 없다. 오늘의 문학적 지성에 주어진 이 과제가 충실한 결실을 맺을 수 있도록, 우리는 모든 성실을 기울일 것이다.

'대산세계문학총서' 기획위원회

대 산 세 계 문 학 총 서

001–002 소설 **트리스트럼 샌디**(전 2권) 로랜스 스턴 지음 | 홍경숙 옮김

003 시 **노래의 책** 하인리히 하이네 지음 | 김재혁 옮김

004–005 소설 **페리키요 사르니엔토**(전 2권) 호세 호아킨 페르난데스 데 리사르디 지음 | 김현철 옮김

006 시 **알코올** 기욤 아폴리네르 지음 | 이규현 옮김

007 소설 **그들의 눈은 신을 보고 있었다** 조라 닐 허스턴 지음 | 이시영 옮김

008 소설 **행인** 나쓰메 소세키 지음 | 유숙자 옮김

009 희곡 **타오르는 어둠 속에서/어느 계단의 이야기** 안토니오 부에로 바예호 지음 | 김보영 옮김

010–011 소설 **오블로모프**(전 2권) I. A. 곤차로프 지음 | 최윤락 옮김

012–013 소설 **코린나: 이탈리아 이야기**(전 2권) 마담 드 스탈 지음 | 권유현 옮김

014 희곡 **탬벌레인 대왕/몰타의 유대인/파우스투스 박사** 크리스토퍼 말로 지음 | 강석주 옮김

015 소설 **러시아 인형** 아돌포 비오이 까사레스 지음 | 안영옥 옮김

016 소설 **문장** 요코미쓰 리이치 지음 | 이양 옮김

017 소설 **안톤 라이저** 칼 필립 모리츠 지음 | 장희권 옮김

018 시 **악의 꽃** 샤를 보들레르 지음 | 윤영애 옮김

019 시 **로만체로** 하인리히 하이네 지음 | 김재혁 옮김

020 소설 **사랑과 교육** 미겔 데 우나무노 지음 | 남진희 옮김

021–030 소설 **서유기**(전 10권) 오승은 지음 | 임홍빈 옮김

031 소설 **변경** 미셸 뷔토르 지음 | 권은미 옮김

032–033 소설 **약혼자들**(전 2권) 알레산드로 만초니 지음 | 김효정 옮김

034 소설 **보헤미아의 숲/숲 속의 오솔길** 아달베르트 슈티프터 지음 | 권영경 옮김

035 소설 **가르강튀아/팡타그뤼엘** 프랑수아 라블레 지음 | 유석호 옮김

036 소설 **사탄의 태양 아래** 조르주 베르나노스 지음 | 윤진 옮김

037 시 **시집** 스테판 말라르메 지음 | 황현산 옮김

038 시 **도연명 전집** 도연명 지음 | 이치수 역주

039 소설 **드리나 강의 다리** 이보 안드리치 지음 | 김지향 옮김

040 시 **한밤의 가수** 베이다오 지음 | 배도임 옮김

041 소설 **독사를 죽였어야 했는데** 야샤르 케말 지음 | 오은경 옮김

042 희곡 **볼포네, 또는 여우** 벤 존슨 지음 | 임이연 옮김

043 소설 **백마의 기사** 테오도어 슈토름 지음 | 박경희 옮김

044 소설 **경성지련** 장아이링 지음 | 김순진 옮김

045 소설 **첫번째 향로** 장아이링 지음 | 김순진 옮김

046 소설 **끄르일로프 우화집** 이반 끄르일로프 지음 | 정막래 옮김

047 시 **이백 오칠언절구** 이백 지음 | 황선재 역주

048 소설 **페테르부르크** 안드레이 벨르이 지음 | 이현숙 옮김

049 소설 **발칸의 전설** 요르단 욥코프 지음 | 신윤곤 옮김

050 소설 **블라이드데일 로맨스** 나사니엘 호손 지음 | 김지원 · 한혜경 옮김

051 희곡 **보헤미아의 빛** 라몬 델 바예-인클란 지음 | 김선욱 옮김

052 시 **서동 시집** 요한 볼프강 폰 괴테 지음 | 안문영 외 옮김

053 소설 **비밀요원** 조지프 콘래드 지음 | 왕은철 옮김

054-055 소설 **헤이케 이야기(전 2권)** 지은이 미상 | 오찬욱 옮김

056 소설 **몽골의 설화** 데. 체렌소드놈 편저 | 이안나 옮김

057 소설 **암초** 이디스 워튼 지음 | 손영미 옮김

058 소설 **수전노** 알 자히드 지음 | 김정아 옮김

059 소설 **거꾸로** 조리스-카를 위스망스 지음 | 유진현 옮김

060 소설 **페피타 히메네스** 후안 발레라 지음 | 박종욱 옮김

061 시 **납** 제오르제 바코비아 지음 | 김정환 옮김

062 시 **끝과 시작** 비스와바 쉼보르스카 지음 | 최성은 옮김

063 소설 **과학의 나무** 피오 바로하 지음 | 조구호 옮김

064 소설 **밀회의 집** 알랭 로브-그리예 지음 | 임혜숙 옮김

065 소설 **홍까오량 가족** 모옌 지음 | 박명애 옮김

066 소설 **아서의 섬** 엘사 모란테 지음 | 천지은 옮김

067 시 **소동파 사선** 소동파 지음 | 조규백 옮김

068 소설 **위험한 관계** 쇼데를로 드 라클로 지음 | 윤진 옮김

069 소설 **거장과 마르가리타** 미하일 불가코프 지음 | 김혜란 옮김

070 소설 **우게쓰 이야기** 우에다 아키나리 지음 | 이한창 옮김

071 소설 **별과 사랑** 엘레나 포니아토프스카 지음 | 추인숙 옮김

072-073 소설 **불의 산**(전 2권) 쓰시마 유코 지음 | 이송희 옮김

074 소설 **인생의 첫출발** 오노레 드 발자크 지음 | 선영아 옮김

075 소설 **몰로이** 사뮈엘 베케트 지음 | 김경의 옮김

076 시 **미오 시드의 노래** 지은이 미상 | 정동섭 옮김

077 희곡 **셰익스피어 로맨스 희곡 전집** 윌리엄 셰익스피어 지음 | 이상섭 옮김

078 희곡 **돈 카를로스** 프리드리히 폰 실러 | 장상용 옮김

079-080 소설 **파멜라**(전 2권) 새뮤얼 리처드슨 | 장은명 옮김

081 시 **이십억 광년의 고독** 다니카와 ■타로 | 김응교 옮김

082 소설 **잔지바르 또는 마지막 이유** 알프레트 안더쉬 | 강여규 옮김

083 소설 **에피 브리스트** 테오도르 폰타네 | 김영주 옮김

084 소설 **악에 관한 세 편의 대화** 블라디미르 솔로비요프 | 박종소 옮김

085-086 소설 **새로운 인생**(전 2권) 잉고 슐체 | 노선정 옮김